BREANNA TEINTZE

Die Legende des Zauberers

Autorin

Breanna Teintze liebt es, Fantasyromane zu verfassen und zu gärtnern, Ersteres besser als Letzteres. Sie lebt mit ihrem Mann und drei Kindern in Idaho.

Breanna Teintze

Die Legende des Zauberers

Deutsch von
Maike Claußnitzer

blanvalet

Die Originalausgabe erschien 2019 unter dem Titel
»Lord of Secrets« bei Jo Fletcher Books,
an imprint of Quercus Editions Ltd, London.

FSC www.fsc.org MIX Papier aus verantwortungsvollen Quellen FSC® C014496

Penguin Random House Verlagsgruppe FSC® N001967

1. Auflage 2021

Redaktion: Angela Kuepper
Umschlaggestaltung und -illustration: © Isabelle Hirtz, Inkcraft
unter Verwendung mehrerer Motive von Shutterstock.com
(KDdesignphoto; Blackdog1966; Nicole Ciscato)
und iStock.com/atlantic-kid
BL · Herstellung: sam
Satz: Buch-Werkstatt GmbH, Bad Aibling
Druck und Bindung: GGP Media GmbH, Pößneck
Printed in Germany
ISBN 978-3-7341-6305-0

www.blanvalet.de

Für Phillip.
Das ist alles deine Schuld.

EINS

Zu meinem Leidwesen war ich ausgerechnet an diesem Tag unsichtbar. Ich hasse Unsichtbarkeit. Alle optischen Beschwörungszauber führen bei mir zu Kopfschmerzen und einem rauen Hals – ich vermute, Letzteres liegt daran, dass man die Runen verschlucken muss. Aber Unsichtbarkeit ist am schlimmsten.

Natürlich gibt es gute Gründe, sich mit einem rauen Hals abzufinden. Wenn niemand einen sehen kann, dann können sie einen auch nicht fangen und aufhängen. Das Erbärmliche an Unsichtbarkeit sind jedoch die Nebenwirkungen des Zaubers. Er manipuliert das Licht, um das Auge des Betrachters zu verwirren, aber er verändert zugleich die Sehkraft der Person innerhalb des Zaubers so sehr, dass dieser davon übel wird. Als ich endlich die Scheune fand, schlug ich mich schon seit drei Tagen mit Migräne herum und hatte nur noch einen Wunsch: nämlich auf einem Heuhaufen in tiefer Bewusstlosigkeit zu versinken, bis der Zauber abklang. Na ja, eigentlich hätte ich auch gern eine Tasse heißes Wasser mit Honig gehabt, aber daraus würde nichts werden. Eine Grassodenscheune mit undichtem Dach im kalten Heideland unweit von Fenwydd, in der sich *keine* zwanzig scheißenden Ziegen drängten, war schon ein Glücksfall. Man kann nicht alles haben.

Wahrscheinlich hätte ich die Frau früher bemerkt, wenn ich nicht unsichtbar gewesen wäre und versucht hätte, nichts anzuschauen. Sie hätte mich bestimmt gesehen, als sie in die Scheune gerannt kam und in meinen Heuhaufen hechtete. Und auf meinen Schoß.

»Was, zu allen Teufeln …« Sie drehte sich auf mir um und rammte mir einen spitzen Ellbogen in den Bauch.

»Au«, sagte ich.

Sogar im schwachen Licht der Scheune sah ich, wie sie die Augen einen Sekundenbruchteil lang weit aufriss, bevor sie nach Luft schnappte. Ich packte sie an der Schulter und hielt ihr mit der freien Hand den Mund zu. »Bitte nicht schreien.«

Sie verteilte Fausthiebe ungefähr in meine Richtung, bis sie die empfindliche Stelle an meinem Ellbogen erwischte.

»Au, verdammt!« Ich ließ sie los und hielt mir die taube Hand.

Sie kroch eilig weg von mir, rannte aber nicht zur Tür. »Wo bist du?«

»Ich sitze auf einem Heuhaufen und hoffe, dass du mir eben nicht den Arm gebrochen hast«, sagte ich. »Wo scheine ich denn zu sein?«

»Warum kann ich dich nicht sehen?«

»Ich bin ein Geist«, schlug ich vor. »Buuuuuh. Verschwinde.«

Sie musterte den Heuhaufen mit zusammengekniffenen Augen. »Ist das Magie?«

Bei allen Göttern und kleinen Heiligen. »Nein. Unsichtbare Menschen sind ein völlig natürliches

Phänomen.« Ich holte tief Luft und machte mir die Mühe, angestrengt genug an der Migräne vorbeizuspähen, um einen Eindruck von der Frau erhaschen zu können. »Bekommen wir Probleme?«

Sie musste ungefähr Mitte zwanzig sein, aber für jemanden mit einem üblen linken Haken war sie nicht sehr groß. Sie verschwand förmlich in einem schlichten Hemd und einer Hose, die für eine viel größere Person gemacht waren. Ihre dunkelbraunen Augen hatten einen sonderbaren grünen Kreis um die Pupille, sie hatte helles Haar und solch eine Fülle von Sommersprossen auf Nase und Kinn, dass sie wie ein Sternenhimmel aussahen. Und ihre Füße waren nackt, was mich stutzig machte. Selbst Bauernmägde trugen gewöhnlich Halbschuhe. Alles in allem hatte ich nicht den Eindruck, dass sie einen legitimeren Grund für ihre Anwesenheit in der Scheune hatte als ich.

»Also bist du *wirklich* ein Zauberer«, sagte sie.

In meinem Kopf schrillten die Alarmglocken. »Ja. Nein.« Ich presste mir die Handballen in die pochenden Augenhöhlen. »Ich bin gar nichts. Warum bist du hier?«

»Tu mir nichts«, bat sie. »Ich … ich brauche bloß einen Schlafplatz.«

Ich zuckte zusammen. »Dann schlaf. Was auch immer du willst. Natürlich tue ich dir nichts. Sei einfach nur still.«

Ich sah, wie ihre suchenden Augen meine Umrisse erspähten, wahrscheinlich dank des Heustaubs, der an mir haftete. Ich war mir nicht sicher, ob ich es wagen konnte, mich wieder hinzulegen. Selbst wenn sie davonlief und jemandem verriet, dass ich hier war … Wie wahrscheinlich war es, dass die Leute ihr glauben würden, dass ein unsichtbarer Magier in ihrer Scheune einen Zauber ausschlief? Die Gilde räumt offiziell noch nicht einmal ein, dass es Unsichtbarkeit überhaupt *gibt*.

Allerdings war die Frau nicht davongelaufen, und das war an und für sich schon ein schlechtes Zeichen. Die meisten normalen Menschen reagieren auf Magie im besten Fall mit Misstrauen und im schlimmsten mit regem Aberglauben. Es gab zu viele Leute, die Jagd auf mich machten, als dass ich es mir hätte leisten können, ein paar Stunden mit einem neugierigen Eindringling zu verschwenden, der sich leider ganz bestimmt an mich erinnern würde. Es wurde Zeit aufzubrechen, bevor sie herausfinden konnte, wie ich aussah.

Ich kam auf die Beine, aber ich war so lange außer Gefecht gewesen, dass mein schlimmes Knie sich verkeilt hatte. Ein gleißender, vielfarbiger Schmerz durchzuckte mich, und ich musste abwarten und durchatmen, bis er vorbeiging. Vermutlich stöhnte ich auf.

»Bist du … krank?« Sie streckte eine Hand aus und tastete sich näher heran.

Ich würde hier nicht weiter herumstehen und mich erspüren lassen. »Du kannst die Scheune haben. Ich gehe jetzt.« Ich versuchte ohne Erfolg, mich an ihr vorbeizudrängen.

»Nein! Du musst hierbleiben!« Sie griff in die Luft und bekam meinen Ärmel zu fassen. »Warte einfach. Sie könnten noch da draußen sein.«

Ich blieb stehen. »Hör zu, mir tut der Kopf ziemlich

weh. Wer könnte noch da draußen sein, und warum sollte mich das kümmern?«

Sie zögerte, einen Hauch zu lang. »Die Männer, die mich jagen.«

»Wenn das keine Lüge ist, verspreche ich dir, ihnen nicht zu sagen, dass du hier bist.« Ich entriss ihr meinen Arm. »Lass los.«

»Aber sie werden dich sehen.«

Es dauerte eine Sekunde, bis die logische Schlussfolgerung aus ihren Worten es an dem tosenden Schmerz in meinem Kopf vorbeigeschafft hatte. Ich schaute nach unten und sah meine Knie ganz allmählich wieder in die Existenz zurückkehren. Genau zum falschen Zeitpunkt endete der Zauber. Verdammt!

Die Frau starrte mich an. Oder eigentlich eher an mir vorbei. Ein kalter Luftzug, der mir über den Nacken strich, brachte mich dazu, mich umzudrehen. Der Speer, der auf meinen Bauch zeigte, brachte mich wiederum dazu, beide Hände zu heben.

Eine kleine Tür an der Seite der Scheune stand offen. Ein Priester in schmutziger cremefarbener Robe und drei andere Männer befanden sich unmittelbar diesseits davon. Einer hatte eine Armbrust auf die Frau gerichtet. Ein anderer zielte mit dem Speer auf mich und starrte mit großen Augen meine Robe und vermutlich auch die Teile von mir an, die noch unsichtbar waren.

»Nicht bewegen! Ihr seid verhaftet!« Die schrille Stimme des Priesters durchstieß die Luft – und meinen Kopf – wie ein stählerner Stachel. Er sah von der Frau zu meinem größtenteils enthüllten linken Handgelenk, auf das meine gefälschte Lizenzsigille tätowiert war. »Achtung! Er ist ein Zauberer. Wir werden ihn knebeln müssen.«

Ich zuckte zusammen. »Nicht so laut! Ich habe nichts Illegales getan. Ihr könnt meine Lizenz inspizieren, wenn Ihr wollt.« Ich wedelte mit dem Handgelenk. Meine Sigille hatte mich früher schon aus ähnlichen Situationen gerettet. Sie war teuer gewesen – und wirkte ziemlich realistisch.

»Fesselt ihm die Hände«, befahl der Priester. »Wir lassen ihn von seinen eigenen Leuten überprüfen.« Aber keiner seiner Handlanger rührte sich. Stattdessen musterten sie mich verunsichert. Man sollte nicht leichtfertig den Zorn der Magiergilde auf sich ziehen.

»Die Gilde vertritt eine klare Meinung zu etwaigen Verhaftungen ihrer Mitglieder durch Außenstehende.« Ich zwang meine Stimme zu einem gelangweilten und zugleich bedrohlichen Tonfall. »Was meint Ihr, was sie dazu zu sagen hat, dass Ihr Euch ihre Vorrechte anmaßt?«

Er lächelte dünn. »Was meinst du, was die Gilde dazu zu sagen hat, dass du Umgang mit einer Gotteslästerin pflegst? Du hattest doch offensichtlich hier ein Treffen mit deiner kriminellen Komplizin arrangiert.«

Eine Blasphemie-Razzia war eine Unannehmlichkeit mehr, die ich nicht gebrauchen konnte. Ich wusste nicht viel über die Gesetze in diesem Teil von Varre, aber Gotteslästerung wurde manchmal mit dem Tod bestraft – und zwar in den seltensten Fällen mit einem schönen, schnellen Tod. Ich warf einen Blick auf die Frau, deren sorgsam ausdruckslose Miene nicht über den Anflug von Panik in ihrer Körpersprache hinwegtäuschen konnte.

»Bisher haben wir nur festgestellt, dass ich in einer Scheune stehe, in der auch ihr alle steht«, erwiderte ich. »Wenn Ihr mich verhaftet, verlange ich einen Repräsentanten aus dem nächstgelegenen Gildehaus zu sprechen. Ich werde wütend sein. Der Gildenbevollmächtigte wird wütend sein. Ihr werdet gezwungen sein zu erklären, wie ein niederrangiger Priester auf den Gedanken gekommen ist, es sei eine gute Idee, einen Zauberer ...«

»Leer deine Taschen aus«, fuhr der Priester die Frau an. »Diebin! Tu, was ich dir sage!«

»... mit frei erfundenen Anklagen zu belästigen, die ohnehin nicht unter die Tempelgerichtsbarkeit fallen.«

Der Priester achtete nicht weiter auf mich und streckte die Hände nach der Frau aus.

»Ich bin keine Diebin«, knurrte sie. »Fasst mich nicht an!«

Er packte sie am Arm. »Die Tempel haben die Gerichtshoheit über jeden, der dabei ertappt wird, sich an geweihtem Eigentum zu vergreifen. Ich weiß, dass du es hast. Niemand sonst hätte es stehlen können.« Der Priester fasste in die Tiefen des übergroßen, unförmigen Gewands, das sie trug, und zog einen kleinen Kultgegenstand aus Gold daraus hervor, nicht größer als mein Daumen. »Da!«

Die Frau wand sich in seinem Griff. »Das gehört nicht mir! Das habt Ihr mir untergeschoben!«

Der Priester lächelte. »Nein, das wolltest du deinem Komplizen bringen. Der hatte nur noch nicht die Zeit, es zu verstecken.« Er gab den anderen einen Wink. »Knebelt diesen Mann. Und fesselt ihm die Hände.«

Diesmal gehorchten sie.

Wir waren tropfnass, nachdem sie uns durch den Regen zurück nach Fenwydd geführt hatten, das ich vor drei Tagen nur kurz zu Gesicht bekommen hatte. Dieser Besuch bestätigte meinen früheren Eindruck einer bäuerlichen Ortschaft, die sich für etwas Besseres hielt. Die Häuser, die sich innerhalb der Stadtmauern drängten, türmten sich übereinander und passten nicht zusammen. Fachwerkkaten hockten neben Nachbarn aus Ziegeln, deren obere Stockwerke über die Straße vorkragten und willkürlich Ströme von Eiswasser über Passanten hereinbrechen ließen. Das einzig Bedeutende an Fenwydd war eine armselige kleine Burg – eigentlich eher ein Kastell, das zur Hälfte aus Erdwällen bestand und gerade groß genug wirkte, um mit einem anständigen Verlies aufwarten zu können.

Die Frau hatte während unserer Wanderung ständig geredet und ihre Unschuld beteuert, ohne irgendjemanden zu überzeugen. Als unsere Bewacher in eine schmale Gasse einbogen, die zur Burg führte, verstummte sie.

Wir gelangten auf einen Hof mit beengenden Steinmauern und rutschigem braunem Kopfsteinpflaster. Zwei Soldaten lungerten in einem Wachhäuschen nahe beim Eingang herum und strafften sich bei unserem Erscheinen. Ein Fußblock dräute neben einem fleckigen Holzklotz von der Größe eines Tisches. Die

Axtkerben, die in den Klotz gehackt waren, zeugten davon, welchem Zweck er diente.

Mir drehte sich der Magen um. Vielleicht war das hier *wirklich* ein Herzogtum, in dem sie einen für Blasphemie köpften.

»Öffnet das Tor.« Der Priester wies auf eine hässliche Holzpforte. Ich glaube nicht, dass ich ihr die Ehre erwiesen hätte, sie als »Tor« zu titulieren. Doch sie war solide und stellte somit ein Problem dar. Ich hatte auf ein Tempelgefängnis gehofft, in dem die Türen gewöhnlich sehr alt und bloß dekorativ sind.

Die Männer, die geholfen hatten, uns zu verhaften, entfernten sich jetzt, nachdem sie ermahnt worden waren, ihre offizielle Zeugenaussage über die Festnahme vor dem Hauptmann der Miliz zu machen. Der dreimal verfluchte Priester ging nicht, sondern führte die Aufsicht, während die Soldaten die Frau und mich nach drinnen stießen. Sie brachten uns in einen niedrigen, feuchten Raum, der von einigen hoch gelegenen, engen Fenstern erhellt wurde. Eine dicke Schicht Binsen lag auf dem Boden – ein erfolgloser Versuch, den Gestank von Erbrochenem und altem Blut zu überdecken. Ein Satz Handschellen baumelte von Ringen in der Decke, und ein Tisch dicht daneben war mit einer unerfreulichen Sammlung rostiger Eiseninstrumente übersät.

Sie legten der Frau die Handschellen an, drängten mich in eine Ecke und warfen meine Ledertasche auf den Tisch. Erst dann lösten sie das zusammengedrehte Tuch, das mir vor den Mund gebunden worden war.

»Bei den Göttern! Das war kein allzu sauberer Knebel.« Ich spuckte auf den Boden und sah den Priester an. »Nun? Wo ist der Gildenvertreter? Was soll das alles?«

»Du und deine Komplizin seid der Blasphemie und unerlaubter Beschwörungen angeklagt. Da Blasphemie die schwerwiegendere Beschuldigung ist, werdet ihr euch vor dem Tempel verantworten, bevor die Gilde über eure Verbrechen in Kenntnis gesetzt wird.« Er verschränkte die Arme. Vermutlich versuchte er, bedrohlich zu wirken.

»Sie ist nicht meine Komplizin«, sagte ich. »Ich lese keine Komplizen aus Schlammpfützen auf.«

»Auch wenn sie nicht deine Komplizin ist, bist du ein Dieb«, sagte er. »Sie hat den Tempel bestohlen, und du hast *sie* gestohlen. Wenn du aufhörst, meine Zeit zu verschwenden, leidest du vielleicht weniger, bis das hier vorbei ist.«

Sie *gestohlen?* Ich brauchte Zeit zum Nachdenken. »Was genau soll ich getan haben? Ich meine, um welche unerlaubten Beschwörungen geht es?«

»Ich will nichts mit den unfrommen Versuchen der Zauberer zu schaffen haben, die Natur zu manipulieren«, erklärte er kalt. »Die Beschwörungen zu untersuchen obliegt der Gilde. Mir geht es darum, eure Entweihung des Heiligtums des Jaern zu sühnen.« Er wühlte in seiner Tasche nach dem kleinen goldenen Kultbild. »Das hier wurde aus der Tempelbibliothek entwendet.« Er griff in meine Tasche und bekam ein Buch zu fassen. »Und das hier ist ein zugangsbeschränkter Kodex, der vor drei Tagen aus dem Neyartempel verschwunden ist. Beides Fälle von blasphemischem Einbruch.« Er betastete das Siegel, das in den Einband eingeprägt war, warf dann einen Blick ins Buch und runzelte die Stirn. »Du hast einen Band aus der *Buchhaltung* gestohlen?«

Es handelte sich in der Tat um die Abrechnung über die Lebensmitteleinkäufe für eine Gruppe von Gildengefangenen, Zwangsarbeitern im Steinbruch von Denelle fünfzig Meilen weiter östlich. Das war eine falsche Fährte gewesen.

»Sie schulden mir Geld«, sagte ich.

Er reichte Buch und Kultbild einem der Soldaten. »In jedem Fall eindeutig ein krimineller Akt, der noch dazu ein ungesundes Interesse daran verrät, in Büchern herumzustöbern.«

Ich zuckte die Schultern. »In dem Fall sehe ich keine Lösung, als uns sofort enthaupten zu lassen. Eine andere Strafe dafür, sich an Büchern zu vergreifen, kommt gar nicht in Betracht.«

»Mir beizupflichten wird dir keine Milde erkaufen.« Der Priester, der anscheinend in seinem ganzen Leben noch keinem Sarkasmus ausgesetzt gewesen war, winkte die Soldaten zur Tür. »Sie hat dir offensichtlich das Kultbild gebracht.«

»Offensichtlich.« Ich ließ eine meiner Fersen durch den Unrat auf dem Fußboden gleiten. Unter den Binsen befand sich ein bräunlich schwarzer, verkrusteter Fleck, den ich in dem Moment lieber nicht näher einordnen wollte. Die Binsen blieben nicht lange genug für meine Absichten geteilt. Außerdem würde selbst dieser Tölpel wahrscheinlich etwas bemerken, bevor ich sechs Runen auf den Boden gezeichnet hatte.

»Das ist nicht richtig«, sagte die Frau. »Ihr sollt nicht …«

»Halt's Maul.« Er ohrfeigte sie heftig genug, um ihren Kopf herumzureißen. »Habe ich dir erlaubt zu sprechen? Spiel nicht mit mir, Flittchen.«

»Igitt«, sagte ich. »Zwingt uns nicht, uns auszumalen, dass jemand mit Euch *spielt.*«

Ich sah nicht, wie er sich bewegte. Die Faust, die in meinem Unterleib versank, raubte mir den Atem, und einen Augenblick lang war ich blind. Als meine Sehkraft zurückkehrte, befand sich sein Gesicht nur wenige Zoll von meinem entfernt.

»Geht«, sagte er, ohne den Blick von mir zu wenden. Beide Soldaten, die uns in den Raum begleitet hatten, zogen sich zurück. Die Tür fiel laut hinter ihnen zu.

Er spazierte zu den Werkzeugen hinüber und wählte eines aus, ein schmales Messer mit Sägezähnen und einem Widerhaken an der Spitze. »Das ist ein chirurgisches Messer.« Er näherte sich mir und presste die Zacken gegen meine Wange. »Es dringt durch Knochen. Es dauert lange, aber … früher oder später …«

Ein Pulsieren kalter, instinktiver Furcht durchströmte meine Adern. Mit Schmerz konnte ich umgehen – die Ausübung der Magie lehrt einen das ziemlich schnell –, aber ich erkannte die verträumte Nachdenklichkeit in seinem Ton. Er war nicht nur darauf erpicht, Antworten zu finden. Er hatte vor, es zu *genießen*, mir wehzutun. Wenn ich diesem Gespräch nicht bald ein Ende setzte, würde er die Frau und mich in Stücke schneiden, ganz gleich, was wir sagten.

»Gut …« Speichel haftete an den Zähnen des Priesters. »Du und ich werden einander verstehen.«

Irgendetwas kochte in meinem Schädel über, floss mir bis in die Fingerspitzen. Ich kratzte ein geschwungenes Symbol in den Schmutz an der Wand hinter mir. »Ihr spuckt«, sagte ich.

Er runzelte die Stirn. Man hörte fast das Knarren, als er zu denken versuchte. »Ich …«

»Ihr werdet mir wehtun, wenn ich keine Fragen beantworte«, sagte ich. »Verstanden. Also fragt etwas.«

Er führte die Sägezähne seitwärts. Der Schnitt war klein, aber er brannte. »Ich weiß, dass du meinem Gott etwas stehlen willst. Es sind die Kodizes, nicht wahr? Wie der, den du aus dem Neyartempel gestohlen hast?« Ein Blutstropfen rann an meinem Kinn hinab. Der Priester folgte ihm liebevoll mit Blicken. »Du wirst sie nicht bekommen, aber ich will unbedingt wissen, wer dir verraten hat, dass sie dort sind.«

Kodizes. Das Wort war bedeutsam genug, um mich für den Moment von dem Messer abzulenken. Jaerntempel dienten normalerweise nur als Stätten des Gottesdiensts, aber einige von ihnen hatten auch Bibliotheken. Weil Priester des Jaern die Geheimhaltung ernst nehmen, bezahlen die Reichen und Mächtigen die Bibliothekare dafür, Dinge zu behüten, die sie sicher und vertraulich verwahren wollen: etwa die königliche Finanzbuchhaltung oder die Verhörnotizen von Folterern. Oder Lage und Insassenlisten der geheimen Gefängnisse der Gilde.

»Ich weiß nicht, von welchen Kodizes Ihr sprecht.« Ich zwang mich dazu, mich auf das Muster zu konzentrieren, das hinter mir wuchs. »Ich dachte, es ginge um irgendwelche Kultgegenstände.«

Er führte einen zweiten Schnitt, ritzte mein Ohrläppchen mit der Klinge an. Das überraschte mich und entlockte meinen Lippen ein Aufkeuchen. Aber es verschaffte mir zugleich die Zeit, noch ein Symbol zu kratzen.

»Hört auf!« Die Stimme der Frau war leise, aber grimmig. »Das ist gegen das Gesetz. Ihr habt gesagt, dass die Gilde sich mit ihm befassen soll. Das hier ist ...«

»Ich lasse mir von einer kleinen Hexe von Tempelräuberin keine Vorträge halten«, zischte er. »Das hier ist keine Gildenangelegenheit. Er trägt ein Buch aus dem Neyartempel bei sich. Er stiehlt Geheimnisse. Also ...« Er setzte die Klingenspitze unmittelbar unter meiner Augenbraue an. »Wer hat dir davon erzählt? Ich kann dir ein Auge nehmen. Oder ihr, wenn du das nicht überzeugend findest.« Sein Blick wanderte glasig vor Begierde zu ihr.

Es war fast unmöglich, in die meisten Bibliotheken einzubrechen, wenn man die korrekten Gegenzeichen nicht kannte. Wenn es dieser Frau gelungen war, in die Bibliothek einzudringen *und* danach noch zu entkommen, war sie mit einem Mal viel interessanter für mich. Ich brauchte sie, und sie würde vermutlich weitaus weniger gut dazu in der Lage sein, komplizierte Bannzauber zu umgehen, wenn ihr ein Auge fehlte.

»Nein, halt!« Ich musste seine Aufmerksamkeit auf mich gerichtet halten. »Ich sage es Euch«, versprach ich. »Lasst sie in Ruhe.«

Er wandte sich wieder mir zu und grinste angesichts

des gehetzten Tons, der sich in meine Stimme geschlichen hatte. »Ich warte.«

Noch eine Bewegung des Messers, diesmal gegen meine Augenbraue. Noch ein Blutstropfen.

»Und ich spiele mit.« Ich kämpfte gegen den Drang an zurückzuweichen. Ich musste noch einen Buchstaben an die Wand hinter mich kratzen. »Ich will allerdings zuerst einen Repräsentanten aus dem Gildehaus hierhaben. Darauf habe ich von Rechts wegen einen Anspruch. Magie fällt unter die Gerichtshoheit der Gilde, nicht unter Eure.«

»Gerichtshoheit?« Die Nasenlöcher des Priesters zuckten, und er lächelte. »Über einen Mann, der ihre kostbaren Beschwörungen missbraucht, um die Götter zu berauben? Glaubst du wirklich, dass es die Gilde kümmert, was mit dir geschieht, solange du nur am Ende tot bist?«

»Nein, das weiß ich selbst.« Ich würde ihn nicht anders ablenken können. Wenn er Blut und Angst wollte, musste ich sie ihm geben. Ich schluckte und gestattete meiner Stimme zu zittern. »Bitte tut mir nicht weh. Ich werde tun, was Ihr verlangt.«

»Ich weiß.« Er ließ die Klinge an meinem Kinn ruhen und leckte sich die Lippen. »Ich nehme an, du hältst dich für tapfer? Das tun die meisten.«

»Nein.« Während ich das sagte, zeichnete mein Finger das letzte Symbol. »Nur für sehr gut darin, Dinge zu schreiben, ohne hinzusehen.«

Er blinzelte verblüfft. Er hatte wohl mit etwas anderem gerechnet. Mit flehentlichen Bitten vielleicht. Stattdessen sprach ich den Zauberspruch aus.

Die Symbole unter meiner Hand erglühten vor rotem Feuer und stiegen in die Luft. Das Licht verdichtete sich zur flatternden Gestalt einer Fledermaus. Sie flog geradewegs an den Hals des Priesters und klammerte sich fest. Er wand sich und schlug auf sie ein. Seine Finger glitten durch ihren Körper. Der Priester zuckte einen Moment und fiel dann hin, erst auf die Knie, am Ende ausgestreckt auf den Boden.

Die Frau starrte mich an. »Was hast du getan?«

»Psst.« Ich ging zum Tisch und nahm das Durcheinander von Werkzeugen so schnell in Augenschein, wie ich nur konnte.

»Ist er tot?«

»Nein, betäubt. Jetzt sei still. Ich habe immer noch Kopfschmerzen, und ich versuche, zügig etwas zu erreichen.« Ich entdeckte eine weitere schmutzige Klinge. Es erforderte ein paar Verrenkungen, aber es gelang mir, den Strick um meine Handgelenke an der Klinge durchzusägen, bis er auseinanderfiel. Ich schüttelte die kribbelnden Hände aus. Von den Überresten der Beschwörung, die ich dem Priester entgegengeschleudert hatte, spürte ich noch einen Übelkeit erregenden metallischen Geschmack im Mund. Die Giftwirkung würde mich hart treffen. Mir blieb nicht viel Zeit.

»Wie hast du das gemacht?«, flüsterte sie. »Ich dachte, Zauberer bräuchten besondere Malfarbe, um Zaubersprüche zu wirken.«

»Du siehst doch, dass ich keine brauche.« Ich zog mir die Ärmel über die Handgelenke, schnappte mir meine Tasche und warf sie mir über die Schulter.

»Farbe hilft, aber alles, was man benötigt, ist etwas, das dafür sorgt, dass die Runen lange genug in der richtigen Form bleiben, um sie auszusprechen.« Ich beugte mich über den Priester. »Eine ausführlichere Antwort erfordert Wochen, und selbst dann würdest du es vermutlich kaum verstehen.«

Sie starrte mich böse an. »Mistkerl. Du glaubst also, dass sonst niemand über Magie Bescheid weiß?«

»Im Augenblick erscheint es mir wichtiger, ob irgendjemand Bescheid weiß, wo der Schlüssel ist.« Ich durchwühlte die dreckigen Gewänder des Priesters. »Er muss doch einen haben, oder? Sonst hätten uns die Wachen nicht mit ihm allein gelassen.«

Spöttisch riss sie die Augen auf. »Fragst du etwa mich, ob ich gesehen habe, wo er ihn hingesteckt hat? Obwohl ich zu dumm bin, etwas von Farbe zu verstehen? Das Schlüsselbund hängt an einer Schnur um seinen Hals, gnädiger Herr.«

Ich fand den Schlüsselring, riss ihn ab und richtete mich auf. »Hör zu, ich muss etwas wissen. Bist du in den Jaerntempel eingedrungen, oder hat der Priester dir das Kultbild wirklich untergeschoben? Der feine Herr Spiel-mit-mir da drüben wacht bald auf, also rate ich dir, schnell zu antworten.«

Sie fuhr sich mit der Zunge über die Unterlippe. »Was, wenn ja?«

»Dann bin ich interessiert. Ich bin bereit zu verhandeln.« Ich hielt die Schlüssel hoch. »Ich lasse dich frei. Im Gegenzug bringst du mich so lange in den Tempel, dass ich Zugriff auf die Bücher habe. Abgemacht?«

»Warum?« Sie schien nicht zu verstehen, wie wenig

Zeit uns blieb. »Ich habe keinen Grund, dir zu helfen. Ich kenne nicht einmal deinen Namen. Was steht in den Büchern?«

»Nichts, was dir etwas nützen würde. Eine Liste.« Ich warf einen Blick auf den Priester. Wenn das hier noch länger so weiterging, würde ich eine Möglichkeit finden müssen, ihn zu fesseln. »Dir ist klar, dass sie dir den Kopf abschlagen, wenn ich dich nicht befreie?«

»Und du kannst offensichtlich nicht ohne mich in den Tempel gelangen.« Sie zog eine Augenbraue hoch. »Soweit ich es beurteilen kann, habe ich etwas, das du brauchst. Was für eine Liste?«

Ich ging auf die Tür zu. Einer der Schlüssel am Ring schloss sie auf, aber ich hatte keine Möglichkeit herauszufinden, was sich auf der anderen Seite der Tür befand. Waren die Wachen in ihren Verschlag auf dem Hof zurückgekehrt, oder waren sie weiter vorn am Gang in irgendeiner anderen Zelle?

»Zauberer«, sagte sie.

»Mein Name ist nicht ›Zauberer‹«, antwortete ich, »sondern Gray. Corcoran Gray. Schindest du mit Absicht Zeit, oder …?«

»Egal, wie du heißt.« Sie klang nervtötend ruhig für jemanden, der um sein Leben schacherte. »Wenn du meine Hilfe willst, musst du mir sagen, worauf du wirklich aus bist. Ich glaube nicht, dass du da eine Wahl hast.«

Ich hörte keine Geräusche auf dem Gang – nicht, dass ich in der Lage dazu gewesen wäre, wenn ich sie nicht endlich dazu brachte, mit dem Plappern aufzuhören. Mein Knie schickte ein warnendes Ziehen in meinen Oberschenkel hinauf. Wenn ich noch länger wartete, würde es nach und nach steif werden, und dann würde ich magiekrank *und* langsam sein. Ich sollte besser sofort eine Lösung finden. Ich zwang mich, systematisch alles zu durchdenken, was ich über die Frau wusste. Es musste irgendetwas geben, das ich als Druckmittel einsetzen konnte.

»Du bist keine Tempelakolythin«, sagte ich langsam, »sonst hättest du zumindest Sandalen. Aber du kennst den Tempel und die Gegenzeichen gut genug, um die Bannzauber zu umgehen. Und der Priester konnte im Regen deiner Fährte folgen. Ohne Hunde.«

»Und?« Wieder spielte sie beinahe überzeugend jemanden, der keine Angst hatte.

»Und eine Tempelsklavin wüsste all diese Dinge.« Ich ließ den Blick über ihren Körper schweifen. Keine Ohrringe. Kein Nasenring. Der Bauchnabel vielleicht? »Deshalb werden sie gezwungen, Aufspürer zu tragen. Normalerweise als Schmuckstück. Magisch angelegt und schwer zu entfernen, es sei denn, man weiß, was man tut.« Ich hielt inne und sah ihr in die Augen. »Ich weiß, was ich tue.«

Ich bot ihr die Freiheit an – in gewisser Weise. Wir waren in einem verstädterten Teil der Provinzen, nicht im wilden Grenzland, wo Sklavenfänger Jagd auf jeden machen durften, der umherstreifte. Wenn sie sich an die Städte hielt, würde sie vielleicht auch ohne die teuren offiziellen Papiere, die ihre Rechtsstellung als Freigelassene gesichert hätten, ein anständiges Leben führen können.

Sie biss die Zähne zusammen. »Willst du damit

sagen, dass du ihn mir abnehmen kannst? Dafür sorgen kannst, dass sie mich nicht wiederfinden können?«

»Ja. Ich schließe dir die Fesseln auf, du bringst mich in den Tempel, und dann erlöse ich dich von deinem Aufspürer. In genau der Reihenfolge, damit auch alle ehrlich bleiben.« Ich hielt den Schlüssel hoch. »Haben wir eine Abmachung oder nicht?«

Sie schwang die Handgelenke zu mir herüber. »Ja. Beeil dich einfach, Corcoran.«

»Na endlich.« Ich schnappte mir ihre Kette und probierte einen Schlüssel nach dem anderen aus. »Aber mir ist ›Gray‹ lieber, nicht der andere Name. Und du musst mir sagen, wie deiner lautet, nachdem ich dir meinen genannt habe. So macht man das in wohlerzogenen gesellschaftlichen Kreisen.«

Beim dritten Schlüssel öffneten sich die Handschellen. Sie zog die Handgelenke daraus hervor. »Hast du einen Plan, uns von hier wegzubringen?«

Ich durchwühlte meine Tasche. »Wie wäre es mit einem falschen Namen? Mit dem wäre ich auch zufrieden. Es wird irgendwann unpraktisch, jemanden immer nur ›Du‹ zu nennen.«

»Brix. Mein Name ist Brix.« Eine Falte erschien zwischen ihren Augenbrauen. »Du bist ein sehr seltsamer Mensch.«

»Das trägt zu meinem Charme bei.« Ich fand einen Fetzen Pergament, einen größtenteils leeren Weinschlauch und einen Bleistift. »Wie würde es dir gefallen, unsichtbar zu sein?«

ZWEI

Das Gefängnis bestand nur aus einem Gang mit einem halben Dutzend Zellen, die bis auf einen schnarchenden Betrunkenen leer waren. Brix hatte sich an einer Handvoll meines Ärmels festgeklammert, sobald ich den Zauberspruch vollendet hatte, und führte mich und meine neuerlich aufgeflammten Kopfschmerzen auf den Hof. Die beiden Wachen waren wieder auf ihrem Posten, vom Strohdach ihres Häuschens vor dem Nachmittagsregen beschirmt.

»Hässliche Nervensäge«, sagte einer gerade, als wir uns näherten. »Ich weiß nicht, warum Baron Fenwydd ihn überhaupt duldet.«

»Weil Halling den gnädigen Herrn überzeugt hat, dass die Götter ihm aus der Hand fressen.« Der Wachsoldat öffnete einen Beutel und nahm eine Prise Shan-Blätter daraus hervor, bevor er seinem Freund etwas anbot, der sogleich zugriff. Sie kauten beide feierlich.

»Wir sollten wohl einmal nach ihm sehen.«

Der zweite schüttelte den Kopf. »Bei den Göttern, nein! Er wird noch nicht einmal halb fertig sein, selbst wenn die Gefangenen reden. Es wird noch schlimm genug, nachher sauber zu machen.«

Der Druck von Brix' Griff zwang mich, vorwärtszugehen und ihr durch den Schatten an einer Seite der Mauer zu folgen. Wie verließen den Hof und sahen uns einem weitläufigen, matschigen Platz gegenüber. Es musste Markttag gewesen sein. Gemüsekarren rumpelten schwerfällig durch eine Menge aus Menschen und Ziegen, und zwei Frauen verkauften Kuchenstücke. Zum Glück war der Soldat, der die Pforte bewachte, aus der wir gerade gekommen waren, damit beschäftigt, mit einem Mädchen zu reden, das einen Säugling auf der Hüfte trug. Wir gelangten ohne Scherereien an ihm vorbei.

Ich entdeckte ungefähr zwanzig Fuß von uns entfernt eine Ecke hinter einem Kuchenstand, wo wir vor neugierigen Blicken geschützt sein würden. Brix ließ mich los, und ich griff einen Moment lang in die Luft, bevor ich ihre Kleider zu fassen bekam. Das überraschte Quietschen, das sie von sich gab, hatte zur Folge, dass der Soldat verwirrt aufblickte. Es wurde Zeit zu gehen.

Ich hielt sie fest und stieß sie auf den Kuchenstand zu, so schnell ich konnte. Als wir ihn erreichten, hockte ich mich zwischen den Stand und die Stadtmauer und zerrte Brix neben mich nach unten. Die Besitzerin des Stands pries ihre Waren näher an der Straße aus voller Kehle in einem Singsang an, der selbst einen Trompeter übertönt hätte.

»Halte Ausschau nach einem unauffälligen Weg«, sagte ich. »Unsere Fußabdrücke zeichnen sich ab, wenn der Schlamm zu tief ist.«

»Was?« Brix' Hand fand meine und versuchte, meine Finger von dem Stoff zu lösen, den ich gepackt hielt. »Lass los. Es fällt mir schwer, mich zu konzentrieren, wenn ein Mann eine Handvoll von meinem Hosenboden festhält.«

Ich ließ los und riss die Hand ruckartig wieder an mich, dankbar, dass Brix mich nicht erröten sehen konnte. Wie war mir *das* nur wieder passiert? Ich stammelte ein »Tut mir leid«.

»Macht nichts«, sagte Brix. »Du hast es ja nicht darauf angelegt. Was meinst du, hält der Zauber bis zum Einbruch der Nacht vor? Ich sehe nicht viele Stellen, an denen wir uns bewegen können, ohne Spuren im Matsch zu hinterlassen. Wir könnten uns wohl an die Mauer halten.«

Uns an die Mauer zu halten klang nach einer guten Idee, aber ich wusste immer noch nicht, wie ich überleben sollte, bis ich den Mauerring verlassen konnte. Die Runen, die ich vom Pergament gespült hatte, schwappten vermischt mit Wein und Galle in meinem Magen herum. Ich bekam einen Schluckauf und verzog das Gesicht angesichts des säuerlichen Geschmacks in meinem Mund. Die Magie neigte sich viel zu schnell dem Ende zu. Unsichtbarkeit ist von unberechenbarer Dauer, aber *so* unberechenbar hätte sie nun auch wieder nicht sein sollen. Es war ein Fehler gewesen, den Spruch noch einmal zu verwenden, bevor ich mich von dem letzten erholt hatte.

»Ich glaube, wir sollten nicht warten«, sagte ich. »Der Zauber degeneriert. Er lässt nach, meine ich.«

»Wo bist du?« Brix' Finger stachen mich ins Knie. Sie stutzte und tastete die harten Umrisse der Schiene aus Kupfer und Leder ab, die ich am linken Bein trug. Sie passte unter meine Hose. Ich hinkte nicht, wenn ich nicht sehr müde war, und normalerweise bemerkten die Leute die Schiene gar nicht. »Was, um alles in der Welt …«

Nein, Fragen darüber würde ich nicht beantworten. Ich packte ihre Hand und führte sie von der Schiene fort. »Sag mal, könnten wir langsam in Gang kommen? Jetzt hast du meine Hand, und ich habe deine, und keiner von uns muss den anderen begrapschen.«

Das war etwas ungerecht, aber es brachte sie zum Schweigen.

Sie veränderte ihren Griff, schob ihre Hand hoch, bis sie um meine Hemdmanschette lag. Ich umfasste meinerseits ihr Handgelenk. Wir kamen auf die Beine. Ich ließ mich von ihr im Trab an der Mauer entlangziehen. Meine Kopfschmerzen wurden immer schlimmer, aber nicht so schnell, wie ich erwartet hatte. Besorgniserregender war die Schlange aus Licht, die quer vor meinem Gesichtsfeld pulsierte. Ich hatte meine Schildrunen wohl nicht perfekt geschrieben.

Brix führte mich von der Hauptstraße weg in das enge Gässchen hinter einer Schenke. In geringer Entfernung stand der Stall des Wirtshauses voll junger Bauerntölpel, die einander alles Mögliche zuriefen. Jedes Geräusch schien einen Haken in die Rückseite meiner Augen zu treiben.

Ich blieb stehen, doch Brix zupfte gleich wieder an meinem Handgelenk.

»Lass mich nicht los«, sagte sie. »Sonst finde ich dich nie wieder.«

Ich hatte nicht vor, sie loszulassen, zumal ich kaum

sehen konnte. »Ich muss stehen bleiben«, hielt ich dagegen.

»Das können wir nicht.« Sie zog. »Wir müssen einen sicheren Ort finden, sonst spüren sie uns wieder auf. Du musst weitergehen.«

»Aber …« Ich krümmte mich und übergab mich.

»Bei allen Höllen!« Brix ließ mich nicht los, aber ich glaube, sie machte einen Satz rückwärts. »Was ist denn nur mit dir?«

»Ich bin verdammt noch mal unsichtbar«, blaffte ich. »Es tut weh. Ich will mich hinsetzen.«

Hinter uns erscholl in der Ferne misstönendes Glockengeläut. Lichter explodierten überall in meinem Kopf. Ich schnappte nach Luft und stolperte. Es gelang mir gerade noch, nicht mit dem Knie in einer Lache aus Erbrochenem zu landen. »Hör zu …« Meine Zunge fühlte sich dick an. Ich konnte sie nicht dazu bringen zu sagen, was ich wollte. Als ich es versuchte, drang nur ein seltsames Stöhnen aus meinem Mund.

»Das sind die Gefängnisglocken. Sie wissen, dass wir nicht mehr da sind.« Sie zerrte an mir, versuchte, mich wieder auf die Beine zu hieven. »Wir müssen weg. Sofort!«

»Stimmt.« Es verlangte mir all meine Konzentration ab, dieses eine Wort auszusprechen. Ich ließ zu, dass sie sich meinen Arm um die Schultern legte, und stolperte neben ihr her. Wir flohen durch ein Gewirr aus winzigen Gässchen und gelangten am Ende zu einem weiteren Gasthaus. Dieses hier war nicht wohlhabend genug, einen Stall zu besitzen. Ein Pferd und drei Esel waren an einem Geländer vor dem dreistöckigen

Gebäude angebunden. Wir schlichen uns an ihnen vorbei und blieben erst hinter der Häuserzeile stehen.

Ich spähte das Gässchen entlang und versuchte, an dem scharfkantigen Schmerz vorbeizudenken, der in meinem Kopf pulsierte. »Was machen wir hier?«

»Du hast gesagt, dass du stehen bleiben musst. Ich suche dir einen Platz zum Stehenbleiben.« Sie schleifte mich vorwärts. »Wenn es dir hier nicht gefällt, müssen wir etwas anderes suchen. Eine Scheune oder …«

»Nicht schon wieder eine Scheune«, sagte ich.

»Wir sollten uns jedenfalls besser schnell entscheiden.« Brix hielt meine Hand hoch, und ich konnte die gespenstischen Umrisse ihrer Finger sehen, die meinen Unterarm umschlangen. »Wir werden wieder sichtbar.«

»Irgendetwas stimmt mit dem verdammten Zauberspruch nicht.« Ich schüttelte sie gereizt ab. »Fühlst du dich nicht schlecht? Du solltest wenigstens Kopfschmerzen von den Runen haben, die ich dich habe schlucken lassen.«

»Ich habe auch Kopfschmerzen«, sagte sie.

Gestank schlug mir entgegen. Ich war außerhalb der Zeit; im nächsten Moment würde ich schon nicht mehr in der Lage sein zu gehen. Ich stürzte so schnell in das Gässchen, wie ich konnte.

Brix folgte mir. »Was ist los? Was genau ist nicht in Ordnung?«

Ich fand einen Winkel dort, wo die Wände zweier Ziegelgebäude aneinanderstießen, rollte mich zusammen und fiel auf dem schmutzigen Kopfsteinpflaster auf die Knie, übermannt von dem Gestank, der, wie ich wusste, nur in meinem Kopf existierte. Ich wollte etwas sagen, sie vorwarnen, womit sie zu rechnen hatte, aber mein Kiefer verspannte sich schon. Ich verlor das bisschen Sehkraft, das mir noch geblieben war.

An den Rest erinnere ich mich nicht.

Stunden später kam ich wieder zu mir und blinzelte im Licht eines roten Sonnenuntergangs. Mein Kopf pochte immer noch, aber der Schmerz war jetzt erträglich. Ich musste geschlafen haben. Nach einem Krampfanfall bin ich immer erschöpft.

In sitzender Haltung lehnte ich an der Wand. Brix hockte neben mir, die Knie an die Brust gezogen. Als ich den Kopf hob, wandte sie sich mir zu. »Wach?«

»Kaum.« Ich versuchte herauszufinden, wie heftig der Anfall gewesen war. Es war Monate her, dass ich zuletzt einen gehabt hatte, und ich hatte gehofft, die richtige Kombination aus Schildmagie gefunden zu haben, um die Anfälle zu verhindern.

»Was ist passiert?« Ihre Stimme war leise. »Ich dachte, du wärst Hundefutter.«

»Es ist nichts.« Ich rieb mir die Augen. »Ein Anfall, eine Art Reaktion auf den Zauberspruch. Unsichtbarkeit ist giftiger als die meisten anderen Beschwörungen. Ich hätte sie nicht zweimal binnen so kurzer Zeit anwenden dürfen, aber ich weiß nicht, was für eine Wahl wir sonst gehabt hätten.«

Sie musterte mich. Ein Stirnrunzeln ließ ein Fältchen zwischen ihren Augenbrauen erscheinen. »Ich will nicht, dass du stirbst, bevor du mir den Aufspürer abgenommen hast.«

»Ich habe gesagt, dass ich ihn entfernen werde, und ich habe nicht vor, zu sterben und mein Versprechen zu brechen.« Ich schaute in den Himmel, an dem der Sonnenuntergang inzwischen verblasste. »Apropos: Wie lange sind wir schon hier? Halling wird sich früher oder später daran erinnern, dass er den Aufspürer nutzen und hellseherisch nach dir fahnden kann. Wir sollten uns in Bewegung setzen.«

Sie legte sich instinktiv die Arme vor den Bauch. »Warum nimmst du ihn mir nicht einfach sofort ab, wenn du dich so sorgst?«

»Weil das nicht der Abmachung entspricht.« Ich hielt inne. »Hör zu, ich *muss* in den Tempel gelangen. Du hast behauptet, mir das ermöglichen zu können. Wenn du gelogen hast, sag es einfach gleich, dann gehen wir getrennte Wege.«

»Ich habe nicht gelogen«, stieß sie mit zusammengebissenen Zähnen hervor. »Mein Vertrag gehörte früher dem Jaerntempel in Karrad. Der Priester dort war alt. Beim täglichen Aufschließen hat er sich selbst die Abläufe zugemurmelt, um niemanden merken zu lassen, dass er halb blind war. Ich habe lange dafür gebraucht, aber ich habe auswendig gelernt, was er tat. Dann starb er, sie verfrachteten mich hierher, und ich dachte, ich müsste von vorn anfangen. Aber dem war nicht so. Dieser Tempel ist nach demselben Muster gebaut wie der in Karrad. Er ist nur ein bisschen kleiner. Und die Liturgie ist identisch – dieselben Bannzauber, dieselben Gegenzeichen.«

»Willst du mir sagen, dass man, solange man die Gegenzeichen kennt, einfach in einen Jaerntempel –

jeden beliebigen Jaerntempel – spazieren kann, wann immer man will?« Sie nickte. Ich pfiff leise. »Also hast du ihnen mehr gestohlen als ein Kultbild. Kein Wunder, dass Halling hinter dir her ist.« Ich runzelte die Stirn. »Aber wenn du für seinen Tempel gearbeitet hast und diesen Aufspürer trägst, warum hat er sich dann vorhin in der Scheune so verhalten, als würde er dich gar nicht kennen?«

»Ich bin erst vor drei Tagen hergekommen. Er hat mich bisher kaum gesehen. Zuerst habe ich behauptet, ich sei krank, und konnte mich in den Sklavenunterkünften verstecken, aber ich wusste, dass ich früher oder später gezwungen sein würde …« Sie starrte ausdruckslos das Kopfsteinpflaster an. »Du hast gesehen, was für ein Mensch Halling ist. Was er anderen gern antut.« Ihre Hände krampften sich in den Stoff ihres Hemds, verdrehten ihn, bis ihre Knöchel weiß wurden. »Der Aufspürer ist nur ein Kupferring. Er wirkt nicht besonders solide. Ich dachte, wenn ich ein Kultbild stehlen würde, könnte ich einen Schmied bestechen, ihn zu entfernen, um die Gelegenheit zu haben zu entkommen. Seine Blechschere ist daran zerbrochen. Kannst du ihn mir *wirklich* abnehmen?«

»Natürlich ist die Blechschere zerbrochen«, sagte ich. »Der Ring wird von einem Zauber gehalten, nicht vom Metall selbst. Ich muss einen Gegenzauber wirken, um ihn zu entfernen.« Ich hielt inne. Ihre Verzweiflung war nachvollziehbar, aber hinter ihren Augen zeichnete sich etwas ab, das ich nicht zu deuten wusste, eine tiefere Schicht aus Furcht und Berechnung. »Ich bringe dir die Beschwörung bei, wenn du möchtest«, schlug ich versuchsweise vor.

»Was? *Nein.*« Sie bedachte mich mit einem schockierten Blick, als hätte ich ihr angeboten, mich nackt auszuziehen und zu tanzen. »Sieh bloß zu, dass du deinen Teil der Abmachung einhältst, dann halte ich auch meinen ein.« Sie stand auf und strich ihr Hemd mit zitternden Fingern glatt. »Letztes Mal haben sie sechs Stunden gebraucht, mich zu finden. Uns bleibt noch etwas Zeit. Gehen wir.«

Wir verließen das Gässchen, als das Dämmerlicht allmählich in die Nacht überging. Ich folgte ihr durch eine Reihe schmaler Straßen, in denen Nebel und Kochdünste waberten. Lampen glommen in Gebäuden, und von Zeit zu Zeit passierten wir ein Kohlenbecken vor einem Geschäft oder einem größeren Wohnhaus. Abgesehen davon war es so dunkel, dass wir vermutlich selbst dann nicht gesehen worden wären, wenn wir direkt an einer Wachpatrouille vorbeigekommen wären.

Am Ende der fünften Gasse zeigte Brix auf etwas. »Hier.«

Der Tempel ragte hoch über der Straße auf, weniger prunkvoll als die bemalten, säulengeschmückten Gebäude, die ich in der Vergangenheit gesehen hatte und die Mutter Ranara oder dem Herrn der Jenseitslande geweiht waren. Dieser Tempel hier war nur ein großer Kubus aus grauem Stein, vor dem nicht einmal eine Statue stand, um anzuzeigen, welcher Gottheit er gehörte. Nur die ausgedehnte Größe deutete auf die Geheimnisse hin, die angeblich in dem Gebäude wohnten. Über dem Eingang tauchte eine Hängelampe die Fassade in ein scharlachrotes Glühen. Der einzige Dekorationsversuch waren die Zinnnägel, die auf der Tür aus hellem Eichenholz blitzten und die Umrisse von Jaerns Symbol nachzeichneten, einem halb geschlossenen Auge.

Es fühlte sich falsch an, so mutig auf das Gebäude zuzugehen, obwohl ich wusste, dass es keinen anderen Weg hinein gab. Da sie dem Herrn der Geheimnisse geweiht sind, haben Jaerntempel bekanntermaßen nur einen einzigen Eingang, keine Fenster und dazu noch einen undurchdringlichen Schutzzauber. Es gefiel mir trotzdem nicht. »Auf den Lampenschein könnte ich verzichten«, murmelte ich.

»Entweder willst du hinein oder nicht.« Sie packte mich am Handgelenk. »Komm schon, bleib dicht bei mir.« Sie führte mich vorwärts, blieb unmittelbar außerhalb des Lichtkreises stehen, als müsste sie sich sammeln, und musterte die Lampe und die Nägel in der Tür. Ihr Griff wurde fester, und sie machte einen Satz vorwärts. Wir standen in dem scharlachroten Lichtkreis. Ich schaute auf. Verschlungene, bösartige Runenschriftzeilen glühten in einer Spirale auf der Unterseite des Lampenbeckens. Ich erkannte den Zauberspruch – einen üblen. Die Bannzauber waren drauf und dran, uns in Flammen aufgehen zu lassen.

»Brix«, sagte ich besorgt.

Sie ignorierte mich und zählte lautlos. Ihre Finger huschten über die Tür, fast zu schnell, um die Bewegung zu verfolgen, und berührten die Nägel in einer bestimmten Reihenfolge. Die Klinke klickte. Brix stieß die Tür auf und zog mich hinein. Sie schloss die Tür hinter uns, lehnte sich dagegen und atmete erschauernd aus. Das Ganze hatte weniger als zwanzig Sekunden gedauert.

Wir standen im Dunkeln. Direkt vor uns glomm ein mattes Licht. Wir traten darauf zu und fanden uns in einem weitläufigen, kreisrunden Raum mit schwarzem Boden wieder. In der Mitte ragte ein dunkler Granitblock auf, den eine Silberstatuette und zwei riesige Silberleuchter zierten, die erstaunlich wenig Licht spendeten. Bündel kleinerer Ritualkerzen waren am Fuß des Steinklotzes aufgehäuft. Muster krochen über den Altar, gewundene Runenzeilen, die in den Stein gemeißelt und mit Zinn eingelegt waren.

»Berühre nichts im Allerheiligsten.« Sie führte mich durch den Schatten zum Altar, nahm sich eine kleine Kerze und hielt ihren Docht in die Flamme der größeren, bevor sie damit die Lippen des Götterbilds berührte – eines grotesken augenlosen Säuglings, der vermutlich eine Darstellung des »Leeren« war, jenes Geists, der dem Gott laut jaernischer Doktrin zu Anbeginn der Zeit die sechs Gründungsrunen zugeflüstert hatte.

»Der Leere?«, fragte ich und zeigte auf das Kultbild. »Das ist das hässlichste Abbild von ihm, das ich je gesehen habe.«

»Ich weiß. Halling *küsst* ihn beim Gebet.« Brix warf noch einen Blick darauf und schauderte, bevor sie quer durch den Raum zu einer kleinen Seitentür ging. Die Kammer dahinter war mit Weihrauchbündeln, Kerzenstapeln und einem Schrank vollgestopft, der eine Flaschensammlung enthielt, deren grüner Inhalt schimmerte. Ich zog die Augenbrauen hoch. Mir war immer klar gewesen, dass die Visionen, die man in Jaerntempeln sah, vermutlich nicht göttlichen Ursprungs waren, aber ich hatte nicht damit gerechnet, dass die Priester Yavad einsetzten.

»Darf ich die berühren?«, fragte ich.

Sie warf einen Blick auf den Schrank und rümpfte die Nase. »Wenn du willst.«

Yavad war etwas gewöhnungsbedürftig, aber es war zugleich teuer, und man wusste nie, wann es vielleicht nützlich sein würde, um es gegen etwas einzutauschen. Ich schnappte mir drei Flaschen und steckte sie in meine Tasche. »Wo ist die Bibliothek?«

»Hier entlang.« Brix wies auf eine Tür, die so klein und unpraktisch war, dass man sie für die eines Einbauschranks hätte halten können. »Die Sklaventür ist sicherer als der offizielle Eingang, der aus dem Allerheiligsten hineinführt.«

Ich zögerte. »Nach dir.«

Sie rollte die Augen. »Meine Götter! Wenn ich dir Steine in den Weg legen wollte, hätte ich dich draußen verbrennen lassen.« Sie stieß die Tür auf, duckte sich und trat hindurch. Ich folgte ihr.

Eine zweiflügelige Tür nahm die gesamte gegenüberliegende Wand ein. Drei mannshohe Regale säumten den Rest des winzigen Raums und waren mit Schriftrollen, Foliobänden und gewaltigen, armdicken Wälzern vollgestopft. In der Mitte stand ein quadratischer Tisch, der von einer vergoldeten Büste des Gottes Jaern und einem leeren Bronzekandelaber dominiert wurde.

Beide waren von Dutzenden kleinerer Kultbilder verschiedener Heiliger umgeben.

Eine vertraute Mischung aus Hoffnung und Nervosität brodelte in meinem Bauch. Wenn ich Glück hatte, befanden sich irgendwo in diesem Haufen von Worten der Name und der Ort, nach denen ich suchte: Acarius Gray, mein Großvater. In den letzten sechs Monaten hatte ich kein einziges Mal Glück gehabt.

»Pass auf die Gebete auf«, sagte Brix. »Sie erwachen nur, wenn jemand das Allerheiligste durchquert, ohne den Leeren Feuer schmecken zu lassen, aber es bringt trotzdem Unglück, sie zu berühren.«

Ich warf einen Blick nach unten. Eine Reihe von Buchstaben war in Rot an den Rändern des Fliesenbodens aufgemalt. Es war ein Zauberspruch, kein Gebet, aber es war nicht der rechte Zeitpunkt, um sich über die Unterschiede zwischen Tempel- und Gildenmagie zu streiten. Die Runen waren in der Tat inaktiv, also stieg ich über sie hinweg und ging auf den nächsten Stapel halbwegs vielversprechend aussehender Bücher zu. »Kannst du die Kerze näher heranbringen?«

Sie tastete sich über die Runen hinweg und stellte die Kerze in den Halter auf dem Kultbildtisch. Was das Licht enthüllte, machte mir nicht gerade Mut. Wenn ich jeden einzelnen Band durchsehen musste, konnte das durchaus den Rest der Nacht dauern. Ich ließ den Blick über die Regale schweifen. Die Schriftrollen enthielten wahrscheinlich nur theologische Erörterungen und nicht viel mehr. Ich ließ die Fingerspitzen über die dicken Buchrücken der Kodizes gleiten. Der erste, den ich öffnete, erwies sich als gebundene Sammlung von zehn Jahre alten Steuerlisten. Nutzlos. Ich schob das Buch zurück ins Regal und warf einen Seitenblick auf Brix. »Na?«

Sie hatte sich nicht gerührt. »Dauert das noch lange?«

»Ich habe keine Ahnung. Ich nehme dir nicht hier drinnen den Ring ab, wenn es das ist, was du meinst. Das dauert zu lange und wäre gefährlich, wenn wir nicht an einem geschützteren Ort sind.« Das nächste Buch war ein in unleserlicher, bemühter Schrift abgefasstes Traktat über die Tirnaal, eine zurückgezogen lebende Gruppe tätowierter, halb zivilisierter Menschen, die nur aufgrund der Tatsache von Bedeutung sind, dass sie so gut wie immun gegen die Giftwirkung der Magie sind. Der Autor vertrat die Theorie, dass ihre Immunität auf eine gemeinsame Abstammung mit den Dschinnen zurückging, aber da es Dschinnen in Wirklichkeit gar nicht gibt, war das kein sehr verheißungsvoller Anfang. Das Buch danach enthielt eine Sammlung geistlicher Dichtungen über Mysterien und Bienen. Der letzte Band auf dem ersten Regal war ein Handbuch für Inquisitoren mit Anleitungen zum Aufspüren, Unschädlichmachen und Hinrichten von Nekromanten und ihrer »magischen Nachkommenschaft«, was sich auf verschiedene Formen von Untoten zu beziehen schien. Der Abschnitt über Hinrichtungen erging sich besonders in Einzelheiten. Ich schluckte und schlug das Buch rasch zu.

Brix spazierte zum Kultbildtisch und begann, die Statuen zu sortieren. Sie hielt zweifelsohne nach etwas Ausschau, das nicht zu schwer zum Tragen sein würde. Ich arbeitete mich mit wachsendem Frust durch stapelweise schmale Foliobände. Es waren allesamt Genealogien, die sich mit den Familien königlicher Bastarde befassten. Ich entdeckte bloß ein Buch, das auch nur im Entferntesten von Bedeutung sein mochte: die Aufzeichnungen eines Richters. Ich überflog sie auf der Suche nach Acarius' Namen, als plötzlich ein Schlüssel im Schloss knarzte.

Mein Kopf ruckte hoch. Der Griff der Tür, die ins Hauptheiligtum führte, wackelte. Ich stopfte das Buch in meine Tasche. Brix packte die Kerze, und wir hasteten zur Sklaventür.

Im Lagerraum blies sie die Kerze aus. Wir blieben stehen und lauschten. Stimmengemurmel setzte in der Bibliothek ein. Zwei Männer stritten sich. Ich tastete nach der Tür zum Allerheiligsten und stieß sie einen Spaltbreit auf.

Die Kerze auf dem Altar warf immer noch einen einsamen Kreis der Helligkeit inmitten des dunklen Raums. Die große, zweiflügelige Tür zur Bibliothek aber stand offen. Durch sie ergossen sich Zank und waberndes Lampenlicht auf den Boden.

»Ich verstehe das nicht, verehrter Herr.« Hallings hohe, panische Stimme ertönte keuchend über ein Geräusch hinweg, das klang, als würde jemand Gegenstände von Regalen fegen. »Die Divination hat ergeben, dass sie *hier* ist. Ich bin mir sicher, dass ich mich nicht geirrt habe. Ich …«

»Glaubt Ihr, dass sie sich hinter den Schriftrollen versteckt?« Der zornige Bariton des anderen hallte durch den Raum. »Alles, was Ihr tun solltet, war, ihn festzunehmen und von den Büchern der Gilde fernzuhalten. Das ist der einzige Grund dafür, dass man Euch hinzugezogen hat. *Ich* hätte mich schon um ihn gekümmert. Aber Ihr musstet ja unbedingt die Frau bestrafen und mit Euren Messern spielen, und jetzt habt Ihr beide verloren! Ist es das, wofür ich Euch bezahle? Wisst Ihr, was mich all das bisher schon gekostet hat?«

Wir mussten fort, und zwar schnell, bevor die Männer die Bibliothek wieder verließen. Ich schob mich vorsichtig hinaus ins Allerheiligste. Das Herz klopfte mir bis zum Brustbein. Ich drehte mich um und wollte Brix heranwinken, aber sie war schon neben mir aus der Kammer geschlüpft. Sie presste sich den Finger auf die Lippen und verschwand im Schatten an der Wand.

Ich schlich ihr nach – oder zumindest dorthin, wo ich sie vermutete. So weit von den Altarkerzen entfernt konnte ich sie nicht sehen, und ich durfte nicht einmal ein Flüstern riskieren, um sie zu orten.

»Nicht«, flehte Halling jetzt. Aus seiner Stimme sprach nackte Panik. »Ich kann noch einmal suchen. Ich finde sie!«

Der Bariton stimmte einen Sprechgesang an. Mir stellten sich die Haare auf den Armen auf. Kannte ich die Stimme etwa?

»Bitte!«, schrie Halling. »Gnädiger Herr, nicht …«

Seine Stimme brach mit einem leisen Gurgeln ab.

Ich presste mich gegen die Außenmauer des Allerheiligsten und reckte den Hals, um zu sehen, wer den Zauber gewirkt hatte. Ich glaubte, ihn zu erkennen, aber – bei den Göttern! – ich hoffte, dass ich mich irrte.

Ein großer Mann in einer schwarzen Robe stand in den Überresten der Bibliothek und hatte mir den Rücken zugewandt. Er sah auf das hinab, was von Halling übrig war. Der Priester lag zusammengekrümmt am Boden, den Hals in einem unnatürlichen Winkel verrenkt und den Mund zu einem Ausdruck erbarmenswerten Staunens aufgerissen. In einer seiner Hände flackerte immer noch eine Kerze.

Der große Mann bückte sich, packte Halling beim Kragen und schleifte ihn langsam ins Allerheiligste. Ich blieb in Bewegung. Ich konnte jetzt die Umrisse der Außentür erkennen, die nur wenige Schritte entfernt war. Brix war nirgends zu sehen. Ich hoffte, dass sie schon ins Freie gelangt war. Ich griff nach der Türklinke und hielt dann inne. Hatte sie ein Geräusch gemacht, als wir hereingekommen waren, oder nicht?

Keine Zeit. Ich biss die Zähne zusammen und drückte die Klinke hinunter.

Klick.

Der große Mann ließ Hallings Leiche sofort fallen und wirbelte auf dem Absatz herum. Wieder stimmte er einen Sprechgesang an. Ich warf mich auf den Boden, während ein purpurner Blitz an der Wand über meinem Kopf einschlug.

Etwas hilflos richtete ich mich auf Hände und Knie auf. Das gleißende Licht hatte mich geblendet. Wo ging es zur Tür?

»*Sieh an.*« Das leise Lachen des großen Mannes hallte im Raum wider.

Meine Augen passten sich gerade noch rechtzeitig wieder dem herrschenden Zwielicht an, um zu erkennen, wie er auf mich zuschritt. Die lavendelfarbenen Überreste des Zauberspruchs schimmerten unter seinen Fingernägeln. »Ich hätte gar nicht gedacht, dass du ein religiöser Typ bist.« Seine Zähne blitzten im matten gelben Licht auf. »Hallo, Gray.«

DREI

Ich erkannte seine Stimme, ohne sein Gesicht zu sehen: Keir Esras, Oberster Inquisitor der Gilde, ragte keine vier Fuß von mir entfernt drohend auf. Es gab rund siebentausend Leute, denen ich in dem Moment lieber begegnet wäre.

»Wie«, fragte er, »stehen die Aussichten, dass du friedlich mitkommst?«

»Nicht allzu gut.« Ich stand auf. »Wie du dich sicher entsinnst, bin ich auch letztes Mal nicht friedlich mitgekommen.«

»Stehen bleiben.« Keir hob die Hand. Das purpurne Licht, das darüber knisterte, sorgte dafür, dass sich sein krummer Nasenrücken wie ein umschattetes Relief abzeichnete. »Sonst erfährst du, wie Blitze schmecken. Sei klug. Alles, was ich verlange, ist ein bisschen Hilfsbereitschaft. Wir wissen, dass Acarius dir die Informationen geschickt hat.«

Ich blieb stehen. »Wo ist er? Wohin habt ihr Dreckskerle ihn gebracht?« Ich wusste, dass Keir wahrscheinlich log und versuchte, mich aus der Reserve zu locken. Es tat immer noch weh, den Namen des alten Mannes zu hören, mehr, als ich es je für möglich gehalten hätte.

»An einen Ort, an dem du ihn nie finden wirst. Er

könnte genauso gut nicht existieren.« Keir lächelte. »Sieht aus, als könnten wir doch noch auf deine Mitarbeit hoffen.«

»Wie geht es deiner Nase?«, erkundigte ich mich. Ich hatte sie ihm mit einem Zauber gebrochen, als er das letzte Mal versucht hatte, mich zu verhaften, drei Monate und sechs Städte früher. Als ich jetzt genauer hinsah, hatte ich den Eindruck, dass sich um seine Augen herum immer noch leichte Blutergüsse abzeichneten.

Das Lächeln verschwand aus seinem Gesicht. »Rede. Sofort.«

Ich biss mir auf die Lippen. Seine Handvoll purpurner Funken war das Problem. Ich hatte keine Zaubersprüche niedergeschrieben. Er wusste bestimmt, dass ich ihn gerade dabei beobachtet hatte, wie er einen Mord beging. Er musste mich töten, ob ich nun mitspielte oder nicht.

Ich stürzte mich auf ihn. Meine Arme schlossen sich um seine Taille, und mein Schwung riss uns beide zu Boden. Er landete mit einem überraschten Ächzen auf dem Stein, das ihm die Luft aus der Lunge trieb, und schwang die Hand auf mich zu.

Purpurnes Licht zischte an meinem Gesicht vorbei und heizte die Luft neben meinem rechten Ohr so weit auf, dass ich verbrannte Haare roch. Ich beeilte mich, seine Arme festzuhalten, um den Zauber abzulenken. Blitze haben solch eine Affinität zu Menschenblut, dass sie sich manchmal gegen ihren Wirker wenden, aber ich blutete nicht, also musste er zielen. Wenn er die Magie nicht gegen mich richten konnte …

Keirs Knie prallte dumpf in meinen Magen und ließ mich hintenüberfliegen. Ich versuchte, mich aufzusetzen, um eine bessere Hebelwirkung zu erzielen, nur, um vom nächsten Stoß seines Knies getroffen zu werden. Er wälzte sich herum. Ich prallte mit einem Aufkeuchen auf den Steinboden.

Und dann war er auf mir. Bei den Göttern, war der schwer!

»Hör jetzt auf, sonst töte ich dich sofort.« Keirs Stimme war heiser, rau. Er hatte eine Hand an meiner Kehle und drückte gerade so weit zu, dass es mir schwerfiel zu atmen. Die andere Hand schwebte über meinem Gesicht. Der Lavendelton des Blitzzaubers pulsierte und zeichnete die Adern in seinem Handgelenk nach. Ich hatte verloren.

»Blitze sind illegal«, krächzte ich.

Er schnaufte. »Tu nicht so, als würde dir die Königliche Charta etwas bedeuten. Du und ich wollen beide, dass sie abgeschafft wird. Der König ist ein törichter Analphabet, der seinen Thron nicht verdient hat. Der Zustand der magischen Forschung ist eine Schande, und trotzdem bist du *immer noch* der letzte Dreck, Gray, und pfuschst mit illegalen Zaubersprüchen aus keinem edleren Grund als dem herum, ein bisschen Geld zu verdienen. Wie ein Kesselflicker.« Er sah auf meine Tasche »Jetzt greif in die Tasche, zieh allen Unrat heraus, auf den du Runen geschrieben hast, und leg ihn auf den Boden. Ganz langsam.«

Arroganter Gildenbastard. Ich war kein Straßenbeschwörer, der von Dorf zu Dorf zog, um Töpfe zu reparieren und kranke Ziegen zu heilen. Acarius hatte mir eine weitaus bessere Ausbildung angedeihen lassen.

Ich steckte die Hand in die Tasche. In magischer Hinsicht war nichts Hilfreiches darin. Ich hatte mein Pergament aufgebraucht, als wir aus dem Gefängnis geflohen waren. Selbst wenn ich im Vorhinein Runen geschrieben hätte, hätte ich nichts aussprechen können, solange Keirs Hand auf meiner Kehle lag, drauf und dran, mich für immer zum Schweigen zu bringen.

Noch vor der Morgendämmerung würde ich mich in einem Gildehaus wiederfinden, geknebelt und mit leer gefegtem Verstand. Ich war gescheitert.

Meine Finger berührten glattes Glas. Eine der Yavadflaschen. Ich schwang sie nach oben und schmetterte sie gegen seine Schläfe.

Keir schrie gedämpft auf. Sein Blitzzauber kroch an seinem Hals empor und vermischte sich mit dem Blut, das ihm in den Bart rann, weil die Flasche ihm beim Zerbrechen eine Schnittwunde zugefügt hatte. Der Zauber hüllte sofort seinen ganzen Kopf ein. Er bewegte die Lippen, fluchte auf mich, während seine Finger sich fester um meine Kehle schlossen.

Mein Herzschlag hämmerte mir im Schädel. Ich hackte mit einer Hand auf sein Handgelenk ein, aber er rührte sich nicht. Panik pulsierte in mir, jammernd, blind.

Dann ließ er mich los, bäumte sich auf und fuchtelte mit den Händen.

Brix stand über uns gebeugt. Sie holte mit einem faustgroßen Kultbild des heiligen Simanus – des

Patrons der Henker – aus und schlug Keir noch einmal. Bewusstlos sackte er zur Seite.

Ich schnappte nach Luft. Brix packte mich am Gürtel und hievte mich auf die Beine. Sie verschwendete nur ein paar Sekunden darauf, mich in Augenschein zu nehmen. Dann umfasste sie mein Handgelenk.

Wir flohen.

Das Stadttor war natürlich geschlossen.

Wir machten nur lange genug halt, um ein paar Atemzüge lang hinter einem Karren zu verschnaufen. Er war keine drei Häuser weit von der kleinen Hütte neben dem Tor abgestellt worden, vor der ein Torwächter mit zwei Soldaten plauderte. Die Eingeweide sackten mir in die Stiefel. Brix dagegen wirkte unbeeindruckt. Sie führte mich durch die Dunkelheit zur Mauer. Wir folgten ihrem Verlauf, bis ich Wasser gluckern hörte.

Ein Gitter ragte aus den Steinen hervor und verschwand in dem kleinen Bach, der, in einen gemauerten Kanal gezwängt, unter der Befestigung hindurch in die Stadt floss. Brix watete ins eisige Wasser und zerrte mich hinter sich her. Ich folgte ihr so dichtauf, wie ich es wagte, weil ich mir Sorgen machte, sie sonst in der Dunkelheit zu verlieren. Sie führte mich an eine Stelle, an der ein Teil des Gitters unter der Mauer weggebrochen war, duckte sich und schlüpfte hinaus wie ein Fisch. Ich musste mich knapper hindurchzwängen und eine Schulter nach der anderen mühsam nach vorn schieben.

Und dann waren wir frei, jenseits der Mauer in

einem weitläufigen Teich, und wateten durchnässt ans Ufer. So musste Brix die Stadt zum ersten Mal verlassen haben, als sie, verfolgt von Halling, geflohen war.

Wir brachen zur Landstraße auf.

Lange Zeit gab es nichts bis auf das glitschige Gefühl von Wiesengras unter meinen nassen Stiefeln und den unablässigen, erbarmenswerten Wunsch, dass der Wind nachlassen möge. Als wir endlich zur Straße gelangten, war es noch schlimmer, da es hier keine Bäume gab, die uns vor dem Biss der steifen Brise beschirmten. Brix krümmte sich, den Mund zu einer verkniffenen, unglücklichen Linie zusammengepresst. Ich weiß nicht, wie viele Meilen wir unter den Sternen wanderten, aber als die Sonne aufging, konnte ich Fenwydd nicht mehr sehen. Rosiges Dämmerlicht säumte den Horizont und berührte die Spitzen der Gerstenhalme auf den Feldern ringsum mit zarten Fingern. Es wäre hübsch gewesen, wenn ich nicht noch immer von den Hüften an abwärts nass gewesen wäre.

Brix, die vor mir lief, stieß sich den Zeh. »Verdammt!« Wir blieben beide stehen. Sie schüttelte mit finsterer Miene den Fuß. »Sag mal, willst du mir den Aufspürer noch abnehmen? Wenn nicht, sehe ich keinen Grund, warum du weiter in dieselbe Richtung laufen solltest wie ich.«

»So lautet tatsächlich unsere Abmachung.« Ich beugte das kranke Knie und versuchte, das unbehagliche Gefühl im Gelenk davon abzuhalten, sich zu einem Schmerz zu vertiefen. Es lenkte mich jetzt schon ab. Längs des Grabens erstreckte sich ein Gebüsch aus Traubenkirschensträuchern. Ich zeigte darauf, obwohl ich mich nicht mit dem Gedanken anfreunden konnte, im Bewuchs herumzuschlittern. »Wir sollten es abseits der Straße tun. Ich muss das Ding sehen.«

Also kletterten wir nach unten und hinter die Büsche. Brix zögerte und hob dann den Hemdsaum an, gerade weit genug, dass ich einen dünnen Streifen ihres Bauchs sehen konnte – und einen Kupferring, der in ihrem Nabel glänzte. Er wirkte solide, aber ich wusste, dass er es nicht war.

»Beeil dich«, sagte sie.

Ich hockte mich vor sie ins hohe Gras, senkte das schlimme Knie so vorsichtig, wie ich konnte, und sah aus zusammengekniffenen Augen die winzigen Runen an, die ins Kupfer graviert waren. Es war eine simple Beschwörung, nur eine statische Sequenz, um die beiden Hälften des Rings an Ort und Stelle zu halten, gefolgt von einer Leuchtfeuersigille. Ich durchwühlte meine Tasche nach einem Pinsel und einem kleinen Gefäß voll roter alchemistischer Farbe. Dann schaute ich auf. »Ich muss dir die Runen auf den Bauch schreiben, also ramm mir nicht das Knie ins Gesicht, in Ordnung?«

Sie biss die Zähne zusammen. »Mach einfach.«

Ich zog die Schultern hoch, holte tief Luft und klärte meinen Verstand. Es gelang Brix gut, unter der kitzelnden Präzision des Pinsels stillzuhalten, als ich die Buchstaben für einen Lösezauber im Kreis um ihren Nabel malte. Der Zauber war ein Spiegelbild des Schlosses auf dem Ring. Als ich ihn aussprach, leuchteten die Runen auf, und der Kupferring brach entzwei.

Ein kurzer Schmerz durchzuckte meinen Körper,

aber zugleich trat die Befriedigung ein. Einen wohlgeformten Zauber, der bewirkt, was man will, elegant und schnell zu vollenden … Es gibt kein Gefühl, das da mithalten kann. Ich lächelte.

Brix löste den Ring und starrte auf die Metallstücke in ihrer Hand hinab. »Den habe ich getragen, seit ich dreizehn war.«

»Ja, gut. Wirf ihn irgendwo weg. Er ist zu leicht wiederzuerkennen.« Ich richtete mich auf und zuckte zusammen. »Und du solltest dir den Kreis von der Haut wischen. Runen strahlen viel Energie aus. Wenn du sie da lässt, nagen sie an dir, und du bekommst wunde Stellen.«

»Igitt.« Brix schauderte und rieb mit dem Ärmel an der Farbe herum. »Warum hast du sie mir dann überhaupt auf die Haut geschrieben? Vorhin hast du Pergament genommen. Weshalb trägst du deine Zaubersprüche nicht in einem Buch bei dir?«

»Buchseiten berühren einander. Die Zaubersprüche treten in Wechselwirkung, lösen Feuer aus. Man kann eine Beschwörungsspirale auf ein einziges Stück Pergament schreiben, aber man muss sie sehr schnell einsetzen. Es ist nur dünnes Leder – Haut wie deine Haut. Im Laufe der Zeit fressen die Runen sich hindurch.« Ich stopfte meine Werkzeuge zurück in die Tasche.

»Du bist kein Gildenmitglied, oder?« Sie verschränkte die Arme. »Du hast mich angelogen.«

»Wir haben uns in einer *Scheune* kennengelernt.« Ich setzte mich wieder in Bewegung. Wenn ich mich konzentrierte, konnte ich mein Hinken auf ein Mindestmaß begrenzen. Zumindest hoffte ich das. Wenn nicht, würde mein Knie bald überanstrengt sein, und ich würde festsitzen, bis ich die Schwellung dazu bringen konnte zurückzugehen. »Ich weiß nicht, was du erwartet hast.«

»Der Mann im Tempel, der, den ich niedergeschlagen habe …« Sie ging jetzt neben mir, hielt aber immer noch die Arme um sich geschlungen. »Was wollte er von dir?«

»Ich verabschiede mich an der nächsten Kreuzung von dir«, sagte ich, »also spielt es keine Rolle.«

»Und ich habe dir das Leben gerettet. Wenn du mich fragst, habe ich dafür etwas verdient.«

Ich zuckte verärgert die Schultern. Niemand hatte von ihr verlangt, mir das Leben zu retten. »Du wolltest deinen Aufspürer loswerden, jetzt ist er weg. Zumindest kann ich mir keinen besseren Grund dafür vorstellen, dass du dachtest, Keir den Schädel einzuschlagen sei eine bessere Lösung, als einfach davonzulaufen.«

»Ich habe ihm doch nicht …« Besorgnis schwang in ihrer Stimme mit. »Ich habe *nicht* nachgedacht, wenn du es unbedingt wissen willst. Ich war wütend, dumm, ich war …« Sie blinzelte und erschauerte vor etwas, das ich allmählich als tiefen, stillen Zorn erkannte. »Ich hasse sie. Ich hasse es, wie sie Leuten wehtun. Und ich habe erst wieder zu denken angefangen, als es zu spät war. Jetzt habe ich alles falsch gemacht und weiß nicht, was ich tun soll.« Sie richtete den Blick starr auf mich. »Das ist deine Schuld, also *rede endlich.* Ich muss wissen, ob sie deinetwegen Jagd auf mich machen werden. Für mich ist das hier kein Spiel, Zauberer. Ich kann nicht einfach Magie wirken und flüchten.«

Ich atmete aus. »Sein voller Name lautet Keir Esras. Er ist der Oberste Inquisitor der Königlichen Magiergilde, und er soll eigentlich gefährliche Zauberer zur Strecke bringen, keine entflohenen Sklavinnen. Dir passiert schon nichts. Ich glaube nicht, dass er dich überhaupt gesehen hat.«

Sie musterte mich. »Warum war er hinter dir her?«

»Eindeutig, weil ich ein gefährlicher Zauberer bin«, antwortete ich.

»*Alle* Zauberer sind gefährlich«, sagte sie bitter.

Ich seufzte. »Hör zu. Die Gilde reguliert die Magie, denn auch wenn es praktisch ist, einen gewissen Vorrat an Zauberern zu haben, mögen die Götter verhüten, dass man Leute, die Blitze werfen können, einfach ohne Aufsicht durch die Gegend spazieren lässt. Sie könnten sich zu viel einbilden, die Autorität der Tempel infrage stellen, den Thron begehren – kannst du dir vorstellen, wie der Krieg verlaufen würde? Also gewährt der König ihnen stattdessen eine Charta. Sie erlaubt ihnen, das bisschen magisches Wissen zu studieren, das nach übereinstimmender Meinung des Throns und der Tempel harmlos ist. Im Tausch gegen ihr Überleben kämpft die Gilde, wenn nötig, für den Thron und macht Jagd auf jeden, der außerhalb der Charta Magie praktiziert.« Ich zuckte die Schultern. »Wie ich.«

»Aber das ist nicht der Grund dafür, dass sie dich jagen«, sagte sie, »oder zumindest nicht der einzige. Du und Keir habt jemanden namens Acarius erwähnt.«

»Hör auf.« Ich senkte den Kopf und versuchte, schneller zu gehen. Darüber würde ich nicht reden. Keir hatte Acarius vor sechs Monaten verhaftet, und mit jedem Tag, der verging, wuchs das Risiko, dass die Gilde ihn folterte und ich meinen Großvater nicht lebendig wiederfinden würde. Ganz gleich, wo man ihn festhielt, es musste dort starke Schutzzauber gegen Divination geben. Ich hatte mich mit meinen Hellsehereiversuchen fast umgebracht und hatte noch nicht einmal den leisesten Hinweis auf seinen Aufenthaltsort erhalten – nur ein Raunen von Gefühlen, Wellen der Angst und des Schmerzes. Ich hatte Gefängnisse durchsucht und Beamte bestochen und schlich mich nun schon seit Wochen erfolglos in Bibliotheken und Archive. Die Richteraufzeichnungen in meiner Tasche waren das Erste, was überhaupt nach einer möglichen Spur aussah. Die Götter wussten, dass ich nicht erst daran erinnert werden musste, wie gründlich ich Acarius gerade enttäuschte.

»Nein«, sagte sie. »Du lügst immer noch.«

»Bei allen Heiligen, lass mich in Ruhe!«, fuhr ich sie an. »Ich setze dir doch auch nicht mit allen möglichen Fragen darüber zu, warum du davongelaufen bist, nicht wahr? Oder mache ich viel Aufhebens darum, dass du mich vielleicht in Gefahr bringst? Können wir einfach *weitergehen?*«

Sie verstummte für die nächsten paar Meilen. Ich atmete den Duft der Kornfelder ein, in den sich ein modriger Hauch des Flusses mischte, der sich zu unserer Rechten entlangschlängelte. Die Sonne auf meinen Schultern und die freie Straße, die sich vor mir erstreckte, fühlten sich gut an, und ich konnte mich mit dem Rhythmus meiner eigenen Schritte fast von den Schmerzen in meinem Knie ablenken. Aber mein

Verstand hörte einfach nicht auf zu brodeln. Die Gildenleute hielten Acarius nicht in einem normalen Gefängnis fest wie die Straßenbeschwörer und Schwarzmarkthexen, die sie bei ihren Razzien aufgriffen. Keirs Schadenfreude war zu überzeugend gewesen, als dass sie eine Lüge hätte sein können. Sie hatten meinen Großvater an einem gut gesicherten Ort versteckt. Irgendwo im Geheimen, wo sie ihm sein immenses magisches Wissen abpressen konnte. Ihn verhören.

Ihm wehtun.

Ich blinzelte, aber meine Augen brannten nach wie vor, trocken vor Übermüdung und Schuldgefühlen. Es hatte keinen Zweck, eine weitere Runde durch die Gedanken zu drehen, die mich schon seit sechs Monaten quälten. Ich musste einen Platz finden, an dem ich für ein paar Stunden rasten konnte, um Zeit zu haben, das Buch genau in Augenschein zu nehmen und alle Hinweise, die es womöglich enthielt, zu einem Gesamtbild zusammenzusetzen. Und ich benötigte Schlaf und Nahrung.

Wir brauchten bis Mittag, um eine Stelle zu erreichen, an der vier Straßen sich trafen. Zu dem Zeitpunkt war mein Knie eine weiß glühende Kugel aus Schmerz, und ich döste im Stehen. Brix blieb in der Mitte der Kreuzung stehen und biss sich verunsichert auf die Lippen.

Ich zeigte ruckartig mit dem Daumen auf den Pfad, der nach rechts abzweigte und bergab auf den Fluss zuführte – und auf etwas, das, dem Rauch nach zu urteilen, der zwischen den Weidenbäumen am Wasser aufstieg, vermutlich eine Siedlung war. »Ich gehe da entlang. Es ist wahrscheinlich das Beste, wenn du dich für eine andere Richtung entscheidest.« Ich wartete ab, aber sie sagte nichts. Ich war mir nicht sicher, was sie erwartete, wenn man bedachte, dass sie mich erst seit etwa neun Stunden kannte. *Viel Glück*, vielleicht, oder: *Tut mir leid, dass ich für deine Verhaftung gesorgt habe.* Ich zuckte die Schultern und schlug den Weg ein. »Dann hab eine sichere Reise. Es war ... interessant.«

»Was wäre so schlimm daran zusammenzubleiben, nur für ein Weilchen?«, fragte sie. »Muss ich *unbedingt* eine andere Richtung nehmen?«

Ich blieb stehen und warf einen Blick über die Schulter. »Ich weiß nicht, warum du es nicht tun solltest. Ich bin ein gefährlicher Zauberer, schon vergessen?«

»Es ist nur ...« Brix hatte sich nicht von der Stelle gerührt. Sie hatte die Hände zu Fäusten geballt und beobachtete mich. »Sagst du den Tempeln, wo ich bin?« Ihre Stimme war leise und eindringlich. »Ich kann nicht dorthin zurück. Du machst dir keine Vorstellung davon, wie sehr sie einem wehtun. Du weißt nicht, wozu sie einen zwingen können.«

Ich berührte den noch kaum verschorften Schnitt, den Halling an meinem Kinn hinterlassen hatte, und stellte mir vor, wie es für Brix gewesen war, an einen Tempel gebunden zu sein in dem Wissen, dass Halling immer hinter ihr im Dunkeln lauerte, sie beobachtete, seine Messer liebkoste.

Du weißt nicht, wozu sie einen zwingen können. Ich musste schlucken. Schwer schlucken.

»Nein«, erwiderte ich. »Ich werde es ihnen nicht

sagen. Es geht mich nichts an, wohin du dich wendest. Wenn du wartest, bis ich weg bin, bevor du aufbrichst, werde ich noch nicht einmal *wissen*, wohin du gehst.«

Ihre Ohren und ihre Nasenspitze liefen rosa an. »Danke.«

»Nichts zu danken.« Die Tempel hatten es auf sie abgesehen, aber die Gilde wollte mich. Selbst wenn ich Moralvorstellungen angehangen hätte, nach denen es akzeptabel war, jemanden zurück in die Sklaverei zu schicken, wäre es nicht sinnvoll gewesen, die Aufmerksamkeit auch nur einer der beiden Organisationen auf mich zu lenken. Außerdem hatte ich, indem ich als Erster meine Richtung wählte, den Vorteil, im nächsten Dorf haltmachen zu können. Sie würde weitergehen müssen, und das barfuß. Das Einzige, was ich mehr verabscheue als das Gefühl, in der Schuld eines anderen zu stehen, ist, wenn man mir dankt, obwohl ich gar nicht selbstlos gehandelt habe.

»In Ordnung«, sagte ich und konnte es plötzlich kaum noch abwarten fortzukommen. »Na dann. Leb wohl.«

»Viel Glück, Gray.« Sie schenkte mir ein winziges Lächeln, aber die hinterhältige Berechnung in ihrem Blick gefiel mir nicht. Sie wusste, wohin *ich* ging. Vielleicht handelte auch sie nicht selbstlos.

Ich ließ sie dort stehen und schritt rasch bergab auf die Weiden zu. Nun, da es vorbei war und ich sie nie wiedersehen würde, wollte ich sie los sein. Selbst nachdem ich zwischen die Bäume gelangt war, hatte ich noch den Eindruck, dass sie mich beobachtete.

VIER

Das Dorf lag geduckt am Flussufer, nichts als Rauch und bröckelndes Fachwerk. Ich hatte keine hohen Erwartungen, was das Gasthaus betraf, aber Pavel, der Tavernenwirt, schaffte es trotzdem, mich zu enttäuschen. Ich hatte vor, meine Dienste im Tausch gegen eine Mahlzeit und eine Übernachtung anzubieten. Die meisten Geschäftsleute, denen ich bisher begegnet bin, haben etwas, das sie verzaubern lassen wollen – zum Beispiel Hennen, die nicht genug Eier legen. Es ist ganz einfach, eine Runenspirale zu schreiben, damit ein Hexenlicht auf dem Dach des Hühnerstalls leuchtet und das Problem löst. Doch zufällig hielt Pavel Magie für unnatürlich und Zauberer für abartig. Erst als ich ihm eine der beiden verbliebenen Yavad-Phiolen anbot, hörte er auf, an einem Bratensaftfleck auf seiner Schürze herumzureiben, und lebte auf.

»Du kannst ein Bett haben – bis morgen früh.« Er zeigte auf ein paar strohgefüllte Matratzen, die zusammengerollt an der Wand lehnten. Das war alles andere als ideal, aber wenigstens konnte ich mich ein paar Stunden ausruhen, bevor die abendlichen Gäste hereinströmen würden. Ich suchte mir die Matratze aus, die am saubersten aussah, und die unauffälligste Ecke. Ich schob mir meine Tasche unter den

Kopf und umklammerte mit einer Hand durch das Leder hindurch das Buch. Es gelang mir zu schlafen, bis Pavel und seine Frau mit Töpfen und Pfannen, um das Abendessen zuzubereiten, und sich miteinander stritten.

Ich setzte mich schlaftrunken auf. Mir tat alles weh. Ich spürte jede einzelne Stelle, an der Keir am Vorabend einen Treffer gelandet hatte. Ich rieb mir die Augen, streckte das linke Knie vorsichtig aus, damit es nicht steif wurde, und zog das Buch aus der Tasche.

Im Tempel hatte ich den Eindruck gehabt, dass es sich um das Tagebuch eines Richters über Gildetribunale handelte. In der Tat waren die Fälle des ersten Jahres nichts Ungewöhnliches: Ein Gildemitglied wurde zur Verantwortung gezogen, weil es Weissagungen verkauft hatte, ohne die offiziellen Preise in Rechnung zu stellen; es gab Urteile gegen ein paar kleine Zauberspruchfälscher, und das Gericht ordnete an, eine Dorfzauberin zum Schweigen zu bringen, die prophylaktische Beschwörungen zur Verfügung gestellt hatte. Das letzte Urteil ließ mich zusammenzucken – »zum Schweigen bringen« hieß, dass man ihr die Zunge herausgeschnitten hatte.

Aber nach etwa zwanzig Seiten änderte sich die Handschrift des Schreibers. Vor etwa zehn Monaten hatte das Tribunal Interesse an Nekromantiefällen entwickelt. Todesmagie ist sowohl abstoßend als auch selten. Dennoch war es irgendjemandem gelungen, jeden tatsächlichen oder vermeintlichen Nekromanten zwischen Varre und Llana aufzuspüren, ihnen genauere Informationen über ihre Praktiken abzupressen und sie dann hinzurichten. Alles in allem waren so etwa zwanzig Zauberer zu Tode gekommen. Es überraschte mich nicht, Keir Esras' Unterschrift als die des Richters zu erkennen, der die Urteile gefällt hatte, aber ich wurde stutzig, als ich Halling auf der Zeugenliste entdeckte. Was wusste ein jaernischer Priester schon über Nekromantie, und warum interessierte Keir sich dafür? Was plante er?

Tu nicht so, als würde dir die Königliche Charta etwas bedeuten. Du und ich wollen beide, dass sie abgeschafft wird. Jetzt, da ich nicht mehr alles tun musste, um zu verhindern, dass man mich erwürgte, kam Keirs Bemerkung während des Kampfs mir eigenartig vor. In der Vergangenheit hatte es schon mehrfach Bestrebungen gegeben, die Charta zu revidieren. Vermutlich war es durchaus möglich, dass Keir zu irgendeiner Splittergruppe gehörte, die größere Freiheiten wollte. Aber er hatte »abgeschafft« gesagt, nicht »revidiert«. Es war allgemein bekannt, dass es in der Gilde Parteiungen gab, genauso wie bei Hofe, aber jetzt fragte ich mich zum ersten Mal, ob eine dieser Parteiungen sich an einem Staatsstreich versuchen würde.

Ich blätterte um.

Acarius Gray, schuldig. Vor dem Obersten Inquisitor, Geheimtribunal, Gildehaus von Groß-Fenwydd. Dritter Verhandlungstag. Aussage unter Zwang.

Ich brauchte eine Weile, bis ich den Blick von den Worten losreißen konnte. Unter ihnen befand sich eine Bleistiftskizze mit der Beschriftung *Seelenfänger*. Sie zeigte etwas, das wie eine kleine Glasflasche oder Phiole aussah, die Art Behältnis, in der man sonst Parfüm aufbewahrte. Eine Liste von Präzisierungen folgte; angefangen bei einigen, die ich verstand *(Bleiglas)*, bis hin zu anderen, die mir ein Rätsel waren *(Renen)*. Dazu eine Notiz: *Nach Ansicht des Gerichts ist das Subjekt immer noch nicht vollkommen mitteilsam. Wurde bei dem Versuch ertappt, unerlaubte Kommunikationsbeschwörung mit Kerzentalg vorzunehmen. Empfehle Verlegung an einen besser gesicherten Ort mit angemessenen Verhörräumen.* Der Eintrag endete mit einer Notiz, die einfach nur *Subjekt nach Norden verlegt* lautete, und Keirs gedrängter, unordentlicher Unterschrift.

Nach Norden. Die Hälfte des verdammten Landes lag nördlich von Fenwydd.

Aussage unter Zwang.

Ich klappte das Buch zu und atmete tief ein und aus, um mich davon abzuhalten, es durch den Schankraum zu schleudern.

Am Ende stieg mir der Fleischduft irgendeiner Speise, die auf dem Herd köchelte, in die Nase, und mein Magen verkrampfte sich vor Hunger. Ich schaute auf und stellte fest, dass der Raum sich um mich herum gefüllt hatte: eine Mischung aus Ortsansässigen von den Feldern und einer lärmenden Gruppe, die nach reisenden Händlern aussah. Alle schienen viel mehr ihren Spaß zu haben, als ich es in einem Gasthaus für möglich gehalten hätte, in dem das Bier nach wässriger Pisse stank. Ich hob die Hand, als Pavel gehetzt mit einem Tablett voller Essen an mir vorbeieilte.

»Kann ich etwas zu essen haben?«, fragte ich. »Das war doch im Preis für das Bett mit inbegriffen, nicht wahr?«

»Ja, gleich.« Er stürmte quer durch den Raum zu den Kaufleuten, die miteinander tranken. Ich dehnte meinen steifen Nacken und versuchte, nicht allzu genau darüber nachzudenken, was »etwas zu essen« wahrscheinlich sein würde. Geschmorter Kohl vielleicht. Stattdessen widmete ich mich wieder meinem Buch.

Aber die Händler, derentwegen mein Abendessen sich verzögerte, brachen in lautes Gelächter aus. Verärgert blickte ich auf. Eine kleine, vertraute Gestalt versuchte, an ihrem Tisch vorbeizugelangen, die Arme schützend vor der Brust verschränkt.

»Nein.« Brix' Stimme tönte durch den Schankraum. Unter der Wut vernahm ich einen Hauch Furcht. »Lasst mich in Ruhe.«

Einer der Händler, ein verschwitzter Geselle mit dickem Bauch, tätschelte sein Knie. »Ach, komm schon, Hübsche. Das Bier heute Abend ist das beste, das ich je hier getrunken habe, und wir hatten einen ertragreichen Tag in der Stadt. Lass mich dir etwas zu trinken kaufen.«

»Ich habe kein Interesse«, sagte sie. »Ich will nur …«

»Na hör mal.« Das Selbstbewusstsein des schmierigen Kaufmanns bekam Risse. »Ich möchte wetten, das wäre nicht das erste Mal, dass du auf dem Schoß eines Mannes etwas trinkst.« Er streckte die Arme nach ihr aus.

»Ich habe Nein gesagt!« Sie sprang zurück. Pavel, der den Händlern gerade die vierte Runde Getränke auf den Tisch stellte, ignorierte sie. Brix starrte ihn einen Moment lang an. Dann sah sie sich im Schankraum um, als würde sie nach etwas suchen – vielleicht nach einem Verbündeten. Die Einheimischen taten alle so, als wären sie in ihre eigenen Gespräche versunken. Sie würden sich nicht mit einer Gruppe freigiebiger Händler anlegen, nicht für eine Fremde.

»Eingebildetes kleines Ding«, knurrte der Händler und machte Anstalten, sich zu erheben. »Dir werde ich die Flötentöne schon beibringen …«

»Pavel«, sagte ich laut, »wie ist das nun mit dem Essen? Muss ich es mir selbst holen?« Ich winkte Brix zu. »Hallo, Freundin. Du hast ja ziemlich lange gebraucht, um herzukommen.«

Erleichterung huschte über ihr Gesicht. Sie durchquerte den Raum und ließ sich neben mich fallen, während Pavel geschäftig zum Kessel über dem Feuer eilte.

»Darf ich bei dir sitzen bleiben, bis …« Sie hatte den Blick auf die Kaufleute gerichtet, deren Lärmen zu leisem Gemurmel und dem gelegentlichen Aufbranden von trunkenem Gelächter verklungen war.

»Wenn du magst. Das Stück Boden da habe ich ohnehin nicht benutzt.« Ich schlug das Buch zu und schob es in meine Tasche. »Interessantes Geheimziel, für das du dich am Ende entschieden hast.«

»Ich folge dir nicht, versprochen«, versicherte sie. »Ich habe nur festgestellt, dass das hier das einzige Dorf im Umkreis von Meilen ist, und ich muss jemanden finden, der mich morgen auf seinem Karren mitfahren lässt. Ich hätte nicht gedacht, dass du noch hier bist.« Sie sah auf ihre Hand hinab und spielte an ihren Fingernägeln herum.

»Wie willst du Pavel bezahlen?«, fragte ich. Wenn sie die Kultbilder noch hatte, die sie aus dem Tempel gestohlen hatte, konnte sie eines eintauschen, aber das würde gefährlich sein. Es würde nicht nur eine Spur für jeden hinterlassen, der sich die Mühe machte, uns über Fenwydd hinaus zu verfolgen, sondern es war vor allem auch wertvoller als alles hier im Dorf. Wenn man Pavel eines anbot, würde er vielleicht auf dumme Gedanken kommen. Warum sollte man sich schließlich mit einem einzigen Kultbild begnügen, wenn man auch jemanden ausrauben und ihm alle abnehmen konnte?

Sie schenkte mir ein müdes kleines Lächeln. »Ich komme schon zurecht. Normalerweise gibt es irgendeine Arbeit, die jemand erledigt haben möchte. Ich kann einen Tauschhandel anbieten.«

Pavel kam zu uns gestapft und hielt uns eine halb gefüllte Schüssel mit einem Löffel darin hin. Brix ignorierte das Essen und summte leise vor sich hin, eine Melodie, die ich nicht kannte. Das hinderte ihren Magen nicht daran, mit Nachdruck zu knurren.

Ich seufzte. »Zwei Portionen, Pavel. Wir sind zu zweit. Versuch doch bitte, auf dem Laufenden zu bleiben.«

Sein Gesicht umwölkte sich. »Du hast ein Abendessen verlangt.«

»Ein Essen für mich«, sagte ich, »und ein Essen für sie. Es ist schließlich mein Yavad, mit dem du das Bier aller Gäste versetzt hast, nicht wahr? Es baut so schön die Hemmungen ab, bringt die Leute in die richtige Stimmung, Geld auszugeben und gar nicht zu merken, wenn das Bier verwässert ist …« Ich lächelte. »Komisch, dass das manchen Menschen nicht gefällt.

Wahrscheinlich ist es nur gut, dass ich ein verschwiegener Mann bin.«

Er lief rot an, drehte sich aber um und marschierte wieder in die Küche. Als er zurückkehrte, hielt er ein Tablett mit einem teigigen Brotlaib, kräftigem braunem Käse und zwei Schalen in den Händen, die seinen Worten nach Lammeintopf enthielten. Ich hätte nie gedacht, dass ich mich je nach geschmortem Kohl sehnen könnte, aber es gibt anscheinend immer ein erstes Mal.

Brix stellte das Tablett auf den Boden zwischen uns und schnappte sich eine Schüssel, während ich ein Stück Brot und Käse nahm. Sie hielt einen Augenblick inne, bevor sie probierte, und murmelte kaum hörbar einen Reim. Das Gebet weckte eine sehr alte Erinnerung in meinem Hinterkopf, wo ich die Bruchstücke verwahre, die mir von der Stimme meiner Mutter geblieben sind.

»Ein Ranara-Segen«, sagte ich, obwohl ich eigentlich gar nicht sprechen wollte. »Du betest zur Mondmutter?«

»Ja.« Sie nahm einen Bissen. »Warum? Zu wem betest du?«

Ich hätte nicht fragen sollen. Ich bete eigentlich zu nichts und niemandem, noch nicht einmal zu den kleinen Glücksbringerheiligen. Aber wenn man das ausspricht, weckt es Unbehagen in den Leuten, und so biss ich von meinem Brot ab und tat so, als hätte ich die Frage nicht gehört. Der Schraubstockschmerz in meinem Knie war allmählich nicht mehr ohne Weiteres zu ignorieren. Ich streckte und beugte es vorsichtig, kniff in die Kniescheibe und wünschte mir, ich könnte die Schiene abnehmen und mich dehnen.

»Wenn du mir sagst, warum dein Knie dir wehtut, kann ich dir vielleicht helfen«, bot Brix an. »Um alles wiedergutzumachen. Ich bin keine Heilerin, aber …«

»Nein.« Ich hätte so klug sein sollen, mein verdammtes Knie in Ruhe zu lassen. »Du kannst mir nicht helfen.«

»Warum nicht? Hat es etwas mit Magie zu tun? Eine von einem Zauberspruch verursachte Verletzung?«

Ein bitteres Lachen drängte sich über meine Lippen, bevor ich es zurückhalten konnte. »Leider nichts so Exotisches. Es ist eine Feld-, Wald- und Wiesenlahmheit, gar nicht der Rede wert. Morgen früh ist es sicher schon wieder besser.«

»Ich kannte einmal einen alten Mann, der eine gute Wirkung damit erzielt hat, sich die Gelenke mit Schmalz einzureiben.« Sie rückte etwas näher an mich heran. »Und ein Mädchen mit Schüttellähmung …«

»Ein Gerber hat mir das Bein mit dem Axtgriff gebrochen, als ich acht Jahre alt war, und es ist nicht richtig verheilt.« Es kostete Mühe, meinen Tonfall ausdruckslos zu halten, aber das war es wert. Sonst hätte ich sie angeschrien und die Aufmerksamkeit aller auf uns gezogen. »Du kannst mir nicht helfen. Nichts hilft. Wie gesagt, morgen früh ist es besser. Und ich werde nicht wieder darüber reden.«

Sie verstummte und aß ihre Schale leer. Ich lehnte mich an die Wand und zählte die winzigen Hausgötter aus Ton, die Pavel über dem Kamin aufgereiht hatte: *zwei Mütter, ein Viehsegen, sechs Heilige des*

Reichtums, einer mit einer Gerstengarbe. Ich löste Gleichungen im Kopf: *Runen zur Reparatur von Steinwänden, Runen, um sie zu zerstören, Runen für wasserbasierte Divination.* Rezitierte eine Liste der wichtigen Flüsse: *der Varr, die Nelta, der Rovidden …*

Nach einer Weile funktionierte es. Der Gerber, das alte Dorf, der Schmerz und die Vergangenheit blieben allesamt, wo ich sie haben wollte, und mein Knie war nur noch etwas, das wehtat.

»Wo soll ich schlafen?«, fragte Brix. Sie war noch nie so nahe daran gewesen, kleinlaut zu klingen.

Darüber hatte ich noch nicht nachgedacht, aber natürlich konnte sie nicht zurück durch die Menge der Betrunkenen waten, um sich eine eigene Matratze zu holen. »Im Bett, wo sonst?«

»Ich …« Sie errötete. »Ich weiß, dass ich mehr oder weniger auf deine Kosten hier bin, aber …«

Bei den Göttern. Ich kniff mich in den Nasenrücken. »Hör zu, du wirst nicht davon aufwachen, dass ich dich betatsche. Wenn ich ein Mädchen wollte, könnte ich eines bekommen, ohne in Scheunen herumzustöbern.« Theoretisch. Zaubersprüche mit aphrodisierender Wirkung sind nicht besonders schwierig. »Es ist wahrscheinlich das Beste, wenn wir abwechselnd schlafen. Du zuerst. Ich habe noch Arbeit zu erledigen.«

Sie lächelte. »Danke, Gray.«

Ich war es langsam leid, dass sie sich ständig bei mir bedankte. Ich musterte meine Stiefelspitze. »Ab ins Bett.«

Die Einheimischen hatten sich auf den Heimweg gemacht, und die Händler lagen bewusstlos am Boden, als ich mein Buch wieder herausholte und mich näher an den Herd schlich, um noch einen Blick hineinzuwerfen. Ich legte ein paar Holzscheite ins Feuer und schürte es in der Hoffnung auf besseres Licht.

Dann blätterte ich in den Seiten zurück und las den Bericht über Acarius' Verhör noch einmal. Irgendetwas entging mir, das wusste ich. Mein Blick huschte unruhig über die Worte, die ich jetzt schon fast auswendig konnte. *Schuldig … Aussage unter Zwang … Wurde bei dem Versuch ertappt, unerlaubte Kommunikationsbeschwörung mit Kerzentalg vorzunehmen …*

Ich hielt inne.

Corcoran, du Idiot.

So etwas hätte Acarius nicht ohne Not versucht. Kommunikationsbeschwörungen waren unglaublich anstrengend und für einen einzelnen Zauberer kaum ohne Fokus oder Helfer durchzuhalten. Einige waren etwas flexibler, und man konnte sie ruhen lassen; sie strahlten ihr Gift erst ab, wenn sie aktiviert wurden. Die größte Schwierigkeit an ruhender Kommunikation war natürlich, dass die Person, mit der man sprach, entspannt und empfänglich sein musste oder, wenn schon nicht das, wenigstens wissen musste, dass man sie zu erreichen versuchte, sodass sie sich entspannte und empfänglich wurde.

Alle schliefen jetzt. Brix' regelmäßige Atemzüge und das betrunkene Schnarchen der Kaufleute zeugten davon. Ich nahm meine Tasche ab und wühlte darin herum, bis ich einen Fettstift, das letzte Fläschchen

Yavad und den kleinen Becher fand, den ich benutzte, um Reagenzien abzumessen. In der korrekten Dosis eingenommen, enthemmt Yavad einen und verwandelt den Schmerz in etwas Nebulöses und weit Entferntes. Ich kritzelte dichte Runenbündel auf meine beiden Handgelenke und maß dann eine halbe Dosis Yavad ab. Die dicke grüne Flüssigkeit haftete an der Phiole, bevor sie träge in den Becher floss.

Ich holte tief Luft, sprach die Runen aus und schluckte das Yavad dann so schnell hinunter, wie ich konnte. Ein Hustenanfall schlug die Krallen in meine Kehle, und ich musste das Gesicht in der Armbeuge bergen, um ihn zu unterdrücken. Der Alkohol brannte sich einen Weg in meinen Magen hinab.

»Komm schon«, murmelte ich, versuchte, durch schiere Willenskraft meine Muskeln zu lockern, und griff im Geiste nach meinem Großvater. »Komm schon.«

Ich sah auf. Der Schankraum war verschwunden. Ich schien auf einer schwarzen, leeren Fläche zu sitzen. Entweder war es mir gelungen, Acarius' Kommunikationszauber anzuzapfen, oder das Yavad war stark, und ich war wirklich berauscht.

»Heimchen.«

Acarius' Stimme schwebte mir aus dem Nichts entgegen. Seine Gestalt folgte. Er saß im Schneidersitz ein paar Fuß von mir entfernt auf dem dunklen Untergrund.

Die Erleichterung brach so heftig über mich herein, dass mir schwindlig wurde, aber ich durfte mich nicht ablenken lassen. »Das scheint mir nicht der richtige

Zeitpunkt für Spitznamen zu sein«, bemerkte ich. »Rede schnell, Acarius, bevor ich wieder nüchtern werde.«

»Dann nehme ich an, dass du mit Yavad Unfug treibst.« Acarius lächelte. Die Fältchen um seine grünen Augen herum wurden tiefer. »Ach, egal, wenn es dich endlich so weit entspannt hat, mich durchzulassen. Allein kann ich nicht sehr lange ein körperloses Abbild aufrechterhalten.«

Er war ein sehr getreues körperloses Abbild, von dem kurz geschorenen weißen Haar über die selbst gebastelte Brille bis hin zu dem ordentlich gestutzten Spitzbart. *Meine Götter, wie habe ich ihn vermisst!*

»Hast du die Beschwörung schon wieder mit Kerzentalg geschrieben?«, fragte ich.

»Nein.« Er verlagerte seine Knöchel. »Derjenige, der mich verhört hat, hat seinen Bleistift fallen lassen, als er mich allein gelassen hat. Das ist der erste Fehler, den sie gemacht haben.« Besorgnis huschte über sein Gesicht. »Vielleicht ist es überhaupt kein Fehler. Sie könnten lauschen. Aber ich musste das Risiko eingehen und den Zauberspruch schreiben. Ich musste mit dir reden. Pass jetzt gut auf, Junge. Ich habe nicht viel Zeit.«

»Wo bist du?« Ich beugte mich vor. »Ich komme und hole dich.«

»*Nein!*« Acarius verzog erschrocken das Gesicht. »In solch eine Gefahr darfst du dich nicht begeben. Du musst etwas anderes für mich tun. Du weißt doch, mit welchen Forschungen ich beschäftigt war, als du von zu Hause fortgegangen bist? Besinnst du dich auf das Thema?«

Ich runzelte die Stirn. Acarius' Interessen wechselten so rasch, dass es mir schwerfiel, mich zu erinnern, auf welchen Abwegen er in jenem Monat gerade gewesen war. Und als ich zur Hütte zurückgekehrt war, war dort nichts gewesen, bis auf aufgewühlte Erde und verkohltes Holz. Sogar die Bücher waren angesengt gewesen. Die Bücher …

»Ja«, sagte ich langsam. Er hatte etwas über den Gott Jaern gelesen. Ich hatte allerdings den Eindruck, dass er nicht wollte, dass ich das laut aussprach.

»Guter Junge.« Er wirkte erleichtert. »Und in dem Jahr, als du vierzehn warst, bin ich mit dir an die Küste gereist. Erinnerst du dich an die Stadt?«

»Ja.« Es war Ri Dana gewesen, aber es gefiel mir nicht, dieses Spiel spielen zu müssen. Was konnte so wichtig sein, dass die Gilde es riskierte, ihn Kontakt zu mir aufnehmen zu lassen, nur damit sie unser Gespräch belauschen konnte?

»Begib dich dorthin. Suche einen Mann, der Lorican heißt. Erwähne ihm gegenüber meinen Namen. Er kann dich dorthin bringen, wo du hinmusst, zum Tempel von …« Acarius hielt inne und warf einen Blick über seine Schulter in die leere Dunkelheit. »… jener Gottheit«, schloss er vorsichtig. »Dort gibt es ein Artefakt, eine Art Kind. Du wirst es erkennen, wenn du es siehst. Nimm es an dich und versteck es bei uns zu Hause. Du weißt, wo genau.«

Das wusste ich, aber die Sache war entsetzlich frustrierend. »Wo bist du?«, wiederholte ich.

»Ich weiß nicht, wo ich bin, Heimchen. Dafür hat die Gilde gesorgt.« Er war heiser; mit einem Mal wirkte er alt und so, als hätte er Schmerzen. Und er log. Das wusste ich so sicher, wie ich das Pochen meines eigenen Herzschlags kannte. »Such Lorican, versteck das Artefakt. Verstanden?«

»Nein«, hielt ich stur dagegen. »Ich verstehe nicht, warum du mir nicht sagen kannst, wo man dich festhält. Was ist dieses Ding, wenn es so wichtig ist? Ich lasse dich nicht dort, damit Keir Esras dich quälen kann. Er hat dieses Jahr schon zwanzig Zauberer aufhängen lassen, Acarius. Ich werde nicht …«

»Widersprich mir nicht«, fuhr er mich an. »Sie machen schon Jagd auf dich, und ich lasse nicht zu, dass du ihnen geradewegs ins Netz gehst.« Acarius flackerte – es gibt kein anderes Wort dafür. Sein Körper flackerte wie eine Kerzenflamme im Wind. »Corcoran, Keir handelt ohne das Wissen sämtlicher Gildemitglieder, die noch bei klarem Verstand sind. Er plant einen Aufstand gegen den König und Schlimmeres. Sie haben all meine Tagebücher, meine Papiere. Das Artefakt ist ein nekromantisches Werkzeug, das dazu benutzt werden kann, ein unsterbliches Heer zu erschaffen. Esras darf es nicht in die Finger bekommen. *Menschen werden sterben.* Du musst mir diesen Gefallen tun. Ich kann sie nicht für immer aus meinem Verstand fernhalten.«

»Nein, nein, nein. Tu das nicht. Nicht diesmal. Ich gebe keinen Deut um den König.« Ich streckte die Hände nach ihm aus, ich konnte nicht anders. »Großvater, bitte. Sag mir, wie ich dich finden kann.«

Acarius lächelte, während er schon zu verblassen begann. »Pass auf dich auf, Heimchen.« Sein Unterleib verschwand – wir verloren die körperlose Bindung –, und er versuchte immer noch, mich vor der Wahrheit zu beschützen, als wäre ich nach wie vor ein Grünschnabel, der gerade erst den Stimmbruch hinter sich hatte. Als wäre seine Besessenheit von Geheimnissen nicht das, was uns all den Ärger überhaupt erst eingebrockt hatte.

»*Bitte!*« Meine Fingerspitzen streiften seine kaum.

Eine Stoßwelle der Schwärze durchfuhr meinen Körper.

Er war fort.

FÜNF

»Gray«, sagte Brix. »He, sieh mich an.«

Aber sie musste noch einmal an meiner Schulter rütteln, bevor ich meine Augen dazu bringen konnte, sich auf etwas anderes zu fokussieren als auf die tief heruntergebrannten Kohlen des Feuers. Ich musste stundenlang in der Dunkelheit gesessen haben. Brix hockte neben mir am Kamin und musterte stirnrunzelnd mich und den yavadbefleckten Becher, den ich immer noch in der Hand hielt. »Ich hätte nicht gedacht, dass du jemand bist, der das Zeug braucht«, bemerkte sie.

»Du weißt nichts über mich.« Ich stopfte den Becher zurück in meine Tasche und schämte mich mehr, als ich es hätte tun sollen, vor allem, weil ich mich viel zu nüchtern fühlte. »Warum steckst du die Nase in meine Angelegenheiten? Habe ich dich gebeten herzukommen?«

Sie ließ sich auf die Fersen sinken. Plötzlich wirkte ihr Gesichtsausdruck vorsichtig. »Du hast einen Laut ausgestoßen, als würde dir etwas wehtun. Ich kenne mich ein bisschen damit aus, Kranken zu helfen, und dachte nur …«

»Tu mir einen Gefallen und verschwende deine Gedanken nicht an mich.« Warum hatte sie mich aufwecken müssen? Mich so sehen, mich *hören* müssen? Zittrig raffte ich meine Sachen zusammen. »Bei allen Höllen, lass mich in Ruhe.«

Ich kehrte zum Bett zurück, streckte mich darauf aus und drehte mich so, dass ich ihr den Rücken zugewandt und die Arme um meine Tasche geschlossen hatte. Ich zitterte immer noch. Fest drückte ich meine Habseligkeiten an mich, um das Zittern zum Erliegen zu bringen, und starrte in die Dunkelheit. Die Last der Aufgabe, die Acarius mir aufgebürdet hatte, lag wie Blei in meinem Magen.

Geh nach Ri Dana, Heimchen. Such Lorican. Verliere die einzige Familie, die du hast, und sei froh darüber.

Warum dachte er bloß, dass ich auch nur eines davon tun konnte? Ri Dana lag achtzig Meilen entfernt. Das würde heißen, einen Mietstall zu finden und mir ein Pferd zu leihen oder einen Ochsentreiber dafür zu bezahlen, dass er mich mit der Fracht auf seinem Karren mitfahren ließ. Beide Möglichkeiten konnte ich mir schlecht leisten. Selbst wenn ich in die Stadt gelangte und diesen Lorican fand, musste ich immer noch in den nächsten bannzauberüberzogenen Jaerntempel eindringen und etwas stehlen, bei dem es sich offensichtlich um ein wie auch immer geartetes geweihtes Objekt handelte – und das, während die Gilde versuchte, einen der klügsten magischen Köpfe zu brechen, die je gelebt hatten.

Es war alles so sinnlos. Angenommen, ich fand *tatsächlich* das Artefakt, von dem mein Großvater wollte, dass ich es beschützte, und kam im Zuge dessen nicht ums Leben. Es gab kein gutes Versteck für solch einen tödlichen Gegenstand. Sogar Acarius fiel nichts Besseres ein als unser Zuhause, die Geheimverstecke in der kleinen Hütte, in der er mich großgezogen hatte. Die Hütte hatte nicht einmal Acarius *selbst* beschützt. Wie sollte sie also irgendetwas anderes bewahren? Wenn ich eine Zaubererrevolte verhüten oder einen Krieg verhindern sollte – oder was auch immer für ein götterverdammtes Geschehen Acarius mit solcher Gewissheit erwartete –, würde ich das Ding zerstören müssen und damit jeden Vorteil, den es mir dabei verschafft hätte, mit der Gilde fertigzuwerden.

Mein Kiefer tat weh, und ich zwang mich, die zusammengebissenen Zähne voneinander zu lösen. Ich würde Acarius nicht verlieren. Nicht so. Es musste einen anderen Weg geben.

Menschen werden sterben.

Acarius hatte kein Recht, das zu tun – mich zu zwingen, eine Wahl zu treffen. Ich schloss die Augen, aber ich schlief lange nicht.

Als ich aufwachte, war die Morgendämmerung noch kaum angebrochen, und ein Teil der Lösung lag in meinem Verstand für mich bereit. Ich kannte schon eine Person, die mich in einen Jaerntempel bringen konnte – in *jeden* Jaerntempel. Und wie ein Idiot hatte ich sie gestern Abend beleidigt.

Ich warf mir die Tasche über die Schulter und rollte in aller Eile meine Matratze zusammen. Die einzigen anderen Leute im Schankraum waren die verkaterten Händler. Einer von ihnen übergab sich gerade heftig und in aller Pracht aus dem Fenster. Ich musste Brix finden, bevor die Sonne noch höher am Himmel stand und sie aus meiner Sicht verschwand.

Also stürmte ich aus dem Gebäude auf den Vorplatz, nur, um Brix fast umzurennen, als sie aus der Richtung des Hühnerhofs mit einem Korb voller Eier zum Haus kam.

»Heiliger Neyar!« Sie stolperte zur Seite. »Pass doch auf!«

»Tut mir leid.« Ich packte sie am Ellbogen, um sie zu stützen. »Ich habe dich leider nicht gesehen. Ich dachte, du wärst schon aufgebrochen. Ich habe mir überlegt …« Ich hielt inne. Sie starrte jetzt finster zu Boden. »Ich muss mit dir reden«, sagte ich.

»Ich bin beschäftigt. Ich soll diese Eier nach drinnen bringen, dann muss ich die Ziegen melken und noch ein paar andere Arbeiten erledigen, bevor sie mir etwas zum Frühstück geben. Danach muss ich einen Weg finden, die Küste hinaufzureisen.« Sie entzog sich demonstrativ meinem Griff. »Also habe ich keine Zeit, mit dir zu reden, Zauberer.« Sie stolzierte nach drinnen.

Ich folgte ihr. »Du willst die Küste hinauf? Nach Norden?«

Brix antwortete nicht, sondern stellte nur die Eier auf der Theke ab.

»Ich gebe zu, dass ich gestern Abend ein Dummkopf war«, sagte ich. »Ich entschuldige mich. Sieh mal, ich will nur reden. Ich habe einen geschäftlichen Vorschlag für dich. Du bleibst ohnehin lange genug hier, um noch etwas zu essen, nicht wahr? Hör mich an, während du isst.« Sie ignorierte mich und ging wieder zur Tür. »Ich helfe dir auch, das Frühstück zu bezahlen«, bot ich an.

Sie hielt inne, die Hand auf der Türklinke. »*Du* melkst die Ziegen«, sagte sie dann.

Das tat ich, wenn auch schlecht. Nachdem wir die Milch und die Rüben, die sie im Garten geerntet hatte, gegen Schalen voller Gerstenbrei mit Zwiebeln eingetauscht hatten, zogen wir uns an einen der Tische zurück.

Ich stützte die Ellbogen auf und beugte mich vor. »Mir ist ein Gedanke gekommen …«

Sie nahm einen Löffel von ihrem Brei. »Was, schon wieder?«

Das war nun wirklich ungerechtfertigt. »Ich will, dass du mir die Gegenzeichen beibringst, um einen Jaerntempel zu betreten«, erklärte ich. »Wir können uns auf irgendeinen Tauschhandel einigen.«

»Das kann ich nicht«, sagte sie. »Ich meine, selbst wenn ich die Zeit hätte, könnte ich sie dir nicht beibringen, ohne in einem Tempel zu sein, um dir zu zeigen, wo genau du die Türen und die anderen Gegenstände berühren musst. Außerdem muss man an verschiedenen Tagen unterschiedliche Gegenzeichen verwenden. Ich habe drei Jahre gebraucht, alle Muster zu lernen.«

»Dann begleite mich«, sagte ich unverdrossen. »Ich bin auf dem Weg nach Ri Dana.«

Sie hörte verblüfft auf zu kauen. »Was?«

»Du hast gesagt, dass du ohnehin die Küste hinaufwillst.« Ich rammte den Löffel in meinen Brei. Ich konnte es nicht abwarten, das Gespräch hinter mir zu haben und nicht mehr so aufmerksam von ihr gemustert zu werden. »Komm mit, bring mich in den Tempel dort. Wir können uns einen Karren mieten. Wenn du möchtest, verspreche ich dir auch, auf dem ganzen Weg dorthin nichts zu sagen.«

»Ich muss mich mit jemandem treffen«, antwortete sie. »Warum willst du überhaupt in einen anderen Tempel? Noch mehr Bücher?«

»Dir fällt sicher auf, wie sorgsam ich es vermeide, dich zu fragen, was du im Norden vorhast.« Ich aß einen Löffel und sah meine Schüssel stirnrunzelnd an. Der Brei hätte mehr Salz und weniger Zwiebeln vertragen können. »Ich frage dich nicht, du fragst mich nicht, und du gehst deiner Wege, sobald ich im Tempel fertig bin. Das passt doch gut.«

»Ich brauche Geld.«

»Ich bezahle dich.« Ich warf einen Blick auf Pavel, der gerade den Kaufleuten ihr Frühstück servierte. Heute Morgen waren sie alle gedämpfterer Stimmung und hatten Kopfschmerzen. Ich senkte die Stimme, damit sie mich nicht belauschen konnten. »Du hast doch das Kultbild des Henkerheiligen eingesteckt, oder? Aber es wird schwer, es gegen etwas einzutauschen oder zu verkaufen, bis du in eine größere Stadt kommst. Ich kann dich in Münzen bezahlen.«

»Wie viel?« Abrupt blickte sie auf und musterte mich eindringlich. Die grünen Kreise um ihre Pupillen fingen das Licht der Morgensonne ein und glänzten wie alte Jade. »Zusätzlich dazu, dass du dafür bezahlst, uns nach Ri Dana zu bringen, meine ich. Wie viel gibst du mir?«

Ich dachte an das schäbige Häufchen Kupfer und Silber ganz unten in meiner Tasche. Es war alles, das ich nach der Verhaftung aus Acarius' Geldkiste hatte zusammenkratzen können, damals, als ich noch gehofft hatte, die ganze Angelegenheit sei durch Bestechung aus der Welt zu schaffen. Selbst wenn ich noch nicht einmal abzog, was es kosten würde, einen Fuhrmann zu bezahlen, war es kaum ein Vermögen. »Wie viel wäre denn erforderlich?«, fragte ich.

Sie schob das letzte bisschen Brei in ihrer Schüssel ordentlich mit dem Löffel zusammen und schluckte es, bevor sie antwortete. Die Händler verzogen sich nach draußen. Einer von ihnen sah aus, als wäre ihm immer noch ein wenig übel, und ihr Gegrummel folgte ihnen auf den Stallhof. Ich saß da, aß und versuchte, nicht vor Ungeduld zu zucken. Es kam mir so vor, als ob Brix sehr lange über eine Entscheidung nachdächte, bei der es doch eigentlich nur darum ging, eine Reise zu unternehmen und eine Tür zu öffnen.

»Vierzig«, sagte sie zögernd. »In Silber. Könntest du das tun?«

Mir sackte das Herz in die Hose. Das war genug, um ein paar Kühe zu kaufen oder eine Schiffspassage zu bezahlen. Ich hatte ganze acht Silbermünzen.

»Abgemacht.« Ich hörte, wie mir die Lüge entschlüpfte, beinahe gegen meinen Willen, und musste mir auf die Zunge beißen, um sie nicht zurückzunehmen. Ich würde ihr bezahlen, so viel ich konnte, nachdem sie mir geholfen hatte, das Artefakt an mich zu bringen. Das würde reichen müssen, selbst wenn das hieß, dass sie etwas länger warten musste, bevor sie ihre Kühe oder etwas Entsprechendes kaufen konnte. Acarius' Leben stand auf dem Spiel, ganz zu schweigen von den Leben, denen jenes Artefakt angeblich ein Ende setzen würde.

»Abgemacht? Einfach so?« Brix musterte mich mit einer Mischung aus Erstaunen und Bekümmerung. »Du trägst solche Geldsummen bei dir und melkst Ziegen, um dein Frühstück zu bezahlen?«

Ich zuckte die Schultern. »Ich mag Ziegen, aber Pavel mag ich nicht. Warum sollte er Münzgeld bekommen?«

Ihr rechter Mundwinkel zuckte nach oben. »Dann haben wir wohl eine Abmachung.«

»Gut.« Ich stieß den Atem zischend zwischen den Zähnen aus. Vage wurde mir bewusst, dass es im Schankraum zu ruhig war. Die Kaufleute draußen hatten aufeinander geflucht und sich um ihre Packpferde gekümmert, während Brix und ich geredet hatten, aber jetzt war das Klingeln des Zaumzeugs verstummt, und das unablässige Stimmengewirr der Gespräche war plötzlich in leises Raunen übergegangen.

»Übrigens warst du gestern Abend wirklich ein Idiot«, sagte Brix.

»Ich glaube, dafür habe ich mich schon entschuldigt.« Ich stand auf und lauschte. Die Stimmen draußen redeten weiter, leise, aber eifrig.

Mit einem Schlag waren all meine Sinne wach. Irgendetwas ging hier vor sich.

»Was ist los?«, fragte Brix.

Ich hielt mir den Finger vor die Lippen und tastete mich vorsichtig zum Fenster, um hinauszuspähen, ohne selbst gesehen zu werden. Auf dem Stallhof standen zwei der Händler und unterhielten sich mit einer Frau und einem Mann, die beide die hellblauen Roben frischgebackener Magierlehrlinge der Gilde trugen. Die Lehrlinge zeigten den Kaufleuten etwas auf einem Stück Pergament. Und jetzt nickten die Händler und deuteten auf das Wirtshaus.

»Gildlinge. Wir müssen weg, sofort.« Ich drehte mich auf dem Absatz um und rechnete voll und ganz damit, dass Brix widersprechen würde, aber sie hastete bereits zur Seitentür. Ich folgte ihr, fiel aber mit jedem schmerzhaften Schritt weiter zurück. Mein Knie knirschte und knackte.

Wir schafften es an den Ziegenpferchen vorbei und liefen zu der schmalen Reihe von Weidenbäumen, die zwischen dem Dorf und der Straße wuchsen. Brix rannte mir mühelos davon und verschwand in einem Farndickicht. Ich blieb stehen, sobald ich außer Sichtweite des Gasthauses war, langte nach einem Fettstift in meiner Tasche und kritzelte mir Runen auf die Unterarme. Lehrlinge reisen nach Gildevorschrift immer zu dritt. Es waren nur zwei von ihnen im Stallhof der Taverne gewesen. Wenn sie schlau waren, hatten sie sicher versucht, den dritten irgendwo zu postieren, wo er uns den Rückzug abschneiden konnte, und ohne etwas Geschriebenes war ich unbewaffnet.

Ich schrieb hektisch und wartete auf das Aufbranden des Lärms aus der Richtung des Dorfs, der zeigen würde, dass sie sich auf die Suche nach uns machten. Ich hatte nur noch vier Buchstaben zu schreiben, als Brix aufschrie.

Zweige peitschten mir ins Gesicht, als ich auf das Geräusch zustürmte. Ich erkannte panische Angst, wenn ich sie hörte, und wusste, wie es war, einen Zauberspruch zwischen die Zähne zu bekommen. Der dritte Lehrling musste auf der Landstraße gewartet haben.

Brix war nicht weit entfernt und nahe genug bei mir, dass ich sogar über das Tosen meines Herzschlags ihre verängstigten Schreie und das zornige Gemurmel eines Mannes hören konnte. Er hatte sie gefangen genommen, und wenn er sie tötete, wäre meine einzige Gelegenheit, in den Tempel in Ri Dana zu gelangen, zunichte. Ich rannte auf den Lärm zu, brach durchs Unterholz und rutschte auf dem lehmigen Boden aus, während ich mich die Böschung hinauf zur Straße kämpfte. Ich stürzte gerade noch rechtzeitig zwischen den Bäumen hervor, um mit anzusehen, wie der Mann sie mit einem Arm zu Boden rang.

Ohne mir Zeit zu nehmen, groß nachzudenken, bückte ich mich und griff nach dem einzigen Gegenstand, den ich finden konnte: einem einzelnen runden Stein. Ich warf ihn, so kräftig ich konnte.

Das kann nicht sehr kräftig gewesen sein, denn als er den Mann zwischen die Schultern traf, blieb er auf den Beinen. Sein Kopf ruckte herum.

Kein Zauberer. Pavel, der Gastwirt.

»Da bist du ja.« Er grinste mich hämisch an. »Glaubst du, ein bisschen Yavad erkauft dir das Recht, mich in meinem eigenen Haus herumzukommandieren? Ich wusste ja gleich, dass du nichts als ein dreckiger Betrüger bist. Der Händler war gestern Nacht so sturzbetrunken, dass er sich nicht an dich erinnert hat, aber er hat die echten Zauberer zu mir ins Haus geschickt. Ich wusste schon, nach wem sie suchten, bevor sie mir den Zettel gezeigt haben.« Er schloss die Hand fester um Brix' Arm, und sie stieß einen leisen, gequälten Laut aus. Ihre Füße glitten im Schmutz aus, während sie sich erfolglos in seinem Griff wand. »Ich teile das Kopfgeld mit niemandem. Während meine Frau die Zauberer betrunken hält und dafür sorgt, dass sie sich im Kreis drehen, bringe ich euch ins Gildehaus in Fenwydd. Das Geld sichere ich mir.«

Ich musste ihn niederschlagen, und zwar so, dass er lange genug liegen blieb, um Brix entkommen zu lassen. Ich musste ihn dazu bringen, sich auf mich zu konzentrieren.

»Dann musst du erst einmal kommen und mich holen«, sagte ich liebenswürdig. »Denn das Kopfgeld ist nicht auf sie ausgesetzt, Schweinebacke.«

»Ich schätze, sie bringt auch einen Preis ein, wenn man weiß, an wen man sich wenden muss.« Aber er ließ sie los und kam auf mich zu. »Wenn du ein echter Zauberer wärst, hättest du mich inzwischen verhext. Du bist kein Zauberer. Du bist gar nichts.«

Der Mann war ein wandelnder Haufen Hässlichkeit. Ich schlug ihn.

Meine Fingerknöchel schrammten über seine Zähne. Er ächzte und stieß meine Hand beiseite.

»Mistkerl«, sagte ich, und seine Faust prallte auf meinen Mund.

Der erste Hieb streckte mich nicht nieder, aber er ließ mich so sehr wanken, dass ich unverhofft dem zweiten entging. Mein Knie füllte sich mit heißem, flüssigem

Schmerz, und ich verlagerte ruckartig mein Gewicht aufs andere Bein. Wie sollte ich das hier durchstehen, ohne hinzufallen?

Ich senkte den Kopf und stürmte auf Pavel zu, in der Hoffnung, ihn umzurennen. Er verpasste mir einen linken Haken in den Bauch, und die Luft wich mit einem erbärmlichen Röcheln aus meinem Körper. Ich krümmte mich. Bevor ich mich wieder aufrichten konnte, traf seine Faust mich noch einmal ins Gesicht, und ich konnte nichts mehr sehen.

Wenn ich zu Boden ging, würde er mich töten. Ich kämpfte mich hoch und lauschte hektisch, um herauszufinden, wo er war.

Schnelle Schritte. Ich schwang die Faust auf das Geräusch zu und traf irgendetwas. Pavel fluchte. Während mein Augenlicht gerade erst zurückkehrte, spähte ich zu ihm und sah, dass ich ihm die Nase blutig gehauen hatte. Er hakte den Fuß um meinen Knöchel, und ich stolperte rückwärts.

Etwas – es fühlte sich an, als wäre es mindestens so groß wie ein Ochsenhuf – krachte mir ins Gesicht. Ich hörte mich ächzen und konzentrierte mich darauf, nicht aufzuschreien, als ich im Dreck landete. Brix kreischte schon wieder. Diesmal galt es mir. Ich verstand die Worte kaum.

»Komm auf die Beine!«, rief sie.

Während ich mich über die siedende Qual in meinem Knie hinweg hochkämpfte, fand ich ihr Geschrei ziemlich lästig. Sie musste aufhören, Lärm zu schlagen, und sich – bei allen Höllen! – aus dem Staub machen, solange sie noch konnte.

Ich sperrte die zugeschwollenen Augen gerade noch rechtzeitig auf, um zu sehen, wie Pavel wieder ausholte. Das fahle, blaue Licht der Dämmerung ließ seine Zähne noch fleckiger wirken, als er mich angrinste. »Du hättest unten bleiben sollen.«

»Kleinschwänziger Sohn eines Ziegenbocks«, krächzte ich. Das wischte ihm wenigstens das Lächeln aus dem Gesicht. Ich wünschte, ich hätte Brix sehen können. Ich hoffte, dass sie die Gelegenheit zur Flucht ergriffen hatte.

Knirsch.

Warmes Blut sprudelte mir übers Gesicht, und ich konnte nicht mehr durch die Nase atmen. Ich fiel wieder auf die Knie, und diesmal war ich nicht mehr in der Lage aufzustehen. Aber ich konnte sehen. Ich saß da, keuchte und wartete darauf, dass er mich trat. Ich hatte noch eine einzige Chance.

»Viel Ärger«, stieß er hervor, »für eine kleine Hure.«

Er holte mit dem Fuß so kräftig aus, dass er mir die Rippen eingetreten hätte, wenn er getroffen hätte. So aber packte ich seinen Knöchel, warf mich zur Seite und setzte seinen eigenen Schwung gegen ihn ein. Mit einem überraschten Aufschrei ging er zu Boden.

Ich verstehe vielleicht nichts vom Kämpfen, aber mit Hebelwirkung kenne ich mich aus.

Mühsam kroch ich vorwärts, bekam sein Ohr zu fassen und verdrehte es.

»Kleine Hure?«, wiederholte ich. Ich stemmte mich auf die Knie und schmetterte ihm den Ellbogen, in den ich mein ganzes Gewicht legte, gegen die Brust. Er schrie auf, rollte sich zusammen und röchelte.

»Das reicht!« Jemand packte mich am Haar und riss mich von ihm weg. Ich konnte meine Rückwärtsbewegung nicht aufhalten, fand mich im Dreck sitzend wieder und starrte Brix an. Sie schob mir die Hände unter die Achseln und zerrte mich auf die Beine. »Lass uns einfach gehen«, sagte sie. »Sie könnten das Warten leid sein, und dann sind sie jede Sekunde hier. Verschwende nicht noch mehr Zeit mit ihm.«

Keuchend zwang ich meine schmerzenden Finger, sich weit genug zu krümmen, um den Stift in meiner Tasche zu finden, und vollendete den Zauberspruch auf meinem linken Arm. Brix hatte recht damit, dass wir uns in Bewegung setzen mussten, aber erst musste ich mit Pavel fertigwerden. Es würde nicht lange dauern, bis er wieder Luft bekam und aufstand. Er würde den Gildlingen sagen, in welche Richtung wir geflohen wären und sie wie Bluthunde auf unsere Fährte setzen.

»*Gray*«, drängte Brix. »Sie hören nicht auf, uns zu jagen, wenn du ihn tötest.«

Ich ging zurück zu Pavel. Ich würde ihn nicht töten. Ich beugte mich vor, legte ihm die Hand auf die Lippen und sprach den Zauber aus. Blaues Licht floss aus meinen Fingerspitzen in seinen offenen, nach Luft schnappenden Mund. Ein Reuequalzauber schmeckt wie Honig, und das Gefühl ist so kalt und verblüffend, dass die meisten Leute die Magie schlucken, bevor sie lange darüber nachdenken.

Pavel schluckte. Ich beobachtete, wie sich seine Augen weiteten. Die Pupillen klafften bis zum Rand der Iris auf, und er kroch rückwärts wie ein Krebs vor mir zurück.

»Bleib mir vom Leib!« Die Worte entrangen sich kreischend, angstvoll und heiser seiner Kehle. »Rühr mich nicht an!« Er wälzte sich auf alle viere und kam auf die Beine. Dann kletterte er die Böschung hinab und verschwand zwischen den Bäumen, wobei er mit sich selbst redete, gehetzt von den Halluzinationen, die ich seinem Verstand eingegeben hatte.

»So.« Ich zuckte zusammen, als das Gift mitten in meinem Schädel aufblühte, und beschirmte die Augen mit einer Hand, während ich zu Brix zurückhinkte. »Das wird ihn nicht umbringen, aber mit etwas Glück wird er die nächsten acht bis zehn Stunden kein vernünftiges Wort herausbekommen. Wir können uns aus dem Staub machen, hoffentlich, bevor die Gildlinge durchschauen, was passiert ist, und auf die Idee kommen, uns zu verfolgen.« Ich blieb stehen. Übelkeit wallte in mir auf.

»Du siehst fürchterlich aus.« Brix massierte ihren Arm, der blaue Flecken aufwies. Jetzt, da ich näher bei ihr war, erkannte ich, dass sie einen roten Abdruck auf der Wange hatte. »Ich habe noch nie von einem Zauberer gehört, dem so oft schlecht wird.«

»Das liegt daran, dass die Gildenzauberer Magie nicht so praktizieren wie ich«, erklärte ich, den Kopf zwischen den Knien. »Entweder wirken sie weitaus weniger giftige Zauber und verbringen dann mehr Zeit damit, sich zu erholen, oder sie wälzen das Gift, das sie sich zuziehen, auf andere Leute ab. Sie schummeln. Ich nicht.«

»Andere Leute?« In ihrer Stimme lag ein seltsamer Unterton.

»Überwiegend Sklaven.« Ich biss die Zähne zusammen und versuchte, tief genug ein- und auszuatmen, um mein Frühstück bei mir zu behalten. »Es gibt Leute, die das Gift der Magie in sich aufnehmen können, ohne dass es ihnen schadet: die Tirnaal, ein Volk, das überwiegend aus Genereth im Süden stammt. Gildenmagier zeichnen sie mit Runentätowierungen für alle möglichen prahlerischen Zauber – Bindefuß, Sprichweit und all so etwas. Angeblich haben die Tirnaal sogar einzigartige Körper und können in Flaschen eingesperrt werden, wie die Dschinnen in den Geschichten der Barden. Ich weiß allerdings nicht, ob es so funktioniert, wie die Gilde behauptet. Man sieht nicht viele Tirnaal – sie werden nie selbst Zauberer. Und …« Ich hielt inne und schloss die Augen. »Und ich glaube, ich bin drauf und dran, mich zu übergeben, also ist das hier wohl ein sehr dummer Zeitpunkt für diese Diskussion.«

»Du hättest wegrennen können. Du hättest mir nicht helfen müssen.« Sie klang fast anklagend. »Warum hast du das getan?«

Die Übelkeit legte sich ein wenig. Ich schluckte, richtete mich auf und begann, so schnell ich konnte, nach Norden zu gehen. Das war natürlich nicht wirklich schnell.

»Antworte mir«, forderte sie und hielt mit mir Schritt.

»Bei den Göttern, das ist doch kein großes Rätsel.« Ich hatte den bitteren Nachgeschmack der Magie im Mund. Auch der Geschmack dieses Gesprächs gefiel mir nicht besonders. »Ich *kann* nicht rennen. Ich kann die meiste Zeit über noch nicht einmal laufen, und ganz gewiss nicht, nachdem ich gestern so weit gewandert bin. Wenn ich schon gezwungenermaßen langsam gehen muss, dann konnte ich auch etwas gegen Pavel unternehmen.« Ich sah sie an. »Außerdem sollst du mich doch in einen Tempel bringen, schon vergessen?«

»Nun ja«, sagte sie. »Ich dan…«

»Hör auf, dich bei mir für alles zu bedanken«, blaffte ich. »Das war kein Geschenk. Ich mache keine Geschenke. Jetzt sind wir quitt. Das ist alles.«

Und das war alles. Ich konnte mir keine Gedanken darüber machen, was Brix oder sonst jemand von mir hielt. Nicht, wenn ich so wenig Zeit hatte. Worauf es ankam, war, nach Ri Dana zu gelangen und Acarius' Artefakt zu finden. Worauf es ankam, war vor allem, *Acarius* zu finden, bevor die Gilde ihn auslöschte wie eine Kerze. Ich musste ihn befreien. Ich musste den Riss zwischen uns kitten.

Acarius war meine Familie, und das hier war meine letzte Gelegenheit.

SECHS

Wir wanderten drei Tage lang nach Norden und flohen eilig von der Straße, wann immer wir Hufschläge hörten, weil wir befürchteten, von der Gilde verfolgt zu werden. Brix war diejenige, der es am Ende gelang, einen Karren anzuhalten, ein Pärchen, das eine Ladung Wolle hinauf in den nächsten großen Marktflecken namens Zehn Flüsse fuhr. Brix erklärte mein zerschlagenes Gesicht mit einer geraunten Geschichte über eine Flucht vor einer erkauften Hochzeit und darüber, wie der ihr aufgezwungene Bräutigam versucht habe, mich zu töten – ihren *Bruder*, also bitte! Das Pärchen fand sich bereit, uns zu helfen, obwohl die beiden eindeutig überzeugt davon waren, dass ich ein Rivale des Bräutigams war. Ich bezahlte eine meiner Silbermünzen und verbrachte die nächsten paar Tage damit, darüber nachzusinnen, wie unbequem es doch war, so zu tun, als wäre man nur ein Bruder, während zwei höchst interessierte Männer einem mitfühlende Fragen stellten.

In Zehn Flüsse erzählte Brix dem nächsten Fuhrmann, ich sei ihr Cousin, der sich mit Geldverleihern angelegt habe. Wir fuhren mit unförmigen Säcken voller Zwiebeln die Landstraße nach Vasanth hinauf, wo ich endlich einmal für mich selbst sprach und beschloss, ein Flickschuster zu sein, der in eine Wirtshausschlägerei geraten war.

Wir hatten Zeit zu reden, als wir über das Straßenpflaster holperten, aber wir taten es nicht. Brix schien damit zufrieden zu sein, die Beine tagsüber von der Ladefläche des Karrens baumeln zu lassen und nachts für sich leise Lieder zu summen. Es waren nie Melodien, die ich kannte. Dann und wann stieß auch sie im Schlaf Laute aus, unglückliche leise Geräusche, die mich an meine eigenen Träume erinnerten.

Die Umgebung veränderte sich, während wir uns den Weg die Küste hinauf zusammenstückelten: Kornfelder wichen Hügeln und die wiederum hoch gelegenem, felsigem Buschland. Brix jubelte immer wieder über die verschiedenen Landschaften. Ich dagegen hatte das Buschland noch nie gemocht. Es ist trocken, und die Erde hat die falsche Farbe, fahl, kreideweiß und voll seltsamer körniger Muscheln. Als ich das aussprach, nannte Brix mich dumm. Unser Verhältnis wurde anscheinend besser.

Nach einer Woche rochen wir allmählich Salz in der Luft. Dann ragten eines Morgens spitze Türme am Horizont auf, und wir sahen Ri Dana.

»Die Stadt ist hübsch«, sagte Brix.

Diesmal stimmte ich ihr zu. Aus der Ferne wirkten Ri Danas schlanke Türme und gerundete Mauern wie elegantes schwarzes Gitterwerk, so als hätte jemand eine schmiedeeiserne Krone vor die weißen Klippen fallen lassen. Ich war gerade erst vierzehn gewesen, als ich das letzte Mal in der Stadt gewesen war, aber wenn ich mich recht erinnerte, war sie aus der Nähe nicht ganz so hübsch.

Unser Karren erreichte die Stadtmauer, als der Abend sich herabsenkte. Brix und ich sprangen ab, bevor der Fahrer seine Apfelladung vom Zollbeamten des Herzogs inspizieren ließ. Wir standen in einer Schlange von Reisenden, die darauf warteten, durch das nächstgelegene der sieben Stadttore eingelassen zu werden. Die Reihe bewegte sich nur Stück für Stück vorwärts. Als wir uns der Stadtmauer näherten, hörte ich die gelangweilten Stimmen der beiden Milizsoldaten, die am Tor standen und die Leute ausfragten, die Einlass begehrten.

Woher kommt ihr? Und was habt ihr hier zu erledigen? Habt ihr irgendetwas Ungewöhnliches auf der Landstraße gesehen? Einen Mann und eine Frau; der Mann trägt eine Robe, die Frau ein Hemd und eine Hose, die aus der Sakristei eines Tempels gestohlen sind. Sie werden gesucht, weil man ihnen den Mord an einem Priester zur Last legt.

»Verlass die Schlange«, flüsterte Brix neben mir. »Schnell, während sie mit der Frau da reden. Verhalt dich unauffällig.« Sie wandte sich zur Seite und schlenderte ins Zwielicht. Ich folgte ihr.

Als wir weit genug an der Krümmung der Stadtmauer entlanggegangen waren, um außer Sichtweite des Tors zu sein, zog ich mir die Robe aus und stand nur noch in Hemd, Hose und Tunika da.

»Vielleicht an einem der anderen Tore«, schlug ich vor. »Es gibt ja noch sechs weitere.«

»Du hast doch nicht etwa immer noch vor, die Stadt

zu betreten?« Brix betrachtete bekümmert ihre eigenen Kleider, bei denen es sich *tatsächlich* unverkennbar um geänderte Tempelgewänder handelte, wie ich jetzt bemerkte, da meine Aufmerksamkeit einmal darauf gelenkt worden war.

»Ich habe keine Wahl«, sagte ich.

»Das ist verrückt. Du bist verrückt.« Sie starrte mich an. »Sie glauben, dass wir Halling getötet haben. Sie werden sich deine Version der Geschichte gar nicht erst anhören. Wenn sie dich fangen, hängen sie dich auf. Was für ein Buch ist deiner Meinung nach dein Leben wert?«

»Aber es geht um *sein* Leben«, platzte ich heraus und bereute es sofort.

Sie erstarrte. »Was?«

Meine verdammten Hände zitterten schon wieder. Ich knüllte meine Robe zu einem Ball zusammen und drückte ihn, damit meine Finger etwas zu tun hatten. Ich musste die Wahrheit riskieren. »Die Gilde hat vor sechs Monaten meinen Großvater verhaftet. Wegen nicht fachgerechter Beschwörungen, Nekromantie und unter jeder anderen Anklage, die ihr eingefallen ist. Ich kann ihn nicht finden. Ich kann ihm nicht helfen. Aber es gibt im hiesigen Jaerntempel ein Artefakt. Mein Großvater hat mir aufgetragen, es zu holen – die Gilde will es ebenfalls an sich bringen. Wenn ich es finden kann, bevor es ihnen gelingt ... Wenn ich also etwas habe, mit dem ich verhandeln kann ...« Ich brach ab, aber die Worte waren schon ausgesprochen. Es war das erste Mal, dass ich, sogar vor mir selbst, die Versuchung eingestand, die wie ein Splitter in meinem Hinterkopf pochte, seit ich das Gasthaus verlassen hatte.

Brix zog die Augenbrauen zusammen. »Er hat dir gesagt, dass du dieses Ding als Lösegeld für ihn beschaffen sollst?«

Menschen werden sterben.

Ich schüttelte den Kopf, als könnte das die Erinnerung an die blutbefleckte Hütte verscheuchen – und an Keirs selbstgefälliges Lächeln, als ich ihn zum ersten Mal gesehen hatte. Damals hatte er in einem Schreibzimmer in einem Gildehaus gesessen. Dummkopf, der ich war, hatte ich versucht, ihm Bestechungsgeld anzubieten. Keir hatte versucht, mir einen Fesselglanzzauber in den Hals zu stopfen.

»Sie tun ihm weh«, sagte ich. »Ich kann nicht einfach …« Ich schluckte. Der Frust brannte mir in der Kehle. Es hatte alles keinen Zweck. Nichts, was ich Brix erzählte, würde sie dazu bringen, bei mir zu bleiben. Niemand blieb je bei mir.

Sie schlang ihre Hand um meine. »Denk nach. Lass uns einfach … für eine Minute nachdenken. Vielleicht gibt es eine mögliche Vorgehensweise, die nicht vollkommen verrückt ist.«

Verblüfft sah ich auf. »Du hilfst mir?«

Sie betastete den Stoff, den ich festhielt. »Es wäre sicherer, wenn wir unser Aussehen verändern würden. Ich könnte mir deine Robe leihen, wenigstens lange genug, um in die Stadt hineinzukommen. Wir könnten getrennt gehen.« Sie rollte die Augen. »Nun hör dir an, wie ich daherrede, als wäre das sinnvoll!« Sie nahm mir die Robe ab und legte sie sich um die Schultern.

Die Robe bedeckte ihre eigenen Kleider vollständig: Die Ärmel reichten ihr bis zu den Fingerknöcheln, und der Saum schleifte auf dem Boden. Sofort war sie eine respektable Zauberin. »Woher wussten sie überhaupt, dass sie nach uns suchen müssen?«

»Keir Esras«, sagte ich. »Es muss so sein. Keir ist der Einzige, der ein Motiv hat, uns Hallings Tod anzuhängen, und er verfolgt mich schon, seit Acarius festgenommen wurde. Wahrscheinlich hat er Brieftauben an alle wichtigen Gildehäuser im näheren Umkreis geschickt. Es war wohl nur eine Frage der Zeit, bis er beschlossen hat, die Miliz um Hilfe zu bitten.« Ich sah sie an. Ich wollte dieses unverhoffte Glück nicht hinterfragen, aber ich konnte nicht anders. »Brix, warum tust du das?«

Sie zupfte an den hervorstehenden Fäden einer Stelle, an der ich meine Robe gestopft hatte. »Ich weiß, wie es ist, jemandem nicht helfen zu können, der einem am Herzen liegt.«

»Wer ...«, begann ich und brach dann ab, als leichte Röte sich in ihrem Gesicht ausbreitete. Beunruhigt fragte ich mich, ob sie das Geld für mehr als eine Schiffspassage brauchte. »Danke.«

Sie grinste. »Es ist kein Geschenk. Ich mache keine Geschenke.«

»Ich zahle dir alles zurück.« Das Versprechen gab ich genauso sehr mir selbst wie ihr. Ich musste Acarius in Sicherheit bringen. Dann würde ich mir eine Möglichkeit einfallen lassen, meine Schulden zu begleichen, und wenn es mich umbrachte.

»Das versteht sich von selbst, Zauberer«, sagte

Brix leise. »Aber wenn wir zusammenarbeiten wollen, musst du lernen, meine Hilfe anzunehmen.« Sie machte eine kleine Handbewegung, als wollte sie etwas verscheuchen. »Und jetzt setz dich in Bewegung. Zeig mir, welchen Weg wir nehmen müssen.«

Wenigstens das war also abgemacht. »Lass mich erst ein paar Zaubersprüche schreiben«, sagte ich.

Wir betraten die Stadt durch das vierte Tor, an dem ein einzelner übellauniger Milizionär wachte, der Rückenschmerzen zu haben schien und offensichtlich entschlossen war, nicht härter als unbedingt nötig zu arbeiten. Er lächelte Zauberin Brix respektvoll an, als sie das Tor passierte, sah dann aber finster drein und murmelte eine Heiligenlitanei, als ich mich ihm etwa eine Minute später näherte.

»Dreckige Zauberköter«, sagte er und sah in die Richtung, die Brix eingeschlagen hatte. »Die hasse ich wie die Pest. Schleppen Gift mit sich, wohin sie auch gehen, und schleifen Dschinnblütige in die Stadt. Die Sklaven der Zauberer bringen Unglück, wenn sie einen auch nur berühren, weißt du?«

»Verdammte Zauberer«, pflichtete ich ihm bei und eilte hinter Brix her. Weißes Kopfsteinpflaster breitete sich, gesäumt von schwarzen Mauern, vor uns aus. Blau verputzte Gebäude drängten sich dicht an Straßen, die vom Tor ausgingen wie die Speichen eines halben Rads. Ein Stück voraus in Richtung Westen umschloss die innere Mauer die höher gelegenen Viertel und die Fundamente der Türme aus schwarzem Stein, welche die Stadtsilhouette prägten. Ich schloss zu Brix auf, während ringsum Leute nach Hause hasteten, bevor die Nacht hereinbrach und es gefährlich wurde, sich draußen aufzuhalten.

»Was für ein engstirniges Schwein«, murmelte sie, als wir uns vom Tor entfernten.

Ich zuckte die Schultern. »Die Zauberer haben es mehr oder minder verdient.«

»Vielleicht, aber die Tirnaal bringen kein Unglück. Sie haben kein Dschinnblut.«

»Bist du eine Expertin in Sachen Tirnaal?« Ich versuchte schon die ganze Zeit, im Geiste einen Lageplan von Ri Dana heraufzubeschwören, und so plötzlich wieder ins Gespräch gezogen zu werden, kostete mich die Orientierung. »Dann war es dumm von mir, dir nach dem Ärger mit Pavel etwas über sie erklären zu wollen. Ich habe noch nie einen Tirnaal-Sklaven gesehen und wüsste auch nicht, wo man außerhalb von Genereth einen antreffen könnte. Du hättest mir sagen müssen, dass ich den Mund halten soll.«

»Ich habe ein paar von ihnen kennengelernt, die für die Tempel arbeiten.« Ihre Wangen brannten scharlachrot. »Und sie sind nicht alle Sklaven, weißt du? Sehr viele von ihnen leben frei in den Provinzen – sie stellen nur nicht vor aller Augen ihre Tätowierungen zur Schau. Wahrscheinlich gibt es auch ein paar in dieser götterverlassenen Stadt, die jeden Tag vor den Augen dieses Schweins am Tor ein und aus gehen. Sie sehen nicht anders aus als alle anderen. Sie müssen sich nur unauffällig verhalten und dürfen sich nicht von den Zauberern erwischen lassen.« Sie zog eine Augenbraue hoch und sah mich an. »Ein bisschen so wie *du*.«

»Na, dann hoffe ich, dass sie damit mehr Erfolg haben als ich.«

Der Duft Hunderter kochender Abendessen waberte an mir vorbei, vermischt mit Staub und Gewürzen, Blut und Schweiß. Ein anderer Geruch ließ uns beide stehen bleiben.

Brix rümpfte die Nase. »Was ist das für ein Gestank?«

»Klippstadt.« Daran erinnerte ich mich – wer einmal die Elendsviertel von Ri Dana gesehen hat, vergisst sie nicht mehr. Ich zeigte nach Osten, wo marode Unterkünfte in die brüchigen Kalksteinklippen gehauen waren, die steil zum Meer hin abfielen. »Man riecht es bei Ebbe. Zum Glück müssen wir nicht dort entlang, glaube ich zumindest.«

Ich bog in eine schmale Seitenstraße ein. Phosphoreszierende Hexenfeuerflechten flammten nach und nach in der Gosse auf, während wir an ihnen vorbeigingen, gespenstische Schwaden in Hellgrün und Blau, die sich nach oben in die Dunkelheit ringelten, um die Hauptstraßen zu beleuchten. Das beste Hexenfeuer war vor langer Zeit ausgesät worden, als Ri Dana noch ein Juwel des alten Dainereichs gewesen war und übers Meer Schätze an den Silberhof und seinen König gesandt hatte. In jenen Tagen hatte der Gouverneur das Flechtenlicht zur Form von Obstbäumen, Rosenlauben oder gelegentlich auch eines schönen Mannes oder einer schönen Frau verweben lassen. Jetzt waren die Dainefürsten seit drei Generationen Geschichte, und die kunstvollen Muster, die sie bevorzugt hatten, waren überwiegend schlichten, wiederholbaren Streifen und Rastern gewichen. So gehen wohl irgendwann alle Großreiche zugrunde, dachte ich im Stillen.

»Du weißt aber, wohin wir wollen, oder?«, fragte Brix, als sich das geschmeidige grüne Licht um ihre Knöchel schlängelte. Es gelang ihr irgendwie, sowohl mich als auch die Flechten im Blick zu behalten, während wir weitergingen. Das machte es schwer, so zu wirken, als wüsste ich, was, zu allen Höllen, ich tat.

»Ich war zuletzt hier, als ich vierzehn war«, antwortete ich. »Es dauert eine Weile, mich auf alles zu besinnen.« Von der Reise mit Acarius hatte ich nur noch in Erinnerung, dass wir uns mit einem seiner Freunde – vermutlich Lorican – in einem Wirtshaus getroffen hatten und dass diese Taverne ein Schild hatte, das wie eine tanzende Frau aussah.

Ri Dana war in drei Stadtviertel aufgeteilt, so viel wusste ich noch: die Turmspitzen, das Pflaster und Klippstadt. Die Turmspitzen waren den hochwohlgeborenen Damen und Herren vorbehalten, die von den Daine abstammten, den Besitzern der erfolgreichen Wollexportschiffe und den Seiden- und Zimthändlern. Natürlich pflegten sie keinen gesellschaftlichen Umgang mit den Bewohnern der Elendsquartiere von Klippstadt. Aber jeder konnte die Bierschenken und Vergnügungsstätten im Pflaster besuchen, von Adligen, die sich Lastern hingeben wollten, bis hin zu den Klippenbewohnern, die diese Laster verkauften. Das Pflaster war also ein sinnvoller Ausgangspunkt – hoffte ich.

Als wir die Ansammlung von Wirtshäusern und noch anrüchigeren Etablissements an der Jinsleet-

Straße im Herzen des Pflasters erreichten, juckten die Zaubersprüche auf meinen Armen, und mein Optimismus ging mir nach und nach verloren. Reihen von Gebäuden mit geschlossenen Fensterläden ragten drohend um uns herum auf. Keines von ihnen kam mir bekannt vor. Es gab sechs Tavernen, aber nur eine mit einem Schild, auf das eine Tänzerin gemalt war.

Als wir das Wirtshaus betraten, war der Schankraum mit der niedrigen Decke brechend voll. Die Luft war zum Schneiden dick: Es stank nach Rauch, Alkohol und altem Schweiß. Alle starrten uns neugierig an. Als wäre das noch nicht genug, hockten an einem Tisch weit hinten im Raum drei junge Leute in den blauen Roben der Gildenlehrlinge über ihren Getränken. Wir mussten die Schankstube durchqueren, um zur Theke zu gelangen. Die Frage, ob das Gildehaus hier über meine Beschreibung verfügte, war schlimm genug, aber die Lehrlinge würden wohl kaum Brix übersehen, die meine Zaubererrobe trug und aussah wie eine Kollegin von außerhalb der Stadt. Was, wenn die Lehrlinge auf den Gedanken kamen, mit ihr zu plaudern?

Wir hatten keine Wahl, als uns stur weiter vorzudrängen. Ich schlug mit der flachen Hand auf die Theke, um die Aufmerksamkeit des Tavernenbesitzers zu erregen. Sofort wurde mir klar, dass ich einen Fehler gemacht hatte. Ich zog sie zurück und schnitt eine Grimasse, während ich meinen Handteller musterte, um herauszufinden, in was für eine klebrige Schweinerei ich da gefasst hatte. Bier? Fruchtmus? Es roch nicht schlecht genug, als dass es sich um Erbrochenes gehandelt hätte.

»Ja?« Der Schankwirt, der gerade zwei Tonkrüge an einem Fass an der Wand gefüllt hatte, drehte sich um. Er war Ende vierzig oder Anfang fünfzig, dünn wie eine Peitschenschnur, mit dunklem Haar, das er zu einem langen Zopf geflochten trug, der ihm über den Rücken hing. Alles in allem entsprach er nicht meiner Vorstellung von einem Schankwirt. Schankwirte sollten beleibt und tröstlich sein. »Willst du etwas?«

Ich *wollte* ihn fragen, was das schmierige Zeug auf der Theke war, in das ich hineingelangt hatte. Stattdessen rieb ich mir die Handfläche an der Hose ab und versuchte, nicht bedrohlich zu wirken. »Meine Kollegin und ich möchten gern zu Abend essen«, sagte ich. »Und wir brauchten Informationen. Wir suchen einen Mann namens Lorican. Er hat vor vielen Jahren diese Taverne geführt. Hast du von ihm gehört?«

»Kollegin, soso.« Der Schankwirt musterte aus dunklen Augen kurz Brix' Robe. Seine Miene war ausdruckslos. »Wir haben Brot und Käse für zwei Pfennig oder Lamm mit Gerste für fünf.«

Nicht bedrohlich zu wirken kam mir allmählich wie ein Fehler vor. »Findest du nicht, dass das für ein Wirtshausgericht ziemlich teuer ist?«

»Ich bediene schon den ganzen Abend lang die nichtsnutzige Horde von Lehrlingen da drüben«, sagte er. »Wenn ihr Gildlinge weiter eure Mitglieder hier zum Essen und Trinken abstellt und meine Stammgäste verscheucht, dann ist das der Preis für ein Abendbrot.«

Brix stieß mich mit dem Ellbogen an. »Schon gut. Wir nehmen Brot und Käse und zwei Becher Starkbier.« Sie schenkte dem Wirt ein Lächeln. »Tut uns leid, wenn unsere Gildengenossen anderen lästig sind. Wir bezahlen gern ein bisschen mehr, um das wiedergutzumachen. Bestimmt ist es gar nicht so einfach, sich an einen Namen zu erinnern, wenn man sich schon die ganze Zeit die Hacken abrennt, um schwierige Gäste zu bedienen.«

Er erwiderte ihr Lächeln nicht. »Was hat dieser Lorican getan, dass die Gilde einen für Informationen über ihn bezahlt?«

»Nichts«, sagte ich. »Ich will nur mit ihm reden.«

»Ja«, sagte er zweifelnd und verschwand durch eine Tür etwa zehn Fuß von uns entfernt, vermutlich in die Küche.

»Du kannst ihm eine Silbermünze geben, wenn es sein muss«, schlug Brix vor.

»Natürlich.« Ich wühlte in meiner Tasche nach ein paar Kupferstücken und wich ihrem Blick aus.

»Hier.« Der Wirt kehrte zurück und hielt uns unser Essen hin, das eines Tellers offenbar nicht würdig war: zwei dicke Scheiben Brot mit genauso dicken Käsestücken, die wackelig darauf schwankten. Ich legte zwei Kupfermünzen auf die Theke.

Brix' Gesicht war gefährlich ausdruckslos geworden. Sie schnappte sich das Essen und ging zu einem Tisch in der Ecke. Die Gespräche im Rest des Schankraums hatten wieder eingesetzt und hätten eine tröstliche Untermalung geboten, wenn der Tisch mit Gildelehrlingen nicht gewesen wäre, die verstohlene Blicke auf Brix und ihre Robe warfen und miteinander tuschelten. Als wäre das noch nicht übel genug, taten die Runen auf meinen Armen mittlerweile weh, statt nur zu jucken.

»Euer Starkbier«, sagte der Schankwirt. »Das macht noch drei Pfennig.«

»Ich will es nicht«, sagte ich. »Das war ein Fehler.«

Er lächelte ohne Heiterkeit. »Sieh mal, mein Junge, ich will dein Bestechungsgeld nicht, aber eure Getränke habe ich schon gezapft.« Er schob mir zwei tönerne Becher hin. »Ich kann sie nicht zurück ins Fass befördern, und ich habe keine Lust, sie selbst zu trinken. Was mich betrifft, habt ihr sie bestellt, und ihr werdet sie bezahlen, oder ich erfahre, warum nicht.«

Ich fischte meine letzten Kupfermünzen aus der Tasche und ließ sie in seine Hand fallen, bevor ich das Bier nahm und Brix folgte. Die Becher waren randvoll – man musste dem Schankwirt lassen, dass er ordentliche Portionen abfüllte –, und die Flüssigkeit schwappte über meine Hände. Ich stellte die Becher ab, setzte mich hin und leckte mir das verschüttete Bier von den Fingern. Ich konnte Brix nicht in die Augen sehen.

»Bei den Göttern, ich bin eine weichherzige Närrin.« Brix' Hände bewegten sich in schnellen, zornigen Zuckungen. Sie zerkrümelte ihr Brot. »Du hast mir draußen diese Geschichte erzählt, und ich habe sie dir abgenommen. Ich dachte wirklich, du wolltest versuchen, jemandem das Leben zu retten.«

»Ich habe nicht gelogen«, versicherte ich. »Nicht, was das betrifft.«

»Ich bin den weiten Weg mit dir hergekommen, und die ganze Zeit über warst du ...« Sie sah finster drein. Ihr Kiefer mahlte. »Du hast überhaupt kein Geld, nicht wahr? Ich kann nicht fassen, dass ich so dumm war.«

»Hör mir einfach zu. Ich habe das Geld im Augenblick nicht zur Hand, aber ich kündige unsere Abmachung nicht auf. Ich bin nicht …« Ich brach ab und musterte stirnrunzelnd meinen Finger. Irgendetwas im Bier hatte meine Zunge taub werden lassen.

»Nein, von dir lasse ich mir nicht erzählen, dass ich zuhören soll.« Es war ein heftiges Flüstern, rau vor Schmerz. »Das schulde ich dir nicht.«

Ich schluckte meine Erwiderung hinunter. Es blieb keine Zeit, etwas zu erklären oder um Verzeihung zu bitten. »Dann bestraf mich später. Im Moment stecken wir in Schwierigkeiten.«

Ihr Gesicht wurde ausdruckslos. »Warum?«

»Mit dem Bier ist etwas nicht in Ordnung.« Ich schob einen Becher zu ihr und hielt meine Stimme so weit gesenkt, wie ich konnte. »Wahrscheinlich eine Droge oder eine Art Gift. Trink es nicht.«

Sie berührte mit dem kleinen Finger die Oberfläche des Biers, probierte es vorsichtig und verzog das Gesicht. »Versucht da jemand, sich das Kopfgeld zu sichern? Vielleicht wollen sie dich außer Gefecht setzen, damit du keinen Zauber wirken kannst.«

»Mag sein. Wir müssen hier weg, aber die Götter allein wissen, wie uns das gelingen soll, ohne einen Verdacht zu erregen.« Ich holte tief Luft. »Ich habe Zaubersprüche geschrieben, also werden wir versuchen, nach draußen zu gelangen. Wenn etwas passiert, mache ich allen das Leben schwer, und du rennst davon, so schnell du kannst. Verstanden?«

Sie starrte mich eine Sekunde lang an. Dann stand sie auf, beugte sich über den Tisch und gab mir eine schallende Ohrfeige. Sie erwischte meinen Mund.

Die lärmenden Gespräche der anderen Gäste verstummten. Alle Blicke waren auf Brix gerichtet.

»Ich habe genug davon, du mieser Betrüger«, sagte sie so laut, dass ihre Stimme im ganzen Schankraum zu hören war. »Du lockst mich mit falschen Versprechungen her, und dann erwartest du auch noch Verständnis von mir, wenn du auffliegst? Worüber hast du mich noch belogen?« Brix' kalte Augen sahen noch einen Moment länger in meine. »Ich gehe jetzt, und ich will dich nie wiedersehen.«

»Warte«, bat ich. Mein Mund kribbelte noch von dem Schlag. »Ich …«

»Nein. Lass mich in Ruhe, du Dreckskerl.« Brix drehte sich auf der Ferse um und machte, dass sie zur Tür kam. Hier und da folgte ihr ein Kichern, als sie ihren Abgang hinlegte.

»Du hättest kein Flittchen aushalten sollen, du böser Junge«, rief ein alter Mann in einer Ecke, und der ganze Schankraum brach in Gelächter aus.

Heißes Blut stieg mir den Nacken herauf. Mit dem nicht angerührten Bier vor mir saß ich da, so rot, als wäre ich wirklich ein untreuer Schürzenjäger. Ich zwang mich, bis dreihundert zu zählen. Ich hätte auch bis fünfhundert gezählt, aber die Gildlinge standen auf und gingen zur Theke, um ihre Zeche zu bezahlen. Wenn Brix im Freien wartete, wollte ich nicht, dass sie sie überrumpelten. Ich machte mich auf den Weg nach draußen und ignorierte die amüsierten Blicke der anderen Gäste.

Vor der Taverne überquerte ich die Straße und blieb dann zitternd im Dunkeln zwischen zwei Häusern stehen. Ich atmete schwer und suchte das Kopfsteinpflaster nach menschlichen Umrissen ab.

Brix war nicht da.

»Scheiße«, flüsterte ich. »Gute Arbeit, Corcoran. Jetzt hast du sie endgültig in die Flucht geschlagen, und du hast es nicht besser verdient. Du Narr.« Wellen klebriger, vertrauter Scham brandeten über mich hinweg. Warum hatte ich mir gestattet zu hoffen, dass sie auf mich warten würde? Normalerweise war ich nicht so töricht.

Jemand räusperte sich. Ich erstarrte.

»Das war nur gespielt, Zauberer«, sagte Brix, »um uns aus dem Wirtshaus zu holen, ohne Verdacht zu erregen. Aber verdient hattest du es wirklich.« Es dauerte einen Augenblick, bis ich ihre Umrisse entdeckte, die unmittelbar außerhalb des fahlen Lichts der Flechten zu meiner Linken zu erkennen waren. »Was machen wir jetzt?«

Wir? Was, um alles in der Welt, war aus *Lass mich in Ruhe, Dreckskerl* geworden?

»*Ich* warte ab, um festzustellen, ob die Gildlinge mir nach draußen folgen«, sagte ich. »Wenn nicht, muss ich immer noch Lorican finden. *Du* tust, was du für das Beste hältst.« Ich musterte die Häuserzeile beiderseits der Taverne. Wenn es mir gelang, zur Rückseite des Gebäudes zu kommen, konnte ich versuchen, eine Divination durchzuführen, um festzustellen, ob Lorican sich darin aufhielt. »Es muss doch ein Gässchen dahinter geben, nicht wahr?«

»Planst du etwa, in dasselbe Haus einzubrechen, aus dem wir gerade entkommen sind?«

»Was kümmert es dich?«, gab ich zurück. »Ich bin ein Lügner, schon vergessen? Oder willst du etwa sagen, dass du immer noch willens bist, mich in den Tempel zu bringen?«

»Wenn es dir entfallen sein sollte: Du schuldest mir noch etwas«, sagte sie. »Vierzig Silbermünzen. Ich sitze deinetwegen in dieser Stadt fest, in der ich mich nicht auskenne, und ich lasse dich nicht sterben oder davonlaufen, bis ich meinen Lohn erhalten habe. Der sicherste Weg, dafür zu sorgen, dass du das Geld hast, um mich zu bezahlen, besteht doch wohl darin, dich in den Tempel zu bringen, damit du etwas stehlen kannst, zusätzlich zu dem, was du suchst. Habe ich recht?«

»Ja.« Ich zügelte mich noch rechtzeitig, bevor ich zusammenzuckte. Ich hatte keine Ahnung, ob es dort Wertsachen gab, die ich stehlen konnte. Es hatte Vorrang, in den Tempel zu gelangen, das Artefakt für Acarius zu holen und einen Weg zu finden, ihn zu befreien. Meine Schulden zu begleichen musste dahinter zurückstehen, ganz egal, wie sehr ich wollte, dass Brix, ihr scharfsichtiger Blick und ihr linker Haken aus meinem Leben verschwanden.

Ich ging los. Einen Atemzug später folgte sie mir und packte mich am Handgelenk, während wir uns einen Weg durch die Dunkelheit suchten. Es dauerte nicht lange, bis wir eine Lücke zwischen den Ziegelmauern entdeckten. In dem Gässchen waren allerdings keine Flechten ausgesät worden, sodass nur das Sternenlicht dabei half, etwas zu sehen. Ich blieb stehen, blind und überwältigt von einem Gestank, der meine

Augen tränen ließ. Anscheinend war das Gässchen von jedem Betrunkenen als Latrine benutzt worden, der je in der Taverne zu Gast gewesen war.

»Ich nehme nicht an, dass du einen Plan hast?«, sagte Brix. »Weißt du *jemals*, was du als Nächstes tust?«

Im dunklen Herzen des Gässchens vor mir flackerte unvermittelt eine blaue Flamme auf.

»Wir kämpfen jetzt«, sagte ich. »Duck dich.«

SIEBEN

Sie waren Lehrlinge, bloß Kinder und noch dazu unwissend. Das erkannte ich schon an ihren Roben, der Art, wie sie in einer Dreierreihe nebeneinanderstanden, und auch an der dummen Wahl, die sie hinsichtlich ihres ersten Zauberspruchs trafen. In einem Magierduell siegt Schnelligkeit. Diese Trottel entschieden sich, eine einfache Illumination zu wirken, eine schwebende blaue Flammenzunge, die dort verharrte, wo sie es bestimmten. Natürlich wollten sie das Licht auf uns zuschicken, aber in dem Sekundenbruchteil, den ich brauchte, um meine Ärmel hochzuschieben, beleuchtete es *die drei* wunderschön.

Ich stellte mich auf die Zehenspitzen und sprach die Runen aus, die auf meinen linken Arm geschrieben waren. Sie wurden mit einem Zischen auf meiner Haut aktiv – schmerzhaft, ja, aber es war die Art von Schmerz, für die ich lebe. Garben smaragdfarbenen Feuers brachen aus meinen Fingerspitzen hervor.

»Vielleicht wollt ihr lieber davonlaufen, Kinder«, sagte ich und schleuderte einen grünen Blitzstrahl auf die mittlere Zauberin. Er traf und umhüllte sie, schnitt ihre Beschwörung mitten in der Silbe ab. Sie landete auf den Knien und begann zu würgen. Alles, was sie in den letzten zehn Stunden gegessen hatte, ergoss sich aufs Pflaster. Übelkeitszauber sind wirklich sehr nützlich.

Ich konnte mir ein Lächeln nicht verkneifen. Auch wenn Magie wehtut, hat sie etwas von Poesie oder Musik. Eine Woche auf der Landstraße ohne Zaubersprüche jeglicher Art hatte dafür gesorgt, dass ich mich ganz einsam gefühlt hatte.

»Du bist verhaftet!« Das war der Rechte. Er versuchte, drohend zu brüllen. Und, bei den Göttern, ihm versagte vor Anspannung fast die Stimme. Wie alt er wohl sein mochte? Siebzehn? Achtzehn?

Er legte die Hände aneinander, und ein violetter Lichtstrahl pulsierte zwischen ihnen hervor. Ich ließ mich zu Boden fallen und wartete. Die Haare auf meinem Körper prickelten, als der Zauberspruch mich knapp verfehlte. Das ist der Nachteil eines Lähmungszaubers: Man muss damit zielen. Eine verwirrende Wahl, wenn sie mich verhaften wollten. Lähmung kann die Atmung des Betroffenen zum Erliegen bringen – es ist ein Zauber zum Töten.

Die zweite Runenreihe – die auf der Innenseite meines Arms – verließ meinen Mund so schnell, wie ich sie aussprechen konnte. Entweder wollten die Gildlinge Brix und mich umbringen, oder sie waren so naiv, dass sie nicht wussten, dass das, was sie taten, uns umbringen *konnte*. Ich wollte sie nicht töten, aber ich würde auch nicht für sie sterben. Also Gleitmesser.

Die Last des Zaubers senkte sich auf mich herab, und ich ächzte. Doch die Schildrunen hielten besser als erwartet. Ich zog die Füße unter mich und stemmte mich in die Hocke, eine Hand auf das rutschige, feuchte Kopfsteinpflaster gepresst.

Das Licht, das meine Hand verließ, war weiß und glitt über das Pflaster wie eine Schlange. Es nahm die Form eines Satzes Wurfklingen an, deren Schneiden auf die Lehrlinge zusausten. Ich streckte die Hände aus und konzentrierte mich darauf, die Beschwörung in die richtige Richtung zu lenken. Eine Verspannung setzte in meinem Nacken ein und steigerte sich zu einem schmerzhaften Muskelkrampf, der meine Schultern nach hinten riss.

Konzentrier dich. Ich hielt den Blick fest auf meine Gegner gerichtet und schob die Gleitmesser auf den rechten zu – denjenigen, der versucht hatte, mich zu lähmen.

Er tänzelte, um ihnen auszuweichen, scheiterte und schrie auf. Das Geräusch drang nur gedämpft zu mir, als wäre ich unter Wasser. Leuchtend rotes Blut spritzte in kleinen Bogen aus seinen Beinen und Füßen. Er rutschte aus und stolperte nach hinten.

Ich ließ den Zauber enden und atmete wieder. Vielleicht würden sie jetzt den Verstand haben zu flüchten.

Der Blutende und die, die sich übergab, wirkten beide, als ob sie es sich allmählich anders überlegten. Der dritte Jugendliche musste derjenige sein, der die Illuminationskugel heraufbeschwor, und sie schien seine gesamte Aufmerksamkeit zu beanspruchen. Von ihm würde es keine zusätzlichen Zauber geben, es sei denn, er ließ es im Gässchen dunkel werden.

»Kommt schon!«, schrie ich. »Lauft davon! Seid … nicht … dumm!« Mein rechter Arm kribbelte schon, als wollten die Runen aufgerufen werden … Leider wusste ich, dass es nur die schädliche Wirkung der Farbe war. Ich würde am nächsten Tag wunde Stellen haben.

Der Blutende, ganz offensichtlich ein gewitztes Kerlchen, tunkte den Finger in sein eigenes Blut und begann, auf dem Pflaster zu schreiben. Ich sah hinter mich und entdeckte, dass Brix reglos am Boden lag, die Augen weit aufgerissen und glasig. Der Lähmungszauber, dem ich ausgewichen war, musste sie getroffen haben.

Ich hatte keine Zeit, die Panik zu fühlen, die mich durchzuckte. Der Zauber lähmte zuerst die Gliedmaßen und bewegte sich dann weiter nach innen auf die Organe zu. Bald würde er sich um ihre Lunge zusammenziehen. Ich hatte nur wenige Minuten, um ihm ein Ende zu setzen.

Auf meinen rechten Arm war meine eigene Erfindung geschrieben, eine Kombination aus Feuer und Illusion. Sie würde wehtun, sowohl den dreien als auch mir, aber ich hatte keine Wahl. Ich schritt auf sie zu und sprach die Runen im Gehen aus.

Dem Blutenden gelang es, seinen Zauber loszulassen, einen einfachen Ball aus roter Kraft, der wie ein Hammer auf mich zuflog. Er traf mich an der Brust und verschlug mir den Atem. Sie kamen auf mich zugerannt, als ich gerade wieder Luft bekam und die letzten sechs Silben hervorstieß.

Ich breitete weit die Arme aus. Zwischen ihnen loderte eine Flammenwand auf und sengte mir die Haare an den Unterarmen ab.

Als das Feuer an den Lehrlingen leckte, hörte ich sie schreien und wusste, dass es funktioniert hatte. Ich wob eine Illusion. Für sie würde es so aussehen, als wäre ich von meinem eigenen Zauber verzehrt worden. Ich stand erstarrt da, die Arme ausgestreckt. Mein ganzer Verstand war darauf ausgerichtet, die Magie zu kontrollieren, einen Turm aus Feuer und Tod zu errichten, den dreien solche Angst zu machen, dass sie nicht mehr denken konnten. Ihre Roben brannten, und sie rannten davon, schlugen auf die Flammen ein und fluchten beim Namen jedes einzelnen Gottes des Pantheons.

Eine Schweißperle lief mir die Wirbelsäule hinab. Es war heiß; nur ein Teil des Feuers war Blendwerk.

Ich wartete und ließ die Flammenwand weiter zwischen ihnen und mir lodern, obwohl ich spürte, wie die Schildrunen sich aufzulösen begannen. Für den Fall, dass sie sich umsahen, musste ich die Illusion stark halten. Ich griff mit dem Zauber nach ihren Gedanken. Einer von ihnen *würde* sich umsehen. Irgendjemand tat das immer.

Es war derjenige, der den Illuminationszauber gewirkt hatte, unmittelbar, bevor sie um die Ecke bogen, um das Gässchen zu verlassen. Im orangefarbenen Glühen der Flammen zeichnete sich ein Gesicht ab, als ich dem Zauber einen letzten Stoß versetzte.

Bumm.

Er stolperte auf die Knie, kämpfte sich dann wieder auf die Beine und rannte vor der Explosion davon, die das Gässchen erschüttert hatte … zumindest in seinen Gedanken.

Ich erhielt die Illusion weiter aufrecht, bis ich bis dreißig gezählt hatte, nachdem der Letzte von ihnen aus meinem Blickfeld verschwunden war. Dann ließ ich sie fallen und rannte zu Brix.

Sie hatte sich nicht gerührt, aber sie atmete noch, wenn auch nur schwach. Ich kniete mich neben sie und durchwühlte mit zitternden Fingern meine Tasche.

»Es tut mir leid.« Meine Stimme klang selbst in meinen eigenen Ohren rau. Ich konnte kaum etwas sehen. Wo waren meine Farben?

Endlich fand ich das Behältnis mit den Phiolen und musste denselben dummen Illuminationszauber, den die Lehrlinge benutzt hatten, aufs Pflaster neben ihrem Kopf kritzeln. Sobald ich Licht hatte, öffnete ich ihre Robe und suchte panisch nach genug Haut, um damit zu arbeiten. Ich versuchte, ihre Blöße bedeckt zu halten, aber ich musste die Runen dorthin schreiben, wo sie etwas nützen würden. Hastig schnürte ich den Kragen ihres Hemds auf und hielt dann verblüfft inne.

Dunkelblaue Tätowierungen breiteten sich von unterhalb ihrer Schlüsselbeine bis zu ihren Schultern aus. Es waren Runen, Zeile um Zeile, und niemand hätte in der Lage sein sollen, so viele Zaubersprüche zu tragen, ohne dass ihr Gift sich bis auf seine Knochen brannte.

»Du bist eine Tirnaal«, sagte ich. Ihr Augen waren starr auf einen Punkt hinter mir gerichtet. Sie hatte die Kontrolle schon so weit verloren, dass sie mich nicht ansehen konnte. »Es tut mir leid«, sagte ich noch einmal und zog hastig ihr Hemd hoch, um die Runen zu bedecken. »Alles wird gut.«

Ich entkorkte die Phiole mit grüner Farbe und begann, quer über ihre Schultern zu schreiben, oberhalb der zierlichen Ränder ihrer Schlüsselbeine.

Es gibt keine Möglichkeit, solch einen Zauber zu deaktivieren, aber man kann das Ley – die Fähigkeit der Zauber, sich festzusetzen – auf einem kleinen Areal brechen. Wenn ich das tat, würde die Lähmung abklingen. Da der Zauberer, der sie gewirkt hatte, nicht mehr da war, musste Brix sich keine Sorgen machen, dass der Zauber aufs Neue einsetzen würde. Natürlich würde das Brechen des Leys *alle* Magie im Gässchen deaktivieren, einschließlich meiner Schutzsigillen. Doch ich hatte den Eindruck, keine Wahl zu haben.

Der Leybrecher erforderte sechsunddreißig Buchstaben. Ich hatte dreißig geschrieben, als das Messer in die weiche Haut unterhalb der rechten Seite meines Kiefers drang.

»Rühr dich nicht«, sagte eine Männerstimme, »sonst töte ich dich.«

»Lass mich das hier fertigstellen«, gab ich zurück. »Dann kannst du mich töten.«

Ein leises Lachen ertönte, dann packte eine Hand mich am linken Ohr. »Ich habe gesehen, was du den Lehrlingen eben angetan hast, Zauberer. Glaubst du wirklich, ich lasse dich schreiben, was du willst? Hände hoch, sodass ich sie sehen kann.«

Ich hob die Hände und streckte sie von meinem Körper weg, den nassen Pinsel noch zwischen den Fingern. »Bitte«, sagte ich. Mein Brustkorb hob und senkte sich so heftig, als würde ich versuchen, für uns beide zu atmen. »Bitte. Sie stirbt.«

Schweigen. Ich hatte noch nie ein so langes vernommen. Endlich ließ die Hand mein Ohr los und packte mich am Kragen. »Dann stell es fertig. Aber pass auf, was du sagst – mein Messer ist schneller als deine Zunge.«

Ich vollendete den Runenstrang und sprach ihn aus. Die Zeichen flammten gleißend hell auf. Der Leybrecher trat in Kraft, und er war viel stärker, als er hätte sein sollen. Irgendetwas an ihr ... tat was genau? Verstärkte die Magie? Ließ sie schneller wirken?

Meine Schutzsigillen erloschen und lösten sich dann auf, erkalteten eine nach der anderen auf meiner Haut. Eine Welle heftiger Schmerzen streckte mich zu Boden, als die Schädlichkeit all der Zauber, die ich im Kampf eingesetzt hatte, durch meine Gedärme tobte und das Gift meine Wirbelsäule entlang pulsierte.

Ein Gestank, der schlimmer als Abwasser war, wallte in mir auf. Er war in meinem Mund, kroch mir die Kehle hinab, dehnte sich bis an den äußersten Rand meines Wesens aus.

Nein.

Ich glaube, ich sagte Nein.

Ich weiß, dass ich erst stöhnte, als ich sah, wie Brix sich aufsetzte und nach Luft schnappte. Der Krampfanfall begann, als ich vornüber in ihre Arme gefallen war.

Meistens – vermutlich dann, wenn die Götter in gnädiger Stimmung sind – erinnere ich mich nicht an das, was während eines Krampfanfalls geschieht. Aber gelegentlich bin ich genug bei Bewusstsein, um mich zu sehen, als wäre ich ein schwebender Außenstehender, der das um sich schlagende Häufchen Elend am Boden beobachtet, wenn all meine magische Schläue mich einholt und ich den Preis dafür zahlen muss.

Brix hielt meinen sich aufbäumenden Körper fest, so gut sie konnte, und schrie dem Mann Beschimpfungen entgegen, der hinter mir gelauert hatte. Er stand einfach da, das Messer in der Hand, und sah zu. Ich konnte nicht genau verstehen, was Brix sagte, es kam an dem Tosen in meinen Ohren nicht vorbei.

Am Ende schälten sich Worte aus dem Gebrabbel heraus, das aus den Mündern der beiden drang.

»Ich bringe dich um«, stieß Brix hervor. »Mach rückgängig, was du ihm angetan hast, sonst töte ich dich. Wer, zu allen Höllen, bist du überhaupt?«

»Ich habe nichts getan«, sagte er.

Ich versuchte, ihr zu sagen, dass es schon gut war, und ihr zu erklären, worin die Lösung bestand, aber meine schweren Lippen rührten sich nicht. Alles, was herauskam, war ein dumpfer Laut.

Ihr Atem traf mich ins Gesicht; sie war wohl nur wenige Zoll von mir entfernt. »Corcoran? Kannst du mich hören?«

»Lor…« Meine Lippen wurden wieder taub.

»Was hast du getan?«, schrie sie, vermutlich an ihn gewandt. »Wenn er stirbt …«

Oh, bei Neyars Welpen. Die Sache lief aus dem Ruder. Ich griff hektisch nach meinem Bewusstsein, nach dem Willen, meinen Mund dazu zu zwingen, das zu tun, was ich von ihm wollte.

»Nicht ... stürben ...« Das war nicht richtig. Ich stemmte mich von Brix weg und setzte mich aus eigener Kraft auf. »Sterben. Nicht.« Ich konzentrierte mich. »Lorican«, sagte ich. Es dauerte noch ein paar Minuten – so kam es mir zumindest vor –, bis ich den Kopf weit genug drehen konnte, um ihn anzusehen. Oder wenigstens den Fleck in der Dunkelheit, den ich für ihn hielt. Der verdammte Leybrecher hatte auch meinen Illuminationszauber ruiniert. Oder irgendetwas stimmte nicht mit meinem Augenlicht ... Oder beides. »Corcoran ... Gray. Acarius' ... Enkel. Freut mich ...« *Nur noch ein paar Wörter.* Es war, als kaute ich auf Schlamm herum. *Komm schon.* »... dich kennenzulernen.«

»Bei den Göttern«, flüsterte Lorican.

Niemand klingt derart am Boden zerstört, wenn er etwas *nicht* glaubt. Ich hatte ihn. Ich ließ die Augen zufallen.

»Nein. Nicht.« Brix war wieder dicht bei mir. Kalte Fingerspitzen ruhten auf meinen Schläfen, strichen mir das Haar zurück. »Nein, Gray, du bleibst jetzt wach.«

Sie umfasste mit beiden Händen mein Kinn. Meine Götter, fühlte sich das gut an! Aber ich musste schlafen. Wenn ich schlafen konnte, würde ich das Gift nicht spüren müssen, während es sich durch mich hindurcharbeitete.

»Tut mir leid«, murmelte ich.

ACHT

Irgendwann brachten sie mich durch eine Küchentür in die Taverne zurück. Alles, woran ich mich wirklich erinnere, ist, dass mir der Gestank von abgestandenem Bier in die Nase stieg, woraufhin ich mich auf Loricans Schuhe übergab, was ich befriedigend fand. Es war schließlich seine Schuld, dass ich überhaupt in dem Gässchen gewesen war.

Wir fanden uns in einem kleinen geweißten Gelass neben der Küche wieder, wo Lorican seinen Worten nach schlief. Ein richtiges Bett hatte er nicht zu bieten, nur eine Pritsche am Feuer. Ich streckte mich darauf aus, dankbar, in der Horizontalen zu sein. Brix setzte sich auf einen Stuhl auf der anderen Seite des Feuers, hoch aufgerichtet, die Arme verschränkt.

»Also gut«, hörte ich Loricans Stimme verschwommen, als hätte jemand mir die Ohren mit Wolle verstopft. »Ich schließe jetzt die Taverne, dann können wir reden.«

Ich wartete, bis seine Schritte verklungen waren, stützte mich dann auf einen Ellbogen und spähte zu Brix hinüber. »Geht es dir gut? Ist deine Atmung wieder normal?«

»Ja.« Irgendetwas Seltsames zog sich durch ihre Stimme, wie eine Goldader durch Quarz. »Du hast mich gerettet – schon wieder.«

»Tut mir leid.« Das hatte ich bereits gesagt, aber es fühlte sich an, als sollte ich es wiederholen. Brix wirkte auf mich nicht so, als ob tatsächlich alles mit ihr in Ordnung wäre.

»Es wäre einfacher, wenn es dir nicht leidtäte, Gray«, murmelte sie. »Ich bin zuvor noch nie einem guten Mann begegnet. Ich bin mir nicht sicher, was ich mit dir anfangen soll.«

»Bei allen Höllen, ich bin kein guter Mann.« Ich ließ den Ellbogen unter mir weggleiten und schloss die Augen.

Als ich erwachte, war helllichter Tag. Brix war nicht da. Stattdessen saß Lorican mir gegenüber und aß aus einer Schale etwas, das nach Fischeintopf roch. Als ich mich regte, richtete er sich auf.

»Wach?«, fragte er.

»Nein, ich spreche im Schlaf. Mit offenen Augen.« Der Sarkasmus war undiplomatisch, das gebe ich zu. Aber ich war müde, und ich hasse es, wenn Leute dumme Fragen stellen.

Lorican lehnte sich auf seinem Stuhl zurück. Ich bekam den Eindruck, dass ich gemustert wurde und dass das Ergebnis nicht vorteilhaft für mich ausfiel. »Das Ding da an deinem Handgelenk«, sagte er. »Ich hätte nicht gedacht, dass man die fälschen kann.«

Ich fuhr mit dem Daumen über die silberne Sigille und spürte, wie mein Puls darunter pochte. Eine Sache mehr, über die Acarius und ich uns nicht einig gewesen waren. Sie machte es einfacher und sicherer, Arbeit zu finden. Acarius hatte dennoch nicht gewollt, dass ich mich tätowieren ließ. Er hatte steif und fest behauptet, dass das die Anklagen nur noch schlimmer machen würde, wenn die Gilde mich zu fassen bekäme.

»Kann man auch eigentlich nicht«, räumte ich ein. »Ein Gildenzauberer könnte den Unterschied zwischen der hier und einer echten erkennen, wenn er genug Zeit hätte. Ich lasse ihnen nur nicht die Zeit.«

»Ja, das habe ich gesehen.« Er rieb sich mit den Fingerknöcheln den struppigen Kinnbart. »Du kämpfst wie Acarius. Ich hätte mir gleich denken sollen, dass du mit ihm verwandt bist, aber die Tätowierung hat mich auf die falsche Fährte gelockt. Gefährlich, deine Magie.« Er zog einen Stock aus dem Reisigbündel neben dem Kamin und benutzte ihn, um die aufgeschnürte Manschette meines Ärmels weiter hochzuschieben. Mein Unterarm war in üblem Zustand, mit getrocknetem Blut und den Überresten alchemistischer Farbe beschmiert. »Das tut doch sicher weh.«

Ich schlug den Stock beiseite. »Manchmal.« Mehr Schlaf würde ich nicht bekommen; meine Nerven waren zu angespannt. Ich setzte mich auf, hielt ein paar Sekunden lang still und wartete auf das Schwindelgefühl. Es trat nicht ein. Also hatten die Schildrunen einen Großteil des Gifts absorbiert, bevor ich sie deaktiviert hatte. Interessant. Ich hatte beim Schreiben nichts anders gemacht als sonst, also war die einfachste Erklärung für ihre gesteigerte Wirksamkeit ... Brix. Genau, wie sie den Leybrecher verstärkt hatte. Ich musste wirklich mit ihr reden. »Wo ist die Frau, die bei mir war?«

»Ich glaube, wir sind noch nicht fertig mit unserer Unterhaltung«, bemerkte Lorican.

Das gefiel mir nicht. Acarius hielt Lorican für zuverlässig, aber der alte Mann saß im Gefängnis, und *irgendjemand* hatte Keir geholfen, ihn gefangen zu nehmen. Falls Lorican mich tatsächlich der Gilde übergeben wollte, war es natürlich nicht besonders logisch, dass er das Messer von meinem Hals gelöst hatte. Allerdings hatte ich den Verdacht, dass Keir und die eigentliche Gilde nicht immer Hand in Hand arbeiteten. Der Oberste Inquisitor und seine Verschwörerbande hatten vermutlich kein gesteigertes Interesse daran, mich vor Gericht zu stellen, wenn ihr Ziel in Wirklichkeit darin bestand, das Joch der Charta abzuschütteln und die Macht zu ergreifen. Es war durchaus möglich, dass Lorican mich nur hier festhalten sollte, bis man mich außer Gefecht setzen konnte.

Ich stand auf. »Und ich glaube, ich halte nicht viel von Leuten, die mein Bier vergiften.«

Er grinste. »Du bist derjenige mit einem Zauberkötermal am Handgelenk, der in meiner Taverne aufgetaucht und bei einer Rechnung von fünf Pfennig in Panik geraten ist. Du hast Fragen gestellt. Du hast seltsam gerochen. Ich musste Zeit gewinnen, um herauszufinden, wer du bist.« Er streckte die langen Beine aus und kreuzte die gestiefelten Knöchel. Die Stiefel hatten bestickte Schäfte. »Es war übrigens Dreifaltigkeitssirup«, fügte er hinzu. »Er hätte dich nicht umgebracht, nur lange genug betäubt, dass ich mich hätte umhören können. Aber dann hast du mir die Mühe ja ohnehin mit einer anstrengenden Nacht vergolten, also glaube ich, dass wir quitt sind.«

Ich lockerte die Schultern. Meine Muskeln brannten.

»Können wir damit aufhören? Ich bin kein Spion der Gilde. Ich bin nur aus einem einzigen Grund hier: Acarius hat gesagt, du könntest mir helfen, in den Jaerntempel zu gelangen. Wenn du nicht dazu bereit bist, gehe ich. So einfach ist das.«

Lorican hatte sich nicht gerührt. »Sie haben wochenlang nach Acarius' Freunden gesucht, nachdem sie ihn festgenommen hatten, weißt du das?«

Ich brauchte einen Moment, um das zu verdauen. »Willst du damit andeuten, dass ich für die Gilderatten gegen meinen eigenen Großvater arbeiten würde?«

»Es haben schon Männer ihr eigenes Blut verraten«, sagte er. »Außerdem müsstest du ja nicht unbedingt gegen ihn arbeiten. Vielleicht haben sie dir einen Handel angeboten, dir versprochen, ihn gehen zu lassen, wenn du ihnen etwas gibst, das sie wollen.« Er zuckte die Schultern. »Verzweifelte Menschen fallen auf durchschaubare Lügen herein.«

Ich hatte nicht damit gerechnet, dass das Gespräch solch eine Wendung nehmen würde. Meine heiße Spur drohte mir durch die Lappen zu gehen. Wenn Lorican mich im Stich ließ, war die Sache gelaufen. Ein für alle Mal. Acarius würde sterben. Ich hatte Lorican noch nicht einmal richtig um Hilfe *gebeten*, und er schien jetzt schon drauf und dran zu sein, sich zu weigern.

»Ich … bin verzweifelt.« Ich starrte ins Feuer. Meine Angst wich nach und nach etwas noch Dunklerem. »Ich könnte dich wahrscheinlich außer Gefecht setzen.« Die Worte klangen ausdruckslos, still. »Lähmung. Kein anspruchsvoller Zauber, wie du gesehen hast; der Junge hat ihn hinbekommen. Ich hätte nicht viel Zeit, aber ich arbeite schnell. Wenn ich dir die richtigen Runen auf die Stirn schreiben würde, wären deine Erinnerungen wohl nicht allzu schwierig zu knacken.« Die Flammen schlängelten sich wie Tänzer, liebkosten das Holzscheit, das sie zerstörten. Ich hielt den Blick auf sie gerichtet – und den Verstand auf das Problem. »Aber das würde dich wohl leer gefegt zurücklassen. Ich weiß nicht, ob ich das über mich bringen könnte.«

Aber noch während ich es sagte, wusste ich, dass ich es nicht konnte. Eine leer gefegte Person ist gar keine Person mehr. Sie ist nur noch bloßes Fleisch ohne Verstand oder Erinnerungen, die sie beleben. Es hätte geheißen, ihm das Leben zu nehmen, genauso sicher, wie wenn ich ihm die Kehle durchgeschnitten hätte.

»Nun mal langsam, Bengel.« Er stand auf und stellte seine Schale auf den Kaminsims. In seiner Stimme lag ein Unterton, den ich nicht einordnen konnte, eine gewisse Sanftheit, die nicht dorthin gehörte. »Acarius hat mir das Leben gerettet. Ich bin durch eine Blutschuld an ihn gebunden, und das ist etwas, das ich ernst nehme. Ohne meine Hilfe gelangst du nicht zum Tempel. Die Irrläufer, die um ihn herum leben, mögen keine Außenstehenden.«

»Du bist ein Irrläufer?«, fragte ich stirnrunzelnd. Äußerlich ähnelte er in der Tat dem Wandernden Volk, mit kunstvoll geflochtenem Haar und einer breiten, flachen Nase. Aber es leuchtete mir nicht ein, dass er so *sesshaft* war. Irrläufer beteten gemeinhin die Sonnengöttin Linna an, die Herrin des Wandels, und sie glaubten, dass Privatbesitz in den meisten Fällen eine

Schlinge für die Sündhaften war. Ich hatte noch nie von einem gehört, der so unfromm war, dass er eine Taverne sein Eigen nannte. »Wie, zu allen Höllen, bist du Acarius begegnet?«

»In den Augen der Stadtmiliz bin ich Irrläufer genug, um zweimal im Monat eine Razzia über mich ergehen lassen zu müssen«, antwortete er trocken. »Acarius und ich haben uns vor langer Zeit auf Reisen kennengelernt. Ich hatte Pech, er hat mir das Leben zurückgegeben, und das ist alles, was du wissen musst. Kurz und gut: Ich helfe dir. Ich musste mir nur erst sicher sein, was ich von dir zu halten habe.«

Ich atmete aus. Die plötzliche Welle der Erleichterung, die über mich hereinbrach, warf mich völlig aus der Bahn. »*Bengel.* Warum kann mich nie jemand beim Namen nennen?«

Lorican stieß einen seltsamen Laut aus, etwas zwischen einem Husten und einem Niesen. »Bei den Göttern. Ich wusste nicht, dass das ein wunder Punkt ist.«

Lachte der Dreckskerl mich etwa aus? Ich wurde rot. »Ist es nicht. Wenn wir hier fertig sind, will ich mit Brix reden – wo ist sie?«

Er zeigte mit dem Daumen auf eine Tür auf der gegenüberliegenden Seite des Raums. »In der Küche. Wäscht sich die Haare oder so. Hat gesagt, sie hätte bei der Rangelei auf der Gasse Dreck reinbekommen. Übrigens … Du bist ja Acarius' Enkel, aber wer ist sie?« Er zog eine Augenbraue hoch. »Ganz bestimmt nicht deine *Kollegin.* Sie ist keine Zauberin, ob nun in der Gilde oder sonst wo.«

»Eine Freundin«, sagte ich. Es war das Einzige, was

mir einfiel, das vage genug war. »Sie verfügt über besonderes Wissen. Sie hilft mir.«

Er verschränkte die Arme. »Bei deinen Freunden solltest du dir besser sehr sicher sein. Im Gildehaus in Ri Dana haben fünfunddreißig Zauberer einen Sitz. Die jungen Leute, die du am Leben gelassen hast, werden ihren Herren eine ganz schöne Geschichte erzählt haben, selbst wenn sie glauben, dass du tot bist. Wenn die Gilde so nach dir sucht, wie sie nach Acarius gefahndet hat …«

»Sie werden mich nicht finden«, behauptete ich.

»Warum hast du sie entkommen lassen?« Er legte neugierig den Kopf schief. »Drei Ratten greifen dich in einem Gässchen an, und du bist ihnen eindeutig gewachsen. Warum also machst du ihnen nicht den Garaus? Denn das scheint mir zu garantieren, dass sie dich *doch* finden werden.«

Weil sie solche Angst gehabt hatten. Weil *ich* solche Angst gehabt hatte. Weil ich nicht so ein Mensch sein wollte. Aber Gefühle zu zeigen war immer ein Fehler. Das hieß nur, einen blauen Fleck zur Schau zu stellen, auf den der andere drücken konnte.

»Weil sie bloß Kinder waren«, sagte ich, »und noch dazu dumme Kinder. Außerdem lautet die Geschichte, die sie erzählen werden, dass ein schurkischer Zauberer sich hinter deiner Taverne in die Luft gesprengt hat. Die Illusion, die ich gewirkt habe, war gut – du hast sie selbst gesehen. Ich halte es für unwahrscheinlich, dass sie herkommen und nach meiner Leiche suchen.«

»Ja«, sagte Lorican, »das sagst *du*. Aber jeder Narr weiß, dass Zauberer lügen.«

Ich zwang meinen Kiefer dazu, sich zu entspannen. »Welchen Zweck hat es dann, mir Fragen zu stellen?«

Er lächelte. »Gar keinen Zweck. Allerdings würde ich gern mehr darüber wissen, was ich Acarius' Ansicht nach für dich tun kann. Warum willst du in den alten Tempel?«

»Er schien zu glauben, dass du mir helfen könntest, ein Artefakt des Gottes Jaern an mich zu bringen«, erklärte ich. »Vermutlich findet man so etwas in einem Tempel, aber wenn du vielleicht einen guten Laden kennst ...«

»Davor hatte ich Angst.« Sogar sein feindseliges Lächeln verblasste jetzt. »Nach dem Ärger letztes Jahr hat Acarius gesagt, dass niemand je wieder dorthin gehen müsste.« Er verschränkte die Arme. »Was ist jetzt anders?«

»Letztes Jahr?«, wiederholte ich. »Was ist letztes Jahr passiert?«

Lorican kniff die Augen zusammen. »Hat er dir das nicht erzählt?«

»Ich ...« Anstelle einer Antwort biss ich mir auf die Innenseite der Wange und konzentrierte mich auf das Druckgefühl und den Blutgeschmack. Dann stopfte ich alle Trauer, alle Reue und allen Zorn in eine Kiste in meiner Mitte, bis ich die Worte aussprechen konnte, ohne dass meine Stimme zitterte. »Ich war den Großteil des letzten Jahres über nicht zu Hause.«

Lorican wartete mit der geduldigen, ausdruckslosen Miene eines Mannes, der einen Lügner erkennt, wenn er ihn sieht. Ich hatte keine Ahnung, was ich als Nächstes sagen sollte. Wenn ich ihn nach Einzelheiten ausfragte, würde er von mir erwarten, dass ich ihm erklärte, warum Acarius und ich nicht miteinander geredet hatten, und ich brachte es nicht über mich, das zu tun. Ich war ein Narr und ein Feigling, aber die Blöße konnte ich mir vor jemandem, den ich gerade erst kennengelernt hatte, nicht geben. Ich würde eine andere Möglichkeit finden müssen, an die Informationen zu kommen.

Am Ende rührte Lorican sich. »Nun gut. In der Küche steht Eintopf. Lass dir nicht zu viel Zeit mit deinem Mädchen. Wenn wir zum Tempel in Tiefstadt gehen sollen, müssen wir Vorbereitungen treffen, und ich muss mich darum kümmern, den Schankraum ordentlich abzuschließen.«

»Sie ist nicht mein Mädchen«, sagte ich.

»Ich verstehe.« Er bedachte mich mit einem Blick, den er wahrscheinlich schon Hunderten von wenig überzeugenden Leuten verpasst hatte, während er ihnen die Becher gefüllt hatte. »Beeil dich einfach, Bengel.« Er verschwand im Schankraum.

Ich ging in die ordentliche Küche hinüber, in der in der Tat Fischeintopf auf dem Herd köchelte. Es gab kaum Möbel bis auf einen Tisch voller Karotten und Rüben in unterschiedlichen Stadien der Zubereitung. Brix trug immer noch meine Robe und trocknete sich vornübergebeugt die Haare am Feuer.

Nicht mein Mädchen. Ich war mir im Moment nicht einmal sicher, ob sie eine Freundin von mir war.

Ich klopfte an den Türrahmen. »Darf ich reinkommen?«

Sie richtete sich auf und warf ihr Haar nach hinten. »Bist du nicht schon drin?«

Ich zog die Tür hinter mir zu, näherte mich Brix aber nicht. Ich wusste nicht recht, wie ich anfangen sollte. Sie musterte mich nachdenklich.

»Was ist?« Die Schärfe, die sie in ihrem Ton mitschwingen ließ, war mir vertraut. Ich hatte gerade das Gleiche getan, als ich mit Lorican gesprochen hatte, in dem Bemühen, entspannt und furchtlos zu klingen. Ich fragte mich, ob auch ich so vollständig versagt hatte.

»Gestern Abend, als ich den Leybrecher schreiben musste …« Es gab wahrscheinlich eine taktvolle Art, es auszudrücken, aber ich kam nicht darauf. »Da war … Ich *musste* ihn dicht neben deine Kehle schreiben. Ich verspreche dir, dass ich nicht absichtlich hingeschaut habe, ich war nicht … Ich war nicht …« Woran lag es nur, dass ich so verdammt unglaubwürdig klang, wenn ich mit ihr sprach? Ich schloss kurz die Augen. »Deine Tätowierungen.« Jetzt sprudelten die Worte nur so aus mir hervor. »Ein Bindezauber und Sprichweit, soweit ich gesehen habe. Sie sind auf dich tätowiert, und du wirst nicht durch sie geschwächt; das muss bedeuten, dass du eine Tirnaal bist. Nicht wahr?«

Die Stille veränderte sich. Sie summte fast. Brix sah mich an, als könnte sie durch mich hindurch die Wand hinter mir betrachten. »Ich glaube nicht, dass du weißt, was du sagst.«

»Ich habe gehört, dass Tirnaal Magie in sich tragen, sie aber nicht benutzen«, sagte ich. »Ich verstehe nicht, warum. Doch ich weiß, dass die Magie sich anders als sonst verhält, wenn ich einen Zauber wirke und du mich dabei berührst – die Wirkung tritt schneller ein und ist stärker. Ich weiß, dass Tirnaal von Magie nicht krank werden. So lauten zumindest die Gerüchte. Und ich weiß, dass einige Zauberer sich Tirnaal-Sklaven kaufen und sie irgendwie benutzen, um das Gift ihrer Zaubersprüche auf sie abzuwälzen.«

»Weißt du auch, wie sich das anfühlt?« Sie wurde nicht laut. Es wäre beruhigender gewesen, wenn sie es getan hätte. »Wenn jemand all sein Gift in einen gießt? Die Sklavenjäger der Gilde haben uns, meine kleine Schwester und mich, von der Straße vor unserem Haus entführt, mitten in der Stadt. Da war ich dreizehn, Zauberer. Man hat uns unserer Mutter geraubt, um uns zu Werkzeugen zu machen. Nicht einmal zu Vieh oder zu Schoßtieren. Es war ihnen egal, dass das, was sie taten, illegal war. Sie betrachteten uns nicht einmal als Lebewesen, sondern benutzten uns nur, um weiter ihre Zauber wirken zu können, ohne die Konsequenzen ertragen zu müssen. Es *tut weh*. Wir verlieren *uns selbst*. Weißt du darüber Bescheid?«

Mir brannten die Augen. Ich schüttelte den Kopf. Deshalb also brauchte sie das Geld. Das war die Person, mit der sie sich treffen musste. Eine Schwester, die irgendwo in einem Gildehaus festsaß und in Gift und Schmerz ertrank. Übelkeit schlug ihre Klauen in meinen Magen, und dieses eine Mal hatte das nichts mit meinem magischen Kater zu tun.

»Brix«, sagte ich vorsichtig. »Ich werde nicht …«

»*Was?*« Sie sprach mit zusammengebissenen Zähnen. »Bindezauber auf meine Haut tätowieren, um mich weiterhin an ein Gefängnis zu fesseln? Mich benutzen, um weiter Magie zu wirken, ohne Krampfanfälle zu bekommen? Schlafpulver in meine Suppe schütten und mich an die Tempel verkaufen, damit *sie* mich benutzen?«

»... zulassen, dass es zu noch einer Berührung kommt«, sagte ich. »Nie wieder. Du wirst nichts mehr mit meinen Zaubern zu tun haben. Es tut mir leid, dass mir nicht vorher klar geworden ist, was passiert ist. Und ich werde einen Weg finden, dir das Geld zu zahlen, das ich dir schulde. Ich verspreche es.«

Sie starrte ins Feuer und blinzelte heftig. Nach einem Moment atmete sie aus, ging an mir vorbei und legte ein Schnitzmesser auf den Tisch neben die Rüben.

»Großer Farran.« Ich stützte mich auf den Tisch. Mit einem Schlag wurden mir die Knie weich. »Großer, tanzender Farran, du wolltest mich erstechen.«

Sie ging zum Herd und nahm eine Tonschale vom Regal darüber. »Was meinst du, möchtest du etwas essen?«

Ich fand, dass wir noch so einiges zu besprechen hatten. »Du wolltest mich *erstechen*«, wiederholte ich.

»Ich weiß nicht, was ich getan hätte.« Sie klang unschlüssig und zugleich gereizt. »Ich habe nicht damit gerechnet, dass ...« Mit schnellen Bewegungen füllte sie die Schüssel und schmetterte sie auf den Tisch. »Iss, Zauberer.«

»Verdammt, das ist nicht mein Name.« Ich schob ihr die Schüssel hin. »Und du bist keine Dienerin. Ich kann mir mein dämliches Frühstück selbst holen.«

Endlich sah sie mir in die Augen. Suchend. Nach einer ganzen Weile entspannten sich ihre Schultern ein bisschen. »Dann also Corcoran«, sagte sie.

»Ich heiße Gray«, gab ich zurück, »es sei denn, du beleidigst mich jetzt absichtlich.«

Ihr Mund wurde weicher. Ich glaube, sie hätte gelächelt, wenn Lorican nicht im selben Moment durch die Tür gestürmt wäre, als wären ihm alle Höllen auf den Fersen.

»Hinten raus«, stieß er hervor. »Sofort.«

Die beiden Gildemeister waren offenbar mit einem Kopfgeldzettel und nur unzureichend als Entschuldigungen getarnten Drohungen ins Wirtshaus gekommen. Laut ihren Angaben hatten ihre Lehrlinge einen gefährlichen Mann auf der Flucht entdeckt und ihn unklugerweise zur Rede gestellt. Es hatte eine magische Explosion gegeben, und Gildemitglieder erkundigten sich in sämtlichen Tavernen danach. Falls der unlizenzierte Zauberer, der die Explosion verursacht hatte, noch am Leben war, dann stellte er eine ernsthafte Bedrohung dar. Wenn er sich in die Luft gesprengt hatte, dann – darauf beharrten sie – konnte selbst die *Leiche* noch eine Gefahr sein und magisches Gift verströmen. Die Gildemeister hatten aalglatt behauptet, dass sie sich um Loricans Sicherheit sorgten.

»Da habe ich ihnen gesagt, dass ich ohnehin ganz zufrieden damit sei, gar keine stinkenden Zauberköter mehr bedienen zu müssen«, erzählte Lorican, während er uns das vierte Gässchen entlangtrieb, seit wir die Taverne verlassen hatten, »und dass sie mir, wenn sie meine Hilfe bei der Suche nach wahrscheinlich gar nicht existierenden Leichen wollten, erst einmal eine Entschädigung für das schlechte Benehmen ihrer Lehrlinge zahlen müssten.« Er schnaufte. »Sie wurden gleich ungemütlich, als ich aufs Geld zu sprechen kam. Zauberer glauben immer, dass ihr Schädel als einziger im Zimmer nicht leer ist.«

Vermutlich war das keine gegen mich gerichtete Spitze, aber es fühlte sich trotzdem nach einer an. Er ließ uns zu schnell Seitenstraßen entlangtraben und um Ecken biegen. Die Lage war außer Kontrolle. »Halt«, sagte ich. »Wohin gehen wir eigentlich?«

»Zum Jaerntempel. Hast du nicht gesagt, dass Acarius das wollte?« Lorican zog uns halb im Laufschritt eine enge Gasse entlang, die ich auf den ersten Blick nur für einen Riss im Mauerwerk zwischen zwei Gebäuden gehalten hatte.

Wir bildeten eine unbehaglich auseinandergezogene Linie. Brix war hinter mir. Ich hatte Schwierigkeiten, auf dem rutschigen Kopfsteinpflaster mit Lorican Schritt zu halten, und vor Unruhe durchlief mich ein Schauer nach dem anderen.

»Warte«, sagte ich.

»Die Zauberköter werden nicht einfach nur weggehen, Bengel«, antwortete Lorican, ohne mich anzusehen. »Sie werden meinen Vermieter in den Turmspitzen aufsuchen und sich seine Erlaubnis sichern. Dann werden sie das Gässchen hinter der Taverne nach deinen Gebeinen durchsuchen, ob ich es ihnen nun gestatte oder nicht.«

Ich blieb stehen. »Ich weiß, aber warte, verdammt.«

In der klaustrophobischen Enge zwischen den Häusern, die beiderseits von mir aufragten, wurde mir schwindlig. Ich stützte mich mit einer Hand an einer mit abblätterndem blauem Putz überzogenen Wände ab und verlagerte das Gewicht auf mein gesundes Bein. »Lass mich einfach nur nachdenken. Wenn die Gilde weiß, dass ich in der Stadt bin, und es fünfunddreißig Gildenzauberer hier gibt, dann ist es dumm, am helllichten Tag einfach in den Tempel zu spazieren. In Fenwydd haben sie mit den Priestern zusammengearbeitet. Das tun sie hier vielleicht auch.«

Lorican trat von einem Fuß auf den anderen, als würde er sich an den Pflastersteinen verbrennen. »Du hast doch gesagt, dass es um den Jaerntempel geht. Acarius' Tempel.«

Der Eindruck, dass Blicke auf mich gerichtet waren, überfiel mich mit derart nervöser Klarheit, als wäre ich ein Vogel, dem ein Fuchs nachschleicht. Fast noch schlimmer war das hartnäckige Gefühl in meinem Hinterkopf, dass ich hätte wissen sollen, was das hieß. Ich hatte die letzten zwanzig Minuten damit verbracht, an Ecken bewusst langsamer zu gehen, um nach Verfolgern Ausschau zu halten. Bis auf Brix war niemand hinter mir; sie konzentrierte sich darauf, mit Lorican Schritt zu halten, und verschwendete nicht viel Aufmerksamkeit auf mich. Der Eindruck, beobachtet zu werden, ohne dass mich wirklich jemand beobachtete, war ein Symptom. Ich hätte wissen sollen, worauf es hindeutete.

Ich presste mir die Fingerknöchel gegen eine Augenbraue und versuchte, mich dazu zwingen, mich verständlich auszudrücken. »Und?«

»Und der liegt nicht am Tempelplatz. Hier gibt es keinen normalen Jaerntempel, nur den alten.« Lorican runzelte die Stirn. »Hat Acarius dir das nicht erzählt?«

Natürlich nicht. Dass Acarius mir nichts erzählte, war typisch für ihn. Aber das hier – auf das Wort eines Mannes hin, den ich erst vor ein paar Stunden getroffen hatte, blind durch die Straßen zu stürmen – kam mir falsch vor.

Aus dem Augenwinkel sah ich, wie Brix sich näher an mich heranschob. »Gray, was ist los?«

Ich schaute hoch, aber es gab keine Fenster. Niemand spähte von den Hausdächern zu uns herab. Die Wände neigten sich so stark aufeinander zu, dass der Himmel nur als schmale, fahle Linie zwischen den ramponierten Dachrinnen sichtbar war. Ich hatte trotzdem das Gefühl, dass jemand mich anstarrte. »Nichts«, murmelte ich. »Gehen wir.«

Lorican führte uns durch mehr Seitengässchen, als meines Wissens in irgendeiner Stadt existierten. Zuerst dachte ich, er würde willkürlich abbiegen, um Verfolger in die Irre zu leiten. Dann wurde mir klar, dass wir uns stetig bergauf bewegten, auf die Turmspitzen zu. Bald ging das Weiß des Kopfsteinpflasters in ein schmutziges Grau über. Wahrscheinlich war es einst schwarz gewesen, aus teuren Steinen, die aus weiter Ferne herbeigeschafft werden mussten. Die Häuser veränderten sich und wurden prächtiger. Hier blätterte kein Putz mehr ab. Stattdessen hatten sie zusätzliche Stockwerke, Schnörkel unter den Dachrinnen und waren schließlich, als wir in die Nähe der Turmspitzen gelangten, rings um die Türen vergoldet.

Die innere Stadtmauer ragte über uns auf, bekrönt von schwarzen, aus Stein gemeißelten Dornen mit funkelnden Messinghauben. Nachdem wir uns für einige Zeit daran entlanggeschlängelt hatten, blieb Lorican stehen und bedeutete Brix und mir zu bleiben, wo wir waren: zusammengekauert in dem engen Zwischenraum zwischen einem Haus und dem warmen schwarzen Stein. Zoll um Zoll tastete er sich an dem Gebäude entlang auf die Straße zu, auf welche die Fassade hinausging. Er blieb nur einen Moment lang an der Einmündung stehen, bevor er sich wieder zurückzog.

»Bei allen Höllen«, flüsterte er und hockte sich neben mich. Ruckartig wies er mit dem Kinn auf die Stelle, an der er eben noch gestanden hatte. »Wo kommen die bloß her?«

Ich schob mich an ihm vorbei, um vorsichtig auf die Straße hinauszuspähen, die zu einem bronzebeschlagenen Tor führte. In das Tor waren Rosenranken eingraviert, deren spitze Dornen so dick wie mein Daumen waren, und es stand offen, wahrscheinlich schon, seit die Vorfahren des Königs Ri Danas Befestigungen gesprengt und die Daine aus Varre vertrieben hatten. Drei Gildenzauberer standen innerhalb der Begrenzung, die den Pöbel von den Turmspitzen trennte, und plauderten entspannt miteinander.

Ein vierter Zauberer in schwarzer Robe schwieg; er lehnte mit einer Schulter am Tor und starrte hinaus auf die vornehme Gesellschaft, die in die Läden an der Straße hinein- und wieder herausströmte. Keir Esras war offenbar nicht gesprächig.

»Es wird verdammt noch mal Zeit«, sagte gerade

eine Zauberin. »Der König kann nicht einmal lesen. Ein paar Vorschriften sind notwendig, da sind sich alle einig, aber die Forschung so streng zu beschränken, ist reiner Aberglaube. Als Nächstes werden sie noch behaupten, dass Magie nur möglich ist, weil wir das Blut von Säuglingen trinken.«

»Pssst.« Der Zauberer neben ihr, ein kleiner Mann mit spärlichem Bartflaum, trat unbehaglich von einem Fuß auf den anderen. »Es ist ja nicht so, dass ich dir nicht zustimme, und im Prinzip … Ich meine, wenn jemand dich hören würde …«

»*Im Prinzip.*« Die Zauberin spuckte aufs Kopfsteinpflaster. »Ich bin es leid, vor Prinzipien zu kuschen. Du nicht auch?«

»Natürlich, sonst wäre ich ja immer noch mit dem Rest der chartatreuen Schafe im Gildehaus«, grummelte der Bärtige. »Aber solange unsere Position nicht besser abgesichert ist …«

»Haltet den Mund«, sagte Keir, ohne sich zu rühren. »Bleibt aufmerksam, seid still und wartet.« Er wandte nicht den Kopf. Seine Aufmerksamkeit war ausschließlich auf die Straße gerichtet, die zum Tor führte. »Sie werden sehr bald hier sein.«

Ich arbeitete mich eilig zurück zu den anderen. *Deshalb* hatte ich also das Gefühl gehabt, beobachtet zu werden.

»Sie suchen mittels Divination nach mir«, flüsterte ich. »Ich hätte es ahnen sollen.« Acarius' Stimme tönte mir im Kopf, schimpfte mich dafür aus, dass ich im Unterricht nicht besser aufgepasst hatte. Ich hasse Divination. Sie ist so vage, dass sie einen in den Wahnsinn treibt, es sei denn, man weiß bereits so viel, dass man die Fragen gar nicht erst stellen muss … und sie hat eine Wirkung auf den Betroffenen, der mit der Zeit allmählich spüren kann, dass man nach ihm sucht. Wie war Keir eine derartige Präzision geglückt? Und – mochten die Götter uns beistehen! – was meinten sie mit »solange unsere Position nicht besser abgesichert ist«? Ich konnte mir nicht vorstellen, dass die Gildeführung ihre Stellung durch etwas so Ungewisses wie eine offene Revolte gegen den König riskieren würde. Keir selbst allerdings …

»Sie wissen, dass wir hier sind?« Loricans Körper spannte sich fluchtbereit an.

»Nein. So funktioniert Divination nicht. Sie wissen wahrscheinlich, in welche Richtung wir unterwegs sind – bergauf, also in die Turmspitzen. Wenn das da der einzige Weg durch die Mauer ist, dann ist es ganz einfach, dort auf uns zu warten.« Trotz allem hätte die Gilde mir aber nicht *so* dicht auf den Fersen sein sollen. Ich war ihnen sechs Monate lang immer einen Schritt voraus gewesen. Wieso war ihre Divinationstechnik plötzlich besser geworden? Ich beobachtete den Tavernenwirt, der sich mit dem Handrücken über die Stirn fuhr und den Schweiß abwischte. Wie sollte ich feststellen, ob er mich Keir nicht geradewegs in die Arme führte?

»Lorican, ich kann nicht mit vieren von ihnen fertig werden – nicht auf mich allein gestellt. Das sind hochrangige Zauberer und der götterverdammte Oberste Inquisitor. Gibt es irgendeinen anderen Weg, um in die Turmspitzem zu gelangen?«

»Wir müssen nicht in die Turmspitzen«, sagte Lorican und zwängte sich an Brix und mir vorbei. »Es gibt einen anderen Weg nach unten. Er ist nur unpraktischer. Kommt.«

Nach unten? Ich hatte Fragen, aber keine Zeit, sie zu stellen. Lorican war schon wieder in Bewegung, dichtauf gefolgt von Brix. Ich musste die Nachhut bilden, als wir dem Bogen der lang gestreckten, salzbefleckten Mauer aus dunklem Stein folgten, fort vom Meer und Richtung Innenstadt. Keines der Gebäude berührte die Mauer direkt, aber einige standen sehr nah daran.

Nach zehn Minuten hielt Lorican neben einem gedrungenen Gebäude aus schwarzem Stein an, das früher wahrscheinlich als Torhaus oder Zollstation der Daine gedient hatte. Seine Fenster waren klaffende Löcher, und die ganze Bruchbude sah aus, als hätte ein Vermieter aus den Turmspitzen einfach vergessen, dass sie ihm gehörte. Lorican klopfte viermal an die verriegelte Tür.

Die Tür schwang auf. Dahinter gähnte die Dunkelheit. Lorican streckte eine Hand aus. »Nach dir, Zauberer.«

»Nach mir? Wohin?«, wollte ich wissen.

»Tiefstadt«, sagte Lorican. »Wohin sonst?«

Jeder einzelne meiner Instinkte schrie mir zu, nicht dorthin zu gehen, wo ich nichts sehen konnte. Aber ich kannte die Bedrohung hinter mir, und ganz gleich, was vor mir lag, es konnte nicht so gefährlich sein wie Keir Esras, wenn er glaubte, dass sich der Thron in Reichweite befand.

Ich holte tief Luft und wagte mich ins Dunkel.

NEUN

Sobald Lorican und Brix das Haus betreten hatten, fiel die Tür zu, und Schwärze umfing uns.

»Rührt euch nicht«, flüsterte Lorican.

»Warum nicht?«, fragte ich.

»Ihr werdet überprüft«, erklärte er. »Wenn ihr euch zum falschen Zeitpunkt bewegt, obliegt es jemandem, euch einen Wurfpfeil ins Auge zu befördern.«

Ich stand stocksteif da, lauschte und schnupperte die tote, staubige Luft. »Wie kann irgendjemand mich gut genug erkennen, um das zu tun?«

In der Dunkelheit zu meiner Linken schimmerte etwas grün auf. Vor meinen Augen wuchs es zu einer Flamme heran und erhellte die zerfurchten Züge der ältesten Frau, die ich je gesehen hatte. Ihre Augen waren milchig vom grauen Star und wirkten in ihrem dunkelhäutigen Gesicht geradezu schockierend. Das grüne Feuer brannte am Ende ihres ausgestreckten kleinen Fingers, als wäre es eine Kerze.

»Lorican«, sagte sie, »was hast du dir nur dabei gedacht? Die Zauberer schikanieren die ganze Stadt, die Miliz jagt Priestermörder, und du beschließt, dass *jetzt* der Moment für einen Besuch zu Hause ist?«

»Ich zahle eine Blutschuld ab, Herrin Mutter.« Lorican klang gequält. »Ich konnte nichts anderes tun.

Ich habe alle Vorsichtsmaßnahmen ergriffen, die mir eingefallen sind. Der hier muss zum alten Tempel, und ich habe versprochen, ihn dorthin zu bringen. Ich konnte ihn nicht durch die Tür in den Turmspitzen führen. Sie steht unter Beobachtung.«

Sie brummte. »Das erscheint mir sehr töricht, wenn man bedenkt, was dir letztes Jahr zugestoßen ist. Bist du bereit, zu tun, was du tun musst, wenn deine Vorsichtsmaßnahmen nicht ausreichen?«

Kurz herrschte Schweigen. Dann sprach wieder Lorican: »Ja.«

Die Haare auf meinen Armen stellten sich auf. »Was für ein Versprechen verlangt sie dir da ab?«

»Beiß dir auf die Zunge«, zischte Lorican.

Das Rascheln von Stoff und ein leises Klingeln ertönten. Die Frau stand entweder auf oder ging. Die grüne Flamme erlosch. »Dann bring sie nach unten, Lorican.«

Ein Klicken. Jemand öffnete vor uns eine Tür, sodass ein flackerndes Licht in den Raum fiel. Lorican drängte sich an mir vorbei, packte mich am Handgelenk und führte mich wie einen Blinden.

»Halt dein Mädchen fest«, sagte er. »Hier wird es etwas vertrackt.«

Ich zögerte und sah mich nach Brix um, aber ihre Hand streifte bereits meinen Ärmel.

»Schon gut«, sagte sie leise und ließ sich näher an mich heranziehen, während ich sie am Hemd packte. »Du wirkst ja im Augenblick keine Magie, und ohnehin braucht es eine Berührung von Haut zu Haut, damit das eine Rolle spielt.«

Eine Falltür öffnete sich. Darunter führte eine schmale Treppe hinab. Nach einer Weile veränderte sich der Boden unter meinen Stiefeln: Holz wich rutschigem Stein. Wer auch immer die Laterne trug, ging vor Lorican her, und ich konnte die Person nicht sehen. Die Wände um mich herum warfen gerade genug Licht zurück, um sich als immer älteres Mauerwerk zu entpuppen. Wir kamen an ein paar grinsenden Wasserspeiern vorbei, die einmal zu einem Dach oder einer Mauer gehört haben mussten.

»Wohin, zu allen Höllen, gehen wir?«, fragte ich Lorican. Als Acarius vom Artefakt eines Gottes gesprochen hatte, hatte ich mir eine Ruine im Marschland ausgemalt, vielleicht auch ein heruntergekommenes Gebäude in Ri Dana selbst. Aber das hier war nicht so einfach. Warum hatten die Irrläufer einen Tunnel unter der Stadt? Warum hatte hier überhaupt ein Clan seinen Sitz? Irrläufer waren durch ein religiöses Gebot verpflichtet, Nomaden zu sein, und huldigten der Heiligkeit des Wandels.

Lorican drehte sich nicht um, was wahrscheinlich eine weise Entscheidung war, wenn man bedachte, mit welcher Geschwindigkeit wir weiter hinabstiegen.

»Unter die Stadt«, sagte er. »Nach Tiefstadt und zum Jaerntempel, genau wie du es verlangt hast. Dass eine der Mütter selbst zu einem Eingang kommt, um ihn zu bewachen, habe ich in den letzten Jahren … noch nie erlebt. Die Jagd der Gilde verursacht offenbar Probleme. Du und ich müssen ein ernstes Wort miteinander reden, sobald wir stehen bleiben, Bengel.«

Der Tunnel schlängelte sich weiter. Die steile Rampe

unter unseren Füßen wurde allmählich flacher. Die Wände, die erst so nahe beieinandergestanden hatten, dass sie beengend wirkten, weiteten sich zu einer kleinen Höhle, die immer noch nur von der wippenden Laterne vor uns erhellt wurde.

»Was hast du ihr versprochen?«, fragte ich.

»Irrläufer mögen keine Fremden. Sie dulden schon *mich* kaum, und ich bin von ihrem Blut. Oder zumindest nahe genug daran.« Etwas Seltsames schwang in seiner Stimme mit. »Der alte Tempel steht nicht gerade in dem Ruf, besonders sicher zu sein. Sie hat mir das Versprechen abverlangt, euch zu töten, wenn ihr euch als Risiko für den Clan erweist.«

»Und das hast du *wirklich* versprochen?«

»Ihr werdet den Clan nicht gefährden, also muss ich euch auch nicht töten.« Seine Zähne blitzten in der Dunkelheit auf. »Nicht wahr?«

Am Ende veränderte sich das Gestein. Wir passierten einen Torbogen und standen blinzelnd im Mitternachtskönigreich von Tiefstadt.

Es ähnelte dem Inneren einer Burg, einem großen Saal, dessen Fenster mit Ziegeln vermauert waren. Die Wände ragten weit über uns in die Schwärze auf, die nicht nur hoch oben, sondern auch zu beiden Seiten herrschte. Hier und da brannten Kohlenbecken wie einsame Sterne, und in ihrem Licht sah ich das Dorf.

Es gab kein anderes Wort dafür. Inmitten der toten Pracht ringsum hatten die Leute kleine Wohnhäuser gebaut. Hütten aus Holzplanken und alten, mit eingemeißelten Ranken verzierten Steinbrocken scharten sich um winzige Kochfeuer. Die Luft bewegte sich, und die Feuer brannten gut. Das bedeutete, dass es zahlreiche Lüftungsschächte geben musste. Ich holte mehrfach tief Luft und zwang mich, das Gefühl zu verdrängen, dass die Decke einstürzen würde.

»Danke, Ren, ab hier übernehme ich«, sagte Lorican, als wir am Rand des Dorfs ankamen. Unser Führer, ein fünfzehn- oder sechzehnjähriger Junge, trabte davon. Die Laterne schwang fröhlich im Dunkeln hin und her. Lorican ließ mich los, sah sich aber alle paar Schritte nach mir um, als hätte er Angst, dass ich davonspazieren könnte. Während er die Siedlung durchquerte, verriet die Haltung seiner Schultern seine Nervosität.

Ich hielt Brix' Hand, als wir ihm folgten, und hatte nicht das Bedürfnis herumzuspazieren. Die Leute, an denen wir vorbeikamen, waren keine, denen man in einem Dorf auf der Erdoberfläche begegnet wäre, und auch keine, die es zu schätzen wussten, wenn Fremde herumschnüffelten. Während wir durch die Stadt liefen, gingen die Wege – es waren wohl eher Straßen – von glattem, nacktem Fels in Sand über, der scharf vor hellem, körnigem Schotter und kleinen, zerbrochenen Muschelschalen war. Die Hütten, Zelte und Lagerfeuer folgten dem Verlauf der Straßen, die spiralförmig von der Mitte der Höhle ausgingen. Der Geruch von Erde und Salz lag schwer in der Luft, daneben aber auch ein unterschwelliger fruchtiger Duft, den ich am Ende als den von Sassafrastee erkannte.

»Warum wohnen sie hier unten?«, fragte Brix.

»Um zu überleben«, erklärte Lorican. »Das hier ist Tiefstadt, das für die Irrläufer einer ständigen Heimat immer am nächsten kommen wird. Ri Dana ist einer der wenigen Orte, an denen wir bleiben dürfen – dank des Meeres ist es nicht das Gleiche, wie immer an derselben Stelle zu sein, und beleidigt daher die Herrin des Wandels nicht. Das Meer gehört niemandem, und es verändert sich stets. Auch die Höhlen bleiben nicht dieselben, weil das Wasser an ihnen arbeitet. Tiefstadt ist der Ort, an den wir alte Leute, Kranke und kleine Kinder bringen. Alle, die nicht auf den Straßen oder auf den Wellen des Meeres umherziehen können. Deshalb musste ich versprechen, nicht zuzulassen, dass ihr ihnen schadet.« Er ging langsamer und lächelte Brix zu. »Aber du wirst ihnen schon nicht wehtun, Mädchen.«

Ich sah wirklich viele Kinder, die im Dunkeln hierhin und dorthin sausten und irgendein Spiel spielten, das ich nicht kannte. Dann und wann stießen die Erwachsenen an den Feuern hohe Pfiffe aus. Sogleich wurden die Kinder still und huschten zu ihren Großmüttern und älteren Geschwistern, um sich neben sie zu stellen.

Unter dieser unbehaglichen Last von Blicken, die uns misstrauisch beobachteten, gelangten wir in die Mitte der Stadt, wo ein großes rotes Zelt wie eine Kaiserin thronte. Es war mit vielfarbigen Seidenlaternen behängt. Zwei bewaffnete Männer lümmelten lässig vor dem Eingang herum.

»Lorican! Was treibst du denn in Tiefstadt?«, fragte einer von ihnen grinsend, als wir näher kamen. »Bist du auf Abenteuer aus? Ich hätte dir eines zu bieten.«

Lorican verzog das Gesicht zu einem Lächeln, aber es wirkte angespannt und passte nicht recht zu der

Tändelei des Wächters. Er zog ein kleines Paket aus gewachstem Pergament aus der Tasche. »Ich bin hier, um meine Gabe für die Göttin und die Herrin Mutter zu hinterlassen. Zimt aus Genereth.«

»Willst du Pilze suchen?« Der Wächter nahm den Zimt und schnupperte daran. »Die Taverne muss ja einiges abwerfen. Teure Gabe.«

»Zum alten Tempel«, sagte Lorican knapp.

Das Lächeln verschwand aus dem Gesicht des Wächters. »Seit du letztes Mal so übel zugerichtet zurückgekehrt bist, haben wir nicht einmal mehr Leute in den Tunnel hinabgelassen. Was, zu allen Höllen, befindet sich hinter dem verdammten Torbogen, das es wert ist, noch einmal zurückzukehren?« Der Blick des Mannes blieb feindselig an mir hängen. »Ich hoffe, die Fremden zahlen dir genug, wenn du so viel aufs Spiel setzt.«

Lorican legte dem Wächter eine Hand auf die Schulter. »Mir passiert schon nichts, Cenn. Es gibt da etwas, das ich tun muss. Kümmerst du dich für mich um meine Gabe?«

Cenn ließ mich nicht aus den Augen, aber er legte eine Hand auf Loricans. »Ja«, sagte er grimmig. »Pass auf dich auf.«

Lorican gab mir einen Wink, führte uns an dem Pavillon vorbei und auf einem gewundenen Weg zwischen kleineren Zelten hindurch. Die Lichter und der Lärm des Dorfs verblassten hinter uns, und die Dunkelheit stürzte auf uns herab: nah, samtig, erstickend. Vor uns ragte eine einsame Gestalt neben einer einzigen fahlen Flamme auf. Ich hielt den Blick unverwandt darauf gerichtet und bemühte mich, nicht an die Last des Gesteins über mir zu denken – und auch nicht daran, wie leicht es hier gewesen wäre, das Licht zu verlieren und für immer im Kreis zu laufen, während Hunger und Durst unaufhörlich wuchsen.

Ich wandte den Kopf, aber Brix hielt sich an mir fest.

»Lass nicht los«, sagte ich, auch wenn es bisher kein Anzeichen dafür gab, dass sie das vorhatte.

Die Wände rückten wieder enger zusammen. Wir blieben in der Nähe des letzten Kohlenbeckens stehen, wo ein Junge mit einem Speer reichlich unheilverkündend wachte und den Ausgang eines feuchten Tunnels beobachtete. Lorican trat zu einer Nische, die in die Tunnelwand gemeißelt war. Dort wartete eine Reihe uralter geschwärzter Lampen.

»Lasst nicht zu, dass euch etwas folgt, wenn ihr zurückkommt.« Ich brauchte einen Moment, um die kurz angebundene Stimme zuzuordnen; sie gehörte dem Jungen, der neben dem Kohlenbecken stand. Er sah nicht älter aus als die jugendlichen Zauberer, mit denen ich mir an der Oberfläche einen magischen Kampf geliefert hatte, aber zugleich lag in seinem Gesicht ein müdes Wissen, das auf ihm lastete wie das Gewicht von Jahren.

»Das habe ich letztes Mal auch nicht getan«, murmelte Lorican. Er hob zwei Lampen hoch.

»Lorican«, sagte ich und musste mich räuspern, um die Furcht aus meiner Stimme zu verscheuchen. »Warum verhalten sich alle so, als wollten wir auf die Jagd nach Drachlingen gehen? Was ist dir letztes Mal passiert?«

Er zog Lampenöl aus der Nische vor sich und antwortete, während er die Lampen füllte: »Sag mal, was weißt du über Ri Dana? Über seine Geschichte, meine ich?«

Ich zuckte die Schultern. Geschichte war nie meine größte Stärke gewesen. Acarius war der Ansicht, dass sie im Großen und Ganzen nur eine Aufzählung politischer Ereignisse war, und Politik ist langweilig. »Ich weiß, dass Ri Dana im Zuge der Eroberung von den Daine errichtet wurde, vor siebenhundert Jahren«, sagte ich. »Und ich weiß auch, dass man es ein paar Mal zerstört und wiederaufgebaut hat.«

»Das reicht als Grundlage.« Lorican reichte Brix eine volle Lampe und behielt die andere. Dann klopfte er sich die Taschen ab, als wollte er sich vergewissern, dass er etwas Bestimmtes bei sich trug. »Ri Dana wurde über einem Höhlensystem erbaut. Anscheinend errichtete man in alten Zeiten Jaerntempel unter der Erde. So war man gezwungen, eine Pilgerschaft zu unternehmen, wenn man die Gunst des Gottes erringen wollte, oder etwas in der Art.« Aus der Tasche zog er Feuerstein und Stahl und zündete die Lampen an. Er brauchte ein paar Versuche.

»Also gehen wir, wenn ich dich richtig verstehe, zu einem antiken Tempel in einer Höhle«, sagte ich. »Nur schlotterst du so, dass irgendeine Gefahr damit verbunden sein muss.«

Brix rammte mir den Ellbogen heftig in die Rippen. Noch nie hatte mir jemand so unmissverständlich klargemacht, dass ich den Mund halten sollte.

»Was erwartet uns?«, fragte sie Lorican.

Er wandte sich von mir ab und ihr zu. Ein verschlagener Ausdruck huschte über seine Züge. »Es ist dunkel. Es gibt einen Pilgerpfad, an den man sich halten muss. Letztes Mal habe ich nicht gut genug darauf geachtet – ich bin davon abgekommen, habe das Gleichgewicht verloren, bin ausgerutscht und habe mir das Handgelenk gebrochen. Am Ende bin ich zwei Stunden im Dunkeln herumgeirrt, bevor Acarius mich wiederfand. Trotzdem hat er mich nicht erreichen können, bevor die anderen Dinge es taten. Ich wurde in blutige Stücke zerschnitten.«

»*Was* für andere Dinge?«, fragte ich verstört und rieb über die Stelle, an der Brix' Ellbogen vermutlich einen blauen Fleck hinterlassen hatte.

Lorican wich meinem Blick aus. »Ich weiß nicht, wie die vornehme Bezeichnung der Zauberer dafür lautet. Vielleicht kannst du es mir sagen, wenn wir sie sehen. Kommt weiter.«

Brix sagte nichts darauf, während wir Lorican folgten. Der Gang war gerade breit genug, um mir zu gestatten, neben ihr zu gehen. »Du solltest ihn nicht provozieren.« Ihre Worte waren kaum lauter als ein Flüstern; sie bewegte die Lippen nur wenig. »Du brauchst ihn.«

»Inwiefern habe ich ihn provoziert?«, fragte ich.

Sie warf mir einen schiefen Blick zu. »Er geht ein Risiko ein, um dir zu helfen, Gray, und du reagierst darauf, indem du andeutest, dass er ein Feigling sei. Wie soll er sich denn fühlen, wenn du etwas derart Kindisches und Schäbiges tust?«

Ich blieb lange genug stehen, um Brix zwischen Lorican und mich gelangen zu lassen. Sie würde in der

Mitte am sichersten sein, wenn es in diesem dummen Tunnel irgendeine Kreatur gab, deretwegen man sich sorgen musste, aber das war nicht der eigentliche Grund dafür. Ich wollte nicht, dass sie mich oder auch nur meine Umrisse sehen konnte. Brix kannte mich nicht – nicht wirklich. Es hätte keine Rolle spielen sollen, was sie von meinem Benehmen hielt. Sie hatte kein Recht, dafür zu sorgen, dass ich mich so fühlte – so gemein, klein, achtlos. *Schäbig.*

Die Wände des Gangs wirkten wie die einer natürlichen Höhle, waren aber hier und da mit Werkzeugen bearbeitet worden. Bald wurden im Flackern der Lampen uralte, abblätternde Malereien auf dem Stein sichtbar: Männer, die neben einem silbernen Storn standen; ein sich wiederholendes Bild von einer Kristallphiole voll roter Flüssigkeit und Symbole in einer Sprache, die ich nicht kannte. Ich wäre gern stehen geblieben, um sie genauer zu betrachten, aber Lorican wurde nicht langsamer. Und dann erhaschte ich Blicke auf Schemen am Rande der Malereien, seltsame Schädel auf Körpern mit zu vielen Armen und Beinen.

Das Bild der Phiole machte mir zu schaffen. Es sind Nekromanten, die Blut in Phiolen aufbewahren. Bei den Höllen – Keirs Notizen in den Aufzeichnungen der Richter, die ich gestohlen hatte, besagten sogar, dass sie behaupteten, *Seelen* in Phiolen zu fangen!

Das war natürlich lächerlich. Niemand konnte seine Seele in eine Phiole füllen. Nekromanten waren durchaus sterblich, was allein schon die Tatsache bewies, dass es Keir gelungen war, im Laufe des letzten Jahres ungefähr zwanzig von ihnen aufzuhängen. Doch ich war nicht der Oberste Inquisitor, der eine ganze Truppe Zauberer im Rücken hatte. Ich war nur jemand, der töricht genug war, auf das Wort eines alten Mannes hin einem Schankwirt in die Dunkelheit zu folgen.

Übrigens war ich auch töricht genug, in die Dunkelheit zu gehen, ohne vorab Zaubersprüche niedergeschrieben zu haben.

Ein Schauder liebkoste mich obszön mit Fingern, die kalt wie Friedhofserde waren. Ich zog meinen Fettstift aus der Tasche und begann, etwas auf meine Arme zu kritzeln, während wir weiterliefen.

»Was ist?« Brix' Stimme klang laut und ausdruckslos zugleich. Die Höhlendecke warf sie zu uns zurück. Vor mir zu gehen hinderte sie anscheinend nicht daran, mich zu beobachten. »Worum machst du dir Sorgen?«

»Nichts«, sagte ich, weil »die unwahrscheinliche Möglichkeit, dass unter Tage Todesmagie überdauert hat«, verrückt geklungen hätte. »Es empfiehlt sich bloß nicht, unvorbereitet zu sein.«

Sie sah sich stirnrunzelnd nach mir um. Anscheinend war die aufgesetzte Fröhlichkeit in meinem Tonfall auch nicht besser als Paranoia.

Das Licht vor uns sackte nach unten. Lorican zitterte wohl schon wieder die Hand. Er stand vor einem gemauerten Torbogen, der mit Symbolen bedeckt war. Der Tunnel endete hier; dahinter raunte die kühle, bewegte Luft einer viel größeren Höhle.

»Nun, Bengel«, sagte er, »was hältst du davon?«

Ich ging an ihm vorbei und starrte den Torbogen an. Dann berührte ich eines der Symbole und ließ mich von der Analyse vor der Nervosität retten, die schlagartig in meinen Adern pulsierte. »Sie sind archaisch.« Ich schluckte, und es gelang mir, die Furcht aus meiner Stimme zu verdrängen. »Kunstvoll. Dekorativ. Aber sie wären recht wirksam, wenn sie intakt wären.«

»Bannzauber«, sagte Brix überrascht. »Sie sehen aus wie die im Tempel in Fenwydd.«

»Stimmt, aber das Zeichen hier ist ausgelöscht worden, also können wir durchschlüpfen.« Die Überreste des Symbols unter meinen Fingern waren von einem Meister gemeißelt worden. Es hätte schön sein sollen, aber es hatte einen unangenehmen, boshaften Schwung. Dabei war es schwer zu lesen. »So etwas verwendet man, um Leute von Geheimnissen fernzuhalten. Oder von etwas Gefährlichem.« Ich sah Lorican an. »Ich gehe davon aus, dass es sich nicht um so etwas Banales wie Lindwürmer handelt.«

Sein Gesicht war angespannt. »Sehr viel weiter bin ich nicht gekommen, und niemand aus Tiefstadt wagt sich je so weit vor. Jenseits des Torbogens liegt die Hauptkammer und in ihrer Mitte der Tempel. An manchen Stellen gibt es phosphoreszierende Pflanzen, die so viel Licht spenden, dass man gut sehen kann, aber ansonsten ist es stockdunkel. Und als ich Acarius hergebracht habe, habe ich Dinge gesehen, die ich nie wiedersehen möchte. Spinnen und Eidechsen, aus Menschenknochen gefertigt, die stinken wie der Tod und groß wie Panther sind.«

Mir stellten sich die Haare auf den Armen auf. »Meinst du nicht, es hätte sich gelohnt, das schon früher zu erwähnen?«

Er lächelte humorlos. »Hättest du mir das ohne den Torbogen zum Beweis abgenommen? Niemand sonst hat mir geglaubt, als ich letztes Mal zurückgekommen bin, von Kopf bis Fuß mit Wunden bedeckt, wo die Kreaturen ihre Klauen in mich geschlagen hatten. Acarius hat mich auf dem Rücken hinausgetragen. Es ist ihm gelungen, die schlimmsten Kreaturen von uns fernzuhalten, sie irgendwie zu kontrollieren. Kannst du das auch?«

Etwas Kaltes verhärtete sich in meiner Magengrube. »Ja.« Ich log nicht und prahlte auch nicht. Es würde nur … kompliziert werden. »Ich brauche etwas Zeit, um die Runen zu schreiben.« Es würde Angriffsmagie sein müssen, die ich auf mich schrieb, anders als die Zaubersprüche, die ich gerade auf meine Arme gekritzelt hatte.

In der Dunkelheit jenseits des Torbogens schrammte etwas über den Stein.

»Gray«, sagte Brix, »was, zu allen Höllen, war das?«

Plötzlich hallte ringsum eine Salve von Klicklauten wider, als würden Hunderte von Fußnägeln über einen Steinboden scharren.

Aber ich kannte das Geräusch, und ich wusste, dass es keine Fußnägel waren.

Verdammt. Ich würde nicht genug Zeit haben. Ich machte einen Schritt zurück.

»Bleibt hinter mir«, befahl ich.

ZEHN

Ein Luftzug voller Verwesungsgestank waberte an mir vorbei, als die Kreatur, die ungefähr so groß wie eine Ziege war, in Sicht kam.

Ich hatte recht gehabt: Das Klicken stammte nicht direkt von Fußnägeln. Das Ding hatte sieben Beine, die aus trockenen Oberschenkelknochen bestanden und Gelenke wie die einer Spinne hatten, nur um in einer ebenso zierlichen wie spitzen Filigranarbeit aus menschlichen Fingerknochen auszulaufen. Wer auch immer das Geschöpf kreiert hatte, war sowohl einfallsreich als auch penibel.

»Was ist das?« Brix schrie nicht, aber in ihrer Stimme schwang Abscheu mit.

Es war ein Creatlach, eine nekromantische Knochenkonstruktion. Nicht, dass ich Worte für Erklärungen zu verschwenden gehabt hätte. Ein Strauß aus Rippen verschiedener Spezies bildete den Körper, um einen Knoten aus Wirbeln geschweißt, die sich wellenförmig auf einem Ball aus mattem orangefarbenem Licht bewegten. Das Wesen hatte drei Schädel – einer schien von einer Art Fleischfresser zu stammen, vielleicht von einer großen Raubkatze –, aber sie hatten alle leere Augenhöhlen. Also konnte es nicht sehen, was wahrscheinlich hieß, dass es sich orientierte, indem es Schallwellen erspürte. Wenn ich sprach, konnte es mich finden.

Ich winkte Brix mit einer Hand zu und hoffte, dass das eine einleuchtende Gebärde für »Sei still« war. Die ersten Worte, die ich sprach, mussten eine Beschwörung sein, und zwar die korrekte. Messer würden diesem fleischlosen Ding nichts antun können.

Aber wo war der Zauberer? Diese Wesen blieben nicht von selbst belebt. Der Schöpfer des Creatlach musste irgendwo in der Nähe sein, um ihn zu kontrollieren.

Ich warf einen Blick auf Lorican, aber er wühlte in seinen Taschen wie ein Terrier auf der Suche nach einer Ratte. Also war es unwahrscheinlich, dass er der Nekromant war. Ein Konstrukt dieser Größe zu führen hätte ihm genug Konzentration abverlangen sollen, und er hätte das Ding zumindest ansehen müssen. Außerdem hatte ich ihn keinen Zauber aussprechen hören, und ich glaubte auch nicht, dass die Geschichte, die er mir erzählt hatte, eine Lüge war.

Vielleicht war das Wesen vernunftbegabt genug, um eigenständig zu kämpfen? Es gibt keine Möglichkeit, solche Konstruktionen im eigentlichen Sinne *denken* zu lassen, aber die komplexeren können eine Reihe von Befehlen ausführen, selbst wenn ihre Gebieter nicht in der Nähe sind, um ihnen telepathisch Kommandos zu geben.

Brix' Fuß scharrte über den Schotter auf dem Boden des Tunnels, als sie sich neben mich stellte.

Der Creatlach sauste auf sie zu. Binnen eines Sekundenbruchteils war er drauf und dran, sich auf sie zu stürzen. Zwei seiner Beine waren hocherhoben und schnitten durch die Luft. Als Brix einen Schritt zurückmachte, schlossen sich die Beine um ihre Taille wie eine Fessel. Sie schrie und zerrte an den Gelenken, aber ich wusste, dass das keinen Zweck hatte. Knochenkonstruktionen sind stark – unglaublich stark.

Diese hier war auch noch schnell. Bevor ich mich genug sammeln konnte, um einen Sprung zu machen, riss sie Brix durchs Tor und in die Dunkelheit.

Den Göttern sei Dank schrie sie weiter, denn sie hatte die Lampe fallen lassen. Ich eilte ihr durch das Tor nach, so schnell ich konnte, und blieb nur lange genug stehen, um die Lampe aufzusammeln, bevor ich dem Lärm folgte. Das Scharren von Loricans Stiefeln auf dem Stein verriet mir, dass er hinter mir herlief.

Die Handlungsmöglichkeiten, die mir blieben, kamen mir nicht sehr vielversprechend vor. Die einzigen Beschwörungen, die ich auf meinen Armen vorbereitet hatte, waren Blitz und Flamme. Mit beiden musste man zielen, und das hieß, dass ich Gefahr lief, Brix zu treffen, wenn ich sie gegen den Creatlach einsetzte.

Ein mahlendes Knirschen hallte in der Höhle wider.

Ich schloss gerade noch rechtzeitig zu dem Creatlach auf, um zu sehen, wie Brix ihm einen weiteren Tritt versetzte, der den unteren Teil eines Beins davonfliegen ließ.

Ich sprang. Meine Absicht war es, die Kreatur zu Boden zu ringen, aber am Ende ritt ich mehr oder minder auf ihr. Ich warf mich nach vorn und versuchte, sie niederzustrecken.

Sie verhedderte sich in ihren eigenen Beinen und

packte meine. Brix, der Creatlach und ich fielen alle hin – genau in dem Moment, als ich das Namensschild der Kreatur sah: ein flaches Knochenstück, das inmitten des orangefarbenen Lichts schwebte und mit den Runen beschriftet war, die den Creatlach kontrollierten. Mühsam streckte ich eine Hand nach dem Schild aus.

Das Ding hatte dank des Anflugs von Intelligenz, über den es verfügte, erkannt, dass eine zweite Person mit ihm rang. Seine Schädel rotierten, und die Raubtierkiefer öffneten sich und schnappten wenige Zoll von meinem Gesicht entfernt zu.

Brix schmetterte die Faust auf den Schädel, aber diesmal hatte sie mit ihrem Hieb nicht so viel Glück wie mit dem Tritt. Sie biss die Zähne zusammen und schlug noch einmal zu. Der Schädel drehte sich für einen Moment von mir weg.

Ich schlang in aller Eile einen Arm um ein paar der Beine. Wie, zu allen Höllen, konnte etwas ohne Muskeln so stark sein?

Eines der Beine riss sich los und zuckte mit knackenden Gelenken auf mich zu. Das zugespitzte Ende hinterließ einen langen, brennenden Schnitt in meinem Arm.

Brix saß immer noch fest und wand sich in den Gliedmaßen, die ihre Taille umfassten. Sie schrie nicht mehr, aber ihre hektischen Bewegungen verrieten ihre panische Angst.

»Hilfe.« Ich konnte das Wort nicht anders als abgehackt hervorstoßen, während der Creatlach sich unter mir aufbäumte. »Lorican.« Ich bog den Kopf von den

Kiefern weg, die immer noch nach mir schnappten. Den Göttern sei Dank hatte das Ding keinen Hals mit Gelenken. »Hilfe!«

Das Bein riss noch eine Wunde auf, diesmal quer über meinen Rücken. Ich musste den Creatlach töten, bevor er mich erstach. Aber ich konnte die Beine nicht loslassen, die ich schon umklammert hatte.

»Haltet durch.« Lorican umkreiste den Creatlach und mich. Ein Regen aus einer Art Kieselsteine flog um mich herum.

Die Schädel des Creatlach rotierten, während er zur Seite schlitterte, als versuchte er, die Kiesel zu jagen. Es gelang mir, das Namensschild unter dem Schädel zu packen, die Finger darum zu schlingen und es herauszureißen.

Der Creatlach begehrte noch einen Moment auf, bevor er zusammenbrach.

Ich saß keuchend inmitten des Haufens voneinander gelöster Knochen und sah Brix an. »Geht es dir gut?«

»Ich bin nicht verletzt«, sagte sie. Aber in ihrem Atem lag ein Zittern, und sie strich immer wieder dort über ihre Kleidung, wo das Monster sie festgehalten hatte. »Wie hast du es getötet?«

»Ich habe ihm seinen Namen genommen.« Ich durchwühlte den Haufen, bis ich einen der Gegenstände fand, die Lorican geworfen hatte: eine ziemlich große Glasperle. Ich hielt sie hoch. »Vibration?«

Er nickte. »Verwirrt sie. Zumindest war es letztes Mal so. Warum hast du keinen Zauber gewirkt?«

»Ich war beschäftigt.« Ich kam auf die Beine, wandte

mich Brix zu und streckte die Hand aus. Sie starrte sie einen Moment lang an, bevor sie sie packte und mir erlaubte, ihr aufzuhelfen.

»Danke, Gray.« Ihre Finger blieben einen Sekundenbruchteil lang auf meinen ruhen.

»Bedank dich nicht bei mir«, murmelte ich. Sie war nicht unverletzt. Die Fingerknöchel der Hand, die ich gehalten hatte, waren aufgeschürft und blutig. Ich gab ihr die Lampe zurück. Wenn wir getrennt wurden, würde sie sie mehr brauchen als ich. »Wir müssen weiter. Wahrscheinlich sind noch mehr von ihnen da, und wir machen viel Lärm.«

Der Anflug von Erleichterung verschwand aus ihrem Gesicht. »*Mehr?*« Brix senkte die Stimme zu einem Flüstern. »Was, zu allen Höllen, war das bloß?«

»Es ist – war – ein Creatlach.« Ich stieß die Knochen mit dem Fuß an und wünschte, es gäbe eine Möglichkeit, es zu erklären, ohne zu sprechen. »Das ist … eine Art zahmes Tier. Ein Werkzeug. Nekromanten erschaffen es, etwa so, als würde man eine Puppe herstellen. Man kann sie mit beliebigen Knochen bauen, in jeder Zusammenstellung, die einem beliebt, und sie mit Magie verbinden. Dinge mit weichem Gewebe sind schwieriger herzustellen und noch dazu empfindlich. Deshalb hatte das hier auch keine Augen.« Ich öffnete die Finger und sah auf das Namensschild, das ich festhielt. Es war früher das Schulterblatt irgendeines Tiers gewesen. Jetzt war es mit winzigen, sorgsam gemalten Runen bedeckt, Spiralen innerhalb von Spiralen. »Deshalb hat es auf Basis von Vibrationen versucht zu erraten, wo wir waren – anhand von Schritten oder Sprache. Ich war unsichtbar für den Creatlach, solange ich nichts gesagt und keinen Schritt gemacht habe. Als du dich neben mich gestellt hast, hat er dich gefunden.«

»Namensschild«, sagte Lorican kaum hörbar. »Das hast du also gemeint damit – *ihm seinen Namen genommen.*«

Ich hielt das Schild hoch. »Darauf sind der Name der Kreatur und des Zauberers verzeichnet. Sonst könnte der Schöpfer keinen absoluten Gehorsam erzielen, und selbst Zauberer sind nicht verrückt genug, Konstruktionen zu erschaffen, die sie nicht kontrollieren können. Wenn man das Schild vom Rest des Konstrukts abreißt, zerfällt es in seine Einzelteile.« Die Runen auf dem Namensschild waren genauso archaisch wie die am Torbogen, aber wenn man die altmodischen Schnörkel und Schwünge erst einmal durchschaut hatte, waren sie ganz einfach zu lesen: *Spindelgelenk.*

Wie gesagt, wer auch immer den Creatlach erschaffen hatte, musste eine schöpferische Seele sein. Und durchaus ein Poet.

Ich überflog die Beschwörung, um den Namen des Zauberers zu finden. Halb rechnete ich damit, dass es Keir Esras sein würde. Ich hatte ihn in der Stadt über uns gesehen, und ich wusste, dass er seit Längerem Jagd auf Nekromanten machte und ihre Praktiken studierte. Natürlich hätte er seine Aktivitäten geheim halten müssen. Seine Stellung als Oberster Inquisitor, in der er alle internen Nachforschungen der Gilde kontrollieren konnte, wäre perfekt dazu geeignet gewesen. Er und sein ehrgeiziges Streben nach dem Thron hätten der Grund dafür sein können, dass Acarius letztes Jahr hier gewesen war, und Lorican hatte gesagt, dass es noch einen Weg nach Tiefstadt gab, eine Tür in den Turmspitzen. Ein viel größerer Teil dieser ganzen Lage hätte plötzlich einen Sinn ergeben, wenn sich herausgestellt hätte, dass der Dreckskerl selbst mit Todesmagie spielte.

Aber meine Spekulationen kamen ins Stocken und dann zum Stillstand, als ich den Namen des Zauberers las:

Jaern.

Und das ergab überhaupt keinen Sinn. Wie hatte die Beschwörung funktionieren können, wenn die Kreatur einfach nur dem Gott geweiht war? Selbst wenn es hier unten einen wahnsinnigen Priester des Jaern gab, hätte er gezwungen sein sollen, seinen eigenen Namen zu gebrauchen.

Irgendetwas stimmte ganz und gar nicht.

»Aber woher weißt du, dass es noch mehr gibt?« Brix' angespannte Stimme riss mich aus meinen Gedanken.

»Kein Nekromant, den ich je getroffen habe, hat nach einem Creatlach aufgehört.« Ich warf einen Blick auf Lorican. »Es *gibt* doch mehr, nicht wahr? Du hast sie gesehen?«

»Etwa zehn«, sagte er mit grimmig verkniffenem Mund. »Das hier war noch schlimmer, als ich erwartet hatte – schlimmer, als es letztes Mal war. Und du hast recht, wir sollten sehen, dass wir weiterkommen.«

»Ich muss einen Zauberspruch schreiben«, sagte ich. »Bring die Lampe herüber. Ich beeile mich.«

Aber mir zitterte die Hand. Ich brauchte drei Versuche, um die erste Runenzeile – die quer über meinen Bauch – perfekt zu schreiben. Lorican hielt die Lampe, sah mir bei der Arbeit zu und sagte nichts. Ich erinnerte mich daran, wie ich vorhin eine spitze Bemerkung über seine Furcht gemacht hatte, und konnte nicht zu ihm hochschauen. Wahrscheinlich wollte er lieber nicht das Risiko eingehen zu sprechen, um mich nun meinerseits zu verspotten. Dennoch hätte es sich besser angefühlt, als mit dem Geschmack der Beschämung im Mund dazustehen.

Wir tasteten uns weiter vor, aber langsam. Uns allen war bewusst, dass wir nicht rennen konnten, ohne unsere Anwesenheit zu verraten. Es war gefährlich genug, einfach nur zu gehen.

Ich ertappte mich wieder und wieder dabei, den Atem anzuhalten und auf ein Scharren oder ein Klicken von Knochen zu lauschen, irgendetwas, das mir verraten könnte, woher die nächste Bedrohung kommen würde. Ich zwang mich, ein- und auszuatmen, während wir uns quälend langsam voranarbeiteten. Wenn ich mich aufs Atmen konzentrierte, konnte ich vielleicht gegen den Wirbel kopfloser Panik ankämpfen, der in meiner Brust tobte.

Kratz.

Wir blieben stehen. Ich gab mir Mühe, den Ursprung des Geräuschs zu orten, es zu analysieren, irgendeinen Informationsfetzen in die Hand zu bekommen, der mir gesagt hätte, womit ich es zu tun hatte. Ich musste herausfinden, was vorging. Es musste eine logische Art und Weise geben, auf die der Nekromant die Bestien kontrollierte. Wenn ich nur die Lösung finden konnte, dann konnte ich auch etwas *tun*.

Aber da war sonst nichts, nur der dichte, undurchdringliche Vorhang der Nacht außerhalb unseres zarten Kreises aus gelbem Licht. Alles war zu still.

Einatmen, ausatmen.

Lorican setzte sich wieder in Bewegung. Er trat behutsam auf. Brix und ich folgten ihm. Wir gingen beide auf Zehenspitzen. Nach einer Weile wurde mir klar, dass Lorican einer Art Pfad folgte, der in den Felsboden gemeißelt war, einer Reihe von Piktogrammen. Ich versuchte, sie zu studieren, während ich zugleich die Dunkelheit um uns herum im Auge behielt. Es war ein fruchtloses Unterfangen, aber ich konnte einfach nicht anders. Mein Körper zuckte vor Furcht, als wüsste er, dass noch etwas da war und uns nachschlich.

Einatmen. Meine innere Stimme wurde strenger, während mir das Herz immer lauter in den Ohren hämmerte. *Ausatmen.*

Die Piktogramme schienen gewissermaßen als Landkarte für Pilger gedacht zu sein. Das Symbol des halb geschlossenen Auges kehrte in regelmäßigen Abständen wieder, begleitet von einer Anzahl anderer religiöser Motive. Schließlich endete der Pfad an einer Treppe aus glänzenden schwarzen Stufen, die sich glatt und frappierend von dem körnigen weißen Gestein abhoben, aus dem der Rest der Höhle bestand.

Lorican blieb am Fuß der Treppe stehen und sah sich nach mir um. »Die Tempeltür liegt gleich am oberen Ende der Stufen«, flüsterte er. »Sie sind rutschig, also ...«

Er erstarrte, den Blick auf etwas gerichtet, das der Lampenschein hinter meiner Schulter enthüllte.

Kratz.

Es war hinter mir.

Der Gestank nach Friedhofsfäulnis war diesmal noch schlimmer. Ich stellte mich auf die Zehenspitzen und riskierte es, mich halb umzudrehen. Die Silben des Erschütterungszaubers formten sich schon auf meiner Zunge.

Ein Ring blickloser Augen starrte mir entgegen und setzte sich bis weit in die Dunkelheit fort. Behelfsmäßige Köpfe grinsten auf hünenhaften Körpern. Keine zwei von ihnen glichen einander. Es gab noch mehr spinnenbeinige Schreckensgestalten, während andere hunde- oder krebsförmig waren, Variation über Variation. Diejenige, die sich an mich herangeschlängelt hatte, bestand nur aus aufgereihten Schädeln, die mit Wirbeln verbunden waren. Sie schwankte hin und her wie eine Kobra, hypnotisierend, belauerte lauschend die beiden Menschen hinter mir.

Fünfzig. Der analytische Teil meines Geists bestand auf Genauigkeit. Es waren mindestens fünfzig. Mein Zauber würde sie bloß einen Moment lang aufhalten können.

Andererseits hatte der Zauberspruch achtundzwanzig Silben, und wir waren dicht beim Tempeleingang. Der Klang der Beschwörung – ganz abgesehen von der Erschütterung, wenn sie auf die Monster prallte – sollte die Tierchen eigentlich zu mir locken. Vielleicht gab es eine Art Tor oder Tür, hinter die Brix und Lorican sich zurückziehen konnten, um sich zu verbarrikadieren. Es war wenigstens eine Möglichkeit.

»Wie heißt du, mein Hässlicher?«, fragte ich.

Die Schlange hörte auf, vor mir zu tanzen. All ihre Schädel rotierten so, dass die Augenhöhlen mir zugewandt waren. Der oberste Kopf klapperte beinahe im Plauderton mit den Zähnen. Einer davon fiel ihm aus, rollte über den Boden und blieb vor meiner Stiefelspitze liegen.

Ich hob die Hand in Schulterhöhe und schluckte die Galle hinunter, die mir hochkam. Es gab keine andere Lösung. Der Zauberspruch sollte Brix und Lorican genug Zeit erkaufen, um sich in Sicherheit zu bringen.

Einatmen.

Achtundzwanzig Silben.

Ich öffnete den Mund.

Eine Wolke von Glasperlen flog in die Monstermenge, und sie explodierte zu einer Masse aus schlängelnden, knirschenden Bewegungen. Lorican schrie: »Lauft!«

Brix packte mich am Ellbogen, riss mich herum und schleifte mich mit.

Und dann hasteten wir die angeschlagenen, rutschigen Stufen empor und kämpften um jeden Fußbreit Boden. Am oberen Ende der Treppe glommen Klumpen gewaltiger grüner Pilze, die eine schmale Tür umrahmten.

Eine der Kreaturen schnappte von der Seite nach mir und kam mir so nah, dass ihre Zähne meine Hose streiften. Sie sah wie eine surreale Mischung aus Katze und Eidechse aus. Ich rief die Runen auf meinem

Bauch, und ein pulsierender roter Kraftstoß brach aus meiner offenen Hand hervor. Die Kreatur stieß einen seltsamen Laut zwischen Wimmern und Zischen aus, und der Zauber prallte gegen ihre Schnauze und warf sie zurück.

Der Rückstoß des Zaubers – der Nachteil von Erschütterungsmagie – schleuderte mich vorwärts.

Brix geriet ins Stolpern. Ich konnte nicht abbremsen und wäre beinahe auf ihr gelandet. Es blieb keine Zeit zum Nachdenken. Ich legte ihr die Hände um die Taille und zog sie wieder auf die Füße.

»Gray …« Sie sagte meinen Namen mit einem kleinen Luftschnappen, fast einem Schluchzen. Wir waren schon beinahe am oberen Ende der Treppe angelangt, wo Lorican stand, seine Lampe in weitem Bogen schwang und alle paar Augenblicke Hände voller Perlen schleuderte. So hielt er die Kreaturen auf Abstand. Brix' Lampe wackelte.

»Es ist alles in Ordnung mit dir.« Ich schob uns beide die Treppe hinauf. »Halt das Licht fest.«

Endlich brachten wir die letzte Stufe hinter uns. Klauen zerrten an meiner linken Wade, und meine Beinschiene verdrehte sich. Ich hatte keine Zeit, mich umzuwenden und einen gezielten Zauber zu sprechen, keine Zeit, irgendetwas zu tun, als weiterzulaufen.

Lorican stand unmittelbar vor der Tür, nur wenige Schritte von uns entfernt. Die schwarze Wand beiderseits der schmalen Öffnung war glatt und glänzend wie Glas.

»Kommt schon!«, rief er.

Die Schiene schlug gegen mein Schienbein, aber

wir waren fast da. Meine Zehen fassten Tritt, und ich schob Brix zur Tür und stieß mich mit den Beinen ab.

Irgendetwas in meinem Knie riss. Flammender, gleißender Schmerz explodierte darin und verdrängte alles andere aus mir. Ich schrie.

Aber der Schwung, den ich schon geholt hatte, ließ sich nicht aufhalten. Ich fiel durch die Tür und riss Brix und Lorican mit. Wir landeten alle auf einem Haufen innerhalb des Gangs. Die Lampen schlitterten über den Boden. Ich wälzte mich zur Seite.

Ein Teil des Bodens unter meinem Ellbogen bewegte sich.

Klack.

Ich wich zurück, aber es war zu spät. Bevor ich mich auch nur aufsetzen konnte, sauste ein Fallgatter geschmeidig in der Tür hinab, zwischen uns und den Creatlachs.

»Wir sind in Sicherheit«, sagte Brix.

Aber das Flackern des Lampenlichts enthüllte eine Reihe von in Weiß aufgemalten Sigillen rings um die Tür. Ich konnte nur etwa jedes dritte Wort entziffern, doch das war genug.

»Wir sind nicht in Sicherheit«, sagte ich. »Wir sitzen in der Falle.«

ELF

Brix lag ausgestreckt neben mir, zerzaust und blass auf den Obsidianfliesen. Sie stemmte sich zittrig auf die Ellbogen und setzte sich dann auf. Dabei strich sie sich das Haar mit einer Hand aus dem Gesicht und hielt den Blick weiter auf die schmale Tür gerichtet. »Wie meinst du das? Sie können doch nicht hereinkommen, oder?«

Schlanke Gliedmaßen reckten sich durch das Gittertor, klopften, erprobten die Stärke des Eisens. Ein Chor aus gespenstischem Knarren verriet uns, dass die Kreaturen sich nicht darüber freuten, ihre Beute verloren zu haben.

»Wahrscheinlich nicht.« Meine Finger tasteten den Boden ab, bis ich die winzigen Nahtstellen fand. Ich schob. Die Fliese versank nicht tiefer, als sie es schon getan hatte. »Aber ich habe das Fallgatter ausgelöst, indem ich auf einer Druckplatte gelandet bin. Sie rührt sich nicht mehr, und das heißt, dass der Hebel dafür, das Tor zu öffnen, sich an anderer Stelle verbirgt.« Zum Beispiel draußen. »Wenn wir nicht dahinterkommen, wie wir dieses Gitter wieder hochschieben können, sitzen wir hier drinnen fest.«

»Nun ja.« Lorican rappelte sich auf und ging mit einer der Lampen zur Tür, um die Gitterstäbe aus sicherer Entfernung in Augenschein zu nehmen. »Wenigstens verschafft uns das ein bisschen Zeit, um nachzudenken.«

Brix sah mich stirnrunzelnd an. »Du bist verletzt.«

»Eines der Mistviecher hat meine Schiene zerstört.« Ich reckte mich nach vorn und zuckte zusammen, als die Sehnen an der Rückseite meines Beins sich dehnten. Die Riemen der Schiene waren nicht zu retten. An manchen Stellen waren sie durchtrennt. Ich musste schnell arbeiten, bevor die nervöse Energie der Flucht mich verließ und der Schmerz mich überwältigen würde. »Bring bitte eine Lampe hierher, dann schreibe ich einen Betäubungszauber.«

Brix schnappte sich eine andere Lampe und schwang sie zu mir herum. Eine weitere Schmerzwelle durchlief meinen Körper. Die Schnitte in meinem Arm und meinem Rücken pochten im Gleichtakt mit dem allumfassenden Feuer in meinem Knie.

Ich kramte meine Farben hervor und begann, auf die Schiene zu schreiben. Die meisten Zauber erfordern ein hohes Maß an Konzentration, aber den Betäubungsspruch nutzte ich schon, seit ich zwölf Jahre alt war. Ich konnte ihn im Schlaf schreiben.

Nur, dass ich es nicht konnte. Ich zitterte zu heftig und keuchte. Es lag nicht nur am Schmerz; der Nachhall der Panik, die ich hatte niederkämpfen können, während wir in der Höhle gewesen waren, hatte mich an der Kehle gepackt und machte mich halb blind.

»Es ist schlimm, nicht wahr?«, sagte Brix.

»Ja.« Sogar meine Stimme zitterte, verdammt. »Rede mit mir, Brix. Über etwas Normales. Lenk mich ab.«

Sie starrte mich an und schluckte dann. »Du solltest klug genug sein zu wissen, dass du von mir nicht erwarten kannst, über etwas Normales zu reden. Es kommt dem wohl noch am nächsten, wenn ich dir von meiner Schwester erzähle.«

Während ich den Pinsel so fest wie möglich umklammerte, gelang es mir, den ersten Buchstaben zu schreiben. »Schwester. Nur eine?«

»Nur eine.« Sie beugte sich näher heran und legte mir eine Hand auf den Ellbogen. Der Verwesungsgestank, den die Creatlachs in meinen Nasenlöchern hinterlassen hatten, verflog und wich einem Hauch der Seife, die sie zuvor in der Taverne benutzt hatte. Einer Sorte, die nach Sandelholz duftete. »Es gibt nur sie und mich. Du hast mir nie erzählt, ob du Geschwister hast … oder sonst irgendjemanden.«

»Nur Acarius.« Ich schrieb noch ein paar Runen. »Niemanden sonst.«

»Nun, du musst wissen, dass ich früher weichherzig war.« Sie beobachtete meine Arbeit. Bei jedem Wort wurde ihre Stimme ruhiger. Obwohl ich wusste, dass diese Ruhe nur gespielt war, wirkte sie besänftigend. »Meine kleine Schwester ist eines dieser Mädchen, die einfach umwerfend sind. Sie ist schön wie der Neumond, golden, elegant und klüger, als die Leute es ihr zutrauen. Sie hat einen abgebrochenen Zahn, weil sie sich einmal wegen streunender Kätzchen mit einem Jungen geprügelt hat.« Brix berührte einen ihrer eigenen Schneidezähne mit der Fingerspitze. »Früher haben wir immer die Kaninchenfelldecke meiner Tante stibitzt und uns im Winter nach draußen geschlichen, um unsere alte braune Milchziege damit zuzudecken. Ich habe meiner Schwester Wiegenlieder vorgesungen, und sie hat sie wiederum der Ziege vorgesungen.« Sie lächelte leicht. »Anka hat immer noch ein weiches Herz.«

Ich wollte fragen, wo Anka war, wenn Brix sich doch schon mit Zähnen und Klauen aus einem Tempel hervorgekämpft hatte, aber stattdessen begann ich mit der Krümmung der Runenspirale. Ich musste mit ihr fertig werden, bevor der Schmerz mich vollkommen überwältigte, musste meine Konzentration für den Zauberspruch aufsparen.

»Jedenfalls ist die Ziege einmal ausgebrochen«, fuhr Brix fort. »Sie ist uns gefolgt, mit der Kaninchenfelldecke auf dem Rücken. Und meine Tante sah es und dachte, ein Bärenjunges sei aus einem Zirkus entkommen oder so und sei ins Haus eingedrungen. Sie hat gekreischt wie ein aufgescheuchtes Huhn.«

»Zirkus? Dann war es wohl kein Haus weit draußen auf dem Lande.« Meine Stimme klang jetzt ein bisschen fester. Der Zauberspruch war fast fertig.

»Nein«, sagte sie langsam. »Ein Haus mitten in einer großen Stadt. Genereth. Meine Familie stammt von dort. Die Mutterstadt, wo die Tirnaal einst zu einem Volk wurden. Vielleicht nehme ich dich irgendwann dorthin mit, zeige dir die roten Kuppeln auf den Gebäuden, die Wasserräder und die Werkstätten der Seidenfärber. Es ist warm dort.« Sie strich mir eine Haarsträhne aus den Augen. Ihre Hand streifte meine Stirn. »Wenn du bereit wärst, so weit mit mir zu reisen.«

»Abgemacht.« Wenn wir je wieder aus diesem

verdammten Tempel entkamen, wäre alles, was ich ihr zeigen konnte, eine kleine Hütte mit einem Stapel alter Bücher. Wenigstens hatte die Ablenkung funktioniert. Ich sprach die Runen aus, die ich geschrieben hatte, und wartete darauf, dass das kalte Gefühl des Zaubers in mein Knie einsickerte. Die Betäubung erfasste mich, überdeckte den Schmerz aber nicht mit der üblichen Vollständigkeit. Irgendetwas in dem Gelenk war absolut nicht in Ordnung.

Lorican wandte sich von der Tür ab und trat wieder zu uns. »Du hast es dir nicht nur verstaucht, oder?«

»Vielleicht. Ich weiß es nicht.« Ich wusste es sehr wohl, aber herumzusitzen und mir Gedanken um zerstörte Gelenke zu machen, würde zu nichts führen. Da wir in einem Gang in einer Höhle gefangen waren, würde mein Knie sich womöglich ohnehin als ziemlich irrelevant erweisen.

Das Lampenlicht enthüllte Schriftzüge auf den schwarzen Wänden um uns herum, vermischt mit seltsamen, schmalen Piktogrammen. Früher einmal war die Farbe, mit der die Buchstaben umrandet waren, weiß gewesen; jetzt zeigte sie ein gespenstisches Grau. Die Sprache war natürlich dasselbe schwer zu entziffernde, archaische Durcheinander, das sich auch am Torbogen und auf dem Namensschild befunden hatte. Aber das hier waren keine Beschwörungsrunen – es war bloß Schrift, keine Magie. Meine ganze Ausbildung half mir nicht, sie zu deuten.

»Was ist?« Lorican sah von mir zu den Buchstaben, die ich anstarrte. »Was bedeutet das?«

»Ich glaube, es sind Anweisungen«, sagte ich. »Aber

so kann ich sie nicht lesen. Brix.« Ich zog meinen Farbkasten heraus und wählte die Phiole mit der silbernen Farbe. Ich reichte sie ihr mitsamt dem Pinsel.

»Was für Anweisungen?«, fragte Lorican.

»Für die Pilger«, sagte ich. »Eine Art Prüfung, eine Möglichkeit, Gläubige zu zermürben, bevor man ihnen das Geld aus der Tasche zieht.« Ich lächelte Brix auf eine Art an, von der ich hoffte, dass sie ermutigend war. »Du musst für mich etwas auf mich schreiben, hier.« Ich strich mir die Haare zurück und zeigte auf die empfindliche Stelle hinter meinem Ohr.

»Ich kann keine Magie schreiben.« Brix hielt mir die Farbe wieder hin. Sie wirkte nicht ermutigt.

»Sieh mir einfach zu und kopier alles«, sagte ich, ohne die Farbe entgegenzunehmen.

»Gray, wenn auch nur ein kleiner Strich falsch ist, könntest du verletzt werden.«

»Ich bin *jetzt schon* verletzt.« Ich atmete schnaufend durch die Nase aus und kämpfte darum, aufmunternd statt verzweifelt zu klingen. »Hör zu. Magie ist ein Handwerk, etwas, das man erlernt. Es geht nur darum, aufmerksam zu sein. Die Runen müssen dicht neben mein Ohr geschrieben werden – so wie der Brecher, den ich bei dir angewandt habe, um deinen Bauchnabelring zu entfernen, auf deinem Bauch stehen musste. Ohne Spiegel kann ich das selbst nicht tun. Die Beschwörung wird dir nicht wehtun, weil du sie nicht aussprechen wirst – ich werde das übernehmen. Und sie wird mir nicht wehtun, weil es sich um einen einfachen Zauber handelt und du deine Sache gut machen wirst.«

Sie biss sich auf die Lippen, tunkte aber den Pinsel ein. Ich strich meine Haare wieder beiseite und war dankbar, dass sie mir dieses eine Mal glaubte, als ich sie belog. Ich war noch nicht dahintergekommen, wie ich bei Übersetzungszaubern die Schildrunen einfügen konnte; das hier würde mir *sehr wohl* wehtun. Aber es führte kein Weg daran vorbei.

Mittlerweile war es keine Überraschung mehr, dass sie eine flinke Auffassungsgabe hatte. Ich zeichnete eine Rune in den Staub auf dem Boden, wartete, bis Brix sie hinter meinem Ohr abgeschrieben hatte, und zeichnete dann die nächste. Es dauerte nur ein paar Minuten, den gesamten Zauberspruch zu vollenden. Ich wischte weg, was ich in den Staub geschrieben hatte, stählte mich und sprach Brix' Runen aus.

Die Magie zuckte so rasiermesserscharf durch meinen Schädel, dass ich einen Augenblick brauchte, um zu begreifen, dass sie funktioniert hatte. Das Kauderwelsch an der Wand verwandelte sich in Worte, die ich lesen konnte. Aber als ich versuchte aufzustehen, um sie mir aus der Nähe anzusehen, wollte mein betäubtes Bein nicht mitspielen.

Lorican streckte eine Hand aus. »Hoch mit dir, Bengel.«

Ich musste mich von ihm auf die Füße ziehen lassen und zuckte zusammen, als meine Rückenmuskeln sich unter der Wunde anspannten, die der Creatlach mir zugefügt hatte. Doch ich war gut genug beieinander, um allein stehen zu können, sobald ich mein Gewicht auf mein gesundes Bein verlagerte.

»Danke.« Das Wort klang ungnädiger, als ich wollte,

aber wenigstens sagte ich es diesmal überhaupt. Wenn Lorican wirklich gewusst hatte, welche Bedrohungen in der Höhle lauerten, dann hatte es ihm Mut abverlangt, sich bereitzuerklären, dass er mich hier hinunterführte und sein Leben riskierte. Ich fragte mich, was Acarius für ihn getan hatte und wie lange er und der alte Mann sich schon kannten.

Er zuckte die Schultern. »Gern geschehen. Was steht da?«

»Anscheinend haben wir es mit dem Anfang eines Rätsels zu tun.« Ich wischte den Staub von der eingemeißelten Inschrift, aber ich hatte nichts übersehen. Es würde keinen einfacheren Ausweg geben. Ich berührte die Buchstaben und rezitierte:

»*Wenn man nicht weiß, was es ist, dann ist es eines; aber wenn man weiß, was es ist, dann ist es keines. Erweise dich in der Mitte des Netzes als würdig, dann werden alle Türen sich öffnen.*«

Ich seufzte: »Die Lösung ist: ein Rätsel. Ein Rätsellabyrinth. Wir müssen in die Mitte gelangen, um uns ›als würdig zu erweisen‹. Wahrscheinlich ist das auch der Ort, an dem das Artefakt verwahrt wird, aber dort befindet sich – was noch wichtiger für unser Überleben ist – wohl auch der Hebel, um das Tor zu öffnen. Die Priester müssen eine Möglichkeit gehabt haben, um festsitzende Jünger zu befreien. Es hat schließlich keinen Sinn, die Lockvögel sterben zu lassen, bevor sie einen bezahlen können.«

Lorican musterte mich, nicht die Schrift. »Du bist kein religiöser Mensch, nicht wahr?«

»Zumindest nicht, was Jaern betrifft.« Ich fuhr mit

den Fingerspitzen über das Piktogramm, folgte seinen Schlangenlinien. Die Doktrin des Herrn der Geheimnisse war mir noch nie überzeugend erschienen – die Vorstellung, dass der Gott einem dann, wenn man seinen Wert unter Beweis stellte, Geheimwissen zuteilwerden ließ. Meine Mutter hatte jeden Abend zu Ranara gebetet, der Herrin der Schatten. Das war eine der wenigen Erinnerungen, die ich an sie hatte, abgesehen von den Bruchstücken, an die ich mich nicht erinnern *wollte*. Ranara hatte meine Mutter nicht am Leben erhalten. Jaern würde niemandem irgendetwas beibringen.

Ich räusperte mich und klopfte auf das Piktogramm. »Falls du dich dann besser fühlst: Dieser Teil besagt, dass ich für meine Blasphemie zur Hölle aus Eis und Messern fahren werde. Wir sollten uns ins Labyrinth wagen. Löscht die Lampen, bevor das Öl aufgebraucht ist.« Ich schrieb einen Illuminationszauber auf meinen Handrücken. Sobald ich ihn aussprach, züngelte eine blaue Flamme über meiner rechten Schulter.

»Kannst du nicht …?« Lorican zeigte auf das Licht. »Warum müssen wir die Lampen schonen?«

»Vielleicht bin ich bald nicht mehr in einem Zustand, auch nur eine kindische Beschwörung wie diese zu wirken.« Ich sah ihm in die Augen und versuchte, ihm begreiflich zu machen, was ich sagte. Wenn das Gift der Magie mich niederstreckte, hatten Brix und Lorican immer noch eine Chance hinauszugelangen, solange sie funktionierende Lampen hatten. Wenn nicht, würden sie vielleicht noch gründlicher in der Falle sitzen, als sie es jetzt ohnehin schon taten.

»Magie erfordert viel Energie; außerdem sagen Bergleute, dass Lampen die gute Luft verbrennen. Spart euch das Lampenöl auf.«

Er nickte knapp und löschte die Lampen.

Natürlich musste es noch mehr Fallen geben.

Der Gang führte vom Tor weg und mündete in T-Form in einen anderen. Dort, wo der Weg sich teilte, war an der Wand ein Bild zu sehen, ein lebensgroßes Mosaik eines Mannes aus glitzernden Halbedelsteinen. Seine Arme waren ausgestreckt und zeigten in beide Richtungen. Seine Augen mussten früher einmal größere Steine enthalten haben, aber jetzt waren sie nur noch leere, starrende Höhlen. Über seinem Kopf befand sich eine Reihe von Buchstaben. Im nächsten Moment ordnete der Übersetzungszauber sie für mich neu:

Der Blinde verlor meinen Namen; der Taube fand ihn.

Ich wiederholte es für die anderen, falls sie das Rätsel kannten. Beide runzelten die Stirn.

»Was soll das denn heißen?«, fragte Lorican.

Das Bild hätte keine Rolle spielen sollen. Ich hätte in der Lage sein sollen, den Weg durchs Labyrinth zu finden, indem ich meine rechte Hand einfach dort ließ, wo sie war – auf der Wand, die zur Rechten des Eingangs begonnen hatte. Das würde zwar erfordern, jeden Gang des Labyrinths abzugehen, sollte aber funktionieren.

Doch es ergab keinen Sinn, dass die Anweisungen versprochen hatten, dass Türen – Plural – sich öffnen würden, wenn es keinen Weg gab, mehrere von ihnen fallen zu lassen. Also musste es noch mehr Druckplatten oder Stolperdrähte geben – und einen Weg, ihnen auszuweichen. Es war ein Rätsel auf mehr als einer Ebene. Falsch abzubiegen musste schlimmere Konsequenzen haben, als sich bloß zu verlaufen. Es musste bedeuten, plötzlich festzusitzen, irgendeine Form von Buße tun zu müssen.

»Was suchst du hier unten überhaupt?«, wollte Brix wissen.

»Das weiß ich nicht genau«, gestand ich und machte mich darauf gefasst, dass sie mir einen Blick zuwerfen würden, als wäre ich unfähig oder verrückt oder beides. »Acarius konnte es mir nicht sagen. Aber es ist hier, vermutlich im Allerheiligsten. Warum ist dir das wichtig?«

»Ich dachte, wenn wir wüssten, worum es sich bei dem Schatz handelt, könnte uns das einen Hinweis auf die Lösung des Rätsels geben«, sagte Brix.

Eine Art Kind. Du wirst es erkennen, wenn du es siehst. Bei dem Rätsel ging es ums Sehen.

Wenn ich den Schmerz in meinem Knie nur lang genug hätte unterdrücken können, um *nachzudenken*, und sei es auch nur für einen Augenblick. Acarius hatte geglaubt, dass es mir gelingen würde, das hier zu überstehen. So gut wie sicher erkannte ich nicht, worin das Rätsel eigentlich bestand. »Visionen, visuell, Sicht, sehen, schauen …« Ich straffte mich. »*Schaut hin*. Es ist etwas an dem Mosaik. Etwas, das wir sehen können.«

Brix biss sich auf die Lippen. »Was denn zum Beispiel?«

»Zum Beispiel etwas, das fehl am Platze ist«, sagte ich. »Oder ein Symbol.«

»Was auch immer Acarius hier getan hat, als ich ihn heruntergebracht habe«, warf Lorican ein, »er kann nicht weit gegangen sein. Ich war verletzt, und er ließ mich draußen an der Tür warten. Ich hatte kaum die Zeit, mein Messer zu schärfen.«

Vielleicht war er nicht weiter als bis hierher gekommen. Ich sah in die leeren Augenhöhlen der Figur an der Wand und hoffte, dass mein Großvater nicht meinen einzigen Hinweis zerstört hatte.

Brix trat näher an das Mosaik und bedeutete mir, das Licht dichter zu ihr zu schicken. Ich tat es und beobachtete, wie sie konzentriert die Nase krauszog. Ihre Augen bewegten sich. »Es ist … das Muster«, sagte sie. »Einige der Steinchen glänzen, wie Glimmer. Siehst du es?«

Ich sah es, nachdem sie mich darauf hingewiesen hatte. Wenn ich das Licht dazu brachte, sich langsam hin und her zu bewegen, blitzten die glitzernden Steine des Mosaiks, die zwischen den matten verteilt waren, in der Form eines halb geschlossenen Auges auf. Brix sah mich über die Schulter hinweg an. »Sollte ich es versuchen?«

»Was versuchen?«, fragte Lorican. »Gray hat mir erzählt, dass du dich mit bestimmten Dingen auskennst. Bist du …« Er musterte sie zweifelnd. »Priesterin?«

Sie grinste. »Nicht ganz. Aber ich verstehe mich auf Jaerntempel, und das hier *sieht so aus* wie die Dinger, die man dort auf verschlossene Türen setzt. Wenn es dasselbe ist, kann ich es aufschließen.« Ihr Lächeln verblasste ein wenig. »Das heißt, sofern die Gegenzeichen dieselben sind.«

Mir gefiel dieser kleine Zweifel nicht, aber was sollten wir sonst tun? Ich ließ den Blick über das Mosaik schweifen, begann an einer Ecke und suchte es systematisch ab. Außer dem jaernischen Symbol bestand es nur aus einer Ansammlung von Steinen, die so arrangiert waren, dass sie wie ein hübscher junger Mann aussahen. »Mir fällt nichts Besseres ein«, gestand ich. »Versuch es mit den Gegenzeichen.«

Brix ließ die Hände sinken und nahm sich die Zeit, ein paar Mal tief ein- und auszuatmen. Dann schoss ihre Hand hoch, so schnell, dass es schwierig war, ihr zu folgen. Sie berührte die glänzenden Steine in rascher Folge und zählte flüsternd mit. Jeder einzelne klickte, als sie darauf drückte. Sobald sie fertig war, trat sie zurück.

Zunächst geschah nichts. Dann begannen die Steine des Mosaiks sich mit einem schrillen, knirschenden Kreischen zu verschieben und zu bewegen. Sie flossen über den Mörtel wie Wasser durch ein Bachbett. Aus Chalzedon gefertigte Lippen verzogen sich zu einem Lächeln. Fahle Quarzfinger an der rechten Hand zeigten auf etwas. Und der augenlose Kopf drehte sich langsam, bis er im Profil dargestellt war und nach rechts wies.

»Das wirkt eindeutig«, murmelte ich. »Ich glaube, wir sollen nach rechts gehen.«

Brix stellte sich neben mich und nahm meine Hand. »Dann komm. Stütz dich auf mich.« Als ihre Finger meine umschlossen, ließ der Schmerz des Zaubers hinter meinem Ohr ein wenig nach.

»Nein.« Ich riss mich von ihr los. Ich *fühlte* mich schwach und hilflos, aber ich wollte verdammt sein, wenn ich meine Schwächen vor ihr und Lorican *zur Schau stellte.* »Ich kann laufen. Es geht mir gut.«

»Du bist dumm.« Sie packte meinen Ärmel und legte sich meinen Arm um die Schultern. »Du hast selbst gesagt, dass wir vielleicht nicht mehr viel Zeit haben, bis die Luft schlecht wird, und Lorican kann dir nicht helfen, weil er die falsche Größe hat.« Damit brach sie in den schwarzen Gang auf, und ich hatte keine Wahl, als mit ihr Schritt zu halten.

Der Gang wand und schlängelte sich, aber es gab keine Stolperdrähte, keine Fallgatter, keine Gruben. Wir mussten die richtige Wahl getroffen haben, doch es war höllisch verwirrend, weil die Wände alle aus dem gleichen schwarzen, glänzenden, polierten Stein bestanden. Wir hinterließen auch noch Fußspuren auf dem staubigen Boden, fast so, als würden wir durch Schnee stapfen.

Wir waren noch nicht weit gegangen, als wir ein zweites Mal eine Wahl treffen mussten. Wir gelangten in einen größeren Raum, der sich in zwei Gänge teilte. Statt eines Mosaiks zierten diesmal drei Obsidianstatuen die Mitte des Bodens – ein Trio von Tänzerinnen. Mir drehte sich der Magen um, als ich mir ihre Gesichter ansah.

»Was ist mit ihren Augen?«, wollte Lorican wissen.

Anstelle von Iriden und Pupillen hatten die Tänzerinnen leere weiße Augen und Münder, die sie entweder zum Singen oder zum Schreien geöffnet hatten. Ich schluckte meine Abscheu hinunter. »Sie sollen *yavadis* darstellen – Sklavinnen. Manche Traditionalisten setzten sie noch ein: Mädchen, die ständig so sehr mit Yavad vollgepumpt werden, dass sie erblinden. Das ist vermutlich eine Möglichkeit, himmlische Visionen zu erlangen.« Oder höllische. Mir gefiel der Anblick dieser offenen Münder nicht. Löcher im Stein. Es war fast so, als wären die Statuen einst ein Brunnen gewesen.

»Da ist eine Inschrift auf dem Fundament.« Lorican hockte sich neben die Tänzerinnen. »Wahrscheinlich noch ein Rätsel. Sieh zu, ob du es lesen kannst.«

Ich wusste jetzt schon, dass ich es lesen konnte, sofern ich in der Lage war, lange genug auf den Beinen zu bleiben, um einmal um die Statuen herumzugelangen. Also stützte ich mich auf Brix, hinkte im Kreis und las unterwegs laut vor:

»*Ich bin der Liedertöter, der Städtebrecher, und wenn ich getrunken habe, sterbe ich.*«

Ich schwieg und betrachtete die Worte, um nicht in die Gesichter der Statuen sehen zu müssen. Mein Verstand fühlte sich an, als ob er bei jeder neuen Herausforderung langsamer wurde. »Irgendwelche Ideen?«, fragte ich.

Lorican wischte sich mit der Manschette Schweiß aus den Augen, obwohl es im Raum kalt war. »Durst«, sagte er. »Des Rätsels Lösung ist ›Durst‹, glaube ich. ›Wenn ich getrunken habe, sterbe ich.‹ Es sei denn, einer von euch hat eine bessere Antwort.«

»Aber was soll das heißen?« Brix' Hand verstärkte ihren Griff um meinen Unterarm. »Sollen wir Yavad trinken?«

»Yavad zu trinken würde nichts nützen. Es ist ein Beruhigungsmittel. Alles, was es bewirken würde, wäre, uns müde zu machen.« Und vielleicht den Schmerz in meinem Knie zu betäuben, aber ich würde nicht das Risiko eingehen und meinen Geist abstumpfen. Nicht hier unten. Außerdem war da ein Teil meines Verstands, der sich die halbe Flasche Yavad aufsparen wollte, die ich noch in der Tasche hatte. Wenn es darauf hinauslief, im Dunkeln zu sterben, war ich mir nicht sicher, ob ich dabei nüchtern sein wollte.

»Vielleicht verbirgt sich ein Hinweis in der Gestaltung, wie beim letzten Mal«, meinte Brix.

Aber es gab keinen, zumindest, soweit ich sehen konnte. Die Tänzerinnen zeigten auf nichts, sie waren nicht bemalt, nichts war fehl am Platze.

»Wenn es nichts gibt, woran man sich orientieren kann, könntest du doch auf Divination zurückgreifen«, schlug Lorican vor, »nicht wahr? Die Antwort erspüren?«

»So lächerlich einfach wird es nicht sein«, fuhr ich ihn an. »Divinationsspiralen brauchen einen Fokus – gewöhnlich einen Namen. Und selbst wenn ich den Namen eines Labyrintherbauers kennen würde, der vor Jahrhunderten gestorben ist, könnte ich nicht mehr tun, als seinen Aufenthaltsort zu ermitteln, bei dem es sich vermutlich um irgendeinen Knochenacker handelt.« Ich seufzte. »Lasst uns nachdenken. Die Statue stellt eine Art Frage. Das Labyrinth soll dazu dienen, den Pilger unter Beweis stellen zu lassen, dass er würdig ist, Jaerns Geheimnisse zu erfahren, nicht wahr? Es ist ein Tempel. Dort sollen Gottesdienste stattfinden. Vielleicht gibt es ein Gebet …« Ich sah Brix an.

»Verlangst du etwa von mir, ein Wunder zu wirken?«, gab sie zurück. »Dafür sind die Priester zuständig.«

»Ich weiß nicht, was ich verlange.« Ich löste mich von ihr und stütze mich gegen die Wand. »Ich will, dass irgendetwas einen Sinn ergibt.«

Lorican verschränkte stirnrunzelnd die Arme. »Wann hat Acarius dich mit dieser Aufgabe betraut? Was genau hat er gesagt? Vielleicht vergisst du etwas. Es sieht ihm gar nicht ähnlich, einem Informationen vorzuenthalten.«

»Er hat mir den Auftrag vor etwa zwei Wochen erteilt, mittels einer unsicheren zwischenmenschlichen Beschwörung, und es sieht ihm *sehr* ähnlich«, erwiderte ich. »Vielleicht enthält er dir ja keine Informationen vor, herzlichen Glückwunsch. Alles, was er mir erzählt hat, war, dass ich nach Ri Dana reisen, dich finden und dann von hier unten ein Artefakt holen soll, über das er mir nur gesagt hat, ich würde es erkennen, wenn ich es sehe.« Ich starrte die Statue böse an. »Ich gehe davon aus, dass es sich nicht um dieses unheilige Ding handelt, aber auch nur deshalb, weil ich es unmöglich hochheben könnte.«

»Du bist wütend auf ihn«, sagte Lorican überrascht.

Wütend war gar kein Ausdruck. Ich schluckte und versuchte mit aller Gewalt, wieder ein gewisses Maß an Kontrolle über die Situation zu erringen. »Was ich von meinem Großvater halte, ist im Moment nicht von Bedeutung. Gehen wir nach rechts, nach links oder zurück zum Anfang? Hat irgendjemand eine Idee, wie wir uns entscheiden sollen?«

Ein unbehagliches Schweigen senkte sich herab, in dem Brix und Lorican mir beide einen finsteren Blick zuwarfen und ich meinerseits die Schrift auf der Basis der *yavadi*-Statuen böse anstarrte und mir wünschte, sie würde einen Sinn ergeben. Ich hätte doch in der Lage sein sollen dahinterzukommen.

»Wir gehen nach rechts«, sagte Brix am Ende. »Wenn es keinen Grund gibt, den einen oder den anderen Weg zu bevorzugen, dann muss einfach jemand eine Entscheidung fällen. Ich sehe mir den Gang an, bevor wir alle hineinstapfen. Schick das Licht mit, Gray. Vielleicht entdecke ich eine Biegung, einen Stolperdraht oder irgendetwas.«

»Ich komme mit.« Lorican kam an ihre Seite. »Vier Augen sehen mehr als zwei.«

»Warum bin ich der Einzige, der hierbleibt?« Ich richtete mich mühsam auf.

Lorican warf einen Blick auf mich. »Weil du der Einzige bist, der nicht die Beine in die Hand nehmen kann, wenn es brenzlig wird. Und nun hör auf, dich zu beschweren, und gib uns das Licht.«

»Meine Götter! Ist ja gut.« Ich ließ mich an die Wand sinken und brachte den Ball aus blauem Licht dazu, ihnen zu folgen. »Seid vorsichtig. Es könnte noch eine Druckplatte geben.«

Brix sah sich nach mir um, mit dem Glimmen auf ihrem Haar. »Oder es könnte einfach ein ganz normales Labyrinth sein, und wenn wir uns irren, müssen wir den Weg zurück nehmen. Hab doch ein bisschen Hoffnung.«

Als sie die Bogentür des Gangs erreichten, ging sie in die Hocke und untersuchte erst die Wände, dann die Decke. Sie schob eine Hand vorwärts über den Boden durch die mehreren Zoll Staub, die den Stein überzogen.

»Ich sehe nichts«, sagte sie.

»Gut.« Lorican machte erst einen, dann noch einen Schritt in den Gang hinein. »Ich sehe auch nichts auf den Wänden. Wenn es eine Falle ist, dann ist sie gut versteckt.«

Das hieß nicht, dass da nichts war. Ich machte Anstalten, auf die beiden zuzuhumpeln. »Wartet. Es muss nichts Mechanisches sein. Lasst mich …« Ich sah es, als Brix den Gang betrat, an der sauberen Stelle, die ihre Hand auf dem Boden hinterlassen hatte: eine Bannsigille, die gerade zu glühen begann. »Wartet!«

Sie drehte sich um. Ihr Fuß schrammte über den Rest der Sigille.

Aus dem Boden sauste ein Tor hervor, von der Kraft einer Magie aus dem Schlaf gerissen, die noch immer so stark war wie vor Jahrhunderten, als man sie geschrieben hatte. Es rastete klirrend ein und füllte die gesamte Öffnung zwischen uns mit sich überkreuzenden Gitterstäben aus, die in einem matten Orange glühten.

»Helft mir!« Ich versuchte, das Tor nach unten zu ziehen. »Beeilt euch!«

Lorican hatte einen Satz in Richtung Eingang gemacht, als das Gitter kreischend zugeschnappt war. Jetzt stellte er die gelöschte Lampe auf den Boden, schlang die Finger um das Metall und sah Brix an, die die Querstreben über ihrem Kopf packte. »Alle gemeinsam. Eins, zwei, drei.«

Wir zerrten. Brix zog so kräftig, dass ihre Füße sich vom Boden lösten, und hängte sich mit ihrem ganzen Gewicht an das Gitter. Es rührte sich nicht.

»Nein, verdammt!« Ich schmetterte den Handballen gegen den Stahl.

Brix zuckte zusammen. »Lass das!« Es war das erste Mal, dass ich sie laut werden hörte. »Es nützt nichts!« Sie trat einen Schritt von dem Gitter zurück und fuhr sich mit beiden Händen durchs Haar.

Ich wusste, wie es war zusammenzuzucken, wenn jemand einen anschrie, und die Gesichter und Hände im Auge zu behalten. Ich hasste es, dass ich, wenn ich Angst hatte, schreien, mich verstecken und genug Lärm schlagen wollte, um andere in die Flucht zu treiben. »Tut mir leid«, sagte ich.

»Beim Feuer der großen Linna, wir sitzen fest«, sagte Lorican leise und musterte die Ränder des Gitters. Ein Muskel zuckte an seinem Hals. »Ich weiß nicht, ob dieses Ding sich überhaupt öffnen lässt, Bengel, es sei denn, du hast eine Ahnung, wie du den Zauber dazu bringen kannst, es freizugeben. Es gibt doch nicht einmal einen Riegel, der es hält.«

»Geht ein Stück den Gang entlang und stellt fest, ob er eine Sackgasse ist«, bat ich. Vielleicht war ich ja derjenige, der eingesperrt war, und sie konnten weitergehen. »Aber … nur so weit, dass ihr mich noch sehen könnt.«

»Ich mach das schon.« Lorican lief ein paar Schritte

den Gang entlang, bis er um die Ecke spähen konnte. Er drehte sich zu mir um. »Es ist eine leere Wand.«

»In Ordnung. Alles wird gut. Ich hole euch da heraus.« Ich gestattete mir, mich ans Gitter zu hängen, um mein Knie für kurze Zeit von meinem Gewicht zu entlasten. »Reibt den Staub auf dem Boden weg, sodass ich die ganze Sigille sehen kann. Vielleicht kann ich das Ley brechen.«

Brix hockte sich hin, wischte den Boden mit den Handflächen sauber und häufte den Staub um ihre Füße auf. »Du meinst, du würdest tun, was auch immer du im Gässchen hinter Loricans Taverne getan hast?«

»Wenn ich die Magie ausschalte, fällt dadurch vielleicht das Gitter.« Die Bannsigille war keine Spirale. Die Runen waren eher in einer Dreiecksform arrangiert. So etwas hatte ich noch nie gesehen.

»Vielleicht.« Brix' Hände ruhten auf den Rändern der Runen. Sie sah mich stirnrunzelnd an. »Vielleicht?«

»Das heißt ...« Ich blinzelte. »Weg da, damit du sie nicht berührst. Vielleicht war die Magie nur ein Auslöser. Es könnte ein mechanisches Schloss geben. Oder die Magie hält es. Ich kann die Beschwörung nicht gut genug lesen, um das festzustellen. Es ist fast so, als wäre es nur ein ... Bruchstück einer Beschwörung.« Was ich von den Runen sehen konnte, sah nicht vielversprechend aus – es gab keine statische Sequenz, nichts, das hätte in der Lage sein sollen, das Tor geschlossen zu halten. »Den Leybrecher zu wirken würde zumindest beweisen, ob es so ist oder nicht.«

»Und es würde die Betäubung aufheben, mit der du dein Knie belegt hast, und das Licht löschen«, stellte Brix fest.

Ich hatte mich bemüht, nicht darüber nachzudenken. »Und?«

»Du willst dich völlig außer Gefecht setzen, nur auf den unwahrscheinlichen Verdacht hin, dass dadurch das Gitter fällt?« Sie lehnte sich zurück und zeigte auf die Runen. »Das hier ist ein Gebet. Erinnerst du dich an das aus dem Tempel in Fenwydd?«

»Das war ein *Zauberspruch*, genau wie der hier«, sagte ich, »in einem anderen Runenstil geschrieben als in Gildebuchstaben, nicht …«

»Halt den Mund«, blaffte sie. »Ich erkläre dir gerade etwas. Du weißt nicht alles. Das hier ist die Hälfte eines jaernischen *Gebets*, genau wie das, welches um die Bibliothek im Tempel in Fenwydd herumführt. Wenn du es ausgelöst hättest, hätte es ebenfalls Tore herabfallen lassen, um dich in dem Raum mit den Büchern einzuschließen. Die Methode, das Gebet in Fenwydd zu deaktivieren, bestand darin, das Kultbild im Allerheiligsten Feuer schmecken zu lassen. Also gibt es auch etwas, das dieses Gebet außer Kraft gesetzt hätte – etwas, das uns entgangen ist.« Sie hielt inne. »Du siehst so aus, als hättest du eine Frage.«

»Wenn ich das Äquivalent dazu finde, ein Kultbild Feuer schmecken zu lassen, wird es dann dieses Gitter wieder absenken?« Ich zog ein letztes Mal an dem Tor. Ich konnte einfach nicht anders. Es war unerträglich.

»Nein.« Sie kam auf die Beine. »Dafür muss es einen

Hebel oder einen Gegenzauber geben. Der befindet sich gewöhnlich im Allerheiligsten.«

»Dann ist es also beschlossene Sache. Du musst ohne uns ins Allerheiligste vordringen, die Tore öffnen und dann zurückkehren, um uns zu holen.« Lorican klang, als ob er eher sich selbst als mich trösten wollte. »Acarius hat geglaubt, dass du es schaffen kannst.«

»Nein.« Das Wort brach aus mir hervor, versengte mir den Mund. »Ich lasse euch beide nicht hier zurück.«

Loricans Kopf ruckte hoch. Echte Furcht funkelte in seinen Augen. Er kannte mich schließlich erst seit einem Tag, und alles, was ich bisher getan hatte, war, ihn zu beleidigen und dafür zu sorgen, dass er in eine Falle tappte.

»Wenn du es nicht tust«, sagte er, »dann werden wir alle hier sterben, Gray. Wenn uns nicht die Luft ausgeht, dann wird der Durst uns umbringen. So will ich nicht sterben.« Er schluckte und lachte gezwungen auf. »Ehrlich gesagt habe ich eigentlich immer geplant, mit einem Messer in den Eingeweiden den Tod zu finden.«

Ich hasste es – verabscheute es, so zu *scheitern*.

»Lorican hat recht.« Brix streckte den Arm aus und berührte meine Hand, mit der ich mich immer noch am Gitter festhielt. Ihre Fingerspitzen waren kalt und staubig, und sie schufen unverhofft einen berauschenden Teich der Stille mitten in meinem Kopf, als das Gift, das in meinem Blut pulsierte, wegsickerte.

»Lass das.« Ich riss meine Hand weg. Mein Herz hämmerte auf eine Art, die keinen Sinn ergab, gegen mein Brustbein. »Das habe ich nicht von dir verlangt.«

»Nimm die Hilfe einfach an, Corcoran.« Sie lehnte die Stirn gegen den Stahl, sodass sie mir in beide Augen sehen konnte. »Geh, erledige es und komm zu uns zurück. Ich kaufe dir auch etwas zu trinken, wenn es vorbei ist.« Sie lächelte. Es war aufgesetzt, aber es half ein bisschen. »Vielleicht lade ich dich sogar zum Abendessen ein.«

Lorican entzündete eine Lampe – nur eine einzige, wie mir auffiel. Das Licht flackerte über die Wände, so unsicher wie alles andere um uns herum. »Und beeil dich, Bengel«, sagte er. »Es ist nicht mehr viel Öl übrig.«

»Gut.« Ich trat einen Schritt zurück. »Es dauert nicht lange. Und ich verlasse mich darauf, dass ich wirklich etwas zu trinken bekomme.«

Trinken. Durst.

Ich blieb neben den Statuen mit ihren kreischenden, offenen Mündern stehen.

»Ich bin so dumm.« Mir war gar nicht klar, dass ich es laut ausgesprochen hatte, bis ich Lorican fragend brummen hörte. Rasch kramte ich in meiner Tasche, bis ich die halb volle Yavad-Phiole fand. »Durst. Nicht wir, sie. Die *yavadis.* Es ist ein alchemistisches Rätsel. So, wie den Leeren Feuer schmecken zu lassen. Dumm, dumm.« Ich zog den Korken aus der Phiole und goss die Hälfte des Inhalts in den Mund der nächstbesten Statue.

Die grüne Flüssigkeit sickerte langsam in das Loch zwischen ihren Steinzähnen und verschwand. Ein paar Sekunden später schoss ein Lichtstrahl aus ihren leeren Augen und traf auf den Fels über dem Torbogen zum Gang linker Hand.

»Da«, sagte Brix. »Überstürz beim nächsten Mal nichts. Finde die Lösung. Und jetzt solltest du besser aufhören, Maulaffen feilzuhalten, und dich in Bewegung setzen.«

»Es tut mir leid«, sagte ich noch einmal.

»Halt den Mund.« Aber sie lächelte nicht mehr. »Geh. Und mögen dich die Götter verdammen, wenn du dich umsiehst.«

Das tat ich nicht. Während ich an den Statuen mit den leeren Augen vorbeihinkte, wusste ich, dass das eine der Erinnerungen sein würde, die ich nicht verdrängen konnte. Sie würde in einen Kasten in meinem Kopf wandern, zusammen mit der Zeit, die ich unter dem Holzschuppen verbracht hatte, und dem Moment, in dem ich die Tür zu Acarius' Hütte aufgestoßen und das Blut auf dem Boden gesehen hatte. Ich würde niemals in der Lage sein, Loricans bleiches Gesicht und Brix' geheucheltes Lächeln zu vergessen.

Aber ich sah mich nicht um. Den Gefallen konnte ich den beiden immerhin tun.

Die Wände des Labyrinths veränderten sich und rückten enger zusammen, als ich ein gutes Stück in den Gang vorgedrungen war. Der schwarze Stein wies mit einem Schlag mehr Piktogramme auf, die unter der Staubschicht in satten Farben erstrahlten. Ich konnte nicht viel aus ihnen ableiten. Sie schienen einfach nur Wiederholungen derselben religiösen Szene zu sein – eine vergoldete Figur, von der ich annahm, dass es sich um Jaern handelte, ließ wieder und wieder tote Körper auferstehen, umgeben von Massen fieberhafter Verehrer.

Hör auf.

Ich zwang mich, mich aufzurichten und weiterzugehen. Wenn ich stehen blieb, um die Bilder zu betrachten, würde ich vielleicht nicht mehr in der Lage sein, mich erneut in Bewegung zu setzen.

Das Licht des Illuminationszaubers machte meinen Augen zu schaffen, auch wenn dank Brix' Berührung der Übersetzungszauber hinter meinem Ohr nicht mehr wehtat. Ich wünschte mir dennoch, sie hätte es nicht getan. Ich hätte meinen Schmerz lieber für mich behalten.

Ich musste die Mitte des Labyrinths bald erreicht haben. Wenn man schon einen Tempel in einer Höhle baute, aus Steinen, die man von außerhalb herbeischleppen musste, wie groß konnte man ihn dann beim besten Willen machen?

Der Gang wurde plötzlich breiter. Ich schickte das Licht voraus.

Drei Torbogen öffneten sich in einer Wand voll kleiner Nischen. Die Nischen ergaben kein Muster, das ich erkannte, aber es musste eines geben, da sie alle durch Linien aus silberner Farbe verbunden waren. In jeder Nische stand ein grinsender Schädel. Am oberen Ende der Wand, dicht unter der Decke, glänzten silberne Buchstaben:

Nacht gebiert mich ohne Leben, Tag tötet mich ohne Mord.

Ich hatte ein Beinhaus gefunden – und mein drittes Rätsel.

Mögen die Götter mir beistehen.

ZWÖLF

Irgendwann kam mir der Gedanke, dass ich mich hinsetzen konnte. Ich ließ mich in den Staub sinken und zog mein schmerzendes Knie vorsichtig ein Stück heran. Umständlich fummelte ich an den nutzlosen Riemen meiner Schiene herum und zog die wenigen unbeschädigten aus ihren Schnallen, um sie mir behelfsmäßig ums Bein zu binden.

Damit und mit einem zweiten Betäubungszauber würde ich vielleicht in der Lage sein aufzustehen, ohne zur Wand kriechen zu müssen. Ich schrieb mir die Runen aufs Hosenbein, am Oberschenkel, was normalerweise sehr dumm gewesen wäre. Ich hatte durchaus eine Vorstellung davon, dass ich mein Knie mit jedem Schritt, den ich machte, weiter schädigte. Aber wahrscheinlich würde ich ohnehin nicht von hier wegkommen, also war es auch nicht nötig, es besonders schlau anzustellen.

Und dann blieb nichts mehr, als wieder zu dem verdammten Beinhaus hochzuschauen.

Die kleinen Nischen voller Skelettteile überzogen die blau gestrichene Wand so beliebig wie Pockennarben. Je länger ich hinstarrte und das Muster zu finden versuchte, desto wirrer wirkte es.

Na gut. Zuerst das Rätsel. Ich schloss die Augen; all

die Schädel anzusehen machte mich nervös. Ich rechnete die ganze Zeit damit, dass sie auf mich zukommen würden, was töricht war. Wenn sie Creatlachs gewesen wären, hätten sie sich längst in Bewegung gesetzt.

Komm schon, Heimchen. Denk nach.

Acarius. Es war nicht wirklich seine Stimme, aber die Erinnerung war tröstlich. Welche Fragen würde er mich beantworten lassen? Wie würde er das Rätsel sezieren?

Bei allen Höllen, Junge, so schwer ist das nun auch nicht. Lass dir die Worte durch den Kopf gehen. Nacht und Tag. Was existiert nachts, aber nicht tagsüber?

Der Schlaf? Der Mond? Die Dunkelheit?

Nichts davon funktionierte. Man konnte am Tag ein Nickerchen halten oder die Dunkelheit in einem Keller finden. Manchmal konnte man sogar den Mond tagsüber sehen. Abgesehen von imaginären Kreaturen fiel mir nur eines ein, was nachts vorhanden war, aber nicht bei Tageslicht.

Sterne.

Ich schlug ruckartig die Augen auf. Das war es. Das war das Muster. Das Beinhaus war eine Karte der Sternbilder.

Ich kroch ein Stück vorwärts, verlagerte dann all mein Gewicht auf meine Hände und hüpfte, um mein gutes Bein unter mich zu ziehen. Es funktionierte bis zu einem gewissen Grad. Ich stand auf und erprobte mein taubes Knie. Immerhin spürte ich nicht viel Schmerz, aber ich war damit auch nicht sehr geschickt.

Na gut. Noch einmal von vorn. Ich hinkte zum linken Ende des Beinhauses hinüber. Obwohl die Decke etwa zehn Fuß hoch war, lag die oberste Nische nur in knapp über sieben Fuß Höhe – leicht zu erreichen für einen Mann, der auf dem Boden stand. Es gab mehr als eine Konstellation; alle wichtigen Sternbilder waren dargestellt. Gleich neben mir die Dame. Der Löwe. Die Tänzer. Der König. Es gab noch andere, aber mein Blick weigerte sich weiterzuwandern.

Die Tänzer.

»Irgendetwas stimmt nicht mit euch«, murmelte ich.

Wie ich mich erinnerte, waren die Tänzer gerade deshalb ein nützliches Sternbild, weil sie acht Sterne hatten, die in etwa eine Raute bildeten, die nach Norden wies.

Aber diese Darstellung der Tänzer hatte neun Sterne. Am unteren Ende der Raute befand sich ein zusätzlicher Schädel. Ich schleppte mich zu der Nische, die ungefähr auf Höhe meiner Schultern zwischen zwei Torbogen in die Wand gehauen war.

Nichts Besonderes, dieses Stück Knochen, von Schmutz bedeckt wie alles andere. Ich konnte keine Drähte oder Runen darauf erkennen.

Das, wiederholte mein Verstand beharrlich, *heißt noch lange nicht, dass sich dort nichts befindet.*

Beim letzten Mal hatte ich einen Fehler gemacht – einen Fehler, der Brix und Lorican in eine Falle geführt hatte. Die Tatsache ließ mich bleiben, wo ich war, während ich alles durchforstete, was Acarius mir beigebracht hatte. Ich wusste so viele Dinge – zu viele Dinge. Warum hatte ich also nichts, das mir helfen konnte? Warum wusste ich nicht, was zu tun war?

Ich zwang mich, viermal langsam tief ein- und

auszuatmen. Dann biss ich die Zähne zusammen, streckte die Hand aus und legte sie auf den Schädel.

Er bewegte sich.

Ich zuckte zurück. Die Augenhöhlen des Schädels leuchteten orangefarben auf, und als er aus seiner Nische rollte, sah ich das Namensschild dort schweben, wo sich einst das Gehirn befunden hatte.

Scheiße. Scheiße. Scheiße.

Aber er kam nicht weiter auf mich zu. Er klapperte zu Boden und rollte dann fröhlich den mittleren Gang entlang.

Offensichtlicher konnte es kaum werden. Ich rückte den Riemen meiner Tasche zurecht und stellte fest, dass ich schon wieder zitterte. Als ich die Hände endlich ruhig halten konnte, hinkte ich durch das mittlere Tor.

Die Decke des Gangs war niedrig. Ich folgte der Spur, die der Schädel ganz deutlich im Staub hinterlassen hatte, und es war einfacher, sie im Blick zu behalten, als darüber zu spekulieren, welches dämonische Rätsel mich als Nächstes erwarten mochte.

Natürlich sah ich auch das wiederkehrende hämische Grinsen des Schädels selbst. Nach einer Weile fiel der Unterkiefer ab. Ich wich ihm aus und folgte weiter der seltsamen Fährte im Staub.

Und so sah ich die zerbrochenen Skelettreste, bevor ich auf sie trat. Von einem Augenblick auf den anderen war der Tunnel mit ihnen gepflastert, ein einziges langes Mausoleum.

Vor mir lag das Ende des Gangs, noch eine dunkle Tür in einen weiteren Raum. Der Schädel rollte knirschend durch die Gebeine am Boden und sauste in die Dunkelheit.

Ich musste auf die Knochen treten.

Ich hatte mit dem Geräusch gerechnet, das dabei entstand – so, als würde man einen Fliesenboden schrubben –, aber ganz gewiss nicht mit dem *Gefühl*, als würden Zähne unter meinem Fußgewölbe aneinanderreiben. Ich schaffte es beinahe bis zur Tür, bevor mich schlagartig Übelkeit durchzuckte und mir die Konzentration raubte.

Das Licht erlosch.

Ich tastete hastig nach meiner Tasche. Die Luft um mich herum bewegte sich und deutete auf einen größeren Raum hin als all die anderen, die ich bisher durchquert hatte. In einem derart weitläufigen Saal konnte sich alles befinden – Creatlachs, Fallgruben, vergiftete Dornen. Ich musste den Illuminationszauber noch einmal schreiben.

Da erstarrte ich. Das Knirschen des rollenden Schädels war verstummt.

»Sei mir gegrüßt«, sagte eine tiefe Stimme im Dunkeln. »Wie wäre es mit etwas Licht?«

Hexenlichter flammten auf, eines nach dem anderen in einem Ring aus Feuer, der von der Tür ausging, in der ich stand. Jedes Licht glomm in einem Kohlenbecken, das von einer Statue gehalten wurde, die etwa viermal so groß war wie ein Mensch. Regenbogenbunte Flammen tanzten zwischen den bronzeüberzogenen Handflächen.

Die Statuen stellten die neun Hauptgötter dar,

vergoldet und mit Edelsteinen besetzt. Vor jeder Gottheit befand sich ein Becken, das früher einmal ein Spiegelteich gewesen sein musste. Jede einzelne war dem Podium in der Mitte des Raums zugewandt, das nicht mehr und nicht weniger als ein Gefängniskreis aus Runen war. Die Ränder waren von Sigillen in roter Farbe bedeckt, Schicht um Schicht.

Auf dem Podium waren die Überreste von sieben Särgen um einen kunstvoll verzierten Steinsarkophag angeordnet, der so riesig war, dass Stufen zu ihm hinaufführten. Alle standen offen.

Und dann war da noch der Mann.

Inmitten des Kreises stand der blasseste und symmetrischste Mensch, den ich je gesehen hatte. Sein silbernes Haar reichte ihm bis zu den oberen Enden der Ohren; die Iriden seiner Augen funkelten schwarz. Seine Kleidung wirkte so antik wie alles andere im Tempel, eine ausgeblichene grüne Tunika über einem schwarzen Hemd und einer Hose. Dazu trug er seltsame, spitz zulaufende Stiefel. Um seinen Hals hing eine Silberkette mit einem Anhänger, ein tropfenförmiger schwarzer Edelstein.

»Sei mir gegrüßt«, wiederholte er, als hätte ich es nicht gehört.

Ich nickte ihm zu, näherte mich ihm aber nicht. Der Zauber hinter meinem Ohr brannte. Das bedeutete, dass er in demselben alten Dialekt sprach, in dem die Inschriften auf den Wänden des Labyrinths verfasst waren. Seine Worte hatten einen Akzent, den ich nicht einordnen konnte; sogar mein Übersetzungszauber glättete ihn nicht. Angesichts dessen und in

Anbetracht seiner Kleider bekam ich ein ungutes Gefühl. Wer zog kostümiert los, um einen Tempel zu plündern?

»Den Göttern sei Dank, dass du gekommen bist.« Und jetzt war der Akzent verschwunden. Sein Gesicht hatte sich verändert: Statt reglosem Marmor zu gleichen, wirkte es nun offen und verletzlich wie das eines Kindes. »Ich dachte, ich würde nie mehr von hier fortkommen. Ich bin schon seit … Tagen hier, glaube ich, aber hier unten ist es schwer einzuschätzen, wie viel Zeit verstrichen ist. Wie heißt du?« Die schwarzen Augen richteten sich auf meine.

»Was?« Ich blinzelte. »Gray.« Mein Name entschlüpfte mir ohne meine Erlaubnis, als hätte ihn jemand an einer Schnur herausgezogen. Ein tiefer Teil meines Verstands schrie alarmiert auf. Der Mann wirkte einen Zauber, und ich hatte keine Ahnung, welchen. »Wer bist du?«, fragte ich. »Wie bist du hierhergekommen?«

»Du siehst einen unglücklichen Dieb vor dir.« Er ging zu dem offenen Sarkophag und setzte sich auf die Stufen davor, muskulös und geschmeidig wie eine Katze. »Ich habe diesen Sarg aufgebrochen. Dann sind plötzlich die Runen auf dem Boden aufgeflammt, und jetzt komme ich nicht an ihnen vorbei, ohne das Bewusstsein zu verlieren. Wenn ich daran gedacht hätte, einen Zauberer mitzubringen, hätte der vielleicht etwas unternehmen können.« Er zuckte die Schultern. »Das war wohl dumm von mir. Aber ich teile nicht gern.«

»Und du bist an all den Fallen und den Knochenkreaturen draußen vorbeigekommen, ohne Fußabdrücke im Staub oder sonst irgendeine Spur deiner Anwesenheit zu hinterlassen«, sagte ich. »Verstehe. Das ist absolut einleuchtend.«

Er musterte mich. Ein Lächeln breitete sich auf seinem Gesicht aus. »Wie erklärst du dir dann meine Anwesenheit?«

Ich wurde die Erinnerung an das Schulterblatt einfach nicht los, das ich aus dem Creatlach gezogen hatte, der Brix angegriffen hatte. »Ich glaube, *irgendjemand* hat Spindelgelenk gebaut«, begann ich und musste mich dann der Tatsache stellen, wie der Name des Schöpfers lautete. Kurz fragte ich mich, ob ich in irgendeinen Zauber getappt war, mir einen Schädelbruch zugezogen hatte und nun unter Halluzinationen litt, während ich in einer Ecke im Sterben lag. »Aber du bist nicht der Gott Jaern, obwohl du seinen Namen angenommen hast.« Die Worte laut auszusprechen, half, wenn auch nur ein wenig. »Der Gott ist nicht echt. Höchstens eine Idee. Eine Philosophie des Geheimnisbewahrens.«

»Der *Gott* Jaern. Also nennen sie mich immer noch so. Ich hätte nicht gedacht, dass es so lange vorhalten würde.« Er stützte das Kinn in eine Hand, den Ellbogen aufs Knie und musterte mich prüfend. »Weißt du, die meisten Leute hätten mir geglaubt, dass ich ein Dieb bin. Ich habe angedeutet, dass es hier Schätze zu holen gibt – sie hätten angefangen, um einen Anteil daran zu feilschen.«

»Die meisten Leute sind Idioten«, antwortete ich.

»Stimmt.« Er rührte sich nicht. »Du bist dann wohl

keiner.« Er legte den Kopf schief. »Aber ziemlich tollkühn, nicht wahr? Du redest immer noch mit mir.«

»Warum sollte ich das nicht tun?« Ich hatte die Zaubersprüche, die ich mir auf die Arme geschrieben hatte, aber plötzlich bezweifelte ich, dass meine Flammenbeschwörung ihn sehr beeindrucken würde. Was wusste ich über Jaern? Was wusste *überhaupt jemand* über Jaern? In den Jahren, bevor ich zu Acarius gezogen war, hatte man mich nur wenige Male gezwungen, am Gebet im Tempel teilzunehmen, und ich konnte mich an nichts davon erinnern, nur daran, dass ich die ganze Zeit über vor Wut gekocht hatte. Der alte Zorn und die Furcht sprudelten meine Kehle empor. »Ich sehe keinen Grund, Angst vor dir zu haben«, behauptete ich.

»Nun, der offensichtliche wäre der, dass ich aus dem Sarg da gekrochen bin.« Jaern sah den Sarkophag voller Abscheu an. »Was an und für sich schon erschreckend ist. Als ich den Himmel das letzte Mal gesehen habe, glaubten die Leute noch an alle möglichen unheiligen Geschöpfe, die nicht ganz tot sind. Natürlich waren sie, wie du angemerkt hast, auch damals schon Idioten.« Er fuhr mit dem Finger über den verzierten Rand des Sarkophags. Eine Reihe der wirbelnden Runen, die hineingemeißelt waren, leuchteten unter seiner Berührung auf. »Ich bin nicht tot. Ich bin allerdings alt, und ich bin neugierig, wie alt genau. Wer ist heutzutage in der Welt des Tageslichts König?«

Ich tastete mich tiefer in den Saal vor und versuchte hektisch nachzudenken. Acarius hätte mich nicht solch einem seltsamen Gegner in die Arme geschickt, ohne mich vorzuwarnen. Was also dann? Lorican hatte gesagt, dass Acarius nicht sehr tief ins Labyrinth vorgedrungen war. Hieß das, dass Jaern nicht da gewesen war, als Acarius sich hier unten aufgehalten hatte, oder vielmehr, dass Acarius nicht bis zu dieser Stelle gekommen war?

Bei den Göttern, dachte ich wirklich darüber nach? Es war für einen Menschen nicht möglich, unter der Erde in einem Gefängniskreis ohne Nahrung oder Wasser mehr als ein paar Tage zu überleben. Die Creatlachs zu bauen musste Monate gedauert haben. Ich brauchte Zeit, um dahinterzukommen, was er in Wirklichkeit war.

»Du siehst aus, als wärst du in meinem Alter«, sagte ich.

»Ich weiß.« Er stand auf und stolzierte zum Rand der Runen, keine zwei Fuß von mir entfernt. Wenn überhaupt, sah er jünger – und etwas größer – aus als ich. »Du bist wie alt – fünfundzwanzig? Sechsundzwanzig? Das ist ein gutes Alter. Deshalb habe ich diesen Körper gefertigt.« Er streckte eine pastellfarbene Hand aus und betrachtete sie voller Befriedigung. »Besser, als in Gestalt eines alten Mannes herumzuhumpeln.«

»Gefertigt«, wiederholte ich. Das Wort war falsch. Nekromanten *fertigen* eigentlich nichts, sie setzen nur etwas neu zusammen – und dieser ganze Saal stank nach Tod. Er hatte den Körper, den er trug, genauso wenig *gefertigt* wie ich meinen.

Allerdings hatte ich allmählich den Eindruck, dass er auch nicht unbedingt darin *geboren* worden war.

Sein Blick huschte hoch. »Gut.« Er klang erfreut,

beinahe verblüfft. »Erst sechsundzwanzig. Fast noch ein Wickelkind, und doch hast du die Besonderheit bemerkt.« Jetzt war er wieder dabei, mich mit zusammengekniffenen Augen zu mustern. »Natürlich hast du recht«, murmelte er. »*Erschaffen* ist nicht das beste Wort dafür. *Genommen* wäre vielleicht zutreffender. Ein Wunderknabe, und bist …« Er lächelte erneut. »Es ist unbestreitbar ein attraktives Alter, trotz des Hinkebeins. Jedenfalls bist du ein Zauberer. Ich frage mich, ob du mir etwas holen könntest.«

Ich wich einen Schritt zurück. Die Statuen im Saal kamen mir plötzlich alle zu nah vor. Es gab zu viele Augen. »Hör zu, ich bin mir sicher, dass ein Gott es gewohnt ist, dass die Leute nach seiner Pfeife tanzen, aber …«

»Stell dich nicht dumm«, unterbrach er mich. »Du hast mittlerweile erraten, dass ich kein Gott bin. Und ich mache mir keinerlei Illusionen, dass ich dich überlisten könnte, mir zu helfen – aber ich denke sehr wohl, dass du mir trotzdem holen wirst, was ich will.«

»Was holen?«, fuhr ich ihn an.

»Meine Seele.« Er machte eine Handbewegung zur Statue der Neyar hinüber. »Eine passende Beleidigung, nicht wahr? Meine Seele in die Halskette dieser Schlampe zu legen. Mein Lehrling hatte schon immer einen Sinn für Humor.« Sein Kiefer verkrampfte sich, als er die Hundegöttin anstarrte. »Ich nicht. Seit einem Jahr sehe ich nun schon jeden Tag meine Seele an und grübele über meinen mangelnden Sinn für Humor nach.«

»Du bist seit über einem Jahr hier unten«, wiederholte ich.

Er rollte die Augen. »Ich habe dir doch schon gesagt, dass du aufhören sollst, dich dumm zu stellen. Wie soll ich wissen, wie viele Jahre genau ich schon hier bin, wenn du mir nicht sagen willst, wer König ist? Nach der sehr seltsamen Art zu urteilen, wie du redest, sind es wahrscheinlich ein paar Jahrhunderte. Ich bin vor einem Jahr *aufgewacht*, Wickelkind. Ein ganzes Jahr, in dem ich nichts zu tun hatte, als auf und ab zu gehen, die Stunden zu zählen, zu lesen und neue Arten zu finden, trockene Knochen zusammenzusetzen. Ein Jahr, in dem ich an nichts *arbeiten* konnte.« Er versetzte dem Sarg, der am dichtesten bei ihm stand, einen Tritt. Ich sah, dass er mit Büchern, Papieren und Lumpen gefüllt war, die vielleicht einmal Kleidungsstücke gewesen waren.

»Du wirkst selbst einen Übersetzungszauber«, sagte ich.

Sein rechter Mundwinkel zuckte nach oben. »Nun ja, manche Zauber möchte man mehr oder minder permanent wirken, vor allem, wenn einem göttliche Allwissenheit nachgesagt wird. Die Sprache wandelt sich so schnell. Trotz der hübschen Beschwörung, die hinter deinem Ohr glüht, bezweifle ich, dass du mich verstehen könntest, wenn mein Zauber nicht aktiv wäre. Auf alle Fälle ist das uninteressant. Als man mich hier eingesperrt hat, saß Kaldien der Fünfte auf dem Thron des Silberhofs, und Gerran Kej war der Hohe Gouverneur in den Provinzen. Wer ist es jetzt?«

Die Dainekönige jenseits des Meeres nahmen alle denselben Namen an, wenn sie den Thron bestiegen. Derjenige, der gegenwärtig darauf saß, war, wenn ich mich nicht irrte, Kaldien der *Neunundzwanzigste*. Ich rechnete schnell nach und konnte nichts dagegen ausrichten, dass mich unwillkürlich Mitleid durchzuckte.

»Achthundert Jahre«, sagte ich. »Und es gibt keinen Hohen Gouverneur. Varre hat seinen eigenen König, Alastar.«

Einen Sekundenbruchteil lang wirkte er orientierungslos. Dann zuckte er die Schultern. »Also bin ich neunhundertundachtundfünfzig Jahre alt. Holst du mir jetzt meine Seele?«

»Ich bin hier unten, um ein Artefakt zu suchen«, sagte ich.

Er breitete die Arme aus. »Wie du siehst, quillt der Saal vor Artefakten über. Du hast freie Wahl.«

Wie hatte Acarius es ausgedrückt? »Eine Art Kind«, erklärte ich.

»Das *Kind?*« Jaern spuckte die Worte förmlich aus. Die Luft im Raum veränderte sich, als hätte jemand ihr die wenige Wärme entzogen, die sie enthalten hatte. »Wer hat dir gesagt, dass du *das* holen sollst?« Erschrocken über seine plötzlich drohende Miene, wich ich zurück. »Sag es mir.«

Stattdessen drehte ich mich unter Schmerzen langsam im Kreis. Verzweiflung baute sich in mir auf. Jaerns Reaktion ergab keinen Sinn, wenn das Artefakt sich nicht im Raum befand, aber die einzigen Gegenstände hier waren gigantische Bronzestatuen. Ich konnte nicht einmal eine umwerfen, geschweige denn mitnehmen.

Eines nach dem anderen. Ich verlangsamte meine Atmung, konzentrierte mich auf die Erinnerung an

Acarius' Stimme, die mich durch Runenprobleme führte. *Geh systematisch vor.*

Es war nicht Neyar mit ihrer funkelnden Rubinhalskette und ihrem Wolfskopf – nichts an ihr konnte logischerweise als *Kind* interpretiert werden. Auch nicht die Sonnengöttin Linna, die inmitten scharfer Messingstrahlen ruhte und Aureolen hinter Kopf und Händen hatte. Nicht Farran, der halb von seinem Thron aus versilberten Wellen verschlungen wurde.

Ranara war am dichtesten bei mir. Herrin der Schatten. Mutter des Mondes. Ich hatte sie bisher ignoriert. Als die Pest in unser Dorf gekommen war, hatte meine Mutter unserem letzten Huhn den Hals umgedreht und den Vogel in die angelaufenen Kupferhände der Ranara im Dorfschrein gelegt. Drei Tage danach hatte sie zu husten begonnen. Eine Woche später hatte man sie begraben.

Diese Version von Ranara lächelte. Eine glühend heiße Sekunde lang wollte ich ihr die Faust ins liebliche Gesicht schmettern.

Stattdessen zwang ich mich, die Statue zu analysieren. In einer Hand hielt sie ein halbmondförmiges Kohlenbecken. Mit der anderen zog sie sich eine kleine goldene Puppe an die Brust, als wollte sie sie stillen. *Eine Art Kind.* Ich hinkte zu ihrem Knie, langte nach oben, reckte mich und riss ihr die Puppe aus den Armen. Sie löste sich leicht und wog schwer in meiner Hand.

Es war eine kunstvoll gefertigte, vergoldete Version des Kultbilds, das ich im Tempel in Fenwydd gesehen hatte. *Der Leere.* Er war hohl, sonst hätte ich ihn gar nicht hochheben können. Hinter mir drang Jaerns Atem zischend zwischen seinen Zähnen hervor. Als ich mich umdrehte, war er still und wachsam geworden. Er wirkte nicht wie ein Mann, der vieles fürchtet, aber er hatte einen Teil seiner entspannten Anmut verloren.

Ich trat näher an das Hexenlicht heran und wiegte die Puppe in beiden Händen. Das Ding war jetzt, da ich es genauer sehen konnte, sogar noch hässlicher: ein Albtraum mit leeren Augenhöhlen, der einem echten Säugling nur ansatzweise ähnelte. Unter den Schmutzschichten wimmelte es auf seiner goldenen Haut vor unzähligen winzigen Runenschlingen. Und ihm fehlten nicht nur die Augen: In seinem Körper gab es Höhlungen, die aussahen, als würden sie mehr oder minder der Position menschlicher Organe entsprechen. Ich legte eine Fingerspitze ins Lungenloch des Dings. Sofort schloss sich eine Feder sanft um meinen Knöchel.

So behutsam, wie ich konnte, befreite ich meinen Finger. Ich sah Jaern an. »Was gehört hier hinein? Und noch etwas … Hinten in dem Raum mit der Statue der drei *yavadis* gibt es ein Gitter. Weißt du, wie man es absenkt? Der Hebel sollte sich in diesem Saal befinden.«

Er grinste nahezu erleichtert. »Natürlich weiß ich es. Und, nein, er ist nicht im Allerheiligsten.«

»Wo dann?«

Er winkte geringschätzig ab. »Das Wichtige ist, dass du lebendes Fleisch an den Knochen hast. Ein Creatlach ist unterhaltsam, aber beschränkt.« Er schritt an die Stelle des Runenkreises, die Neyar am nächsten lag, und stand mit verschränkten Armen da, die Zehenspitzen weniger als einen Zoll vom Bogen der Schriftzeichen entfernt. »Du kannst meine Seele von hier aus sehen – den roten Stein in der Mitter ihrer Halskette. Es sollte nicht lange …«

»Sind es Steine?« Ich hielt die Puppe hoch. »Zwei von ihnen müssen in den Augen des Mosaiks am Eingang des Labyrinths gesteckt haben, aber ich glaube, die hat jemand längst entfernt. Wo sind die anderen vier?« Ich deutete auf die nächste Statue, deren Augen aus glitzernden Saphiren bestanden, in welche Runen geschnitten waren. *Alle* Statuen hatten Edelsteine als Augen. »Steine wie die da, vielleicht.«

Er warf einen Blick darauf und wandte sich dann gelangweilt ab. »Ich verhandele nicht mit Idioten.«

Langsam wurde es lästig. Ich hatte bisher nichts anderes gesehen, bei dem es sich um das Artefakt handeln konnte, das Acarius wollte – nichts, was einzigartig genug war, um zu rechtfertigen, dass man in dieses Loch kroch. Dieser Wahnsinnige wusste, wie die Puppe funktionierte, und er wusste, wie man aus dem Labyrinth entkam. Er musste es wissen.

Und ich würde nicht einfach dastehen und zulassen, dass er mich als Idioten bezeichnete.

Ich zog einen Fettstift aus der Tasche, bückte mich und schrieb eine schnelle Runenspirale auf den Boden. Wenn er mir nicht sagen wollte, welche Edelsteine in den Statuen die richtigen waren, würde ich sie eben selbst finden.

Er kam auf mich zu. Nach einem Augenblick lachte er leise auf.

»Bei den Göttern«, sagte er. »Ich mag dich wirklich.«

»Wie tröstlich.« Ich stellte mich auf die Spirale und sprach die Runen aus.

Er lauschte, als würde er jemandem zuhören, der Geige spielte. Die Spirale leuchtete auf, und mein Gesichtssinn veränderte sich. Einige Gegenstände im Saal zeigten nun ein leichtes purpurnes Glühen – diejenigen, an die er gedacht hatte. Es war ein milder Telepathiezauber – ein direkterer fordert Widerstand heraus und ist in jedem Fall körperlich belastend –, aber er hätte ausreichen sollen, mir zu zeigen, wo die Edelsteine sich befanden.

Aber das tat er nicht. Eine Statue nach der anderen glomm farbig auf und verblasste dann wieder. Der Dreckskerl dachte in rascher Folge an eine Statue nach der anderen.

»Das ist eigentlich nur nützlich, wenn der andere nicht weiß, wie der Zauber funktioniert«, bemerkte er. »Auch wenn deine Version ein paar kluge Besonderheiten aufweist. Holst du mir jetzt meine Seele?«

Ich brach den Kontakt zu dem Zauber ab. »Jemand hat sich große Mühe gemacht, um dich in etwas zu sperren, das nach einem ziemlich undurchdringlichen Gefängniskreis aussieht«, stellte ich fest. »Das spricht nicht dafür, dass ich dich herauslassen sollte. Und was diesen roten Edelstein angeht – der ist nicht deine Seele, sondern der Schlüssel dazu, den Kreis zu öffnen. Und ich werde ihn dir nicht holen.«

»Natürlich ist er der Schlüssel, um den Kreis zu öffnen«, sagte er. »Man muss eine Seele haben, um die

Barriere zu überwinden. Eine ziemlich einfache Falle, aber ich habe den Fehler begangen, meinem Lehrling zu vertrauen.«

»Man kann Körper und Seele nicht voneinander trennen«, sagte ich.

Er zog die platinblonden Augenbrauen hoch. »Natürlich kann man das, Wickelkind. Was glaubst du, was ein Dolch in die Kehle bewirkt?«

»Gut, wenn du Wert auf Haarspalterei legst.« Ich ging um den Kreis herum auf die Statue der Neyar zu und achtete darauf, keine der Runen auf dem Boden zu berühren. »Man kann eine Seele nicht von einem Körper trennen und in etwas anderes stecken. Das ergibt keinen Sinn.«

Er hielt innerhalb des Kreises mit mir Schritt. »In Wirklichkeit ergibt es keinen Sinn, dass Seelen überhaupt an Körper gebunden sind«, sagte er. »Es ist sehr seltsam, wenn man genauer darüber nachdenkt – warum haben zum Beispiel Bäume keine Seelen? Dass man eine Seele verlagern kann, ist auch nicht seltsamer, als dass sie überhaupt existiert.«

»Wenn deine Seele nicht in deinem Körper ist«, begann ich, »wieso bist *du* dann in deinem Körper?«

»Bei allen Heiligen, wie bist du in deinem Haus, ohne ein Teil des Hauses zu werden?« Er legte den Kopf schief. »Ich *bin* meine Seele. Dieser Körper ist etwas, das ich benutze, aber ohne die angemessenen Rituale verschmelze ich genauso wenig damit, wie meine Seele mit dem Glas der Phiole verschmilzt. Das ist elementares Wissen, Gray. Bringen sie jungen Zauberern keine Nekromantie mehr bei?«

Der Klang meines Namens aus seinem Mund gefiel mir nicht. Ich blieb am Rand des ausgetrockneten Spiegelteichs stehen und begann, den Boden zwischen dem Beinhausabfall nach verborgenen Dornen abzusuchen.

»Nekromantie wurde von der Magiergilde verboten«, sagte ich. »Gab es schon eine Gilde, als man dich eingesperrt hat?«

»Eine *Gilde?*« Er stieß das Wort voller Abscheu hervor. »Etwa so eine, wie die *Brauer* sie haben – oder hatten?«

»Ganz meine Meinung zu dem Thema.« Mir ging die Zeit aus. Brix und Lorican saßen mittlerweile bestimmt längst im Dunkeln. Ich musste mir einen Weg einfallen lassen, Jaern dazu zu bringen, mir zu sagen, was ich wissen wollte. Wenn ich seine »Seele« in die Hand bekam, konnte ich mir vielleicht eine Möglichkeit einfallen lassen, sie als Druckmittel zu benutzen. »Sosehr es mir auch widerstrebt, in irgendeiner Hinsicht mit der Gilde einer Meinung zu sein, muss ich doch gestehen, dass ich Nekromantie unangenehm finde. Man muss die Knochen und die Weichteile, mit denen man arbeitet, ja irgendwo auftreiben. Wie viele Leichen hast du benötigt, um dein kleines Knochenheer zu bauen?«

Er schnaufte. »Bei den Höllen! Es ist doch nicht so, als ob die ursprünglichen Besitzer sie noch gebraucht hätten. Und es ist auch nicht so, als wäre ich derjenige gewesen, der sie getötet hätte. Ich habe noch nicht einmal alle von ihnen gebaut. Einige der Originale waren Werke meines Lehrlings, Tierknochen, aufgestellt, um mich zu bewachen. Sie mussten einem neuen Zweck zugeführt werden. Um den Teich da herum sind übrigens keine Fallen mehr übrig. Ich habe eine ganze Anzahl von Creatlachs verschwendet, bevor mir klar geworden ist, dass die Bannzauber dafür sorgen, dass nur jemand mit einem Herzschlag den Stein holen kann.«

Ich trat mit dem gesunden Fuß in das trockene Wasserbecken, zog das taube Bein nach und hielt inne. Nichts passierte. Die matten Smaragdaugen der Göttin starrten immer noch gleichgültig auf etwas jenseits meiner linken Schulter.

»So.« Ich ging vorsichtig auf die Statue zu. Ich hatte keine Zeit, aber ich durfte nichts überstürzen. Nekromanten sind unberechenbar und immer auf der Suche nach neuem Übungsmaterial. Ich konnte nicht wissen, ob Jaern nicht in Wirklichkeit meine Sehnen haben wollte. »Verrätst du mir, warum dein Lehrling dich in einen Gefängniskreis gesperrt hat? Und wie du über neunhundert Jahre alt sein kannst?«

»Zweifelsohne glaubte er, Anlass zu haben, einen Groll gegen mich zu hegen«, sagte er. »Spielt das eine Rolle?«

»Meine Moralvorstellungen scheinen weniger dehnbar zu sein, als ich bisher dachte.« Ich stopfte die Puppe in meine Tasche. Jetzt hatte ich die Statue erreicht. Ich holte tief Luft, beugte das gesunde Knie und hüpfte. Ich brauchte zwei Sprünge, bevor ich den Schoß der Göttin zu fassen bekam. Ich verließ mich auf meine Arme und mein heiles Bein, um hinaufzuklettern. Qual durchzuckte mein baumelndes krankes Bein, wann immer es in einem ungünstigen Winkel hing. Der Zauber ließ bereits nach. Ich würde mich nicht viel länger bewegen können, ohne kräftezehrende Schmerzen zu leiden.

Ich blieb eine Weile auf dem Schoß der Göttin sitzen, bis ich meine Atmung wieder beruhigen konnte und nicht mehr keuchte. »Es spielt sehr wohl eine Rolle, ob er einen Groll gegen dich gehegt hat, weil du mit seiner Frau geschlafen oder ein paar Dörfer voller Menschen dem Erdboden gleichgemacht hast.« Die Bronze scheuerte an meinem Hinterteil. Der Schmutz der Jahrhunderte löste sich vom Metall. Ich kniete mich hin und drehte mich dann Stück für Stück um, bis ich dem Bauch der Göttin zugewandt war. Ich packte den Ausschnitt ihres Kleids und zog mich zum Stehen hoch, balancierte auf meinem unverletzten Bein und studierte die sauberen Stellen, die meine Kletterpartie hinterlassen hatte. Unter dem Staub war die Göttin mit Runen in gelber Tinte bemalt. »Oh, bei allen Höllen.«

»Ich habe doch erwähnt, dass es Bannzauber gibt«, sagte Jaern liebenswürdig.

Es wurde Zeit, mich mit der Halskette zu befassen. Der rote Stein, der in Neyars Halsgrube ruhte, löste sich und fiel mir in die Hand. Es war eigentlich gar kein Stein, sondern eine dicke Glasflasche, die mit einer roten Flüssigkeit gefüllt war. Der Verschluss an der Oberseite bestand aus Gold, die Kette ebenso.

Ich stopfte alles in meine Tasche und zog den Becher hervor, den ich dazu benutzte, um Reagenzien abzumessen. Es war der einzige Gegenstand, den ich zur Hand hatte und der sich vielleicht eignen würde. Ich rammte den Rand des Bechers in einen der Augenwinkel der Göttin und versuchte, den Smaragd aus seiner Fassung zu lösen.

Etwas kitzelte mich an den Knöcheln, als würde ich durch hohes Gras gehen. Ich sah nach unten und entdeckte Ranken aus Magie. Ihr gelbes Licht bildete winzige Schlangen, die sich an meinen Beinen emporarbeiteten.

»Sie werden von deinem Puls angezogen.« Jaern stand so nahe bei mir, wie er es konnte, ohne die Runen zu überschreiten. »Aber sie können lästig sein. Wenn ich du wäre, würde ich heruntersteigen.«

»Ich brauche ihre verdammten Augen.« Ich bewegte den Becher hin und her. Endlich gelang es mir, den Rand unter den Edelstein zu zwängen. Ein Augenblick der Anstrengung, dann fiel er mir in die Hand. Er hatte die richtige Größe, um in eine der Vertiefungen der Puppe zu passen. Ich steckte ihn in die Tasche, die allmählich unförmig und schwer wurde.

»Nein, brauchst du nicht«, sagte Jaern. »Du brauchst eines ihrer Augen, eines von Ranara, eines von Linna und eines von Farran, ganz zu schweigen von meinen beiden, die nach deinen Angaben jemand aus dem Mosaik entfernt hat. Steig jetzt herunter. Sei ein guter Junge. Das Metallgestänge an deinem Bein verwirrt die Schlangen.«

Ich nahm das zweite Auge der Göttin trotzdem. Nennt mich ruhig berechnend, aber mir fielen auf Anhieb mehrere Verwendungsmöglichkeiten für einen Smaragd von der Größe meines Daumennagels ein.

Die gelben Schlangen ballten sich um mein verletztes Bein und wimmelten über die Schiene. Ich musste mir etwas einfallen lassen, um den Abstieg zu bewältigen, ohne dass mein Knie mich acht Fuß weit zu Boden fallen ließ. Ein solcher Sturz würde mich wahrscheinlich nicht umbringen, aber ich könnte mir die Wirbelsäule brechen. Ich schluckte und machte Anstalten, mich so langsam wie nur möglich auf mein gesundes Knie niederzulassen.

Die Schlangen zischten und schossen an meinem Körper hinauf auf meine Kehle zu. Sie wanden sich, drückten zu. Ich zuckte zurück.

Einen entsetzlichen, endlosen Moment lang hing ich in der Luft und schlug mit den Armen um mich.

Und dann fiel ich.

DREIZEHN

Ich musste geschrien haben; meine Ohren tönten noch, als mir klar wurde, dass ich nicht auf dem Boden gelandet war. Jaern hockte im Runenkreis und murmelte lautlos etwas, die Arme nach mir ausgestreckt. Unter mir summte ein Kissen aus Magie, Hunderte von Libellen aus rotem Licht, die einen Fuß über dem knochenübersäten Boden schwebten.

Sobald er meinen Blick auffing, hörte Jaern zu flüstern auf. Seine Halsmuskeln waren straff gespannt. »Vorsicht«, sagte er. »Du hättest die Phiole zerbrechen können. Jetzt komm her, gib sie mir.« Er krümmte die Hände und zog die Wolke aus Libellen ruckartig zu sich heran.

Ich griff nach meiner Tasche, aber als ich die Phiole in die Hand bekam, war ich schon innerhalb des Kreises. Jaern schnippte mit den Fingern, und die magische Wolke unter mir verschwand. Ich landete mit einem dumpfen Knall auf dem Boden. Mit dem letzten bisschen Kraft, das mir noch blieb, warf ich die Phiole so weit weg, wie ich konnte. Sie schlitterte über den Boden und blieb in einem Abfallhaufen liegen.

»Nein!« Er machte einen Hechtsprung, aber es war zu spät. Zuckend vor Wut drehte er sich zu mir um. »Geh sie holen!«

»Erst verhandeln wir.« Ich machte Anstalten, mich aufzusetzen, als ich ihn einen Zauberspruch knurren hörte. Ein Ball aus weißem Licht prallte gegen meine Brust.

Ich konnte mich nicht rühren.

»Verhandlungen sind etwas für Bauern.« Er spuckte sich auf die Handfläche und tunkte seinen Daumen ein. Als er ihn hob, war er leuchtend grün, als hätte er Tinte in der Hand. »Du wirst einfach zustimmen.«

»Was …« Mein Gesicht wurde taub. Mein Herz hämmerte gegen mein Brustbein, pumpte nutzlose Energie durch meinen erstarrten Körper. »Das war kein Lähmungszauber. Was …«

»Ganz richtig, es war keiner.« Er schmierte mir mit dem Daumen ein Muster auf die Stirn, das ich nicht kannte, und sprach es aus. Eine Nadel aus quälendem Schmerz drang in meinen Kopf, so überwältigend, dass ich nicht einmal schreien konnte. Er versuchte, meine Erinnerungen aufzubrechen, sich einen Weg in meine Gedanken zu bahnen.

»Bei allen falschen Göttern«, flüsterte er. So abrupt, wie er begonnen hatte, brach er den Kontakt ab und starrte mich mit großen Augen an – mit einem plötzlichen Hunger, der mir den Atem in der Kehle stocken ließ. Dann blinzelte er, als würde er sich selbst aufwecken, und wischte mir mit dem Ärmel die Stirn sauber. »Wer ist dieser Keir Esras, dass du so viele Gedanken auf ihn verschwendest?«

Nun, das kam unerwartet. Ich holte mehrmals tief Luft und durchsuchte meinen Verstand, um festzustellen, woran er herumgepfuscht hatte. Offensichtlich an den Erinnerungen, die ich an Keir hatte, aber woran noch? An etwas, das mit Acarius zu tun hatte?

»Er hat meinen Großvater entführt«, sagte ich. »Und versucht, mich zu töten. Warum?«

Er schob meinen Hemdkragen auf und schrieb unterhalb meines Schlüsselbeins etwas auf meine Brust. »Wir werden einander helfen.«

»Was tust du da?« Ich konnte mich nicht davon abhalten, die Frage zu stellen – oder zu hoffen, dass ich es nicht längst wusste.

»Ich überzeuge dich«, sagte er.

»Nicht«, bat ich. »Warte!«

Er lächelte und sprach den Zauber aus. Das Ley brach.

Die Magie zersplitterte, wurde eiskalt auf meiner Haut. Das Gift all meiner Zauber peitschte um mich herum und vermischte sich mit dem rot glühenden Messer aus Schmerz, der in meinem Bein emporschoss. Er schlug die Klauen in meinen Körper, pulsierte in meinen Adern, pochte am Rande meines Gesichtsfelds.

Ich würde einen Krampfanfall erleiden.

»Nein.« Das Wort schnürte mir die Luft ab. »Nein.«

Seine Hand ruhte auf meinem Knie, und er stimmte einen Sprechgesang an.

Der Krampfanfall brach ab.

Dann zog sich ganz allmählich der Schmerz zurück – und zwar vollständig. Erst das Gift, dann der Schaden in meinem Knie. Ich öffnete die Augen und sah ein Schmuckstück vor meinem Gesicht baumeln, das sanft an einer Silberkette schwang – den Anhänger um seinen Hals. Als ich ihn anstarrte, wurde mir klar, dass es eine Flasche wie die war, die ich weggeworfen hatte, nur dass diese hier eine schwärzlich purpurne Flüssigkeit enthielt. In ihrem Herzen wirbelte eine pulsierende scharlachrote Wolke.

»Was ist das?«, fragte ich. Der Zauber, mit dem Jaern mich belegt hatte, war ebenfalls gebrochen, obwohl die Hexenlichter immer noch um uns herum brannten. Ich setzte mich auf.

Er ließ eine Hand auf meinem Knie ruhen und hielt die schwarze Phiole in der anderen. Meine Schmerzen waren jetzt verschwunden, aber was auch immer er tat, ging weiter. Blaues Licht glomm unter seinen Fingern und wand sich den Teil seines Arms hinauf, den ich sehen konnte.

Etwas in meinem Bein ordnete sich neu. Sehnen verdrehten sich, wurden länger. Vor meinen Augen verschoben sich die Knochen unter der Haut, wurden gerade. Es tat nicht weh. Mir wurde übel, aber ich empfand keine Schmerzen.

»Was machst du mit mir?«

Er ließ los. Ich kroch eilig von ihm weg, aus dem Runenkreis hinaus.

Er verlagerte seine Haltung, setzte sich auf den Stein und atmete so schwer, als wäre er gerannt. »Ich stelle meinen guten Willen unter Beweis«, sagte er.

Ich spannte das Knie an. Das hier war anders als jeder Betäubungszauber, von dem ich je gehört hatte. Nicht nur, dass ich keine Schmerzen mehr hatte: Die Steifheit im Gelenk war ebenfalls verschwunden. Zögernd nahm ich die zerstörte Schiene ab und kam auf die Beine.

Mein Knie war nicht taub. Es war … heil.

Ich ließ die Seelenphiole, wo sie war. Mir war nicht klar, was vorging. »Warum? Warum hast du das getan?«

Er zuckte die Schultern und sah auf den schwarzen Anhänger hinab, den er in der Hand wiegte. »Warum nicht? Die Schiene hat mich gestört. Ohne sie siehst du besser aus.«

»Aber das ist nicht *möglich*«, sagte ich mit zusammengebissenen Zähnen. »Jegliche Heilmagie kann Schmerz nur verlagern. Sie kann ihn nicht auslöschen. Man braucht eine Ziege, ein Kaninchen, eine andere Person oder sonst irgendetwas, das den Schaden in sich aufnimmt. Wohin hast du ihn verschoben?« Ich musterte ihn von Kopf bis Fuß. Er hielt sich nicht das Knie, und sein Gesicht zeigte auch keinen Anflug von irgendetwas, mit Ausnahme der Erschöpfung, die jeder gespürt hätte, nachdem er einen Zauber dieser Größenordnung gewirkt hatte. Also hatte er den Schmerz nicht selbst auf sich genommen. Ich starrte auf die Hexenlichter, die so munter wie eh und je brannten. »Und wieso funktioniert *das* noch? Du hast einen Leybrecher gewirkt. Sie sollten erloschen sein.«

»Bei allen Heiligen!« Er sah mich mit geheucheltem Entsetzen an. »Und was das betrifft, warum kannst du noch verstehen, was ich sage?«

Ich berührte die Stelle hinter meinem Ohr, wo der Übersetzungszauber sich befunden hatte. Er war fort. An seiner statt befand sich nur noch verschmierte Farbe, wie bei meinen übrigen Beschwörungen.

Jaern hielt die schwarze Phiole hoch. »Hier. Dahin

ist der Schmerz gegangen. In diese Phiole, in das Wesen darin. Hierhin fließt auch das Gift meiner Magie, falls du neugierig bist.«

Wesen. Ein klammes Schweißrinnsal lief mir den Nacken hinab. »Was …«

»Das spielt keine Rolle, aber wenn du dich dann besser fühlst: Es ist keine Person.« Er legte den Kopf schief. »Was die anderen Fragen betrifft, kann ich dir nichts erklären, bevor ich nicht weiß, auf welchem Stand sich die Magie befindet, in der du unterwiesen worden bist. Jedenfalls habe ich das Ley auf *dir* gebrochen, nicht auf mir. Das legt sich in ein paar Stunden.«

»Das ergibt keinen Sinn.« Ich fuhr mir mit beiden Händen durchs Haar. Die plötzliche Schmerzfreiheit und die seltsame Geschmeidigkeit und Anmut meiner Schritte verwirrten mich fast ebenso sehr wie vorher die Beschwerden.

»Es ist ganz einfach«, sagte er. »Hol mich hier heraus, dann helfe ich dir zu bekommen, was du von diesen Leuten willst.«

»Du weißt nicht, was ich will.« Ich ging zu der Seelenphiole und hob sie hoch. Ich fragte mich, worum es sich bei der roten Flüssigkeit handelte. Bestimmt nicht um Blut – nicht, wenn der Stoff nach Jahrhunderten in einer Flasche noch derart glänzte. Wein? Eine alchemistische Mischung?

»Es ist mir *vollkommen* gleichgültig, was du willst«, sagte Jaern. Sein Blick folgte mir. »Wenn es Rache ist, wirst du feststellen, dass ich ein einfallsreicher Henker bin. Alles Geringere ist einfacher.«

Wenn die Phiole wirklich seine Seele enthielt, dann

war sie das Einzige auf der Welt, das ihn irgendwie im Zaum halten konnte. Ich hatte genug Gerüchte gehört, um zu wissen, dass Knochenwerker glaubten, eine Seele müsse zusammengehalten werden, um lebensfähig zu bleiben. Wenn ich die Phiole zerbrach, würde ich nur dafür sorgen, dass die Seele sich verflüchtigte, und Jaern umbringen.

Aber ich konnte ihn nicht töten. Ich brauchte Antworten von ihm. Ich konnte keinen Zauber wirken, nicht bevor der Leybrecher, den er mir auferlegt hatte, verflogen war. Und selbst wenn ich hätte zaubern könnten ... Seine Magie war so anders als meine, dass ich in einem Duell im Nachteil gewesen wäre, und das wusste er.

Allerdings schien ihm noch nicht der Gedanke gekommen zu sein, dass ich vielleicht etwas wusste, das er nicht wusste.

»Was bewirkt die Puppe?«, fragte ich und verabscheute es, dass die Frage mich klingen ließ wie eine dämliche Gildenratte. Ich könnte selbst dahinterkommen, wenn ich nur *Zeit* hätte.

Er lachte hässlich auf. »Du weißt doch schon, was sie bewirkt. Hol mich raus, Gray.«

»Alles, was ich weiß, ist, dass mein Großvater mich hergeschickt hat, damit ich sie hole«, sagte ich. »Wenn du willst, dass ich dir helfe, dann erklär es mir.«

Er kaute mit ebenmäßigen weißen Zähnen auf einem Fingernagel herum. »Die Puppe ist ein Gefäß, ein Werkzeug für die Seelenarbeit. Ohne sie muss man sich auf schlampige, halbherzige Maßnahmen beschränken und blind in den wenigen Minuten herumtasten, in denen der Tod die Verankerung der Seele lockert, um diese in aller Eile in irgendeinen verfügbaren Körper zu verlagern, bevor sie stirbt. Diese Schwachköpfe, die dir solche Sorgen machen, scheinen ansatzweise zu wissen, wie man eine Seele *entfernt.* Aber das ist in Sachen Unsterblichkeit nur die halbe Miete, und ich vermute, darin besteht das Problem.«

»Was sagst du da?«

»Wenn jemand deine Seele hat, kann er die Tatsache ausnutzen, dass du nicht sterben kannst, bevor deine Seele es tut. Wie du gerade demonstrierst, kann so jemand hart verhandeln und einen zwingen, Dinge zu sagen und zu tun, die man sonst vermeiden würde. Er kann einen auf Arten foltern, die einen umbringen würden, wenn man in seinem Körper wäre. Der Schmerz kann außerordentlich sein. Maßlos.« Eine Aufwallung von tiefem, eisigem Hass huschte über sein Gesicht. »Ich nehme an, das ist der Grund dafür, warum Wie-heißt-er-doch-gleich dich angewiesen hat, sie zu holen«, meinte er spöttisch und fing meinen Blick auf. »Nicht, dass er oder Keir wüssten, wie man sie benutzt, wenn ich es dir nicht sage. Das ist also mein Angebot. Hol mich raus, dann bringe ich dir bei, wie sie funktioniert, und helfe dir, deinen Verwandten zu befreien. Ich *verhandele*, Wickelkind. Zwing mich nicht dazu, mich noch weiter zu demütigen.«

Auf abscheuliche Art ergab das einen Sinn. Ich wusste, dass Keir wie ein Besessener Jagd auf Nekromanten gemacht hatte, und angesichts seiner ehrgeizigen Absichten war es ihm sicher nicht darum gegangen, sie an Verstößen gegen die Charta zu hindern.

Ich wusste, dass er Acarius quälte, dass es ihm fast gelungen war, den zähesten und starrsinnigsten Mann zu brechen, den ich je kennengelernt hatte. Bei allen Höllen, bis zu diesem Augenblick hatte ich nicht verstanden, wie es Keir geglückt war, einen so begabten Zauberer wie Acarius überhaupt gefangen zu nehmen, aber wenn er dem alten Mann die *Seele* geraubt hatte …

Wenn das zutraf, musste ich meine Pläne ändern und den Anweisungen meines Großvaters zuwiderhandeln. Ich konnte die Puppe nicht einfach verstecken, wenn sie der Schlüssel war, um Acarius' Seele wieder an ihn zu binden.

Die Frage war nur, *wie*. Jaern würde es mir nicht sagen, solange er sich innerhalb des Kreises befand. Er hatte offensichtlich alle Zeit der Welt, während mir die Zeit davonlief. Wenn ich Acarius' Leben nur retten konnte, indem ich mich auf einen Handel mit einem Nekromanten einließ, dann hatte ich keine Wahl.

Doch wenn ich einen Weg fände, die Seelenphiole in meinem Besitz zu behalten *und* Jaern aus dem Kreis zu holen, konnte ich ihn am Gängelband führen. Das hoffte ich zumindest.

Also musste ich herausfinden, wie das möglich wäre.

»Das hier kann nicht deine Seele sein«, sagte ich noch einmal, obwohl ich mittlerweile überzeugt war, dass es sich sehr wohl darum handelte.

»Meine Seele, ein bisschen von meinem Blut, ein Stück von meinem ursprünglichen Herzen und genug Renen, um sie zu binden.« Er tat wieder gelangweilt und spielte mit dem schwarzen Anhänger herum, den er in der Hand hielt. »*Elementare* Nekromantie.«

»Renen.« Ich hielt die Phiole ans Licht.

»Ein alchemistischer Konservierungsstoff«, erklärte er. »Ich verrate dir das Rezept, wenn du mich an die Erdoberfläche bringst.«

»Gift?«

Er kniff die Augen zusammen. »Warum fragst du?«

»Ich verstehe nicht, wie eine ungiftige Substanz in einer alchemistischen Mischung sie konservieren und *gleichzeitig* als Bindemittel dienen kann.« Das war eine Lüge, aber es schadete nicht, ihn glauben zu lassen, dass ich ein bisschen dumm war.

»Renen wird aus Käfereingeweiden und destilliertem Alkohol hergestellt«, erläuterte er. »Es macht einen vielleicht betrunken, wenn man genug davon zu sich nimmt, oder einem wird davon schlecht, wenn man allergisch auf Käfer reagiert. Und als Bindemittel dient es wegen der Magie, die man während des Mischens hineinlegt, du Idiot, nicht wegen der Eigenschaften, die es von Haus aus hat.«

Das wiederum hieß, dass ich wahrscheinlich nicht sterben würde, wenn ich tat, was ich vorhatte. *Wahrscheinlich.*

»Eine Seele in einer Flasche.« Ich wand sie in den Händen, und es kostete mich einige Mühe, mich nicht zu krümmen. Die Flasche war eigenartig warm, als enthielte sie frisches Blut direkt aus einer Ader. *Oder frische Pisse*, schlug der laute Teil meines Verstands vor, derjenige, der wie Acarius klang. Ich lächelte. Das half mir dagegen zu würgen.

»Damals fand ich die Vorstellung recht angenehm«, bemerkte Jaern trocken. »Jetzt bin ich nicht mehr so angetan davon. Ich denke, beim nächsten Mal entscheide ich mich für ein anderes Gefäß.«

Ich zog die Augenbrauen hoch und hoffte, dass mein Gesichtsausdruck nach schwachsinnigem Staunen aussah. »Ein anderes Gefäß?«

Das Wiesel mit der lilienweißen Haut besaß die Dreistigkeit, schon wieder über mich die Augen zu rollen. »Die Flasche da ist nichts Besonderes. Alles, was eine Flüssigkeit aufnehmen kann, genügt zu dem Zweck. Es ist Magie, kein Aberglaube.«

»Ich verstehe.« Ich drehte den goldenen Verschluss auf. Aus Erfahrung wusste ich, dass es absolut wirkungslos sein würde, mich darauf zu konzentrieren, mich nicht zu übergeben. Stattdessen dachte ich an Acarius und an das, was ich ihm erzählen würde, wenn ich ihn wiedersah. Ich hatte die Rede schon tausendmal ausgearbeitet und schwankte wild zwischen *Verdammt, sag mir, wer ich bin* und *Es tut mir leid.* »Auf dein Wohl«, sagte ich.

Die unmutige Langeweile schwand schlagartig aus Jaerns Zügen. »Was tust du da?«

»Bei allen Höllen, das weiß ich selbst nicht«, entgegnete ich und setzte die Phiole an die Lippen.

Es schmeckte natürlich abscheulich. Schlimmer als abscheulich. Es war, als würde ich mit Lampenöl gepanschtes Blut trinken, und es brannte den ganzen Weg bis in meinen Magen hinunter. Ich musste mich konzentrieren, um weiterzuschlucken, bis die Phiole leer war, und dann konnte ich mich kaum davon abhalten, die ganze Schweinerei wieder hochzuwürgen.

Acarius. Denk an Acarius.

Die schmerzhaften Krämpfe in meinen Eingeweiden ließen nach. Geleert war die Flasche nichts als ein Stück dickes Glas. Ich sah sie an und schluckte einen Mundvoll Speichel – und dann noch einen –, nur um sicherzugehen, dass mir keine Reste der Seele an den Zähnen hängen blieben.

»So.« Ich rülpste. Es tat weh und schmeckte schon wieder wie Lampenöl. Ich streckte die Hand über die Runen aus. »Sofern mich das nicht umbringt, bin ich gerade deine Flasche geworden. Du kannst mich berühren und den Kreis verlassen – und dann die verdammten Tore öffnen.«

»Du kleiner …« Jaern starrte mich an. »Was hast du getan?«

»Wenn du Mitgefühl von mir erwartest … Die Tatsache, dass ich gerade ein Stück von deinem widerlich schmeckenden Herzen verschluckt habe, ruft keines in mir hervor«, sagte ich. »Komm raus.«

Er packte meine Hand und stieg über die Runen. Sobald er außerhalb des Kreises war, blieb er stehen, als wartete er auf etwas. Als es – was auch immer es war – nicht eintrat, lächelte er. »Ich will verdammt sein. Es hat funktioniert.«

»Ja.« Ich löste mich von ihm. »Wir haben nicht viel Zeit. Wenn es dir also nichts ausmacht …«

Er drehte sich auf dem Absatz um. Bevor ich wusste, wie mir geschah, hatte er mich schon an der Kehle gepackt und mich an den Fuß der Statue des Gottes

Farran geschmettert. Ich wand mich an den dornenbesetzten bronzenen Beinschienen. Jaern war *stark* – stärker, als irgendein Mensch es hätte sein dürfen. Ich fragte mich, ob ich mich zutiefst getäuscht hatte und er doch ein Gott war.

»Tu so etwas nie wieder«, sagte Jaern.

Ich kämpfte gegen den Drang an zu zappeln. Alles, das nach Feigheit aussah, würde ihn verärgern, und diesmal würde das für mich nicht von Vorteil sein. »Ganz ruhig, Knochenwerker. Zerbrich deine Flasche nicht. Es wäre doch schade, wenn du deine Seele verlieren würdest, nur weil du hier die Oberhand gewinnen willst.«

Einen blinden, würgenden Moment lang glaubte ich, dass es nicht funktionieren würde. Er würde mich trotzdem töten.

Dann ließ er mich los. »Und noch dazu eine so schlaue Flasche.« Er streifte sich die Kette mit dem schwarzen Anhänger über den Kopf und schob sie sich unters Hemd. »Du wolltest doch ein paar Edelsteine einsammeln, nicht wahr?« Er drängte sich an mir vorbei und kletterte an der Farran-Statue empor wie eine Spinne, die eine Wand hinaufläuft.

»Du raubst dein eigenes Grab aus.« Ich hörte eine seltsame Art von Heiterkeit in meinem Tonfall und unterdrückte sie, so schnell ich konnte. Wenn ich mich nicht unter Kontrolle bekam, würde aus der Heiterkeit Hysterie werden. Was hatte ich nur getan?

»Wenn es meines ist, dann raube ich nicht.« Jaern zog ein schmales Messer aus einer Scheide an seinem Gürtel und wischte dem Gott Schmutz aus dem

Gesicht. »Außerdem können Götter nicht stehlen. Alles, was wir tun, ist schon fast naturgemäß richtig. Praktisch, nicht wahr?« Er schlug mit dem Heft seines Dolchs gegen Farrans Nase. »Sie sind alle wie ich, Gray. Alle nicht echt.«

Er lügt. Ich dachte über die Möglichkeit nach und stellte zu meiner Überraschung fest, dass ich das nicht wollte. Ranara hatte meine Mutter sterben lassen und hatte die gequälten Gebete meiner Kindheit nicht erhört. Ich hatte es mit allen anderen Gottheiten versucht, bevor ich aufgegeben hatte. Keine von ihnen hatte mich auch nur vor einer einzigen Tracht Prügel bewahrt. Der Gedanke, dass hinter den Statuen nichts steckte, war seltsamerweise weniger schmerzlich als der, dass sie alle zu dem Schluss gekommen waren, ich sei ihrer Hilfe nicht würdig.

»Wie bist du dann zu einem Gott geworden?«, fragte ich.

»Oh.« Er hielt kurz inne. »Nun, die Leute sind immer auf der Suche nach etwas, das sie anbeten können.« Er schob die Dolchspitze hinter den blauen Edelstein in der Mitte der Pupille des Kultbilds. »Warum nicht mich? Außerdem … Wenn man in der Nekromantie allmählich weiß, was man tut, tauchen ständig Leute auf, die einen bitten, jemanden ins Leben zurückzuholen.«

»Was aber so nicht funktioniert«, sagte ich.

»Für jemanden mit solch altmodischen Moralvorstellungen hast du einen bemerkenswerten Realitätssinn.« Der Saphir glitt in seine Hand. »Natürlich funktioniert es nicht so. Sobald man eine Seele entfleuchen lässt, ist sie fort. Aber das hat die Leute nicht davon abgehalten, darum zu bitten. Nach einer Weile wäre es töricht gewesen, mir die Gelegenheit entgehen zu lassen, und so behauptete ich, ich sei ein vom Himmel gefallener Stern.« Er rieb eine Haarsträhne zwischen seinen Fingerspitzen. »Silber. Die Lüge erschien mir damals sinnvoll. Die Leute schluckten sie. Flehten geradezu darum, hinters Licht geführt zu werden. Es war ganz einfach.«

Er warf mir das Juwel zu. Ich fing es auf und musterte es, während er herabkletterte. Wie in den ersten Smaragd, den ich Neyars Kultbild abgenommen hatte, war in diesen Saphir eine einzige Rune eingraviert – eine, die ich noch nie zuvor gesehen hatte. Alle Edelsteine waren unfassbar riesig, groß genug, um sich ein Luxusleben leisten zu können, wenn man sie an den richtigen Juwelier verkaufte. Ich legte den Saphir neben die Smaragde.

Jaern ging durch den Saal und entfernte die linken Augen zweier weiterer Götter – einen Rubin und zuletzt einen Diamanten, an dem das Messer zerbrach. Jaern warf es achtlos fort. Als er mir den Diamanten reichte, bemerkte er: »Wie ich sehe, ist dir nicht danach, mich anzubeten. Ich kann dir wirklich etwas über Magie beibringen, weißt du? Dir Geheimnisse verraten.«

»Ich bete nichts an«, gab ich zurück.

Er grinste. »Ihr betet alle *irgendetwas* an. In deinem Fall wird es unterhaltsam sein dahinterzukommen, was es ist. Es ist Jahrhunderte her, dass mich jemand überrascht hat, und dir ist es binnen zwanzig Minuten gleich zweimal gelungen. Gehen wir.«

Mit aller Selbstverständlichkeit spazierte er aus dem Saal, der für den Großteil eines Jahrtausends sein Gefängnis gewesen war, in die Dunkelheit hinein.

Und mit aller Selbstverständlichkeit steckte ich die Edelsteine ein und folgte ihm.

VIERZEHN

Ich konnte rennen. Bei den Göttern, ich konnte *rennen.*

Das war auch gut so, denn der verrückte Möchtegerngott, dessen Seele mir Sodbrennen bescherte, lief los, sobald wir im Gang waren. Knochensplitter spritzten unter seinen Zehen auf. Ich folgte ihm, berauscht von der schmerzlosen Bewegung, von Anmut und Freiheit, und sauste ins Dunkel.

»Illumination«, sagte ich, als die Schwärze mich umschloss. »Ich würde sie ja selbst wirken, aber nach deinen Worten dauert es Stunden, bis der Leybrecher seine Wirkung verliert.«

Zur Antwort darauf hörte ich elegante Silben, die in rascher Folge heruntergerasselt wurden, so wie ein Mann in einem Wirtshaus mit lauter Stimme Wildbret bestellen würde. Licht erstrahlte um mich herum, und ich erkannte den Sternbildraum. Die Schädel in den Nischen loderten vor blauem Feuer. Jaern stand in der Mitte, trunken vor Euphorie.

»Ich war seit achthundert Jahren nicht mehr hier«, sagte er. »Ich könnte dich küssen. Wohin gehen wir? Du hast gesagt, dass du Leute hier unten hast.«

»Freunde«, verbesserte ich.

Er rümpfte die Nase. »Wo entlang?«

Ich zeigte es ihm, und er stapfte los.

Unterwegs wirkte er Zauber, erzeugte ein exotisches Band aus Licht, das eines seiner Handgelenke umfloss. Ich konnte gar nicht anders, als mir alles gut einzuprägen. Seine Magie war faszinierend – anders als meine, obwohl sie auf derselben Struktur basierte. Ich erkannte einige der Silben, aber wo war sein Zauberspruch *niedergeschrieben?* Gewiss an keiner Stelle seines Körpers, die ich sehen konnte, und doch musste er nach allen Gesetzen der Magie, die mir bekannt waren, irgendwo geschrieben stehen. Er hätte ein Schmuckstück damit tragen können, aber das Licht der Magie hätte sich dort sammeln sollen, wo sich die Sigillen befanden, und nicht um sein nacktes Handgelenk.

Wir bewegten uns in einem Tempo, das mir schwindelerregend vorkam, wenn ich es mit der Art verglich, auf die ich den Gang das erste Mal entlanggehinkt war. Als wir in den Raum mit der Statue der *yavadis* stürmten, war das Erste, was ich sah, Brix jenseits der Gitterstäbe. Sie starrte ängstlich ins Dunkel. Das Herz drehte sich mir um.

»Gray?«, fragte sie.

»In Ordnung. Alles wird gut.« Die Worte sprudelten aus mir hervor. Aus Gründen, über die ich nicht näher nachdenken wollte, musste ich die Furcht aus ihrem Gesicht verscheuchen. »Öffne das Gitter«, sagte ich zu Jaern und ging auf die Stäbe zu. »Wie geht es euch beiden?«

»Besser, jetzt, da du lebendig zurück bist.« Lorican hatte an die Wand gelehnt dagesessen, nun stand er auf. Er entdeckte Jaern, und sein erleichtertes Lächeln verflog. »Wer ist das?«

Ich sah mich nach dem Nekromanten um. Er hockte neben der Statue, fuhr mit den Fingerspitzen über die gemeißelte Basis und hatte allem Anschein nach großen Spaß daran, statt das zu tun, was ich von ihm verlangte.

»Er ist der Gott Jaern – gewissermaßen«, sagte ich. »Ich habe ihn im Zentrum des Labyrinths gefunden.«

»*Was?*« Brix wich vom Gitter zurück.

Manchmal wäre echte Telepathie so praktisch. Sich in Jaerns Anwesenheit zu unterhalten konnte schwierig werden. »Wichtig ist doch, dass er das Gitter öffnen kann. Vertrau mir.« Ich hatte selbstbewusst klingen wollen, aber das gelang mir nicht. Meine Worte kamen eher einer Frage gleich.

Brix atmete aus. »Das tue ich. Aber du wirst mir alles erklären, und zwar bald.«

Bis sich die Anspannung in meinen Schultern legte, war mir gar nicht bewusst gewesen, wie überzeugt ich gewesen war, dass sie sagen würde, dass sie mir *nicht* vertraute.

Lorican ließ Jaern nicht aus den Augen. »Junge«, sagte er leise. »Ganz gleich, in welchen Schwierigkeiten du steckst und was du ihm versprechen musstest, um ihn dazu zu bringen, uns zu befreien, wir holen dich da raus. Hast du gefunden, was du für Acarius holen solltest?«

Als ich so unvermutet mit Loricans Freundlichkeit konfrontiert wurde, erkannte ich, dass es schwierig werden würde zu erklären, warum ich es für eine gute Idee gehalten hatte, die Seele eines anderen zu trinken. Ich war mir nicht sicher, ob es überhaupt möglich war, mich aus dieser Situation herauszuholen. Ich wurde rot. »Ich habe es gefunden.«

Lorican schenkte mir ein kleines, verkrampftes Lächeln. »Dann lassen wir uns für den Rest schon irgendetwas einfallen.«

»Wickelkind«, rief Jaern von der anderen Seite des Raums. Er wischte sich die Hand am Hosenbein ab. »Gibst du mir etwas, womit ich schreiben kann?«

Was war aus seinem grünen Tintenspeichel geworden, oder was auch immer das gewesen war, womit er auf meine Stirn geschrieben hatte? Ich ging zu ihm und zog unterwegs den Fettstift aus der Tasche. Jaern nahm ihn, schrieb schnell ein paar Runen und sprach sie dann aus, bevor er eine der *yavadi*-Statuen auf den Mund küsste. Die Runen – und die Lippen der Statue unter seinen – loderten rot auf. Das Gitter versank quietschend wieder im Boden. Lorican und Brix verließen die Sackgasse beinahe im Laufschritt.

Brix blieb neben mir stehen. »Gray …«

Ich trat zurück. Ich wollte mich vergewissern, dass sie in Sicherheit war, wusste aber plötzlich, dass ich es nicht würde ertragen können, wenn sie mich berührte. Sogar eine Hand auf meinem Ärmel wäre zu viel gewesen. Niemand vertraute mir – bis auf Acarius. Warum tat Brix es? Warum bedeutete es mir so viel, ob sie es tat oder nicht?

»Geht es *dir* gut?«, fragte sie.

Nein.

»Ja«, sagte ich. Jaern sah zu, und ich wollte nicht länger von ihm beobachtet werden. Bei allen Höllen – ich wusste nicht, ob er mich noch auf ganz andere Art im Blick behalten konnte, während ich seine Seele in mir trug.

»Deinem Bein scheint es besser zu gehen«, bemerkte Brix.

Und wie sollte ich *das* erklären? »So ist es.« Ich wandte mich an Lorican. »Können wir aufbrechen?«

Er nickte, aber seine Aufmerksamkeit war immer noch auf Jaern gerichtet. »Ja, wir sind tiefer unter Tage, als es mir gefällt. Lasst uns gehen.«

Am anderen Tor war es mehr oder minder dasselbe. Jaern blieb kurz vor dem Mosaik stehen und berührte die leeren Augenhöhlen suchend mit zwei schlanken Fingern. »Das hat mich also aufgeweckt«, murmelte er. »Er hat mir die *Augen* genommen und gedacht, ich würde es nicht spüren.«

»Jaern«, sagte ich.

Der falsche Gott setzte sich in Bewegung und spazierte in den Eingangsbereich, ohne noch etwas zu sagen. Zwischen den Piktogrammen fand er genug Platz, um eine Beschwörung zu schreiben, die das Schloss deaktivierte, und die Mechanik gehorchte.

Wie auch die Creatlachs. Wir anderen hielten Abstand, als das Tor sich öffnete, und beobachteten, wie die Knochenkreaturen auf ihn zustürmten. Er hob eine Hand, und sie machten allesamt halt.

»Wozu dienten sie?« Ich schlich mich näher heran, bis ich fast neben ihm stand. Die Creatlachs konnten keine *Wächter* im eigentlichen Sinne gewesen sein, nicht, wenn sie ihm gehörten. Er hatte sicher gewollt, dass jemand ihn fand, nicht, dass Eindringlinge abgewehrt wurden.

»Arbeit. Etwas, um die Stunden zu füllen.« Er drehte sich nicht zu mir um, aber um seine Mundwinkel spielte dieses merkwürdige Lächeln. »Vor allem dazu, mich davor zu bewahren, wahnsinnig zu werden. Ansonsten dazu, mir etwas mit einem schlagenden Herzen zu bringen, für den unwahrscheinlichen Fall, dass sie je solch einem Wesen begegneten. Sie sind wunderhübsch, nicht wahr? Jammerschade, dass man ihnen keine neuen Befehle geben kann, wenn man sie einmal in Bewegung gesetzt hat. Ich hätte sie gern mit nach oben genommen.« Er schnippte mit den Fingern.

Die Creatlachs zerfielen. Eben noch waren sie putzmunter und belebt gewesen, ein Rudel spindeldürrer Hunde, das seinen Herrn im Blick behielt. Jetzt waren sie nicht mehr als ein Haufen alter Knochen.

Etwas mit einem schlagenden Herzen.

Das war der Grund dafür, dass der Creatlach Brix gepackt und sie davongeschleppt hatte. Jaerns Plan war es gewesen, etwas mit einem schlagenden Herzen zu fangen, dieses Herz herauszureißen, solange es noch lebensfähig war, und …

»Oh, reizend«, murmelte ich. »Ein Creatlach mit einem Herzschlag. Du hättest mich gar nicht gebraucht.«

Er beförderte einen Schädel mit einem Tritt beiseite, trat zum Fuß der schwarzen Treppe und starrte in die Höhle hinaus. »Langweilig, das gebe ich zu, aber das Beste, was ich zu dem Zeitpunkt bewerkstelligen konnte. Geh du voran.«

Brix und ich hatten schon den in den Stein gemeißelten Pilgerpfad erreicht, als Lorican das Wort ergriff.

»Voran wohin?« Der Irrläufer hatte sich auf halber Höhe der Treppe aufgebaut und nutzte es aus, dass er die höhere Stellung hielt. Er hatte einen Dolch gezogen, den er irgendwo am Körper versteckt getragen hatte. »Du denkst doch wohl nicht daran, ihn durch Tiefstadt zu führen? Willst du mir etwa weismachen, dass *er* keine Gefahr darstellt?« Er zeigte mit dem Messer auf Jaern.

Lorican hatte natürlich recht. Die Leute von Tiefstadt waren unschuldig, und ich hatte kein Recht, einen wahnsinnigen Nekromanten auf sie loszulassen. Aber ich musste Jaern trotzdem an die Erdoberfläche bringen. Der Riemen meiner Tasche schnitt mir in die Schulter. Die Puppe und die Edelsteine wogen schwer. Ich hatte eine schlaue Idee, wo sich die anderen beiden Steine befinden mochten, die ich brauchte, da Acarius derjenige gewesen war, der sie an sich genommen hatte. Sobald ich all diese Stücke versammelt hatte, würde Jaern mir zeigen, wie man das Ding verwendete, und sei es nur, um seine eigene Seele zurückzubekommen. Dann würde ich wissen, ob ich die Puppe gegen etwas eintauschen konnte oder ob ich sie brauchte, um Acarius zu helfen. Dieses eine Mal wusste ich, wohin ich als Nächstes reisen musste – wenn ich nur dorthin gelangen konnte.

»Gibt es keinen anderen Weg hinaus?« Brix sah von mir zu Lorican. »Du hast doch von einer Tür in den Turmspitzen gesprochen. Könnten wir die nehmen?«

»Wir müssen trotz allem durchs Dorf, um den Ausgang zu erreichen«, sagte Lorican, »und ich führe diesen Mann hier nicht durch eine Schar von Kindern und kranken alten Leuten, bevor mir jemand sagt, wer er ist.«

Bevor ich antworten konnte, war Jaern schon die Treppe emporstolziert. »Ich bin der Fürst-der-mit-Geistern-spricht«, sagte er, »der Herr der Geheimnisse. Erbe des Ungesehenen. Stern-der-den-Mond-beschlafen-hat. Jaern.« Er blieb drei Stufen unterhalb von Lorican stehen und breitete die Arme aus wie ein Tänzer. »Oder aber ich bin ein Verrückter, der glaubt, all diese Dinge zu sein, der aber keine Waffen trägt. Durchsuch mich, wenn du möchtest. In aller Regel interessiere ich mich nicht für Dörfer, aber selbst wenn das anders wäre, könnte ein einzelner unbewaffneter Mann nicht viel Schaden anrichten.«

Lorican blieb, wo er war. Anscheinend hatte er wenig Lust, Jaerns Kleider zu durchsuchen und sich so nahe an den Nekromanten heranzuwagen, dass dieser mit ihm um den Dolch hätte ringen können.

»Lorican hat versprochen, mich zu töten, wenn irgendjemand in Tiefstadt zu Schaden kommt«, sagte ich. *Zerbrich die Flasche, zerstöre die Seele.* Es war befriedigend für mich, verblüfften Zorn durch Jaerns Augen huschen zu sehen, aber ich behielt Lorican im Blick. Ich musste ihm begreiflich machen, was ich von ihm verlangte. Er zuckte immerhin nicht entsetzt zurück. Das war ein guter Anfang. Damit diese List funktionierte, musste es wirken, als ob Lorican tatsächlich bereit wäre, mich zu töten.

Der Nekromant zog die Oberlippe hoch. »Und ihr beide haltet eure Versprechen, wie ich sehe. Wie erbaulich.« Er bleckte die Zähne zu etwas, das ganz gewiss kein Lächeln war. »Dann gebe ich euch selbst das Versprechen, dass ich niemanden in eurem schäbigen Dorf anrühren werde. Ist das ausreichend?«

Lorican musterte forschend mein Gesicht, die Finger eng um das Heft seines Dolchs geschlossen. Einen Herzschlag lang fragte ich mich, ob es tatsächlich nur eine List war – vielleicht war Lorican *wirklich* bereit, mich zu töten. Er stieg die Stufen herab, setzte mir die Messerspitze an die Rippen und sah Jaern an. »Dann beweg dich.«

Und nach einem langen, schrecklichen Moment, in dem keiner von uns atmete, setzte sich der Gott tatsächlich in Bewegung.

Es war schwierig festzustellen, wie viel Zeit vergangen war, als wir Tiefstadt erreichten. Es mussten mehrere Stunden gewesen sein, denn der Junge, der Wache gestanden hatte, als wir aufgebrochen waren, war von einem mürrischen graubärtigen Burschen abgelöst worden, der sich auf einen schiefen Speer stützte. Er sah uns finster an, als wir aus dem Tunnel traten. »Lorican? Ist alles in Ordnung?«

»Ja.« Lorican klang nicht überzeugt. »Wir gehen bloß wieder, der Göttin sei Dank.«

»Ich dachte, ihr wärt nur zu dritt«, bemerkte der alte Mann. »Arol hat gesagt …« Der Blick des Wächters fiel auf Jaerns Handgelenk, wo die Magie noch immer glomm. »Was ist mit deiner Hand los?«

»Magie.« Jaerns lange Finger liebkosten die Luft. Er schnurrte geradezu. Es klang bedrohlich. »Sehr nützlich. Zum Beispiel kann ich sie dazu einsetzen, in widerspenstigen Leuten das Unterste zuoberst zu kehren.«

»Nein.« Lorican bohrte das Messer in den Stoff, der meine Rippen bedeckte.

Jaerns Blick huschte zu Lorican. Seine Augen glommen vor Groll und Zweifeln. »Du bist sein Freund. Du würdest ihm nichts zuleide tun.«

»Ich werde tun, was ich tun muss.« Lorican packte eine Handvoll meines Kragens. Ich roch seinen Schweiß, säuerlich und furchtgeschwängert, und hörte seine rauen, schnellen Atemzüge. Ich beobachtete, wie Berechnung in Jaerns Augen aufglomm, während er die Wahrscheinlichkeit meines Todes gegen seinen Wunsch zu handeln abwog.

Der Wächter stampfte mit dem Speerschaft auf den Boden. »Was ist hier los?«

Brix schlüpfte an mir vorbei und lächelte den Wächter an. »Hat man dir nicht erzählt, warum wir im Tunnel waren?« Sie gestikulierte nach hinten zu Jaern. »Der da, mein Cousin – der Sohn meiner Tante Nedda – ist vor drei Tagen auf der Suche nach Pilzen hinuntergegangen. Natürlich hat er sich verlaufen. Als wir ihn gefunden haben, war kein bisschen Wasser mehr in seiner Flasche, und er stand bis zu den Ellbogen mitten in den leuchtenden Flechten. Er redet Unsinn, halb wahnsinnig vor Durst und Hunger. Brauchst du noch etwas von uns, oder können wir jetzt zusehen, dass wir etwas zu essen und zu trinken in ihn hineinbekommen? Ich wäre so dankbar, wenn wir das könnten.«

Das Stirnrunzeln des Wächters ließ ein wenig nach. »Dann hatte er wohl Glück, dass er jemanden hatte, der sich auf die Suche nach ihm gemacht hat«, sagte er.

»Es gibt viele, die nie aus diesen Tunneln zurückkehren. Aber ich muss euch trotzdem noch einmal zum Zelt der Herrin Mutter bringen, bevor ihr geht. Oben gibt es Ärger. Zauberer sind auf der Jagd, die Miliz behauptet steif und fest, dass sich ein Aufstand zusammenbraut, und es ist die Rede von einem Kopfgeld …«

Jaern hatte alledem mit kaltem, intensivem Abscheu gelauscht. Seine Finger zuckten erneut, und plötzlich hielt er eine Halskette aus Gold und Saphiren in der Hand.

Der Wächter brach mitten im Wort ab und starrte die Kette an. »Was ist das?«

»Sie gehört dir, Väterchen«, sagte Jaern. »Ich langweile mich. Meine … *Cousine* scheint dich zu mögen, und ich möchte gern hinauf ins Sonnenlicht. Also nimm sie, lass uns gehen und sei still.«

Ich kniff die Augen zu und öffnete sie dann wieder. Die Halskette wirkte ziemlich echt, bis auf einen verräterischen Schimmer, unmittelbar bevor mein Blick sich darauf richtete. Dieser Schimmer zeigte mir, dass sie eine Illusion war – eine unglaublich gute. Jaern bot dem Wächter nichts als leere Luft an.

Aber es war nicht nur eine Illusion: Da war noch etwas anderes, ein Summen in meinen Ohren. Der Nekromant wirkte einen zweiten Zauber, zweifelsohne einen, der den Wächter und alle anderen in Hörweite von Jaerns Stimme leichtgläubiger machte. Mir kribbelte die Haut vor Abscheu. Abgesehen von der Tatsache, dass ich es hasse, auf das Niveau des durchschnittlichen kohlhirnigen Idioten hinabgezogen zu werden, gefiel es mir nicht, dass ich *immer noch nicht* sehen konnte, wohin Jaern den Zauberspruch geschrieben hatte. Er stand vielleicht unter seiner Tunika, aber wann hatte er ihn geschrieben? Ich hatte ihn nicht aus den Augen gelassen, seit wir dem Beinhaus den Rücken gekehrt hatten. Und selbst wenn er ihn vorher geschrieben hatte – wie, zu allen Höllen, hatte er wissen können, dass er genau diese Beschwörung brauchen würde?

»Dann … geht nur.« Der Wächter nahm die »Kette« und ließ sie durch die Finger gleiten. »Schon gut.«

Lorican wartete, bis wir ein ordentliches Stück von dem Wächter entfernt waren, und flüsterte dann heiser: »Das wird ihn nicht davon abhalten, der Herrin Mutter von deinem fahlen Freund zu erzählen, sobald wir außer Sichtweite sind.«

Ich blieb nicht stehen. Jaern in Gesellschaft anderer Menschen zu bringen war schlimm genug, aber mit ihm in einem beengten Raum wie der Höhle haltzumachen war sogar noch schlimmer. »Lass ihn doch. Was soll sie mit der Information schon anfangen? Uns noch einen Löffel Zimt berechnen?«

»Hast du nicht gehört, was er gesagt hat?« Lorican klang fast panisch. »Die Gildenzauberer hören sich um. Die Miliz des Königs glaubt, dass jemand verräterische Reden schwingt, und man wird den Irrläufern die Schuld geben. Man gibt *immer* den Irrläufern die Schuld. Deshalb waren die Sicherheitsmaßnahmen so streng, als ich euch hier heruntergebracht habe, und die Mütter haben selbst an den Türen gesessen. Sie sind Hexen, Gray. Was glaubst du, was die Gildenleute der Herrin Mutter antun würden, wenn sie beschließen würden, sie zu verhaften? Was glaubst du, was all den Menschen hier unten zustoßen würde, die von ihr abhängig sind, um Amulette und Medizin zu bekommen?«

»Wir gehen ja schon, so schnell wir können«, sagte ich. »Wenn Keir immer noch mittels Divination nach mir sucht, wird sich meine Signatur bald von Tiefstadt entfernen.«

»Außerdem«, warf Jaern ein, »wird niemand der Herrin Mutter etwas verraten.« Er wurde langsamer, als wir uns den Rändern des düsteren Dorfs näherten, und ließ irritiert den Blick über die Gebäude schweifen.

»Ich nehme an, das soll die illusorische Kette bewirken?«, sagte ich.

»Der Zauber wird es bewirken.« Jaern deutete auf ein nicht weit entferntes Kochfeuer, an dem eine Frau stand und einen Bratspieß drehte. »Sie bereitet eine Ente zu.« Er schnupperte an der Luft. »Meine Götter, wie köstlich.«

Ich runzelte die Stirn. »Ich habe dich keinen anderen Zauber wirken sehen.«

»Ich habe nicht übel Lust, diese Ente zu probieren«, sagte Jaern. »Ich frage mich, wie schwer es wohl wäre, die Frau dazu zu bringen, sie mir zu geben.«

»Welcher Zauber?«, blaffte ich. Loricans Griff um meinen Kragen hatte sich wieder verstärkt. Ich musste schnell reden, bevor er sich doch noch entschloss, sein Versprechen tatsächlich zu halten. »Und erzähl mir ja nicht, dass du unbedingt etwas essen musst. Du hast jahrhundertelang in einem Loch gesessen.«

»Nahrung ist nicht unbedingt notwendig, aber ich versage mir kein Vergnügen. Und der Zauber – ich habe ihn zusammen mit der Illusion gewirkt. Der Mann wird mehrere Stunden lang nicht in der Lage sein, mit irgendjemandem zu reden. Ich habe Wort gehalten.« Jaern sah Lorican in die Augen. »Ich habe dem armen Wicht kein Haar gekrümmt, Wachhund. Kein einziger Kratzer. Ich habe ihm nur den Mund verschlossen. Du hast danebengestanden und mir dabei zugesehen. Und du … hast Gray *nicht* getötet, nicht wahr?« Er grinste angriffslustig, wild, und machte einen halben Schritt aufs Feuer zu. »Sie sieht mich an. Sollen wir hingehen?«

»Halte ihn auf.« Brix' Stimme wurde schrill vor Nachdruck. »Halt ihn sofort auf, sonst tut er ihr etwas.«

Ich riss mich von Lorican los und packte Jaern am Handgelenk – dem glimmenden. Die Magie pulsierte und summte unter meiner Hand, so berauschend wie der Rhythmus eines Lieds. Er fuhr herum.

»Ich besorge dir woanders etwas zu essen«, sagte ich. »Lass diese Leute in Ruhe.«

Er rührte sich nicht, abgesehen von dem mittlerweile vertrauten amüsierten Zucken seines Mundwinkels, und betrachtete meine Hand, die ihn festhielt. »Und wenn nicht?«

Loricans Messer verschwamm. Binnen eines Wimpernschlags ruhte die Spitze an Jaerns Rücken auf Höhe seiner linken Niere, vorausgesetzt, er hatte noch Nieren.

»Dann töte ich dich«, zischte Lorican. »Gray ist ja vielleicht mein Freund, aber du nicht.«

Jaern lachte. Die schwarzen Augen fanden mich, glitzerten im schwachen Licht. »Bei allen Heiligen, das können wir nicht zulassen.« Er entzog sich mir sanft. »Dann führ uns hinauf unter die Sterne, Gray.«

Als wir aus dem verlassenen Haus auf die Straßen von Ri Dana gelangten, war es dunkel. Muster aus Flechtenlicht krochen über die innere Stadtmauer und die schmalen, wunderschönen Türme, die sie umschloss. Der Salzgeschmack im Wind war nach der beengten, stickigen Atmosphäre in Tiefstadt eine Erleichterung, aber ich fühlte mich jetzt wie auf dem Präsentierteller. Keir Esras war immer noch irgendwo in Ri Dana, und anscheinend schikanierte er die Irrläufer, um mich zu finden.

Jaern blieb stehen, sobald wir Kopfsteinpflaster unter den Füßen hatten, und schnupperte schon wieder. »Frische Luft.«

»Mit einem entzückenden Aroma von Abwässern und dem Hammelbraten, den irgendjemand gerade zubereitet«, sagte ich und stieß ihn vorwärts. »So reizend wie alle Höllen, aber wir bleiben hier ganz bestimmt nicht stehen.« Ich wandte mich an Lorican. »Hör zu. Ich weiß, dass du schon viel getan hast, aber können wir heute Nacht, nur heute Nacht, in deiner Taverne schlafen?« Ich griff in meine Tasche und zog einen Smaragd daraus hervor – denjenigen, in den keine Rune eingraviert war. Mein Daumen glitt über die Facetten des Edelsteins. Ich hatte vorgehabt, ihn Brix zu geben – er war gewiss mehr wert als vierzig Silberstücke, wenn sie ihn am richtigen Ort verkaufte. Aber wir brauchten einen sicheren Platz zum Übernachten, und mir fiel kein anderer ein, an dem man einen silberhaarigen Nekromanten verstecken konnte.

Lorican erspähte das Juwel in meiner Hand. »Steck das wieder ein«, sagte er unwirsch. »Ich will keine Bezahlung. Manche Dinge funktionieren nicht nach diesem Prinzip.«

Ich stopfte den Smaragd wieder in meine Tasche und zog einen Stift daraus hervor. Die Zurückweisung kränkte mich. Ich hatte fast dafür gesorgt, dass er lebendig begraben wurde. Warum also nahm er kein Geld von mir an? Weshalb ließ er nicht zu, dass ich meinen Fehler wiedergutmachte? Dieses Maß an Loyalität, Freundschaft und empfindlichem Ehrgefühl war für mich unerklärlich. Was hatte Acarius für den Mann getan? »Entschuldige bitte«, sagte ich steif, während ich eine Runenreihe um mein linkes Handgelenk schrieb. »Ich wollte dich nicht beleidigen.«

Lorican brummte. Es klang eher abschätzig, als Verzeihen auszudrücken. Er blickte zu den Traufen der Gebäude hinauf, neben denen die Sterne kaum zu sehen waren. »Es ist nach Mitternacht. Wir müssen von der verdammten Straße weg, bevor eine Patrouille der Miliz uns aufgreift. Ich glaube nicht, dass der Zauber, den du da schreibst – welcher es auch sein mag – gegen fünf oder sechs Gardisten etwas nützt.«

Ich machte mir größere Sorgen wegen Keir als wegen der Miliz. Keir konnte die Miliz natürlich jederzeit auf die Jagd nach uns schicken, aber sie war zumindest nominell dem König treu ergeben, und ich glaubte nicht, dass er sich von ihr abhängig machen wollte. Wenn die Miliz mich verhaftete, dann bestand eine gewisse Wahrscheinlichkeit, dass jemand sich anhören würde, was ich über Keir, seine Anhänger und ihre gegen den Thron gerichteten Pläne zu sagen hatte.

Allerdings hatte die Tatsache, dass ich Keirs Divination nicht spüren konnte, noch nicht zu besagen, dass er keine anderen Mittel einsetzte, um uns zu finden. Ich wollte hinter verschlossenen Türen sein und Zeit haben, zu schlafen, nachzudenken und zu einem Schluss darüber zu kommen, was, zu allen Höllen, ich tun sollte. Ich hatte gedacht, dass es schon schwer genug sein würde, mich zu entscheiden, ob ich die Puppe zerstören oder lieber als Lösegeld für Acarius verwenden sollte, aber jetzt musste ich auch noch herausfinden, ob ich Jaern glauben konnte oder nicht. Wenn der Nekromant die Wahrheit sagte, würde es meinen Großvater zu einem viel schlimmeren Leid als dem Tod verdammen, wenn ich die Puppe zerstörte.

Ich erschauerte.

»Gehen wir«, sagte ich. »Schnell.«

Lorican führte uns zurück in die Jinsleet-Straße. Ich ließ Jaern vor mir hergehen, weil ich ihn erstens nicht aus den Augen lassen und zweitens Brix an meiner Seite haben wollte. Nachdem wir eine Weile unterwegs waren, fand ihre Hand meinen Ellbogen.

»Ich muss mit dir reden.« Brix warf mir einen Seitenblick zu. »Ich muss wissen, was da unten passiert ist.«

»Ich habe einen Nekromanten und ein Artefakt gefunden.« Ich machte einen Bogen um eine Pfütze. »Pass auf, wo du hintrittst.«

»Das habe ich eigentlich nicht gemeint, aber gut.« Ihre Finger schlossen sich fester um mein Gelenk, als sie über die Pfütze hüpfte. »Erzähl mir von diesem Artefakt. Du hast gesagt, es sei etwas, das du brauchst, um deinen Großvater zu befreien. Ist es also ein Schatz?«

»Nicht im engeren Sinn. Es sieht wie ein unglaublich hässlicher Säugling aus. Ich glaube, es ist ein alchemistisches Werkzeug.« Ich steckte die Hand in die Tasche, packte die steifen Glieder der Puppe und zog sie so weit heraus, dass Brix den knollenförmigen Kopf und die leeren Augenhöhlen sehen konnte. »Es ist wie das Kultbild des Leeren in Fenwydd, aber es hat Fassungen.«

»Hässlich, das stimmt.« Sie musterte das Gesicht der Puppe stirnrunzelnd »Ich frage mich, was in die Fassungen gehört. Weißt du, was die Puppe bewirkt?«

»Steine, in die Runen eingraviert sind, und nein, ich weiß es nicht wirklich. Ich kann mich nur auf Jaerns Wort verlassen, was das betrifft.« Ein Kribbeln durchlief mich und mahnte mich zur Vorsicht. Ich steckte die Puppe wieder in die Tasche. Meine Fingerspitzen streiften den Smaragd ohne Gravur. »Warum interessiert dich das?«

Sie stieß ein leises, enttäuschtes Seufzen aus. »Wir wären fast gestorben, um dieses Ding zu holen. Verzeih mir, wenn ich neugierig bin, ob es das wert war. Hast du auch die Steine gefunden, die in die Fassungen gehören, oder war die ganze Sache ein fruchtloses Unterfangen?«

»Zwei Steine fehlen noch«, murmelte ich, »aber ich weiß, wo sie sind, also war es *kein* fruchtloses Unterfangen, solange ich dahinterkomme, wie man das verdammte Ding zusammensetzen muss.«

»Vielleicht kann ich dir helfen herauszufinden, wie es funktioniert, wenn es dieselbe Anordnung hat wie das Kultbild in Fenwydd.«

Ich blieb stehen. »Warum, zu allen Höllen, solltest du das tun?« Ihre Hand ruhte immer noch auf meinem Arm. Das lenkte mich fast so sehr ab wie die Art, wie sie mich ansah – frustriert, forschend, überrascht. Jaern und Lorican waren uns allmählich zu weit voraus. »Komm.« Ich konnte mich nicht recht dazu zwingen, mich von ihr loszumachen. »Wir müssen mit ihnen Schritt halten.«

Wir bogen in das gefühlt fünfzigste dunkle Gässchen ein. Dann traf mich der Gestank, und ich erkannte die Rückseite der Taverne.

»Zu Hause«, sagte Lorican.

»Dieses Zuhause könnte es vertragen, einmal oder besser gleich sechsmal gekalkt zu werden, um den Geruch in Zaum zu halten.« Jaern betrachtete das Gässchen mit einer angeekelten Grimasse. »Bleiben wir hier?«

»Nur für heute Nacht«, sagte Lorican.

»Ich sehe nicht ein, warum ich auch nur eine Stunde lang eine solche Jauchegrube ertragen sollte.« Jaern verschränkte die Arme.

»Die von uns, die keine handgefertigten Körper haben, müssen schlafen, und ich lasse nicht zu, dass du allein durch Ri Dana streifst.« Ich klang nicht besonders gebieterisch, noch nicht einmal in meinem eigenen Kopf, aber die Worte erfüllten ihren Zweck und brachten mir augenblicklich Jaerns Aufmerksamkeit ein. Jetzt musste ich mir nur noch einfallen lassen, wie ich einen Zauber loslassen konnte, ohne dass er erkannte, was ich tat, und etwas gegen mich unternahm. Vielleicht würde es glücken, wenn ich ihn wütend machte?

»Wie reizend.« Jaern wandte sich mir zu. Anscheinend war er schon wütend. »Und was, wenn ich lieber …«

»Ich will, dass du hierbleibst.«

Etwas *zog* in mir. Es war das Verstörendste, was ich je erlebt hatte – ein Gefühl, als würde ein Tonkrug voller Bienen in der Mitte meines Wesens vibrieren. Das war nicht *ich*.

Jaern blinzelte. Sein Mund stand noch offen, und eine Mischung aus Zorn und Verwirrung loderte auf seinem Gesicht auf. Ich kämpfte gegen den seltsamen, fremdartigen Sog an, um mich zu konzentrieren. Ich musste den Zauber wirken, solange Jaern still war, sonst würde ich keine zweite Gelegenheit bekommen. Ich musste …

»Na gut«, meinte Jaern widerwillig und wirkte beinahe so bestürzt, wie ich mich fühlte. »Dann schlage ich vor, dass du mich aus dieser stinkenden Gasse holst.«

Etwas machte ihn gegen seinen Willen gehorsam. Etwas …

Ich schluckte. Ich wollte diesen Gedankengang nicht hier und jetzt bis zu seinem Ende verfolgen. »Lorican.«

Lorican schloss die Tür auf, und Jaern stolzierte hinein. Als ich an dem Irrläufer vorbeiging, hielt er mich auf, indem er mir die Hand auf die Brust legte.

»Was war das?« Lorican starrte in das dunkle Innere seines Zuhauses. »Wie hast du ihn überzeugt?«

»Ich habe keine Ahnung.« Ich drängte mich an Lorican vorbei. Es war keine große Lüge. Was verstand ich schon von Seelen? Ich war kein Priester und hatte keine echten Antworten. Alles, was ich hatte, waren eine Theorie und ein Problem mehr.

Im Gegensatz zur Gasse roch die Küche der Taverne beinahe angenehm. Die Geister alter Mahlzeiten umwaberten den kalten Herd. Jaern war neben der Feuerstelle stehen geblieben. Brix folgte mir, und Lorican schloss die Tür hinter uns, sodass uns sogar das schwache Sternenlicht aus dem Gässchen genommen war. Dann begann der Irrläufer, auf dem Kaminsims herumzutasten.

Ein fester Muskelknoten, der mir gar nicht bewusst gewesen war, löste sich am Ansatz meiner Wirbelsäule. Die Dunkelheit, die Ruhe und sogar die alten Kochdünste waren tröstlich. Normal. Endlich würde ich Zeit haben nachzudenken, vielleicht sogar, hellseherisch nach Acarius zu suchen und festzustellen, ob ich seinen Aufenthaltsort endlich ermitteln konnte.

»Verdammt«, sagte Lorican. »Die Kerze liegt im Schankraum. Ich hole sie.«

Die Schwingtür zwischen Küche und Schankraum quietschte, als sie sich öffnete und schloss. Ein neuer Duft kitzelte meine Nasenlöcher. Beißend, chemisch. Er konnte nicht von der Gasse oder aus dem Kochtopf stammen.

Nein.

Ich schwang den Arm und packte Brix. »Raus, alle miteinander. Lauft und seht euch nicht um.«

Die Tür zum Schankraum schwang auf. Grünes Licht fiel gleißend hell hindurch. Der Zauber traf mich, bevor ich aufschreien konnte. Schmerz explodierte überall in meinen Knochen, zwang mich in die Knie und verzerrte jeden Muskel zu einem Krampf.

»Zu spät«, sagte Jaern.

FÜNFZEHN

Die Knie taten mir weh, wo der Steinboden in sie biss. Ich konnte kaum etwas sehen, nur grünes Licht und die verschwommenen Umrisse desjenigen, der im Türrahmen stand.

»Corcoran Gray, du bist verhaftet. Mach keinen Unsinn, dann werden wir dich nicht lähmen.«

Ich erkannte die Stimme nicht. Sie gehörte weder Lorican noch Jaern. Wenigstens hieß das wohl, dass Jaern nicht derjenige gewesen war, der mir den Zauber entgegengeschleudert hatte, obwohl mir die Auswahl des Spruchs wie ein fast unwahrscheinlicher Zufall vorkam. Das hier war eine entsetzliche Variante eines Wundstarrkrampf-Zaubers. Meine Rückenmuskeln zogen sich noch fester zusammen.

Ich konzentrierte mich und brachte meine Augen dazu, klar zu sehen. Ein Mann und eine Frau standen unmittelbar diesseits der Tür. Sie trugen die kunstvoll bestickten Roben hochrangiger Zauberer. Ich konnte Lorican nicht sehen, aber es gab nur eine begrenzte Anzahl von Möglichkeiten: Er lag tot im Schankraum, er befand sich außer Gefecht gesetzt dort, oder er steckte unter einer Decke mit diesen Gildenschlägern.

Meine Kiefer wollten sich kaum öffnen. »Wie, zu allen Höllen, soll ich eurer Meinung nach in diesem Zustand Unsinn machen?«

Der Zauberer, der eben gesprochen hatte, ein Mann mit lockigem blondem Bart, lächelte dünn. »Du hast einen Zauberspruch auf dein Handgelenk geschrieben. Wer weiß schon, was du unter deinen Kleidern noch notiert hast? Ich lockere den Zauber jetzt ein wenig, damit du und deine Gefährten euch nackt ausziehen könnt. Sobald wir gesehen haben, dass keiner von euch etwas Bedrohliches auf den Leib geschrieben hat, dürft ihr euch wieder ankleiden, und dann bringen wir euch zum Gildehaus, damit euch der Prozess gemacht wird. Wenn du irgendetwas tust, das auch nur nach dem Anfang einer Beschwörung aussieht, lasse ich den Zauber wieder auf dich los. Der Wundstarrkrampf-Zauber kann Menschen die Knochen brechen – nur für den Fall, dass du das nicht weißt. Ich würde es schon jetzt tun, aber es wäre unpraktisch, euch tragen zu müssen.«

»Bastarde«, flüsterte Brix. »So darf man Leuten doch nicht wehtun.«

Was das betraf: Mir waren schon einmal die Knochen gebrochen worden, aber der Gedanke, dass sie Brix etwas antun könnten, jagte mir einen Schauder über die Haut. Ich konnte meine Halsmuskeln nicht genug beherrschen, um mich ihr zuzuwenden.

»Nicht«, sagte ich. »Sie sind zu zweit. Sie können eine Kopie desselben Zaubers wirken, wenn sie wollen.«

»In der Tat«, sagte der Zauberer. »Ich schlage vor, ihr fangt jetzt an.«

Der Bann um mich lockerte sich, wenn auch nur ein wenig. Ich kam auf die Beine und schnürte mir dabei das Hemd auf. Der Zauber pulsierte noch immer faulig grün, pochte unter meiner Haut, bereit, jeden Augenblick wieder zum Leben zu erwachen. Es fühlte sich an, als würde man sich unter Wasser bewegen. »Es nützt euch nichts, die anderen festzuhalten. Das Tribunal wird nichts finden, was es ihnen zum Vorwurf machen könnte. Die Frau ist zu nichts zu gebrauchen – sie weiß rein gar nichts. Ich habe sie für Informationen über die Tempel bezahlt, und sogar die waren nicht sehr hilfreich. Und der Irrläufer vermietet bloß Zimmer.«

Brix' Atem zischte neben mir, aber mehr fiel mir nicht ein. Es gab keine andere Erklärung, die die Gildlinge dazu bewegen konnte, sie gehen zu lassen. Ich durfte sie unter keinen Umständen herausfinden lassen, dass sie eine Tirnaal war. Ri Dana hatte einen kleinen, aber blühenden Sklavenmarkt. Brix würde auf dem Auktionsblock einen hübschen Preis einbringen – sofern man sie nicht einfach mit zum Gildehaus schleifte und dort einsperrte.

»Und der da?« Der blonde Zauberer zeigte auf Jaern. »Was für eine Ausrede hast du für ihn? Zieht euch aus, sonst lähmen wir euch alle und entkleiden euch selbst.«

Jaern war schon aus seiner altmodischen Tunika geschlüpft. Er zog sein Hemd aus und ließ es gähnend wie eine Pfütze aus Stoff auf den Boden fallen.

Verdammt, das hier war der Mann, der einen Irrläufer verhext hatte, ohne mit der Wimper zu zucken. Was hatte man davon, einen Nekromanten bei sich zu haben, wenn er in der Not keinen Zauber wirkte?

Ich riss mir das eigene Hemd vom Leib und hoffte, dass Brix sich mit den Knöpfen ihrer Robe Zeit lassen würde. Es musste einen Ausweg geben. Es gab immer einen Ausweg. Ich zog die Füße aus den Stiefeln, einen nach dem anderen. Nachdenken. *Nachdenken.*

»Was, zu allen Höllen, hat Keir euch eingeredet, was ich getan habe?« Ich hielt inne, die Hände auf meiner Gürtelschnalle. Meine Haut brannte vor Kälte. »Besagt das Gesetz der Gilde nicht, dass ihr mir die Anklage vortragen müsst?« Noch schlimmer als die Möglichkeit, zu sterben oder geistig gebrochen zu werden, war, wie ich gerade feststellte, die Vorstellung, dass Brix mich ohne meine Kleider zu sehen bekäme.

»Der Oberste Inquisitor hat sich sehr genau ausgedrückt, was dich betrifft«, sagte der blonde Zauberer. »Die Anklage lautet auf unlizenzierte Zauberei und Aufwiegelung. Jemand hat das ganze letzte Jahr über in den Gildehäusern für verbotene Praktiken geworben, Lehrlinge rekrutiert und ihnen eingeflüstert, dass man sich mit den Tempeln verbünden solle, um die Königliche Charta zu Fall zu bringen. Wir glauben, dass du der Schuldige bist. Besonders angesichts dessen, dass du mit dieser Frau reist. Auf sie passt nämlich haargenau die Beschreibung, welche die Tempel von einer flüchtigen Sklavin herausgegeben haben. Also hör jetzt auf, Zeit zu schinden. Lass die Hosen runter und dreh dich um. Und halt die Hände da, wo ich sie sehen kann.«

Ich gehorchte und konnte gar nicht anders, als Brix

anzuschauen, als ich mich umdrehte. Sie war mit den Knöpfen erst halb fertig. Ihr Blick blieb an meinem Bein hängen, als würde sie nach meiner fehlenden Schiene suchen, und sie runzelte eine Sekunde lang die Stirn, bevor sie mir in die Augen sah.

»Sie haben keinen Grund, mir etwas zuleide zu tun«, sagte sie. »Es ist alles in Ordnung.«

Aber das war es nicht, und das wusste sie. Ich nahm an, dass Jaern auf sich selbst aufpassen konnte, aber wenn mir nicht schnell etwas einfiel, würde Brix auf dem Auktionsblock landen und Lorican, falls er überhaupt noch lebte, am Pranger oder in einer noch schlimmeren Lage, und das wäre dann meine Schuld.

Die Beschwörung auf meinen Händen reichte aus, einen von beiden bewusstlos zu schlagen, wenn ich sie lange genug von mir ablenken konnte, um die Silben auszusprechen. Aber dann würde immer noch einer übrig bleiben und mich binnen Sekunden lähmen. Ich brauchte einen zweiten Zauber, und es gab keine Möglichkeit, einen zu schreiben.

»Diese Narben.« Wenigstens klang der blonde Zauberer nicht mehr gelangweilt.

Ich drehte mich zu ihm um, erleichtert, Brix' Blick zu entkommen. »Welche Narben?« Es war keine müßige Frage – ich hatte so einige. Normalerweise verabscheute ich sie. Sie erinnerten mich an schlechte Zeiten, gescheiterte Zauber, mitternächtliche Fluchten aus stinkenden Dörfern und Städten mit toter Seele. In diesem Augenblick hingegen erkauften sie mir noch ein Fitzelchen Zeit.

»Die runden auf deinen Schulterblättern. Was …«

»Flugzauber«, unterbrach ich ihn. »Sie stammen von den Flügeln, die sich ans Skelett heften, und ja, das tut weh.«

»Das ist unmöglich.« Das Lächeln des Zauberers war verblasst. »Niemand kann fliegen.«

»Unlizenzierte Zauberei hat ihre Vorteile«, sagte ich. »Kann ich mich jetzt, da ihr gesehen habt, dass ich sonst keinen Zauberspruch geschrieben habe, bitte wieder anziehen?«

»Das ist unmöglich«, wiederholte der Zauberer.

Ich sah dem Gildling in die Augen. »Wenn es das wäre, warum hat die Gilde dann ein Gesetz dagegen? Es ist nicht unmöglich, es ist nur kostspielig, gefährlich und schwierig.«

»Du lügst.« Endlich eine Äußerung von der Zauberin, die einen grau melierten Zopf wie ein Diadem um den Kopf gewunden trug.

»Zu welchem Zweck sollte ich das tun?«, antwortete ich. »Euch jetzt zu beeindrucken bringt mir später nur noch mehr Folter ein.« Man sollte es nicht für möglich halten, dass man gleichzeitig enerviert und in heller Panik sein kann, aber das war ich. Wenn ich schon gefangen genommen und leer gefegt werden musste, warum dann ausgerechnet von diesen wandelnden Säcken voller Dummheit?

Jaern beobachtete den Austausch mit einem gewissen Interesse. Bis auf das schwarze Amulett, das um seinen Hals hing, war er vollkommen nackt und hatte die muskulösen Arme vor dem wie gemeißelt wirkenden Oberkörper verschränkt. Die unterschwellige Gereiztheit in meinem Bauch ging in lodernde Wut über.

Wenn der faule Dreckskerl nichts auf sich geschrieben hatte – und ich sah ja, dass da *nichts* war –, wie hatte er dann vorhin gezaubert? Standen die Sprüche irgendwo auf seinen Kleidern? Oder auf dem Amulett?

»Es reicht«, sagte der blonde Zauberer. »Wir werden die Wahrheit über die Narben schon noch erfahren, wenn wir den Rest der Informationen aus deinem Verstand holen. Jetzt zieht sich erst einmal das Mädchen aus.«

Wenn Brix sich auszog, würden sie ihre Tätowierungen sehen. Ich musste diesem Kerl wehtun.

»Ich habe es euch doch schon gesagt«, beharrte ich, »sie weiß nichts. Auf ihr stehen keine Zaubersprüche geschrieben. Ich bin nicht so dumm, dass ich Beschwörungen dorthin schreiben würde, wo ich sie nicht im Auge behalten kann.«

»Zwing mich nicht dazu, es noch einmal zu verlangen.« Der blonde Zauberer schob sich die Ärmel hoch und enthüllte die Runen, die von seinen Handgelenken bis zu seinen Ellbogen geschrieben standen. Ein Unterarm war mit dem Zauber bedeckt, den er gerade wirkte. Auf dem anderen jedoch stand eine Feuerwandbeschwörung, und sie war bisher nicht aktiviert worden. Ich kniff die Augen zusammen.

Vielleicht war es eine riskante Idee. Aber wenn Jaern Zauber wirken konnte, indem er auf Sigillen zurückgriff, die irgendwo geschrieben standen, warum konnte ich dann nicht diejenigen auf dem Unterarm eines anderen nutzen?

Ich musste ihn ablenken, sonst würde ich nie die

Zeit haben, die Beschwörung zu vollenden. »Brix«, sagte ich. »Es tut mir leid.«

»Es ist nicht deine Schuld.« Sie trat vor. Als ihre Finger über die Knopfleiste an der Vorderseite ihrer Robe huschten, richtete der blonde Zauberer den Blick auf sie. Brix griff nach dem Gürtel, dem Letzten, was ihre Robe noch geschlossen hielt. Ich ließ die Silben über meine Lippen rollen.

Die Runen erwachten auf dem Arm des Zauberers brennend zum Leben, und er schrie, aber es war zu spät. Ich führte den Zauber aus, nicht er. Eine Flammenwand loderte zwischen uns. Ich stieß sie auf die Zauberer zu, so schnell ich konnte. Bald würde selbst einem Gildenidioten auffallen, dass er den Zauberspruch einfach von seinem Arm abreiben und mich aufhalten konnte, und bis dahin musste ich dicht genug bei ihnen sein, um sie zu berühren. Ich konnte den Zauber nicht sehr lange aufrechterhalten, sonst würde die Taverne in Brand geraten.

Ich rief über meine Schulter: »Brix, Jaern, geht. Sucht Lorican und flieht.«

Sie rührte sich nicht. »Was ist mit dir?«

Jaern löste die verschränkten Arme, streckte eine Hand aus und sprach einen Zauber. Es dauerte einen Augenblick, bis mir klar wurde, um welchen es sich handelte: Lähmung, und zwar eine sehr aggressive Variante.

Ein Lichtfleck flammte auf seiner Haut auf der linken Seite seines Brustkorbs auf. Ich kniff die Augen zusammen und versuchte, ihn zu beobachten, so gut ich konnte, während ich weiter meinen Zauber im Griff behielt. Es sah aus, als wären auf die Haut geschriebene Runen zum Leben erwacht, aber da war nichts gewesen. Ich *wusste*, dass da nichts gewesen war.

Jaern ging auf die gelähmten Zauberer zu und wischte die Sprüche von beiden Armen des blonden Mannes ab. Die Flammen erloschen, und ich stand zitternd und fuchsteufelswild da.

»Bei allen Höllen!« Ich schnappte mir meine Hose und zog sie schnell an. »Wie hast du das gemacht?«

»Jetzt kommt es doch wohl eher darauf an zu beschließen, was wir mit den beiden anfangen sollen.« Jaern deutete auf die Gildlinge. »Was sind sie, außer lästig?«

»Nein, du wirst mir jetzt gefälligst sagen, wie du einen Zauber gewirkt hast, ohne einen Spruch geschrieben zu haben.« Wieder spürte ich jenes seltsame Ziehen in mir, das merkwürdige Summen, das alle anderen Gedanken überdeckte. Abermals blitzten Jaerns schwarze Augen vor Unbehagen auf, wenn auch nur für einen Sekundenbruchteil. »Und warum du so lange damit gewartet hast, mir zu helfen«, setzte ich hinzu.

»Es ist ein handgefertigter Körper.« Er sprach widerwillig, als hielte man ihm ein Schwert an den Rücken. »Als ich ihn gebaut habe, habe ich die Haut abgezogen, die gebräuchlichsten Zaubersprüche auf die Innenseite geschrieben und dann die Haut wieder angebracht. Mein Körper hat alle möglichen nützlichen Anpassungen. Und ich habe gewartet, weil ich sehen wollte, wie schlau du bist und wie du allein mit der Situation fertig werden würdest. Jetzt aber, angesichts der Tatsache, dass diese beiden Narren hier stehen und jedes Wort mit anhören, das wir sagen … Wer sind sie?«

»Gildenzauberer«, sagte ich.

»Keir Esras' Schoßhunde?« Jaern strich den Kragen der Robe des blonden Zauberers glatt.

»Nicht ganz«, erwiderte ich. »Ich glaube nicht, dass sie wissen, warum er sie angewiesen hat, Jagd auf mich zu machen. Keir hat in Fenwydd mit den Tempeln zusammengearbeitet, was wahrscheinlich heißt, dass er derjenige ist, der andere in der Gilde aufwiegelt. Wir werden sie befragen müssen, um …«

Jaern legte dem blonden Zauberer die Hand auf die Brust und sprach. Der Zauberspruch leuchtete im Nacken des Gottes auf, bevor ich reagieren konnte, scharlachrotes Licht, das vor Bosheit pulsierte. Der blonde Zauberer hatte den Blick starr auf ihn gerichtet, panisch wie ein Vogel in der Schlinge. Licht strömte aus den Nasenlöchern des Zauberers in den schwarzen Anhänger, der von Jaerns Hals baumelte. Binnen eines Sekundenbruchteils glühte auch die Zauberin.

Blut sprudelte aus den Mündern der gelähmten Zauberer, und sie brachen wie zwei Häufchen Elend zusammen.

»Aufhören!« Ich hechtete auf Jaern zu und packte ihn am Arm.

Er sah mich überrascht an.

Ich ließ ihn los, unfähig, den Blick von den Menschen am Boden abzuwenden. Ihre Haut hatte schon einen kränklichen gelblichen Farbton angenommen, weil der Blutkreislauf zum Erliegen gekommen war. Es blieb nichts mehr zu tun. »Du hast sie getötet«, stellte ich fest.

»Steck lieber den Kopf zwischen die Knie, bevor du dich noch übergeben musst.« Jaern hockte sich neben den blonden Zauberer und begann, seine Kleidung systematisch zu durchsuchen. »Oder geh im Schankraum deinen anderen kleinen Freund suchen. Vergewissere dich, dass er atmet, wenn du ihn behalten willst.«

Ich rang darum, meinen Körper ins Gleichgewicht zu bringen. Der ätzende Gestank der Magie mischte sich in meinen Nasenlöchern mit Rauch und Blut und brachte mich in der Tat zum Würgen. »Du ...«

Jaern zog dem Zauberer die Robe aus und hielt sie sich an. »Zu kurz, aber die andere ist noch kürzer.«

»Du hast sie *getötet*«, wiederholte ich. Aber in Wirklichkeit sprach ich gar nicht mit Jaern. Das hier war meine Schuld. Die Gildlinge waren dumm gewesen, noch dazu gefährlich, aber sie hatten es nicht verdient zu sterben. Und ich war derjenige gewesen, der den Nekromanten hergebracht hatte. Diese Tode gingen auf meine Kappe.

»Wie goldig. Sie wollten *dich* umbringen. Was hättest du stattdessen getan, da es dir so zu schaffen macht zu töten?« Jaern schüttelte die Knitterfalten aus der Robe. »Kannst du wenigstens einen Fisch ausnehmen?«

Brix' Hand lag auf meinem Unterarm. »Komm, Gray. Lass uns nach Lorican sehen und dann von hier verschwinden.« Sie warf einen finsteren Blick in Jaerns Richtung. »Er muss nicht unbedingt mitkommen.«

»Sie verletzt meine Gefühle«, bemerkte Jaern. Er

war jetzt damit beschäftigt, dem toten Zauberer das Hemd auszuziehen. »Wirst du es ihr sagen?«

Brix zog die Augenbrauen hoch. »Mir *was* sagen?«

Ich schnappte mir meine Tasche und stieg über die Leichen der Zauberer in den Schankraum. Der Geruch des frischen Todes folgte mir, der hässliche Gestank von Körpern ohne Seelen darin. Es roch wie zur Pestzeit, danach, sich im Dunkeln zu verstecken und zuzusehen, wie die Überlebenden Scheiterhaufen aufschichteten. Es roch danach, wieder ein Kind zu sein.

Wo, in Farrans Namen, steckte Lorican? Ich fischte einen Fettstift aus der Tasche, kritzelte einen Illuminationszauber auf meinen Unterarm und ließ den Lichtball dicht unter den Deckenbalken schweben. Vielleicht konnte ich wenigstens ihn vor dem Tod bewahren, wenn er nicht schon gestorben war. Womöglich konnte er mir ein paar Antworten geben.

»Mir *was* sagen?« Brix war mir gefolgt. »Hat das etwas damit zu tun, wohin deine Knieschiene verschwunden ist?«

Lorican lag am Boden. Nach allem, was eine flüchtige Untersuchung mir verriet, war er bewusstlos, atmete aber.

»Gray«, beharrte sie.

Wenigstens nannte sie mich nicht Corcoran. Ich ließ mich neben Lorican auf die Fersen sinken und sah keinen anderen Ausweg als Ehrlichkeit. »Ich weiß nicht, wie ich dir das erklären soll«, gestand ich.

»Du kannst reden, während du arbeitest.« Sie bückte sich und legte Lorican zwei Finger an den Hals. »Er lebt. Ist er verzaubert oder so?«

»Offensichtlich.« Lorican schien allerdings nicht mit etwas Gefährlichem verhext zu sein. Wahrscheinlich war es ein einfacher Ruhezauber, wie der, den ich gegen den Priester im Gefängnis von Fenwydd eingesetzt hatte.

»Dann bring ihn in Ordnung«, sagte Brix.

»Er wacht wahrscheinlich in ein paar Stunden wieder auf, ganz gleich, was ich tue.« Ich holte Atem. Es hatte keinen Sinn, es noch länger zu vermeiden. Jaern würde es Brix sagen, wenn ich es nicht tat. »Aber ich kann …« *Lass dir etwas einfallen, Heimchen.* »… ihn nicht zurücklassen«, brachte ich es zu Ende, noch unbeholfener, als ich die meisten anderen Dinge zu Ende bringe.

»Lorican?« Sie zog eine Augenbraue hoch. »Bist du dir sicher, dass er überhaupt mitkommen will?«

»Ich meine den Knochenfürsten im Nebenzimmer, der sich gerade seine neue Garderobe zusammensucht«, sagte ich. »*Er* muss mitkommen. Bei allen Höllen, wahrscheinlich ist sogar eine räumliche Komponente mit im Spiel. Ich bezweifle, dass er sich sehr weit von mir entfernen kann.«

Sie runzelte die Stirn. »Räumliche Komponente wobei? Bei einem Zauber?«

»Es ist eigentlich kein Zauber.« Mein Nacken war immer noch verkrampft. Ich rieb ihn mir. »Jaern hat … etwas getan, unter der Erde, das mein lahmes Knie geheilt hat. Und ich habe vielleicht seine Seele verschluckt.«

Brix hob einen Finger. Jegliche Geduld schwand aus ihrer Miene. »Du hast *vielleicht* seine Seele verschluckt?«

»Er hat gesagt, es sei seine Seele.« Der Krampf in meinem Nacken ließ nicht nach. »Es hätte alles Mögliche sein können, schätze ich. Wenigstens hat es ihn dazu gebracht zu tun, was ich ihm befohlen habe.«

»Du behauptest also, zwei Seelen zu haben«, sagte sie.

»Mehr oder minder. Behalt das für dich.« Ich beugte mich über Lorican. »Vielleicht sollte ich das Ley einfach brechen und den verdammten Schankwirt aufwecken. Das macht die Sache bestimmt einfacher.«

Sie musterte mich mit einer Art angewiderter Faszination, so, wie manche Leute einen Leichnam am Galgen betrachten. »Kannst du sie *spüren*?«

»Bei Farrans Perücke!« Ich beugte mich dichter zu ihr und zwang mich, die Stimme zu einem Flüstern zu senken. Ich hätte wetten mögen, dass Jaern auch über ein verbessertes Gehör verfügte, und ich wollte nicht, dass er lauschte. »Nein, ich spüre sie nicht. Nein, ich habe die Seele nicht in dem Sinn, wie ich meine eigene habe – ich kann nicht damit denken oder sonst irgendetwas. Ich hoffe, ich bin nur ein … Gefäß, aber ich weiß nicht besonders viel über Nekromantie, also bin ich mir in keiner Hinsicht sicher und weiß auch nicht, wie ich sie wieder loswerden soll. Und ich bin auch nicht glücklicher über die Situation, als du es bist, aber wenn ich meinen Großvater befreien will, dann brauche ich Jaern.« Ich fuhr mir übers Gesicht. »Hör zu, ich glaube nicht, dass wir besonders viel Zeit haben. Die beiden hatten unglaubliches Pech, aber sie waren trotz allem hochrangige Zauberer. Wenn sie morgen früh nicht wieder auftauchen, werden ihre

Gildengenossen mittels Divination nach ihren Sigillen suchen.«

»Du meinst Tätowierungen wie deine«, sagte Brix.

»Nein. Meine ist eine Fälschung, nur ein hübsches Bild. Ihre sind Signalfeuer, wie der Ring, den ich dir in Fenwydd abgenommen habe. Die Gilde *wird* sie finden.« Die Worte sprudelten aus meinem Mund hervor, während sich gleichzeitig der Gedanke in meinem Kopf vollendete und mir klar wurde, was ich zu tun hatte. »Du solltest jetzt gehen. Ich kümmere mich um Lorican und den Nekromanten.«

»Sehr edelmütig.« Sie lockerte die Verschnürung an Loricans Hemd, als könnte ihn das aufwecken. »Nein.«

»Ich bin nicht edelmütig. Ich will, dass *du* aufhörst, töricht zu sein.« Ich hörte die Angst in meinem Tonfall und hasste sie, hasste die Schwäche, die eine Fluchtgelegenheit zum Besten machte, was ich ihr anbieten konnte. »Sie werden dich fangen, und dann verkaufen sie dich, und du kommst nie zurück zu Anka. Ich kann diese Art von Verwundbarkeit nicht mit mir herumschleppen. Du musst gehen.«

Sie versteifte sich, als hätte ich sie geschlagen. »Wie hast du …« Sie presste die Lippen aufeinander.

»Du bist eine Tirnaal ohne Freilassungspapiere, du hast gesagt, dass du dich mit jemandem treffen musst, und du brauchst so dringend Geld, dass du einem wahnsinnigen Zauberer unter die Erde folgst. Dann redest du zu guter Letzt von einer kleinen Schwester, und deine Augen leuchten wie Kerzen, aber die Schwester ist nicht bei dir.« Ich zwang mich, ihr ins Gesicht zu sehen. »Es war nicht schwierig dahinterzukommen.«

»Aber ich habe immer noch nicht das Geld, um ihre Freiheit zu erwirken«, sagte sie. »Man hat sie *verkauft*, Gray, an ein Schwein von einem Händler, der ein Lager führt. Ich bin mir nicht einmal sicher, wo genau sie ist. Ich kann nicht …«

Ich packte meine Tasche und riss den Smaragd ohne Gravur daraus hervor. Ich hielt ihn ihr über Loricans reglose Gestalt hinweg hin. »Hier. Nimm ihn. Verkauf ihn am richtigen Ort, dann solltest du in der Lage sein, zehn Sklaven zu erwerben. Nimm ihn und geh, sofort, noch heute Nacht.«

Sie rührte sich nicht von der Stelle. »Du *willst*, dass ich gehe?«

Ich wollte es nicht, weil ich ein egoistischer Deckskerl war.

»Ja«, sagte ich heiser. »Es gibt zwei Leichen, um die ich mir Sorgen machen muss, Leichen, die aufgespürt werden können und eine Divinationsspur auf jedem hinterlassen, der sie berührt. Dann gibt es da mich, der alles verkompliziert, was er anrührt, und auf dessen Kopf ein Preisgeld ausgesetzt ist, das sich wahrscheinlich gerade beträchtlich erhöht hat. Und dann ist da noch dieses schwarzäugige Etwas, das ich aus seinem Käfig gelassen habe und das gerade die beiden eben erwähnten Leute umgebracht hat. Warum möchtest du *nicht* gehen?«

»Das schwarzäugige Etwas ist durchaus nützlich«, bemerkte Jaern trocken.

Ich schoss in die Höhe, den Edelstein noch immer in der Hand. Jaern lehnte mit einer Schulter am Türrahmen, barfuß und in schlecht zusammenpassende

Gewänder gekleidet. Irgendwie war es ihm gelungen, die Blutflecken verschwinden zu lassen.

»Das geht dich nichts an«, sagte ich.

»Alles geht mich etwas an, Heimchen.« Er seufzte und spazierte zur Theke. »Das hier ist keine sehr gute Taverne, nicht wahr? Nichts als dunkles Bier.«

Eine Welle aus Eis rollte über mich hinweg. Nur Acarius nannte mich Heimchen. Wie, zu allen Höllen, hatte Jaern das herausgefunden? Ich hätte nicht gedacht, dass er einen so tiefen Einblick in meine Erinnerungen gewonnen hatte.

Er warf einen Blick über die Schulter und pfiff. Etwas scharrte in der Dunkelheit der Küche über den Boden – etwas Schweres, das auf uns zugestapft kam.

Die beiden toten Zauberer torkelten in den gerupften Resten ihrer Kleidung durch die Tür.

»Wo soll ich sie hinstellen?«, fragte Jaern.

Ich dachte, Brix würde schreien. Stattdessen wich sie zurück, bis sie gegen einen Tisch und Stühle prallte.

»Ganz ruhig.« Ich wich Lorican nicht von der Seite. »Es ist alles in Ordnung, Brix.«

Die beiden Gildlinge waren ganz eindeutig tot. Ihre Augen leuchteten von innen in mattem Orange. Unter ihren Nasenlöchern haftete eine purpurne Kruste aus geronnenem Blut.

»Wie kann das in Ordnung sein?« Ich glaube, sie wäre laut geworden, wenn sie in der Lage gewesen wäre, den Blick von den Dingern zu wenden. »Wie können sie gehen?«

»An der Theke steht ein Nekromant und beschwert sich über das Bier«, sagte ich. »Frag ihn.«

»Ich beschwere mich doch gar nicht.« Jaern stützte eine Hand auf die Theke und schwang sich darüber. »Aber all das Gerede langweilt mich inzwischen ein wenig. Ich habe dich gefragt, wo ich die Marulachs hinstellen soll. Ich habe sie berührt, und ich kann doch nicht zulassen, dass noch mehr von diesen Idioten um mich herumwimmeln.« Er nahm ein Glas aus dem Regal hinter der Theke und füllte es sich an einem Zapfhahn.

»Was denn nun? Du willst diese Leichen schnell verschwinden lassen? Und zwar so, dass die Gilde nicht mit ihrer Hilfe hellseherisch nach uns suchen kann?«, fragte ich und versuchte, den Abscheu zu überwinden, der in mir aufwallte. Ich warf einen Blick auf Brix. »Wenn man sie zerstört, würde das die Divination höllisch verwirrend machen.«

»Nein!« Sie schlug sich die Hand vor den Mund. »Man darf mit den Toten nicht so achtlos umgehen. Das ist ekelhaft.«

»*Ekelhaft*«, wiederholte Jaern in seinen Becher hinein. »Bei den hüpfenden kleinen Heiligen, jetzt droht sie aber wirklich, meine Gefühle zu verletzen.«

»Das ist kein Scherz«, sagte Brix. »Es waren echte Menschen. Man darf Leute doch nicht einfach so behandeln und sie wie Spielzeuge herumlaufen lassen.«

»Ich weiß, dass es kein verdammter Scherz ist«, sagte ich mit zusammengebissenen Zähnen. »Hör auf, mir Vorträge über Schicklichkeit zu halten. Ich versuche nachzudenken.« Nichts an dieser Situation war richtig, aber wir mussten ihr trotzdem irgendwie entkommen. Marulachs ohne Befehle waren gefährlich.

Wir konnten nicht einfach davongehen und sie hierlassen, sodass sie ziellos durch die Straßen wanderten. »Wenn dir der Gedanke nicht gefällt, die Leichen irgendwohin marschieren zu lassen, um sie loszuwerden, hast du dann andere Vorschläge, wie wir mit ihnen zurechtkommen sollen?«

»Wir sollten dem ein Ende setzen.« Sie kam quer durch den Raum auf mich zu und hockte sich neben mich. »Du weißt, dass wir es sollten. Du bist kein so schlechter Mensch. Weck Lorican auf, und dann lass dir von uns helfen, etwas gegen Jaern zu unternehmen. Er ist gefährlich.«

»Das ist er«, sagte Jaern zu seinem Becher.

Ich hatte immer noch den verdammten Smaragd. Ich konnte sie zumindest zwingen, ihn zu nehmen, damit sie Jaern und die Toten und mich und alles andere hinter sich ließe. Ich hätte erleichtert sein sollen, die Schuld begleichen zu können, die auf meinem Gewissen lastete, aber das war ich nicht. *Hier ist ein Smaragd. Damit ist die Summe abbezahlt, die ich dir schulde.* Und dann? *Bleib trotzdem bei mir?*

Ich würde darüber gar nicht erst nachdenken. Es würde ja doch nichts daraus werden. Ich drückte ihr den Stein in die Hand.

Sie sah darauf hinab. »Gray …«

»Still.« Ich hockte mich wieder neben Lorican, zog den Fettstift aus meiner Tasche und schrieb eine Reihe von Buchstaben zum Aufwecken längs seines Brustbeins. Ich sprach sie aus, bevor Brix wieder anfangen konnte, Fragen zu stellen. Aufwachzauber wirken gegen einfache Ruhesprüche, aber sie haben die

Nebenwirkung, zu jucken wie die Läuse von einem Dutzend Ratten. Lorican schnappte nach Luft.

»Steh auf«, sagte ich.

»Bei den Göttern, mein Kopf …« Er regte sich und setzte sich auf. Erst sah er die toten Gildlinge an, dann mich und schließlich wieder die Leichen. »Ich halluziniere«, sagte er langsam.

»Nein. Hoch mit dir.« Ich streckte ihm eine Hand hin und kratzte mich mit der anderen am Schlüsselbein. »Jaern, stell diese Dinger erst einmal wieder in die Küche. Ich will nicht reden, während sie mich anstarren.«

Der Nekromant zuckte die Schultern. Die Leichen wankten zurück durch die Schwingtür.

Lorican packte meine Hand und stand auf. Er wirkte erschüttert. »Gray, was, zu allen Höllen …«

Ich hob einen Finger. »Woher wusste die Gildenleute, dass wir hier sein würden, und warum haben sie dich nicht getötet?«

»Alles, woran ich mich erinnere, ist, dass ich diese Tür geöffnet habe«, sagte Lorican. »Sie müssen mich bewusstlos geschlagen haben. Es war die Gilde, sagst du? Das waren Zauberer?«

»Hochrangige Zauberer«, bestätigte ich. »Wütende hochrangige Zauberer.«

»Warum tun sie, was du sagst? Sie sahen aus, als ob etwas nicht mit ihnen stimmt. Ich hätte schwören können, dass sie …« Lorican rieb sich die Augen, als wollte er sie freibekommen, und spähte zur Küche hinüber. »Was ist los mit ihnen?«

»Sie sind tot«, sagte Brix und sah mich an.

»Sie sind *was?*« Loricans Kopf ruckte herum. »Wie können sie dann gehen?«

»Jaern hat sie getötet.« Ich bekam allmählich Kopfschmerzen, und das Gespräch entglitt meiner Kontrolle. Ich brauchte Antworten von Lorican. »Anschließend hat er aus Gründen, die nur er kennt, die Leichen wiederbelebt. Wir kümmern uns gleich um sie, nachdem du mir geantwortet hast. Woher wusste die Gilde, dass wir hier sein würden?«

Lorican versteifte sich. »Du glaubst, dass ich dich den Zauberkötern ans Messer liefern würde?«

»Irgendjemand hat es getan.« Und Lorican verschwieg schon etwas, seit ich ihn gefunden hatte. Ich hatte in meinem Leben selbst genug Lügen erzählt, um ihren Gestank zu erkennen.

»Oder die Lehrlinge, die du hast entkommen lassen, sind zu ihren Meistern zurückgerannt, wie ich es vorhergesagt habe«, konterte Lorican. »Sei nicht dumm, Bengel. Ich bin der Letzte in diesem Zimmer, über den du dir Gedanken machen solltest.«

»Warum? Wegen irgendeines nebulösen Gefallens, den Acarius dir vor Urzeiten getan hat, und deiner immerwährenden Dankbarkeit?« Das Herz hämmerte mir bis in den Schädel und sorgte dafür, dass ein dumpfer Schmerz durch meine Zahnwurzeln ging. Die Giftwirkung des Flammenwandzaubers würde nur noch zunehmen, und das verdammte Jucken hatte sich bis in meine Kniekehlen ausgebreitet. Ich musste meinen Spielzug bald ausführen. Ich hatte noch Runen auf meine Hände geschrieben, und der Zauber würde Lorican hart treffen, wenn ich schnell war. Ihn niederstrecken. Nichts Tödliches. Ich konnte ihn fesseln und ihn zusammen mit den Gildlingen in einen Schrank stopfen. Bis er sich aus der Lage befreit hatte, würden Jaern und ich längst fort sein, und …

Was tust du da?

Meine Gedanken kamen knirschend zum Stillstand. Was tat ich? Zog ich ernsthaft in Erwägung, Leichen zu verstecken und Lorican den Mord an ihnen in die Schuhe zu schieben? Galle stieg in meiner Kehle hoch.

Nein. Das war nicht ich.

Ich zwang mich, einen Schritt rückwärts zu machen, und drängte die Wut und die Panik zurück in ihre Käfige. Wenn ich mir nur hätte einreden können, dass wir Zeit hatten. Jeder Moment machte es wahrscheinlicher, dass der Rest des Gildehauses über die Taverne kommen würde.

»Fang an zu reden«, sagte ich.

»Hör auf, mich zu beleidigen«, blaffte Lorican, »und erklär mir, was hier vorgeht. Du erzählst mir, dass zwei Leute in meinem Hinterzimmer ermordet worden sind? Ich habe mich nicht gegen dich gewandt, du Einfaltspinsel. Wenn ich deine Haut verkaufen wollte, hätte ich es viel geschickter getan als auf diese Art. Es waren die jungen Leute.«

»Warum hat die Gilde nicht versucht, dich zu verhaften?« *Schrei nicht.* Ich rang darum, die Stimme zu senken, ballte die Hände zu Fäusten. Ich konnte keinen Zauber abschießen wie einen Pfeil ins Dunkel. Dafür hatte Acarius mich zu gut erzogen. Ich musste sichergehen. »Sie hätten versuchen sollen, mehr zu tun, als dich nur bewusstlos zu schlagen.«

»Hör zu.« Lorican beugte sich zu mir. Seine Muskeln spannten sich an, als müsste er sich erst noch entscheiden, ob er mich schlagen sollte oder nicht. »Ich habe keine Ahnung, was sie vorhatten. Vielleicht wollten sie mich verhören, vielleicht wollten sie mich der Stadtwache übergeben; wer weiß das schon? Nur weil ich nicht tot bin, heißt das noch lange nicht, dass dein kleines Spielchen mich nicht erledigt hat.« Er schwang den Arm Richtung Küchentür. »Ich kann nicht hierbleiben, Gray. Sie werden die Zauberer bis zu dieser Taverne verfolgen, und dann werden sie mich verhaften. Bei meinem Vorleben ...« Er brach ab. »Mein Geschäft – mein Lebensunterhalt – ist restlos ruiniert. Ich müsste vollkommen närrisch sein, um mich in solch eine Lage zu bringen. Glaubst du wirklich, dass die Gilde mit einem dreckigen Irrläufer verhandeln würde?«

Der Schmerz und die Wut in seiner Stimme ließen mich zurückzucken. Wenn er log, dann war er sehr gut darin. Und es gab durchaus andere Möglichkeiten. Die Herrin Mutter mochte der Gilde etwas zugeflüstert haben. Keir Esras hatte womöglich die andere Hälfte seines Verstands gefunden und dazu benutzt, einen Divinationsexperten anzuheuern. Vielleicht hatten sie sogar Acarius' Geist etwas entlockt.

»Schon gut.« Ich rückte von ihm ab. »Schon gut, lass es gut sein.« Im Moment kam es darauf an, am Leben zu bleiben, die letzten beiden Edelsteine zu finden, die ich brauchte, um das Artefakt zu vervollständigen, und Acarius zu befreien. Ich konnte Lorican zumindest so lange vertrauen, bis er mich aus der

Stadt gebracht hatte. Danach würde es einfacher sein, meiner eigenen Wege zu gehen. Ich fällte meine Entscheidung. »Ich muss nach Hause«, sagte ich. »In Acarius' Hütte. Das heißt, dass ich Pferde brauche oder auf einen fremden Wagen springen muss. Irgendwelche Vorschläge?«

Lorican verzog das Gesicht. »Bei allen Heiligen! Na gut. Gehen wir also ein paar verdammte Pferde stehlen.«

Pferde zu stehlen erwies sich als einfacher, als ich befürchtet hatte. Wir verließen die Taverne, begleitet von Jaerns wandelnden Toten, und folgten Lorican durch die dunklen Straßen. Der Irrläufer murmelte die ganze Zeit unterdrückt etwas vor sich hin, eine Litanei ziemlich exotischer Flüche, die allesamt Acarius und mir galten. Ich vermute, das lag größtenteils an den Marulachs, die halb bekleidet mitschlurften und in schwachem Orange glühten. Sie waren nicht gerade unauffällig, aber es ging nicht anders. Wir mussten einen Platz finden, um sie loszuwerden.

Wie der Zufall es wollte, führte Lorican uns zu den Ställen, die vom Gildehaus genutzt wurden. Ein Zauberspruch von mir und ein verdächtig hochwertiger Satz Dietriche, den Lorican mitgebracht hatte, reichten miteinander kombiniert aus, um einzubrechen und vier Pferde und ihr Zaumzeug herauszuholen.

Jaern, der bis zu diesem Zeitpunkt nur gelangweilt gewesen war, öffnete alle Boxen, positionierte die beiden Marulachs in einer Ecke und wirkte einen Feuerzauber, um den Heuboden in Brand zu setzen. Eines musste man dem Nekromanten lassen: Er war wirklich praktisch veranlagt.

Wir ritten davon, während der Stall in Flammen aufging und Pferde in Panik durch die Straßen hinter uns donnerten. Die verbrannten Leichen der hochrangigen Zauberer würden im Stall gefunden werden. Dass die fehlenden Pferde gestohlen worden waren, würde man erst nach Tagen erkennen – vielleicht auch nie.

Logischerweise hätte ich darüber erfreut sein sollen – oder zumindest erleichtert. Das war ich nicht.

Die Morgendämmerung färbte den Himmel über der Mauerkrone silbern, als wir uns einem der Tore näherten. Die Wachen, die damit beschäftigt waren, eine Gewürzkarawane zu kontrollieren, die gerade eingetroffen war, waren zu sehr in ihre Aufgabe vertieft, um mehr zu tun, als uns aus der Stadt zu winken. Lorican führte uns auf die Karawanenstraße und zügelte dann sein Pferd.

»Nun gut, Bengel, jetzt bist du am Zug. Wo entlang?«

»Danke, dass du bis hierher mitgekommen bist.« Ich setzte etwas auf, das hoffentlich ein überzeugendes Abbild eines dankbaren Lächelns war. Um die Wahrheit zu sagen, fiel es mir mit jeder Minute schwerer, den Mann zu verstehen, und das ärgerte mich. Außerdem war mir die Gilde dicht auf den Fersen, seit ich ihm begegnet war, und ich war mir nicht sicher, ob ich wollte, dass er erfuhr, wo die Hütte lag. »Ich werde Acarius von dir grüßen.«

Lorican zog die Augenbrauen hoch. »Glaubst du etwa, dass ich irgendwohin gehe?«

»Ich könnte Vorschläge machen, wenn du noch Zweifel hast«, warf Jaern ein.

Ich stählte mich für das Gefühl, dass aufgebrachte Bienen hinter meinem Brustbein schwirrten. Ein Teil von mir glaubte, dass es Jaerns Seele war, die sich nicht darüber freute, in mir eingesperrt zu sein.

»Lass es bleiben«, sagte ich.

Diesmal lächelte Jaern – seine Zähne blitzten auf, sogar in dem schwachen Licht –, als wir beide das summende Ziehen seines Willens spürten, der gegen meinen kämpfte. Vielleicht zwang die Tatsache, dass ich seine Seele besaß, ihn dazu, mir zu gehorchen, aber er war ganz gewiss nicht glücklich darüber.

»Dämmert es dir also endlich?«, fragte Jaern. »Genießt du es?«

»Halt den Mund«, sagte ich. Er verstummte. Ich wandte mich wieder an Lorican. »Hör zu, niemand würde bestreiten, dass du deine Pflicht gegenüber Acarius erfüllt hast. Du musst nicht mitkommen. Wenn man bedenkt, wie unsere Bekanntschaft bisher verlaufen ist, scheint mir das nicht unbedingt eine gute Idee zu sein.«

Er sah die Straße entlang. »Ich dachte, du bräuchtest vielleicht etwas Unterstützung dabei, Acarius zu befreien, da du deine Sache ja bisher so gut gemacht hast.«

Ich gab auf, es mit Dankbarkeit zu versuchen. »Und ich dachte, dass du vermutlich gern Gelegenheit hättest, dich irgendwo zu verstecken, weil du bislang ja so angestrengt nach Acarius gesucht hast.«

»So willst du also mit mir reden? Als wäre ich für den alten Mann keine Risiken eingegangen? Für dich?« Loricans Gesicht wurde aschfahl. Er war gekränkt.

Mein Schädel pochte. Zum Teil lag das vielleicht an Hunger und Erschöpfung und auch an den toxischen Überbleibseln der Zauber, die ich gewirkt hatte. Aber überwiegend war es auf die Bilder zurückzuführen, die ich nicht völlig wegsperren konnte: Der Anblick der sterbenden Gildlinge huschte wieder und wieder durch meinen Kopf. Ich hatte ihren Tod verursacht. Die Grenze, die ich nie hatte überschreiten wollen … Ich hatte geradezu einen Hechtsprung darüber hinweggemacht. Um mich herum waren zu viele Leute. Sie waren zu verwundbar. Sie machten *mich* zu verwundbar.

»Ich verlange nicht von dir, für mich Risiken einzugehen«, sagte ich und klammerte mich an meinen immer weiter zerfasernden Geduldsfaden. »Alle Schulden sind beglichen.«

»*Schulden?*« Lorican starrte mich an. »Natürlich sind die Schulden beglichen, aber das hier geht jetzt darüber hinaus.«

»Warum, zu allen Höllen, sollte es das?« Mein Pferd tänzelte unter mir zur Seite, weil es spürte, wie frustriert ich war. Ich war in Versuchung, die Stute, die ich ritt, einfach mit einem Tritt anzutreiben und alle hinter mir zu lassen. »Ich verstehe nicht, warum du mir helfen willst«, stieß ich hervor.

»Du bist ja auch dumm wie ein Holzpolter«, fuhr Lorican mich an. »Ich weiß nicht, welche Gefühle du Acarius entgegenbringst, aber *mir* liegt der alte Mann jedenfalls mehr am Herzen als mein eigener Stolz. Wenn ich überhaupt eine Familie habe, dann ihn. Sechs Monate lang habe ich mich gesorgt, er könnte tot sein. Du sagst, dass wir ihn retten können. Also lässt du mich jetzt entweder mitkommen, oder du gehst, und ich folge dir. Ich bleibe nicht hier, ganz gleich, wie sehr du dich zum Narren machen willst.«

Stolz. Meine Eingeweide verdrehten sich. Acarius war *meine* Familie. Welches Recht hatte Lorican, sich um Acarius zu sorgen und anzudeuten, dass ich es nicht tat? »Du kannst nicht …«, begann ich.

»Gray.« Brix, die im Sattel sehr unbehaglich wirkte, lenkte ihr Pferd näher an meines heran. »Langsam. Lassen wir uns doch eine halbe Minute Zeit, um darüber zu sprechen. Lorican sagt, dass er Acarius helfen will, und du brauchst jemanden, der dich dabei unterstützt, den Nekromanten im Auge zu behalten. Ich kenne mich mit Jaerntempeln aus. Ich kann dir helfen herauszufinden, wie man den Leeren benutzt.« Sie hielt inne. »Und später kannst du durch Divination den Aufenthaltsort meiner Schwester ermitteln, so wie die Gildenzauberer es in Ri Dana mit dir gemacht haben. Wir können beide die Menschen retten, die wir retten müssen.«

Natürlich hatte sie recht. Ich brauchte wirklich Hilfe dabei, Jaern im Auge zu behalten, und sei es auch nur, um sicherzustellen, dass er keine bösartige Beschwörung sprach, während ich schlief. Und die einzige Einsicht, die ich ins Kultbild des Leeren bekam, würde von dem Nekromanten stammen, der ungefähr so vertrauenswürdig wie eine Viper war. Wenn ich Brix dabeihätte, die mir half, hinter das Geheimnis der Puppe zu kommen, hatte ich wenigstens die Möglichkeit zu überprüfen, was er sagte, und sicherzugehen, dass er mich nicht nur in irgendeine Falle manövrierte, in der er mir seine Seele entziehen konnte.

»Haben wir eine neue Abmachung?«, fragte ich langsam.

Eine Sekunde lang nagte sie an ihrer Unterlippe. »Wenn du es unbedingt so betrachten musst, ja.«

Was, zu allen Höllen, sollte das bedeuten? Ich war es müde, allein zu sein – bei den Göttern, so müde! –, aber das machte mich noch lange nicht zu einem Menschen, dem andere treu blieben. Lorican bestand sowohl darauf, dass ich seine Hilfe annahm, als auch darauf, dass ich sie nicht verdiente. Jaern ragte im Hintergrund drohend auf, immer noch so wütend darüber, zum Schweigen gebracht worden zu sein, dass ich den Zorn, den er ausstrahlte, wie Hitze spürte. Und Brix … versuchte, bei mir zu bleiben. Nichts ergab einen Sinn.

»In Ordnung«, sagte ich. »Gut. Perfekt. Aber niemand soll behaupten, ich hätte ihn nicht gewarnt, dass die Möglichkeit besteht, gebraten oder erstickt zu werden, ja?« Ich warf einen Blick auf Lorican, der immer noch finster dreinsah, und versuchte, mich an ihn und Brix gleichzeitig zu wenden. »Wenn wir schon gehen wollen, dann sollten wir aufhören zu reden und aufbrechen.« Es war das Beste, was ich tun konnte, und es war nicht genug, aber wir brachen auf.

SECHZEHN

Vier Tage östlich von Ri Dana begannen wir, dem Fluss Nelta hinauf in die Berge zu folgen, und der Wind schmeckte nicht länger nach Salz. Drei Tage später war er vom süßlichen Duft der Bienenranken geschwängert. Der Geruch bedeutete Heimat, aber zugleich auch Ärger. Ich hatte Angst davor, mich dem Tal wieder zu stellen, seit ich es verlassen hatte.

»Du siehst beschissen aus.« Brix zügelte ihr Pferd neben meinem, und es begann, Gras zu fressen.

Ich warf ihr einen Seitenblick zu. Als wir am Vorabend unser Lager aufgeschlagen hatten, war Brix auf die Suche nach Feuerholz gegangen und so lange weggeblieben, dass ich mich kurz gefragt hatte, ob sie sich vielleicht doch noch entschlossen hatte, den Smaragd zu nehmen und sich davonzuschleichen. Seit ihrer Rückkehr war sie still und ständig in Gedanken gewesen und hatte einen Großteil des Morgens damit zugebracht, mich zu ignorieren. Es tat gut, wieder mit ihr zu reden, auch wenn sie mir nicht gerade ein Kompliment machte.

»Na ja«, sagte ich, »ich fühle mich höllisch, also gebe ich nach außen hin wohl noch ein ganz gutes Bild ab.« Ich saß so im Sattel, dass ich ein Bein ums Sattelhorn haken konnte, und versuchte erfolglos, den Schmerz aus meinen überdehnten Sehnen zu verscheuchen. Ich wollte das Dorf im Tal unter uns eigentlich gar nicht erst ansehen.

Brix musterte mich einen Moment lang. »Das ist ein hübscher Ort.«

Ich verzog das Gesicht.

»Kein hübscher Ort?«, fragte sie.

Vielleicht war er das, wenn man ihn ohne Erinnerungen betrachten konnte. Das namenlose Dorf bestand aus einer Ansammlung von Blockhäusern am Ausgang einer schmalen Schlucht, umgeben von Weiden, die von weißen Bienenkörben übersät waren. Im Frühling und Sommer bedeckten die scharlachroten Blüten der Bienenranke die Wände der Schlucht. Tausende von Bienenstöcken und die Honigproduktion im Dorf lebten von der Pflanze. Als Acarius mich damals nach Hause geholt hatte, hatte ich immer auf der Veranda seiner Hütte gesessen, dem Summen gelauscht und mir gesagt, es bedeute, dass ich sicher war. Jetzt würde es sich hier nie wieder sicher anfühlen.

»Bringen wir es hinter uns«, sagte ich. »Ich will noch vor Einbruch der Nacht zur Hütte hinaufgelangen.«

»Hütte?«, wiederholte Lorican. »Acarius lebt in einer Hütte?« Das war das erste Mal, das er heute etwas zu mir sagte. Er hatte die ganze Reise über nicht geredet, wenn es nicht absolut notwendig gewesen war. Das hieß wohl, dass er immer noch wütend auf mich war und in seiner Ehre gekränkt, weil ich es gewagt hatte, ihn zu verdächtigen. Jetzt schien er gesprochen zu haben, ohne nachzudenken. Seine Gesichtsfarbe wurde einen Hauch dunkler.

Ich wusste immer noch nicht, was ich von ihm halten sollte, aber die Tatsache, dass die Gilde die letzte Woche über nicht wieder aufgetaucht war, sprach für ihn. Ich hatte die ganze Reise schreckhaft wie ein Kaninchen verbracht und Mühe gehabt herauszufinden, ob mein schleichender, paranoider Eindruck, beobachtet zu werden, darauf zurückging, dass jemand mittels Divination nach mir suchte, dass Jaern ständig hinterhältige Bemerkungen machte oder dass ich keine Nacht mehr durchgeschlafen hatte, seit wir Ri Dana verlassen hatten.

»Warte«, sagte ich nicht ohne Hintergedanken. »Acarius hat dir nie davon erzählt?«

»Es gibt viel, was er mir nie über dich erzählt hat«, sagte Lorican, und jegliche Befriedigung, die ich empfunden haben mochte, verflog. Warum hatte Acarius überhaupt mit Lorican über mich gesprochen?

Wir durchquerten das Dorf und gelangten in den Zitterpappelhain, der den Zugang zur Schlucht säumte. An ihrem Grund plätscherte der Bach, und unmittelbar vor der großen, flechtenüberwucherten Felsformation würde ich gleich die Kiefer sehen können, in die der Blitz eingeschlagen hatte.

»Was tun wir eigentlich?«, fragte Jaern. »Ich dachte, wir würden in dem Dorf haltmachen, aber jetzt haben wir sogar diesen Hauch von Zivilisation hinter uns gelassen.«

Ich wollte nicht mit Jaern reden. Der Nekromant bereitete mir ständig Kopfschmerzen, seit wir Ri Dana vor sieben Tagen verlassen hatten, sträubte sich gegen jede Bitte und zwang mich ständig, einen Befehl daraus zu machen. Ich hatte mich wieder und wieder vergewissert, dass irgendetwas ihn *zwang*, das zu tun, was ich sagte. Sein Widerstand hatte keinen Sinn bis auf schiere Bosheit.

Da. Es war derselbe tote Baum wie immer, aber zur Hälfte von duftenden Bienenranken umhüllt. Ich glitt vom Pferd, ging zu dem Baum und machte Anstalten, die Bienenranken abzureißen.

»Wir setzten die Bannzauber außer Kraft«, sagte ich.

»Bannzauber?« Brix beugte sich im Sattel vor, beobachtete Jaern und wirkte leicht angeekelt. »Wie die im Tempel?«

»Nein, zum Glück«, sagte ich. »Die hier sind keine Gebete. Sie sind eher wie Schlösser, um Eindringlinge fernzuhalten.« Ich riss die letzten Ranken ab, und die Sigillen flackerten unter meinen Händen auf. Eine schöne und wohlgeordnete Spirale war ins tote Holz geschnitzt, genau, wie ich sie hinterlassen hatte. »Aber ich würde dennoch nicht gern in den Zauber treten.«

Jaern prustete. »Das kann ich mir denken.«

»Warum?« Brix sah von dem Nekromanten zu mir. »Was bewirkt er?«

Ich zog meine Farben aus der Tasche und sah nach, von welcher ich am meisten übrig hatte. Blau, wie sich herausstellte. Blau hält seine Form besser als andere Farben und sorgt gewöhnlich für machtvollere Beschwörungen, aber es reizt die Haut auch stärker als Rot oder Grün. Es war besser, es aufzubrauchen, indem ich etwas auf einen toten Baum schrieb.

»Als ersten Schritt beschwört er einen Mückenschwarm herauf«, erklärte ich. »Die meisten Leute gehen nicht weiter, wenn das passiert.«

»Und wenn sie doch weitergingen, würden sie feststellen, dass ihnen an unangenehmen Stellen Haare wachsen und dass sie von Halluzinationen heimgesucht werden«, sagte Jaern. »Elegante Arbeit, Heimchen, wenn auch etwas simpel.«

Heimchen.

Ich holte tief Luft und nutzte sie, um meinen Kopf klar genug zu bekommen, um die Deaktivierungsrunen zu schreiben. Dass er meinen Spitznamen kannte, war nur ein Zeichen dafür, was sich in meinen Gedanken zuoberst befunden hatte, als es ihm gelungen war, in meine Erinnerungen einzudringen. Jaern wusste nichts, außer dass Acarius mich so genannt hatte. Wenn ich es nicht zuließ, konnte er meinen Spitznamen auch nicht dazu benutzen, mich zu verunsichern.

»Und wie sollen wir wieder herausgelangen, ohne dass uns unwillkommene Haare wachsen?«, fragte Lorican.

»Die Bannzauber werden erst wieder aktiv, wenn ich sie neu in Kraft setze. Ich mag es halt nicht, wenn Leute die Nase in meine Angelegenheiten stecken.« Und ich hatte nicht gewollt, dass sich Fremde oben bei der Hütte herumtrieben, noch nicht einmal wohlmeinende Dorfbewohner. Ich schrieb den letzten Buchstaben, legte die Hände beiderseits der Spirale auf und sprach die Beschwörung. Sie loderte schwach grün und wurde dann dunkel. Der Bann war wohl oder übel gebrochen.

»Warum hat dein Großvater diese Art von Vorsichtsmaßnahme nicht ergriffen?« Jaern lenkte sein Pferd mit den Knien. Er redete so entspannt, als säßen wir irgendwo in der guten Stube und plauderten über das Wetter. »Das erscheint mir bemerkenswert töricht. Wusste er nicht, dass er gejagt wurde?«

Ich steckte meine Farben ein, ohne zu antworten. Es *war* töricht gewesen – und meine Schuld. Acarius hatte keine Bannzauber gesetzt, weil er damit gerechnet hatte, dass ich nach Hause kommen würde, und nicht gewollt hatte, dass ich hineinstolperte. Die Götter wussten, dass ich die Fallen des alten Mannes nie gesehen hätte, dafür war er zu gut.

Die Straße zur Hütte hinauf war nie sehr gepflegt gewesen, aber nach sechs Monaten Vernachlässigung war sie wild überwuchert. Bald gab ich es auf zu reiten, und führte mein Pferd, während ich mir einen Weg durchs Unterholz bahnte und die Augen nach den drei anderen Bannzaubern offenhielt, die ich auf dem Weg gesetzt hatte. Sobald ich sie fand, deaktivierte ich sie.

Als der Nachmittag schon allmählich in den Abend überging, weitete sich die Schlucht endlich, und die Straße löste sich vom Bach. Wir folgten dem Wasserlauf, bis er zu einem Teich wurde, den eine hohe, schmale Kaskade aus weißem Wasser speiste. Die Pferde wollten stehen bleiben und trinken, aber ich drängte weiter, um die Felsen herum, die das Bett des Wasserfalls bildeten.

Dort, in einem breiten Halbkreis aus Gras und Wildblumen, lag die Hütte. Sie war nur ein Häuschen mit vier Zimmern, das ziemlich planlos aus Baumstämmen gezimmert worden war, die noch ihre Rinde trugen. Zwei Stufen waren eingesunken, und ein verlassenes Vogelnest hing schief im Gebälk des Verandadachs. Neben dem Haus stand die Dreiergruppe knorriger alter Apfelbäume, die jedes Jahr saure Früchte trugen. Ich liebte das alles.

Natürlich beachtete niemand sonst die Hütte. Sie alle starrten mit offenem Mund das Gebäude *hinter* der Hütte an, sogar Jaern.

»Was«, fragte Lorican, »ist das?«

»Der Turm«, sagte ich.

Brix stieg steif aus dem Sattel. »Warum gibt es hier einen Turm?« Sie zeigte auf den rötlichen Basaltzylinder, der vier Stockwerke hoch aufragte, bevor er abrupt zur bröckelnden Ruine wurde. Die Überreste seiner Zinnen reckten sich wie abgebrochene Zähne dem Himmel entgegen.

Soweit ich wusste, war der Turm der Grund dafür gewesen, dass Acarius die Hütte überhaupt gebaut hatte. Dieser Turm war mindestens zwei Jahrhunderte alt und von irgendeinem Zauberer einer vergangenen Epoche errichtet worden. Ich hatte gelernt, Sigillen zu schreiben, indem ich die alten studiert hatte, die in seine Stufen eingemeißelt waren, und Acarius hatte unten seine Bibliothek und im ersten Stock sein Labor.

»Um mein Leben vielschichtiger zu machen.« Ich marschierte auf die Hütte zu. »Kommt schon. Lasst uns ins Haus gehen.«

Acarius hatte, da er nun einmal Acarius war, mehrere Verstecke in der Hütte und ihrer Umgebung. Ein paar von ihnen waren leicht zu finden und für Kleinkram gedacht, wie etwa die Silbermünzen, mit denen mein Großvater immer unten im Dorf Eier und Bier gekauft hatte, oder den Wein, den er zweimal im Jahr den Fluss heraufbringen ließ. Diese Verstecke standen seit seiner Verhaftung offen, wie alles andere von den Gildlingen durchsucht und geplündert.

Aber damit blieben noch die zwei Geheimverstecke, bei denen ich mir ziemlich sicher war, dass er nicht wusste, dass ich sie kannte. Als ich fünfzehn gewesen war, hatte er mir verboten, mit Yavad herumzuspielen, und seine Phiolen mit dem Zeug hinter einem Wandpaneel in seinem Schlafzimmer versteckt. Es hatte nicht funktioniert und mich lediglich ein paar Tage Wartezeit gekostet, bis er in seine Lektüre versunken gewesen war. Dann hatte ich eine gründliche Suche begonnen und war fündig geworden. Nicht dass ich das Yavad unbedingt gewollt hätte, aber ich mag keine Geheimnisse.

Die vordere Hälfte des Hauses beherbergte die Küche und ein Wohnzimmer. Die beiden Schlafkammern lagen hinten. Klein und nicht unbedingt etwas Besonderes. Ich ging ins Wohnzimmer und blieb stehen.

Alles war noch so, wie ich es vor Monaten hinterlassen hatte, nachdem ich hier angekommen war und festgestellt hatte, dass Acarius nicht mehr da war. Alles, bis hin zu dem vertrauten Geruch nach Kiefernharz und Staub. Ich stand da, den warmen Sonnenschein im Rücken, und betrachtete das abgenutzte Schaffell auf dem Boden, den steinernen Kamin, die Zinnteller auf dem Regal über dem rustikalen Tisch und die Stühle. Am schlimmsten war der Bücherstapel an einer Wand, auf dem eine selbst gemachte Brille lag.

»Wie malerisch«, bemerkte Jaern. Er kam ins Zimmer und griff nach einem Buch.

»Fass das nicht an«, blaffte ich. »Es gehört dir nicht.«

Die Bienen in meinem Brustkorb summten. Er blieb stehen und beobachtete mich nachdenklich. Es hätte nicht so wehtun sollen, Acarius' Brille dort zu sehen. Einen Sekundenbruchteil lang konnte ich glauben, dass er gleich aus dem Schlafzimmer kommen und mit mir schimpfen würde, weil ich vergessen hatte, mir die Füße abzutreten.

Brix stellte sich neben mich. Kurz musterte sie mein Gesicht, bevor sie mir mit dem Ellbogen einen Rippenstoß versetzte. »Ich habe Hunger, Zauberer.«

Ich wollte gereizt reagieren, aber die Normalität war tröstlich, und ich konnte mich nicht davon abhalten zu lächeln. »Ich heiße nicht …«

»Ich habe Hunger, Corcoran«, sagte Brix.

Ich hatte auch Hunger. Der Gemüsegarten war mittlerweile von Unkraut überwuchert, aber zwischen Gras und Löwenzahn fanden sich Erbsen, die sich selbst gesät hatten, neue Kartoffeln und Spargel. Auf der Veranda war etwas Feuerholz aufgeschichtet, das noch nicht verrottet war, also machte ich mich daran, ein Feuer zu entzünden. Jaern weigerte sich zu helfen, Kartoffeln zu ernten, bis ich es ihm befahl. Die Seele des Nekromanten in mir zu tragen hatte seine Nachteile, aber wenigstens legte es ihm Zügel an. Als wir genug hatten, um eine anständige Mahlzeit zuzubereiten, überließ ich es den anderen, sich um das Gemüse zu kümmern, und ging zum ersten Versteck.

Acarius' Zimmer war ein Schlachtfeld. Ich war nicht in der Lage gewesen, es aufzuräumen, als ich das letzte Mal hier gewesen war, und so fanden sich immer noch Blutflecken, zerbrochene Möbel und eine angesengte Stelle auf dem geflochtenen Teppich neben dem Bett. Wenigstens war der Rauchgestank verflogen.

Ich ging durch die Ansammlung von zerstörten Kleidungsstücken und Decken zum umgestürzten Schreibtisch. Die Gilde hatte alles mitgenommen, was wichtig aussah – all seine Tagebücher, all seine Papiere – und nichts zurückgelassen, bis auf einen an die Haustür genagelten Haftbefehl und ein riesiges Wort, das mit alchemistischer roter Farbe an die Schlafzimmerwand geschmiert war. Ich hatte den Haftbefehl vor sechseinhalb Monaten abgerissen, aber ich hatte keine Zeit gehabt, die Farbe abzuschrubben.

Gesetzlos.

Ich hatte gewusst, dass es mich treffen würde, es noch einmal zu sehen, aber ich war nicht auf den blinden Zorn vorbereitet, der über mich hereinbrach. *Gesetzlos.* Das war die Summe von Keir Esras' Anklagen gegen Acarius, gegen den Mann, der mir jeden Fetzen Moral beigebracht hatte, über den ich verfügte – gegen meinen Großvater, der mit den abergläubischen, analphabetischen Leuten im Dorf unten zusammengelebt hatte, ohne je zu versuchen, ihnen Angst einzujagen. Acarius, dessen magische Praktiken auf Einverständnis, Ehrlichkeit und Diskretion beruhten. Von Keir, dem Tyrannen, dem Mörder, der versuchte, einen Aufstand anzuzetteln, war das unerträglich.

Der abgenutzte Blechspiegel hing immer noch an

der Wand oberhalb der Stelle, an der der Schreibtisch gestanden hatte. Seine Oberfläche war mit roter Farbe beschmiert. Das Loch in dem Stamm dahinter enthielt nur eine Geldbörse mit ein paar Kupfermünzen und einer Zinnmedaille, die den Halbmond zeigte, das Emblem der Göttin Ranara. Nichts war je einfach.

Ich nahm das Geld, ließ aber die Medaille liegen. Sie hatte meiner Mutter gehört und sich schon in dem Versteck befunden, als ich es zum ersten Mal geöffnet hatte. Ihr Name war in mitleiderregenden Blockbuchstaben ins Zinn gekratzt, und es war das Einzige, was ich noch von ihr hatte. Ich hatte nicht damit gerechnet, dass Acarius sie wieder ins Versteck legen würde. Nicht nach den Dingen, die ich ihm an den Kopf geworfen hatte.

Sag mir, wer ich bin. Sag es mir einfach. Was ist so schlimm, dass du es mir nicht verraten kannst? Verdammt. Sei verdammt …

Erst als eisenreicher Blutgeschmack meinen Mund flutete, wurde mir klar, dass ich auf der Innenseite meiner Wange herumgekaut hatte. Ich schloss das Paneel und musste dann, die Hand daraufgelegt, eine ganze Weile davor stehen bleiben.

»Heilige Götter«, sagte Lorican hinter mir.

Ich wischte die nassen Spuren von meinen Wangen und meinem Kinn, bevor ich mich umdrehte. »Ich dachte, du wärst damit beschäftigt, das Mittagessen zu kochen.«

»Ich hatte ja keine …« Er stieß den Haufen zerrissener Kleider vor sich mit der Zehenspitze an. »Ich wusste nicht, dass es so schlimm war.« Er riss den

Blick von der Abscheulichkeit an der Wand los. »Du hast alles so vorgefunden? Wie konnten sie ihn festnehmen?«

»Es liegt an dem, was wir getan haben … tun«, sagte ich. »Wir helfen Leuten, die magische Probleme haben. Dinge, mit denen sich die Gilde und die Tempel nicht befassen. Wie diese eine Frau, die Acarius letztes Jahr aufgesucht hat. Ihr Mann hat sie geschlagen, sie ist ihm davongelaufen, und er hat einen Hellseher angeheuert, um sie zu finden. An der Divination ist nichts Illegales, aber es ist *ziemlich* illegal, die Hexereien zu schreiben, die wir eingesetzt haben, um ihn daran zu hindern, sie zu finden und sich ihr zu nähern.« Ich zuckte die Schultern. »Manchmal bezahlen die Leute uns. Manchmal auch nicht. Das letzte Mal, vor gut sechs Monaten … Nun ja, die Dorfbewohner konnten mir nicht viel sagen, aber sie erzählten, eine Gruppe von Leuten sei auf der Suche nach Acarius hergekommen, um ihn um Hilfe zu bitten. Sie müssen überzeugend gewesen sein. Irgendwie ist es ihnen gelungen, eine Fallenspirale zu schreiben und ihn hineinzulocken. Ihn festzunageln.« Mein Blick huschte zu der Stelle des Fußbodens, an der Lorican stand. Die verschmierte Farbe, die vor einem halben Jahr noch geleuchtet hatte, war zu einem dumpfen Orange verblasst. »Er konnte ein paar Zauber loslassen, glaube ich; es war Blut an mehreren Stellen.«

Lorican schlug sich die Hand vor den Mund. »Bist du sicher, dass es nicht seines war?«

Ich antwortete nicht. Was gab es schon zu sagen? Natürlich war ich mir nicht sicher.

»Gray«, rief Brix aus dem vorderen Zimmer. »Hast du keinen Hunger?«

Ich hatte keinen, nicht mehr. Aber ich wusste, dass ich das Essen trotzdem hinunterwürgen musste.

Als ich ins Wohnzimmer zurückkehrte, garte Brix im Feuer Kartoffeln und aß rohe Erbsen aus der Schote. Sie saß auf einem dreibeinigen Schemel am Kamin und rollte die Kartoffeln mit einem langen Stock aus der Asche hervor.

»Na?«, fragte Brix, den Mund voller Erbsen. »Hast du die Stücke gefunden, nach denen du gesucht hast? Ist die Puppe so weit, dass du sie zusammensetzen kannst?«

»Nein.« Ich ließ mich auf den Boden neben ihre Füße fallen und tat weiterhin mein Bestes, meine Gefühle in den Griff zu bekommen. Alles in diesem Haus erinnerte mich an Acarius. Alles tat weh. »Sie sind nicht in der Hütte, und das heißt, dass sie wahrscheinlich im Turm sind.«

Lorican war mir aus dem Schlafzimmer gefolgt und sah stirnrunzelnd vor sich hin. Jaern, der nichts aß, lehnte an einer Wand und betrachtete den Raum aus ausdruckslosen schwarzen Augen.

»Nun denn.« Brix stocherte mit ihrem Stecken in der Asche herum und rollte eine geschwärzte Kartoffel auf mich zu. »Dann solltest du etwas essen und im Turm nachsehen, bevor das Tageslicht verschwunden ist. Ich komme mit.«

Sie kamen *alle* mit. Ich gestehe, dass ich eine Art schadenfroher Befriedigung empfand, als ich sie zur hölzernen Tür des Turms führte, nur um sie von eingeritzten Sigillen bedeckt vorzufinden.

»Hurensohn«, sagte Jaern.

Lorican sah erst ihn an, dann mich. »Was ist das?«

»Bannzauber, die nur mich durchlassen.« Ich berührte den Mittelpunkt der Runenspirale, wo in schiefen, riesengroßen Buchstaben CORCORAN geschnitzt stand. Ich war nicht in den Turm gegangen, als ich das letzte Mal in der Hütte gewesen war. Damals war es mir wichtiger gewesen, der unübersehbaren Spur der Gildlinge zu folgen. Aber vielleicht war das ein Fehler gewesen – Acarius hatte womöglich geglaubt, dass ich all das hier Monate früher finden würde. »Jeder bis auf mich, der durch diese Tür geht, solange der Bannzauber aktiv ist, muss mit den Konsequenzen leben.«

»Unangenehmer Haarwuchs?« Brix schob sich näher an die Tür heran.

»Nein …« Ich studierte die Runen. »Lepra.«

Sie machte einen Satz rückwärts. »Na, dann setz den Bannzauber außer Kraft.«

»Das kann er nicht«, sagte Jaern. »Wer auch immer ihn geschrieben hat, hat nichts dem Zufall überlassen – er hat die Runenspirale so gestaltet, dass niemand dem Jungen ein Schwert an den Rücken setzen und ihn zwingen kann, sie zu entfernen.« Widerwillige Bewunderung schwang in seiner Stimme mit, brüchig und glänzend wie Eis. »Es ist kein Bannzauber, es ist eine götterverdammte, wunderschöne *Hexerei.*«

Ich stieß die Tür auf, betrat den Turm und atmete eine Mischung aus dem Duft von Talgkerzen, Pergament und verfaulendem Stroh ein. Die schmalen Fenster, die mit Stahlstäben vergittert waren, ließen gerade genug Licht ein, um mich zu entmutigen.

Ich hatte das Innere des Turmverstecks noch nie gesehen. Die Falltür, die dorthin führte, hatte ich eines Tages durch Zufall entdeckt, als Acarius sich langatmig über irgendetwas ausgelassen hatte – wahrscheinlich Divination. In dem Fach war ich immer am schlechtesten gewesen. Ich war damals noch klein genug, auf dem Rücken zu liegen und von Zeit zu Zeit mit den Beinen zu strampeln, wenn Acarius nicht hinsah. Meine Fersen landeten unter dem verstreuten Stroh, das eine karge Isolierschicht auf dem kalten Boden bildete, auf irgendetwas, das hohl klang.

Acarius hatte seine Lektion unterbrochen, wenn auch nur für einen Moment. Es gelang mir, so dreinzusehen, als wüsste ich nicht, dass ich gerade einer Falltür einen Tritt versetzt hatte. Als ich mich später zurückgeschlichen und das Stroh beiseitegeschoben hatte, hatte ich eine Runenspirale gefunden, die in roter Farbe den ganzen Boden bedeckte. Schon mit zehn hatte ich gewusst, dass es machtvolle Runen waren, und die Falltür in Ruhe gelassen.

Ein paar Zoll von meinen Füßen entfernt lag die Stelle, an der sich die Falltür befinden musste. Ich ließ mich auf die Knie fallen und fegte das Stroh beiseite, bis ich zu nacktem Stein und Holz vordrang. Ich brauchte nicht lange, um die Tür zu finden. Ich legte sie frei und ließ mich dann auf die Fersen sinken, um die Sigillen zu studieren und nachzudenken. Die Sigillen waren nicht mehr dieselben wie damals, als ich sie zuletzt gesehen hatte. Zum einen waren sie jetzt in Grün geschrieben. Zum anderen waren sie auf meinen Namen ausgerichtet, wie die draußen.

Acarius hatte also *damit gerechnet*, dass man ihn verhaften würde. Die Sigillen auf der Tür konnten schnell geschrieben worden sein, aber für diese hier musste er Tage gebraucht haben. Er hatte erwartet, dass ich all das hier finden würde.

Acarius hatte sich mit Jaern beschäftigt, bevor man ihn festgenommen hatte. Er hatte zu dem Zeitpunkt schon etwas über die Puppe gewusst. Hatte es gewusst, hatte aber nicht mehr getan, als zwei Edelsteine mitzunehmen, sodass niemand das Artefakt mühelos vervollständigen konnte. Sodass niemand das Artefakt *benutzen* konnte.

Ich packte den Ring der Falltür und zog sie auf. Eine schmiedeeiserne Wendeltreppe führte in völlige Dunkelheit hinab. Ich wühlte in meiner Tasche und schrieb mir einen Illuminationszauber auf die Innenseite des Unterarms. Den Schmerz, der mich durchzuckte, als ich den Zauber aussprach, spürte ich kaum. Der Ball aus sanftem blauem Licht schwebte die Stufen hinab. Also war es nicht bloß ein Schrank. Ich stieg die Treppe hinunter, bevor ich allzu sehr darüber nachdenken konnte.

Der Raum war ungefähr so groß wie ein ganz ansehnlicher Keller. Er enthielt einen Tisch und ein Regal, in dem eine Sammlung sorgsam versiegelter Schriftrollenhüllen lag. Der Tisch war leer – bis auf ein zierliches Kästchen aus rot lackiertem Holz.

Ich ließ meinen Illuminationszauber über Wände und Boden huschen, aber ich fand keine weiteren Runen. Das Kästchen hatte die richtige Größe, um zwei Edelsteine zu enthalten. Ich schob den Verschluss auf und öffnete es.

Zwei mandelförmige Stücke aus poliertem Obsidian, in deren Mitte Sigillen eingraviert waren, funkelten im matten Licht. Wenn ich Steine hätte wählen müssen, um Jaerns Augen darzustellen, hätte ich mich genau für diese hier entschieden.

Ich nahm sie aus dem Kästchen und zog in Erwägung, sie zu den anderen in meine Tasche zu stecken. Aber es fühlte sich fast wie ein Sakrileg an, Runen durch die Gegend zu tragen, sodass sie gegen meine Reagenzien und Dutzende von kleinen Sigillen stoßen konnten, die in die Puppe selbst eingraviert waren. Ich wusste schließlich nicht, wie das Artefakt funktionierte. Was, wenn die Runen in Wechselwirkung miteinander traten, wie Zaubersprüche in einem Buch?

Was, wenn Jaern die Tasche zu fassen bekam? Was würde ich an dem Punkt noch haben, um ihn aufzuhalten?

Ich legte eines der Obsidianstücke zu den anderen in die Tasche und steckte das zweite ein. Ich hatte immer noch nicht das Gefühl, adäquate Vorsichtsmaßnahmen ergriffen zu haben, aber bei den Höllen – ich trug eine Puppe bei mir, mit der man Seelen von einem Körper zum anderen transferieren konnte! Es gab gar keine adäquaten Vorsichtsmaßnahmen.

Als ich die Treppe wieder hinaufstieg, stand Brix immer noch in der Tür. »Da bist du ja.« Sie klang nervös. »Hast du sie gefunden? Hast du alle Teile beisammen?«

»Ich glaube, ja.« Ich schloss die Falltür, verließ den Turm und zog die andere Tür hinter mir zu. Ich sah Brix an. Ihr Gesicht zeigte eine verstörende Ausdruckslosigkeit, die Art von Leere, die meines Wissens nur bedeuten konnte, dass irgendetwas ganz und gar nicht in Ordnung war. »Was ist? Hat Jaern dich belästigt oder so?«

»Ich habe die Frau nicht angerührt, Heimchen.« Jaern hatte sich nicht gerührt. Sein Blick ruhte nach wie vor auf dem Bannzauber. »Nicht alle von uns frönen gern demselben Zeitvertreib.«

»Pass auf, was du sagst«, riet ich ihm.

Seine Lippen zuckten. »Warum, habe ich genuschelt?«

»Es ist nichts«, sagte Brix, und mit plötzlicher, instinktiver Gewissheit wusste ich, dass sie log. Es zeigte sich an der Blässe unter ihren Sommersprossen und an der Art, wie ihre Halsmuskeln sich verkrampften.

»Brix.« Ich trat näher an sie heran und wandte Lorican und dem Nekromanten den Rücken zu. »Du kannst es mir sagen.«

Einen Moment lang dachte ich, dass sie es tun würde. Sie musterte mich, wägte ihre Worte auf einer Waage ab, die ich nicht sehen konnte. Dann senkte sie den Blick zu meiner Tasche.

»Es ist nichts«, wiederholte sie am Ende. »Wirklich. Es ist … einfach alles zu viel für mich, glaube ich. Es waren so viel Angst und Leid und Tod, und wofür? Ein hässliches Metallkind und ein paar Steine mit Gravuren. Ich hätte fast gehofft, dass die letzten Teile gar nicht da sein würden.« Sie blinzelte und schenkte mir ein gezwungenes Lächeln. »Was machen wir jetzt mit der Puppe? Fangen wir an, sie zusammenzusetzen?«

»Die Frage stelle ich mir auch.« Lorican stand hinter

Jaern. Seine Hand ruhte lässig auf dem Griff seines Dolchs. »Wie soll das Acarius helfen?«

»Acarius ist eingesperrt.« Ich brach ab, unfähig, die Worte »vielleicht ohne seine Seele« über die Lippen zu bringen. Knisternde Unruhe lag in der Luft, und ich fand die Ursache dafür nicht. »Ich glaube, die Puppe ist eine Art … Schlüssel.«

Vielleicht war es ungerecht, aber ich wusste, dass etwas nicht stimmte, und Lorican war derjenige, den ich nicht verstand. Ich hatte gehofft, dass sich so oder so erweisen würde, was ich von ihm zu halten hatte. Bis es so weit war, würde ich nicht offen über meine Pläne reden – und ich würde das Obsidianstück getrennt vom Rest des Leeren verwahren. »Der nächste Schritt ist der, die Puppe zu analysieren, und es wird langsam dunkel.« Ich brach zur Hütte auf. »Was haltet ihr davon, wenn wir morgen früh darüber sprechen?«

Zwei Schlafzimmer für vier Leute bedeuteten ein gewisses Maß an Durcheinander. Jaern musste Acarius' Zimmer haben, aus dem simplen Grund, dass in den Türrahmen magische Schlösser eingraviert waren und ich in der Lage sein wollte, ihn einzusperren, solange ich schlief. Ich rechnete damit, ihn zwingen zu müssen, das Zimmer zu betreten, aber er ging und schnaufte nur der Form halber sarkastisch. Lorican weigerte sich, drinnen zu schlafen, und schlug auf der Veranda sein Lager auf, von wo aus er die Pferde und die Sterne im Auge behalten konnte. Blieben Brix und ich. Wir standen unbeholfen im Wohnzimmer und starrten einander an.

Meine Tasche hing schwer von meiner Schulter, ich hatte sie noch immer nicht abgesetzt. Ich musste mir die Puppe und die Edelsteine in aller Ruhe ansehen und dahinterkommen, wie sie zusammenwirkten. Jaern mochte gelogen haben, aber die schiere Möglichkeit, dass er es nicht getan hatte – dass mein Großvater seelenlos und leidend gefangen saß –, lastete wie ein Stein auf meiner Brust. Ich musste den Kopf klar genug bekommen, um nachzudenken, und irgendeinen Weg finden, Acarius wieder zu seiner Seele zu verhelfen, ohne Keir die Puppe in die Hände fallen zu lassen. Aber ich musste auch schlafen, nur für ein paar Stunden. Es spielte wirklich keine Rolle, wo genau, solange ich die Tasche unter meinem Kopfkissen behielt und ein oder zwei Zaubersprüche schrieb, bevor ich einschlief. Sogar wenn mein müder Verdacht zutraf und Lorican ein Spion der Gilde war, glaubte ich nicht, dass er mir die Puppe entreißen konnte.

Brix ihrerseits wirkte erschöpft und angespannt, beinahe so, als würde sie trauern. Sie brauchte zumindest Ruhe. Sie brauchte vermutlich auch Sicherheit und vielleicht jemanden, der etwas Tröstliches sagte, aber ich verstand mich auf beides schrecklich schlecht. Ich beschloss, es mit Zuvorkommenheit zu versuchen: »Nimm das Schlafzimmer. Die Matratze ist bucklig, aber die Decken in der Truhe am Fußende des Betts sollten sauber sein.«

»Dein Schlafzimmer«, sagte sie.

Wenn sie es *so* formulierte …

Meine Ohren wurden heiß. »Ich schlafe am Kamin.«

Sie ging ins Schlafzimmer, und ich hörte, wie sie dort lange Zeit hin und her lief, wahrscheinlich auf der Suche nach den Bettdecken. Ich deckte die Kohlen ab, ließ mich im Schneidersitz nieder und bemühte mich erfolglos, meine Gedanken zu beruhigen.

Aber Brix kam zurück und setzte sich genau dorthin, wo ich meinen eigenen Worten nach schlafen wollte: auf die warmen Dielen vor dem Kamin. Sie sagte nichts, sah mich noch nicht einmal an, sondern zog nur die Knie an die Brust und schlang die Arme darum. Am Ende konzentrierte ich mich auf den schlängelnden Tanz der Hitze über den Kohlen. Manchmal, wenn ich einem Feuer beim Sterben zusehe, gelingt es mir, meine Gedanken ins Nichts rollen zu lassen wie von einer Garnspule. Doch nicht an diesem Abend. Nicht, wenn Brix so dicht bei mir saß.

»Dein Großvater«, sagte sie nach einer Weile. »Du hast gesagt, er habe mit dir gesprochen, aber du wüsstest nicht, wo er ist. Warum hat er dir nicht einfach *gesagt*, wo er steckt?«

»Weil er ein starrsinniger Kerl ist«, sagte ich.

»Da ist er nicht der Einzige.« Brix seufzte. »Es liegt daran, dass er nicht will, dass du verhaftet wirst, wenn du irgendeine Gildenfestung stürmst, um ihn zu befreien, nicht wahr? Ich will nicht aufdringlich sein, Gray. Es ist nur ...« Sie hielt inne. »All das hier scheint dir wehzutun. Ich weiß, dass meine Mutter nicht gewollt hätte, dass mir etwas wehtut. Bist du dir sicher, dass dein Großvater das hier für dich will?«

»Du kennst die Stimme deiner Mutter?« Die Worte entschlüpften mir, bevor ich wusste, dass sie mir auf den Lippen lagen. »Erinnerst dich daran, wie sie aussah oder so etwas in der Art?«

Ich wandte noch rechtzeitig den Kopf, um zu sehen, wie sich eine Falte zwischen ihren Augenbrauen bildete. »Natürlich.«

»Ich nicht«, sagte ich. »Ich kann mich daran erinnern, dass meine Mutter krank war und Teile ihrer Lunge ausgehustet hat. Daran, wie sie ein Huhn geopfert hat, um wieder gesund zu werden. Das ist alles. Und ich kenne nicht einmal den Namen meines Vaters.« Ich gestattete mir den Luxus, meinen linken Daumennagel zu studieren. »Meine Mutter ist gestorben, als ich drei war. An der roten Pest, glaube ich. Wir haben in einem der Dörfer am Fluss gelebt. Ich nehme an, die Familien dort haben ihr Bestes für mich getan, indem sie mich von Haus zu Haus weitergereicht haben. Dann, als ich fünf war, gaben sie mich zu einem Gerber in die Lehre.«

»Gerber.« Zorn brodelte unter der Oberfläche ihrer Stimme. »Derselbe Gerber, der dir zu deiner Schiene verholfen hat?«

»Ja, genau.« Ich strich mit der Hand über mein Schienbein, dessen Knochen sich ohne die gewohnte Polsterung aus Kupfer und Leder nackt anfühlte. *Ich* fühlte mich nackt. All meine zerbrochenen Teile lagen bloß, alle scharfen Kanten, mit denen sie mich schneiden konnte, wenn sie sich dazu entschloss. »Eines Nachmittags eskalierten die Prügel. Ich weiß nicht mehr, was ich getan habe, um die Schläge auszulösen, aber es endete, als ich unter den Holzschuppen kroch und nicht mehr hervorkommen wollte. Ich kannte keine Magie bis auf ein paar Sprechgesänge, die meine Mutter mir beigebracht hatte. Ich wusste nur, wie man um Hilfe ruft.« Ich kniff mich in die Kniescheibe. Es tat nicht weh, aber es fällt schwer, dem Spuk alter Schmerzen zu widerstehen. »Acarius hörte mich und kam. Meiner Mutter muss am Ende die Kraft gefehlt haben, um ihn zu rufen. Er wusste noch nicht einmal, dass sie gestorben war.«

Brix war still, aber die Umrisse ihres Körpers wirkten verkrampft. »Wie lange warst du unter dem Holzschuppen?«

Ich zuckte die Schultern. Ich konnte mich nicht erinnern; es waren mindestens drei Tage gewesen. »Das Entscheidende ist, dass Acarius mich aus alldem herausgeholt hat. Er hat mich großgezogen. Mir alles gegeben, was ich habe. Mich vermutlich geliebt.« Ich hielt inne und musste schlucken. »Ich *kann* ihn einfach nicht im Stich lassen. Selbst wenn er es will. Ich kann es nicht.«

»Du wirst ihn retten.« Sie schien es sich fast selbst einreden zu wollen. »Du wirst einen Weg finden.«

»Ich weiß nicht, warum du so zuversichtlich bist«, sagte ich.

»Du wirst einen Weg finden, weil du musst«, gab sie zurück. »Wie ich. Ich muss meine Schwester finden und sie befreien. Etwas anderes kommt für mich nicht infrage.« Ihre Hand fand meine. Unsere Finger verschränkten sich ineinander. »Ich glaube, du verstehst das, vielleicht besser als irgendjemand sonst, den ich je getroffen habe.«

Ihre Berührung sollte vielleicht tröstlich wirken.

Stattdessen ließ sie eine Feuerwelle durch meine Eingeweide laufen, verwirrend, berauschend. Ich suchte verzweifelt nach etwas Vernünftigen, das ich sagen konnte, nach irgendeiner Möglichkeit zu überspielen, was ich empfand. Brix sah mich an und legte mir mit voller Absicht die Hand aufs Knie. Dann auf den Oberschenkel.

»Brix«, sagte ich bebend.

»Habe ich einen Fehler gemacht?«, fragte sie. »Willst du das nicht?« Der Feuerschein umrahmte ihre Züge. Ihr Gesicht war nahe dem meinen, ihre Lippen waren ganz leicht geöffnet. Sie war aus Gold gemacht, und ich wollte sie so unbedingt, wie ein Ertrinkender an die Wasseroberfläche gelangen will.

»Doch«, flüsterte ich.

Sie legte mir zwei Finger auf den Mund. »Dann hör auf zu reden.«

Ich küsste ihre Fingerspitzen und dann ihre Lippen, und für lange Zeit gab es nur sie – ihren Herzschlag, der an meiner Brust pochte, ihre Finger in meinem Haar, ihren Mund, der meine Lippen gegen die Zähne drückte. Als sie sich von mir löste, zitterte sie wie ein Mensch, der gestolpert und gestürzt ist. Sie streckte die Hand nach mir aus. »Komm schon.«

Ich ließ zu, dass sie mich beim Handgelenk nahm und mich in mein Schlafzimmer führte. Es gab nichts anderes auf der Welt, nur das gemächliche Wiegen ihres Körpers unter der Robe, den Feuerschein, der von ihrem Haar zurückgeworfen wurde, die Art, wie sie sich nach mir umsah.

Brix drehte sich um und zog mir die Tasche von der

Schulter, sodass sie zu Boden glitt. Dann ließ sie die Hände zur Verschnürung meines Hemds emporwandern. Ich tastete unbeholfen nach den Knöpfen ihrer Robe, als mir auffiel, dass sie noch immer zitterte. Ich hielt inne.

»Wir müssen das nicht tun«, sagte ich. »Wenn du dir nicht sicher bist, können wir aufhören.«

»Ich bin mir sicher«, erwiderte Brix. »Ich wünschte, ich wäre es nicht.« Sie machte einen Schritt rückwärts. »Es tut mir leid.«

Ich brauchte drei Herzschläge, um dahinterzukommen, was der Gestank nach alchemistischer Farbe und die unvergossenen Tränen in ihren Augen zu bedeuten hatten.

Ich sah nach unten. Ich stand in einem laienhaft geschriebenen, aber sehr wirksamen Gefängniskreis.

»Was ist hier los?«, fragte ich. »Was ist nicht in Ordnung?«

Einen Sekundenbruchteil lang zitterte ihr Kinn. Dann biss sie die Zähne zusammen. »Ich wollte das nicht tun, Corcoran«, sagte sie heiser. »Ich hatte keine Wahl.« Sie hob meine Tasche auf und ging zur Tür.

Ich musste die Ränder des Kreises nicht erst auf die Probe stellen, um zu wissen, dass er mich festhalten würde, und das mindestens für die nächsten paar Stunden. »Brix.« Ich wusste schon, dass es erbärmlich klang, als ich es aussprach, aber ich konnte einfach nicht anders. Das durfte nicht wahr sein. »Bitte.«

Sie sah sich nicht um. Den Gefallen tat sie mir immerhin.

SIEBZEHN

Ich nehme an, ihr rechnet damit, dass ich euch nun erzählen werde, dass mein Herz gebrochen war, dass ich am Boden zerstört war, oder irgendeinen anderen abgedroschenen poetischen Unsinn zum Besten gebe. Die Barden wollen einen ja immer glauben machen, dass man solche Momente vorbeiziehen sieht und jedes Fädchen Schmerz, das einen durchzuckt, genau nachverfolgen kann. Die Wahrheit ist, dass alles einen manchmal wie ein Hagelschauer trifft. Dann kann man nur noch zusammenbrechen.

Daher weiß ich nicht, wie lange ich in dem Kreis hockte und versuchte, den Sinn hinter Brix' Abgang zu erkennen, als ob er mir weniger wehtun würde, wenn ich ihre Gründe verstand. Am Ende wurde mir klar, dass ich fror und mit aufgeschnürtem Hemd am Boden saß. Ausgeliefert. Dumm. Ich war so *dumm* gewesen.

Die Hinweise waren nicht einmal besonders schwer zu entdecken gewesen. Da war die Art, wie die Gilde immer wieder auftauchte, ganz gleich, wie diskret ich vorging. Ihre Divination war nicht besser geworden; Brix hatte einfach den Aufspürer behalten, den ich ihr in Fenwydd abgenommen hatte, den, von dem ich ihr gesagt hatte, dass sie ihn wegwerfen sollte. Dann waren da ihre Fragen, ob ich auch alle Stücke der Puppe hätte, und ihre unheimliche Fähigkeit, mich zu ertragen – ich hätte es wissen sollen. Keir Esras hatte genau gewusst, welchen Köder er für mich auswerfen musste, und ich hatte angebissen wie ein braver kleiner Fisch.

Und, bei den Göttern … die Dinge, die ich über Lorican gedacht hatte. Die Dinge, die ich *gesagt* hatte.

Dumm. Hör auf damit.

Aber ich konnte nicht aufhören. Ich saß da, blind wie ein betäubter Vogel, und musste mir ins Gedächtnis rufen zu atmen. Am Ende zwang ich meinen Verstand, die Runen abzuzählen und den Gefängniskreis zu analysieren.

Der Kreis war mit blauer Farbe geschrieben, die ihn haltbarer machte, als wenn Brix Rot verwendet hätte. Vielleicht hatte sie keine anderen Farben. Es war ein klassischer Satz von Sigillen, so geschrieben, als hätte sie ihn von einer Vorlage kopiert. Das hatte sie wohl auch getan, wenn ich es recht bedachte. Ich sah Brix nicht als Naturtalent im Zauberwirken – aber eigentlich kannte ich sie ja gar nicht, oder?

Hör auf.

Das Einzige, was ich in dem Moment zu tun hatte, war, mich aus dem verdammten Kreis zu befreien. Es spielte keine Rolle, warum sie irgendetwas getan hatte, und genauso unwichtig war das, worauf ich so töricht zu hoffen gewagt hatte. Hier gab es ein Rätsel, und ich musste es lösen.

Es war kein so kraftvoller Zauber, wie ich ursprünglich befürchtet hatte. Und der Kreis enthielt eine Zeitbegrenzung: Er würde nur für etwa sechs Stunden wirksam bleiben – lange genug, um Brix' Fährte hoffnungslos erkalten zu lassen. Aber ich hatte nichts zum Schreiben, also konnte ich den Zauberspruch nicht abändern. Damit blieben mir zwei Möglichkeiten: Ich konnte entweder einen Teil des Kreises verwischen oder jemand anderen rufen, damit er ihn auslöschte. Ich griff nach den Runen.

Meine Hand wurde aufgehalten, als wäre sie einen Zoll von der blauen Farbe entfernt gegen eine gläserne Wand geprallt. Ich musste etwas übersehen haben. Ich überflog die Runen noch einmal, zwang meinen Verstand, sich darauf einzulassen. Verdammt. Das konnte ich mir hier und jetzt eigentlich gar nicht leisten.

Da war er – mein Name in der oberen Hälfte des Kreises, umgeben von gewundenen Sigillen. Der Kreis war geschlossen, auf mich ausgerichtet wie die Bannzauber im Turm, nur umgekehrt: Ich war der Einzige, der nicht aus diesem Kreis entkommen konnte. Ich konnte die Farbe weder überqueren noch berühren. Doch Kreise konnten nur auf eine Person gleichzeitig ausgerichtet werden, was hieß, dass Jaern oder Lorican mir helfen konnten. Jaern war in Acarius' Zimmer eingesperrt. Ich räusperte mich und legte mir die Hände um den Mund, um nach Lorican zu rufen.

Nur, dass ich nicht rief. Ich konnte kein Geräusch hervorbringen. Sie hatte mich auch noch zum Schweigen gebracht. Natürlich.

Du übersiehst etwas. Beruhig dich, hör auf, dir selbst leidzutun, und denk nach.

Ich legte beide Hände in den Nacken und schloss die Augen. Ich musste aufhören, etwas zu empfinden, Punkt. Wenn ich mich nur nicht so verdammt schuldig gefühlt hätte. Wenn ich nur nicht so verdammt *einsam* gewesen wäre …

Mein Verstand wollte mir einfach nicht gestatten, die Verbindungen zu ziehen, wollte nicht aufhören, meine Erinnerungen nach Beweisen zu durchforsten. Sie hatte es doch versucht. Sie hatte mir erzählt, worum es bei alledem ging, worauf sie es abgesehen hatte.

Anka, ihre Schwester. Aus irgendeinem Grund konnte Brix ihre Freiheit nicht kaufen, ohne mich zu verraten. Es musste eine einfache Wahl gewesen sein: ihre Familie um den Preis eines schmächtigen, sarkastischen Querulanten.

Denk nach. Lös das Rätsel.

»Na, Heimchen?«

Ich öffnete die Augen.

Jaern stand in der Tür meines Schlafzimmers und verschaffte sich einen Überblick über die Lage. Der Feuerschein hinter ihm warf seinen Schatten über den Boden. »Da wären wir«, sagte er. Dann setzte er sich ein Stück von mir entfernt auf den Boden und stützte das Kinn in die Hände. »Was machen wir also jetzt?«

Ich konnte nicht sprechen, aber ich konnte kreative Gebärden machen.

Er schien nicht beleidigt zu sein. »Sehr großmütig von dir, aber alles andere als wirkungsvoll. Ich nehme an, du möchtest gern, dass ich dich aus dem Kreis heraushole, damit du die kleine Schlampe verfolgen kannst, stimmt's?«

Meine Hand prallte gegen die unsichtbare Barriere um mich herum, bevor ich Zeit hatte zu begreifen, dass ich auf den Beinen war und versuchte, Jaern zu schlagen.

Jaern rührte sich nicht. »Immer noch so empfindlich?« Er streckte die Hand aus und löschte einen Teil des Kreises aus – aber nur ein kleines Stück, die Komponente, die mich zum Schweigen gebracht hatte.

»Bastard«, sagte ich. Ich saß immer noch fest. »Du warst eingesperrt.«

»Meine Eltern waren verheiratet, soweit ich weiß.« Jaern wischte sich die Flöckchen blauer Farbe von den Fingern. »Und ein Schloss funktioniert nur, wenn der Gefangene nicht weiß, wie man einen Schlüssel herstellt. Verrätst du mir jetzt, was passiert ist?«

Ich konnte ihn zwingen, mich herauszulassen. Ich hatte seine Seele. Ich musste mich nur konzentrieren und es ihm befehlen. Ich öffnete den Mund.

Er hob eine Hand. »Oder zwing mich, den Kreis zu beseitigen, und lass es mich selbst in deinem Inneren lesen. Deine Entscheidung.«

Er versuchte, mich so wütend zu machen, dass ich töricht handeln würde. Ich holte Luft. »Was?«

»Ich bin geduldig mit dir«, sagte er, »weil deine nekromantische Ausbildung schändlich vernachlässigt worden ist. Dachtest du, es hätte keine Konsequenzen, wenn du meine Seele benutzt, um mich wie einen Diener herumzukommandieren? Dachtest du, meine Seele wäre nicht *ich* und könnte nicht in deinen Gedanken herumstöbern?« Er stand auf und befand sich nun Nase an Nase mit mir. »Jedes Mal, wenn du mich zwingst, etwas zu tun, erfahre ich etwas mehr über dich. Ich erhalte tieferen Einblick in deine Erinnerungen. Ich schwimme ein Stück weiter in deine Begierden hinein.« Er lächelte. »Intimer, als du es wahrscheinlich gewollt hast.«

»Du bist ein Lügner«, sagte ich.

»Wenn mir danach zumute ist. Aber ich weiß trotzdem, wie du damals Brix' Tätowierungen auf ihrer Brust gesehen und die Bindesigillen und den Kommunikationszauber erkannt hast. Und ich weiß, was du zu Acarius gesagt hast, als du ihn das letzte Mal hier gesehen hast und ihr beiden diesen hässlichen Streit hattet.« Er schnalzte voll gespielter Missbilligung mit der Zunge.

Nadeln aus Eis drangen mir in die Brust. Ich hatte niemandem von der Auseinandersetzung erzählt. Ich *dachte* noch nicht einmal gern daran.

»Hat dieses Gespräch irgendeinen Zweck?«, fragte ich.

»Ich versuche nur, dich zur Vernunft zu bringen.« Er ging in die Hocke und starrte die Runen an. »Du solltest meine Hilfe annehmen.«

Ich verschränkte die Arme. »Du willst mir nicht helfen. Du willst nur deine Seele wiederhaben.«

»Und du willst sie loswerden.« Er wischte einen Buchstaben weg und ließ die Hand über dem nächsten schweben, als dächte er nach. »Leider brauchen wir, um meine Seele aus dir herauszuholen, die Puppe, die du dir von der Schlampe hast stehlen lassen.«

Ich ballte die Hand zur Faust. »Nenn sie nicht so«, zischte ich. Das fast schmerzhafte Ziehen hinter meinem Brustbein bestätigte, dass ich einen Befehl daraus gemacht hatte.

Er sah auf. »Bereit, mir noch einen Blick zu gewähren, nur um ihr Andenken zu bewahren? Seien wir doch nicht naiv, Heimchen. Menschen wie sie wenden sich früher oder später immer gegen einen. Man kann es ihnen noch nicht einmal zum Vorwurf machen. Es liegt in ihrer Natur, Höherstehende zu täuschen und auszunutzen. Du nennst *mich* einen Lügner?« Er löschte die Hälfte meines Namens aus. »Ich sage nur ehrlich, was ich will. Wir gleichen einander zu sehr, du und ich. Du bemerkst, wenn ich versuche, dich anzulügen, was es ziemlich zwecklos macht. Und ich weiß natürlich alles über dich.«

Die Magie um mich herum gab nach. Kein anderer Ausdruck beschreibt besser, was geschah – es war, als würde man gegen eine verrottende Holztür drücken. Der Kreis war beinahe gebrochen.

»Dann kannst du mir vielleicht auch erklären, warum du redest, statt mich dorthin zu bringen, wo ich etwas bewirken kann«, sagte ich.

»Weil du, sobald ich die andere Hälfte deines Namens wegwische, hinter der … jungen Frau herstürmen und mir nicht mehr zuhören wirst.« Jaern fuhr mit den Händen über den Buchstaben und hinterließ einen langen blauen Farbfleck. »Und ich versuche, dich zu überzeugen, sie nicht mittels Divination zu suchen.«

»Was? Warum nicht?«

»Such nach der *Puppe.*« Er richtete sich auf. »Wie wahrscheinlich ist es, dass sie das Ding für sich selbst gestohlen hat? Sah sie dir nach einer Nekromantin aus?«

Ich drängte mich an ihm vorbei. Ich war nur etwa eine Stunde lang in dem Kreis gewesen. Wenn ich schnell genug war, musste ich vielleicht gar keine Divination einsetzen. Vielleicht würde ich mich gar nicht entscheiden müssen, ob ich Brix oder der Puppe nachjagen sollte.

Ich blieb auf der Veranda der Hütte stehen. Sogar der matte Feuerschein im Haus wirkte im Vergleich zur völligen Schwärze der Nacht draußen gleißend hell. Der Mond schien nicht, und die Wolkendecke war offenbar dicht genug, die Sterne zu verhüllen. Ich konnte nur wenige Zoll weit sehen.

»Lorican«, sagte ich. Ein überraschtes Schnaufen aus der Dunkelheit zu meiner Linken. Hatte der Idiot etwa alles verschlafen? Ich griff nach einem Stift, um einen Illuminationszauber zu schreiben.

Verdammt.

Brix hatte meine Tasche mitgenommen. Ich würde eine Lampe holen müssen wie ein strohdummer Bauer. Und das geschah mir recht.

»Wach auf«, sagte ich in die Richtung, in der ich Lorican vermutete. »Brix ist weg. Wir brauchen die Pferde.«

Ich kehrte ins Haus zurück, um nach einer dreimal verdammten Laterne zu suchen.

Wie das Schicksal es wollte, musste ich auf das Tageslicht warten. Acarius hatte eine einzige Laterne besessen, ein erbärmliches, billiges Ding, das nur halb funktioniert hatte. Sie hatte immer an einem Haken beim Feuer gehangen, und dort hatte Brix sie wahrscheinlich entdeckt und mitgenommen. Ich fischte einen halb verbrannten Stock aus dem Feuer und versuchte, damit zu schreiben, aber die Runen, die dabei herauskamen, waren so undeutlich und verschwommen, dass die Beschwörung instabil war. Sogar Acarius' Tintenfass, das in die Ecke des Regals geschoben war, auf dem er seine Tagebücher aufbewahrt hatte, war ausgetrocknet.

Im oberen Stockwerk des Turms hätten genug Reagenzien vorhanden sein sollen, um ein paar alchemistische Farben herzustellen, aber ohne Lampe würde ich nicht in der Lage sein, gut genug zu sehen, was ich tat, um zu verhindern, dass ich mich beim Anmischen der Rezeptur selbst in die Luft sprengte. Jaern hätte einen Illuminationszauber wirken können, aber ich wusste, dass er es nicht tun würde, solange ich es ihm nicht befahl, und ich hatte nicht den Wunsch, ihm noch einen Blick in meinen Verstand zu gestatten.

Ich saß am Kamin vor dem sterbenden Feuer und beantwortete Loricans Fragen, bis der Drang, jemanden zu erstechen, überwältigend wurde, senkte dann den Kopf zwischen die Knie und tat so, als würde ich schlafen.

Sobald die Morgendämmerung anbrach, ging ich zum Turm. Diesmal stieg ich die Wendeltreppe empor, die an der Außenwand entlang verlief, bis ich Acarius' Labor erreichte.

An einer Wand stand ein Regal voller Tontöpfe und verstaubter, fleckiger Glasphiolen. In den Töpfen war nicht mehr viel drin. Mein Großvater hatte nie etwas davon gehalten, übertrieben große Vorräte anzulegen.

Dennoch waren genug Reagenzien vorhanden, um ein paar Phiolen roter und grüner Farbe herzustellen. Ich mischte sie an, so schnell ich konnte, steckte die Phiolen ein, stibitzte einen alten Pinsel von der schmutzigen Werkbank und folgte den Stufen bis aufs Dach.

Das Turmdach war einmal das Innere des vierten Stocks gewesen. Jetzt war es nur noch ein flacher, runder Steinboden, den Wind und Regen im Laufe der Jahrhunderte sauber gescheuert hatten. Ich schrieb mir auf jeden Unterarm jeweils eine Runenreihe, kniete mich hin und ging daran, eine Divinationsspirale zu erstellen.

Es war töricht, wenn man so will. Divination ist toxisch und kann lang anhaltende Halluzinationen hervorrufen. Ich hätte einen Weg finden sollen, Jaern oder Lorican mit hier heraufzunehmen, damit jemand mich aus der Spirale ziehen konnte, falls ich einen Krampfanfall bekam. Aber ich war mir nicht sicher, ob Jaern mir helfen würde, wenn ich ihn nicht dazu zwang, und ich wollte auch nicht, dass er die Divination beobachtete. Er hätte mich nur während des Zaubers berühren müssen, um die Magie auf eine eigene Frage umzulenken.

Und ich konnte Lorican nicht ins Gesicht sehen, nicht am helllichten Tag, nicht bevor ich wusste, wie viel genau mich meine Fehler gekostet hatten.

Als es Zeit wurde, einen Fokus in die Mitte der Spirale zu legen, holte ich tief Luft und zog das Obsidianstück, in das die Sigille eingraviert war, aus der Tasche.

Jaern hatte recht. Ich konnte nicht mittels Divination

nach Brix suchen, noch nicht einmal nach Acarius' Aufenthaltsort. Ich war nicht in der Lage, mich auf Acarius auszurichten – ohne Aufspürer hätte ich eine Haarlocke, einen Zahn oder einen Fingernagel gebraucht –, aber ich hatte sehr wohl ein wichtiges Stück der Puppe. Es gab keine Möglichkeit, Acarius ohne den Leeren zu retten, also musste ich die Puppe finden. So einfach war das – und so schwer.

Ich legte den Edelstein in die Mitte der Spirale, setzte die Hände sorgsam auf die Runen und sprach den Zauber.

Nordwesten.

Meine Umgebung verschwamm nach und nach. Ich verlor sie weniger plötzlich als noch vor Wochen, als Acarius mich kontaktiert hatte – verlor den Wind, der nach Bienenranken duftete, die Bäume, die in der Ferne raunten, die rutschige Farbe unter meinen Händen, eines nach dem anderen, bis mir nur mehr das unregelmäßige Pulsieren der hellseherischen Vision blieb.

Ich roch Ochsen, die Wärme von Holz unter der Sonne und … Weihrauch. Das kam so unerwartet, dass ich mich tiefer in den Zauber beugte. Brix brachte die Puppe nach Nordwesten, und die Ochsen sprachen für irgendeine Art von Karawane, aber Weihrauch? Was hatte das zu bedeuten? Ein Tempel?

Die Magie wallte durch meine Adern, wirbelte Sinneseindrücke auf. Glattes Glas. Metall. Kälte. Angst.

Cor Daddan.

Das war der Name einer uralten Festung, einer Daineruine, die der Schauplatz einer blutigen Schlacht gewesen war. Ich hatte nur davon gehört, weil Cor Daddan an einer Handelsstraße lag und Karawanen manchmal noch seine Brunnen nutzten. Warum sollte Brix die Puppe dorthin bringen? Warum …

Ich habe sie hergebracht, wie Ihr gesagt habt. Brix' Stimme hallte voll nackter Angst in meinem Kopf wider. *Ich habe sie hergebracht, jetzt gebt mir ihre Flasche. Lasst sie heraus. Ihr habt es versprochen.*

Flasche? Das konnte doch nicht sein. Alles, was die Leute sich hinter vorgehaltener Hand über die Tirnaal erzählten, die Legenden über Dschinnblut, Magie und Menschen, deren Körper zusammenschrumpfen und sich wieder ausdehnen konnten …

Meine Unterarmmuskeln traten hervor. Ich hatte Mühe, den Zauber unter Kontrolle zu halten. *Die Puppe.* Ich musste mich allein darauf konzentrieren.

Die Flasche ist in der Zitadelle. Ich bin kein Narr.

Nicht Brix. Sie war nicht diejenige in Cor Daddan. Aber ich kannte diese Stimme, verächtlich, aalglatt. Ich konnte Keir Esras' Gesichtsausdruck geradezu vor mir sehen. Er kommunizierte aus der Ferne mit jemandem, vielleicht mittels einer Form von körperloser Projektion, wie Acarius sie eingesetzt hatte, um mit mir zu sprechen. Übelkeit regte sich in meiner Magengrube, und bitterer Speichel stieg mir in den Mund. Die Giftwirkung des Divinationszaubers wurde rasch stärker. Für einen kleinen, äußerst ärgerlichen Moment erhaschte ich einen Hauch von Keirs Gedanken, das Schnurren seiner Gier.

Jetzt spielt es keine Rolle mehr, ob der alte Mann redet oder stirbt.

Ein qualvoller Schmerz bohrte sich wie ein Dorn in meine Schädelbasis. Die Magie brodelte und veränderte sich um mich herum, dickflüssig wie Honig, erstickend. Ich musste die Verbindung sofort abbrechen, bevor es noch schlimmer wurde. Vorsichtig zog ich die Hände in der richtigen Reihenfolge von den Runen.

Und dann war ich wieder allein, lag im Licht der Morgendämmerung auf den Knien. Die alchemistische Farbe brannte noch immer auf meiner klammen Haut. Ich schleppte mich von der Spirale fort und saß zitternd da, während ich darauf wartete, dass das Gift in meinen Adern nachließ.

Die Puppe war auf dem Weg nach Cor Daddan. Keir war jetzt schon *in* Cor Daddan.

Um Acarius zu befreien, würde ich also an Bannzaubern, Fallen und einem Dutzend Zauberer vorbeigelangen müssen, die speziell dazu ausgebildet waren, mit ihrer Magie zu verkrüppeln und zu töten. Ganz zu schweigen von den gewöhnlichen Schwertern und Dolchen, auf die ich vermutlich auch noch treffen würde, der schieren Entfernung zwischen der Zitadellenruine und mir, dem auf mich ausgesetzten Kopfgeld und der Unwahrscheinlichkeit, dass ich Brix und die Puppe einholen würde, bevor man Acarius zu Tode folterte. Jeder vernünftige Mensch wäre zu dem Schluss gekommen, dass die ganze Angelegenheit ein Selbstmordkommando war.

»Großvater«, flüsterte ich, »was mache ich jetzt? Was soll ich tun?«

Ich wusste, was er sagen würde: *Zauberer lassen sich nicht unterkriegen. Steh auf. Kämpf weiter. Lass nicht zu, dass sie dich schwach sehen, denn sie werden kein Mitleid mit dir haben.*

Ich schluckte wieder, mehrfach, aber es half nicht gegen die Übelkeit. Es war nicht so, dass ich nicht schon längst gewusst hätte, was ich tun würde. Es war auch nicht so, dass ich hätte aufhören können, mir Brix' Gesicht vorzustellen.

Steh. Auf.

Ich stand auf.

Der winzige See war die einzige Stelle in der Nähe, an der man sich waschen konnte. Ich ging im blassrosafarbenen Licht des Morgens dorthin, schlurfte durchs hohe Gras und hockte mich an den Rand des Wassers, um mir die Farbe von den Armen zu schrubben. Dann tauchte ich zu guter Letzt auch noch Kopf und Gesicht unter. Ich hatte mich in die Büsche am Fuße des Turms übergeben und wollte den Geschmack aus meinem Mund verscheuchen. Ich wollte auch, dass der Geschmack der ganzen verdammten Angelegenheit verschwand.

Triefend und frierend stand ich auf. Die Kälte war eigentlich ganz passend. Ins grüne Wasser zu starren, zu benommen, um darüber nachzudenken, wie sehr alles gleich schmerzen würde – das fühlte sich angemessen an.

»Was tust du da?«, ertönte Loricans Stimme hinter mir.

Bei den Göttern, nein. Ich konnte nicht mit ihm sprechen, nicht, wenn ich keine Ahnung hatte, was ich als Nächstes tun sollte.

»Entweder führe ich einen Freudentanz auf, oder ich wasche mich. Ich überlasse es deiner Beobachtungsgabe herauszufinden, was von beidem zutrifft.« Ich wischte mir mit dem Ärmel übers Gesicht. »Wo ist Jaern?«

Lorican schnitt eine Grimasse. »Sitzt in der Mitte des Fußbodens und starrt die Decke an wie eine Schlange, die eine Maus beobachtet. Dann stelle ich die Frage auf eine andere Art: Was *hast* du getan?«

»Ich habe Divination betrieben.« Warum nur ging er nicht?

»Und jetzt weißt du, wohin wir reisen müssen?«, fragte er. »Du weißt, wo Acarius ist?«

»Ich bin ein Narr«, sagte ich. Das Gift des Zaubers, der Schlafmangel, die Übelkeit erregende Last meiner Fehler – alles ballte sich in meiner Brust zusammen, und ich bekam nicht genug Luft. »Ich wusste, dass jemand mir die Gilde auf den Hals gehetzt hat. Ich wusste, dass Keir die Puppe wollte und dass jemand in meiner Nähe es darauf abgesehen hatte, sie für ihn zu besorgen. Ich dachte, du wärst es, aber es war Brix. Es war schon die ganze Zeit über Brix. Sie ist fort, mit der Puppe, ohne die ich Acarius nicht helfen kann, und es ist alles meine Schuld.« Ich atmete langsam durch die Nase ein und wieder aus. »Ich habe mich geirrt. Dumm von mir. Es gibt keine Entschuldigung, und ich bereue es.«

Stille kroch vorbei, lastend, unbehaglich. Ich leckte mir einen Tropfen Wasser von der Oberlippe und zwang mich, ihn anzusehen.

»Es tut mir leid, Junge«, sagte Lorican. »Ich weiß, dass sie dir am Herzen lag.«

»Bei den Göttern – *lass das.*« Die kalte Luft biss in mein nasses Haar. »Tu das nicht. Ich weiß, dass ich ein Dreckskerl bin. Ich weiß, dass ich dich nicht so hätte behandeln sollen, wie ich es getan habe. Du solltest wütend auf mich sein. Ich kann nicht … Ich …« Ich erstickte an den Worten, konnte ihn nicht länger ansehen. »Was, zu allen Höllen, hat Acarius für dich getan, das dich hier hält?«

Lange Zeit sagte er nichts. Am Ende bückte er sich, hob einen Stein auf und ließ ihn mit einer mühelosen Drehung seines Handgelenks über die Oberfläche des Teichs hüpfen. »Mir das Leben gerettet. Das habe ich dir doch schon gesagt.«

Ich machte Anstalten, zur Hütte zurückzukehren, und Lorican hielt mit mir Schritt. »Geh davon aus, dass er mir nichts erzählt hat. Wie hat er dir das Leben gerettet?«

»Als ich sechzehn war, habe ich mich einem Arbeitertrupp angeschlossen, der auf dem Weg hinaus nach Genereth war«, sagte er. »Waisenjunge. Es waren viele von uns dabei, allesamt auf der Suche nach Arbeit in den Färbereien und Stofffabriken. Ich dachte, ich könnte genauso gut dort wie irgendwo sonst mein Glück suchen. Acarius reiste mit derselben Karawane. Im Ödland südlich der Stadt wurden wir von Banditen überfallen. Alle kamen um, bis auf deinen Großvater.«

»Und dich«, sagte ich.

»Nein.« Lorican blieb stehen. »Ich bin gestorben, als ich sechzehn war, Gray.«

Ich erstarrte, einen Fuß schon auf den Stufen zur Veranda. »Was?«

»Ich habe einen Pfeil in den Bauch bekommen.« Lorican sprach in dem Tempo und mit der Genauigkeit eines Mannes, der eine Litanei rezitierte. Die ganze Zeit über wandte er den Blick nicht von mir ab. »Habe mir selbst beim Verbluten zugesehen. Acarius war jenseits des nächsten Hügels, als die Banditen zuschlugen. Wahrscheinlich musste er pissen oder so. Als er zurückkam, waren alle anderen tot und ich nahe daran. Ich muss geweint haben. Er fand mich an einem Wagenrad lehnend und sagte immer wieder, dass alles gut werden würde. Und er hatte diese ... Flasche mit rotem Zeug darin.«

Meine Kehle wurde trocken. »Ich nehme an, du bist dir bewusst, wie sich das anhört.«

Lorican zuckte leicht die Schultern. Sein Gesicht war verzerrt. »Die Göttin weiß, dass ich mich nicht in allen Einzelheiten daran erinnere, Junge. Aber wenn man unter solchen Schmerzen die Augen schließt und dann in einem anderen Körper aufwacht, wird man gläubig. Irgendwie hat dein Großvater *mich* – den Teil von mir, der fühlt und denkt – aus meinem sterbenden Körper in einen übertragen, der nicht im Sterben lag. Vorher war ich kein Irrläufer. Wohlgemerkt, ich beklage mich nicht darüber. Sie sind jetzt mein Volk und mehr Verwandtschaft, als ich vorher hatte.« Er lächelte. »Außerdem verehren die Irrläufer Linna. Für einen Mann in meinem Zustand ist es durchaus sinnvoll, zur Herrin des Wandels zu beten, findest du nicht?«

Ich schluckte und versuchte, mir eine logische Frage einfallen zu lassen. »Und wo hat er deinen jetzigen Körper aufgetrieben?«

»Acarius hat einen toten Irrläuferjungen unter den Waisen gefunden, irgendwie das gebrochene Genick wieder gerichtet und mich in jenen … in *diesen* Körper gesteckt.« Lorican musterte mich wie ein wachsamer Hund. »Ich weiß, es klingt …« Er verzog das Gesicht.

Plausibel. Es klang *plausibel.* Ich war nie davon ausgegangen, dass Acarius nichts von Nekromantie verstand; es sah meinem Großvater nicht ähnlich, ein ganzes Wissensgebiet zu meiden, nur weil es anrüchig war. Er hatte zumindest immer genug darüber gewusst, um mir beizubringen, mich davon fernzuhalten. Nekromantie war widerwärtig, ungefähr so, wie Gifte zu mischen oder im Hinterzimmer Flüche zu verkaufen. Aber was, wenn Nekromantie die einzige Möglichkeit gewesen war, ein Leben zu retten?

Und wenn schon? Er hatte eine gebrochene Wirbelsäule gerichtet? In der Zeit zwischen dem Einfangen von Loricans Seele und ihrer Wiedereinsetzung einen »handgefertigten Körper« wie den Jaerns erschaffen? Verfügte er über all dieses Wissen, hatte es aber nie für angeraten gehalten, mir davon zu erzählen? War *das* der Grund dafür, dass die Gilde ihn jagte? Dafür, dass Brix die verdammte Puppe für sie gestohlen hatte?

Natürlich.

Denn wenn Acarius eine Seele übertragen und Keir Esras ihn dazu zwingen konnte, diese Fähigkeit mit ihm zu teilen, dann würde es kaum ein Risiko bedeuten, die Charta abzuschaffen und gegen den König zu rebellieren. Der Gildenherr konnte sich einen neuen Körper besorgen, wann immer er es wollte. Er konnte ein Heer aus Marulachs aufstellen, wenn ihm danach war, und jeden König in Varre wie einen Dienerjungen herumkommandieren. Bei den Höllen, selbst das ewige Leben würde kein Problem sein.

Lorican hätte natürlich lügen können, aber es wäre eine seltsame und zwecklose Lüge gewesen. Auf einmal fiel es mir nicht mehr so schwer zu glauben, dass Acarius ihm am Herzen lag. Anscheinend gab es ganze Zimmerfluchten im Leben meines Großvaters, über die ich nichts wusste.

»Ich verstehe, warum du dich ihm nach so einem Vorfall verpflichtet fühlst«, sagte ich.

»*Verpflichtet?*«, wiederholte Lorican ungläubig.

Ich zwang mich weiterzugehen, auf die Veranda zu steigen. Wir hatten keine Zeit. Mit jeder Minute, die verging, gelangte die Puppe näher zu Cor Daddan, und meine Aussichten, Acarius zu retten, schrumpften zusammen. Ich musste die Pferde satteln und Jaern holen, bevor ich aufbrach. Die Götter wussten, wo ich etwas zu essen auftreiben sollte. Vielleicht konnte ich den Dorfbewohnern etwas abschwatzen, sobald ich die Schlucht verlassen hatte. Ich biss mir auf die Lippen und versuchte, mir Worte für das einfallen zu lassen, was ich sagen musste … Worte, die Lorican nicht beleidigen würden.

»Hör zu, ich muss etwas Bestimmtes tun, und es gibt keinen Grund zu der Annahme, dass es gut für mich ausgehen wird. Ich will nicht schuld sein, wenn du ums Leben kommst.«

Lorican schnaufte. »Ich verstehe einfach nicht, warum du dich so an diese hirnverbrannte Vorstellung klammerst, alles allein bewältigen zu müssen. Risiken gibt es überall. Ich kann genauso gut dieses hier eingehen. Warum lässt du mich nicht?«

Ein dumpfes Pochen von Groll regte sich in mir. *Risiko.* Er war nicht der Einzige, der etwas aufs Spiel setzte. Ich hatte mein ganzes Leben in der Überzeugung geführt, dass normale Menschen Leuten wie mir nicht halfen, und ich hatte damit recht behalten, verdammt. Der eine Mensch, dem ich zuletzt vertraut hatte, war Brix gewesen, und nun stand ich überlistet und gedemütigt da. Was hatte Jaern gesagt? *Menschen wie sie wenden sich früher oder später immer gegen einen.* »Du verdankst *mir* nicht dein Leben«, sagte ich.

»Es liegt an dem Nekromanten, nicht wahr?« Lorican wirkte aufgebracht, was ich in gewisser Weise beruhigend fand. Aufgebrachte Leute waren berechenbarer. »Er hat dich irgendwie in der Hand, hat dir etwas versprochen. Diese verdammte Schlange würde dir im Handumdrehen die Kehle durchschneiden, und das weißt du. Er würde sich nicht einmal die Mühe machen, hinterher sein Messer sauber zu wischen. Du musst ihn loswerden.«

»Ich kann ihn nicht loswerden, nicht ohne die Puppe.« Es auszusprechen war eine Erleichterung. Das würde reichen. Das würde ihn dazu bringen zu gehen. »Jaerns Seele ist an mich gebunden, und das schon, seit wir Tiefstadt verlassen haben.« Ich beobachtete ihn, wartete auf den Abscheu, der über sein Gesicht huschen musste, wartete darauf, dass ihm klar wurde, dass ich seiner Hilfe nicht würdig war.

»*Verpflichtet*«, sagte Lorican noch einmal. »Was glaubst du, warum Acarius dich zu mir geschickt hat?

Was glaubst du, warum ich mit ihm überhaupt erst in diese Todesfalle von einem Tempel hinuntergestiegen bin?« Er hielt inne. »Gray, Acarius hat mir mein Leben zurückgegeben. Er ist der Einzige, der überhaupt weiß, wer ich vorher war. Für mich ist er fast so etwas wie ein Vater oder ein Bruder, und ich muss ihn retten. Wie könnte ich noch mit mir selbst leben, wenn ich es nicht versuchen würde?«

Eine Sekunde lang vermochte ich mich nicht zu rühren, war außerstande, Worte oder gar ganze Sätze zusammenzufügen. Was tut man, wenn jemand einem seine Loyalität so darbietet?

»Ich gehe nach Cor Daddan«, sagte ich schließlich. »Acarius ist dort, Keir Esras auch, und ich glaube, dass Brix ihm die Puppe bringt. Ich werde versuchen, sie einzuholen und ihr die Puppe wieder abzunehmen.« Ich holte tief Luft; es fiel mir schwer, die Worte an meinen Zähnen vorbei auszustoßen. »Wenn du willst, könnte ich dabei Hilfe gebrauchen.«

Lorican nickte. »Dann komme ich natürlich mit.«

ACHTZEHN

Die Landstraße nach Cor Daddan war ein festgetretenes Band aus alkalifleckigem Lehm, das von kaum jemandem außer Militärkonvois und fahrenden Sklavenhändlerlagern genutzt wurde. Sie führte nach Nordwesten, hinauf in eine hoch gelegene, kalte Steppenlandschaft, die sich unter einem stahlgrauen Himmelsgewölbe endlos auszudehnen schien. Drei Tage von der Hütte entfernt, verließen wir die mit Steinen gepflasterte Karawanenstraße. Von da an sahen wir eine ganze Woche lang keine anderen Reisenden mehr. Schließlich wölbte sich das Land zu niedrigen Hügeln, und ferne Berge erschienen als purpurfarbener Streifen am Horizont im Westen. Der Wind flaute fast nie ab, selbst wenn Regen fiel und die Luft mit dem herrlich würzigen Duft von Steppenbeifuß tränkte.

Es war mir gelungen, etwas Proviant von den Dorfbewohnern zu erbetteln, doch er drohte uns nur allzu bald auszugehen. Jaern, der nichts essen musste, fand die Situation offenbar lustig. Er ritt so perfekt, wie er alles tat, und ließ sich nur dann herab, mich zur Kenntnis zu nehmen, wenn er sich langweilte. Lorican gab sich gleichmütig. Aber ich ertappte ihn ein paarmal dabei, wie er sich bei Sonnenaufgang davonschlich, um ein Gebet an die Herrin des Wandels zu richten und sie und drei Reiseheilige, von denen ich noch nie etwas gehört hatte, um Glück anzuflehen. Er ignorierte Jaern größtenteils, aber er wandte dem Nekromanten nie den Rücken zu.

Meine Divination erbrachte immer das gleiche Ergebnis. Jeden Abend suchte ich mir einen Stein und schrieb mit meiner Farbe, die ich sorgsam rationierte, eine Divinationsspirale. Und jeden Abend spuckte die Magie *Cor Daddan*, *Nordwesten* und *Keir* aus. Dazu hüllte sie mich in ein Gefühlsgemenge aus klaustrophobischer Furcht und Enttäuschung, das ich als *Brix* interpretierte. Wir waren der Puppe dicht auf den Fersen und kamen ihr jeden Tag näher.

Am zehnten Abend löste ich mich keuchend aus meinem Zauber. Der Gestank von Blut, Weihrauch und Tod hing mir noch deutlich in der Nase. Steif vor Kälte rieb ich die Hände aneinander und sah auf die andere Seite des Lagers, wo Lorican sich durchs Gebüsch bewegte, um Feuerholz zu sammeln.

»Er hat dich nicht gehört«, sagte Jaern neben mir.

Ich zuckte zusammen. Jaern saß im Schneidersitz nur wenige Zoll von der Stelle entfernt, auf die ich meine Spirale geschrieben hatte. Sein Gesicht war dem Himmel zugewandt. Der Sonnenuntergang spiegelte sich in seinen schwarzen Augen, er blinzelte nicht. Unser Lager war nicht mehr als ein Platz abseits der Straße, wo Loricans Einschätzung nach das Lagerfeuer unbemerkt bleiben würde. Er hatte darauf bestanden, es nicht größer als einen Essteller zu machen. Um uns herum wisperten meilenweit gelbes Gras und graue Sträucher, die sich im Wind wiegten.

»Mich wobei gehört?«, fragte ich und hoffte, dass ich es nicht schon wusste.

Jaern machte sich nicht die Mühe, mich anzusehen. »Dabei, nach ihr zu rufen.«

Ich fuhr mit den Händen über den flachen Stein, über den ich mich auf Knien gebeugt hatte, und wischte die Spirale weg. Das Herz hämmerte mir in der Brust. »Ich nehme nicht an, dass es einen Zweck hat, darüber nachzudenken, warum du dagesessen und mich beim Zaubern belauscht hast.«

»Wie der Zufall es wollte, Wickelkind, hatte ich heute Abend etwas anderes zu tun. Dein hellseherisches Gebrabbel war wie dein unvermeidlicher Sarkasmus nur ein Beifang.« Er atmete aus. »Also denkst du immer noch an sie. Du bist hartnäckig, Heimchen, das muss ich dir lassen.«

»Ich mag es nicht, wenn du mich so nennst«, sagte ich, »und ich glaube auch nicht, dass du etwas anderes zu tun hast.«

»Du bist nicht der Einzige, der eine Divinationsspirale schreiben kann.« Er machte eine Kunstpause, wartete darauf, dass ich ihn fragte, wonach er hellseherisch gesucht habe. Er würde nicht antworten, wenn ich es tat; er würde mich zwingen, es ihm zu befehlen, und die Gelegenheit ausnutzen, um meine Gedanken auszuspionieren. Das Muster war in den letzten paar Tagen zermürbend geworden. »Nun?«, fragte er.

Ich wischte mir mit den Fingerknöcheln Staub aus den Augen. »In wie viele Höllen kann man mich schicken, wenn ich einem Gott einen Tritt in die Eier verpasse?«

Er prustete vor Lachen. »Wenn ich derjenige bin, der dich hinschickt?« Er legte nachdenklich den Kopf schief. »Sei in alle Höllen verdammt, Gray. Du bist lästig. Du bist jung, du praktizierst auf deine Weise. Ich weiß Dinge, die du nicht weißt.« Endlich sah er mich an. »Die ich dir beibringen könnte, wie dir bekannt ist.«

»Um welchen Preis?«, gab ich zurück.

»Aha. Siehst du?«, meinte er leise. »Da ist es, das Misstrauen. Das ist der Grund dafür, dass du und ich Schwierigkeiten miteinander haben.«

»Was zeigt die Magie Neues?« Lorican kam anspaziert, ließ einen knappen Armvoll ausgebleichtes, trockenes Holz neben das Feuer fallen und hockte sich auf die Fersen. »Sind wir nahe dran?«

»Es ist eine Art Karawane«, sagte ich eingedenk der Visionen, in denen ich die ganze Zeit Straßenstaub schmeckte. »Wagen, eine Menge Leute. Und ja, wir sind nahe dran. Weniger als eine Meile entfernt. Wenn wir heute Nacht aufbrechen, könnten wir die Puppe noch vor dem Morgen haben, aber ich kann doch nicht einfach auftauchen und sie wie ein Wegelagerer von ihnen fordern. In einem Lager von der Größe gibt es bestimmt Wachen.« Ich zögerte. »Ich könnte versuchen, meine Lizenzsigille zu benutzen. Gildenmagier haben bestimmte gesetzliche Privilegien, und wenn die Puppe noch bei dieser Karawane ist, dann ist die Gilde wahrscheinlich noch nicht in Erscheinung getreten, um sie in Besitz zu nehmen.«

»Das ist kein schlechter Einfall«, sagte Lorican bedächtig. »Wenn wir die Meile heute Nacht im Dunkeln zurücklegen, bringt allein schon die Uhrzeit sie aus ihrem gewohnten Ablauf, und sie haben wahrscheinlich keine Möglichkeit, deine Angaben auf die Schnelle zu überprüfen. Du markierst den starken Mann und verlangst im Namen des Gildenherrn, die Puppe zu sehen. Wir können behaupten, dass ich dein Diener bin. Es könnte funktionieren, solange wir schnell und zielstrebig vorgehen und du *ihm* einen Maulkorb anlegen kannst.« Er nickte zu Jaern hinüber.

»Maulkorb?« Jaern stand auf. Sein Blick war manisch, wie bei einer Katze, die mitten in der Nacht beschloss, Geister zu jagen. »Wie niedlich.«

»Hört auf«, sagte ich. »Hört einfach auf und lasst mich …« Ich spannte Hände und Schultern an. Ich lag immer noch auf den Knien, halb gefangen in der Giftwirkung meines Zaubers. Etwas tropfte mir aus der Nase. Ich berührte es. »Lasst mich nachdenken«, schloss ich und starrte die roten Flecken auf meinen Fingern an.

»Ist die Frau noch bei dieser Karawane?«, fragte Jaern. »Es ist nur so ein Gedanke, verstehst du? Aber mir scheint, als ob sie in der Lage sein sollte, recht bald darauf hinzuweisen, dass du kein Gildenzauberer bist.«

Ich hatte bei jeder Divinationssitzung die bekannten Echos von Enttäuschung und Frust wahrgenommen, aber das hieß noch lange nicht, dass Brix wirklich da war. Es war bloß eine kleromantische Halluzination, eine von meinen eigenen Gefühlen beim Umgang mit der Vision hervorgerufene Täuschung. Warum hätte sie schließlich bleiben sollen, wenn ihr Handel abgeschlossen war? Dass mein Wunsch, sie dort zu finden, stark genug war, um den Zauber zu verzerren, war gewiss verstörend, aber im Moment nicht wichtig. Es durfte mir nicht wichtig sein.

Ich rieb mir mit dem Handgelenk die Nase und kam auf die Beine. »Nein. Sie ist nicht da. Das wird kein Problem sein.«

»Es geht dir nicht gut«, sagte Lorican leise. »Gray, wir müssen heute Nacht noch keine Entscheidung fällen. Wir könnten es genauso gut am Morgen versuchen oder am Tag darauf ...«

»Nein«, sagte ich. »Bis morgen könnte alles Mögliche passieren. Die Gilde könnte einen Boten schicken, um die Puppe zu holen. Die Karawane könnte weiterziehen.« Ich wusste, dass Keir sich in Cor Daddan aufhielt, und das war das Entscheidende. Es musste funktionieren. »Es muss heute Nacht sein.«

Wir ritten im Gänsemarsch und erreichten das Karawanenlager, als die letzten Sonnenstrahlen gerade hinter dem Horizont verschwunden waren. Als Erstes schlug mir der Gestank entgegen, bevor ich auch nur das Licht der Lagerfeuer sah. Schweiß, vermischt mit Tierpferchen, Abwässern und Verfall, zehnmal schlimmer als der Geruch eines durchschnittlichen Dorfs. Es stank nach Leid, Jahren der Qual, die in die Leinwand der Zelte eingesickert waren. Das hier war keine Gewürzkarawane – es war ein mobiles Sklavenlager.

Mir drehte sich der Magen um. Wenn wir nicht bereits ins Licht zweier gewaltiger Kohlenbecken geritten wären, wäre ich in Versuchung gewesen umzukehren.

Ich konnte vieles vorspiegeln, aber konnte ich auch so tun, als wäre ich ein Sklavenkäufer der Gilde?

»Halt!« Eine Gestalt löste sich von den Umrissen der Zelte. »Was führt euch her?«

Es waren in Wirklichkeit gleich mehrere Gestalten, und da war zu viel Metall. Die Fußsoldaten trugen blanke Schwerter und Kettenhemden, die auf ihren Schultern und an ihren Hälsen glänzten. Der Sprecher – der Stimme nach zu urteilen ein Mann – ritt auf einem riesigen Schecken und machte gerade noch halt, bevor er meinen kleineren Rotschimmel rammen konnte. »Das hier ist das Gelände des Lagers von Makesh. Wer hat euch die Erlaubnis erteilt herzukommen?« Seine Schwertspitze näherte sich meinem Bauch und verharrte dort.

»Nimm das weg.« Ich schlug die Klinge zur Seite. Dies war nicht der richtige Zeitpunkt für Höflichkeiten. »Ich bin der Verbindungsmann der Gilde und lasse mich nicht beleidigen.«

»Magiergilde?«, hakte der Mann nach.

»Nein«, blaffte ich. »Die Gilde der wandernden Zeltpflockmacher. Fällt dir irgendeine andere Gilde ein, die Geschäfte mit eurem Haus macht?« Ich schob meinen Ärmel hoch und streckte ihm mein Handgelenk hin, auf das die Sigille tätowiert war. Das Herz pochte mir bis zu den Trommelfellen. Einer der anderen hielt seine Lanze so, dass die Spitze nur wenige Zoll von Loricans Kehle entfernt war.

Der Mann saß ungefähr einen Herzschlag lang stumm da. Dann steckte er das Schwert in die Scheide und trieb sein Pferd vorwärts. Er war ein Hüne, mit einem Brustkorb, so breit wie der eines Bären, und einer Narbe, die von seiner Unterlippe bis zu seinem Kinn verlief. Sein schwarzes Haar war kurz geschnitten, fast wie bei einem Soldaten, aber nicht ganz. Also ein Söldner.

Er packte mein Handgelenk und zog es ins Licht der Kohlenbecken, um die Sigille mit zusammengekniffenen Augen zu mustern. Seine andere Hand schwebte dicht neben seinem Schwertgriff.

Ich spannte mich an, aber er ließ mich los.

»Entschuldigt«, sagte er. »Wir haben erst in einigen Tagen mit dem Gildenbevollmächtigten gerechnet. Meister Makesh wird wissen wollen, wie es zu der Planänderung gekommen ist. Mein Name ist Gedion.« Er warf einen Blick auf Jaern hinter mir, der wie eine Elfenbeinstatue vor dem Nachthimmel saß. »Ist der da Euer Sklave?«

»Wie auch der andere.« Die Worte schmeckten schlecht, aber ich durfte nicht mit der Wimper zucken. »Ich schlage vor, ihr nehmt jetzt eure Waffen herunter und führt mich zu Meister Makesh. Wollt ihr mich die ganze Nacht warten lassen?«

»Nein.« Gedion lenkte sein Pferd zur Seite. »Kommt mit mir, mein Herr.«

Das Klagegeheul eines Menschen durchschnitt die Dunkelheit – ein monotones, untröstliches Wimmern, ein Kind, das nach seiner Mutter schrie, oder eine Mutter, die nach ihrem Kind rief. Ich wusste nicht, was von beidem. Es fing mich wie ein Haken.

»Verdammte weinerliche Schlampe«, murmelte der Söldner.

Ich zwang meine geballte Faust, sich zu lösen, aber die Ungerechtigkeit setzte mir dennoch zu, als scheuerte eine Drahtschlinge mir die Haut auf. Kein Wunder, dass Brix bereit gewesen war, alles zu tun, um ihre kleine Schwester aus dieser Welt zu befreien. Ich wollte das Lager niederbrennen. Mit den richtigen Reagenzien hätte ich das sogar gekonnt.

Hör auf zu würgen. Analysiere alles. Du kannst es später niederbrennen, wenn du die Nacht überlebst.

Es schien mir ein seltsamer Ort für ein Sklavenlager zu sein, auf halbem Weg ins Nirgendwo, und den Ochsen nach zu urteilen, die ich angepflockt sah, war es keine kleine Privatbestellung, die zu irgendeinem hinterwäldlerischen Adligen transportiert wurde. Ich hatte schon zwanzig Zelte, Unterstände und marode Planwagen gezählt, als Gedion die Hand ausstreckte und das Zaumzeug meines Pferds packte.

»Meister Makesh ist in dem blauen Pavillon da drüben.« Gedion zügelte mein Pferd und seines und gestikulierte. »Ich lasse Eure Sklaven in Euer Quartier bringen. Fragt einfach, wenn Euer Gespräch mit dem Meister beendet ist, dann zeigt Euch jemand Euer Zelt.«

Wunderbar. Lorican hatte sich ganz mühelos in die Rolle meines »Sklaven« eingefunden, aber Jaern war auf gleicher Höhe mit mir geritten und hatte sich keine Mühe gegeben, seine Erheiterung zu verbergen. Es wirkte nicht so, als ob er brav mitgehen würde. Ich raffte meine Entschlossenheit zusammen und sah ihn an.

»Warte dort auf mich«, befahl ich und spürte das

Ziehen, als mein Wille seinen überwand, während Jaern noch einen Spaziergang durch meinen Verstand unternahm.

Jaern klimperte mit den Wimpern. »Natürlich.«

Ich schwang mich aus dem Sattel und reichte Lorican die Zügel. »Pass gut auf«, sagte ich.

»Ja, Herr. Ich kümmere mich um die Pferde und halte sie für Euch bereit.« Lorican sah mir einen Moment lang in die Augen. »Ich warte auf Euch, Herr.«

Gedion stieg ab und reichte seine Zügel an einen der anderen Söldner weiter. Sie ritten davon, während er mich zu dem Pavillon führte.

Nahe dem Boden roch es noch viel schlimmer. Ekelerregender Gestank wallte im Kreis und vermischte sich mit einem Luftzug voller Gewürzduft, der aus der offenen Zeltklappe des blauen Pavillons hervorwehte. Die Gewürze halfen kein bisschen. Es war, als hätte jemand eine Parfümflasche in eine Latrine fallen lassen.

»Bevollmächtigter!«

Ich blinzelte. Zwar weiß ich nicht, womit ich gerechnet hatte, aber es war nicht die geckenhafte Gestalt in pfauenblauer Seide, die aus dem Zelt geeilt kam. Das konnte doch wohl nicht Makesh sein? Der Mann, der für all das Leid um mich herum verantwortlich war?

»Entschuldigt bitte!« Makesh umfasste meine Hände mit seinen beiden und drückte sie etwas hektisch, sodass die Edelsteine an seinen Ringen sich mir ins Fleisch bohrten. »Erlaubt mir, mich vorzustellen – Tavas Makesh. Wir haben in dem Gebiet, das Herr Esras uns angegeben hatte, fast eine Woche auf Euch gewartet. Es tut mir leid, dass wir schon überzeugt waren, Ihr würdet nicht mehr kommen, und deshalb beschlossen haben, die Lieferung selbst nach Cor Daddan zu bringen. Herr Esras war so entschieden in seinen Anweisungen.« Er musterte mich mit geübtem Blick. »Aber wie ich sehe, habt Ihr eine anstrengende Reise hinter Euch. Was erlaube ich mir, Euch hier draußen im Freien zu empfangen? Kommt, trinkt etwas, und nehmt ein paar Erfrischungen zu Euch, bevor wir übers Geschäft sprechen.« Er bedeutete mir, in sein Zelt voranzugehen.

Ich ging und kämpfte aufsteigende Panik nieder. Das Innere des Zelts war luxuriös: Es war mit Kissen und Klappmöbeln vollgestopft. Wenn der allgegenwärtige Gestank nicht gewesen wäre, hätte man fast glauben können, in einem Privatgemach irgendwo in einem Gasthaus zu sein. Auf einem der Tischchen stand eine Platte mit Aprikosen und gebratenen … Was-weiß-ich-was. Tauben vielleicht. Mein Magen verkrampfte sich.

»Hungrig?« Makesh deutete auf die Platte mit Speisen.

Ich hätte Hunger haben sollen, aber bei dem Gedanken, irgendetwas zu essen, füllte sich mein Mund auf unangenehme Art mit Speichel. Ich versuchte, mir ins Gedächtnis zu rufen, dass *ich* derjenige war, der *ihn* einschüchtern sollte.

»Vor allem müde, abgesehen davon, dass ich versuche, einige Dinge zu klären. Ihr sagt, Ihr hättet am bezeichneten Ort gewartet?«

Makesh lächelte. »Aber irgendwie müssen wir Euren Boten verpasst haben. Schrecklich, ich weiß. Wir werden schnell Nachforschungen anstellen und die Schuldigen bestrafen. Mögt Ihr es Euch bequem machen?«

Mir blieb nichts übrig, als mich auf eines der lächerlich grünen Kissen zu setzen. Es ist unmöglich, würdevoll zu wirken, wenn man sich auf ein Kissen am Boden fläzt. Ich stützte einen Ellbogen aufs Knie und ließ das Kinn in meiner Hand ruhen. »Ich möchte niemandem Vorwürfe machen«, sagte ich. »Aber Ihr habt sicher Verständnis dafür, dass die Gilde sich auf die Leute verlassen können muss, mit denen sie Geschäfte macht.«

»Ich versichere Euch, dass das Vertrauen, das die Gilde in meinen Clan setzt, wohlbegründet ist. Schließlich gibt es kein anderes Haus, das mit der Ware handeln, die die Gilde benötigt. Tirnaal bergen spezielle Risiken.«

Tirnaal? Irgendwie hielt ich meine Gesichtszüge reglos. »Und wir bezahlen Euch gut dafür, diese Risiken in Kauf zu nehmen«, sagte ich.

Er lächelte erneut. »Die Tauben sind nicht nach Eurem Geschmack? Soll ich nach etwas anderem schicken? Käse vielleicht? Äpfel? Wein?«

Wie ertrugen Diplomaten nur diese Art von Speichelleckerei? Ich wedelte zustimmend mit der Hand. Das Essen würde mir die Zeit verschaffen, mir die beste Möglichkeit einfallen zu lassen, Zugang zu der Puppe zu verlangen. Dem Alkohol würde ich möglichst aus dem Weg gehen. Selbst unter den besten Umständen bin ich schnell betrunken, vor allem, wenn ich welchen auf leeren Magen zu mir nehme.

Makesh hob eine kleine Messingglocke – der Griff war eine nahezu lebensechte Darstellung einer nackten Frau – und läutete geziert damit. »Ich lasse etwas Wein und Mandeln bringen. Nun erzählt mir, Bevollmächtigter … Wie, sagtet Ihr doch gleich, lautet Euer Name?«

Ich griff nach der ersten Silbenansammlung, die mir durch den Kopf huschte. »Tellus.«

»Bevollmächtigter Tellus. Was ist erforderlich, um Euch davon zu überzeugen, dass sich mein Clan auf zufriedenstellende Art um diese Lieferung kümmert? Frühere Bevollmächtigte haben natürlich unser Manifest und die Bedingungen in den Zelten inspiziert. Anderen war es lieber, sich … unmittelbarer mit der Ware zu befassen.«

»Eine Kostprobe zu nehmen, meint Ihr«, sagte ich.

Er zuckte unverbindlich die Schultern.

Nicht würgen.

»Nun, ich bin eben erst angekommen.« Ich griff nach einer Aprikose. Wenn ich mich auf die Frucht konzentrierte, würde ich vielleicht nicht an die gefangenen Menschen denken müssen, die irgendwo in dem Labyrinth aus schmutzigen Zelten darauf warteten, ob ich »eine Kostprobe« von ihnen nehmen wollte. »Wir könnten damit beginnen, die andere Ware in Augenschein zu nehmen.«

»*Andere* Ware?« Er zog die Augenbrauen hoch.

»Behandelt mich nicht derart herablassend, Makesh«, sagte ich. »Sie muss sich in einer schweren Kiste oder Tasche befinden, ungefähr von dieser Größe.« Ich deutete die Länge der Puppe mit den Händen an. »Es handelt sich um ein alchemistisches Werkzeug, und der Gildenherr ist höchst interessiert daran. Ich soll mich vergewissern, dass seiner Investition nichts zugestoßen ist.«

Seine aalglatte Munterkeit verflog für kurze Frist. »Werft Ihr mir etwa vor, mich am Eigentum des Gildenherrn vergriffen zu haben?«

Ich lächelte. »Wenn Ihr es nicht getan habt, gibt es keinen Grund, mir nicht zu gestatten, es zu sehen.«

»Natürlich. Das lässt sich ganz einfach arrangieren. Heute Abend oder …?« Mir gefielt die Art nicht, wie er mich betrachtete: nachdenklich, berechnend.

»Heute Abend«, bestätigte ich gemessen. Ich hatte keine Ahnung, wie Sklavenkäufer Inspektionen vornahmen. Aber ich musste Makesh dazu bringen weiterzureden. Dass die Karawane auf dem Weg nach Cor Daddan war, hieß, die Lage war ernster, als ich angenommen hatte. Ich hatte gehofft, dass es, selbst wenn Keir eine Revolte anzuzetteln gedachte, eine Weile dauern würde, bis er das nötige magische Kapital dafür zusammenbekam. Ein untotes Heer zu erschaffen würde vermutlich genug Gift absondern, um den Prozess sehr zu verlangsamen. Aber wenn die Gilde ganze Karawanen von Tirnaal-Sklaven aufkaufte, dann würde das Gift kein Problem sein.

»Wie Ihr wünscht.« Makesh warf einen Blick zum Eingang. »Ah, der Wein.«

Die Zeltklappen bewegten sich. Als sie sich öffneten, drang ein weiterer übel riechender Luftzug von draußen herein. Ich rammte den Daumennagel in die Aprikose und sah zu, wie ein Tropfen Saft daraus hervorquoll. Ich hielt den Kopf so gut gesenkt, wie ich nur konnte, während die Dienerin eintrat und Makesh eine Servierplatte darbot. Es wäre unvernünftig gewesen, noch mehr Leuten zu gestatten, mein Gesicht zu sehen.

»Möchtet Ihr eine Erfrischung?«, fragte Makesh mit vollem Mund. »Die gerösteten Mandeln sind ziemlich gut.«

Die Dienerin blieb vor mir stehen. So viel zum Thema Anonymität. Ich blickte auf.

»Wein, mein Herr?«, flüsterte Brix.

NEUNZEHN

Brix.

Mein Verstand erlosch wie eine marode Lampe. Ich nahm einen Zinnbecher mit Wein und trank automatisch einen Mundvoll, bevor mir bewusst wurde, dass ich sie anstarrte. Ich zwang mich, den Blick zu senken, aber er blieb an ihren Füßen hängen.

Sie waren nicht mehr so, wie ich sie zuletzt gesehen hatte. Immer noch nackt, aber sie hatte neue Tätowierungen, zierliche Linien aus blauen Runen am Ansatz ihrer Zehen, wie Sandalenriemen. Die Haut war an den Rändern der Tinte noch leicht gerötet.

Bindesigillen, und zwar unglaublich starke. Sie hätte genauso gut in Ketten herumlaufen können. Die Furcht schlug eisige Haken in meine Kehle.

Sie wird ihm verraten, wer du bist. Sie wird …

Nach einem Augenblick wurde mir klar, dass Makesh immer noch redete und Brix sich in Bewegung gesetzt hatte. Jetzt servierte sie Käse auf einer hölzernen Platte. Sie trug ein dünnes schwarzes Hemd und eine weite, halblange schwarze Hose. Sklavenkleider. Warum sagte sie nichts?

»… denke, Ihr werdet feststellen, dass wir mit die besten Bedingungen in unserem Geschäftsfeld zu bieten haben«, sagte Makesh. »Wir haben noch auf keiner

Reise mehr als dreißig Prozent verloren. Manche Häuser mögen uns ja vorwerfen, unsere Ware zu verwöhnen, aber« – er wedelte abfällig mit einer manikürten Hand – »ich sage, dass wir bessere Qualität liefern. Ihr werdet nie erleben, dass ein Makesh-Sklave Euch widerspricht, und eine hübschere Herde findet Ihr nirgendwo.«

Herde. Er saß einfach da und lächelte wie eine Kröte, und das in Anwesenheit der Person, die er gerade mit Vieh verglichen hatte. Er sah sie nicht einmal an. Brix hatte mich verraten, und zum Dank hatte sie … *das hier* bekommen? Übelkeit brodelte in meiner Kehle, und ich musste schlucken. Sie denunzierte mich nicht bei Makesh, aber das hieß nicht, dass ich ihr irgendetwas schuldete. Ich konnte einfach gehen. Ich konnte sie hierlassen, damit sie sah, wie es sich anfühlte, wenn man jemandem vertraute und dieser Mensch einem dann wehtat.

Mein Blick senkte sich gegen meinen Willen wieder auf ihre frischen Tätowierungen.

Sie tun ihr weh.

»Ich habe bereits Erfahrungen mit Euren Sicherheitsmaßnahmen gemacht«, sagte ich. »Sehr gründlich. Ihr hattet gewiss schon Schwierigkeiten mit Aufwieglern, Leuten, die Euren Sklaven *helfen* wollen.«

Es war das einzige Signal, das mir einfiel, und es nützte nichts. Brix ließ sich nicht anmerken, ob sie mich gehört hatte, und schlich weiter leise durchs Zelt. Makesh nahm sich einen Käsewürfel und lächelte mich leer an. Als Brix vor mir stehen blieb, langte ich nach einem Stück von dem abstoßenden Zeug. Sie sah mir einen Sekundenbruchteil lang in die Augen. Bewusst ausdruckslos. Dann duckte sie sich wieder unter den Zeltklappen hindurch und war verschwunden.

»Es gibt reichlich idealistische Idioten da draußen«, bemerkte Makesh leichthin. »Aber meine Jungs machen mehr oder minder Hackfleisch aus ihnen. Wir waren schon immer stolz auf unsere Sicherheit.«

»Ich glaube, wir kommen vom Thema ab.« Ich trank den Wein aus. Der leere Becher würde mir einen Grund verschaffen, das Zelt zu verlassen. Ich musste mich konzentrieren. Ganz gleich, warum Brix mich nicht sofort ans Messer geliefert hatte, ich konnte nicht darauf bauen, dass es so bleiben würde. Ich stand alles andere als anmutig auf. »Wie ich schon sagte, ich muss die Ware inspizieren, und allmählich bin ich die Verzögerungen leid.«

»Natürlich.« Er klatschte in die Hände. Im Nu öffneten sich die Zeltklappen, und Gedion erschien. »Gedion führt Euch in Euer Quartier und sorgt dafür, dass Ihr alles habt, was Ihr benötigt, um Euch zu erfrischen, während ich die Lieferung ausfindig mache, an der Euch gelegen ist. Der Gildenherr hat einen ganzen Wagen voller Waren – es wird ein Weilchen dauern, die richtige Kiste zu finden.« Er lächelte den Söldner an. »Gedion weiß, wie er in der Zwischenzeit dafür sorgen kann, dass unsere Gäste sich willkommen fühlen. Nicht wahr?«

Der Söldner brummte auf eine Art, die nicht besonders einladend klang. Er hielt mir die Zeltklappe auf und marschierte dann schnell, fast im Laufschritt, quer durchs Lager. Ich tat mein Bestes, mir das Labyrinth aus Unterständen und Zelten einzuprägen, an denen wir vorbeikamen. Mein Bestes war erbärmlich. Es kostete mich all meine Aufmerksamkeit, überhaupt mit Gedion Schritt zu halten.

Ich konnte doch beim besten Willen nicht *so* schnell betrunken sein, oder?

Am Ende erreichten wir ein geflicktes, unscheinbares Zelt. Es war von stattlicher Größe, wenn auch nicht einmal annähernd so fürstlich wie das, in dem Makesh lebte. Gedion wartete und starrte mich an – vermutlich, damit ich nicht einfach an ihm vorbeischlenderte. Ich hatte keine Ahnung, was ich Jaern und Lorican erzählen sollte, aber mir blieb keine Wahl. Ich ging hinein.

Ich blieb stehen. Das Innere des Zelts war pechschwarz.

»Sehr rücksichtsvoll von dir«, sagte Jaern, »aber du kannst ein paar Schritte machen, ohne auf ein Gesicht zu treten.«

»Oder auf den sarkastischen Dreckskerl hier, der Zauber geschrieben hat und Licht machen könnte«, erwiderte ich leise.

»Ist das ein Befehl?«

Ich hätte ihm einen Tritt verpasst, wenn ich gewusst hätte, wo er war. Ich durfte ihn nicht wieder in meinen Kopf lassen, und das wusste er. »Du kannst mich mal.«

Eine Pause. Dann, zuckersüß: »Ist *das* ein Befehl?«

Ich schnaufte. »Wo ist Lorican?«

»Kümmert sich um die Pferde. Wahrscheinlich schläft er neben ihnen. Bei den Höllen, vielleicht hat man ihn angepflockt, wer weiß das schon?« Er sprach eine Runenreihe aus, ganz leise, wie ein Seufzen. Sanftes weißes Licht erwachte pulsierend zum Leben. Es war derselbe Zauber, den er schon einmal verwendet hatte und den er wie ein Armband um sein Handgelenk herum geschrieben trug. Ein Teller mit Essen und eine Flasche Wein standen unberührt neben ihm. Er wies mit der leuchtenden Hand darauf. »Die Sklaventreiber schienen der Ansicht zu sein, dass jemand auf unser Gepäck aufpassen müsse, und Lorican hat mich allmählich gelangweilt.«

Ich biss die Zähne zusammen. »Verzaubern wir jetzt schon willkürlich irgendwelche Sklaventreiber?«

Jaern zuckte die Achseln. »Ich wollte mit dir reden.«

»Hol ihn zurück«, blaffte ich und wühlte in meiner Tasche nach meinem letzten Rest Farbe. »Ich habe keine Zeit zum Reden. Man wird mich bald rufen, um die Puppe zu ›inspizieren‹, und wenn es so weit ist, müssen wir handlungsfähig sein. Das Lager wieder zu verlassen wird schwieriger, als wir dachten. Ich muss schreiben, also kannst du den Mund halten.«

»Ich habe den Verdacht, dass ich weitaus mehr gegen die Sklaventreiber ausrichten kann als du, wenn du mich um Hilfe bittest«, sagte Jaern. »Aber erst einmal müssen wir besprechen, was du wegen der Frau unternehmen willst.«

Es gelang mir, nicht zu erstarren. Mein Herzschlag pochte bis in die Ohren. »Was? Wie hast du …?«

»Ich habe es dir doch eben gesagt. Ich habe selbst Zauber gewirkt, während du hellseherisch nach der Puppe gesucht hast.« Er zog die Augenbrauen hoch. »Hast du wirklich gedacht, ich würde ein Kind wie dich über mein Schicksal bestimmen lassen? Meinst du etwa, ich hätte keine kleine Divination durchgeführt, während du mit dem Herrn der Karawane gezecht hast? Ich weiß, dass sie hier ist. Ich weiß auch, dass du sie gesehen hast und dass du abgelenkt bist.« Er legte den Kopf schief. »Und deshalb musst du eine Entscheidung über sie fällen.«

»Da gibt es nichts zu entscheiden. Sie bedeutet mir nichts. Ich bedeute ihr nichts.« Es laut auszusprechen war so, als würde ich eine dunkle, hässliche Entzündung tief in mir aufstechen. »Sie hat mich *verlassen*, ist dir das nicht klar? Ich habe ihr vertraut, sie ist gegangen. Ich werde sie nie wiedersehen, und dieses ganze Gespräch ist Zeitverschwendung.«

Er saß eine Minute lang einfach nur da, und sein halbes Lächeln, das mich in den Wahnsinn trieb, verblasste zu etwas, das ich nicht einordnen konnte. Wenn er irgendjemand anders gewesen wäre, hätte ich fast vermutet, dass es Mitleid war.

»Es ist schlimmer, nicht wahr?«, fragte er. »Schlimmer als ein Tod. Zu erkennen, dass jemand einen einfach nicht mehr will. Oder dass er einen vielleicht nie gewollt hat. Es ist schlimmer, als einen Menschen auf die andere Art zu verlieren.«

Ich konnte mich nicht davon abhalten, ihm in die Augen zu sehen. Bis jetzt hatte ich noch nie Schmerz in seiner Stimme gehört. Nun aber klang sie ganz danach, und das ergab keinen Sinn. Wahrscheinlich war die Frage, die ich mir stellte, deutlich von meinem Gesicht abzulesen, denn er beantwortete sie.

»Oh ja«, sagte er. »Ich habe jemanden verloren.

Niemand wendet sich aus einem anderen Grund der Nekromantie zu.«

Plötzlich konnte ich ihn fast sehen, vor vielen Jahrhunderten, als er noch keiner Statue geglichen hatte, sondern ein normaler, etwas hässlicher Mann gewesen war. Und was dann? Klagte er laut an einem frischen Grab? Lauschte er, wie Schritte sich entfernten? Irgendetwas hatte eine so tiefe Wunde bei ihm hinterlassen, dass neunhundert Jahre den Schmerz nicht gelindert hatten. Ich fragte mich, ob seine Augen damals schon schwarz gewesen waren.

»Man kann sie nicht zurückbekommen«, sagte ich.

Er hob noch einmal die Schultern. »Nun, auf gewisse Weise kann man das, selbst wenn sie nicht tot sind.« Er hielt inne und fuhr mit der Zungenspitze über seine alabasterfarbene Unterlippe. »Aber was man zurückbekommt, ist nie das, was man verloren hat, das gestehe ich ein.«

»Du verstehst das nicht.« Die Worte entschlüpften mir, bevor ich den Mund schließen konnte.

»Im Gegenteil, ich bin der Einzige, der es versteht.« Er war ruhig und ausdruckslos geworden wie ein unterirdischer Teich. »Wie alt warst du, als du deinen ersten richtigen Zauberspruch geschrieben hast?«

»Zwölf«, flüsterte ich.

»Und da wusstest du, dass du dazu geboren bist. Plötzlich war es nur allzu verständlich, warum keiner von *ihnen* dazu fähig war, mit ihren Köpfen voller Frauen und Geld und Alkohol. Die Leute sehen die Welt und glauben, dass sie aus Wind, Fels und Wasser besteht, obwohl sie doch in Wirklichkeit aus Sprüchen und Worten gemacht ist. Unseren Worten.« Er verschränkte die Arme. »Was unternehmen wir also wegen der Frau?«

Vielleicht war etwas im Wein gewesen, oder es lag an seiner Seele, die sich in meinem Kopf wand. Möglicherweise war ich auch nur zu müde, um weiter gegen ihn anzukämpfen.

»Ich weiß es nicht«, sagte ich.

Er musterte mich. »Wie viele von ihnen darf ich haben?«

Ich blinzelte, überzeugt, dass ich ihn missverstanden hatte. Er hatte es im gleichen ausdruckslosen Ton wie zuvor gesagt. Er hatte sich noch nicht einmal bewegt. »Was?«, fragte ich. »Wie viele wovon?«

»Von den anderen, den Händlern und ihren gedungenen Schlägern. Du willst sie behalten – na gut, wie du möchtest. Über Geschmack lässt sich nicht streiten. Aber die anderen. Ich habe dich gefragt, wie viele du mich haben lässt.«

»Haben.« Mein Mund wurde trocken, als ich das Wort wiederholte. Sprach er davon, sie zu versklaven?

Seine Zähne blitzten wieder auf, kalt, das Grinsen eines Schädels im Gesicht einer Statue. »Behalten.«

Da wurde es mir klar. Mein Verstand brodelte vom Klacken wandelnder Knochen, vom trägen Schlurfen der Leichen, die er damals in Ri Dana wiederbelebt hatte. Er sprach nicht davon, sie zu versklaven.

»Du musst aufhören, dich einzumischen.« Er beugte sich vor. Mit einem Mal loderte Hunger in seinen Augen auf. »Du hast für den Augenblick meine Seele, also kannst du mich kontrollieren. Ich finde das ekelhaft. Wie du vermutlich auch. Wir müssen nicht unbedingt Gegner sein. Es ist sehr wenig, was ich verlange. Nur … lass mich gehen. Ich kann sie für dich zurückgewinnen, und dann können wir gemeinsam die Puppe holen. Versprochen.«

Er log. Ich wusste, dass er log. Und selbst wenn er es nicht tat, konnte ich nicht zulassen, wovon er da sprach. »Nein.«

Er verzog das Gesicht. »Ich dachte, du hättest etwas gegen Sklaverei. Wie viel ist sie also wert? Warum überlässt du mir nicht diese Missgeburten von Fleischhändlern?«

Weil es nicht nur um ihren Tod ging. Es bestand keine Garantie, dass er aufhören würde, nachdem er die Sklavenhändler umgebracht hatte, und er hatte mir *sie* versprochen. Selbst der durchschnittliche Liebeszauber ist etwas Abstoßendes, wenn er funktioniert: Er löscht die Persönlichkeit aus und hinterlässt einen leeren Raum in einem warmen Körper. Höchstwahrscheinlich plante Jaern sogar etwas noch Schlimmeres. Das hier war falsch.

Aber was, wenn nicht? Was, wenn es in Ordnung ist? Hier sitzt ein Gott vor dir, der darum bittet, dir schenken zu dürfen, was immer du willst. Warum lässt du ihn nicht?

Ich blinzelte noch einmal. »Nein.«

»Vorsicht.« Ein unterschwelliger, rot glühender Strom von Zorn schlängelte sich durch seine Stimme. »Ich würde es lieber so tun, mit deiner Hilfe. Zwing mich nicht, Maßnahmen zu ergreifen, die keinem von uns Vergnügen machen würden.«

»Ich bin nicht bereit, noch länger darüber zu reden. Wir müssen zu Lorican, und dann … was …« Das Zelt verschwamm. Ich versuchte, vor Jaern zurückzuweichen, und wankte plötzlich. »Was ist los mit mir? Was hast du getan?«

»Wenn *ich* das bewirken würde, würdest du schon kalt am Boden liegen.« Jaern sprang so schnell auf, dass ich seine Bewegung nicht sah. Er packte mich am Ellbogen und stützte mich beinahe besorgt. »Eine bessere Frage wäre die, was *du* getan hast. Haben sie dir irgendetwas zu essen gegeben? Zu trinken?«

Ich kniff die Augen zu und öffnete sie wieder. Es verbesserte meine Sehkraft um keinen Deut. »Mandeln. Wein.«

»Und den hast du höflich getrunken?« Jaerns grimmiges Gesicht befand sich dicht vor meinem. »Idiot. Der Herr der Karawane muss gewusst haben, dass du nicht der bist, der du zu sein behauptest.« Er trat vorsichtig einen Schritt zurück, als könnte ich umfallen, sobald er die Hand von mir löste. »Bleib auf den Beinen.«

»Makesh *wusste Bescheid*?« Mein Kopf pochte mittlerweile, aber ich zwang mich, die Kette logischer Schlüsse in aller Gründlichkeit weiterzuverfolgen. Ein Zauberer, der sprechen und schreiben kann, ist gefährlich, und vermutlich stellte ein Zauberer ohne Lizenz, der sich nicht um die Legalität von Sprüchen wie Knochenverzerrung scherte, ein besonderes Risiko dar. Also … was? Makesh hatte erraten, dass ich nicht war, wer ich zu sein behauptete, aber er wollte mich nicht direkt zur Rede stellen? Wenn er nicht riskieren wollte, dass ich einen Zauber wirkte, musste er mich irgendwie außer Gefecht setzen. Mir etwas in den Wein zu schütten hätte funktioniert. Vielleicht fiel es mir deshalb so schwer, einen klaren Gedanken zu fassen, und womöglich lag es auch daran, dass ich meine Gefühle nicht davon abhalten konnte, in alle Richtungen zu schwappen.

»Natürlich wusste Makesh Bescheid«, stieß Jaern hervor. »Das ist das Einzige, was einen Sinn ergibt. Nur aus dem Grund hat er zugelassen, dass die Frau dich zu Gesicht bekommt. Er hatte jemanden vor sich, der ganz gewiss kein Lakai der Gilde war, er wusste, dass Brix mit einem Zauberer zusammen gewesen war, und er wollte deine Identität weiter einengen. Brix hat dich ihm *ausgeliefert.*«

Frischer Schmerz durchzuckte mich wie ein Messer. Ich hatte Mühe, meine Konzentration im Griff zu behalten. »Wenn sie darauf warten, dass ich zusammenbreche, dann haben wir nicht viel Zeit«, sagte ich. »Lorican könnte alles Mögliche zustoßen. Er ist bei den Pferden, sagst du? Bist du dir sicher?«

»Ja«, antwortete Jaern ungeduldig, »ich habe es dir doch gesagt. Ich habe dafür gesorgt, und wir haben ohnehin keine Zeit auf ihn zu verschwenden. Wir können nicht ohne meine Puppe aufbrechen. Hört mein Vorschlag sich immer noch so böse an? Überlass mir Makesh und seine Leute. Lass mich gehen.«

»Nein.« Ich gab nicht nach, obwohl mir speiübel war. *Brix hat dich ihm ausgeliefert.* Ich durfte nicht innehalten und die neue Schicht tiefen Schmerzes empfinden, sonst würde ich mich nie mehr in Bewegung setzen. »Ich lasse niemanden zurück. Wir gehen die Puppe holen, wir gehen Lorican holen, und du tust heute Abend noch, was ich dir sage. Niemand stirbt. Wir erschaffen dem falschen Gott keine Diener.«

»Falsch?« Sein Gesicht zuckte. Eine Sekunde lang hatte ich fast den Eindruck, dass es *verschwamm*. »Du wirst nicht für immer über mich gebieten, Heimchen.«

»Niemand stirbt«, wiederholte ich.

Er lächelte. »Wie du willst. Was soll ich tun?«

Es war mir unmöglich, nicht die Nase zu rümpfen. Ich stählte mich und machte einen Befehl daraus. »Ich will, dass du mittels Divination die Puppe suchst und mich dann zu ihr führst. Anschließend gehen wir zu Lorican und den Pferden und machen, dass wir verschwinden.«

Diesmal schüttelte das Summen hinter meinem Brustbein meinen ganzen Körper, pulsierte in meinen Zähnen, vibrierte in den Höhlungen meines Schädels. Jaerns gefangene Seele kochte vor Wut und wand sich in mir. Er wurde stärker. Ich nicht. Mit der jähen Konzentration, zu der einem panische Angst verhilft, warf ich ihm all meine Energie entgegen.

Es reichte. Gerade eben.

Er spuckte in seine hohle Hand und begann, eine Spirale auf die Zeltbahn zu schreiben, wobei er eine erquickende Vielfalt besonders ordinärer und kreativer Kraftausdrücke murmelte. Als er fast die Mitte der Spirale erreicht hatte, schaute er zu mir hoch. »Ich brauche einen Fokus, das weißt du.«

»Nimm den Namen der Puppe«, sagte ich. »Der Leere.«

»Ich will verdammt noch mal größere Präzision!«, fuhr er mich an. »Wenn man einen Namen verwendet, Wickelkind, bekommt man eine körperlose Erscheinung, keine Divination. Bei Neyars Zähnen, du bist dermaßen ungebildet. Gib mir mein Auge, den Obsidian. In ihm sollte noch genug Magie stecken, um den Zauber funktionieren zu lassen. Ich will verflucht sein, wenn ich das hier zweimal machen muss.«

Ich verzichtete darauf, ihn zu fragen, woher er das wusste. In meinem Kopf war kaum noch etwas vor dem Herrn der Geheimnisse verborgen. Ich zog den schwarzen Stein mit der eingravierten Rune aus der Tasche und reichte ihn ihm.

Er platzierte ihn im Zentrum der Spirale, hielt ihn mit einem Daumen fest und vollendete die letzten paar Runen. Dann sprach er sie aus. Sein permanenter Übersetzungszauber geriet wohl ein wenig ins Stocken, als er sich auf seine Divination konzentrierte, denn die Beschwörung, die er sprach, schwankte zwischen einer, die ich kannte, und kehligen, uralten Silben, die vor schierer Macht summten. Seine Runen erwachten zum Leben, loderten als purpurnes Feuer auf der Leinwand auf.

Er legte die langen, zierlichen Finger auf die Runen wie ein Mann, der auf einer Laute spielt. Die Augen waren ihm halb zugefallen, wohlig verträumt, glasig von der Vision, die er sah.

»Ich habe dich«, murmelte er.

Dann inhalierte er den Zauber.

Es gibt keinen anderen Ausdruck dafür. Er beugte sich vor und atmete ein, als schnupperte er an der

Magie. Der Zauber schwebte von der Zeltwand aus in die Luft und in seine Nase. Ich sah, wie seine schwarzen Augen sich mit einem violetten Licht füllten.

»Was …« Ich hätte zu dem Zeitpunkt längst wissen sollen, dass es dumm war, Jaern zu fragen, was er tat, aber ich konnte das Wort nicht aufhalten. So etwas hatte ich noch nie gesehen – ich hatte nicht einmal davon *gehört*.

»Meine Divination ist etwas machtvoller als deine.« Jaern lächelte wieder, und jetzt überzog der glimmende Zauber die Innenseiten seines Mundes und seiner Nasenlöcher, haftete an seiner Zunge. »Ich kann spüren, wo die Puppe ist, solange ich den Fokus festhalte – den Stein.« Er hob den Obsidian hoch, der zwischen seinem Daumen und Zeigefinger blinkte. »Wie ein Hund auf einer Fährte. Allerdings kann ich keinen anderen Zauber wirken, ohne diesen hier zu besudeln. Ich hoffe, du hast einen Plan, wie wir von hier nach dort gelangen sollen.«

Den hatte ich. Er gefiel mir nicht besonders, aber ich hatte einen. Ich hatte gerade noch genug Farbe übrig, und ich nahm an, dass ich die Runen von der Zeltleinwand genauso gut abwaschen und hinunterschlucken konnte wie von einem Stück Pergament. Ich zeigte auf die Weinflasche auf dem Boden. »Ist der mit Drogen versetzt?«

»Wahrscheinlich«, sagte Jaern. »Warum?«

Ich lachte. Es tat weh und hallte in meinem Kopf wider. »Wie«, fragte ich, »würde es dir gefallen, unsichtbar zu sein?«

Kalte Luft strich in den Halsausschnitt meines Hemds, als ich das Zelt verließ, und traf auf die Schweißrinnsale, die sich vor Nervosität auf meiner Haut gebildet hatten. Die Unsichtbarkeit tat diesmal mehr weh als sonst, vielleicht, weil ich immer noch mit dem Beruhigungsmittel vollgepumpt war. Die Magie pochte wie eine alte Verbrennung.

Jaern war unmittelbar vor mir ins Freie getreten. Auch er war größtenteils unsichtbar. Nur der schwache violette Schimmer seines eigenen Zaubers hing in der Luft wie ein Irrlicht. Unglücklicherweise zog sogar solch ein schwacher Schimmer zu dieser Nachtzeit Blicke auf sich.

Das erste Hindernis war daher der Mann, den Makesh zweifelsohne dazu abbestellt hatte, das Zelt zu bewachen. Erschauernd starrte ich in die Dunkelheit. Ich wettete, dass Gedion oder ein anderer Söldner in der Nähe war.

Ein stechender Schmerz schoss mir den Nacken hinauf und verzerrte die Muskeln zu einem Krampf. Ich kniff die Augen zusammen und konzentrierte mich auf die Luft in meiner Lunge. Ich musste mich durch das Gift hindurchkämpfen. Der Zauber brauchte nur ein paar Stunden lang vorzuhalten, dann konnte ich Jaern dazu bringen, das Ley zu brechen und ihn enden zu lassen.

Wo war Gedion?

Nur einige der Zelte verfügten über Kohlenbecken, was dafür zu sprechen schien, dass sie entweder wichtigen Leuten gehörten oder teure Ware enthielten. Unser Zelt zählte anscheinend nicht dazu, aber uns erreichte dennoch genug Licht aus der Umgebung, sodass wir sehen konnten, dass überhaupt kein Wächter da war.

»Das ist unerklärlich«, murmelte ich und zuckte gleich darauf zusammen, als der Klang einen gezackten Schmerz durch meinen Kopf schießen ließ.

»Unerklärlich sind sehr viele Dinge, die mit dir zu tun haben«, bemerkte Jaern. »Wollen wir die ganze Nacht lang hier stehen bleiben und vor uns hinstarren?«

Vielleicht hatten sie sich auf die Droge im Wein verlassen. Wenn es eine langsam wirkende Formel war, dann warteten sie womöglich ab, bis ich außer Gefecht gesetzt sein würde, um mich zu fesseln oder mir die Kehle durchzuschneiden. Aber es hätte dennoch jemand das Zelt im Auge behalten sollen. Vielleicht hatte sich der Wächter entfernt, um seine Notdurft zu verrichten?

»Komm schon.« Jaern hustete; ein Schwall aus violettem Licht leuchtete vor dem Himmel auf. »Der Zauber hält nicht ewig. Willst du noch dein Irrläufer-Schoßhündchen einsammeln, nachdem wir den Leeren geholt haben, oder nicht?«

Ich unterdrückte mein Unbehagen. Wenn ich einfach nur die Puppe finden und uns von hier fortbringen könnte, würde alles gut werden. »Na schön, geh voran.«

Jaern huschte vor mir durch die Dunkelheit und hielt sich an die tieferen Schatten hinter den Zelten. Ich richtete den Blick auf sein Irrlicht, entschlossen, ihn nicht aus den Augen zu verlieren. Es war ja schließlich nicht so, dass ich Angst haben musste, gesehen zu werden.

Eine lastende Stille lag über dem Lager, durchbrochen nur von fernem Stimmengemurmel und gelegentlich aufbrandendem lauten Gelächter von einem Menschengrüppchen um eines der Kohlenbecken nördlich von uns. Jaern blieb dreimal stehen, einmal, um zwei Sklaventreiber vorbeizulassen, die sich darüber stritten, wer damit an der Reihe war, morgen früh die Aufsicht über den Koch zu führen, die anderen beiden Male, um einem krummbeinigen Wächter auszuweichen, der schwerfällig in einem Kreis patrouillierte, welcher sich mehrfach mit unserem Weg überschnitt.

Beim zweiten Mal traf Jaerns Hand mich gegen das Brustbein. Er tastete nach meiner Schulter und stieß mich dann nach unten hinter einen Stapel Proviantkisten. Ich hockte im Schlamm. Meine Augen brannten vom Wein und vor Erschöpfung. Eine diffuse Angst ringelte sich in mir wie ein Bauch voll Aale.

»Es fühlt sich falsch an«, flüsterte ich. »Warum sind nicht mehr von ihnen da?«

»Halt den Mund«, zischte Jaern, »wenn du nicht willst, dass ich sie doch noch töte.«

Dann setzte er sich wieder in Bewegung, und mir blieb nichts übrig, als ihm zu folgen.

Das Blut rauschte gleich einer Flut durch meine Ohren und wurde bei jedem Schritt lauter. Wir näherten uns immer weiter dem, was ich für die Mitte des Lagers hielt. Hier wurde mit Sicherheit die teurere Ware aufbewahrt, um bei plötzlichen Überfällen besser geschützt zu sein.

Ich blieb stehen. Meine Haut kribbelte.

Du übersiehst etwas.

Jaern schloss die Finger um mein Handgelenk und riss mich vorwärts. »Bleib nicht stehen, sonst sehen sie mich. Wir sind fast da.«

Ich ließ den Blick über das schweifen, was vor uns lag, und versuchte, mich zu konzentrieren. Was war mir entgangen? Wenn ich nur die dolchartigen Schmerzen in meinen Gelenken zum Verschwinden bringen konnte, würde ich mich auch erinnern können. Wenn ich nur die Übelkeit für eine Minute loswerden könnte.

Vor uns standen zwei Zelte. Eines war kreisrund, wie eine umgedrehte Rührschüssel. Die Wände bestanden aus einer Art rauem, haarigem Leder. Das andere war rechteckig. Kein Kohlenbecken, keine Sklaventreiber in Sicht.

»Sie ist in der Jurte.« Noch ein Schwall purpurnes Licht, der mich zum Eingang des runden Zelts lockte.

»Wird sie bewacht?«, fragte ich.

Ich hörte seiner Stimme das Schulterzucken und die Schadenfreude an. »Das hast du mich nicht hellseherisch feststellen lassen.«

Der Zelteingang war eine Armlänge von mir entfernt. Ich rang darum, meine Atmung gegen das magische Feuer zu stählen, das den unteren Rand meiner Lunge sengte, gegen das Gift, das in meinem Bauch rumorte. Dort, wo die Zeltklappe auf den Boden traf, zeigte sich ein dünner Streifen gelbes Lampenlicht.

»Du kannst dich immer noch entscheiden zu tun, was ich sage«, flüsterte Jaern mir aus solcher Nähe ins

Ohr, dass sein Atem zischend auf meinen Hals traf. Er war nicht warm. Die Luft schwängerte die Lippen des toten Gottes mit Frost. »Lass mich gehen. Sei nicht dumm, Heimchen.«

Mir kam die Galle hoch. »Rühr mich nicht an.«

Zwei Hände legten sich auf meine Schulterblätter. Bevor mir klar wurde, was er tat, hatte er mich schon in die Jurte gestoßen.

Eine einzelne Öllampe hing an einem geflochtenen Lederseil von der hohen Decke herab und erhellte das Innere der Jurte mit flackerndem Licht. Eine Leinwandbahn war ungeschickt quer durch den kreisrunden Raum gespannt. In ihm befanden sich Stapel von Holzkisten, Bettzeug und Säcke, die offenbar Getreide enthielten. An einen tief in die Erde gerammten Pflock gekettet, sah ich Brix.

Als ich durch den Eingang gestolpert kam und die Zeltklappe hinter mir hochwehte, schoss Brix zum Sitzen hoch. Sie hatte auf einer zerschlissenen Decke gelegen, beinahe wie ein Kleinkind zusammengerollt. Das Weiße ihrer Augen trat im matten Licht hervor. Ihr Atem ging rau und unregelmäßig. Sie sah mich nicht.

Mir wurde bewusst, dass sie geweint hatte. Sie weinte immer noch.

Ich bemerkte den Moment, in dem sie meinen Schatten entdeckte, der über den Boden zitterte. Sie rührte sich nicht und sagte nichts.

Ich blieb verwirrt stehen und war mir plötzlich sicher, dass ich still sein musste.

Sie starrte in meine Richtung und zog die Beine unter sich, sodass die Kette über den Boden schleifte.

Das Geräusch rasselte durch meinen Kopf. Lichtblitze durchzuckten mein Gesichtsfeld. Das Gift des Zaubers wallte in mir auf, so stark, dass ich es schmecken konnte. Es blendete mich. Flüsterte Brix mir lautlos etwas zu?

Sie kam auf die Beine und streckte die Hände aus. Ihre Lippen bewegten sich noch immer. Meine Augen waren weiterhin unfähig, klar zu sehen. Brix humpelte auf mich zu. Ihre Ketten klirrten, als sie sich bewegte.

Ihre Fingerspitzen streiften meinen Arm. Ich umfasste ihre Hand und war endlich nahe genug bei ihr, um zu sehen, was sie mit den Lippen formte.

Es ist eine Falle, sagte sie.

Lauf weg.

»Er ist hier«, sagte eine Frauenstimme hinter dem Vorhang.

»Lauf!«, rief Brix und stieß mich von sich.

Aber die Stimme hatte schon begonnen, die ersten Silben eines Leybrechers zu singen, und zwar schnell. Der Unsichtbarkeitszauber löste sich auf, und die Zeltklappe flatterte erneut.

»Jaern«, sagte ich. »Jaern, hilf mir!«

»Rufst du nach deinem hübschen Sklaven mit dem Götternamen?« Gedion trat ins Zelt, und hinter mir ertönten Stiefeltritte. Er lächelte und trug einen Jutesack in einer Hand. »Was meinst du, wer uns gesagt hat, dass wir mit dir rechnen sollen, du dummer Bastard?«

Ich hatte noch Zeit, mich halb umzudrehen, und sah die Sklaventreiber hinter dem Vorhang hervorstürmen, bevor der erste mich packte. Ich glaube, ich verpasste noch einem von ihnen einen Tritt, bevor man mir den Sack über den Kopf zog. Ein süßlicher, Übelkeit erregender Dunst stieg mir in die Nase, und irgendwo, wie in weiter Ferne, schrie Brix.

ZWANZIG

Wasser.

Ich ertrinke.

Ich keuchte und rang nach Luft, vorbei an etwas, das man mir zwischen die Zähne gezwängt hatte. Die Arme konnte ich nicht bewegen, irgendetwas hielt mich fest. Ich saß aufrecht da.

»Noch einmal«, sagte ein Mann. »Weckt ihn ganz auf.«

Ein Eimer mit kaltem Wasser wurde über meinem Kopf ausgeleert. Diesmal gelang es mir, die Augen zu öffnen. Licht stach auf mich ein, pochte an meiner Schädelbasis. Nach einer Minute konnte ich den Mann, der gesprochen hatte, klar sehen.

Makesh. Er lehnte am mittleren Pfeiler der Jurte … ich war also immer noch dort. Grazil hielt er eine dünne Shan-Zigarre zwischen Daumen und Zeigefinger und betrachtete mich mit dem leidenschaftslosen Interesse eines Viehhändlers.

»Wieder wach?«, erkundigte er sich. »Lässt die Wirkung des Geistschwärzpulvers nach?«

Ziegenlutscher war das, was ich sagte. »Zgnldzr«, war alles, was über meine Lippen kam.

Makesh zog an der Zigarre und blies Rauch aus den Nasenlöchern. »Früher oder später müssen wir dir den Knebel abnehmen, aber ich habe festgestellt, dass es bei Zauberern – sogar bei billigen Möchtegernmagiern – besser ist, erst einmal ein paar Dinge klarzustellen. Es ist unmöglich, sich darüber sicher zu sein, wo du vielleicht Zaubersprüche aufgeschrieben haben könntest. Einmal hat man mir einen Magier geschickt, der mich umbringen sollte. Er hatte Runen in die Innenseite seiner Lippe geritzt.«

Mir lief ein Schauer über die Haut. Ich versuchte, den Kopf zu wenden, und stellte fest, dass ich im Schneidersitz auf dem Boden saß. Meine Hände waren hinter meinem Rücken gefesselt.

Dem Druck nach zu urteilen, der auf meiner Wirbelsäule lastete, hatte man mich an einen der Zeltpfähle gebunden. Ich konnte mich weit genug drehen, um zu erkennen, dass wir in dem Bereich des Zelts waren, der durch den Vorhang abgetrennt war.

Brix war da, noch immer in Ketten, und starrte mich stumm an. Verdammt. Aber kein Lorican. Das war etwas, das mich hoffen ließ. Vielleicht hatte er sich davongeschlichen, weil er gewittert hatte, was vorging, als Jaern ihn zu den Pferden geschickt hatte. Doch dann wurde mir schlagartig klar, dass ich keinen Beweis dafür hatte, dass Jaern ihn nicht einfach getötet hatte.

»Ich habe eine Zauberin.« Makesh schüttelte ein bisschen Asche von seinem bestickten Ärmel. »Sie ist nichts wirklich Besonderes, weißt du? Aber sie ist nützlich, um dem Gildenherrn Nachrichten zu schicken und andere alltägliche Aufgaben zu übernehmen. Wie du dir vielleicht denken kannst, dauert es eine

Weile, über einen Wahrsagestein zu kommunizieren. Wir warten noch auf die Antwort des Gildenherrn und, wie sie mir sagt, auch darauf, dass der Leybrecher, den sie eingesetzt hat, seine Wirkung verliert.«

Ein Wahrsagestein. Konzentrierte Magie und derart giftig, wie an einem Stück Schwefel zu lutschen. So kam man auf kürzestem Weg zu einem umhertorkelnden Verstand und einem verrottenden Körper. Wie, zu allen Höllen, hatte er eine Gildenzauberin überzeugt, sich für bloße *Botschaften* in solch eine Gefahr zu begeben? Was sprach denn gegen Brieftauben?

»Aber dein hübscher Sklave stand mehrere Stunden lang in Kontakt mit meiner Zauberin, bevor du mein Lager erreicht hast.« Makesh schnalzte leise mit der Zunge. »Du hättest vorsichtiger sein sollen. Er hat uns alles über dich erzählt – darüber, wie wir dich empfangen sollten und welche Winkelzüge du anwenden würdest, um ins Lager zu gelangen. Er hat sich sogar bereit erklärt, dich hierherzulocken. Obwohl ich die gewünschte Bestätigung also nicht von meinen eigenen Leuten bekommen konnte, lässt sich wohl ohne große Zweifel der Schluss ziehen, dass du *kein* Gildenbevollmächtigter bist.« Er zog wieder an seiner Zigarre, diesmal nachdenklich. »Weißt du, wenn du schon das Geld für einen magisch ausgebildeten Sklaven ausgeben musstest, hättest du ihn wirklich besser im Griff behalten sollen. Nicht, dass ich die Versuchung nicht verstehe, ihm gegenüber nachsichtig zu sein.« Er lächelte leicht. »Und du hast ihm auch noch einen Götternamen gegeben. *Jaern*, ausgerechnet. Was hast du denn erwartet, wenn du ihn so verwöhnt hast?« Er machte eine Kunstpause, als könnte ich trotz des Knebels in meinem Mund antworten, und fuhr dann fort: »Erste Frage.« Makesh gab jemandem hinter mir einen Wink. »Nick einfach oder schüttele den Kopf. Hast du irgendwelche Zauber dort geschrieben, wo ich sie nicht sehen kann?«

Stiefel scharrten über die Erde, und zwei fleischige Hände packten mich am Hemd und zogen mich hoch. Aha. Gedion war also noch hier. Ich schüttelte den Kopf, weil ich nicht unbedingt erpicht darauf war, ihn meinen Mund durchsuchen zu lassen. Dabei machte sich Benommenheit in meinem Schädel breit. Meine Gedanken schwappten wie Nudeln in einem Topf. Makesh hatte gesagt, dass man mir Geistschwärzpulver gegeben hatte. In kleinen Dosen war das ein Beruhigungsmittel, wie ich mich entsann, doch giftig, wenn man mehr als ein paar Prisen nahm. Ich fragte mich, welche Wechselwirkungen es mit dem Mittel entfaltet hatte, das im Wein gewesen war.

»Wie lautet sein echter Name?«

Seiner. Ich blinzelte. Er stellte die Frage nicht mir. Er stellte sie Brix.

»Grayson«, sagte Brix.

Schmerz explodierte an einer Seite meines Kopfs, ein blendender Stern aus Messern. Als ich wieder sehen konnte, stellte ich die Ursache fest: Gedion hatte mir eine Ohrfeige verpasst. Er stellte sich auf meine Seite, sodass ich ihn sehen konnte. »Bist du dir da sicher?«

»Den Namen hat er mir genannt.« Ihr Tonfall war bewusst ruhig. »Wenn Ihr ihm zu großen Schaden zufügt, ruiniert Ihr seinen Verkaufspreis. Zauberer müssen sehen können, um auf den Märkten etwas einzubringen.«

»Sein Verkaufspreis ist mir egal«, blaffte Makesh. »Sein Name. Mach es nicht kompliziert. Ich hasse es, abends lange aufzubleiben, und ich möchte gern das Wichtigste wissen, bevor Numyra kommt, um ihn zu knacken.«

Noch eine Welle aus Schmerz brach über mich herein, diesmal von der anderen Seite meines Kopfs. Jetzt rauschten meine beiden Ohren. Gedion grinste mich an, wie ein Mann, der eine gute Flasche Wein genießt.

»Hört auf damit!« Brix sprang auf. »Ihr macht ihn noch taub!«

Ob ich taub werden würde, war mir viel unwichtiger als das, was Makesh gesagt hatte. Schmerz war bloß Schmerz, aber die drei Wörter *ihn zu knacken* sorgten dafür, dass etwas meinen Körper durchlief, das heller Panik sehr nahe kam. Sie würden versuchen, in meinen Kopf einzudringen und meine Erinnerungen zu stehlen. Sie würden mir jeden Teil meines Geists rauben, der mich zu mir selbst machte.

»Antworte endlich.« Makesh sah Brix in die Augen. »Selbst unter euch tätowierten Barbaren muss es doch Gerede geben, Gerüchte darüber, was ich mit Leuten tue, die mich erzürnen. *Du* hast für Esras gearbeitet und etwas gestohlen. Ich habe meine Zweifel daran, angemessen bezahlt worden zu sein dafür, dass er dich benutzen durfte. Esras sagte, du solltest ein alchemistisches Werkzeug stehlen, eines, das die Gilde verboten hat. Der König, die Charta, die Rebellion und all der Unsinn sind mir gleichgültig, aber es ist für mich sehr wohl von Bedeutung, wenn meine Geschäftspartner mir nicht das bezahlen, was meine Ware tatsächlich wert ist. So etwas schädigt meinen *Ruf*, ist dir das klar? Ich darf nicht zulassen, dass man mich betrügt.« Sein Blick huschte in meine Richtung, dann wieder zu Brix. »Also rate ich dir, Kätzchen, gut nachzudenken, was du als Nächstes sagst. Für den Zauberer habe ich nichts bezahlt, ich verliere also durch ihn kein Geld, wenn ich sein Gehör ruiniere. Oder seinen Verstand leer fege.«

»Nicht«, sagte Brix. Ihre Stimme zitterte ein wenig. »Sein Name ist Corcoran Gray. Tut es einfach nicht.«

»Es freut mich, dass wir uns jetzt verstehen«, murmelte Makesh. »Warum versucht er, diese Puppe zu stehlen?«

»Geld. Er weiß, was der Gildenherr Euch gezahlt hat …«

Makesh schnellte vor wie eine Schlange. Seine sorgfältig manikürte Hand schloss sich um meine Kehle. »Ich schneide ihm die Nase ab«, sagte er, immer noch mit seidenweicher Stimme. »Und ich kupiere ihm die Ohren wie einem Schwein, und es wird mich keine zwei Pfennige kosten. Esras kauft mehr Tirnaal, als mein Haus je zuvor einem einzelnen Kunden geliefert hat, und jetzt haben wir einen Dritten, der Interesse daran entwickelt. Der Oberste Inquisitor will einen magischen Krieg vom Zaun brechen. Ich weiß, dass es nicht um Geld geht.« Seine Finger drückten fester in mein Fleisch. »Also, bevor Gedion sein Messer zieht: Was wollte er stehlen?«

»Die Puppe.« Das alles hier würde unter keinen

Umständen ein gutes Ende nehmen. Brix wusste das unverkennbar, aber ihr fiel nichts Besseres ein, als die Wahrheit zu sagen. »Die Puppe des Nekromanten. Für Euch hätte sie wie eine Goldstatuette mit einer Sammlung von Gemmen ausgesehen, wenn Ihr Euch die Mühe gemacht hättet, die Tasche zu öffnen, in die ich sie gelegt hatte.«

Der Sklavenhändler runzelte die Stirn.

Er weiß nicht, wovon sie spricht.

»Nekromant«, sagte Makesh. »Solche Menschen gibt es nicht.«

»Na gut, dann gibt es sie eben nicht.« Sie stand völlig reglos da. Langsam wurde mir bewusst, dass unter der panischen Angst etwas anderes wuchs. Brix war *zornig*. Das Zittern in ihrer Stimme war *Wut*. »Aber Gray wollte die Puppe, und sie ist nicht hier, weil ich sie dem Gildenherrn gegeben habe. Bei allen Göttern, Ihr habt doch gesehen, wie ich sie ihm gegeben habe.«

Nein. Mein Herz zog sich zusammen. Die Puppe war nicht mehr da? Wie hatte meine Divination so fehlschlagen können? *Nein. Nein.*

Makesh musterte sie. Ein Hauch von Heiterkeit umspielte seine Mundwinkel. »Ich verstehe«, sagte er. »Also ist sie wirklich nur eine alchemistische Kuriosität, wie Esras gesagt hat? Was bewirkt sie?«

»Ich weiß es nicht«, sagte Brix mit zusammengebissenen Zähnen. »Ich sage Euch die Wahrheit.«

Ein kalter Luftzug fuhr in die Jurte, als die Zeltklappe aufschwang und eine Frau in schmutziger, schmuckloser Robe eintrat. Sie hätte in jedem beliebigen Alter zwischen zwanzig und vierzig sein können.

Ihr mausbraunes Haar war kurz geschnitten. An den schmächtigen Unterarmen trug sie jeweils einen Satz Armbänder aus Knochen, in die Runen geschnitzt waren. Wie mir auffiel, war nirgendwo eine Gildensigille zu sehen. Sie musste Numyra sein, die Zauberin.

»Die Gilde sagt, sie haben ihn nicht hergeschickt.« Sie blieb unbeholfen vor mir stehen und fing meinen Blick auf. Ihre Augen waren seltsam, milchig weiß vor grauem Star. »Hattet Ihr Glück?«

Sie musste mindestens halb blind sein, eine Folge des Gebrauchs unabgeschirmter Magie, die man normalerweise nur bei bestimmten Priesterinnen beobachtet, die Tempelbeschwörungen sprechen. Schlechte Zauber mussten jahrelang auf ihre Sehkraft eingehämmert haben, um sie so gründlich zu ruinieren.

»Ich wäre nicht mehr hier, wenn ich Glück gehabt hätte«, stieß Makesh hervor. »Mach dich an die Arbeit.«

Numyra wühlte in einer voluminösen, schäbigen Tasche herum und zog eine Farbphiole und einen Borstenpinsel daraus hervor. Sie schrieb eine Rune auf mein Kinn, bevor sie meinen Knebel herauszog, sodass er mir feucht an der Kehle hing.

»Tu das nicht.« Mehr als ein Flüstern konnte ich nicht hervorstoßen. Ich spürte, wie das magische Schloss sich um meine Zunge legte, meine Worte verzerrte, sie undeutlich machte. »Bitte. Du musst das nicht tun.« Mein Atem ging schwer, als würde ich in einem See voller Eis ertrinken, und ich konnte kaum die Augen offen halten.

»Haltet ihn jetzt fest«, sagte Numyra. Sie musterte

meine Stirn voll intensiver Konzentration. Als ich sie ansah, tupfte sie mit dem Pinsel etwas auf mein Gesicht. Eisiger Schmerz lastete auf meiner Haut.

»Bald wirst du nicht mehr in der Lage sein, genug zu sehen, um überhaupt noch zu schreiben«, sagte ich. »Wie wird der Sklavengebieter dich dann behandeln?«

Ihr Blick huschte für einen Sekundenbruchteil von ihrer Arbeit weg, dann zurück. »Haltet ihn fest«, wiederholte sie. »Jetzt dauert es nicht mehr lange.«

Gedions Hände unter meinem Kinn und an meinem Hinterkopf packten fester zu. Selbst wenn ich Lust gehabt hätte, den Hals unter Schmerz zu verdrehen, wäre es mir unmöglich gewesen.

»Stellt mir einfach Fragen«, krächzte ich. »Bitte.«

Sie zog die Mundwinkel vor Konzentration herunter. »Meister Makesh will sicher sein, dass die Antworten, die wir bekommen, der Wahrheit entsprechen.«

»Meister Makesh will ins Bett gehen«, sagte Makesh hinter ihr. »Er will nicht die ganze Nacht herumstehen, um darauf zu warten, dass seine faulen Angestellten einfache Aufgaben erledigen. Komm schon, Numyra. Er kann doch nichts allzu Besonderes sein. Warum dauert es so lange?«

»Es ist etwas anderes, als einen Bauern zu knacken«, murmelte sie. »Er hat wahrscheinlich Schutzmaßnahmen ergriffen. Ich muss alles so einrichten, dass der Kerl keinen Zauber wirken und auch nicht meine eigenen Sigillen benutzen kann, während ich …«

»Ich kann dir mit deinen Augen helfen.« Die Worte verschwammen auf meiner Zunge, leise, trunken. »Wenn du mich knackst hast du ein sabberndes, leer gefegtes Häuflein Elend am Hals – und du wirst erblinden.«

Sie vollendete eine Reihe winziger Runen auf meinem Nasenrücken. »Tut mir leid, Bursche. Ich habe meine eigene Arbeit zu erledigen, hörst du?« Die Zauberin warf einen Blick über die Schulter. »Bereit?«

»Bei den Göttern, ja!«, blaffte Makesh. »Höchste Zeit! Nun öffne ihn schon.«

»Halt«, sagte ich. »Warte.«

Die Zauberin ignorierte mich, presste mir die Daumen unter die Augenhöhlen und sprach die Runen aus. Die Sigillen erwachten auf meinem Fleisch zum Leben. Die Last meiner Eiskrone wuchs, drückte mir den Kopf nach unten. Einen Moment lang war das Gefühl, aufgeknackt – entblößt – *ausgeliefert* zu sein, derart überwältigend, dass ich nicht einmal schreien konnte. Numyras Bewusstsein drang in meines ein wie schmutzige Finger, die meine Gedanken durchwühlten, in alle privaten Ecken von mir langten, zupackten, zerrten, wehtaten, *wehtaten* …

Ich hatte immer geglaubt, der Verstand sei mehr oder minder wie eine Bibliothek oder eine Art Lagerhaus – Regale voller Erinnerungen, ordentliche Stapel von Erfahrungen und Überzeugungen. Wie sich herausstellte, sah mein Verstand wie ein großer, staubiger, holzgetäfelter Korridor aus, mit Informationshaufen, die wie Pergamentfetzen an die Wände geweht waren, und Türen, die sich rechts und links öffneten. Mein Verstand war unglaublich unordentlich. Mit anderen Worten: das Gedankennest eines Sammelwütigen.

KNACK.

Ich drehte mich um. Oder meine Seele tat es. Oder welcher Teil von mir auch immer getrennt von meinen Erinnerungen aufstehen und dieses verdammte magische Spiel spielen konnte.

Hinter mir bebte eine mit kunstvollen Schnitzereien verzierte Ebenholztür in ihren Angeln, als drehte jemand wieder und wieder den Griff und hämmerte darauf ein.

»Schließ sie ab.«

Ich zuckte zusammen, aber natürlich stand Acarius da. In meinem Kopf. Oder die Erinnerung an ihn. Meine Götter, wie ich das hasste.

»Wie?« Ich legte beide Hände um den Türgriff und versuchte, ihn daran zu hindern, sich zu drehen. »Ich weiß nicht, wie ich meinen Verstand abschließen kann.«

Der Acarius-Geist rückte sich die Brille zurecht und verschränkte die Arme. »Unsinn. Natürlich weißt du das. Du schließt ja nicht deinen ganzen Verstand ab, nur einzelne Erinnerungen. Was tust du, wenn du nicht willst, dass eine bestimmte Erinnerung dir zu schaffen macht?«

Ich rezitierte die Zutaten und das Mischungsverhältnis alchemistischer Farbe, die Regeln dafür, Runen in einem Gitternetz oder einer Spirale anzuordnen, schließlich auch geometrische Lehrsätze. Ich zwang mich, arithmetische Aufgaben zu lösen, rief mir obskure Überlieferungen aus staubtrockenen Tempeltexten ins Gedächtnis. Während ich mich erinnerte und all diese Informationen nach vorn schob, wirbelte das Pergament um mich herum auf und verschloss die Ebenholztür, eine Wand aus lauter kleinen Einzelheiten, durch die sich die Zauberin hindurchkämpfen musste.

»Das wird sie natürlich nicht für immer aufhalten«, sagte der Acarius-Geist. »Aber sie muss all die Erinnerungen einen Moment lang betrachten, um festzustellen, ob es die sind, auf die sie es abgesehen hat.«

Ich würde mich weiter nach innen zurückziehen müssen. Also rannte ich den Korridor entlang und kam an Torbogen zu beiden Seiten vorbei, die Wolken aus nutzlosen Informationen ausstießen. Es handelte sich um Gedanken, die an der Oberfläche meines Verstands vor sich hin plapperten, lächerlicher Unsinn darüber, ob ich Hunger hatte und wo ich gerade einen Juckreiz verspürte. Im Korridor gab es eine weitere große Ebenholztür. Der Acarius-Geist und ich liefen hindurch, und ich schlug sie zu und verschloss sie – diesmal mit allen nervtötenden Liedchen, die mir je im Gehirn als Ohrwurm hängen geblieben waren.

»Ganz passabel, mein Junge.« Der Acarius-Geist geizte mit Lob so sehr wie der echte Acarius. »Aber auch dort wird sie nicht lange haltmachen. Sie sucht nach dem Grund dafür, warum du die Puppe willst, und den wird sie nicht in deinen Erinnerungen an deine Abendessen finden.«

»Ich kann nicht zulassen, dass sie die Puppe finden.« Mehr Pergament. Mehr bedeutungslose Erinnerungen. Was sonst hatte ich, das sie aufhalten würde? Wie war es mit den Regeln für Divination? Die fielen mir als dickes Buch in die Hand – mit hübschem blauem Einband, wie ich betonen möchte. Mein Verstand verfügte offenbar über eine feinere Ästhetik, als ich es je erwartet hätte.

»Wie man die Puppe benutzt?« Und jetzt war es nicht mehr der Acarius-Geist, der neben mir kauerte, sondern die Erinnerung an Brix, die wie Feuer glomm. »Ist das alles, was du verstecken musst? Bist du dir sicher?«

RUMMS.

Die Tür öffnete sich einen Spaltbreit, trotz des Bollwerks aus tausenderlei Belanglosigkeiten, die mir einfielen. Numyra würde es hindurchschaffen.

»Du hast sämtliche kleinen Erinnerungen aufgebraucht, all die, die bedeutungslos sind«, flüsterte der Brix-Geist. »Du musst jetzt größere zum Einsatz bringen.«

Ich eilte weiter den Korridor entlang zur nächsten Barrikade. Es wurde dunkler. Ich schloss die Ebenholztür und sah dann nach rechts und links, um herauszufinden, was ich verwenden konnte, um sie zu versperren. Hier gab es zwei Torbogen, die mit eisernen Fallgattern gesichert waren. Aus einem drangen der Geruch von eingeweichten Kuhhäuten, Matsch und Blut und eine abscheuliche, keifende Stimme.

Ich zuckte zusammen. »Das will ich nicht. Brix, ich kann es nicht.«

Jemand eilte den Korridor auf der anderen Seite der Tür entlang. Numyra war schon hindurch. Ihre Stimme – die meine Auflistungen wiedergab und meine Liedchen sang, als sie zu ihnen gelangte – war kaum noch gedämpft.

»Wenn es dir wehtut«, sagte der Brix-Geist, »wird es auch ihr wehtun.«

Ich packte die Eisenstäbe und schob das Fallgatter auf. Eine Pfütze aus öligem schwarzem Teer floss heraus. Stimmen ertönten, wo immer sie mich berührte.

Dummer kleiner Welpe. Warum kannst du nichts richtigmachen?

Dann versteck dich. Versteck dich. Wie ein geprügeltes Hündchen.

Das Zeug klebte an mir, als würde ich mit Pech beschmiert werden. Ich keuchte auf, tauchte die Hände hinein und schaufelte es zwischen Numyra und mich.

Das Dorf lädt dich hier ab, damit du mir die Haare vom Kopf frisst, und du kannst nicht einmal daran denken, eine Haut aus dem Tauchbad zu ziehen, wenn ich es dir sage. Hörst du mir überhaupt zu? Bist du nicht nur schwachsinnig, sondern auch noch taub? Du wirst nie auch nur so viel wert sein wie ein Haufen Ziegenscheiße.

»Das ist eine Lüge«, sagte der Brix-Geist. Ich nickte und erkannte, dass ich schluchzte.

Aber ich musste noch eine Handvoll von dem widerwärtigen Zeug packen, musste jeden Zoll der Ebenholztür mit der sengenden Demütigung bedecken.

Wertloser kleiner Hurensohn.

Wage es ja nicht, vor mir wegzulaufen! Wage es ja nicht, vor mir wegzulaufen!

Heftiger Schmerz durchzuckte mein Bein, und ich fiel hin. Panische Angst brandete über mich hinweg, eine Feuerflut. Ich presste die triefenden Hände auf den Boden.

Irgendwo in weiter Ferne hörte ich Numyra vor Schmerz schreien.

Dann Stille. Vielleicht hatte sie aufgegeben.

»Brix«, sagte ich. »Glaubst du, dass sie weg ist?«

RUMMS.

Sie war nicht weg. Ich sah zu, wie der Teer sich Stück für Stück auflöste, während Numyra sich durch die Erinnerungen kämpfte, sie sortierte und zerriss, weiterlief. Verdammt! Sie bewegte sich weitaus schneller, als ich mich verstecken konnte.

RUMMS.

»Brix.« Ich warf einen Blick zur Seite.

Kein Brix-Geist. Nichts. Ich hatte auch das verloren. Aber als ich nach unten sah, hielt ich den Leeren an meine Brust gedrückt, die Edelsteine in seinen Vertiefungen. Blicklose schwarze Augen starrten zu mir hoch.

Ich drückte ihn an mich, wandte mich ab, um tiefer in meinen Verstand zu fliehen, und sah mich einer anderen Art von Tür gegenüber.

Diese hier bestand nicht aus Ebenholz. Sie war aus Stahl, dicker, als ich je eine in einem Gefängnis gesehen hatte. Aus dem Spalt darunter glühte ein pulsierendes rotes Licht hervor. Langsam schob ich mich darauf zu, die Hand ausgestreckt. Konnte ich mich dahinter verstecken? Was um alles in der Welt hatte ich dort eingesperrt? Welcher Teil von mir war so schlimm, dass mein Verstand zu dem Schluss gekommen war, dass sogar die Erinnerungen an den Gerber noch besser waren?

Meine Fingerspitzen streiften das Metall, und im selben Augenblick hörte ich das Summen.

Nicht bloß ein Summen. Ein Brummen oder Vibrieren.

Ich wich zurück.

Sonst kannst du nirgendwo mehr hin.

RUMMS.

Die Ebenholztür flog hinter mir auf, und Numyras Seele kam anmarschiert, um sich vor dem Stahl aufzubauen. Ich wusste, dass es ihre Seele war, weil sie irgendwie noch immer ihre unordentliche Robe trug, auch wenn sie jetzt wirkte, als wäre sie neunzehn und voller Pickel. So musste sie sich selbst sehen. Das hier war schließlich nicht meine Erinnerung an sie, sondern *tatsächlich* ihr Bewusstsein, das durch meinen Kopf waberte.

Zum ersten Mal fragte ich mich, wie meine eigene Seele wohl aussah. Vielleicht acht Jahre alt.

»Mach sie nicht auf«, sagte ich.

Sie versetzte der Tür einen Tritt. »Hier ist es, nicht wahr? Das Geheimnis, um dessen Bewahrung du so hart kämpfst?«

»Nein.« Ich schlang die Arme um die Puppe. Ein Raunen stieg wie Dampf von dem Gold auf. *Holst du mir jetzt meine Seele?* Konnte Numyra nicht sehen, was ich trug? War die Information über die Puppe nicht das, was sie wollte? *Es ist viel einfacher, eine Seele zu entfernen, als sie wieder einzusetzen.*

Numyra legte eine Hand auf die Tür. Das Summen wurde schmerzhaft, ein Wirbelsturm aus Flügeln. Hörte sie es nicht? Spürte sie nicht den tosenden Zorn, der gegen das Metall hämmerte?

Nein.

Das hier war das, was ich sie auf keinen Fall finden lassen durfte. *Das hier* hatte Jaern in meinem Kopf gesehen, deshalb hatte er mich ihnen ausgeliefert. *Du wirst nicht für immer über mich gebieten, Heimchen.*

»Bitte öffne die Tür nicht«, flehte ich. »Du wirst sterben. Dahinter sind nicht meine Erinnerungen. Du musst mir glauben. Weck mich auf, dann erzähle ich dir, was auch immer du wissen willst. Ich erzähle dir von Acarius, von der Puppe, davon, was ich bei eurer Karawane suche, alles, nur …«

Sie schnaufte, legte die Hände auf die Klinke und zog.

Die Bienen strömten hervor und stachen. Sie wirbelten als scharlachrote Flut heraus, ein Sturm aus Raserei, Schmerz, Entsetzen, Stolz – und aus alles überragender, unheiliger Enttäuschung.

Eine Erinnerung, die ich nicht kannte, streckte die Hand aus und ohrfeigte mich, eine Stimme, die verzweifelt rief: *Ich schenke dir das ewige Leben. Nimm es doch einfach an!*

Die Bienen bildeten einen dichteren Schwarm, verschmolzen und lösten sich dann wieder voneinander, pulsierten wie ein Herzschlag.

Das vergesse ich nicht. Und dich auch nicht. Ich vergesse es nie, und du entkommst mir nicht.

Der Bienenschwarm bildete mittlerweile beinahe eine menschliche Gestalt.

»Was ist das?«, kreischte Numyra.

Die Leute sind immer auf der Suche nach etwas, das sie anbeten können. Warum nicht mich?

»Beende den Zauber und verschwinde aus meinem

Kopf«, sagte ich. »Brich den Kontakt ab. Sofort! Der hier ist kein Geist.«

Die sterblichen Überreste eines schlanken jungen Mannes traten vor. Vielleicht war es auch ein Mädchen; es war schwer zu sagen. Lederbraune Haut, farblose Haarbüschel, die an einer verwesenden Kopfhaut hafteten, eine Stupsnase – oder ein Teil davon – und eine raue Wolltunika über einem Körper aus halb verfaulten Knochen.

Aber ich kannte die Augen.

»Oh, Gray«, sagte Jaerns Seele. »Ich bin jetzt schon sehr lange ein Geist.«

Er packte Numyras Seele an der Kehle. Ich sah das Entsetzen auf ihr Gesicht treten, als sie begriff, sah das Blut hervorquellen, als die Spitzen von Jaerns Fingerknochen in ihre Haut drangen. Sie öffnete den Mund und holte Luft, um zu schreien.

Dann waren sie fort. Stille. Dunkelheit. Nichts.

Numyra war tot. Jaern war frei. Und der Zauber, der mich in meinem eigenen Kopf einsperrte, wirkte noch immer. Solange niemand die Sigillen auslöschte, saß ich in der Falle.

Ich konnte nicht aufwachen.

EINUNDZWANZIG

Aber ich wachte auf.

Ich keuchte. Luft füllte meine Lunge mit brennendem Leben. Schmerzen pressten mich zusammen, aber es waren gute Schmerzen – die Art von Schmerzen, die zu einem echten Körper und einer echten Lunge gehörten. Das war anders als der immer tiefer werdende Sumpf aus Elend, in dem ich bis eben dahingetrieben war. Die Unschärfe um mich herum löste sich auf. Das sinnlose Summen in meinem Schädel zog sich zurück, erstarb aber nicht.

Dieses Summen. Sollte ich nicht etwas dagegen unternehmen?

Und dieses verdammte Geschrei.

War das … Makesh?

Eine andere Stimme verfiel in einen Sprechgesang, zunächst so leise und schnell, dass ich sie nicht verstehen konnte. Zu ihr gesellte sich eine tiefere Stimme, panisch jetzt, und stockend. Es musste Gedion sein, der eine Bindebeschwörung vortrug und seine Sache schlecht machte.

Der Druck von Numyras Daumen auf meine Wangen kam zum Erliegen. Sie kreischte und wich vor mir zurück. Ein Ring aus Blut strömte wie eine makabre Halskette von ihrer Kehle. Sie hatte die Hände ausgestreckt.

Die Runenritzungen auf ihren Armbänden erstrahlten in weißem Licht. Als Gedions Hände mich losließen und ich den Kopf wenden konnte, hatte ich die Kontrolle schon weit genug zurückgewonnen, um ausmachen zu können, wer den Zauber wirkte.

Brix.

Brix stand, immer noch in Ketten, in einer Ecke des Zelts und schrie die Runen auf Numyras Armband. Ein Ball aus blauem Feuer pulsierte über ihrem Kopf wie ein schlagendes Herz. Ich hatte gerade noch genug Zeit, den Zauber zu erkennen und zu Boden zu gehen, als der Zeltpfahl auch schon Splitter in meine Arme dringen ließ, bevor der Flächenblitz durch die Jurte zuckte.

Er traf als Erstes Gedion: eine tosende Feuersäule, die ihn an den Boden nagelte. Ich schmiegte das Gesicht so eng an meine Schulter, wie ich konnte, und kniff die Augen zu. Der Übelkeit erregende, süßliche Geruch von verbranntem Fleisch erfüllte das Zelt. Hitze wallte hinter meinem Rücken auf. Numyras schrille Schreie brachen schlagartig ab.

Dann hörte es auf. Alles war still, bis auf mein galoppierendes Herz und die abgehackten, schnellen Atemzüge der Frau, die mich gerade gerettet hatte. Ich öffnete die Augen.

Der Flächenblitzzauber war verblasst, aber Brix hatte sich nicht gerührt. Die Runen, die auf ihren linken Fuß tätowiert waren, glommen in einem matten, hässlichen Rot, hielten sie viel wirksamer fest als sogar die Ketten. Ihr Blick war unverwandt auf den rauchenden Klumpen gerichtet, der noch vor ein paar Minuten Gedion gewesen war.

Und … ich konnte durch sie hindurchsehen.

Sie stand immer noch da, und ein Großteil von ihr war klar zu sehen, auch wenn sie zitterte. Aber die Hand, die sie ausgestreckt hatte – diejenige, die sie benutzt hatte, um den Zauber zu lenken –, flackerte und wurde abwechselnd transparent und wieder sichtbar, so, wie ein Schuljunge sich ein Gespenst vorstellt.

»Brix.« Noch immer konnte ich nur undeutlich sprechen. Ich versuchte, das Kinn an meiner eigenen Schulter zu reiben, um die alchemistische Farbe abzuwischen, aber das nützte nicht viel. Sie würde es tun müssen, nicht ich. »Du kannst den Zauber auf deinem Fuß rückgängig machen, indem du ihn rückwärts aufsagst. Mit dem Zeug im Gesicht kann ich ihn nicht für dich sprechen.« Sie schien mich nicht zu hören. »Brix«, wiederholte ich.

Sie blinzelte langsam. »Corcoran?«

»Ich bin hier«, sagte ich. »Mir geht es gut.«

Brix zog ihre Hand an sich. »Ich sitze fest. Makesh ist weggelaufen … Er wird Wachen mit herbringen …«

»Es liegt an dem Ankerzauber auf deinem Fuß.« Ich schluckte. »Alles wird gut. Sag den Zauber rückwärts auf, so wie du eben Numyras Spruch zitiert hast.«

Sie blinzelte noch einmal. »Das ist verrückt. Warum sollte es irgendetwas bewirken, ihn rückwärts aufzusagen?«

»Warum sollte es irgendetwas bewirken, ihn *vorwärts* aufzusagen, wenn du dich so gut mit Untergruppen von Runen auskennst?«, sagte oder vielmehr nuschelte ich. »Anker sind sonderbare, einzigartige

Zauber – wenn sie nicht zu brechen wären, warum würde Makesh dann noch Ketten brauchen?«

Sie sprach die Runen rückwärts, eine nach der anderen, und sie erloschen auf ihrer Haut. Schnell trat sie hinter mich und packte das Messer, das noch in der Scheide von Gedions Gürtel steckte. Ein dumpfer Aufprall ertönte, als sie es fallen ließ, bevor sie den Saum ihres Hemds über ihre Hand zog und es wieder aufhob, so als nähme sie eine Pfanne vom Feuer. »Ich schneide dich los.«

»Das Messer war noch heiß.« Mir drehte sich der Magen um. »Brix, du hast gerade …«

»Ich weiß, was ich getan habe!« Sie hockte sich neben mich, packte mich mit der durchsichtigen Hand am Ellbogen und zerrte meine gefesselten Handgelenke zu sich hinüber. »Warum musstest du das tun, Gray? Bei den Göttern!« Sie sägte mit erschreckendem Eifer an dem Strick herum. »So *dumm* kannst du doch wohl nicht sein! Sie ist nicht einmal hier. Ich habe die Puppe nicht. Ich musste sie dem Gildenherrn übergeben. Du musst sofort von hier weg. Du hättest mir nicht folgen sollen, du …«

»Warum hast du mich gerettet?«, fragte ich.

Das Seil fiel unter ihrem Messer auseinander. Ich zog die tauben Handgelenke nach vorn und rieb die Hände zwischen meinen Knien, um das Gefühl in sie zurückzulocken. Brix blieb bei mir.

»Ich konnte doch nicht einfach zulassen, dass sie …« Die Wildheit schwand aus ihrer Stimme. »Du müsstest mich eigentlich hassen. Ich hätte dich nie wiedersehen sollen.«

Das Blut kroch schmerzhaft in meine Fingerspitzen zurück, als hätten sich Zehntausende von Ameisen dort eingenistet. Ich wischte mir die klebrige Farbe aus dem Gesicht. »Hör zu, mir ist klar, dass das zwischen uns von deiner Seite aus nicht echt war. Aber für mich war alles echt, Brix. Und selbst wenn du mich nicht …« Ich schluckte, als könnte ich den bitteren Geschmack dieser Wahrheit so loswerden. »Du solltest wissen, was für ein Mensch ich bin«, fuhr ich heiser fort. »Du hättest mich einfach bitten können. Du hättest mich helfen lassen sollen.«

»Selbst wenn ich dich nicht *was?*« Sie starrte mich an.

»Nichts.« Ich spielte mit dem Gedanken aufzustehen, und sei es nur, um weiter weg von dem erstickenden, lastenden Gestank nach Blut und Verbranntem zu gelangen. Ich war mir nicht sicher, ob ich schon so nüchtern war, dass meine Beine mich tragen würden.

»*Was*, Corcoran?«

Ich kämpfte mich hoch und hielt mich nur eine Sekunde lang auf den Beinen, bevor ich wieder auf ein Knie sackte.

Sie folgte mir. Die Kette klirrte, als sie es tat. »Glaubst du etwa, ich wollte dir wehtun? Bildest du dir ein, ich hätte eine Wahl gehabt?«

»Lass uns ja nichts durcheinanderbringen«, sagte ich. »Ich bin derjenige, der das Recht hat, fuchsteufelswild zu sein, schon vergessen? Ich bin derjenige, der in einem verdammten Gefängniskreis zurückgelassen wurde, *allein*, und hinter die ganze Sache kommen musste, *allein*. Fang ja nicht an, mir Vorhaltungen zu machen, was das Thema ›eine Wahl haben‹ angeht!«

Sie leckte ihren Daumen an und rieb mir damit übers Kinn, um die verschmierten Reste alchemistischer Farbe zu entfernen, die mir entgangen waren. Aus irgendeinem Grund war das nicht eklig, ich kniete einfach da und ließ sie machen. »Wenn du mir ferngeblieben wärst, dann wärst du in Sicherheit gewesen.«

»In Sicherheit«, wiederholte ich. »So wie deine Schwester?«

Sie erstarrte. Ihre Hand – die durchscheinende – ruhte immer noch auf meinem Gesicht. »Was weißt du über meine Schwester?«

»Ich bin kein Dummkopf«, sagte ich, »zumindest nicht, was Magie betrifft. Ich habe mittels Divination nach der Puppe gesucht und dich gefunden, wie du über deine Schwester geredet hast, über eine Flasche … Ich dachte, du würdest zu ihr gehen, wenn du könntest. Das war übrigens an dem Morgen nach deinem Aufbruch. Ich war noch nicht so weit anzunehmen, dass du mich nur für Geld verkauft hättest, wie ein gewöhnlicher Söldner.«

Sie zuckte zusammen, und ich verstummte beschämt. Ich hatte ihr wehtun wollen, und das war mir gelungen.

»Sie ist am Leben«, fuhr ich fort. »Sie ist in Cor Daddan, am selben Ort, an dem man Acarius festhält – oder sie war zumindest dort.« Ich umfasste ihre Hand und hielt sie fest, während sie mich auf die Beine zog, und sah durch ihre gespenstischen Finger. Sie fühlten sich warm und durchaus echt an – und, bei den Göttern, jetzt konnte ich ihr Haar riechen.

Ich räusperte mich. »Die Flaschen. Ich habe bisher immer nur gehört, das sei ein Mythos. Menschen, die man in eine Flasche sperren kann – passiert das wirklich so? Wirken die Tirnaal deshalb selbst keine Zauber?«

»Es ist eine Sünde«, sagte sie. »Zauber zu wirken, meine ich. Die alten Leute sagen, dass es eine Sünde ist. Dass wir unwirklich genug werden, um eingesperrt zu werden, ist die Strafe für den Gebrauch von Magie. Denn eigentlich wollten die Götter, dass wir Gefäße sind, die es anderen ermöglichen, Magie zu wirken. Zu viel Magie bringt uns nicht um, anders als euch. Sie macht uns nur unwirklich – sogar das Gift, das andere auf uns abwälzen, bewirkt das früher oder später. Sie füllen uns mit all ihren hässlichen Gefühlen, all dem Gift, bis wir …« Sie sah auf ihre transparenten Finger hinab. »Dann sperren sie uns in eine Dschinnflasche. Wir sind die ganze Zeit über wach, während wir in dieser Starre sind, Gray. Gefangen, unfähig, uns zu bewegen, zu atmen oder zu denken. Es ist nicht wie Schlaf. Es *tut weh.*« Sie leckte sich die Lippen. Ihr Brustkorb hob und senkte sich unter ihren schnellen Atemzügen. »Anka dachte, wir könnten dem Karradtempel entkommen, in dem wir arbeiteten, und es riskieren, ein paar Zauber zu wirken, um zu fliehen, bevor wir geisterhaft wurden. Aber sie haben sie in die Falle gelockt, ihre Phiole an Makesh verkauft und … und Keir kam in den Tempel und sagte mir, was ich tun müsste, um sie zurückzubekommen. Ich sollte dabei helfen, einen gesetzlosen Zauberer zu fangen, einen Nekromanten, der sich gegen die Gilde gewandt hatte. Ganz einfach. Wie sollte ich denn wissen, dass du es sein würdest?«

»Ich?« Ein kurzes, bitteres Auflachen entrang sich mir. »Brix, ich habe mir *Sorgen* um dich gemacht. Ich hätte alles getan, um dir das Geld zu beschaffen, und du brauchtest es noch nicht einmal. Inwiefern hätte es eine Rolle gespielt zu wissen, wer ich war?«

»Du warst nicht so wie andere Zauberer«, sagte sie. »Du warst mir verdammt noch mal ein völliges Rätsel. Du hast mir den Aufspürer abgenommen. Das Geld war übrigens doch wichtig. Bis du es mir angeboten hast, dachte ich, meine einzige Chance, Anka zu helfen, bestünde darin, bei dir zu bleiben und die Gilde zu dir zu locken. Als du sagtest, du würdest mich bezahlen, dachte ich, dass ich Keir vielleicht loswerden und meine und Ankas Freiheit erkaufen könnte. Makesh ist Keir nicht treu ergeben. Es kümmert ihn nicht, wer ihn bezahlt, sofern der Preis hoch genug ist. Ich dachte, vierzig Silberstücke …«

»Habe ich sie dir nicht schnell genug beschafft?«, fragte ich. »Hast du mir deshalb nicht genug vertraut, um mich um Hilfe zu bitten?«

»Hör auf damit.« Sie war blass geworden. »Hör auf, so zu reden, als stünde ich auf ihrer Seite. Sie haben mich nur deshalb benutzt, weil sie dachten, eine Tirnaal-Frau würde einen guten *Schutzschild* abgeben, wenn du einen Zauber wirkst. Keir hatte Angst vor dir und hat ständig davon geredet, wie gefährlich du seist und dass du ihm schon die Nase gebrochen hättest. Sie dachten, du würdest sofort einen Zauber wirken, wenn du als Erstes ihn oder Halling sehen würdest. Ich sollte zur Ablenkung dienen. Ich dachte, du würdest mir etwas zuleide tun. Ich war *entbehrlich*, begreifst du das nicht?«

Ich *wollte* es nicht begreifen. Ich wollte nicht, dass mir vor Augen geführt wurde, wie dumm ich gewesen war. »Du musst mir das nicht erklären. Ich bin nicht …«

Aber sie redete einfach weiter: »Nach Tiefstadt wollte ich dir von Anka erzählen, aber das musste ich tun, ohne von Lorican oder von – da seien die Götter vor! – Jaern belauscht zu werden. Ich konnte dich nicht allein zu fassen bekommen. Und außerdem … Ich trage einen Sprichweitzauber und Bindesigillen. Sie tätowieren uns immer Zaubersprüche auf die Haut, mit denen sie uns unter Kontrolle halten. Du … du hast es gesehen.« Ihre Stimme war matt geworden. »Keir hat meine Tätowierungen benutzt, um mich zu kontaktieren, unmittelbar bevor wir zur Hütte gelangt sind. Er sagte mir, Makesh habe die Phiole nicht mehr, und zeigte sie mir. Ich konnte sie in seinen Händen *spüren*, Gray. Ich spürte *sie*. Anka hatte Schmerzen. Da hätte noch so viel Geld nicht geholfen. Alles, was Keir wollte, war die Puppe, und du sagtest, du bräuchtest sie für Acarius. Ich wusste, dass ich dich nicht bitten konnte, sie mir zu geben.« Sie starrte zu Boden. »Keir war selbst bei der Karawane, als ich auf sie traf, zwei Tage nachdem ich die Hütte verlassen hatte. Eigentlich hätte er Ankas Flasche bei sich haben und sie gegen die Puppe eintauschen sollen. *Er lachte mich aus.* Stand da und sagte mir, ich sei eine

Närrin, wenn ich glaubte, er würde mit mir Geschäfte machen, nachdem ich ihn im Tempel von Fenwydd niedergeschlagen hätte.«

»Warum hast du ihn überhaupt im Tempel niedergeschlagen?«, platzte ich mit der Frage heraus. »Wann hat es angefangen – im Gefängnis? In der verdammten *Scheune?*«

»Ja«, sagte sie todunglücklich. »Sie wussten, dass du in der Scheune warst. Irgendwie hatten sie das Tempelbuch geortet, das du gestohlen hattest. Ich trug den Aufspürer. Zuerst sollte ich es ihnen nur leichter machen, dich zu fangen, damit Halling dich zum Verhör zu Keir bringen konnte, aber ich konnte doch nicht einfach tatenlos zusehen, wie er dich folterte. Und dann ist einfach eines nach dem anderen *passiert*, du hast dir immer wieder Wege einfallen lassen zu entkommen …«

»Ich war immer wieder ein verdammter Idiot«, verbesserte ich.

»Corcoran, es tut mir leid.« Ihre Lippen bebten, und ihre Hand hielt meine noch immer fest.

Ein dunkler, kühler See der Entspannung breitete sich inmitten meiner Brust aus, und ich erkannte, was sie tat. Langsam wurde mir klar, dass ich verdammt vorsichtig sein musste.

»Lass mich los«, sagte ich. »Ich habe dich nicht gebeten, mein Gift in dich aufzunehmen. Ich bin nicht Keir Esras, der mit Magie experimentiert, die er nicht spüren will.«

»Du musst zulassen, dass ich dir sage, wie leid es mir tut«, sagte sie voller Inbrunst.

Es tat ihr leid, mich hinters Licht geführt zu haben. Und sie hatte versucht, alles wieder in Ordnung zu bringen. Aber sie hatte nichts darüber gesagt, ob der ganze Rest – der Feuerschein, dieser eine glorreiche Kuss – echt gewesen war. Ein gleißendes Band aus sengendem Schmerz durchzuckte mich, und mir wurde klar, dass ich zu hoffen gewagt hatte. *Schon wieder.*

»Na gut. Es tut dir leid.« Ich entzog mich ihrer Berührung. »Ich habe keine Lust, dir zu verzeihen, also spielt das keine Rolle. Wenn wir das hier hinter uns haben, müssen wir einander nie wiedersehen.« Ich schluckte, aber es half nicht. Ich war ein Lügner und ein Narr. Unter all dem Schmerz und Zorn wollte ich sie noch immer. »Lass mich deine Ketten sehen.«

»Nein. Du solltest gehen.« Sie wich zurück. »Gray, es liegen Leichen hier. Es gab Geschrei. Du musst weg. Makesh wird jeden Augenblick zurückkehren. Ich kann nicht zulassen, dass du meinetwegen getötet wirst.«

Das Summen hinter meinem Brustbein wurde jetzt wieder stärker und erinnerte mich daran, dass ich einen Nekromanten aufzuspüren hatte. »Ich werde wahrscheinlich *meinetwegen* getötet. Jaern ist da draußen, und ich muss ihn wieder unter Kontrolle bringen. Numyra, diese arme Irre, hat … irgendetwas in meinem Kopf angerichtet. Der Einfluss, den ich auf Jaern hatte, hat sich aufgelöst, zumindest für den Augenblick.« Ich warf einen Blick auf Numyras sterbliche Überreste. Eine Idee keimte in meinem Kopf auf. Sie hatte doch Farben gehabt, nicht wahr?

»Gray, geh jetzt.« Panik stahl sich in Brix' Stimme.

Sie packte mich an den Schultern, vielleicht, um mich von sich zu stoßen. »Du musst …«

»Ich gehe nicht«, sagte ich mit zusammengebissenen Zähnen. »Ich will nicht in deiner Schuld stehen, und ich will dich auch nicht auf dem Gewissen haben. Wir nehmen dir die Ketten ab, suchen Lorican und lassen uns etwas einfallen, um von hier zu verschwinden, und zwar lebend. Dann können sich unsere Wege trennen.« Ich fand Numyras Pinsel und ihren Farbtopf dort vor, wo sie beide hatte fallen lassen – sie waren unversehrt. Ich kniete mich vor Brix, dankbar, den Boden ansehen zu können. Ich hätte in der Lage sein sollen, auf meinen Zorn zu bauen. Ich hätte es über mich bringen sollen, sie einfach hierzulassen. Die Erkenntnis, wie wichtig es mir immer noch war, was aus ihr wurde, war mir peinlich. Doch nur weil meine Gefühle mir nicht gehorchen wollten, musste ich ihr ja nicht gleich offenbaren, wie dumm sie waren. Ich hinderte meine Stimme daran zu zittern: »Halt mir deinen Fuß hin. Ich stelle fest, ob ich mit deiner Hilfe einen Metallbrecher schreiben kann, ohne das Bewusstsein zu verlieren, und dann finden wir heraus, was Jaern treibt.«

Sie ließ die Zehen auf meinem Knie ruhen. Im nächsten Moment erzitterte der Erdboden. Draußen in der Nacht ertönte dumpf eine Explosion. Ich schaute zu Brix hoch. »Da ist er ja«, sagte ich.

Jaern zu finden erwies sich als das Einfachste, was ich je getan hatte. Nachdem ich mir auf jeden Unterarm einen Zauber geschrieben hatte, traten wir aus der Jurte und sahen eine riesige Kugel aus orangefarbenem

Licht, die sich über der Mitte des Lagers drehte. Andererseits war es eine Herausforderung, darauf *zuzurennen.* Jeder, an dem wir vorbeikamen, ob nun Sklave oder Sklaventreiber, rannte davor *davon.*

Bis auf Lorican. Als ich den Irrläufer sah, lief er mehr oder minder seitwärts und warf einen Blick in jedes Zelt, an dem er vorbeikam. Er hielt ein langes, dickes Messer in der Hand, die Sorte, die Bauern dazu hernehmen, um Unkraut niederzuhacken. Ich bezweifle allerdings, dass das die Verwendung war, die die Sklavenhändler dem Messer zugedacht hatten.

Er war am Leben. Erleichterung brach über mich herein. Ich legte mir die Hände um den Mund: »He!«

Loricans Kopf schoss herum. Er eilte auf mich zu. »Der Mondmutter sei Dank! Ich dachte schon, sie hätten dir das Licht ausgepustet. Was ist passiert? Der Gott tötet jeden Wächter, den er sieht, und lässt alle dann wiederauferstehen.«

»Er hat mich überlistet. Uns beide. Ich habe meinen Einfluss auf ihn verloren.« Das Summen in meinem Schädel wurde jetzt stärker, bewegte sich meinen Hals hinab und auf meine Brust zu. Vielleicht war Jaerns Seele immer noch irgendwie mit mir verbunden. Womöglich ging es nur darum, die Tür wieder zu verschließen. »Tötet er auch Sklaven?«

»Ja. Soweit ich es einschätzen kann, macht er keinen großen Unterschied zwischen Besitzern und Besitz.« Lorican musterte Brix stirnrunzelnd. »Was macht sie denn hier? Hast du die Puppe gefunden?«

»Die Puppe ist in Cor Daddan«, sagte ich. »Ich kümmere mich um Jaern. Und Brix ist ...« Es war schwierig, die Frage zu beantworten. »… auf dem Weg fort von hier.«

»Nein, bei allen Höllen!« Der geheuchelte Mut in Brix' Tonfall täuschte mich nicht darüber hinweg, wie nervös sie war. Sie wischte sich die Hände an der Hose ab, als könnte sie sie einfach nicht sauber bekommen. »Sie haben mich belogen und haben immer noch meine Schwester. Ich helfe dir, die Puppe in deinen Besitz zu bringen.«

»Nein«, sagte ich.

Dumme, zimperliche Kuh.

Ich erstarrte, einen Fuß schon erhoben, um einen Schritt zu machen. Das war nicht mein Gedanke. Nicht einmal meine schlimmste innere Stimme sprach in dem Ton. Ich kannte tatsächlich nur eine Person, die sich so anhörte.

»Gray?« Das war Brix. Jetzt war sie besorgt.

Ich musste mich zusammenreißen. Wenn der Gott wirklich in meinem Kopf sprach, blieben mir vielleicht nur noch Minuten, bevor ich dem Wahnsinn verfiel. Ich wandte mich an Lorican. »Haben sie dir etwas angetan? Glaubst du, du kannst ein paar Pferde auftreiben?«

»Denkst du wirklich daran, allein diesem Nekromanten gegenüberzutreten?« Lorican sah finster drein. »Meinst du, das würdest du überleben?«

»Ich glaube, ich muss ihn sehen, damit überhaupt einer von uns überlebt.« Ich schaute Brix an. »Und du solltest bei Lorican bleiben, falls das hier nicht gut geht.«

»Jemand hat mir gerade einen Vortrag darüber

gehalten, andere nicht einfach im Stich zu lassen«, zischte sie. »Nein. Du wirst versuchen, etwas Magisches zu tun, und ich kann das Gift für dich aufnehmen und deine Sprüche beschleunigen. Ich bin der einzige Vorteil, den du Jaern gegenüber hast, also komme ich mit. Und Lorican hat ein Messer, deshalb kommt auch er mit.«

KNACK.

Eine Welle von Magie rollte aus der Mitte des Lagers nach außen. Von Neuem ertönten gellende Schreie.

Ich rannte auf die Geräusche zu und bereute schon meine Entscheidung für die Zauber, die ich auf meine Arme geschrieben hatte. Wie war es nur so weit mit mir gekommen, dass ich allen Ernstes versuchte, einen Gott wieder an mich zu binden? Ursprünglich hatte ich doch nur Acarius aus dem Gefängnis befreien wollen!

Jaern stand auf einem Wagen voller Getreidesäcke, ebenmäßig und anmutig wie immer. Das kam mir seltsam vor, weil ich mich erinnerte, wie er in meinem Kopf ausgesehen hatte – wie er sich selbst sah. Sein Körper war nicht mehr als eine Elfenbeinmarionette für die verrottende Seele.

Er schien ziemlich beschäftigt zu sein. Abwechselnd schickte er jedem Fliehenden, der seine Aufmerksamkeit erregte, Blitze aus purpurnem Feuer hinterher – die, wie mir auffiel, jedes Mal ihr Ziel trafen – und brüllte der kleinen Schar von Marulachs, die orange glühend um die Wagenräder umherwimmelten, Befehle zu.

Zwei der Untoten hielten einen Mann fest, der kreischend um sich schlug. Seine zerfetzten Leinengewänder flatterten, während er Jaern mit schriller Stimme irgendwelchen Unsinn entgegenschrie.

Als wir näher kamen, ließen sich die einzelnen Wörter ausmachen: »… habe ich Geld versteckt, viel Geld. Ich gebe es Euch. Und meine Familie hat Verbindungen. Was ist es, das Ihr wollt, ein Schiff? Frauen? Shan? Wir können …«

Makesh. Es war Makesh, seiner blauen Seidenrobe beraubt. Am Körper trug er etwas, das ich auf den ersten Blick als seine Unterwäsche erkannte.

»Hallo, Heimchen«, sagte Jaern, ohne den Blick von dem Sklavenhändler zu wenden. »Einen habe ich für dich aufgehoben.«

Ich holte tief Luft und hustete. Der Gestank des Todes mischte sich mit der Vielfalt anderer Gerüche im Lager. »Du … hast einen für mich aufgehoben. Nachdem du zwanzig oder dreißig Leute getötet hast.«

Jaern zuckte die Schultern. »Friedensangebot. Ist dieser Narr dir nicht lästig gefallen?«

Ich ging langsam auf Jaern zu und sammelte mich. »Komm da herunter, bevor du noch mehr Schaden anrichtest. *Ich* bin kein Narr.«

Und ich bin ein verdammter Gott.

Jaern wirbelte herum, um mich anzustarren, die Nase angewidert gerümpft. *An einen Krüppel gebunden, der zu feige ist zu tun, was getan werden muss. Du bist mir ein Klotz am Bein und hältst mir Vorträge, und wenn ich unser Schicksal in die Hand nehme und dir einen Gefallen tue, besitzt du die Unverfrorenheit, etwas von Schaden zu schwafeln?*

Ich zuckte zurück. Die Worte ertönten in meinem

Schädel wie ein Gong, gefolgt von einem brodelnden Schwall von Bildern, Ungerechtigkeiten, Toden, Rache, Blut, das in Rinnsalen um irgendjemandes Stiefelspitzen aufspritzte. War *das* der Preis dafür, ihm Befehle zu erteilen und ihm Zugang zu meinem Verstand zu gewähren?

Ja. Und jetzt bin ich frei. Da wären wir.

»Ich habe dich gebeten, nach der Puppe zu suchen. Ich habe dich gebeten, niemanden zu töten.« Ich musste weitergehen. In etwa sechs Schritten würde ich nahe genug bei ihm sein. »Die Sklaven haben nichts Böses getan. Warum sie?«

»Nun ja … Es ist doch nicht so, als wären sie tot.« Jaern wies mit einer Hand auf die Marulachs. »Sie sind *un*tot.«

Und du hättest dich genauer ausdrücken sollen. Ich habe die Puppe gesucht, und ich bringe dich zu ihr – nur nicht auf die Art, die du erwartet hast. Engstirnige Ideale interessieren mich nicht. Für mich zählen die Ergebnisse. Tu nicht so, als wären meine Marulachs nicht das kleinere von zwei Übeln. Was glaubst du, warum die Gilde meine Puppe wollte, wenn nicht, um ihr eigenes Heer aufzustellen?

»Mir ist schon vorher der Gedanke gekommen, dass sie es auf eine Art ewiges Leben abgesehen haben könnten«, sagte ich. »Und wenn du so weitermachen willst, warum sprichst du dann überhaupt noch laut mit mir?«

Manchmal, sagte Jaern, *genieße ich es nun mal, ein Publikum zu haben – du etwa nicht? Glaubst du, dass du dich an mich anschleichen kannst, Wickelkind?*

Ich blieb stehen.

»Bring ihn dazu, mich freizulassen!«, kreischte Makesh. »Zauberer, bring ihn dazu, mich freizulassen.«

»Ich bin hier.« Brix hatte mit mir Schritt gehalten. Sie legte mir die Hand aufs nackte Handgelenk. Heilung durchströmte meine Adern, ein plötzliches Zusammenschrumpfen von Schmerz und Erschöpfung, so intensiv, dass es fast ein Genuss war. »Ich helfe dir.«

»Ich helfe dir«, äffte Jaern sie in einem Singsang nach. Purpurne Blitze knisterten immer noch um eine seiner Hände. Die Sigillen glühten durch sein Hemd hindurch in einem Ring um seinen Bauch. »Deshalb also wolltest du sie behalten. Dein ganz privater kleiner Trumpf, um den erbärmlichen Schweigezauber, den du da auf dem Arm hast, etwas aufzuwerten. Ich nehme an, sie hat auch noch andere Vorzüge.« Er ließ den Blick abschätzig über Brix schweifen. »Ich kann nicht behaupten, dass ich dafür Verständnis hätte. Dreck und Blondinen waren nie nach meinem Geschmack.«

»Das ist doch alles bloß Spiegelfechterei«, sagte ich.

Ja, ich bin fertig. Jaern sprang leichtfüßig vom Wagen. Die tropfenförmige schwarze Phiole, die um seinen Hals hing – das Ding, das sein Gift und mein verkrüppeltes Knie absorbiert hatte –, baumelte über seinem Brustbein. Voller Unbehagen wurde mir klar, dass ich sie nicht hätte vergessen dürfen. Die Haut an seinem Hals glitzerte einen Moment lang blau und grün, irisierend wie die Schuppen eines Schmetterlings.

Nein. Oh nein.

»Was?«, fragte Brix. »Was ist los?«

Ich leckte mir die Lippen. Mein Mund war plötzlich trocken. »Reflexion. Er führt einen Spiegelzauber aus. Wenn ich irgendeinen Zauber gegen ihn wirke, dann wird er einfach zu mir zurückgeworfen, wie ein Echo oder ein Spiegelbild.«

»Das kann er?« Brix sah zwischen dem Nekromanten und mir hin und her.

»Er kann allerlei köstliche Dinge.« Jaern pfiff. Die Marulachs hörten auf umherzuwimmeln, drehten sich um und kamen schwerfällig auf uns zu.

»Gehen wir, Brix«, flüsterte ich und wich einen Schritt zurück. »Reflexion soll angeblich schwere Verbrennungen bei dem Menschen hervorrufen, der sie einzusetzen versucht. Ich habe sie bisher nur auf einer eisernen *Tür* in Gebrauch gesehen.«

»Wie man vielleicht schon bemerkt hat, bin ich nicht unbedingt ein Mensch.« Jaern lächelte. »Na, Heimchen? Willst du mich zum Schweigen bringen? Oder setzt du deinen wirklich beachtlichen Verstand vielleicht lieber für etwas anderes ein, als dir zu überlegen, wie du unter den Rock dieses Mädchens gelangst? Wann begreifst du endlich, dass ich dir gerade *geholfen* habe? Du bist unglaublich schlecht darin zu erkennen, wer deine wahren Freunde sind. Die Gilde glaubt, von dir oder deinem Großvater erfahren zu können, wie man die Puppe benutzt. Sie wird niemals aufhören, dich zu jagen. Politische Macht und, wie du schon erwähntest, ewiges Leben sind beides machtvolle Lockmittel.«

Die Untoten bildeten nun eine Mauer zwischen mir

und ihm. Ich warf einen Blick über meine Schulter. Die Übelkeit erregende Panik pochte umso heftiger in meinem Magen, als ich sah, dass Lorican von einem Ring aus Marulachs umgeben war.

»Ich könnte ihm von meinen Marulachs die Arme ausreißen lassen, wenn du möchtest«, bot Jaern an. »Oder auch ihr.«

»Lass ihn gehen«, forderte ich.

»Unter keinen Umständen.« Jaerns Zähne blitzten. »Er war doch eines der Meisterwerke deines Großvaters, nicht wahr? Vergiss nicht, dass ich in deinen Kopf gesehen habe. Ich kenne die hübsche kleine Geschichte, die er dir erzählt hat. Bei allen Heiligen, das darf ich nicht außer Acht lassen! Ich kann nicht ohne ihn nach Cor Daddan gehen.« Sein Blick ruhte einen Moment lang auf Lorican. »Ich glaube, wir zerstören das Meisterwerk *genau da*«, murmelte er, »wo es die richtige Botschaft vermittelt.«

»Du kannst mich mal, Zauberköter«, stieß Lorican hervor. »Du …«

»Das sagen sie alle«, bemerkte Jaern. Er hob eine Hand, und die Marulachs drangen auf Lorican ein. Seine Stimme verstummte.

»Warte!«, schrie ich. »Das muss doch nicht sein!«

Jaerns Aufmerksamkeit wandte sich wieder mir zu. »Oh doch, unbedingt. Du wirst nicht mitkommen. Ich muss meine eigenen Interessen im Blick behalten, mich um meine persönliche Rache kümmern. Marulachs sind stumpfsinnig und langsam, aber sie sind nur sehr schwer zu besiegen.«

Warum tötete er mich nicht einfach? Jaerns Gnade

ergab nur dann einen Sinn, wenn seine Seele *sehr wohl noch* irgendwie an mich gebunden war und er mich am Leben halten musste.

»Hör auf«, wiederholte ich, und diesmal legte ich meinen ganzen Willen in den Befehl.

Bitte lasst es so einfach sein. Bitte lasst mich in der Lage sein, Jaerns Seele einfach wieder in ihren Käfig zu sperren.

Jaern beugte sich vor und legte sich die nicht glühende Hand an den Mund, als wollte er mir ein Geheimnis zuraunen. »Nein«, sagte er in einem übertriebenen Flüsterton.

Nein. Nein, nein, nein.

Ich konnte Brix nicht mehr sehen, Lorican auch nicht. Es gab nur Jaern und die Toten.

»Du kannst nicht mordend bis an die Küste ziehen«, sagte ich. »Wenn du das tust, wirst du allein sein. Du willst nicht allein sein. Und du brauchst mich. Irgendwie brauchst du mich immer noch.«

Sein hämisches Lächeln löste sich in Luft auf. Er griff wieder nach dem Anhänger an seinem Hals und liebkoste ihn.

»Ich habe nicht vor, mordend bis an die Küste zu ziehen, Corcoran.« Seine Stimme wurde leise, fast unhörbar. »Ich werde mich nach Cor Daddan morden. Wenn ich dorthin gelange, werde ich *ihn* umbringen. Das habe ich mir schon vor Jahrhunderten geschworen, in der Grube, in der er mich zurückgelassen hat. Und ich werde das Versprechen halten, das ich mir selbst gegeben habe. Ich werde ihn finden, und ich werde ihn leiden lassen, werde ihm vor seinen Augen alles nehmen, so wie er mir alles genommen hat. Wenn ich damit fertig bin, werden wir beide, du und ich, nie wieder allein sein.« Kurz huschte Schmerz über sein Gesicht, wich aber binnen eines Augenblicks seiner geheuchelten guten Laune. »Du wirst mir helfen.«

»Du redest Unsinn«, gab ich zurück. »Du hast gesagt, dass dein Lehrling dich in den Tempel gesperrt hat. Er muss doch längst tot sein.«

»Für einen so klugen Kopf bist du beharrlich schwer von Begriff. Was meinst du, wen ich in deinem Verstand gesehen habe?«

Die Luft war plötzlich viel zu dickflüssig. Ich konnte sie nicht einatmen. »Du lügst.«

Damit hatte ich genau das Falsche gesagt. Er zuckte zusammen.

»*Ich* lüge? Bisher habe ich nur Fragen gestellt.« Jaern kam näher, bis er so dicht bei mir war, dass der schwache, süßliche Gestank der Verwesung sich um mich herum ausbreitete und in meine Nase drang. Magie pulsierte um seine Handgelenke. Leuchtende Runen huschten wie Insekten über seine Haut. Er beugte sich vor, bis sein Gesicht meines fast berührte. Der Anhänger baumelte zwischen uns. »*Ich* bin nicht derjenige, der lügen muss.«

Da sah ich es durch die sengende Einsamkeit in seinen Augen huschen. Ich hätte es lange vorher erkennen sollen, das wurde mir mit einem Mal klar. Bis zu diesem Augenblick war es mir einfach nicht plausibel erschienen, dass ein untoter Gott an einem sechsundzwanzigjährigen Versager voller Narben interessiert sein könnte.

Er wollte nicht bloß seine Seele. Er wollte *mich.*

»Ich komme mit«, sagte ich. »Wenn du versprichst, keinem Menschen mehr Schaden zuzufügen, komme ich mit.«

Er lachte. »Nein, das tust du nicht.«

Da spitzte er die Lippen, um mich auf die Stirn zu küssen. Die Phiole um seinen Hals summte, und ein schwarzer Blitz aus Magie zuckte von seiner Brust in seine Kehle, dann aus seinem Mund hinein in meinen Schädel. Ein Knie gab unter mir nach, aber ich hing noch in der Luft, verkrümmt, gehalten von Schmerz und Magie.

»Jaern, ich komme mit«, sagte ich. »Du musst das nicht tun. Lass mich los.«

Eine Sekunde lang dachte ich, er würde es tun. Er starrte mich an. Neunhundert Jahre alt, aber in dem Moment sah er ganz jung aus, wie ein verletztes Kind.

Folge mir. Bei den Göttern, Heimchen, halte mich auf, wenn du kannst.

Er drehte sich auf dem Absatz um und war verschwunden.

ZWEIUNDZWANZIG

Ich wurde nicht wieder ohnmächtig.

Körnige Erde drang in die Haut meiner Handflächen, als ich zu Boden ging. Ich konnte nicht auf das Chaos um mich herum achten – die Schreie, den Dreck in meinem Mund, das schlurfende Getöse der Marulachs, die Jaern folgten –, sondern klammerte mich an mein Bewusstsein, verdammt, und zog mein Gesicht aus dem Schlamm.

Ich wusste, dass ich Angst hätte haben sollen. Es kam mir so vor, als ob ich lange Zeit auf Händen und Knien verharrte, allein mit den Schmerzen und dem Gestank, während ich meine Beine davon überzeugen wollte aufzustehen. Mein Körper, der vergiftet, leer gefegt, geschlagen und nun auch magisch verletzt worden war, weigerte sich, meinem Verstand den Gefallen zu tun. Ein Teil von mir machte sich gewisse Sorgen darum, niedergetrampelt zu werden. Viele Leute schienen an mir vorbeizurennen, manche lebendig, manche nicht allzu sehr. Ich konnte nicht die Kraft aufbringen, mich besonders darüber aufzuregen. Was ich vielmehr spürte, waren eine vertraute Einsamkeit und ein vertrauter Schmerz.

Ein Großteil von mir jedoch wartete einfach ab. Erst als ich ihre Hand unter meinem Kinn spürte, wurde mir klar, dass ich gewusst hatte, Brix würde zu mir kommen.

»Gray.«

»Ich glaube, ich gebe auf«, sagte ich langsam.

»Steh auf.« Sie zog an mir. »Wir müssen los, sofort.«

»Ich kann nicht.« Aber ich ließ zu, dass sie mich nach hinten neigte, in eine sitzende Stellung.

Das Licht um uns herum verblasste rasch, bis nur noch die flackernde Ungewissheit der Feuer übrig war, die dort brannten, wo Kohlenbecken umgestoßen worden waren. Die Dunkelheit toste vor Lärm – Schreien, Schritten und dem Prasseln der Flammen. Brix hockte vor mir. »Was hat er dir angetan?«

»Mein Knie. Er … äh, hat es mir zurückgegeben.« Das klang selbst in meinen eigenen Ohren verrückt.

Brix runzelte kurz die Stirn und schien dann zu beschließen, dass sie keine Zeit darauf verschwenden würde, vernünftig mit mir zu reden. »Wir können nicht hierbleiben. Die Tirnaal-Sklaven werden zurückkommen, sobald es hell ist, und auch sämtliche Sklaventreiber, denen es gelungen ist, am Leben zu bleiben. Beide Gruppen haben keinen Grund, dich nicht zu töten. Wir müssen fort.«

»Ich kann nicht einmal aufstehen, Brix«, sagte ich. »Ich glaube, Jaern hat Lorican mitgenommen, wenn er denn überhaupt noch am Leben ist. Jaern wird wahrscheinlich alle in Cor Daddan töten. Er wird die Puppe an sich bringen …« Ich biss die Zähne zusammen. »Geh ohne mich. Es spielt keine Rolle, was aus mir wird.«

Sie holte gezielt aus und verpasste mir zwei Ohrfeigen, eine links, eine rechts.

Kräftig.

»Was …«

»Sag das ja nie wieder«, befahl sie. »Glaubst du wirklich, dass dein Leben nur *dir* wichtig ist?« Sie schob die Hände unter meine Achseln. »Jetzt *steh endlich auf*, du egoistischer kleiner Dreckschwanz.«

Damit riss sie mich hoch.

Ich glaube, ich schrie. Ich weiß, dass ich mich schwer auf sie stützte, sobald ich mein Gleichgewicht gefunden hatte. Dann traf mich eine Schmerzwelle, und mir wäre fast schlecht geworden.

Aber ich stand aufrecht.

»Kein *kleiner*«, murmelte ich.

»Warum redest du, statt dich in Bewegung zu setzen?« Brix schleifte mich vorwärts.

»Kein egoistischer *kleiner* Dreckschwanz«, sagte ich und wurde mit einem kurzen, verblüfften Auflachen belohnt. »Wo wollen wir hin?«

»Ein Pferd, einen Wagen oder wenigstens ein Versteck suchen. Komm schon. Vielleicht finden wir ja Lorican.«

Aber ich hatte recht gehabt – Jaern hatte Lorican mitgenommen. Als wir die Dunkelheit am Außenrand des Lagers erreichten, trug Brix mich schon halb. Es gelang uns, noch eine Weile länger halb blind vorwärtszustolpern, bevor mein Knie unwiderruflich unter mir nachgab.

Brix ließ mich zu Boden sinken und setzte sich dann neben mich. Ihr Atem ging schnell – ein ersticktes

Keuchen, das nahe an einem Schluckauf war. Plötzlich versetzte sie mir einen Schlag gegen die Rippen. »Das ist ungerecht!«

»Aua.«

»Ich habe mich so bemüht!«, schrie sie mich an. »So sehr, und ich habe niemanden gerettet. Weder Anka noch dich …«

Ich streckte zögerlich die Hand nach ihr aus. »Brix.«

»Reiß ja keine Witze.« Sie stieß die Worte mit zusammengebissenen Zähnen hervor. »Wage es ja nicht. Sie werden uns finden. Wir müssen nur bis zur Morgendämmerung warten, dann haben sie uns. Sie werden dich töten, und ich werde meine Schwester nie wiedersehen. Ich habe alle verloren.«

Meine Finger streiften ihr Haar. Sie lehnte sich an mich, schmiegte den Körper an meine Brust und erschauerte. Weinte. Meine Götter, was sollte ich dagegen nur unternehmen?

Ich habe keine Lust, dir zu verzeihen, hatte ich gesagt. Es hätte wahr sein sollen. Ich hätte imstande sein sollen, in Kränkung und Zorn zu versinken und den Drang auszulöschen, alles wieder in Ordnung zu bringen. Ich hätte imstande sein sollen, meine Gefühle abzuwürgen und mich in Sicherheit zu bringen.

»Es tut mir leid«, sprudelte es aus mir hervor, und mir war klar, dass ich nicht in Sicherheit war und dass ich auch noch lange nicht in Sicherheit sein würde. »Leid, dass ich nicht besser … *hierin* bin. Dass ich starrsinnig bin. Ich hätte mir schon vor langer Zeit eingestehen sollen, dass es keinen Zweck hat.«

Sie löste sich nicht von mir. »Keinen Zweck?«

»Ich will ... Alles, was ich die letzten sieben Monate über gewollt habe, war, ihn zu finden. Ihn zu retten, Vergebung zu erlangen, all das. Aber ...« Ich schluckte. »Wie es sich gerade deutlich zeigt, kann ich das nicht. Vielleicht habe ich es nicht einmal verdient, wer weiß? Sehen wir der Wahrheit ins Auge. Acarius ist wahrscheinlich tot. Vielleicht war er schon tot, bevor ich die Hütte verlassen habe, oder vielleicht bringt Jaern ihn auch um. Wie dem auch sei, es gibt keine Möglichkeit für mich, das zu verhindern oder ihn zu rächen. Ich möchte dir helfen, deine Schwester zu befreien, aber ich kann nicht laufen, Brix. Mir fällt kein Zauber ein, den ich wirken könnte. Ich habe noch nicht einmal mehr den Obsidian. Ich bin nutzlos.« Ich schmetterte die Faust auf den Oberschenkel meines kranken Beins und hieß den zusätzlichen Schmerz willkommen, der mich dabei durchzuckte. »Ich verstecke mich im Dunkeln. Ich bin *gescheitert.* Das hier ist der Augenblick, in dem sich der Idiot in einer Geschichte in sein Schwert stürzen würde, nur, dass ich noch nicht einmal ein verdammtes Schwert habe.«

Schweigen. Womöglich fühlte ich mich jetzt noch schlechter. Zugegeben, es muss schwierig gewesen sein, sich eine passende Erwiderung auf einen derartigen Schwall von Selbsthass einfallen zu lassen, aber alles wäre besser gewesen, als dazusitzen und den Eindruck zu haben, dass sie mir zustimmte.

»Vergebung wofür?«, fragte sie schließlich.

Es spielte jetzt ohnehin keine Rolle mehr. Meine Stimme schien jemand anderem zu gehören, rau und seltsam ausdruckslos. »Er wollte mir nie etwas erzählen.

Egal worüber. Selbst in Sachen Magie hat er mir immer nur die nötigsten Grundlagen erläutert und dann gesagt: ›Ab mit dir, Heimchen.‹ Er hat es mir überlassen, den Rest selbst herauszufinden. Ich bin fast gestorben, als ich versucht habe, die Feuerzaubersprüche zu lernen.«

»Ihr habt euch über *Magie* gestritten?«

»Wir haben uns über meine Mutter gestritten.« Die Worte brachen nun gleich einer Sturzflut aus mir hervor, ob ich wollte oder nicht. »Ich weiß nichts über sie. Ich weiß nicht, wer ich *bin*, Brix, und er wollte es mir nicht sagen.« Ich zitterte. »Ich weiß nicht, was meine Mutter in dem elenden kleinen Kaff getrieben hat. Ich weiß nicht, wer mein Vater war. Ich weiß nicht, warum sie gestorben ist und ich überlebt habe. Und ich konnte es nicht herausfinden, Brix. Ich habe das letzte Jahr auf der Suche verbracht, um mit Leuten zu sprechen, und ich konnte es einfach nicht herausfinden. Es war, als würde ich eigentlich gar nicht existieren. Und Acarius wollte mir definitiv nicht helfen. Beim letzten Mal … habe ich gewisse Dinge zu ihm gesagt. Er hat gewisse Dinge zu mir gesagt. Ich habe ihm nahegelegt, er solle zu den Höllen fahren.«

»Gray.« Ihre Hand fand meine und hielt sie. »Jeder …«

»Und ich bin gegangen«, unterbrach ich sie. »Bin der Hütte monatelang ferngeblieben, wollte nicht mit ihm reden, nichts. Sie sind ihn holen gekommen, während ich fort war, und er hat nach mir gerufen – ein magischer Hilferuf. Ich habe nicht darauf reagiert, bis es zu spät war. Als ich wieder zur Hütte kam, war sie geplündert, und alles war blutverschmiert.«

Brix rührte sich immer noch nicht. Vielleicht hatte sie nicht verstanden, was ich ihr da erzählte.

»Acarius hat um Hilfe gerufen«, wiederholte ich, »und ich habe nicht darauf reagiert. Das konnte ich nicht so stehen lassen, nicht ohne ihm zumindest zu sagen, dass es mir leidtut. Jetzt ist es auch dafür zu spät. Jaern wird der Welt Leid zufügen, weil ich unfähig war, meinen Stolz hinunterzuschlucken und gut zu meinem Großvater zu sein.«

»Du bist wirklich ein arroganter Bastard«, sagte sie leise.

Ich blinzelte. »Was?«

»Du weißt nicht alles über deine Eltern, also hast du keine Identität. Du hast einen einzigen Streit, also wird der Mann, der dich großgezogen hat, dir nie vergeben. Du machst einen einzigen Fehler, und daran soll die Welt zugrunde gehen?« Sie sah mich schief an. »Die *Welt*, Corcoran?«

»Willst du mir etwa sagen, dass ich überreagiere?« Gereiztheit durchdrang allmählich den Nebel der Verzweiflung um mich herum. »Jaern erreicht schon bald die Festung, und weil ihnen gar nicht schnell genug klar werden wird, was er ist, wird er alle abschlachten und als Marulachs wiederauferstehen lassen. Eine Schar von Untoten, die Zauber wirken können. Es gibt nichts, das in der Lage sein wird, sie aufzuhalten.«

Sie schnappte nach Luft und atmete dann mit einem leisen Pfiff wieder aus. »Daran hatte ich gar nicht gedacht.«

»Ich schon«, sagte ich.

»Das ist mir klar«, bemerkte sie trocken. »Wenn du

vor ihm dort ankommen könntest, würde das einen Unterschied machen?«

»Ich weiß es nicht. Vielleicht.« Ich versuchte, mir eine Situation auszumalen, die nicht damit begann und zugleich endete, dass ich einen Pfeil in die Eingeweide bekam. »Nehmen wir einmal an, ich würde ihnen von Jaern erzählen, und sie würden mir aus irgendeinem Grund glauben. Mit der Gilde an meiner Seite wäre es denkbar, ihn irgendwie zum Schweigen zu bringen, bevor er seine Beschwörung ausspricht – welche auch immer er bei seiner Ankunft wirken will. Und wenn wir dann alle zusammenarbeiten, fällt uns vielleicht eine Möglichkeit ein, ihn aufzuhalten. Eines muss man den Gildenzauberern lassen: Sie verstehen sich *wirklich* gut darauf, Menschen wehzutun.« Ich rieb mir die Augen. »Wahrscheinlich würden sie mich umbringen, sobald wir ihm das Handwerk gelegt hätten, aber in moralischer Hinsicht sollte das keine Rolle spielen, wenn ich so verhindern könnte, dass eine untote Pest die Welt verheert. Doch all die Gedanken sind ohnehin zwecklos, wenn ich mit meinem verkrüppelten Bein die dreißig Meilen zwischen hier und dort nicht schneller zurücklegen kann als der unverletzte Nekromant mit seinem Heer, das niemals müde wird.«

Brix legte nachdenklich den Kopf schief. »Das Frustrierende ist, dass die Luftlinie gar nicht einmal so weit ist. Dreißig Meilen, sagst du. Wenn wir Pferde hätten, können wir ihn womöglich überholen. Jaern wird etwas länger brauchen, als du glaubst, weil er mit all den Untoten einen Fluss durchqueren muss, und sie wirken nicht so, als wären sie besonders gute Schwimmer.

Es sei denn, es gibt einen magischen Weg für ihn, einen Fluss zu überwinden, ohne ins Wasser zu müssen. Gibt es den?«

Etwas regte sich in meinem Gehirn. Ich runzelte die Stirn. »Sag das noch einmal.«

»Ich habe gefragt, ob man den Fluss überwinden kann …«

»Nein.« Ich setzte mich aufrecht hin und dachte angestrengt nach. Irgendetwas war da gewesen. Doch was? »Unmittelbar davor? Was genau hast du gesagt?«

Brix klang verwirrt und auch ein bisschen verärgert. »Ich habe gesagt, dass die Luftlinie nicht besonders weit ist.«

Heimchen, du Idiot.

»Ich kann nach Cor Daddan gelangen«, sagte ich. »Ich kann vor ihm dort sein, verkrüppeltes Bein hin oder her, wenn du mir hilfst. Ich kann ihn aufhalten.«

Natürlich war im Lager keine alchemistische Farbe mehr vorhanden, aber Brix wusste, auf welchem Wagen die Hauptbücher aufbewahrt wurden, und ich hätte wetten mögen, dass bei ihnen auch Tinte gelagert wurde. Das erläuterte ich wohl nicht besonders schlüssig, denn sogar nachdem es uns gelungen war, eine Krücke für mich aufzutreiben – ich glaube, es war in Wirklichkeit ein Stück von einer Zeltstange –, unterbrach Brix mich noch ständig mit Fragen.

»Fliegen.« Sie hob einen Stein auf und schlug das Schloss aus einem kleinen Schreibpult heraus, das wir im Wagen ausgegraben hatten. In dem Pult lagen drei Flaschen Tinte und mehrere schlecht zugeschnittene

Schreibfedern. »Du kannst *wirklich* fliegen? Ich dachte, das hättest du neulich nur behauptet, um die Zauberer wütend zu machen.«

»Ja.« Ich nahm Tinte und Federn an mich und begutachtete die Plane des Wagens. Sie war noch unbeschädigt. Hätte sie ein Loch gehabt, hätte ich einen Teil des Stoffs abreißen können. So aber musste ich entweder ein Messer auftreiben oder mir etwas anderes einfallen lassen.

»Warum sind wir dann nicht schon die ganze Zeit geflogen?«, fragte Brix mit der übertriebenen Geduld eines Menschen, der versucht, angesichts des schieren Wahnsinns vernünftig zu bleiben. »Warum Zeit mit Pferden verschwenden? Warum zu Fuß irgendwohin gehen?«

»Weil ...« Ich humpelte näher an eines der fast erloschenen Kohlenbecken heran, ließ meine Beute in den Schmutz fallen und nahm das beschwerliche Unterfangen in Angriff, mich hinzusetzen. »... es nichts ist, was man leichtfertig tun darf. Beim letzten Mal habe ich mir die Schulter gebrochen und habe zwei Wochen gebraucht, bis ich von dem Gift nicht mehr würgen musste.«

»Ich dachte, es gäbe ... Schildrunen. Irgendetwas. Um einen gegen das Gift zu schützen.«

»Theoretisch gibt es die auch. Mir sind nur noch nicht die passenden hierfür eingefallen.« Ich landete mit einem dumpfen Aufprall auf dem Boden und zog mir das Hemd aus. Nichts an dem hier war ideal. Und selbst unter idealen Bedingungen wäre es nicht gerade sicher. Ich spreizte die Beine so weit, wie ich konnte, und legte das Hemd flach auf den Boden zwischen die Knie. »Es ist ein … einzigartiger Zauberspruch.« Ich schaute auf und erstarrte angesichts ihres Gesichtsausdrucks. »Was?«

»Ich dachte, wir wären über das Lügen inzwischen hinaus«, sagte sie.

Ich hielt inne, den Federkiel zwischen den Fingern. »Es ist gefährlich, Brix«, erklärte ich. »Es ist keine sehr stabile Beschwörung, und sie ist meine eigene Erfindung. Das heißt, dass sie noch nicht über Generationen hinweg immer weiter verfeinert worden ist. Es ist gefährlich und tut weh, selbst wenn nichts schiefgeht.«

Sie zog eine Augenbraue hoch. »Ich nehme an, das ist der Moment, in dem du auf einmal edelmütig wirst und dich weigerst, mich mitkommen und helfen zu lassen?«

Ich begann, Runen auf das Hemd zu schreiben, so sauber es mir bei dem entsetzlich schlechten Licht möglich war. Natürlich hatte Brix recht. Ich hatte nicht die Absicht, sie in die Luft zu lassen. Aber allmählich kannte ich sie gut genug, um zu wissen, dass es mir überhaupt nichts nützen würde, meinen Standpunkt klarzumachen. Also schrieb ich den Zauberspruch und versuchte zu planen, wie ich ohne sie abheben konnte.

»Ich komme mit, Corcoran«, sagte sie.

»Natürlich«, erwiderte ich. »Das Hemd ist groß genug für uns beide.« Aber wenigstens ging ich bei dieser Lüge nicht in die Einzelheiten.

Ich würde wieder allein sein. Die anderen Sklaven würden am Morgen zurückkehren, wie Brix gesagt hatte, und die Dämmerung zeichnete sich schon am Horizont ab. Sie würde bei ihren eigenen Leuten sein. In Sicherheit.

»Warum das Hemd?«, wollte sie wissen. »Warum schreibst du nichts auf dich selbst, wie du es bei den anderen Zaubern getan hast?«

»Ich muss auf der Spirale stehen, um abzuheben, und ich lasse den Zauber bestimmt nicht hier im Schmutz zurück, damit jemand ihn zerstört, wenn ich gerade sechzig Fuß hoch in der Luft schwebe. Ich schätze, ich kann mich mithilfe dieser Krücke auf ein Bein stellen, wenn du mir hilfst.« Ich tauchte den Federkiel erneut ein, holte tief Luft und versuchte, mich zu sammeln. Magie im Allgemeinen ist schon ein gefährliches Spielzeug, eine Geliebte, von der man nie genau weiß, ob sie einen ins Gesicht schlagen oder küssen wird. Aber das hier war etwas anderes. Wenn ich die Flugrune falsch oder ungenau schrieb, würde nach dem Absturz nicht einmal genug von mir übrig sein, dass ich mir auch nur dumm vorkommen konnte.

Am Ende fand ich den stillen Raum in meinem Kopf, die Stelle, an der die Runen sich eine nach der anderen ergaben, aus meinen Fingern strömten und fielen, wohin sie gehörten. Wie lebendige Edelsteine breiteten sie sich auf dem Leinenstoff aus, erblühten nach außen hin zu einer Spirale.

Ich spürte Brix' Verunsicherung, als sie die Runen studierte. Flugmagie ähnelt den typischen Angriffszaubern nicht im Geringsten. Sie sprach nicht, während ich fertig wurde und mich auf mein gesundes Knie stemmte, half mir aber auf die Beine. Sie stützte mich in der Mitte der Runenspirale und trat dann zurück, den Blick unverwandt auf mich gerichtet. Ihre Zehen blieben auf dem Rand meines Hemds ruhen, und sie hielt die Hände ein Stück weit ausgestreckt. Doch solange ich mein verletztes Knie nicht bewegte, war ich halbwegs im Gleichgewicht.

»Ich falle schon nicht um«, sagte ich.

Sie bedachte mich mit einem bösen Blick. »Ich weiß, denn ich werde dich auffangen.«

Ich räusperte mich und sprach die Runen aus. Auf halbem Wege des Zaubers, als die Buchstaben in gefährlichem rotem Licht erstrahlten, wurde mir klar, dass Brix stumm die Lippen bewegte. Als der Wind aufkam, verlor ich sie in der aufwirbelnden Staubwolke aus dem Blick. Ich ließ mich auf mein gesundes Knie sinken, als ich den Zauber vollendete, umklammerte das Hemd mit den Fingern und machte mich bereit.

Der Wind würde sie umwehen, von mir fort. Es musste so sein.

Der Zauber erschien mir allerdings stärker als sonst, als die Luft Fahrt aufnahm und um sich selbst wirbelte. Alle anderen Geräusche verschwanden, übertönt von dem Brausen des Sturms, in dessen Auge ich mich befand. Die Magie um mich herum zog sich erst zu einem dunklen rot-schwarzen Flügel zusammen, dann zu einem zweiten.

Es gibt immer einen Moment, in dem ich sehe, wie die Flügel sich auf mich zubewegen, bevor sie sich an mich heften – und dieser Sekundenbruchteil ist der schwierigste Part des Zaubers. In dem Augenblick muss ich mich entscheiden. Ich könnte loslassen – die Magie verklingen lassen, meine Konzentration aufgeben und *keine Schmerzen leiden.*

Aber Schmerz ist nicht immer etwas, wovor man sich fürchten muss. Ich hielt durch.

Die Flügel kamen angesaust wie Wespen. Die Magie schnitt ins Fleisch meines Rückens und meiner Schultern. Heißes Blut spritzte aus den Wunden und lief mir an den Flanken hinab. Meine Knochen änderten mit einem fürchterlichen Knacken ihre Ausrichtung. Der Wirbelwind ballte sich plötzlich unter meinen Füßen zusammen und explodierte.

Jetzt gibt es kein Zurück mehr. Fliegen oder Fallen.

Der weit offene, furchterregende Himmel toste um mich herum, geschwängert von silbrigem Schmerz und pulsierendem, ekstatischem Geschwindigkeitsrausch. Ich lachte.

Fliegen.

DREIUNDZWANZIG

Egal, wie tapfer man ist, man schreit zu Beginn eines Flugs. Nicht nur dass es wehtut, wenn sich die eigene Anatomie verformt, um vogelähnlicher zu werden – es ist schon verdammt erschreckend, nach oben geschleudert zu werden – jedes Mal aufs Neue.

Als ich den Atem in meiner Lunge aufgebraucht hatte und mich in aller Eile vergewisserte, dass ich das Hemd mit dem Zauberspruch immer noch mit einer Hand umklammert hielt, wurde mir vage bewusst, dass ich ein Geräusch wie das Pfeifen eines Teekessels hörte. Wenn ich mich nicht darauf hätte konzentrieren müssen, die Fersen nach hinten zu strecken und die Flügel zu spreizen, bevor der Zauber sich verfestigte, hätte ich das Geräusch schon erkannt, bevor das pfeifende Objekt an mir vorbeisauste, hoch in die Wolken über mir hinauf.

So aber hing ich einen Moment vor dem Hintergrund des neugeborenen Sonnenaufgangs im Wind, reckte den Hals und fragte mich, welchen Teil des Lagers ich wohl durch meinen Abflug mitgerissen hatte. Ein silberner Fleck schien im Bogen wieder herunterzufallen. Vielleicht hatte der Wirbelwind irgendein Werkzeug aus Metall hochgeschleudert? Das Pfeifen hatte sich mittlerweile verändert. Es glich fast … Worten?

»GRAY!«, kreischte Brix, als sie an mir vorbeistürzte. Silberne Flügel schlugen um ihren Körper, als wäre sie ein verängstigter Schwan. Sie strampelte mit den Beinen in der Luft.

Ach du Scheiße. Ich schloss die Flügel und ging in den Sturzflug.

»Hacken nach hinten!«, rief ich. »Streck die Hacken nach hinten!«

Sie kämpfte gegen den Zauber an, statt zuzulassen, dass er sich um sie herum verfestigte. Verständlich, aber tödlich. Wenn sie es nicht schaffte, die Füße nach hinten zu recken wie einen behelfsmäßigen Schwanz, dann würde sie abstürzen. Ich würde nichts tun können, um sie aufzufangen. Wie, zu allen Höllen, hatte mein Zauber überhaupt zwei Leute auf einmal erfassen können? Ich schnappte nach Luft und brüllte: »HACKEN!«

Ihr Trudeln kam zum Stillstand, als sie den Körper streckte und die Füße zusammenführte, bevor sie wieder an mir vorbei nach oben schwebte. Ihre Zehen streiften meine Schulter und brachte mich ins Schlingern.

Als ich die Purzelbäume endlich hinter mir hatte, waren mir schon die Flüche ausgegangen, und ich fing wieder von vorn damit an. Der Wirbelwind unter uns war zur Ruhe gekommen, und der Lagerplatz sah aus wie eine Ameisenkolonie, die jemand mit einem Tritt zerstört hatte. Brix' Lachen verblüffte mich.

Sie war jetzt über mir und grinste wie ein Kind auf einem Jahrmarkt. »Warum hast du mir nicht verraten, dass es sich so anfühlt?«

Und statt in Panik zu geraten, was eine völlig logische Reaktion gewesen wäre, war ich stolz auf sie. Ich grinste zurück, streckte den Hals und schoss vorwärts.

Sie kam einen Sekundenbruchteil später dahinter, wie es funktionierte, und folgte mir. Die Überreste des Lagers verschwanden binnen weniger Minuten hinter uns, während wir uns wie Tänzer durch die rosafarbenen Wolken bewegten, im Sturzflug aneinander vorbeischossen und uns gegenseitig umkreisten. Magie strömte über mich hinweg wie kalter Wein, berauschend, wunderschön. Ein Großteil meines Körpers war dank der Formmagie, die ihn umfing, betäubt, und meine zerzausten schwarzen Rabenschwingen fühlten sich an, als wären sie ein Teil von mir. Die quälenden Schmerzen und vielleicht auch der Krampfanfall würden später einsetzen, nachdem wir gelandet waren. Für den Augenblick aber konnte ich ganz in der Freude aufgehen – und darin, Brix' Gesicht zu beobachten, während auch sie diese Freude empfand.

Ihre Flügel bestanden aus weißem silbrigem Licht. Zu Anfang hatte ich sie für Schwanenschwingen gehalten, aber als ich sie von oben und unten musterte, sah ich, dass sie eher den Flügeln einer Eule oder eines Habichts glichen. Irgendwie überraschte es mich, dass sie nicht genau wie meine aussahen. Es war doch derselbe Zauber gewesen, nicht wahr? Warum also der Unterschied? Vielleicht lag es ja am Einfluss der Einbildungskraft einer zweiten Person, die den Zauber wirkte.

Denn Brix musste die Runen ausgesprochen und den Zauber zur selben Zeit wie ich gewirkt haben. Als ich einen Blick auf das Hemd riskierte, das ich immer noch mit verkrampften Fingern umklammert hielt, sah ich, dass die Runen in *zwei* Farben glommen, in Rot und einem silbrigen Grün, das über sie huschte wie das Schillern eines Starengefieders. Das hieß, dass sie und ich uns die Kontrolle über den Zauber *teilten*, die Magie gemeinsam zogen wie zwei Pferde in einem Geschirr. Jeder Zauberer hätte gesagt, dass so etwas unmöglich sei. Magie ist von Grund auf ein Wettkampf – man teilt sich keinen Zauber, man reißt ihn an sich, oder jemand anders nimmt ihn einem weg.

Aber natürlich hätte einem auch jeder Zauberer gesagt, dass es unmöglich war zu fliegen.

Der Karawanenweg, der, wie ich hoffte, nach Cor Daddan führte, war unter uns zu sehen, ein braunes Band inmitten der eintönigen graugrünen Ebene. Das Blut pulsierte in meinen Adern, und ich stieg höher in den Himmel hinauf, ins weite, fahle Sonnenlicht, während der Wind mir rau das Haar aus der Stirn strich. Brix hielt sich immer ein kleines Stück weiter oben als ich. Ihr Körper verschwamm vor dem silbrigen Licht.

Sie fing meinen Blick auf. »Wie weit noch? Wie sieht es dort aus?«

Gute Frage. Ich richtete meine Aufmerksamkeit wieder auf den Boden, der nach wie vor aus einer größtenteils leeren Ebene zu bestehen schien, die erschreckend schnell unter uns dahinzog. Solch eine Geschwindigkeit hatte ich bisher noch nie erreicht, und ich wusste, dass ich über ihre Folgen nachdenken musste, die so gut wie sicher unangenehm sein würden.

»Es ist eine Zitadelle«, rief ich zurück. Das war nicht

sehr hilfreich, aber ich ahnte, dass wir hier draußen kaum etwas anderes finden würden, das einer menschlichen Behausung glich. Ich wusste nicht allzu viel darüber, zu welchem Zweck genau das alte Reich Cor Daddan errichtet hatte, aber gewiss gab es so weit von allem anderen entfernt keine ganze Stadt, zu deren Bewachung die Festung diente. War es vielleicht darum gegangen, Steuern auf Wolle einzutreiben? Konnte man hier draußen Schafe hüten?

Dann sah ich den Knoten aus orangefarbenem Licht, der vor uns über die Steppe kroch, und mir wurde flau im Magen.

Jaern. Wie war er so schnell so weit gekommen? Er musste sich fast im selben Tempo vorwärtsbewegen wie wir.

Konzentrier dich. Wenn ihr schnell genug seid, wird er euch vielleicht nicht …

Ein pulsierender purpurner Blitz zuckte empor und spaltete die Luft.

… bemerken.

Einen Herzschlag lang hingen Brix und ich in jener metallischen, knisternden Vorahnung fest. Dann krachte der Donner ringsum, als die überhitzten Luftströmungen aufkochten und sich ineinander verflochten, um uns wie Würfel in einer Schachtel durcheinanderzuwirbeln. Mein Kopf füllte sich mit seiner Stimme, die in Sprachen fluchte, die ich nicht kannte, und ohnmächtigen Zorn herausschrie.

Und dann war er weg.

Wir hatten ihn überholt, und ich durfte es nicht einmal riskieren, einen Blick zurückzuwerfen. Die unnatürliche Geschwindigkeit, die uns vorantrieb, hatte sich irgendwie noch gesteigert, so sehr, dass die Luft mich häuten würde, wenn ich vergaß, meinen Kopf in der Kapsel des Zaubers zu halten. Ich sah zu Brix hinüber, der das Lächeln vergangen war. Ihr Gesicht war verzerrt vor grimmiger Entschlossenheit. Die Wolken strömten um sie herum …

Aber das stimmte nicht ganz. Ich kniff die Augen zusammen und wollte nicht glauben, was ich sah. Die Wolken waren *durch sie hindurch* zu sehen.

Idiot. Idiot! Du hättest es wissen müssen.

Der Zauber war dank Brix anders. Sie trieb die Magie an, machte den Zauber schneller als je zuvor, nahm das Gift in sich auf. Normalerweise hätte das Gift mich geschädigt und dafür gesorgt, dass ich nur so schnell wie ein Vogel geflogen wäre statt wie … nun, sagen wir, wie ein wutentbrannter Drache.

Und sie bezahlte dafür. Unsere Zeit war abgelaufen.

Sogar für Vögel und Drachen sind Abflug und Landung die schwierigsten Augenblicke. Ich hatte das Problem, überhaupt erst in die Luft zu gelangen, dadurch gelöst, dass ich einen Wirbelwind in den Anfang meines Zauberspruchs eingebaut hatte. Mir war jedoch nie eine Möglichkeit eingefallen, sanft zu landen, weil ein umgekehrter Wirbelwind einen nur noch schneller zu Boden gezogen hätte, als man ohnehin schon fiel. Bis jetzt hatte ich meine Flüge immer so beendet, dass ich entweder den Zauber verlangsamt hatte, um sodann in einer Spirale nach unten zu sinken, oder dass ich Stück für Stück die Kontrolle darüber verloren und daraufhin versucht hatte, auf ein Gewässer zuzuhalten, das leidlich tief aussah. Beide Herangehensweisen endeten zumeist mit blauen Flecken, wenn nicht gar mit gebrochenen Knochen. Solange ich allein gewesen war, hatte ich einen Knochenbruch als hinnehmbares Risiko betrachtet. Aber jetzt musste ich auch an Brix denken, ob ich wollte oder nicht.

Außerdem würde sie mir vielleicht reflexartig die Magie entziehen, wenn ich versuchte, die Kontrolle über den Zauber zu übernehmen, um zu landen. Dann würde sich der Teil davon, den sie wirkte, auflösen. Wir würden beide abstürzen – nicht, indem wir spiralförmig zu Boden schwebten, sondern fielen wie zwei Steine.

Übernimm also nicht die Kontrolle. Gerate nicht in Panik. Lass sie teilhaben.

Ich spürte, wie ich mich in der Hülle der Magie entspannte, und warf ihr einen Blick zu. Sogar unter der steinharten Konzentration sah ich den Schwung ihrer Lippen.

Vertrau ihr, zumindest, was das betrifft.

Ich schloss die Augen einen Moment lang und zwang meine Muskeln zu vollenden, was sie begonnen hatten. Ich löste die Anspannung in meinem Nacken und Rücken, unterdrückte die Furcht und stellte die Flügel leicht schräg. Als ich die Augen wieder öffnete, schob ich den Zauber behutsam in eine große Abwärtsspirale. Magisch ausgedrückt war das kein Zupacken. Es war eine Einladung.

Der Zauber spannte sich. Eine Sekunde lang leistete er Widerstand.

Dann zog Brix mit, mehr denn je wie eine Tanzpartnerin. Wir sanken langsam in einem sehr weiten Bogen hinab. Ich beobachtete unser Muster, bezaubert davon, wie kunstvoll es war, und doch zugleich voller Angst, dass ich es verderben würde.

Erst als wir nur noch rund hundert Fuß hoch in der Luft waren, sah ich den Haufen aus gelbem Stein etwa eine Meile von dem Landeplatz entfernt, den ich angepeilt hatte. Ein paar Momente mehr reichten aus, um seine Türme und Mauern zu enthüllen, die von wimmelnden dunklen Pünktchen bevölkert waren – tatsächlich die Ruinen einer sehr ansehnlichen Reichsfestung, eines Außenpostens am Rande der Welt.

Wir hatten es doch noch nach Cor Daddan geschafft.

Leider wurde in dem Moment die Spirale flacher. Ich schoss vorwärts wie ein Armbrustbolzen, und als ich versuchte, auf den Zauberspruch einzuwirken, blieb die Magie starr. Wir wurden nicht schnell genug langsamer. Ich konnte Brix zu meiner Rechten kaum noch sehen, aber auch sie hatte die Spirale verlassen.

Ich holte Luft, um etwas zu rufen. So wie der Wind auf mich einhämmerte, war das äußerst schwierig. »Wir müssen langsamer werden! Den Zauber bremsen!«

Ihr ganzer Körper schimmerte, transparent, ruhig und entspannt in dem Kokon aus Magie, der sie durch die Luft beförderte, die Flügel immer noch ausgestreckt. Sie schien mich nicht zu hören. Entsetzen durchflutete mein Blut, als mir klar wurde, was nicht in Ordnung war. Brix war bewusstlos.

»Brix, wach auf! Lass den Zauber los!« Aber das

tat sie nicht. Wie greift man nach etwas, das um den Verstand einer anderen Person geschlungen ist? Auch ich konnte die Magie nicht einfach loslassen. Jemand musste unseren Absturz kontrollieren. Irgendwie. Ich richtete meine Aufmerksamkeit fester auf den Zauberspruch, konzentrierte mich ganz darauf, Brix' Flugbahn zu lenken, und griff nach ihr.

Meine Finger streiften ihre. Ich packte sie und hielt sie fest.

Wir sanken in gerader Linie auf die Ruinen der Festung zu. Wir waren weitaus langsamer geworden – alles, was uns nun noch antrieb, waren Schwung und Schwerkraft –, aber wir waren zu hoch in der Luft. Wir sausten über die zerfallene Mantelmauer. Unter uns schrien Soldaten.

Irgendein Wahnsinn ritt mich, den Kopf schiefzulegen, um die Mauer des Turms anzusehen, als wir auf ihn zurasten. Mir blieb ein Sekundenbruchteil, um ein breites, mit geöltem Pergament bespanntes Fenster zu entdecken.

Ich zuckte zurück.

Das Zurückzucken war nicht mein Verdienst. Ich dachte eigentlich überhaupt nichts, das über *Bitte, ich möchte nicht gegen die Mauer prallen* hinausging. Aber dank dieses Instinkts gelang es mir, die Flügel zu verdrehen und Brix und mich zur Seite zu reißen. Statt uns die Schädel am gelben Stein einzuschlagen, sausten wir durch das Fenster und die Pergamentbespannung in den weitläufigen Saal dahinter.

Mein Verstand erfasste die Einzelheiten mit der nutzlosen Präzision panischer Angst.

Menschen in Roben. Gerätschaften. Regale. Altar. Runenkreis. Wandteppiche?

Es waren wirklich Wandteppiche, die in Bogen von der Decke hingen, was ich einmal mehr bestätigt fand, als wir mitten darin landeten. Wir verfingen uns in ihnen und stürzten dann ab, hilflose Fliegen in einem gigantischen, erstickenden, staubigen Spinnennetz.

Ein blanker schwarzer Boden raste auf uns zu, und wir purzelten in einer Diagonale abwärts, auf der wir mehrere Stoffbahnen mitrissen. Ich prallte gegen etwas, das sich nach sechs bis sieben Leuten anfühlte, pflügte durch sie hindurch und verlor vollkommen die Orientierung, bevor ich von einer hölzernen Säule mit einem dumpfen Aufprall gebremst wurde.

Irgendetwas knackte in meiner Schulter. Ich sackte auf dem Boden zusammen und heulte wie ein Schakal.

Halt die Schnauze, der Schmerz bedeutet, dass du am Leben bist. Versuch dich zu bewegen.

Der erste Aufprall – als wir durch die Pergamentbespannung des Fensters gebrochen waren – hatte mich die Konzentration gekostet und den Zauber beendet. Ich war nicht so schnell unterwegs gewesen, wie ich es hätte sein können, als ich aufgetroffen war. Aber …

»Brix!« Ich drehte den Kopf zur Seite und zwang meine Augen dazu, klar zu sehen. Ich ignorierte das Geschrei um mich herum und die Dornen, die sich in meinen Schädel zu bohren schienen. Ich war in einer Art … großem Laboratorium oder in einer Bibliothek. Die Wände wichen in einem riesigen Kreis vor mir zurück. Der Boden unter mir bestand aus glattem schwarzem Stein, vielleicht Obsidian, auf dem nur ein paar

Fuß von meinem Gesicht entfernt rote Sigillen aufgemalt waren.

Und es waren viele Gildlinge hier, die damit beschäftigt waren, sich aufzurappeln und auf mich zuzustürmen.

»Brix!« Ich wandte mich in die andere Richtung und hielt Ausschau nach dem Fenster, durch das ich gestürzt war.

Brix lag zusammengesunken am Boden, schlaff, ein Geist, dessen Flügel gerade verblassten.

Dann umzingelten mich die Gildlinge und näherten sich mir vorsichtig. Sie waren etwa in meinem Alter und hatten, so wie sie aussahen, gerade erst ihre Lehrlingsroben abgelegt. Ich suchte mir denjenigen aus, der dem fisseligen Bartflaum nach zu urteilen noch am fortgeschrittensten wirkte, und sprach ihn an.

»Euch bleibt vielleicht noch eine Stunde«, krächzte ich, flach auf dem Rücken liegend. »Vielleicht weniger. Ihr werdet gleich von einem Nekromanten und einer Schar Untoter angegriffen. Er hat vor, alle in Cor Daddan zu töten. Holt Keir Esras und sagt ihm, dass er alle Waffen, über die er verfügt, auf die Mauern werfen soll.« Ich setzte mich auf und bereute es sofort. »Oh, Götter, tut das weh. Das war dumm.«

Die Gildlinge blieben stehen. Ich habe keine Ahnung, warum. Jeder hätte in der Lage sein sollen zu sehen, dass ich nicht auf die Beine kommen konnte.

»Wieso bist du überhaupt noch am Leben?«, platzte der mit dem Möchtegernbart heraus.

Ich wedelte mit der gesunden Hand in der Luft herum und spreizte die Finger. »Magie.« Ich versuchte, an ihm vorbeizusehen, um festzustellen, was bei Brix vorging. »Warum geht niemand den Gildenherrn holen?«

Der Zauberer warf einen Blick über seine Schulter und trat dann beiseite. Anscheinend musste niemand Keir Esras holen gehen, weil der schon da war. Er starrte mich einen Moment lang böse an, bevor ein zorniger Ausdruck des Wiedererkennens über sein Gesicht huschte.

»*Du*? Wie …« Er brach ab und wandte sich an den Mann mit dem Möchtegernbart. »Gwillam, sichere das Mädchen. Sichere sie beide. Wir werden uns etwas einfallen lassen müssen, um die Wandteppiche zu reparieren, bevor wir mit den Experimenten fortfahren.«

Gwillam – wenn das tatsächlich ein Name war, was mir unwahrscheinlich vorkam – ging auf Brix zu.

»Wenn du sie anrührst, verbrenne ich dich, *Gwillam*«, fuhr ich ihn an. »Esras, hast du nicht gehört, was ich gesagt habe? Schick jemanden auf die Mauer, man kann die Marulachs wahrscheinlich schon sehen.« Ich hatte nicht damit gerechnet, dass Keir meinen Worten Glauben schenken würde, aber ich hatte gehofft, er würde wenigstens *nachsehen*. Jaerns Erscheinen hätte eigentlich so überzeugend und vielleicht auch so erschreckend sein sollen, dass die Gildlinge zu den Waffen griffen.

»Vielleicht …«, begann Gwillam stockend.

Keir schnitt ihm das Wort ab. »Du hast einen Befehl erhalten, Zauberer. Führe ihn aus. Später bleibt immer noch genug Zeit herauszufinden, was für einen Plan dieser Kriminelle verfolgt.«

»Plan?« Ich konnte den Abscheu nicht aus meinem Ton heraushalten. »Du glaubst, dass es Teil eines Plans war, in *dem* Tempo durch das Fenster zu sausen und *so* zu landen? Ist dir klar, dass ich mich hier ergebe? Warum sollte ich das tun, wenn ich nicht die Wahrheit sagen würde?«

»Ich glaube, dass es dir gelungen ist, unser Experiment zu unterbrechen, und dass du uns nun eine außerordentlich fadenscheinige Geschichte auftischst in der Hoffnung, dass wir so lange abgelenkt sein werden, dass du deinen Großvater befreien kannst.« Er griff in seine Robe, und von irgendwo in den voluminösen dunkelgrauen Falten zog er ein Röhrchen aus grünlich blauem Glas hervor, das an beiden Enden mit etwas verschlossen war, das nach Zinnringen aussah. »Und jetzt *sichere das Mädchen.*« Er reichte seinem Schüler die Phiole.

Gwillam trat auf Brix' reglose Gestalt zu und hielt die Phiole dabei von sich gestreckt wie einen Talisman. Binnen einer Übelkeit erregenden Sekunde wurde mir klar, was hier vor sich ging.

»Halt«, sagte ich. »Wartet. Ihr müsst mich anhören. Ich sage euch, was auch immer ihr wollt, aber tut das nicht.«

Keir musterte mich, während ich versuchte, mich auf ein Knie aufzurichten. »Sie ist körperlos geworden. Außerhalb einer Flasche ist sie zu nichts nütze, wenn das passiert. Gwillam?«

Mit einer raschen Bewegung stach Gwillam mit der Phiole nach Brix. Er presste eine der Verschlusskappen aus Zinn, in die Runen eingraviert waren, auf ihren Bauch. Sie riss die Augen auf und schnappte nach Luft.

»Halt!« Ich machte einen Hechtsprung vorwärts, nur um von Keirs Stiefel an der Brust getroffen zu werden. Der Länge nach schlug ich auf dem Steinboden hin.

Brix' Körper wirbelte und strudelte wie Dampf oder Rauch. Es gab keinen Aufschrei, auch kein Blut. Nur ein leises Gurgeln, als würde ein Abfluss sich leeren. Einen Moment lang fanden ihre Augen mich. Dann sammelte sich der Rauch schnell im Glas.

Sie war fort.

Gwillam steckte die Phiole in die Tasche.

Keir packte mich beim Kragen und schleifte mich rückwärts, bis ich gezwungen war, ihn anzusehen. Ein heftiger Schmerz explodierte in meiner Schulter und meinem kranken Knie. Mein ganzer Körper verschwamm zu leuchtend roter Qual.

»Auf die Beine mit dir. Sofort«, befahl Esras.

Ich sah ihm in die Augen, und ihm ging ein Teil seines selbstgefälligen Triumphgefühls verloren. Einen Moment lang wirkte er, als hätte er Angst, und das sehr zu Recht.

»Der Nekromant wird dich *töten*, du dämlicher Bastard«, sagte ich. »Und wenn ein Wunder geschieht und er es nicht tut, dann tue ich es.«

In das darauffolgende Schweigen hinein ertönte ein völlig unpassendes und seltsam pädagogisches Räuspern.

»Fluche nicht«, sagte Acarius hinter mir.

VIERUNDZWANZIG

Acarius stand inmitten eines Kreises aus roten Binderunen und wirkte verängstigter, als ich ihn je gesehen hatte – unter einer sehr dünnen Schicht aus höllisch-wütend-auf-Gray. Er beobachtete, wie die Gildlinge mich aus dem Haufen ineinander verwickelter Teppiche zogen. »Wo ist dein Hemd? Geht es dir gut?«

»Nein«, sagte ich. »*Fluche nicht?* Ich komme durchs Fenster gesaust, und das ist das Einzige, was dir dazu einfällt?« Zwei Gildlinge packten mich unter den Armen, und ein gleißender Schmerz brüllte in meiner Schulter auf. »Scheiße!«

»Du bist verletzt.« Acarius machte einen Schritt vorwärts, aber er war schon am Rande des Kreises.

»Wie kommst du bloß darauf?« Ich wusste sehr gut, dass ich meinem Großvater in den ersten zehn Sekunden unseres Wiedersehens nicht hätte böse sein sollen, aber so war es nun einmal. Es war immer noch besser, als panische Angst zu haben.

»Legt ihn auf den Altar, bis wir die Teppiche wieder aufgehängt haben«, sagte Keir.

Sie schleiften mich zu einer Stelle etwa zwanzig Fuß von Acarius entfernt, jedoch nicht zu dem Steinblock, den ich für den Altar gehalten hatte. Hier wies der schwarze Boden eingemeißelte Vertiefungen auf, in die man offenbar Intarsien aus Metall eingelassen hatte. Ein Großteil der Ornamente war angelaufen. Doch den Platz, auf dem ich kniete, hatte man poliert. Obwohl der Glanz des Zinns von braunen Flecken besudelt war, ließen sich die Zeichen entziffern. Eine enge Spirale wirbelte unter mir über den Stein, uralt, schön … und vertraut.

Übelkeit brach über mich herein, heftig, unwiderstehlich.

Nur, dass eines keinen Sinn ergab.

»Warum hängen wir die Teppiche wieder auf?«, fragte ich. »Abgesehen davon, dass wir eine sinnlose Beschäftigung brauchen, um Grays Warnungen zu ignorieren, die uns das Leben retten sollen, weil wir den Kopf so tief in den …«

Keir versetzte mir einen so heftigen Schlag mit dem Handrücken, dass mein Kopf zur Seite ruckte.

»*Halt's Maul!*« Er marschierte an mir vorbei und überließ es seinen Gefolgsleuten, sich mit dem Stoff abzurackern. Er ging zu dem Steinklotz, auf dem eine Rolle voller Werkzeuge, mehrere kleine Flaschen mit roter Flüssigkeit und ein Stoffbündel lagen. »Die Wandteppiche sind eine notwendige Komponente des Seelenfangrituals.« Er schlug den Stoff auseinander.

»Das ist idiotisch.« Ich fuhr mir mit der Zunge über die blutende Stelle, an der mir die eigenen Zähne von innen in die Wange gedrungen waren. »Sie bewirken nichts.«

»Sie sind Kopien derjenigen, die einst in diesem Tempel hingen. Wir haben seinen alten Glanz fast wiederhergestellt.« Er lächelte. »Ich vertraue auf die

Anweisungen, die dein Großvater uns erteilt hat. Zu dem Zeitpunkt hatte er sehr gute Gründe, nicht zu lügen.«

Tempel. Der Raum um mich herum verschob sich plötzlich so, dass ich ihn klar sah. Das hier war keine Bibliothek – es waren die Überreste eines Jaerntempels. Ganz wie der unter Ri Dana, auch wenn diesem hier der Bodenbelag aus Knochen fehlte. Aber in dem anderen hatte es keine Wandteppiche gegeben. Warum hätte Acarius sie verlangen sollen?

Ich sah meinen Großvater an und bemerkte die verräterischen Spuren – die verheilenden Schnittwunden, die Blutergüsse, die Tatsache, dass er unter seinen Kleidern zu mager war. *Seinen* Kopf konnten sie nicht leer gefegt haben, das wusste ich. Acarius hätte den Verstand jedes Zauberers pulverisiert, der töricht genug gewesen wäre, das zu versuchen. Also hatten sie ihn gefoltert, und er hatte Anweisungen gegeben und auf Zeit gespielt.

»Herr?« Ein Mann steckte den behelmten Kopf durch einen Spalt der großen zweiflügeligen Tür. »Wir haben Lärm gehört? Einige der Männer sagen, sie hätten etwas fliegen sehen …«

»Das war nichts«, sagte Keir. »Hinaus mit dir, und lass nicht zu, dass mich irgendjemand die nächste Stunde über stört.«

»Ja, Herr.« Der Waffenknecht zog sich zurück.

»Keir. Du kannst das Ritual nicht an ihm ausprobieren.« Ein Zittern vor Panik hatte sich in Acarius' Stimme gestohlen.

»Vielleicht gibst du uns ja diesmal die richtigen

Antworten!«, schrie Keir. »Vier tote Sklaven allein letzte Woche, und das nur, weil du uns nicht die Wahrheit sagen wolltest!«

Vier tote Sklaven.

Acarius' Gesicht erstarrte. »Die Toten hast du auf dem Gewissen. Ich habe dich angefleht, es nicht zu tun.«

»Das Ritual muss nun einmal erprobt werden, und wenn du dich weigerst, uns zu sagen, wie … Nun denn.« Keir hob die goldene Puppe aus dem Stoffbündel auf dem Steinklotz. Das verdammte Ding war jetzt vollständig. Edelsteine glitzerten in seinem Auge und in den Vertiefungen an seinem Körper. Jede Vertiefung schien einem bestimmten Organ zu entsprechen. Ich sah ein, dass es verwirrend sein mochte, die Juwelen der jeweils zugehörigen Fassung zuzuordnen. Ein Saphir hat keine Eigenschaften, die einen Hinweis darauf geben, ob er eher eine Leber oder eine Lunge darstellen sollte. Keir hielt die Puppe so hoch, dass Acarius sie sehen konnte. »Ich werde mit dem Ritual beginnen, und du wirst mir sagen, wohin die Steine gehören. Und zwar diesmal wahrheitsgemäß.« Er lächelte dünn. »Sonst stirbt dein Enkel hier wie die anderen.«

Acarius' Blick huschte fragend zu mir.

Ich klopfte mir mit der gesunden Hand aufs kranke Knie. Ich würde keine große Hilfe sein, wenn er beschloss, sich in den Kampf zu stürzen.

Nicht, dass er dazu in der Lage gewesen wäre, soweit ich sehen konnte. Der Gefängniskreis hatte drei Schichten Runen, er trug nichts bis auf eine zerlumpte Hose und ein Hemd, und er konnte nichts unternehmen, um

Runen zu schreiben, wenn er sie nicht mit den Fingernägeln in den Stein kratzen wollte. Er konnte den Kreis nicht verlassen, und er konnte keinen Zauber wirken. Acarius konnte mich nicht retten. Er konnte auch Brix nicht retten.

Alles, was noch blieb, war ich.

»Experimente.« Ich versuchte, meine Haltung zu verlagern, um den Schmerz zu verringern, aber es hatte keinen Zweck. Es gibt keine Möglichkeit, gezerrte Bänder und gebrochene Knochen dazu zu bringen, sich wohlzufühlen. »Das soll wohl heißen, dass du probiert hast, mittels Versuch und Irrtum ein nekromantisches Unsterblichkeitsritual durchzuführen? Ist das nicht teuer?«

»Für *dich* musste ich nichts bezahlen.« Keir arrangierte den Rest der Gerätschaften aus dem Bündel auf dem steinernen Tisch. »Alles, was ich für dich aufwenden musste, war Zeit, um dich durch die Provinz zu jagen, während ich deinen Großvater in dem Glauben gelassen habe, er könnte dich unbeobachtet kontaktieren. Und trotz all der Anstrengungen war es knapp. Die Sklavin hat aufgehört, mit mir zu reden, unmittelbar bevor ich in Ri Dana Witterung von dir aufgenommen habe – sie musste erst überzeugt werden zu tun, was man ihr sagte.«

»Brix«, sagte ich mit zusammengebissenen Zähnen. »Ihr Name ist Brix.«

»Du bist nun schon ein halbes Jahr lang ein Splitter in meinem Fuß.« Er sah mich an und strahlte eine Übelkeit erregende Form von Schadenfreude aus. Er entschied sich für einen Pinsel und ein rundes

Kästchen mit roter Farbe, hockte sich hin und begann, eine Runenzeile auf den Boden zu schreiben. Vom Altar aus arbeitete er sich zu mir vor. Ich beobachtete, wie er meinen Namen schrieb. »Ich glaube aber, ich würde durchaus etwas für das Vorrecht bezahlen, dir das Herz herausreißen zu dürfen.«

»Und mehr, um das Renen für die Flasche zu bekommen und die Seele einzufangen«, sagte ich. »Das ist zumindest beschwerlich, auch wenn es nicht teuer ist. Käfer, um Käfer zu zerquetschen …«

Er erstarrte. »Woher weißt du …«

»Jaern hat es mir erzählt«, sagte ich.

Keir schnaufte. »Jaja. Hattest du auch Visionen der Mondmutter? Vielleicht hat Farran dir gleich noch gezeigt, wie man beim Würfelspiel gewinnt?«

»Er hat mit dir *gesprochen*?«, fragte Acarius. »Er war *wach*?«

»Das ist noch ziemlich untertrieben, aber ja, er hat mit mir gesprochen. Ausführlich. Wir saßen in der Falle, und ich musste tun, was ich konnte. Und jetzt haben wir keine Zeit mehr, Großvater.« Ich hielt inne. »Der Gefängniskreis, in dem du stehst, derjenige, der auf Seelenlosigkeit ausgerichtet ist. Warum funktioniert er bei dir?«

Acarius zuckte zusammen. Er antwortete mir nicht. Aber ich wusste ohnehin schon, was er gesagt hätte.

»Was kommt als Nächstes?«, fragte Keir.

»Als Nächstes tust du mit der Puppe, was Acarius dir sagt, und reißt mir gleichzeitig das Herz heraus, glaube ich«, sagte ich. »Ein Stück davon steckst du in die Flasche und versuchst, mich zur Unsterblichkeit zu verfluchen. Und das wird nicht funktionieren, weil dir ein Teil fehlt. Warum tust du das, Keir?«

»Der Thron hat die Zauberer lange genug in den Staub getreten«, sagte er. »Zu viele Gildenzauberer glauben, die Charta sei so etwas wie ein Zaun, der uns beschützt. Es wird Zeit, dass die Macht und das Potenzial der Magie nicht länger Beschränkungen unterworfen sind. Das findest du doch sicher auch? Ich dachte, Freiheit sei der einzige Daseinszweck von gesetzlosem Abschaum wie dir.« Er hielt die Puppe in einer Hand und eine Schere in der anderen. Sein Blick war unverwandt auf mich gerichtet.

»Und wer soll anstelle des Königs herrschen?«, wollte ich wissen. »Eine untote Version von dir? Die einzige ›Freiheit‹, auf die es dir ankommt, ist die zu morden, ohne dass es Konsequenzen für dich hat. Da bin ich doch lieber Abschaum.«

Keir lächelte und trat vor. Er hielt Acarius die Puppe hin. »Sag mir, ob es so richtig ist.«

»Natürlich ist es nicht richtig«, blaffte Acarius. »Ihr fehlt ein Auge. Wie ich dir schon die ganze Zeit sage, dient die Puppe nur dazu, Seelen in Phiolen, Phylakterien und andere Gefäße zu versetzen. Sie fungiert als Körper auf Zeit, erhält das Bewusstsein am Leben, bis es übertragen wird, und man braucht dazu die *ganze* Puppe. Das hier wird dir nicht dabei helfen, ein Heer wiederauferstehen zu lassen.«

Ein Heer wiederauferstehen zu lassen. Das war einleuchtend: Das Gebäude war nicht nur ein Tempel gewesen, sondern auch ein Außenposten der Daine und ein Schlachtfeld. Das Gelände ringsum lag vermutlich voller Knochen. Das hieß, dass Jaern reichlich Arbeitsmaterial haben würde. Mir stellten sich die Nackenhaare auf.

Keir setzte die Spitze der Schere in der Kerbe an, in der meine Rippen aufeinandertrafen. Mein nackter Oberkörper bekam eine Gänsehaut, die sich in Wellen um das kalte Metall ausbreitete. »Sag es mir auf der Stelle, Acarius. Ich warte nicht mehr länger.«

In gewisser Weise war es faszinierend, solcher Skrupellosigkeit derart nahe zu sein. Bei Jaern konnte man sich zumindest ziemlich sicher sein, dass er wahnsinnig war und litt. Auf Keir traf das beides nicht zu. Er verstümmelte und tötete nicht zum Vergnügen oder aus Rache, sondern nur, weil es für ihn praktisch war.

»Du Narr!« Acarius stand unmittelbar am Rande seines Gefängnisses. »Er wird sterben, ganz wie die anderen, und du wirst *nichts* wissen! Lass ihn gehen, dann erkläre ich dir …« Er zögerte und schloss die Augen. »Dann erkläre ich dir, wie man eine Seele einfängt, wenn der Betreffende schon im Sterben liegt. Das kannst du ohne die Puppe tun, nur mit dem Renen und den passenden Zaubersprüchen. Bitte. Nimm Vernunft an.«

»Du lügst«, murmelte Keir. »Du lügst immer noch. Ich habe deine Tagebücher. Ich *weiß*, dass diese Puppe etwas damit zu tun hat, die Toten zu beherrschen. Wenn ich ihn töten muss, um dich dazu zu bringen, ihn wieder aufzuerwecken …« Er trat einen Schritt von mir zurück und arrangierte die Edelsteine neu in ihren Fassungen, während er immer noch die Schere festhielt. Alle paar Minuten schaute er auf, um zu sehen, ob es seinen Gefolgsleuten schon gelungen war, die dummen Teppiche wieder aufzuhängen. An einer Wand war ein Gerüst aufgebaut, auf das sie hatten steigen müssen. Die meisten von ihnen waren mittlerweile fertig und auf dem Weg nach unten.

»Es wird nicht funktionieren, seine Seele zu versetzen, und es wird auch nicht funktionieren, die Toten aufzuerwecken, ganz gleich, wie du die Steine arrangierst.« Ein immer stärkerer Unterton von Panik schlich sich in Acarius' Stimme. »Die Puppe ist nicht vollständig. Warum hörst du nicht auf mich?«

»Sag es mir«, befahl Keir, »sonst töte ich ihn jetzt, und das langsam.«

Der alte Mann starrte mich an und sagte dann ganz allmählich: »Die Obsidiane sind die Augen. Der Rubin ist das Herz. Der Smaragd ist die Leber; der Saphir und der Diamant sind die beiden Lungenflügel. Du musst die entsprechenden Runen auf den Körper des Betreffenden schreiben. Heimchen, verzeih mir.«

»Es ist nicht deine Schuld.« Ich hielt mir mit der gesunden Hand den Ellbogen des kranken Arms, sodass er etwas weniger an meiner Schulter zog. Ich musste nachdenken.

»Natürlich … natürlich! Das hält die Nekrose in allen Organsystemen auf, nicht wahr?« Keir kehrte an den Altar zurück, legte die Schere weg und griff zu Pinsel und Farbe. Er ging vor mir in die Hocke und legte die Puppe auf den Boden zwischen seine Füße. Nach jedem Buchstaben sah er nach unten, um sich zu vergewissern, dass er das Muster richtig hinbekam, und schrieb dann eine Rune auf meinen Oberkörper über jedes meiner wichtigsten Organe. »Und die Wandteppiche? Wann benutzen wir sie?«

»Gar nicht«, sagte Acarius. »Ich habe dir vor zwei Monaten nur gesagt, dass du sie aufhängen sollst, um Zeit zu schinden und dich dazu zu bringen, mich nicht weiter zu foltern. Die Teppiche bewirken nicht das Geringste.«

Man sollte meinen, dem Tod ins Auge zu blicken würde es weniger befriedigend machen, recht zu haben, aber dem war nicht so. Ich grinste.

Die Adern an Keirs Hals traten hervor. »Sonst noch etwas, das du richtigstellen möchtest, bevor ich ihm die Brust aufschneide?«

»Tu einfach, was ich dir sage«, sagte Acarius. Ich hatte nicht den Eindruck, dass er mit Keir sprach. »Vergiss nicht: Lähmung ist nützlich.«

Keir holte die Schere und die Rolle mit den Werkzeugen. Er öffnete sie und enthüllte eine Reihe gebogener Zangen und schmaler Messer.

Acarius will, dass du etwas tust. Denk nach.

Die Puppe lag noch auf dem Boden neben mir. Ich konnte sie mir schnappen, aber ich war mir nicht sicher, ob das etwas nützen würde. Jemanden mit etwas Schwerem zu schlagen würde sich nicht unbedingt einfach gestalten, wenn man bedachte, dass ich auf einem Knie liegend kämpfen müsste.

Keir stimmte lautlos einen Sprechgesang an. Die Runen, die er auf den Boden geschrieben hatte, erstrahlten in einem seltsamen schwarzblauen Licht und bewegten sich vom Altar aus vorwärts. Die Haare auf meinen Armen stellten sich in Reaktion auf das Geräusch auf, das sie dabei machten. Es war zu leise, als dass es viel mehr als ein stetiges Summen des Unbehagens hätte erzeugen können. Ihm zu lauschen weckte in mir den Wunsch, mich zu winden, und das nicht nur, weil es mir in den Ohren wehtat.

Der Zauber kroch die Runenreihe entlang auf die Spirale zu, auf der ich kniete. Ich beobachtete ihn und schmeckte Galle im Mund.

»Gwillam«, sagte Keir. »Sorg dafür, dass er sich nicht rührt, und dann hol mir eine der Dschinnflaschen. Ich will nicht, dass mir mitten im Ritual schlecht wird.«

Ich spannte mich an. Ich musste schnell sein.

Gwillam war gerade eben vom Gerüst zurückspaziert gekommen. Er rümpfte vor Angst und Ekel die Nase – ein Mann, der einen absolut tauglichen Dorfzauberer abgegeben hätte, wurde zu dem unerfreulichen Dienst gepresst, Seelen zu versetzen.

Die Spirale unter mir leuchtete auf. Das fürchterliche Geräusch arbeitete sich durch meine Knochen in Richtung Kopf, pochte hinter meinen Augen vor gleißendem, vielschichtigem Schmerz.

»Nicht, nicht ...« Ich ließ meinen Ellbogen los, beugte mich vor und hielt mir ein Ohr zu. »Wie kannst du das ertragen? Wie kannst du bei diesem Lärm denken?«

Er stutzte und starrte mich an. Einen Moment lang verstand ich es nicht. Die Verwirrung in seinem Gesicht war zu aufrichtig.

Er kann es nicht hören.

»Nicht«, wiederholte ich.

»Ich muss«, sagte Gwillam.

Ich sprach nicht mit ihm, aber ich konnte meine Stimme nicht zwingen, mir zu gehorchen, konnte an nichts denken, nur daran, das Geräusch zu übertönen. Ich versuchte, mich genug zusammenzureißen, um die Hand zu senken. Ich würde sie brauchen.

Komm schon, Gray.

Gwillam zog Pinsel und Farbe aus der Tasche seiner Robe und begann, einen Lähmungszauber auf seinen Arm zu schreiben.

Komm schon.

Das Summen füllte mich mittlerweile vollständig aus, überdeckte jede andere körperliche Empfindung, drohte meine Gedanken auszulöschen. Sogar der Schmerz veränderte sich, wurde heftiger, zog sich zu einer glitzernden Spitze mitten in meinem Schädel zusammen.

»Sei bei der Beschwörung sehr präzise«, sagte Acarius. »Wir wollen nicht, dass er hierbei wach bleibt.«

Mach den Mund auf, verdammt.

Gwillam vollendete den letzten Pinselstrich, und ich sprach den Lähmungszauber.

Die Magie sprang von ihm zu mir, ein Ball aus purpurnem Licht, das sich in meiner Handfläche sammelte. Ich hatte exakt eine Sekunde, um zu entscheiden, auf wen ich damit zielen sollte.

»Was …«, sagte Keir, als der Zauber ihn traf. Der Bastard kippte zur Seite wie ein Baum. Die chirurgischen Werkzeuge landeten klappernd neben ihm. Die Runenreihe, die vom Altar ausging, erlosch.

Gwillam versuchte hektisch, den Zauberspruch auf seinem Arm zu verwischen, als ich mich auf seine

Knöchel stürzte und sie umfasste. Er stolperte, fiel hintenüber und trat um sich. »Weg von mir!«

Die anderen Gildlinge kamen auf uns zugerannt. Gwillam wälzte sich auf die Knie, immer noch in mich verwickelt, und tastete nach dem Dolch, den er in einer Scheide am Gürtel trug.

Ich griff nach dem Pinsel und der Farbe. Wenn ich sie irgendwie an Acarius in seinem Kreis weiterreichen konnte, gäbe es vielleicht eine Möglichkeit, hier herauszukommen.

»Lass mich los!« Gwillam packte das Messer, aber ich hatte Farbe und Pinsel. Ich ließ sie über den Boden schlittern. Acarius ging in die Hocke und fing sie auf.

Bumm.

Alle erstarrten und wandten sich der großen, zweiflügeligen Tür am Ende des Saals zu, die gerade in ihren Angeln gebebt hatte.

Bumm.

Der Bienenschwarm erwachte in meiner Brust zum Leben, summte in meinen Zähnen, füllte meinen Schädel mit Stichen. Sie vermischten sich mit dem leisen Vibrieren, das immer noch von den nekromantischen Runen ausging, bis nichts mehr von mir übrig war.

Ich bäumte mich nach hinten auf. Meine Muskeln verkrampften sich. Es gab kein Versteck, keinen Ort, an dem ich sicher vor dem Lärm war. Ich konnte weder atmen noch denken, noch mich bewegen. Die Welt verblasste zu völliger Leere.

»Nicht!«, schrie ich.

Hallo, Liebster, sagte Jaern in meinem Kopf.

FÜNFUNDZWANZIG

Jaern betrat sein Heiligtum, flankiert von den Toten.

Die Marulachs schienen ihm vor allem dazu zu dienen, einen theatralischen Effekt zu erzielen, aber der Lärm von draußen deutete darauf hin, dass sie sich auch mit Keirs Soldaten befassten. Als ein Gildling auf Jaern zurannte und in aller Eile einen Feuerzauber brüllte, streckte der Nekromant einfach den Arm aus, packte ihn an der Kehle und brach so die Beschwörung ab.

»Hör auf damit«, sagte Jaern mild.

Runter, befahl er in meinem Kopf.

Ich presste mein Gesicht auf den Obsidianboden. »Acarius! Runter!«

Im nächsten Augenblick pulsierte eine Wand aus grünem Feuer durch den Saal und zischte nur knapp zwanzig Zoll von mir entfernt über mich hinweg.

Petze.

Als ich die Augen wieder öffnen konnte, wischte Jaern sich die Hand gerade an einem Lappen ab. Er ließ ihn auf einen Lumpenhaufen am Boden fallen, und ich erkannte das Stoffstück als Teil der Robe des Gildlings.

Säure stieg in meiner Kehle auf. Es war kein Lumpenhaufen. Es war alles, was von einem menschlichen Körper übrig war. Das grüne Feuer hatte das Fleisch verbrannt und den Stoff unbeschadet gelassen.

Auf der anderen Seite des Saals hoben die Gildlinge, die sich zu Boden geworfen hatten, vorsichtig die Köpfe. Asche hing in der Luft, und die Ränder des Raums waren mit Kleiderhaufen übersät. Ungefähr acht Gildenzauberer hatten sich nicht rechtzeitig geduckt.

»*Unten bleiben*«, blaffte Jaern.

Niemand schrie. Niemand floh. Sogar Gwillam, der nur ein paar Fuß von mir entfernt auf dem Bauch ausgestreckt gelegen hatte, erstarrte jetzt auf Händen und Knien. Sein Blick fand mich. Er hatte die Augen vor Entsetzen weit aufgerissen. In einer Hand hielt er noch immer ein Messer. Vor allem aber hatte er Brix' Phiole irgendwo in seinen Taschen.

»Hilf uns«, flüsterte er. »Hilf uns!«

Ich kämpfte mich wieder auf die Knie. Vielleicht konnte ich Jaerns Aufmerksamkeit auf mich ziehen, um Acarius Zeit zu erkaufen, sodass er etwas mit der Farbe schreiben konnte, die ich ihm zugeworfen hatte.

»Jaern.« Meine Stimme gehorchte mir nicht. Ich hatte sie mir anscheinend zuschanden gebrüllt; sie ertönte nur noch als heiseres Krächzen. »Hör zu.«

Der falsche Gott stolzierte entspannt und lässig durch den Saal. Er schien überhaupt nicht auf die Zauberer ringsum zu achten, aber ich hätte wetten mögen, dass er ganz genau wusste, wie viele von ihnen da waren und wo sie kauerten. Die Marulachs verharrten an der Tür, eine Wand aus Leichen, bereit, jedem den Schädel einzuschlagen, der dumm genug war, auch nur den Versuch zu machen zu fliehen.

»Verschwende deine Worte nicht.« Jaern kam näher.

Sigillen brannten um seinen Hals herum. Weitere krochen über seine Schulter. »Fleh nicht um Gnade für diese Schwachköpfe. Du wirst sie nicht bekommen.« Er blieb vor Gwillam stehen. Verachtung und Erheiterung rangen in seinem Gesichtsausdruck um die Oberhand. Dann hockte er sich hin wie eine Katze. »Sollen wir den Gildenherrn aufwecken? Kannst du das, Junge? Oder muss ich es für dich tun?«

Gwillam starrte ihn an. »Ich … Ja, ich …«

Jaern lächelte. Mit seinen langen Fingern zog er behutsam den Kragen von Gwillams Robe zurecht. »Sag: Ja, *gnädiger Herr.*«

»J… j… ja …« Gwillams Stimme wurde schrill vor Angst.

»Sag es.« Jaerns Grinsen wurde boshaft. »Sag es, Karnickel.«

»Jaern!«, sprach Acarius.

Ein Schauer überlief Jaerns Körper. Für einen Sekundenbruchteil brach die eisige Fassade auf, und rasender Zorn brodelte durch die Risse. Er biss die Zähne zusammen. »Du existierst nicht, bis ich sage, dass du existierst, Acarius.«

Mein Großvater stand genau in der Mitte seines Gefängniskreises, den feuchten Pinsel zwischen den Fingern. Es war zugleich die sicherste und die gefährlichste Stelle im ganzen Saal. Jaern konnte sich ihm nicht körperlich nähern, aber Acarius konnte auch nicht davonlaufen. Er kritzelte sich Runen auf die Arme und Beine und überall auf seine fadenscheinigen Kleider, so viele, dass ich die einzelnen Zaubersprüche gar nicht auseinanderhalten konnte. »Der Zwist besteht nur zwischen dir und mir«, sagte er. »Warum verschwendest du also Zeit auf diese Leute?«

»*Zwist*. Was für ein reizender Ausdruck dafür.« Jaern hatte sich immer noch nicht umgedreht, um meinen Großvater anzusehen, hatte Gwillam nicht von seinem Schlangenblick erlöst. »Ich warte, Karnickel.«

»Warum möchtest du Keir überhaupt aufwecken?«, fragte ich.

Das brachte Jaern *doch noch* dazu, mir einen Blick zu gönnen. »Damit er Angst empfinden kann.«

»Töte den hier nicht.« Vielleicht konnte ich Jaerns Aufmerksamkeit auf mich gerichtet halten und Gwillam und die kostbare Phiole retten, die er bei sich trug. »Das hast du nicht nötig.«

Jaern musterte mich. »Meine Götter, bist du putzig. Versuchst du immer noch, die Welt zu retten?«

»Nein, du bist derjenige, der die Welt will.« Ich schluckte; es fühlte sich an, als würde ich einen Ball aus Sägemehl hinunterwürgen. »Ich will nur, dass du den hier nicht einäscherst.«

Gwillam, der arme Narr, wählte diesen Augenblick, um davonzukriechen. Jaerns Hand schloss sich um seinen Arm. Sigillen loderten auf der Oberseite von Jaerns Handgelenk und auf jedem einzelnen Finger auf. Die Magie umhüllte Gwillams Unterarm wie ein Handschuh. Sein Fleisch wurde darunter schwarz. Der Brand raste seinen Arm hinauf, erschien an seiner Kehle wieder, kroch ihm ins Gesicht. Ich wartete darauf, dass er anfangen würde zu wimmern und war unfähig, den Blick abzuwenden, aber Gwillam gab kein Geräusch mehr von sich.

Jaern sah zu, wie er zu Boden sackte. »Nicht eingeäschert, Heimchen. Sag ja nicht, dass ich dir keine Geschenke mache.«

Mir brannten die Augen. »Bastard.«

Jaern rümpfte die Nase. »Prüder Kerl.«

Keir erwachte keuchend wieder zum Leben, als der Lähmungszauber sich auflöste. Erst kroch er eilig rückwärts. Dann kam er auf die Beine und starrte Jaern an. Man muss ihm lassen, dass es ihn nur ein paar Sekunden kostete, Jaerns silbernes Haar und seine elegante Bosheit zu bemerken. »Gnädiger Herr! Es ist … Ich hätte nicht gedacht …« Er schien seinen Verstand zurückzugewinnen. »Ich bin dein Diener. Derjenige, der deinen Tempel wiederhergestellt hat.«

»Sieh an.« Jaern erhob sich anmutig. Er blickte sich im Saal um, ohne Tod und Furcht zu beachten. »Wandteppiche«, sagte er nach einer Weile. »So etwas gab es in meinen Tempeln nie.« Er stieß mit einem Zeh die Runenreihe auf dem Boden an. »Und du hast ein Ritual in Gang gesetzt, ohne irgendetwas darüber zu wissen.«

»Es tut mir leid.« Keir sah in der Tat so aus, als würde er seinen gesamten Werdegang bereuen.

»Du kannst Grays Seele nicht ohne einen Tod entfernen.« Jaern packte mich beim Kragen und schleifte mich zurück zur Spirale, wo er mich mit Nachdruck absetzte. »Nicht *seinen* Tod, verstehst du? Das würde dem Zweck zuwiderlaufen. Jemand muss sterben, auf den es nicht allzu sehr ankommt. Gewissermaßen ein Menschenopfer.«

»Ich kann einen Sklaven zur Verfügung stellen«, bot Keir an.

»Wie schlau von dir.« Jaern pfiff, und die Marulachs an der Tür gerieten in Bewegung.

Vier der wandelnden Toten marschierten in den Saal. Als ich den Hals reckte, sah ich, dass sie zwei lebende Menschen zwischen sich führten. Einer war Lorican, der zwar blass war und ein paar blaue Flecken aufwies, aber ansonsten unversehrt wirkte. Der andere war Makesh, der Gebieter der Sklaven – oder war vielmehr Makesh *gewesen*. Die Marulachs schleiften ihn mit, und er war bis zum Wahnsinn und darüber hinaus in Panik, aber er stieß keinen Laut aus. Er konnte es nicht, obwohl er es versuchte.

»Was ist mit seinem Mund los?«, platzte Keir heraus, obwohl jeder sehen konnte, was das Problem war: Makeshs hatte keinen Mund. Dort, wo sich Lippen und Zähne hätten befinden sollen, war nur eine braune Narbe.

»Er wollte einfach nicht das Maul halten.« Jaern musterte stirnrunzelnd den Zauber auf dem Boden. »Das hier ist ungeschickt bis hin zur Inkompetenz.« Sein Blick huschte zu mir. »*Du* hattest da nicht die Finger im Spiel, das sehe ich. Wie ist das, wolltest du ihn einfach fröhlich Schindluder mit unseren beiden Seelen treiben lassen, nur um festzustellen, was passieren würde?«

»Beiden?«, wiederholte Acarius.

Zum ersten Mal sah der falsche Gott meinen Großvater an, und er wirkte wie gebannt. Ich hatte mit Hass oder vielleicht Schadenfreude gerechnet. Stattdessen zuckte sein Gesicht vor schierer, schmerzlicher Trauer.

»Es war nicht meine Idee«, sagte Jaern. »Für mich

ist es alles andere als angenehm, so nahe bei einem Verstand zu sein, der deinem derart ähnelt.«

»*Angenehm.*« Unterschwellige Wut brannte in Acarius' Stimme. Er pirschte sich langsam an den Rand seines Gefängnisses an. »Du hast allein heute wie viele – vierzig oder fünfzig? – Menschen getötet? Und noch mehr gefoltert? Und du hast vor, meinem Enkel etwas zuleide zu tun …«

»Er ist nicht dein Enkel«, unterbrach Jaern ihn. »Und bildest du dir etwa ein, ich wäre so blind, dass ich nicht wüsste, was du geschrieben hast, während ich dir den Rücken zugewandt habe? Ist das der Grund dafür, dass du dumm genug warst zu glauben, ich würde es nicht spüren, dass du die Augen aus meinem Mosaik entfernt hast?«

»Und bist du deinerseits dumm genug, von mir zu erwarten, *Mitleid* mit dir zu haben?«

»Nein«, stieß Jaern hervor. »Ich erwarte nichts, denn das ist alles, was du mir je gegeben hast. Ich nehme mir, was ich brauche. Ich weiß, was ihn zu etwas Besonderem macht und ihn von den vielen Hundert anderen Nachfahren unterscheidet, die du wahrscheinlich inzwischen hast. Nicht dein Enkel, Acarius. Dein Ur-ur-und-so-weiter-bis-es-lächerlich-wird-Enkel. Du hättest ihn nicht lieben müssen. Aber der hier ist derjenige, der aussieht wie du. Derjenige, der dein Talent hat. Derjenige, der dich gebraucht hat.« Er grinste. »Also nehme ich ihn.«

»Du kannst mich nicht haben«, sagte ich. Sie ignorierten mich beide.

»Nichts von alledem hier war unvermeidlich.« Jaern

schritt auf Lorican zu. Er packte den Irrläufer beim Haar und riss ihn von den Marulachs weg, um ihn zu Acarius umzudrehen. »Das hier?« Er schüttelte Lorican wie ein Terrier eine Ratte. »*Das hier* hast du also mit dem Wissen getan, das ich dir geschenkt habe? Du scheust keine Kosten und Mühen, um Hunden das Leben zu retten. Du hast meine Gabe herabgewürdigt.«

»Lass mich los!« Lorican wand sich und griff nach Jaerns Gesicht. »Du Bastard!«

»Oh, bei den Göttern, sei still.« Jaern legte Lorican die freie Hand auf den Mund. Runen flammten auf dem Handrücken auf. Loricans Augen rollten in seinem Kopf nach hinten, und er erschlaffte, hing in der Luft wie ich, als Jaern mein Knie zerstört hatte. Jaern trat zurück. Er streichelte den schwarzen Anhänger, der auf seiner Brust glitzerte. »Wie soll ich ihn töten, Acarius? Soll ich ihn benutzen, um Heimchens Seele zu entfernen, oder soll ich ihn einfach in Flammen aufgehen lassen?«

»*Nein!*« Acarius hechtete an den Rand seines Kreises.

»*Nein*«, wiederholte Jaern mit einem hämischen Lächeln. »Ich habe alles für dich getan, dir das ewige Leben geschenkt. Du hättest mich nicht einsperren sollen, allein, lebendig im Dunkeln begraben. Danach darfst du nicht mehr einfach *Nein* sagen. Das hier ist deine Schuld. Es wird alles deine Schuld sein.«

Acarius' Worte knallten wie eine Peitsche, beleidigend, wohlberechnet. »Du glaubst also, es wäre ein Geschenk gewesen, so lange zu leben, du blinder Narr? Du bist erbärmlich.«

Jaern durchquerte den Raum so schnell, dass sein Körper verschwamm. Mit einer einzigen Bewegung zerstörte er den Rand des Kreises, packte Acarius am Arm und riss ihn heraus. Einen Moment lang standen sie Nase an Nase beieinander, fast wie Liebende kurz vor einem Kuss.

»Dann komm und töte mich«, sagte Jaern, und es begann.

Acarius schaffte es, den ersten Zauber zu wirken, einen Feuerstrom, der sich aus der Mitte seines Brustkorbs auf Jaern ergoss. Ein Teil seines zerlumpten Hemds glomm, wo die Runen, die er geschrieben hatte, noch feucht waren.

Jaern wirbelte herum wie ein Tänzer, fing das Feuer mit einer Hand auf und zog es wie Seide zwischen seinen Fingern in die Länge. Binnen einer Sekunde hatte er es in ein brennendes Netz verwandelt, das er zischend zurück zu Acarius warf.

Mein Großvater, den ich immer für alles andere als gelenkig gehalten hatte, sprang in die Luft, um dem Netz auszuweichen. Dann ging er in die Hocke und ließ einen Schwarm aus glühenden purpurfarbenen Spinnen auf Jaerns Füße los.

Jaern lachte. Er wandte sich zur Seite. Garben grüner Blitze brachen aus seinen Handflächen hervor. Die Spinnen verglühten zu nichts, während die Blitze über den Boden zuckten und Acarius zwangen, noch einmal hochzuspringen.

Das Tempo beschleunigte sich. Sie bewegten sich wie Fechter und unterbrachen ihre Sprechgesänge nie, sodass Zauber um Zauber durch die Luft knisterte. Der

Saal stank nach den schädlichen Ausdünstungen der Magie und dem Angstschweiß der Lebenden, die sich an die Wände duckten.

Ich kroch unter Schmerzen auf Gwillams Leichnam und Brix' Phiole zu. Nicht, dass ich wusste, wie ich sie in Sicherheit bringen sollte, sobald ich sie hatte, aber wenigstens würde sie so nicht in der Tasche eines Marulachs enden.

Rosafarbene Wellen peitschten umher, und ich presste mich kurz auf den Boden. Die Magie, die über mir pulsierte, entzog der Luft die Wärme, sodass mir der Atem vor den Lippen gefror. Als Nächstes brandete eine Welle aus Silber durch den Raum, die dafür sorgte, dass ein Großteil der Anwesenden sich übergab. Jaern hingegen kicherte nur.

»Du hast *geübt*, seit ich nicht mehr da bin«, sagte er entzückt.

Ich schob mich zollweise vorwärts. Gwillams blicklose Augen, die gekochten Zwiebeln glichen, schienen mich zu beobachten, umgeben von Lidern, die zu einem Großteil aus Kohle bestanden. Ich schluckte und staunte, wie schwer es mir fiel, die Hände in die Kleidung eines toten Mannes zu schieben.

Als Erstes fand ich einen billigen Dolch. Ich riss die Scheide ab und legte das Messer in die Hand meines gebrochenen Arms, froh, dass ich die Finger noch darum schließen konnte – wenigstens mehr oder minder. Mit zusammengebissenen Zähnen wühlte ich in Gwillams Taschen herum, bis ich das kühle Glas von Brix' Phiole berührte.

Wenn ich jetzt noch Farbe und einen Pinsel

auftreiben könnte, wäre ich zumindest in der Lage, Jaern so lange abzulenken, dass Acarius einen Treffer landen konnte.

Wie loyal, sagte Jaern in meinem Kopf. *Jetzt sieh hin.*

Ich wälzte mich auf die Seite, die Phiole an mich gedrückt, die Augen weit aufgerissen.

Und Acarius verlor.

Jaern öffnete die Lippen und atmete einen Strom aus silbernem Licht aus, der sich durch die Luft ringelte und Acarius' Mund traf. Er keuchte auf, unmittelbar bevor eine Welle der Erschütterung von ihm ausging. Der ganze Saal bis auf mich, Makesh und die Marulachs erstarrte wie gelähmt.

Makesh war zu Boden gesunken, ohnmächtig oder benommen vor Angst. Was die Marulachs anging, machte sie die Tatsache, dass sie keine Seelen hatten, offenbar immun. Aber die Übrigen – Lorican, Keir, die Gildlinge, alle miteinander – gerieten gemeinsam in den Zauber und wurden zu Stein. Ich hatte Augen für niemanden außer Acarius.

Seine Haut verlor ihre Farbe. Erst wurde sie grau, dann weiß und glänzend. Seine Kleider folgten und verhärteten sich. Am Ende war mein Großvater nur noch eine Marmorstatue mit lebendigen Augen, und es wurde still im Tempel.

SECHSUNDZWANZIG

Jaern wandte sich mir zu. Seine Augen waren rot gerändert. Eine seiner Pupillen war auf die Größe einer Stecknadelspitze zusammengeschrumpft, die andere war stark geweitet. Er musste einen Zauberspruch abbekommen haben, wahrscheinlich einen, der jedem anderen den Schädel zerschmettert hätte. Das verlieh seinem Gesicht ein seltsam schiefes Aussehen im Kontrast zu der ansonsten so starren Symmetrie.

Makesh lag dort, wo er hingestürzt war, wie ein Fötus zu einer Kugel zusammengerollt am Boden neben dem Altar und wiegte sich.

Ich versuchte ein letztes Mal, mich aufzusetzen.

Jaern durchquerte den Raum mit derselben flinken Geschmeidigkeit wie zuvor und streckte die Hand aus, um mir aufzuhelfen. Ich schwang den Dolch blind, ohne nachzudenken. Er verfing sich an seiner Brust und riss eine Wunde von der Hüfte bis hoch zur Schulter. Jaern umfasste mein Handgelenk mit einer Hand und hielt es von sich weg. Die gebrochenen Knochen in meiner Schulter knirschten.

Ich schrie und wartete darauf, dass der Schmerz nachließ. Das tat er nicht. Ich konnte mich nicht von Jaern losreißen. Ich konnte meine Lunge nicht wieder füllen und sog krampfhaft Luft in meine Kehle.

Das hier war meine Schuld. Ich hätte allem ein Ende setzen sollen, bevor wir Cor Daddan erreicht hatten. Ich hätte ihn nie aus dem Gefängniskreis lassen sollen.

»Du hyperventilierst, Wickelkind.« Er ließ mich für ein paar Augenblicke zappeln. »Lass es raus.«

Er blutete nicht. Seine Kleider blieben zerschnitten, aber die Wunde schloss sich. Ihre Ränder verschmolzen miteinander wie Sand unter Wellen. Runen loderten auf dem Rücken der Hand auf, die meine umfasst hielt. Ich hätte vor Enttäuschung weinen mögen.

Der Zauber ergoss sich in meinen Arm. Der schwarze Anhänger um Jaerns Hals pulsierte und summte. Zum zweiten Mal in meinem Leben machte er die zerbrochenen Teile meines Körpers wieder heil. Meine Knochen verschoben sich unter meiner Haut. Die Bänder in meiner gebrochenen Schulter und meinem zerstörten Knie kehrten ruckartig an ihren angestammten Platz zurück. Der Gott reparierte meinen Körper, machte ihn bereit, jahrhundertelang bewohnt zu werden.

»Das ist mir gleich«, sagte ich. »Ich töte dich trotzdem.«

»Versuch es, wenn es dich glücklich macht.« Jaern zog mich auf die Beine. »Rette die Welt. Die Zeit dazu wirst du haben. Jetzt geh rückwärts.«

»Nein.«

»Wie störrisch.« Er packte mich an der Kehle. »Das ist nicht der rechte Zeitpunkt dafür. Kehr zurück auf die Spirale, damit ich Makesh ausbluten und alles ordentlich in Gang setzen kann.«

»Nein.«

Seine Hand drückte zu, gerade genug, um Panik in

mir aufkeimen zu lassen. »Geh rückwärts«, sagte er ausdruckslos, »sonst zerschmettere ich die Phiole, die du da hältst, zu Staub.«

»Lass sie aus dem Spiel.« Meine Finger schlossen sich fester um Brix' Phiole. Ich hatte auch an ihr versagt. Ich hatte alles unternommen, um zu verhindern, dass sie gefangen genommen wurde, hatte mein Bestes gegeben und war dennoch gescheitert.

»Ich bin nicht derjenige, der sie ständig mit hineinzieht, oder?« Jaern versetzte mir einen Stoß. »Geh.«

Ich wich zurück.

»Gut.« Er folgte mir, führte mich zu der Spirale und sprach unterwegs den Zauber aus.

Eine nach der anderen leuchteten die auf meinen Körper gemalten Runen auf. Die Magie hakte sich in die Runen am Boden ein, hielt mich wirksamer fest als jede Kette. Einen Schritt zu machen hätte nichts bewirkt, als mir Fleischbrocken von den Knochen zu reißen.

Mein Mund füllte sich mit Blut. Ich musste es entweder schlucken oder ausspucken, wenn ich etwas sagen wollte, und ich wollte verdammt sein, wenn ich es schluckte. Der rote Klecks, der auf dem Boden landete, wies Streifen in leuchtendem Schwarzblau auf. Der nekromantische Zauber ergriff Besitz von mir. Ich hatte nicht mehr viel Zeit.

Jaerns Hand löste sich von meiner Kehle. Etwas, das ich nicht ganz einordnen konnte, huschte über sein Gesicht. Der Ausdruck wirkte fast ... verspielt. »Hast du das absichtlich getan?«

»Was?«, fragte ich. »Blut gespuckt?«

»Dir die Lippen geleckt.«

Langsam wurde mir klar, dass der Gott inmitten des ganzen Gemetzels mit mir *tändelte.*

»Jaern«, sagte ich bloß.

Einen Moment lang schien er das Ritual zu vergessen und musterte forschend meine Miene. »Willst du mir einen Korb geben, Heimchen?«, fragte er leise. »Ohne auch nur darüber nachzudenken? Wenn dieser Körper ein Problem darstellt, kann ich jederzeit einen anderen beschaffen. Einen blonden, wenn es dir lieber ist.«

Ich biss die Zähne zusammen. »Du glaubst, dass der *Körper* das Problem ist? Nach dem, was du gerade getan hast? Nicht alle hatten es verdient zu sterben.«

»Jeder hat es verdient zu sterben«, widersprach er ungeduldig. »Sogar du, sogar ich. Werde nicht unsachlich. Ich verlange nicht viel, und ich biete dir im Gegenzug nicht gerade nichts an. Du sagst, dass du nichts anbetest, aber der Name deines Gottes steht auf allem geschrieben, was du tust – auf allem, was du fürchtest. Wenn du glaubtest, dass er dich hören könnte, würdest du sogar zu ihm beten. Du würdest leiden, um dich seiner würdig zu erweisen. Du leidest jetzt schon.« Er beugte sich näher zu mir. »Willst du wissen, was du anbetest? Was dir am wichtigsten ist?«

»Nein«, sagte ich.

»Die Liebe.« Seine tiefe Stimme ließ die Worte wie eine Glocke ertönen. »Du sehnst dich so sehr nach ihr, wie ein Kind sich nach seiner Mutter sehnt.«

Ich wandte das Gesicht ab. Nicht, dass es einen

Unterschied gemacht hätte. Ich spürte seinen Blick noch immer auf mir ruhen.

»Du hängst an dem Mädchen«, murmelte er. »Gut, über Geschmack lässt sich nicht streiten. Nach dem Ritual kannst du sie haben. Ich helfe dir, sie aus der Flasche zu holen – es heilt die Dschinnleute, wenn sie sich mehr oder minder starr unter Glas aufhalten. Ich bringe dir sogar bei, sie wieder in die Flasche zu stecken, wenn du möchtest. Es hat keinen Sinn, Wutanfälle zu bekommen, wenn du einfach freundlich darum bitten kannst.«

»Ich bin nicht dumm«, sagte ich. »Du kannst sie nicht ausstehen. Warum solltest du ihr helfen? Was würde für dich dabei herausspringen?«

»Ich helfe nicht *ihr.*« Er rollte die Augen. »Ich bekomme dasselbe, was ich dir schenke. Die Ewigkeit in der Gesellschaft eines Menschen, der mich versteht. Ich rechne damit, dass wir beide gelegentlich … Ablenkung suchen werden. Aber dreißig oder vierzig Jahre sind nicht allzu lang, wenn man Jahrhunderte vor sich hat.«

Ich zog wieder an meinem Handgelenk.

Seine Hand rührte sich kein bisschen. »Ich kann es mir leisten zu warten.«

»Lass mich los«, forderte ich.

»Lieber nicht«, gab Jaern zurück. »Erst wenn ich die Versicherung habe, dass du diesen Vorgang erschwerst. Du glaubst immer noch, dass die Frau dir dankbar sein wird, wenn du mich tötest und ihr dieses Gör von einer Schwester zurückgibst. Das wird sie nicht. Sie wird ein paar Liebkosungen von dir erdulden, aber dann wird sie ihre Schwester an die Hand nehmen und gehen. Selbst wenn ich mich irre und du ein ganzes Leben mit ihr bekommst, wird sie sterben. Du wirst allein sein, so wie ich. Du verstehst nicht, wie das ist, auf welche Art die Einsamkeit einen verzehrt.«

Ich prustete. »Einsam? Du?«

»Er ist gestorben.«

Ich versteifte mich. Der nackte Schmerz in den drei Wörtern war zu groß, um auf einen bloßen Lehrling verschwendet zu werden. Die Qual, das Leid – ich kannte sie. Die abscheuliche *Verletzlichkeit.* So hatte ich mich gefühlt, als Brix mich verlassen hatte.

Ich sprach so behutsam, wie ich nur konnte. »Du meinst …?«

»Acarius, ja.«

»… ist gestorben?«

Jaern musterte mich aus halb geschlossenen Augen. »Vorübergehend.«

Warum hatte Acarius mir nie davon erzählt? Ich hätte ihn besser kennen und die Mosaiksteinchen schneller zusammensetzen sollen. »Du hast ihn geliebt.«

»Jeder«, sagte Jaern leise, »betet etwas an, Heimchen. Ich hatte ein paar Dutzend Jahre. Ein Weilchen. Einen Wimpernschlag. Und dann lag er im Sterben. Wollte nicht zulassen, dass ich es verhinderte. Wollte mich seine Seele nicht in einem neuen Körper in Sicherheit bringen lassen. Er sagte, es sei eine Sünde.« Jaerns Finger gruben sich in meine Haut. »Eine *Sünde.* Einen Körper irgendeinem Narren abzunehmen, der ihn ohnehin nicht zu schätzen wusste, und ihn zu benutzen, um eine Seele wie die seine zu bewahren. Was sollte ich da tun?« Er machte eine Kunstpause, als rechnete er halb damit, dass ich ihm eine Antwort geben würde.

Aber ich hatte keine Antworten. Ich konnte noch nicht einmal meine eigenen Einwände geordnet formulieren. Wie konnte jemand, der solche Angst vor dem Tod hatte, ihn am Ende trinken?

»Es ist kein großer Sprung vom Spielen mit Puppen aus Knochen zur Herstellung von Körpern, wie ein Schneider einen Anzug anfertigt«, sagte er. »Es ist nicht meine Schuld, dass ich ein guter Schneider bin. Und du siehst aus, wie er früher aussah. Ich dachte, ich hätte Halluzinationen, als ich dich zum ersten Mal erblickte … als ich das vor Augen hatte, was ich am meisten wollte, als ich halb wahnsinnig im Dunkeln ausharrte. Bei den Göttern, du siehst aus wie er.«

»Ich bin nicht er«, sagte ich.

»Ich weiß«, erwiderte Jaern, aber er wusste es nicht – nicht wirklich.

»Und ich hatte schon gehofft, meine schillernde Persönlichkeit hätte für dich den Ausschlag gegeben.«

Das durchbrach die Trance. Er blinzelte und grinste dann. »Nun ja, ich gebe zu, dass du ohne dein Mundwerk weniger interessant wärst.«

»Lässt du mich jetzt los?«

Er zog die Augenbrauen hoch. »Spielst du denn jetzt brav mit?«

»Nein«, sagte ich.

Das Grinsen wurde breiter, voller Zähne, bissig.

»Dann kann ich mich wohl eigentlich nicht beschweren.«

»Wie hast du es überhaupt bei Acarius geschafft? War er bewusstlos, betrunken oder was?«

Jaern zuckte die Schultern. »Er hat sein Bestes getan, es mir unmöglich zu machen. Es ist schwierig, eine Seele zu versetzen, die nicht versetzt werden will. Aber ich habe es trotzdem getan. Ich war vielleicht … ein bisschen wütend auf ihn.«

»Du hast ihn überlistet«, sagte ich.

»Ich dachte ganz im Ernst, er würde mir vergeben. Aber das tat er nicht.« Sein Blick fiel auf den Dolch. »Wozu das Messer? Du kannst mich damit nicht verletzen.«

»Für nichts. Lass meine verdammte Hand los.«

»Ein Selbstmord nützt dir auch nichts.« Er kniff die Augen zusammen. »Ich lasse dich nicht endgültig sterben. Das Ritual ist so gut wie komplett. Ich fange deine Seele ein und versetze sie.«

»Ich will nicht sterben.« Ich meinte es ernst. Ich war sechsundzwanzig, und ich wollte den Rest meiner Jahre erleben. In dem Maße teilte ich seine Furcht. Schließlich hatte ich mein ganzes Leben damit verbracht, darauf hinzuarbeiten, dass ich Unvorhersehbarkeiten verhinderte. Und wenn der Tod eines war, dann unberechenbar. Ausgelöscht zu werden würde schlimm genug sein, aber was, wenn das Sterben keine Stille bedeutete? Was, wenn die Priester recht hatten und es nichts als die Art von Dunkelheit war, die Geister hervorbrachte?

Er ließ mein Handgelenk los. »Du wärst nicht das erste Genie, das ein Martyrium für reizvoll hält.«

Es gab keinen Ausweg, diesmal nicht. Er würde mich zwingen zuzusehen, wie mein Leben endete und mein Unleben begann. Schlimmer noch, er würde mich zwingen zuzusehen, wie er wie eine Sense durch die Welt schnitt, noch mehr Kinder zu Waisen machte, noch mehr Herzen brach.

»Ich bin kein Genie.« Ich spielte mit dem Dolch und erinnerte mich an den ersten Streit, den ich mit Jaern gehabt hatte – vor einem ganzen Leben, in der Dunkelheit eines anderen Tempels. Was hatte ich gesagt?

»Ich habe dir geglaubt, als du behauptet hast, Keir hätte Acarius die Seele genommen.«

Er dachte darüber nach und räumte dann ein: »Es war noch nicht einmal eine besonders gute Lüge. Natürlich hatte *ich* Acarius die Seele genommen, bevor er mich einsperrte. Keir ist nichts. Ich habe den Namen aus deinem unterhaltsamen Verstand gezogen, als ich dich das erste Mal berührt habe.«

Etwas flackerte in meinem Hinterkopf auf.

Man kann Körper und Seele nicht voneinander trennen. Das hatte ich gesagt, arroganter Dreckskerl, der ich war. Warum hatte ich das geglaubt? *Man kann Körper und Seele nicht voneinander trennen.* Was hatte er darauf erwidert?

»Das kann man nicht«, sagte ich mechanisch.

Er lachte. »Natürlich kann man das, Wickelkind.«

Meine Erinnerung war schlagartig wieder an Ort und Stelle.

Natürlich kann man das, Wickelkind. Was glaubst du, was ein Dolch in die Kehle bewirkt?

»Jetzt verstehen wir einander.« Jaern streckte die

Finger mit der Präzision eines Musikers aus. »Wir sollten beginnen.«

Es gab doch einen Ausweg. Einen einzigen.

»Deine Seele kommt bei dem Ritual als erste heraus?«, verlegte ich mich aufs Fragen, bis ich wusste, was ich selbst wollte. Götter, ich wollte das hier nicht tun. Furcht durchflutete meine Adern, so umfassend, dass ich mich fast ruhig fühlte. Es war ungerecht, dass ich mich entscheiden musste.

»Offensichtlich. Sie ist die älteste.« Er studierte Keirs Runenreihe. »Ich muss nur erst diesen ungeschickten Ansatz hier reparieren.«

»Und wann kommt das Menschenopfer ins Spiel?«

»Es aktiviert in ein paar Minuten die Runen auf dem Altar. Es bewirkt, dass die Seele in die Phiole strömt, statt sich direkt ins Jenseits zu begeben. Worauf es ankommt, ist, genug Blut zu haben, um alle Kanäle zu füllen.« Er warf einen Blick auf Makesh. »Aber es ist wohl kaum ein *Menschen*opfer, nicht wahr? Ich wollte eigentlich Lorican verwenden, aber das ist jetzt nicht mehr möglich. Zum Glück brauchen wir ihn nicht. Ist das eine Einwilligung, Gray?«

Lorican. Noch ein Mensch, der versucht hatte, freundlich zu mir zu sein. Noch eine Statue, die erstarrt und mit entsetzter Miene dastand. Noch ein Mensch, bei dem ich versagt hatte.

Ich biss die Zähne zusammen. »Meine Einwilligung ist dir nicht wichtig.« Aber was, wenn ich Jaern das Ritual vollenden ließ? Ich konnte ihn hinterher immer noch töten, wenn ich Zeit gehabt hatte, nachzudenken und zu lernen. Es war sogar möglich, dass ich ihn für eine Weile zügeln könnte, oder nicht? Ich konnte ihn überreden, mir etwas über den Zauber beizubringen, der Acarius, Lorican und all die armen, einfältigen Gildlinge band – sogar Keir. Vielleicht gab es ja einen Weg, ihn rückgängig zu machen.

Ich zwang mich, noch eine Frage zu stellen: »Und danach nimmst du mir das Herz heraus?«

»Während Acarius und Lorican zusehen, ja.« Er wedelte mit der Hand. »Eine nette Einzelheit, findest du nicht?«

Also war mein Großvater *wirklich* noch am Leben und innerhalb seiner Steinhaut bei Bewusstsein. Mein Brustkorb zog sich zusammen, aber ich hatte keine Zeit für dieses neuerliche Entsetzen. Wenn ich es mir nicht anders überlegte, würde ich bald wissen, ob ich richtig geraten hatte oder nicht. Acarius und Lorican und alle anderen würden frei sein. Wenn ich mich irrte …

Theorie. Darauf lief es hinaus. Wieder einmal. Nur schiere, verrückte *Theorie.*

»Du bist ein Bastard«, sagte ich.

»Du wiederholst dich.« Jaern hob die Puppe hoch und fügte den Obsidian in ihre leere Augenhöhle ein. Geistesabwesend wiegte er sie in der Armbeuge. Dann nahm er Keirs heruntergefallene Farbe und seinen Pinsel an sich, ging in die Hocke und begann, die Ränder der Sigillen aufzufrischen. Sie waren noch dunkel. Das hieß, mir blieben gerade mal ein paar Augenblicke für meinen nächsten Spielzug. »Übrigens solltest du dich hinsetzen, sonst fällst du um.«

Ich musste es nicht tun. Ich konnte aufhören zu

kämpfen. Ich konnte ein bisschen Frieden haben, um zu lesen, zu lernen und mit meinem Verstand etwas Gutes zu bewirken. Vielleicht konnte ich sogar Brix haben – konnte ein Leben haben. Womöglich konnte ich die Welt vor Jaern beschützen, dafür sorgen, dass er abgelenkt war.

Ich muss es nicht tun.

Brix.

Ich sah auf die Phiole hinab, die ich in der Hand hielt und die sich unter meinen Fingerspitzen warm anfühlte. Ich konnte sie herausholen, aber dann würde ich ihr früher oder später alles erklären müssen. Auch wenn ich es über mich brachte zu lügen, würde sie die Wahrheit irgendwann aus mir herausbekommen, und dann würde ich dastehen und ihr in die Augen sehen müssen.

Was für ein Idiot war ich doch, dass ich geglaubt hatte, eine Wahl zu haben.

»Gray«, sagte Jaern sanft. »Setz dich hin.«

Langsam ließ ich mich auf die Knie sinken. Ich legte Brix' Phiole auf den Boden neben mich, wo sie hinterher leicht zu erreichen sein würde.

»Du irrst dich übrigens.« Jaern hielt inne, den Pinsel zwischen den Fingern. »Dein Einverständnis ist mir sehr wohl wichtig. Ich wünschte, du wärst willig. Wenn du es bist, wird es nicht wehtun. Das kann ich dir schenken – es wird nicht wehtun.«

Ich wusste, dass er versuchte, freundlich zu mir zu sein. Vielleicht war das der Grund dafür, dass ich ihn sogar jetzt nicht wirklich hassen konnte. Auch Jaern war süchtig nach Magie.

»Es tut sehr wohl weh.« Ich verstärkte meinen Griff um das Heft des Dolchs. »Ich habe höllische Angst.«

»Das musst du nicht.« Er richtete sich auf. »Es wird alles gut.«

»Nein, wird es nicht.« Ich packte das Messer mit beiden Händen, setzte die Spitze unter meinem Brustbein an und stieß zu.

»*Halt!*« Er hechtete auf mich zu.

Warme Flüssigkeit ergoss sich über meine Hände. Der Schmerz war wie eine Lanzette durch meine Mitte, die in der Hitze, dem metallischen Gestank und der Furcht unterging. Ich ignorierte sie und konzentrierte mich auf Jaern.

Fall um. Fall um.

Trotz all seiner Schnelligkeit hatte Jaern nur noch die Zeit, zwei Schritte auf mich zuzumachen, bevor er strauchelte. Er starrte mich an, die scharlachrote Pfütze, die sich unter meinem Körper bildete, und schließlich seine eigenen verräterischen Füße.

Fall um, verdammt.

Ich sog stockend Luft ein, als sich etwas aus meinem Inneren losriss, sich Faden um Faden auflöste.

»Gray, wie …« Er streckte die Hände vor sich aus. »Gray. Meine Seele. Ich habe sie nicht … Ich … Ich …«

Angst. Er hatte Angst.

Atme. Es verlangte so viel Nachdenken, meine Lunge in Bewegung zu halten, mir dabei nicht die Eingeweide aus dem Leib zu husten und nicht das Bewusstsein zu verlieren. Ich musste nur am Leben bleiben, bis die letzte Spur seiner Seele mich verließ, und ich musste herausfinden, wie ich noch mindestens einmal sprechen konnte. Ich würde nicht zulassen, dass meine letzten Worte Leid verursachten, nicht mal dann, wenn es *Jaerns* Leid war.

Atme.

»Nicht … allein«, sagte ich.

Jaern lächelte, zärtlich, verloren.

Und er starb.

Sekunden nachdem Jaern umgefallen war, sackte ich hintenüber. Mein Kopf prallte auf den Steinboden. Zu verbluten dauerte länger, als ich erwartet hatte, aber Jaern hatte recht gehabt. Im Großen und Ganzen tat es nicht weh.

Aber mir war kalt, als ich auf dem glasgleichen schwarzen Boden lag. Ich hatte nicht geahnt, dass einem überhaupt so kalt sein konnte.

Geräusche breiteten sich um mich herum aus.

Ein Teil von mir wusste, dass die Zauber des Nekromanten sich auflösten. Die Marulachs gingen nieder wie totes Laub in einem herbstlichen Wald, als sie zu Leichen zurückverwandelt wurden. Leute, die zu Statuen erstarrt waren, gewannen ihre Menschlichkeit zurück, stöhnen und weinten. Jemand – wahrscheinlich Makesh, dessen Mund wiederhergestellt war – kreischte los.

Und mir war kalt.

Hände tasteten unbeholfen an dem Dolch herum und hielten dann inne. »Ich kann ihn nicht herausziehen. Dann verblutest du nur umso schneller. Was hast du dir nur dabei gedacht? Was …«

Acarius. Also war es mir tatsächlich gelungen. Ich

hatte ihn gerettet. Mit ein wenig Anstrengung gelang es mir, etwas aufzusetzen, das hoffentlich ein beruhigendes Lächeln war, obwohl mein vorherrschendes Gefühl ein gewisser Ärger darüber war zu sterben. Ich war noch nicht *fertig*. Es war ungerecht.

»Heimchen, was hast du nur getan?«, fragte Acarius.

Ich griff mit glitschigen Fingern nach Brix' Phiole. Acarius nahm sie mir ab.

»Sie …«, flüsterte ich. »Raus …«

»Ich setze dem ein Ende.« Acarius schluchzte. »Ich erhalte dich am Leben. Heimchen …«

Schon gut. Hol sie raus.

Ich wollte es sagen, konzentrierte mich sogar sehr. Aber die Last auf meiner Brust war zu schwer.

Doch Acarius tat, worum ich ihn gebeten hatte, und fummelte an der Phiole herum. Er brauchte ein paar Sekunden, um die Zinnringe richtig anzuordnen. Ich kämpfte darum, die Augen offenzuhalten.

Jemand keuchte auf. Dann war Brix an meiner Seite, warm, unversehrt, und umfasste mein Gesicht. »Gray.«

Schon gut.

Ich konnte es ihr nicht sagen. Ich hatte zu viel Blut im Mund. Ich erstickte. Sie streichelte mir die Wangen, sanft, so wie man einen Säugling trösten würde.

»Hilf mir«, sagte Acarius. »Ich brauche noch ein Paar Hände. Lorican, hilf mir! Schleif das hierher!«

»Gray, es tut mir leid«, sagte Brix.

Endlich bekam ich genug Luft. Endlich lagen mir die Worte auf der Zunge. »Liebe …«

Ich hustete. Etwas zerriss in meiner Brust. Wärme durchflutete meine Eingeweide.

»Hierher! Sofort!«, rief Acarius. Etwas Kaltes und Metallisches berührte meine Lippen, aber ich sah nicht, was es war. Er stimmte einen Sprechgesang an.

Ich musste noch einen Atemzug zustande bekommen. Den letzten. Ich wusste, dass es der letzte war.

»Brix, ich liebe …«

SIEBENUNDZWANZIG

»... dich«, sagte Jaerns Stimme.

Ich brach erschrocken ab.

Nichts tat weh. Das leuchtete mir nicht ein.

Acarius, Lorican und Brix starrten mich aus der Nähe an. Sie waren alle über einen Leichnam am Boden gebeugt gewesen. Acarius hielt die goldene Puppe und eine leere Glasflasche in der Hand. Keir Esras höchstpersönlich stand ein kleines Stück von ihm entfernt und gaffte mit offenem Mund die Person an, mit der sie sich befassten.

Acarius erholte sich als Erster und kam vorsichtig auf die Beine. »Heimchen?«

»Was?« Mit meiner Stimme war nach wie vor etwas nicht in Ordnung. Und aus irgendeinem Grunde hatte ich mich aufgesetzt. Ich konnte mich nicht erinnern, mich aufgesetzt zu haben. »Wie bin ich hierhergekommen?«

Acarius machte einen Schritt vorwärts. Auf dem Boden hinter ihm lag mein Leichnam. Das Messer ragte immer noch aus meiner Brust.

Ich war tot.

»Na, na, es ist nicht so schlimm, wie es sein könnte«, sagte Lorican, richtete sich auf und stellte sich neben Acarius. »Gerat nicht in Panik.«

Ich sah an mir selbst hinab – und geriet trotz des guten Ratschlags sofort in Panik. Nach und nach betastete ich meine Arme, meine Beine, meine Brust – allesamt neu, allesamt vertraut, allesamt perfekt, übersät mit Zaubersprüchen, die unter der Alabasterhaut schlummerten. Ich kämpfte mich auf die Beine, erprobte den Boden unter mir. Es war alles Übelkeit erregend echt. »Verdammt!«

»Es war der einzige unversehrte Körper, den wir zur Hand hatten«, sagte Acarius. »Wir hatten keine Wahl. *Gerat nicht in Panik.* Und, verdammt noch mal, hör auf zu fluchen.«

»Ich bin *tot!*«, fuhr ich ihn an. »Das ist ein *hervorragender* Moment, um zu fluchen!«

Brix stand auf. »Du redest. Das heißt wohl, dass du am Leben bist.« Sie ging auf mich zu. »Wir müssen nur lernen, damit zurechtzukommen.«

»Warum bist du so ruhig? Du findest *das hier* akzeptabel?« Ich schwenkte meine Hand – oder vielmehr Jaerns Hand, an deren Fingern noch eine Spur von alchemistischer Farbe haftete. Brix packte sie und hielt sie fest. Ihre Berührung ließ mich wieder zu mir kommen, machte mir klar, dass alles auch Folgen für andere haben würde. »Brix?«

»Wir lernen schon noch, damit zurechtzukommen«, sagte sie.

»Ich bin wirklich ein egoistischer Dreckschwanz«, sagte ich heiser. »Du warst durchsichtig! Geht es dir gut?«

Plötzlich lächelte sie. »Also immer noch kein *kleiner*, was?«

Wahrscheinlich zum ersten Mal seit achthundert Jahren errötete mein Gesicht. »Halt den Mund.«

Sie verflocht die Finger mit meinen. »Gut zu wissen, dass du es wirklich bist.«

Ich runzelte die Stirn. »Ich weiß nicht, wie du zu dem Schluss kommst.«

»Ich kenne niemanden sonst, der *Verdammt* statt *Danke* sagen würde, nachdem man ihn wieder zum Leben erweckt hat«, gab sie zurück. »Und niemand sonst wird so schnell verlegen wie du. Es geht mir gut, wenn es dir gut geht.«

Ich war nicht einmal imstande, alles einzuordnen, was ich empfand, ganz zu schweigen davon, es zu erklären. Immer wieder stolperte ich über die zentral wichtige Tatsache, dass ich Brix liebte. Ich brauchte sie, wie ich mein Blut und die Luft zum Atmen brauchte. Vor meinem Tod war ich mir ziemlich sicher gewesen, dass sie mich auch liebte. Jetzt gerade zog sie mich auf. Wahrscheinlich tat sie das nur, um zu verhindern, dass ich endgültig dem Wahnsinn verfiel – aber dennoch machte es mir Hoffnung. Doch sobald wir wieder in Sicherheit wären, lag es durchaus im Bereich des Möglichen, dass ihr die überwältigende Seltsamkeit unserer Situation bewusst werden würde. Dann würde sie fort sein.

Also nein, es ging mir nicht gut. Ich versuchte noch, zu einem Schluss darüber zu kommen, wie ich ihr das erklären sollte, als sich etwas am Rande meines Gesichtsfelds bewegte. Es war Keir Esras, der zur Tür schlich.

»Keir«, sagte ich. »Was hast du vor?«

Er blieb stehen und wirkte ganz so wie ein Mann, den man beim Apfelstehlen erwischt hat. »Ich wollte nur …«

»Lauf ja nicht weg.« Sogar mit Jaerns Stimme klang ich nicht wie Jaern, was tröstlich und ärgerlich zugleich war. Ich hätte den arroganten Befehlstonfall gut gebrauchen können, zumindest bis ich mich entschieden hatte, was ich mit dem Gildenherrn anstellen sollte.

Und nicht nur mit ihm. Lorican stand dicht neben Acarius. Sechs oder sieben Gildlinge waren noch am Leben und überall im Heiligtum verteilt, alle in verschiedenen Stadien des Schocks. Makesh lag zusammengerollt neben dem Altar, wiegte sich und stöhnte. Wenn man etwaige Überlebende draußen hinzurechnete, dann ergab sich daraus ein ernsthaftes Problem. Unser Sieg – wenn man es denn so nennen wollte – war durchaus in Gefahr.

»Was willst du?« Keir unternahm einen Versuch, seine Würde zusammenzuraffen, wenn auch ohne großen Erfolg. Ich bin mir nicht sicher, ob er sich noch nicht völlig von dem Lähmungszauber erholt hatte oder ob er seinen Augen nicht traute und mich für Jaern hielt. In seinem Auftreten jedenfalls hielten sich Verhandlungsbereitschaft und Unterwürfigkeit die Waage.

»Dschinnflaschen«, sagte ich. »Ich schätze, du hast eine umfangreiche Sammlung davon. Brennstoff für die Aufstellung deines Heers und deine unsterbliche Rebellion.« Ich verzog das Gesicht. »Bei den Göttern, das klingt sogar noch dümmer und grausamer, wenn man es laut ausspricht. Jedenfalls will ich, dass du mich zu ihnen führst.«

Brix schnappte nach Luft. Ihr Griff um meine Hand verstärkte sich.

Keir zögerte. Angesichts der Tatsache, dass ich von ihm Gegenstände verlangte, die mehrere Jahreslöhne wert waren, hatte er auch allen Grund dazu. Allerdings waren diese »Gegenstände« in Wirklichkeit Menschen.

»Ach ja.« Ich wandte mich an Lorican. »Wie geht es dir? Alles in Ordnung?«

Lorican starrte mich an. »Was meinst du, wie es mir geht?«

»Gut.« Ich wedelte ungeduldig mit einem Arm und warf Brix fast dabei um. »Ja, dumme Frage. Mehrere von euch waren Statuen, ich bin gestorben, es war ein sonderbarer Tag. Kommst du zurecht, oder musst du dich hinsetzen oder so?«

»Ich bin auf den Beinen«, sagte Lorican. »Ich nehme an, das muss reichen. Was brauchst du?«

Ich deutete auf Keir. »Könntest du einfach …«

»Ja.« Lorican stellte sich hinter Keir und packte den Gildenherrn mit einer Hand am Kragen. »Ich dachte, der allmächtige Oberste Inquisitor wäre ein bisschen …« Er rümpfte die Nase.

»Halt ihn einfach fest«, sagte ich. »Er wird tun, was wir verlangen.« Es ist schwierig einzuschätzen, was man mit seinem Gesicht anfangen kann, wenn man es erst seit ein paar Minuten hat. Doch irgendwie musste mir eine überzeugende Annäherung an einen drohenden Blick gelungen sein. »Ich verfüge immer noch über alle von Jaerns Zaubern. Bei den Höllen, es sind sogar ein paar dabei, die er noch gar nicht einsetzen konnte.«

»Nun gut.« Keir wurde blass. »Alles, was du willst. Sie sind im Skriptorium. Ich zeige sie dir.«

»Wunderbar.« Ich packte Brix an der Schulter, als sie Anstalten machte, sich von mir zu entfernen.

Sie blieb stehen. »Was ist?«

»Bleib bitte einfach bei mir«, flüsterte ich. »Bitte. Dieser Körper hat nicht dieselbe Größe wie meiner. Ich weiß nicht genau, wo meine Füße sind, und ich brauche deine Hilfe, um nicht zu stolpern.«

Sie warf mir einen raschen Seitenblick zu. »Oh Götter, daran hatte ich gar nicht gedacht.«

»Hör auf, davon zu reden. Wir versuchen, mich davon abzuhalten, in Panik zu geraten, schon vergessen?«, sagte ich durch ein starres Lächeln hindurch. »Acarius? Was ist mit den anderen hier?«

Mein Großvater stand mit verschränkten Armen da und ließ den Blick stirnrunzelnd durch den Raum schweifen. »Das ist … durchaus ein Problem. Es gibt eigentlich nur drei Möglichkeiten. Eine Gefangenschaft wird schwierig, da diese Festung nur über zwei sehr kleine Zellen verfügt.« Er sah zu Keir hinüber. »Wie ich aus gutem Grund weiß.«

Keir schluckte sichtlich.

»Die nächste Möglichkeit besteht darin, alle zu töten«, fuhr Acarius fort, ohne den Blick von dem Gildenherrn zu wenden. »Das hat den Vorteil der Einfachheit.«

… allerdings nicht den der Moral, hatte er gesagt, als ich elf Jahre alt gewesen war, *denn Moral ist nie ein-*

fach. Ich hätte diese Lektion auswendig rezitieren können. Doch das tat ich nicht. Keir wirkte verängstigt genug, um in Ohnmacht zu fallen. Jemand, der Menschen ermordet hatte, um einfach nur mal rasch einen Zauber auszuprobieren, hatte es verdient, sich zu fürchten.

»Oder du könntest sie gehen lassen.« Acarius zuckte die Schultern. »Ich überlasse es dir.«

Auch das war leichter gesagt als getan, nicht zuletzt, weil den Gildlingen früher oder später klar werden würde, dass sie in der Überzahl waren. Zum Glück waren alle im Saal – vielleicht mit Ausnahme meines Großvaters – genauso benommen wie ich.

»Ich finde, die Gildlinge sollten sich nützlich machen«, sagte ich. »Die Leichen an einen Sammelplatz schaffen, sie abdecken, feststellen, welche der Überlebenden verarztet werden müssen.« Ich hielt inne. »Wahrscheinlich sollten wir Makesh fesseln, bevor er sich selbst etwas antut.«

»Alle Leichen?«, fragte Lorican. »Auch deine?«

Er streckte den Finger aus, und ich sah das an, worauf er zeigte, und erblickte das tote Gesicht meines alten Körpers. Die leeren Augen standen noch offen. Aus irgendeinem Grund gab *das* den Ausschlag.

Ich wäre zusammengebrochen, wenn Brix mich nicht festgehalten hätte. Sie drückte meinen Kopf zwischen meine Knie und ließ die Hand in meinem Nacken ruhen.

»Fall nicht ausgerechnet jetzt in Ohnmacht«, sagte sie.

»Ha«, erwiderte ich – und fiel trotzdem in Ohnmacht.

Danach ging alles sehr schnell. Brix sorgte durch ein simples Mittel dafür, dass ich wieder zu mir kam: Sie steckte mir Daumen und Zeigefinger in die Achselhöhle und kniff mich. Als ich damit fertig war, mich darüber zu empören, führte Keir uns in das enge, staubige Skriptorium, wo über hundert Dschinnflaschen wie Schriftrollen auf Regalen aufgereiht lagen. Zum Glück war nur ungefähr die Hälfte von ihnen besetzt, doch es gab keinen Weg, im Voraus festzustellen, welche Anka enthielt.

Selbst wenn die Phiolen eindeutig markiert gewesen wären, hätte ein Blick in Brix' Gesicht mir gesagt, dass wir niemanden eingesperrt lassen konnten. Nachdem wir gut zwanzig Minuten damit verbracht hatten, Flaschen zu öffnen, waren Keir und seine verbliebenen Gildenfreunde nicht länger in der Überzahl. Zugegeben, die Tirnaal – Männer wie Frauen –, die aus den Flaschen kamen, waren überwiegend orientierungslos, litten unter Übelkeit und wurden hysterisch, aber sie waren eindeutig auf unserer Seite.

Ein blondes Mädchen von etwa fünfzehn Jahren befand sich in der siebenunddreißigsten Flasche. Ich war derjenige, der sie öffnete, und das war wohl der Grund dafür, dass sie sich auf mich erbrach, sobald sie Gestalt annahm.

Sie wischte sich das Kinn mit dem Rücken einer zitternden, tätowierten Hand ab. »Wer, zu allen Höllen, bist du?«

»Corcoran Gray.« Ich trat aus der Pfütze. »Gern geschehen. Und ich hatte einen schlimmeren Tag als du, also sei höflich.«

»Anka!« Brix drängte sich an mir vorbei und streckte die Arme nach ihrer Schwester aus.

Ein Ausdruck des Wiedererkennens trat schlagartig auf Ankas schockiertes Gesicht. Ich sah zu, wie die beiden einander umarmten, weinten, lachten und immer wieder das Gesicht der jeweils anderen berührten, als wollten sie sich vergewissern, dass sie nicht träumten.

Es war gut zu wissen, dass sie echt waren. Es war auch gut zu wissen, dass ich mein Versprechen gehalten hatte, auch wenn ich mir nicht sicher war, ob *ich* noch echt war.

Acarius legte mir eine Hand auf die Schulter.

»Wir sind noch nicht fertig, Heimchen«, sagte er leise.

Und so wandten mein Großvater und ich uns erneut den Regalen voller Phiolen zu und machten uns an die Arbeit.

Es dauerte Stunden, alles zu regeln. Wir befreiten die verbliebenen Tirnaal. Die Zauberer, die ich unter Loricans Aufsicht zurückgelassen hatte, waren nichts als Lakaien. Die meisten von ihnen waren benommen vor Entsetzen und ziemlich dankbar, mit Wasserschläuchen und einem Brotlaib für jeden aus dem Lagerraum der Festung abziehen zu dürfen. Ich vertraute ihnen den katatonischen Makesh an und erteilte ihnen die Anweisung, ihn nach Ri Dana und dort zu seinen Sklavenhändlerverwandten zu bringen. Sein Verstand hatte sich völlig aufgelöst, und ich konnte nicht einmal einen Blick in seine Richtung werfen, ohne dass er vor Angst schrie. Sogar Brix, der ich die Entscheidung über die nächsten Schritte überließ, schien nicht willens zu sein, ihn noch weiter zu quälen.

Keir Esras stellte ein anderes Problem dar. Es war nicht so, dass ich ihn entwaffnen und freilassen konnte, denn seine Waffen befanden sich in seinem Kopf. Ein intelligenter Mensch hätte ihn einfach getötet, aber Jaern hatte recht gehabt, was mich betraf: Ich brachte es einfach nicht über mich, jemandem das Leben zu nehmen. Wir ließen ihn mit einem Vorrat an Brot und Wasser in einem Gefängniskreis zurück – und in dem Wissen, dass ich in der nächsten Stadt haltmachen und den Rest der Gildenmagier darüber unterrichten würde, dass sie einen Nekromanten in ihrer Mitte gehabt hatten, der noch nicht einmal in der Lage war, Tote ordentlich wiederauferstehen zu lassen.

Die Strafregister der Gilde enthielten schließlich keine Beschreibung meines derzeitigen Gesichts.

Aber es ging mir nicht gut.

Wir verbrachten mehrere Tage in Cor Daddan, teilten die Essensvorräte und die Pferde auf, die noch in den Ställen standen, bauten die nekromantischen Gerätschaften im Tempel ab und verbrannten die Toten. Solange wir Arbeit hatten und uns nicht viel Zeit blieb, um zu schlafen, zu essen oder nachzudenken, konnte ich mich davon abhalten, mich an das zu erinnern, was mir zugestoßen war.

Brix hatte alle Hände voll damit zu tun, sich um ihre erschöpften Leute zu kümmern. Lorican, der es selbst schon mit der Vorstellung zu tun bekommen hatte, in einem neuen Körper zu leben, wirkte leicht gelangweilt von allem. Die überlebenden Tirnaal starrten meine verdammt blasse Haut und mein silbernes Haar an, wenn sie dachten, ich würde es nicht bemerken. Anka starrte mich sogar dann an, wenn sie sehr wohl wusste, dass ich es bemerkte.

Im Hintergrund lag die ganze Zeit über das in ein Leichentuch gehüllte Bündel, das ich nicht mit dem Rest der Toten auf den Scheiterhaufen hatte legen wollen. Acarius hatte ungewohnt sanft zugestimmt, als ich gestammelt hatte, was ich stattdessen im Sinn hatte.

Als alles andere erledigt war, schaufelten wir beide allein das Grab. Er und ich schwitzten, bis wir ein anständiges Loch vor uns hatten, und begruben dann mein altes Ich in der harten Erde unter dem gelben Gras vor der Mauer.

Eine Weile standen wir verlegen da. Es gehört sich nicht, bei der eigenen Beerdigung zu weinen. Ohnehin wirkte es töricht, eine Bestattung abzuhalten, wenn man bedachte, dass ich nur in gewissem Maße tot war.

»Ich wollte das nicht«, sagte ich nach einem Augenblick. »Das ewige Leben. Ich wollte es nicht.« Ich berührte mein Hemd über dem tropfenförmigen schwarzen Anhänger, den ich immer noch um den Hals trug. Wenigstens war das bösartige kleine Ding still und dunkel geworden. Ich hatte in Erwägung gezogen, es mit meinen Gebeinen zu begraben, aber das kam mir verantwortungslos vor, so, als würde man Gift in einen Fluss schütten. Jaern hatte schließlich gesagt, es befinde sich ein *Wesen* darin, und er war in der Lage gewesen, damit zu heilen und Schaden anzurichten. Aufgrund des Anhängers und der Zaubersprüche, die unter meiner neuen Haut kribbelten, war meine Wiederauferstehung voller Herausforderungen.

»Darüber machst du dir also Sorgen?« Acarius seufzte. »Heimchen, du hast nicht das ewige Leben.«

Ich starrte ihn an. Wenn er mich dazu bringen wollte, selbst hinter irgendetwas zu kommen, dann war ich mir in jedem Augenblick nicht sicher, ob ich mich davon abhalten konnte, ihm einen Fausthieb zu verpassen. »Was?«

»Ich habe deine Seele nicht in einer Phiole eingefangen. Ich habe sie direkt in diesen Körper versetzt. Körper mit Seelen darin altern, empfinden Schmerzen und sind auch in jeder anderen Hinsicht vollkommen sterblich. Körper ohne Seelen sind … Nun, das hast du ja gesehen.« Er schlug sich mit einem Hauch von Bedauern auf die Brust. »Das *siehst* du ja, sollte ich sagen. Meine Seele ist nicht *in* diesem Körper. Ich musste Jahrhunderte zwischen allen Stühlen verbringen und habe jeden überlebt, den ich je geliebt habe. Das würde ich dir nicht antun.«

»Mit wie vielen Leuten hast du das hier denn überhaupt gemacht?«, fragte ich. »Mit mir, mit Lorican …«

»Nicht mit vielen«, sagte er. »Es kommt sehr selten vor, dass ich exakt im richtigen Moment da bin, wenn jemand stirbt, und zugleich einen geeigneten Körper zur Hand habe, in den ich die Seele versetzen kann. Du weißt, dass Jaern tote Körper erschaffen hat, wann immer er wollte. Das tue ich nicht. Ich habe es nie getan.«

»Und er hat dir die Seele weggenommen«, sagte ich. »Wo war *die* denn all die Jahre lang?«

»In der Hütte.« Er musterte mich. »In einer Phiole in

einem Versteck, das selbst du nie gefunden hast. Übrigens, wie ist es dir eigentlich gelungen, Jaerns Seele einzufangen?«

Ich seufzte. »Ich habe sie getrunken.«

Er runzelte die Stirn. »Du hast was getan?«

»Sie getrunken«, wiederholte ich dumpf. »Und jetzt schrei mich bloß nicht an, wie dumm das von mir war, denn das *weiß* ich.«

»Sie *getrunken*«, murmelte er. »Mir ist nie auch nur der Gedanke gekommen, das verdammte Ding zu *trinken*. Und das hat funktioniert?«

»Ja.« Ich dehnte meinen Nacken, erst zur einen Seite, dann zur anderen. »Wenn wir schon gerade Fragen stellen: Wie ist es der Gilde gelungen, dich gefangen zu nehmen?«

Er zuckte gereizt die Schultern. »Ich war ein verdammter Narr, wenn du so willst, aber du warst fort, und ich war ... rastlos. Bereit, jede beliebige Arbeit anzunehmen, um mich abzulenken. Sie hatten die Hütte wochenlang beobachtet, herausgefunden, wie ich kam und ging. Als ich eines Tages unten im Dorf war, um Käse zu kaufen, schlichen sich zwei von ihnen in die Hütte und schrieben einen Gefängniskreis auf den Boden meines Schlafzimmers. Ich hatte die Bannzauber nicht aktiviert, weil ... Nun, ich dachte, du würdest vielleicht nach Hause kommen. Dann suchten sie mich auf und sagten, ein Nekromant würde ihren Dorffriedhof unsicher machen, ob ich ihnen bitte helfen würde?« Er schnaufte. »Ich ging ins Schlafzimmer, um einen Umhang zu holen, und schon hatten sie mich. Keir nahm auch all meine Tagebücher an sich, meine Papiere.« Er hielt inne. »Da beging ich einen Fehler. Nachdem Keir die ersten paar Monate lang versucht hatte, in meinen Verstand einzubrechen, deutete er schließlich an, dass er den Aufbewahrungsort der Puppe herausbekommen hätte. Ich geriet in Panik und dachte, die einzige Möglichkeit zu verhindern, dass sie ihm in die Hände fiele, bestünde darin, sie von dir holen zu lassen. Und wie ein Einfaltspinsel machte ich mich an den Versuch, Kontakt zu dir aufzunehmen, während er davoneilte, um dich in die Falle zu locken. Ich hätte ahnen sollen, dass es eine List war.«

»Was die Puppe betrifft …«, begann ich. »Ich würde gern klären, wie genau es kommt, dass ich existiere.«

»Du existierst aus demselben Grund wie jeder andere Mensch auch.« Er stützte sich auf seinen Spaten. Ein gefährliches Funkeln trat in seine Augen. »Dein Vater und deine Mutter hatten einander sehr lieb und …«

»Oh, halt den Mund.« Ich kniff mich in den Nasenrücken und ärgerte mich darüber, wie schwer es mir fiel, es in Worte zu fassen. »Warum hast du es mir nicht gesagt?«

»Dir was gesagt?«, fragte er übertrieben geduldig.

»Überhaupt etwas. Du wusstest gar nichts über meine Eltern, nicht wahr? Meine Mutter war nur eine deiner vielen Nachfahrinnen.« Ich schloss kurz die Augen. Es tat immer noch weh, obwohl ich glaubte, es zu verstehen. »Die ganze Zeit dachte ich, du würdest mir etwas verheimlichen, eine schreckliche Wahrheit darüber, wer ich in Wirklichkeit bin, über den Grund dafür, dass sie gestorben ist.« Ich versuchte zu lachen; es klang eher wie ein schluckaufartiges Keuchen. »Und dabei kanntest du sie gar nicht.«

»Ich kannte sie nicht«, bestätigte er leise. »Ich habe versucht, das wiedergutzumachen, dir beizubringen, was ich wusste, aber du wolltest so verzweifelt etwas über sie erfahren. Ich wusste nicht ... Ich wusste einfach nicht, *wie*, Heimchen. Es tut mir leid.«

Wenn er weiter so behutsam mit mir umging, würde ich dieses Gespräch niemals durchstehen. »Ich habe für den Rest meines unnatürlich verlängerten Lebens genug von diesem Spitznamen«, sagte ich. »Hör auf damit.«

Er prustete. »Und ich hatte schon gehofft, wir würden mindestens eine Woche durchhalten, bevor wir einen Streit haben, in dem du dich aufführst, als wärst du fünfzehn.«

»Dann hör auf, mich zu behandeln, als wäre ich zehn«, konterte ich. »Sag mir eines: Warum bist du mich damals holen gekommen? Jaern hatte recht. Von all deinen Nachfahren ... Nebenbei bemerkt, wieso hast du überhaupt Nachfahren?«

Seine Lippen zuckten schelmisch. »Ich habe Nachfahren, weil ich eine Frau hatte, und ich hatte sie sehr lieb, und ...«

»Bei allen Göttern, hör auf«, bat ich. »Es ist mir egal, vor wie vielen hundert Jahren das war.«

Seine gute Laune löste sich in Luft auf. »Du verstehst das nicht richtig, und warum solltest du auch? Ich habe meine Frau wirklich geliebt. Sie starb, als sie unser zweites Kind zur Welt brachte. Ich war damit beschäftigt, die beiden großzuziehen. Jaern lernte ich erst kennen, als sie schon selbst Familien gegründet hatten. Ich hatte eigentlich nicht vor, mich noch einmal zu verlieben, aber so kam es eben.« Er verlagerte sein Gewicht. »Und es besteht keine Notwendigkeit, schockiert zu tun, nur weil ich mich zufällig in einen Mann verliebt habe.«

»Das ist es nicht«, sagte ich. »Du kannst gern so viele Ehemänner oder Geliebte oder was auch immer haben, wie du möchtest. Aber ausgerechnet *Jaern*?«

Acarius schluckte. »Weißt du, er war nicht immer der Herr der Geheimnisse. Als ich ihn kennenlernte, war er …« Er brach ab.

Ich wartete, lauschte dem Wind im Gras und dem Schlag meines gestohlenen Herzens. Wenn es eines gab, was ich nach den letzten paar Monaten besser denn je erkannte, dann war es der Klang der Trauer.

»Ich konnte ihn nicht töten«, sagte Acarius am Ende. »Ich wusste, dass man ihn aufhalten musste, aber ich konnte es nicht – ich war zu schwach. Stattdessen vergoss ich Blut, um ihn in eine Starre fallen zu lassen, und sperrte ihn in den Sarg. Und das funktionierte bis letztes Jahr. Damals hörte ich, dass jemand Jagd auf Nekromanten machte und Fragen zu alten jaernischen Texten stellte, in denen vom Tempel in Ri Dana die Rede war. Es hieß, dieser Jemand versuche die nötigen Zaubersprüche herauszufinden, um Marulachs zu erschaffen und Seelen zu versetzen. Alles stand auf dem Spiel, und du und ich hatten uns schon zerstritten, und …« Er rieb sich den Nacken. »Ich bat Lorican, mir zu helfen, die Obsidiansteine aus dem Mosaik zu holen. Ich dachte, das wäre genug und würde sicherstellen, dass niemand den Leeren vervollständigen konnte. Ich weiß, dass ich die Puppe selbst hätte holen sollen, ich …« Er brach ab. »Lorican war verletzt, und ich konnte es einfach nicht über mich bringen, noch einmal hinab in den Raum zu gehen, in dem Jaern sich befand. Nicht einmal um der Puppe willen, nicht einmal, um das Privileg des Sterbens zu erlangen. Es hatte so viel Leid mit sich gebracht, ihn überhaupt in die Falle zu locken, und ich war mir nicht sicher, was ihn aufwecken würde.«

»Er ist erwacht, als du die Obsidiane genommen hast«, sagte ich. »Hat dich *gespürt*, schätze ich.«

»Du musst mir glauben, Junge.« Seine Stimme war heiser. »Ich schwöre dir, dass die Zauber noch stark waren, als ich sie gesehen habe. Er schlief noch. Ich hätte dich nie dort hinuntergesandt, wenn ich gewusst hätte, dass er wach war. Du weißt nicht, was es mir abverlangt hat, sobald mir klar war, wie gefährlich er geworden war. Du weißt nicht, was ich geopfert habe.«

»Verdammt, ich weiß es nicht, *weil du es mir nie erzählt hast.*« Ich hielt den Blick auf meine Schuhe gerichtet und unterdrückte die Enttäuschung, die in mir aufwallte. »Ich verstehe durchaus, dass es schwierig gewesen wäre, deinem Enkel zu gestehen, dass du dich mit einem Nekromanten eingelassen hast und – was? Acht- oder neunhundert Jahre alt bist? Schwierig, das Thema anzuschneiden, ohne die Jahrzehnte des Lügens und der Heuchelei zu erklären.«

»Du betrachtest dich immer noch als meinen Enkel?«

Das ließ mich stutzen. Kinder – und Enkel und

Urenkel – zu haben, hätte für ihn bedeutet, sie altern und sterben zu sehen. Und das nicht nur einmal, sondern Hunderte von Malen. Und doch hatte er mich gesucht, mich großgezogen.

»Wir tun das doch immer«, murmelte ich. »Es ist wie ein Gesetz. Natürlich bin ich dein Enkel, Acarius, sonst könntest du mich gar nicht so wütend machen. Können wir jetzt mal einfach … damit aufhören? Mit dem Streiten?«

»Ja.« Er lächelte. »Ich höre auf, wenn du aufhörst. Zu unserer Verteidigung muss ich anführen, dass wir beide nicht sehr gut darin sind, uns nicht zu streiten.«

»Das machen wir durch unser Glück und unser Charisma wieder wett.« Ich fuhr mir mit dem Handgelenk über Unterlippe und Kinn, wo sich etwas Schweiß gesammelt hatte.

»Es tut mir leid«, sagte er, »dass ich es dir nicht gesagt habe.«

»Ich weiß«, sagte ich.

»Und um die Frage zu beantworten, die du nicht recht über die Lippen bringst: nein, nie mit dem Körper, in dem du steckst. Und nie mit dem Körper, in dem ich stecke. Jaern hat mich zur Strafe dafür, dass ich es in Erwägung gezogen hatte, alt zu werden und zu sterben, in den Körper eines alten Mannes versetzt, nachdem ich mich von ihm getrennt hatte. Er hat sein Meisterwerk, den Körper da« – Acarius nickte zu mir hinüber – »erst zehn Jahre später geschaffen. Also gibt es keinen Grund … nun, sagen wir, verlegen zu werden.«

Ich schauderte. »Den Göttern sei Dank, sonst würde diese Situation nur noch entsetzlicher werden.«

»Entsetzlicher.« Acarius sprach fast unhörbar, und plötzlich schwang heftiger Schmerz in seiner Stimme mit. »Hätte ich dich denn sterben lassen sollen?«

Heiße Tränen ließen mir alles vor den Augen verschwimmen. Ich konnte ihn nicht ansehen. »Es tut mir leid, Großvater. Alles. Ich habe versucht zu tun, was du wolltest. Ich habe es versucht, das versichere ich dir. Es tut mir leid. Es tut mir so leid …«

»Hör schon auf damit.« Seine Stimme klang rau. »Alte Geschichten … Und außerdem, wenn man bedenkt, dass ich nicht da war, um dir zu helfen … Du hast deine Sache gut gemacht, Junge. Du hast alles getan, mehr, als irgendjemand hätte verlangen können.«

»Nicht alles.« Ich holte tief Luft. »Wir haben die Puppe. Willst du, dass ich …« Die Worte entglitten mir. Ich musste mich auf sie konzentrieren, als wären sie ein Zauberspruch. »Deine Seele. Ich helfe dir, sie zurückzuversetzen, wenn du es willst.«

»Götter und kleine Heilige«, sagte er leise. »Dir ist klar, was du mir da anbietest?«

»Ja, und es gefällt mir nicht wirklich«, sagte ich. »Das Privileg des Sterbens hast du es, glaube ich, genannt. Aber es ist … Ich will nicht, dass du leidest, Acarius.«

»Corcoran, ich …« Er schluckte. »Wenn der Zeitpunkt kommt, gibt es niemanden, den ich lieber an meiner Seite haben möchte als dich.« Er räusperte sich. »Verrätst du mir jetzt endlich, was dir noch zu schaffen macht?«

Aber das konnte ich nicht – mehrere Minuten lang nicht. Am Ende legte er mir die Hand auf den Kopf, wie er es getan hatte, als ich noch ein kleiner Junge gewesen war, und zerzauste mir die Haare.

»Ich bin dich holen gekommen, weil du mich brauchtest«, sagte er. »Ich habe dich bei mir behalten, weil ich dich brauchte. Ich war zu lange allein gewesen, hatte es vermieden, Bindungen zu irgendjemandem zu entwickeln. Es war zu schmerzlich gewesen, sie wieder und wieder zu verlieren. Aber dann warst du da, begabt, mutig bis ins Mark, starrsinnig.« Er sprach behutsam weiter: »Du liebst sie. Das zumindest ist offensichtlich, Heimchen.«

»Ich weiß nicht …« Meine Worte brachen ab.

Acarius ließ die Hand auf meine Schulter gleiten und drückte sie. Er sagte mir nicht, dass es schon gut gehen würde, dass Brix natürlich bei mir bleiben würde, dass ich, wenn der neue Körper sie störte, allein ohnehin besser dran war. Stattdessen sagte er mir die Wahrheit.

»Das weiß niemand je so genau«, sagte er leise. »Komm jetzt. Wir sollten gehen.«

ACHTUNDZWANZIG

Eine Woche nachdem ich gestorben war, trafen die Überreste von Makeshs Sklavenkarawane in Cor Daddan ein.

Die Gruppe setzte sich ganz anders zusammen als diejenige, die Jaern dezimiert hatte. Die Tirnaal-Sklaven hatten die Kontrolle über die Vorräte, Pferde und Wagen übernommen und waren kampfbereit vor den Festungsmauern aufgezogen, um ihre gefangenen Landsleute zu befreien. Als ihnen klar wurde, dass sie längst befreit und wir nicht ihre Feinde waren, verschob sich das Problem mit einem Schlag: Nun lautete die Frage nicht mehr: »Wohin mit all den Tirnaal?«, sondern: »Wie überzeugen wir sie, uns ein paar Pferde zu lassen?«

Anscheinend hatten die Sklavenhändler bevorzugt ganze Familien gefangen genommen, wenn es ihnen gelungen war, und die Leute suchten die Schar, die wir befreit hatten, nach Müttern, Cousins und Kindern ab. Ich verbrachte einen unwirklichen halben Tag damit, Zeuge all dieser Wiedersehen zu werden. Ich wollte mit Brix darüber reden. Ich fing ihr strahlendes Lächeln über den Hof hinweg auf und wusste, dass sie dasselbe wollte.

Also versteckte ich mich.

Jetzt, da die Sache mit den Tirnaal mehr oder minder geklärt war, bestand kein Grund mehr, länger in Cor Daddan zu bleiben. Brix würde mit ihrem Volk davonziehen.

Oder vielleicht kommt sie mit dir … oder lässt dich mit ihr kommen.

Es war ein erschreckender Gedanke. Ich ertappte mich an jenem Tag dabei, Lorican bei den Pferden zu helfen oder auf der Suche nach Holz für die Kochfeuer weit über Land zu streifen. Ich tat alles, um an Orten zu sein, an denen Brix nicht allein mit mir sprechen konnte.

Ich wusste, dass die Gnadenfrist nicht lange dauern würde. Sie würde mich finden, mich zwingen, das Gespräch mit ihr zu führen und zuzuhören, wie sie mir erklärte, welche Entscheidung auch immer sie fällen würde. Es gelang mir, ihr bis zum Abend aus dem Weg zu gehen, und selbst dann noch hielt ich mich so damit beschäftigt, das Abendessen zu organisieren, dass sie nicht mehr tun konnte, als neben mir zu stehen und gereizt dreinzusehen. Meine Feigheit und Intelligenz ließen mich bis zum Einbruch der Nacht durchhalten, als sich das Problem stellte, für alle eine Unterkunft zu finden.

Die größte Schwierigkeit war die Sauberkeit. Der halbe Hof war ein Beinhaus, erfüllt von Rauch und vom Übelkeit erregenden Gestank des Scheiterhaufens. Aus anderen Gründen mieden wir alle den Tempel – zum einen, weil Keir dort eingesperrt war, zum anderen aber auch, weil die Wände noch immer voller Asche waren.

Doch Cor Daddan hatte in seinen besten Zeiten eine beträchtliche Anzahl von Menschen beherbergt. Am Ende schickten wir die meisten Tirnaal-Flüchtlinge in den alten Krankensaal, der zumindest groß und leer war, auch wenn die Pritschen längst verrottet waren. Die Übrigen schliefen auf Wagen draußen vor den Mauern. Brix, Anka, Lorican, mein Großvater und ich behielten unseren Schlafplatz in der verräucherten, niedrigen Küche der Festung.

Nachdem alle anderen eingeschlafen waren, lag ich auf dem Steinboden und hoffte, müde genug zu sein, das Bewusstsein zu verlieren. Das war ich nicht.

Ich lauschte Brix' Atem. Ich beobachtete, wie das Feuer flackerte. Lange Zeit legte ich mir im Kopf Worte zurecht.

Ich kehre nach Hause in die Hütte zurück. Ich möchte, dass du mitkommst.

Ganz gleich, wie viele Versionen ich mir vorstellte, die wahrscheinlichste Antwort war immer dieselbe.

Ich kann nicht. Nicht jetzt, da du so geworden bist.

Langsam atmete ich aus.

»Es liegt an mir, nicht wahr?«, fragte Anka.

Ich stützte mich auf einen Ellbogen und wandte mich ihr zu. Einen Moment lang konnte ich sie im schwachen Licht nicht ausmachen. Normalerweise schlief sie dicht neben ihrer Schwester, aber jetzt lag sie nicht mehr neben Brix' schattenhafter Gestalt.

Stattdessen saß sie im Schneidersitz nur einen Fuß von mir entfernt und schaute vermutlich böse drein. Das Mädchen trug ständig eine finstere Miene zur Schau und starrte mich seit unserer ersten Begegnung andauernd nieder. Ich hatte noch nie jemanden getroffen, der eine derart unwahrscheinliche Mischung aus einschüchternd und lästig war.

»Was liegt an dir?«, fragte ich, weil es nichts anderes zu sagen gab.

»Ich bin der Grund dafür, dass du meiner Schwester ausweichst.« Sie verschob die Füße. »Es liegt an mir, nicht wahr? Du willst nicht mit ihr zusammen sein, wenn sie mich am Hals hat.«

Widerwillig setzte ich mich auf. »Um ehrlich zu sein, ist mir der Gedanke noch gar nicht gekommen, dass du überhaupt eine Rolle spielst.«

»Das ist unhöflich.« Sie klang etwas schockiert.

»Ich bin nun mal unhöflich«, sagte ich. »Das trägt zu meiner Ausstrahlung bei.«

»Du bist ein Arschloch«, stellte sie fest.

»Du hast mich vollgespuckt, als ich dir bloß helfen wollte«, konterte ich. »Wir sind quitt.«

Aber aus irgendeinem Grund schien sie mir weniger böse zu sein als zuvor. Vielleicht hatte ich ihr den Wind aus den Segeln genommen. Ihr Blick bohrte von der Seite her ein Loch in meinen Kopf.

»Sie hat immer alles für mich getan«, sagte sie. »Ich erinnere mich kaum noch an unsere Eltern. Brix ist für mich fast wie eine Mutter und ein Vater zugleich. Wir sind alles, was wir jeweils haben. Ich muss auf sie aufpassen, verstehst du?«

Obwohl ich nicht schlafen konnte, fühlte ich mich zu zerschlagen, um einem tätowierten Kind spät nachts nach allen Regeln der Kunst mein Herz auszuschütten. Mein Großvater hätte sich etwas Weises oder

Gütiges einfallen lassen, das er hätte erwidern können. Ich dagegen platzte heraus: »Hör mal, ist das hier das Gespräch, in dem du mir erzählst, dass du mich umbringst, wenn ich ihr das Herz breche?«

Ich hörte fast, wie Anka rot wurde. »Ja.«

»Das ist nur recht und billig«, sagte ich. »Ich würde mich auch umbringen.«

Schweigen. Ich hoffte allmählich, dass ich einen guten Eindruck machte.

»Was tust du denn nur?«, fragte Anka nach einer Weile. »Abgesehen davon, dass du verdammt noch mal zu viel Feuerholz herangeschleppt und dich die ganze Zeit nicht hingesetzt hast wie so ein verdammter Schwachkopf?«

»Fluch nicht«, sagte ich automatisch.

Sie zog die Nase hoch.

»Du bist fünfzehn«, bemerkte ich. »Ich darf dir noch mindestens fünf Jahre lang sagen, dass du nicht fluchen sollst.« Ich zögerte. »Ich liebe Brix und will den Rest meines Lebens mit ihr verbringen. Aber ich wäre lieber allein, als ihr wehzutun, und ich wäre auch lieber allein, als sie zu etwas zu zwingen. Ich weiß nicht, wie ich sie darum bitten soll, ohne dass sie sich verpflichtet fühlt, Ja zu sagen. Und ich habe den Körper gewechselt, seit wir uns kennengelernt haben, und es wäre verzeihlich, wenn ihr dieser hier nicht gefallen würde. Erklärt das alles?«

»Oh.« Ankas Tonfall veränderte sich. »Du hast *Angst.*«

»Einen Mordsschiss«, bekräftigte ich.

»Fragst du wirklich gerade *meine kleine Schwester,*

ob du mich heiraten darfst?«, sagte Brix aus der Dunkelheit.

Ich öffnete den Mund, aber mir fehlten die Worte.

»›Ich würde mich auch umbringen?‹«, zitierte Acarius fragend.

Ich barg das brennende Gesicht in beiden Händen. »Verdammt, weck doch jemand Lorican auf. Wir können genauso gut dafür sorgen, dass jeder Zeuge meines Versagens wird.«

»Fluch nicht«, sagte Anka geziert.

Ein gedämpftes Kichern ertönte von Loricans Bettstatt her.

Leise Schritte. Dann umfassten Brix' Finger meine Handgelenke und zogen sie nach unten. »Gray. He, alles ist gut.«

»Ist es *nicht*«, sagte ich.

»Geh wieder schlafen, Anka.« Brix zog mich auf die Beine. »Und ihr anderen auch«, setzte sie mit Nachdruck hinzu. »Komm, Corcoran.«

Ich tastete nach ihrer Hand und hielt sie fest. In der Dunkelheit war es leicht zu vergessen, wie ich aussah, und sie wieder zu berühren brachte einige der Schatten zur Ruhe, die in meinem Kopf umhertrieben. Doch ich konnte mir nicht vorstellen, wie ich den Moment noch gründlicher hätte ruinieren können. »Was für ein Mist.«

Sie antwortete nicht, sondern führte mich auf den Gang hinaus. Die Festung war schon bei Tageslicht verwirrend; ich habe keine Ahnung, wie Brix es geschafft hatte, sich alles genug einzuprägen, um zu wissen, wohin sie ging. Nachdem sie uns ein paar Augenblicke lang durch verschiedene Flure manövriert hatte, stieß sie eine Tür auf, führte mich hindurch und schloss sie hinter uns.

Wir standen in einem Raum ohne Decke. Über uns lagen die Sterne und der weiße Schein des Mondlichts. Offenbar war das Gebäude vor langer Zeit als Speicher genutzt wurden. Uralte, halb geöffnete Bündel mit etwas, das nach Wolle aussah, lagen verstreut an einer Wand.

»Woher wusstest du, dass es hier solch einen Ort gibt?« Ich ließ zu, dass sie mich zu den Bündeln führte. Sie war heute Nacht schöner denn je.

»Wir haben die letzten beiden Tage über Wolle gezupft, um Verbandsmaterial herzustellen. Das hättest du auch bemerkt, wenn du dir in der letzten Woche überhaupt einmal Ruhe gegönnt hättest.« Sie ließ sich auf die Wolle fallen. »Setz dich. Warum konntest du nicht schlafen?«

»Wenn ich so betont das Gesprächsthema wechseln würde, würdest du mir vorwerfen, dir auszuweichen«, sagte ich, gehorchte ihr aber. Ich musste. Sie hatte mich nicht losgelassen.

Brix hob meine Hand und drückte einen Kuss auf die Handfläche. Eine heftige, süße Mischung aus Begehren und Erleichterung flammte in meinen Adern auf. Sie stieß mich sanft auf die Seite und streckte sich dann neben mir aus, den Rücken an meiner Brust. Sie zog meinen Arm um sich und kuschelte sich ein, als wäre ich eine Decke. »Und?«

»Und ich konnte nicht schlafen, weil alles in meinem Leben ruiniert ist«, sagte ich.

»Könntest du so schlafen?« Sie presste die Hüften an meine.

Mein Herzschlag beschleunigte sich. »Nicht *schlafen*, nein. Das hier ist …« Ich blinzelte. »Du … Du willst mir nicht nahe sein. Nicht so, wie ich jetzt bin.«

»Sag mir nicht, was ich will.« Sie drehte sich um und sah mich an. »Was, wenn mir etwas zustößt? Wenn ich zum Beispiel einen Unfall habe?«

»Äh …« Ich zermarterte mir das Hirn, um überhaupt an etwas anderes als ihren weichen Körper denken zu können, der sich an meinen schmiegte. Die Grenzen meiner Haut schienen zu verschwimmen, sich in ihrer Wärme aufzulösen. »Was?«

»Einen Unfall. Nehmen wir einmal an, ich würde eine Hand verlieren.« Sie legte mir die Hand auf den Bauch. Mein ganzer Körper erwachte singend zu heftigem Leben. *Unbequemem* Leben, wenn man bedachte, dass ich ein leises Stöhnen nicht unterdrücken konnte. Aber Brix rückte nicht von mir ab. »Würdest du mich immer noch lieben, wenn ich nur noch eine Hand hätte?«

»Natürlich.«

»Was, wenn ich … an einer Seuche erkranken würde oder so? Pockennarben hätte?«

Ich schüttelte den Kopf. »Es geht doch nicht um …«

»Oder wenn ich einen krummen Rücken bekäme?«, unterbrach sie mich. »Das geht manchen Frauen so, wenn sie alt werden. Ich könnte einen Buckel bekommen.« Ihre Hand ruhte immer noch auf meiner Mitte, und, bei den Göttern, jetzt schlüpfte sie unter mein Hemd, zeichnete den Rand meiner Rippen nach und glitt dann wieder abwärts den Bogen meines Rückens entlang. Schauer der Seligkeit folgten ihrer Berührung.

»Na gut. Ich kann mir keine Situation vorstellen, in der dein Aussehen etwas an dem ändern würde, was ich für dich empfinde. Aber es ist ...« Ich schluckte, überwältigt davon, wie zärtlich sie mich liebkoste. »Es ist nicht dasselbe. Dich zu bitten, darüber hinwegzusehen, dass ich jetzt Jaern gleiche, meine ich. Das ist nicht dasselbe.«

»Warum nicht?« Sie hob das Gesicht zu meinem. Ihre Lippen streiften mein Kinn. »Wir müssen damit zurechtkommen, Gray. Es ist ungerecht, wenn du dich so vor mir verschließt. Ich vermisse es, wie du früher warst, aber es steht dir nicht zu, für mich zu entscheiden, was ich von diesem Körper halte. Ich habe dich beobachtet. Du bewegst dich nicht einmal so wie Jaern. *Du* bist da drinnen, und ich sehne mich nach dir.«

Ich würde mich nicht länger vor ihr verstecken. Ich holte tief Luft. »Liebst du mich?«

Sie erstarrte. »Ich dachte, das wüsstest du.«

»Ich könnte es nicht ertragen, dich noch einmal zu verlieren«, gestand ich. »Ich kann mich nicht ständig fragen, ob ich dir nur leidtue oder ob du dich schuldig fühlst. Vielleicht sollte ich es nicht nötig haben, es dich sagen zu hören, aber es ist nun einmal so. Du musst mir die Wahrheit sagen, wie auch immer sie lautet. Ich muss wissen, ob das, was wir hatten, auch für dich echt war.«

»Du meinst, ob ich nur versucht habe, dich in der Hütte ins Bett zu locken, weil ich es musste?« Ihre Stimme zitterte nicht, aber sie ließ mich trotzdem zusammenzucken. »Ob ich *jetzt* nur mit dir zusammen bin, weil ich muss?«

»Es ist nur …«

»Ich weiß.« Sie hielt inne. »Ich bin keine Sklavin mehr. Nicht hier und nicht bei dir. Ich tue nichts mit dir, nur weil ich muss.«

Ich küsste sie auf die Stirn. Ich glaube, ich wollte, dass es beruhigend wirkte. Ich bin mir nicht sicher, ob das funktionierte, denn ich küsste sie einfach weiter, arbeitete mich bis zu ihrem Ohr hinab und dann bis zu ihrer Kehle. Ich konnte nicht anders.

Sie sprach weiter, so leise, dass ich sie kaum hören konnte. »Ich wusste, dass ich dir das Herz brechen würde, aber habe zu dem Zeitpunkt einfach keinen Ausweg gesehen. Ich habe versucht, mich nicht in dich zu verlieben. Du magst ja ein romantisches Gemüt haben, ich aber nicht. Du machst dir Sorgen, dass ich mich dir selbst als Preis überreiche, wie eine Medaille dafür, dass du anderen das Leben gerettet hast?«

»Ich glaube, meine Formulierung lautete eher, ob du dich verpflichtet fühlen könntest«, murmelte ich.

»Ich will mit dir zusammen sein, weil du mich glücklich machst.« Als sie sprach, kitzelte ihr Atem meine Haut. »Das weiß ich schon, seit wir in dem Gässchen hinter Loricans Taverne waren. Du hast mir das Leben gerettet, obwohl du es nicht hättest tun müssen. Du bist ein guter Mann. Ich konnte mir nur nicht vorstellen, dass du noch etwas mit mir hättest zu tun haben wollen, wenn ich dir die Wahrheit gesagt hätte. Der Kuss, sogar die Nacht in der Hütte … Ich habe es ernst gemeint. Aber mir war klar, was du von mir halten würdest, sobald ich ging.«

»Dass du gegangen bist …«, sagte ich. »Das warst nicht du. Das waren Keir und die Sklavenmärkte und alles, was versucht hat, uns beide zu zermalmen.«

»Was bin ich denn dann?« Sie löste sich von mir, nur weit genug, um mir ins Gesicht sehen zu können. »Du weißt nicht, was ich bisher war. Du weißt eigentlich überhaupt nichts über mich.«

»Sag mir nicht, was ich weiß.« Ich strich ihr eine Locke aus den Augen. »*Du* bringst mich zum Lachen. *Du* lässt mir meinen ganzen Unfug nicht durchgehen. Und du machst mich besser. Du machst alles an mir besser. Mir ist nicht wichtig, wer du einmal warst. Mir ist wichtig, wer du jetzt bis. Mir *gefällt*, wer du bist. Also bleib bei mir, Brix. Bitte. Bleib einfach bei mir. Oder, zu den Höllen, zieh weiter, dann bleibe ich bei dir.«

Sie bewegte wieder die Hand, bis sie auf meiner Hüfte zu ruhen kam. »Nun ja.« Sie lächelte schelmisch. »Ich finde *dich* hübsch.«

Ich verlagerte meine Haltung. Ein roter Mantel der Scham breitete sich über meinen Körper. »Mach dich nicht über mich lustig.«

»Das tue ich nicht.« Der neckische Tonfall war sogleich wieder aus ihrer Stimme verschwunden. »Glaubst du mir das? Wir kommen schon irgendwie damit zurecht – mit allem. Ich will *dich*, für immer. Der Körper, in dem du steckst, spielt dabei keine Rolle.«

Alles Wichtige auf der Welt lag in meinen Armen, eng an mich geschmiegt. Wovor hatte ich solche Angst?

»Brix, ich weiß nicht, wie ›für immer‹ geht«, flüsterte

ich. »Ich weiß nicht, wie man das alles macht. Es gab nie jemanden außer dir, und ich …«

Dann küsste sie mich, voll und warm. Ihr Duft und ihr Geschmack brachen wie Feuerwellen über mich herein. Ihre Hand glitt nach unten, bis sie auf der schmerzenden Stelle zwischen meinen Beinen zu ruhen kam. Ich brauchte einen Moment, um zu begreifen, was vor sich ging, um an dem Tosen des Bluts in meinen Adern vorbeizugelangen. Ich unternahm einen verzweifelten Versuch, das Gefühl zurückzugewinnen, das ich vor wenigen Sekunden gehabt hatte. »Sag es mir«, beharrte ich. »Dann, bei den Göttern, ja, tue ich alles, was du willst. Obwohl ich eigentlich auf ein Dach gehofft hatte.«

Sie lachte. Das Sternenlicht fing sich in ihrem Haar.

»Na gut, Corcoran Gray, ich liebe dich. *Dich*. Dein Inneres, deine Seele. Ich habe dich schon geliebt, als du ein schmächtiger, verschnupfter Zauberer warst, und ich liebe dich jetzt; ich liebe dich, wenn du so schlau bist, dass du dumm bist, und ich werde dich auch dann noch lieben, wenn du alt bist.« Sie küsste die weiche Stelle unter meinem Kinn und dann die unglaublich empfindliche Haut über meinem Puls. »Und hörst du jetzt bitte endlich auf zu reden?«

Ich neigte den Kopf. Mein Mund fand ihren wieder.

Und ich weiß nicht, was ich danach sagte oder ob ich überhaupt noch sprach.

DANKSAGUNG

Ich möchte mich bei Molly Powell bedanken, die dieses Buch ganz hervorragend lektoriert hat. Ihre Vorschläge haben die Geschichte sehr verbessert, und das in so schmerzloser Form, dass es mir sogar Spaß gemacht hat, meinen Roman in seine Einzelteile zu zerlegen und neu zusammenzusetzen. Ich muss auch Jo Fletcher dafür danken, mir eine Chance gegeben zu haben, als mein Manuskript im Stapel der Einsendungen lag. Meine wunderbare Agentin, Kurestin Armada, zählt zu den fleißigsten Menschen, die mir je begegnet sind. Ich bin sehr glücklich, dass sie auf meiner Seite ist. Danke, Kurestin, dass du an mich und an das Buch geglaubt hast.

Laura, Ben, Lori, Kate, Tania und Bill – ihr wart der netteste Schreibschmelztiegel, den ich je erlebt oder von dem ich auch nur gehört habe, und ich bin so stolz, dass alle von uns jetzt glänzend im Druck herausgekommen sind. Becky und Emily, wisst ihr, was für ein Luxus es war, dass ihr mich über diesen Stoff habt reden lassen und dabei sogar so getan habt, als würde es euch interessieren?

Vielen Dank auch an Fadzlishah Johanabas, die beste Freundin, die ich je kennengelernt habe – für die zahllosen Entwürfe, die Höhen und Tiefen und das

Jahrzehnt voller Kameradschaft. Danke, meine liebe Freundin, dass du immer für mich da bist, obwohl du auf der anderen Seite der Welt lebst.

Ich schulde meinen drei wunderbaren Kindern Dank und wahrscheinlich auch Eis. Sie ertragen es sehr geduldig, mit einer Mutter zusammenzuleben, die regelmäßig Stunden mit imaginären Personen verbringt. Ich habe euch so lieb! Mein Mann Philipp hat mich während vieler Umzüge und auf zahlreichen langen Spaziergängen großzügig unterstützt und im Gespräch vieles entwirrt. Danke, dass du mir gesagt hast, dass ich meinen Geschichten nachjagen soll, Babe. Ich liebe dich, und ich gehe sogar wieder mit dir zum Campen.

Danke, Mom und Dad, für die Schreibmaschine, als ich acht war, und für die Bücher, die ich in jedem wachen Moment regelrecht inhaliert habe. Vielen Dank an meinen Bruder Mark dafür, dass er einige alte Geschichten gelikt hat, als ich den Zuspruch brauchen konnte, und an meine Schwester Kendra für die Telefonate und Jaerns Playlist.

Und zu guter Letzt, danke, liebe Leserinnen und Leser, dass Sie mich auf dieser Reise begleitet haben.

Bis demnächst!